B bene Bücher

Torsten Weitze, Jahrgang 1976, ist in Krefeld geboren und aufgewachsen. Er lebt dort heute noch mit seiner Frau und zwei norwegischen Waldkatzen.

Entspannung findet er beim Jiu-Jitsu sowie beim Erlernen der Handhabung traditioneller japanischer Waffen.

Torsten Weitze entführt den Leser mit der Reihe *Der 13. Paladin* in die fantastische Welt Joraths. Ahren und seine Gefährten begeben sich auf die Suche nach dem verschollenen Paladin Yollock und geraten unversehens in einen Sog der Ereignisse rund um eine geraubte Frau, einen verzweifelten Granden aus Kap Verstaad und eine mörderische Stadt voller Schurken.

Die epische High-Fantasy-Saga ist auf 13 Bände ausgelegt. Die ausgestaltete Welt, die überzeugenden Figuren und die spannende Geschichte begeistern bereits hunderttausende von Lesern.
In dieser Reihe bisher erschienen:

Band I:	Ahren
Band II:	Die Ernennung
Band III:	Die Eherne Stadt
Band IV:	Die Schlafende Mutter
Band V:	Die Inseln der Klingensee
Band VI:	Der Kampf um Hjalgar
Band VII:	Im Ewigen Reich
Band VIII:	Der Vater des Berges
Band IX:	Im Herzen des Wutwaldes
Band X:	Das Grüne Meer
Band XI:	Die Stadt der Schurken

B bene Bücher

Torsten Weitze

Die Stadt der Schurken

Der 13. Paladin

Band XI

bene Bücher

Für alle, die neuen Mut brauchen.
Es ist nie zu spät, solange man sich nicht aufgibt.

Und denkt daran:
Es gibt nichts Schöneres für eine Geschichte,
als zum ersten Mal erlebt zu werden …

Illustration: Petra Rudolf
Druck: Print Group Sp. z.o.o.
1. Auflage 2021
info@benebuecher.de
www.benebuecher.de
www.facebook.com/benebuecher
www.tweitze.de
www.facebook.com/t.weitze
ISBN: 978-3-947515-81-3

bene
Bücher

Jorath
Die Eisigen Weiten
Cathinian
Onasthil
Das Weinende Tal
Die Drei Dutzend Seen
Die Wütenden Hauer
Die Roten Pfähle
Der Glatte Stein
Das Grüne Meer
Magierdom
Der Ring
Gol-Konar
Gol-Konar
Xanthasars Höhle
Niemandsviertel
Der Schwarze Umhang
Die Wütenden Hauer
Fleischmarkt
Hafenviertel
Ostviertel
Die Fünfzig Sünden
Der Steile Abstieg
Palastviertel
Das Fahle Haus
Der Blutrote Palast

Prolog

Das Lichterspiel des Eathinian schien geradewegs bis in Ahrens Seele zu dringen. Die lebendige Aura, die der gesegnete Wald der nördlichen Elfen ausstrahlte, war so rein und unverfälscht, dass sie selbst gegen die Finsternis in Ahrens Gedanken ankam und sie auflöste wie Balsam tiefste Wunden heilte. Jeder Atemzug an diesem Ort erinnerte den Paladin daran, wofür sie kämpften.

Wofür sie starben, korrigierte er sich düster.

Culhens feuchte Schnauze drängte sich gegen sein rechtes Ohr, als sein treuer Wolf ihn aufmunternd anstupste. *Gleite nicht wieder fort*, ermahnte ihn sein Freund. *Das hat der Junge nicht verdient.*

Ahren nickte, ein schiefes Lächeln auf seinem Gesicht. Halb fühlte er sich ertappt, halb provoziert durch die Aussage Culhens. Er sah sich genauestens um, indem er seinen Blick von der elfischen Tuchbrücke aus umherschweifen ließ. Hier irgendwo musste er sich verstecken. Ahren war sich dessen sicher, und dass er den Jungen nicht sofort sah, verlieh ihm ein wenig Hoffnung, die das dauerhafte Gefühl der Bedrohung in seiner Brust für einen Moment verstummen ließ. Elfische Baumhäuser aus kunstvoll geflochtenem Stoff hingen zwischen den hoch aufragenden grünen Baumriesen, die diese Region Eathinians beherrschten. Ahren war noch nie so weit östlich im Immergrün gewesen und es überraschte ihn, welch rauer Charme in diesem Teil des Waldes vorherrschte. Laut Jelninolan setzten sich hier vor allem jene Bäume durch, die auch am Rande der Eisigen Weiten gediehen, und so waren hier trotz des stets milden Klimas viele Nadelbäume zwischen den übergroßen Eichen und Buchen zu finden, die den Elfen eine Heimstatt boten. Die aus gewebtem Tuch bestehenden Behausungen des naturverbundenen Volkes wirkten wie immer harmonisch eingefügt in den Wuchs und die individuellen Charakteristika eines jeden Baumes, aber sie erschienen Ahren leerer und verlassener als früher.

Weil viele Elfen im Krieg sind, sagte Culhen sanft. *Bitte höre auf, überall Verfall und Tod zu sehen. Du musst dich zusammenreißen. Für den Jungen.*

Ahren ballte die Fäuste und schüttelte den Kopf. *Es fällt mir schwer*, gab er zu.

Genauso schwer, wie ihn zu finden?, neckte ihn der Wolf.

Der Paladin verstärkte seine Bemühungen, jene Gestalt auszumachen, die seit knapp zwei Monden seine Nerven bis zum Zerreißen belastete. Er beugte sich auf dem Band aus Tuch weit genug vor, um steil nach unten zu blicken, sah dort aber nur seine Freunde beisammenstehen und lachen. Auf Ahren wirkte ihre Heiterkeit befremdlich. Es war erst wenige Wochen her seit Feuer-im-Blick …

Sie haben Derartiges schon früher erlebt, erinnerte ihn Culhen.

Nicht so etwas, erwiderte der Waldläufer bitter. Er betrachtete Jelninolan und Trogadon, die nebeneinanderstanden und beinahe scheu Händchen hielten. Die majestätische Elfe und der wie ein Fels in der Brandung wirkende Zwerg schienen so unterschiedlich, wie zwei Wesen nur sein konnten. Ihre Liebe zueinander war für Ahren ein Zeichen, dass Unmögliches möglich war. *Doch selbst Wunder haben ihre Grenzen*, durchzuckte ihn ein ungebetener Gedanke.

Sei dankbar, für jene Wunder, die dir geschenkt wurden, erinnerte ihn Culhen geduldig. Der Wolf sah zu Khara hinab, und Ahren konnte durch dessen Augen sehen, wie gelöst sie wirkte und wie wunderschön sie aussah. Ihre weiße Tiefenstahlrobe mit der kaiserlichen Schärpe war probeweise durch einen zeremoniellen elfischen Umhang ergänzt worden, der aussah, als würde der hauchfeine, reinweiße Stoff beim sanftesten Windhauch zerreißen. Sie diskutierte lebhaft mit Jelninolan. Zweifelsohne besprachen sie in Vorbereitung des morgigen Tages verschiedene Details.

Etwas, das du auch tun solltest, erinnerte ihn Culhen. *Der Herbst ist nicht mehr fern. Die Sonne beginnt bereits zu sinken.*

Ahren schaute noch für einen Moment zu Khara hinab, dann wanderte sein Auge hinüber zu Falk, Uldini, Fisker, Lanlion … so viele waren gekommen, um am morgigen Tag anwesend zu sein. Er sollte sich freuen, aber diese düstere Wolke, die über seinen Gedanken hing, wollte nicht weichen.

Sie wollen das Leben feiern, redete Culhen ihm zu. *Also hör auf, ständig dem Tod dein Ohr zu leihen.*

Ahren sah den Wolf von der Seite an. *Hast du in letzter Zeit zu oft Lanlion gelauscht?*, fragte der Waldläufer mit einem Hauch von Humor.

Pah, machte das Tier und schnaubte. *Der redet umso schwülstiger, je näher der morgige Tag kommt, dass sogar die Barden Reißaus vor ihm nehmen. In seinem kalten Körper lodert ein überaus helles Feuer der Poesie.*

Ahren wischte sich mit einer Hand über die Augen und sah sich dann noch einmal um. Neben ihnen stand eine Handvoll junger Elfen, der übliche Pulk aus Kindern, die in einigen Schritt Entfernung darauf wartete, das Culhen sich wieder Zeit für sie nahm. Davon abgesehen sah der Waldläufer nur Blätter, dicke Äste und den weiten, mit Federwolken geschmückten Himmel oberhalb der Baumkrone hindurchblitzen, die keine zehn Schritt entfernt über ihnen thronte. Ahren schaute auf die mit Ästen gelegte Markierung zu seinen Füßen. Er war an der richtigen Stelle, nur von *ihm* war nichts zu sehen.

Also gut, sandte er Culhen mit einem resignierten Seufzer zu. *Benutze deine Nase*, forderte er den Wolf auf. *Wir schummeln.*

Aber Ahren! Jedes Wort des Tieres troff vor selbstgerechter Empörung, die durch und durch geheuchelt war. *Wie kannst du nur an so etwas denken?*

Ich bin sicher, Falk hat damals ebenso oft geschummelt, sagte Ahren unwirsch. *Ich gebe nur weiter, was ich gelernt habe.* Dabei kniff er die Augen zusammen und sah sich noch einmal um. *Wo steckt der Bursche nur?*

»Steht er noch immer über uns?«, fragte Khara mit einem unterdrückten Lächeln, ohne den Kopf zu heben.

»Und ob«, raunte Falk vergnügt. »Wenn er nicht langsam fündig wird, dann muss ich mich schämen, sein Meister gewesen zu sein.«

»Falk!«, rügte Jelninolan den alten Mann. »Du solltest deinem ehemaligen Lehrling besser beistehen.«

»Diese Zeit ist vorbei«, sagte der Paladin vergnügt und rieb sich über seinen grauen Bart. »Jetzt darf er selbst sehen, wie er klarkommt.« Khara sah, wie sich eine Falte auf der Stirn des Mannes bildete. »Verdammt, wann schummelt er endlich? Muss ich ihm denn alles beibringen?«

Culhens Nase zuckte, als der Wolf sie witternd in den Wind hielt. *Kein Wunder, dass du ihn nicht findest*, sagte das Tier schließlich. *Er ist nicht hier.*

Ahren stieß einen derben Fluch aus, der heftiges Getuschel unter den wartenden Elfenkindern auslöste. »Vergesst, was ihr gehört habt«, sagte der Paladin zu dem elfischen Nachwuchs und stürmte dann das gewebte Band hinab, das sich in sanften Schwüngen, einer Wendeltreppe gleich, den Baum hinabwand. »Die Anweisungen waren klar«, tobte er. »Er sollte sich irgendwo verstecken, von wo aus er die Markierung sehen kann!« Wut und Sorge bildeten in seinem Inneren ein übles Gemisch.

Es wird schon nichts passiert sein, beruhigte der Wolf ihn und trabte an Ahrens Seite. *Wir sind hier schließlich im Immergrün.*

Der Paladin rang mit seiner irrationalen Furcht und verlor. Ein Fehltritt in den hohen Ästen eines Baumes oder ein verwundetes Raubtier konnte auch an diesem vermeintlich sicheren Ort gefährlich werden. Er selbst hatte unter dem Blätterdach des Immergrüns bereits mehr als eine Gefahr überstehen müssen …

Ahren!, fuhr Culhen ihn streng an. *Du musst endlich loslassen. Der Schatten der Vergangenheit wird deinen Blick sonst für immer trüben.*

Der Waldläufer reagierte kaum, sondern hastete weiter, während ein Dutzend Horrorvorstellungen in seinem Kopf kreisten, was seinem Schützling zugestoßen sein könnte. *Such ihn*, befahl er Culhen, außer sich vor Sorge. *Such ihn, und mögen ihm die Götter gnädig sein, wenn er irgendwo den Sonnenschein auf seiner faulen Haut genießt.*

Seine Erleichterung war wie eine Welle, die die Last der Sorgen aus Ahrens Gemüt spülte, um gleich darauf einer ganz anderen Emotion Luft zu machen: brodelnder, heiß auf der Zunge schmeckender Wut.

Culhens zuverlässige Nase hatte sie ein ganzes Stück weit in den Wald geführt bis zu einem kleinen Fluss, an dessen Ufer sie ein großes, dichtes und verdächtig schnarchendes Gebüsch vorgefunden hatten. Ahren hatte vorsichtig die Blätter zur Seite gebogen, und da lag der Jüngling eingerollt und friedlich schlummernd zwischen den Ästen.

Wie er da hineingekrochen ist, ohne Spuren zu hinterlassen, ist schon eindrucksvoll, versuchte Culhen Ahrens Zorn zu dämpfen. *Das bedeutet doch, dass er dazulernt.*

Nur nicht bei den wichtigen Dingen, erwiderte der Paladin ungehalten. *Weck ihn auf.* Dabei sandte er dem Wolf ein sehr spezifisches Bild, auf welche Weise er dies tun sollte.

Ahren …, begann Culhen.

Nein, widersprach der Paladin sofort und verschränkte die Arme vor dem Körper. *Er muss es lernen.*

Na gut, sagte das Tier zögerlich. *Aber auf deine Verantwortung.* Dann sprang Culhen mit einem mächtigen Satz und einem lauten Knurren in das Gebüsch und auf den schlafenden Jungen, der sofort erwachte und panisch schreiend nach seinem Messer griff. Doch der Wolf hatte seine Beute auf dem Boden festgenagelt und geistesgegenwärtig dafür gesorgt, dass der Bursche nicht an seine Waffe gelangen konnte, indem er seinen Waffenarm mit einer Pfote zu Boden drückte. Culhens Lefzen waren weit zurückgezogen und er knurrte den panischen Knaben aus den tiefsten Tiefen seiner Kehle an. Sein Opfer zitterte nun wie Espenlaub, die Augen so groß, dass Ahren Sorge hatte, sie würden dem Jungen aus den Höhlen springen.

»Ich gratuliere«, sagte der Paladin mit einer kalten, schneidenden Stimme. »Du hast dich im Schlaf von einem Dunkelwesen fressen lassen und bist tot.«

Der Knabe blinzelte und sah erst durch das Blattwerk zu Ahren und dann auf die vermeintliche Bestie über ihm. Das Zittern ließ nach und wurde von einer tiefen Schamesröte ersetzt. »Culhen … «, keuchte er. »Es ist nur Culhen.«

Jetzt knurrte der Wolf aus eigenem Antrieb und schnappte spielerisch nach der Nase des Jungen. *Ich bin nie ›einfach nur Culhen‹*, ertönte eitel die Stimme des Tieres in Ahrens Kopf. *Sag ihm das.*

Ahren musste ein Schmunzeln unterdrücken und die Wut auf den Jungen half ihm dabei. Er richtete seinen strengsten Blick auf den sich unter Culhen hervorwindenden Knaben. »Du hast deine Aufgabe vernachlässigt, dich unerlaubt entfernt, wertvolle Zeit verschlafen und warst ungehorsam!«, ließ er eine wahre Litanei von Fehltritten auf sein Gegenüber niederprasseln.

Der Junge kroch aus dem Gebüsch und richtete sich auf, die Schultern verkrampft, die Hände zu Fäusten geballt. Ahren war sich nicht sicher, ob Verlegenheit oder Zorn die Oberhand in den grünen Augen seines Lehrlings behielt, zu sehr rangen diese beiden Emotionen miteinander. *Er ist ein brodelnder Vulkan*, warnte Culhen seinen Freund und trottete aus dem Gebüsch hervor. *Besser, du verhinderst einen Ausbruch, der euch beiden schadet.*

Ahren sah den Knaben vor sich mit zusammengekniffenen Augen an und musste dem Wolf widerwillig recht geben. Hier kam er nicht weiter. Nicht so. Also griff er zu einem altbewährten Mittel. »Siehst du diesen Baum da?«, fragte er und zeigte auf eine gut vier Dutzend Schritt hohe Eiche, die am Flussufer ihre Wurzeln tief in die Erde Eathinians gegraben hatte.

»Ja?«, fragte der Knabe misstrauisch, als sein Blick zu dem Baumriesen hinüberzuckte.

»Den wirst du jetzt fünfzigmal hinauf- und wieder hinunterklettern«, sagte Ahren in eisernem Ton. *Mal sehen, wie viel innerer Widerstand noch übrig ist, wenn er am Ende seiner Kräfte ist*, dachte Ahren selbstzufrieden. *Bei mir hat das auch immer funktioniert.*

»Aber … «, begann die schlanke Gestalt.

»Jetzt«, unterbrach ihn der Waldläufer mit einer Stimme wie ein Peitschenknall.

Die Schultern des Jungen sackten herab. »Ja, Meister.«

Ahren konnte eine gewisse Selbstzufriedenheit nicht leugnen, als er es sich unter der Eiche bequem machte und genüsslich den Knaben beobachtete, wie dieser sich abmühte, seine Strafe abzugelten. Er hatte sich in die Flanke des Wolfes gekuschelt, wie er es seit vielen Monden tat, wenn er auf Reisen nächtigte. »Nicht müde werden«, rief er in den Baum hinauf. »Noch siebenunddreißig Kletterpartien hast du noch vor dir.« Die schmale Gestalt über ihm zuckte bei dieser Erinnerung zusammen, und Ahrens bärtiges Gesicht verzog sich zu einem schmalen Lächeln.

»Du bist wohl furchtbar stolz auf dich«, ertönte plötzlich die melodische Stimme Jelninolans neben ihm, und Ahren sah sich überrascht um. Linker Hand trat die Elfe mit einem missbilligend verzogenen Gesichtsausdruck hinter einem dichten Strauch hervor und wirkte wie eine Mutter, die ihren erwachsenen Sohn beim Naschen vom frisch gebackenen Kuchen erwischte.

»Ein wenig«, antwortete Ahren mit Trotz in der Stimme und fühlte sich plötzlich viel jünger, als er war. »Irgendwie muss er es ja lernen. Bei mir hat diese Methode funktioniert.«

»Er ist aber nicht wie du«, sagte Jelninolan ruhig und setzte sich neben ihn. Culhen erschauderte zufrieden, als die Elfe sich an ihn schmiegte und dabei einen Arm um Ahrens breite Schultern legte. »Du und er, ihr müsst euren eigenen Weg finden.«

»Das sagt sich so leicht«, brummte Ahren und er spürte, wie seine Stimme heiser wurde. »Nach Feuer-im-Blick …«

Jelninolan unterbrach ihn mit einem Seufzer. »So geht das nicht weiter«, sagte sie. »Diese Wolke hängt schon zu lange über deinem Geist. Du hast dich den Ereignissen nie wirklich gestellt.«

Ahren versteifte sich. »Wie kannst du das sagen?«, erwiderte er empört. »Es vergeht kein wacher Augenblick, an dem ich nicht an den Tod Feuer-im-Blicks denke.«

»Genau das meine ich«, erwiderte Jelninolan sanft. »Du hängst fest wie eine Fliege im Spinnennetz. Morgen willst du mit Khara den Bund eingehen und doch bist du in Gedanken noch immer in jener Nacht gefangen – die uns alle zutiefst verletzt hat.« Sie deutete auf die schwitzende Gestalt im Baum. »Ihn ebenso, wenn auch auf andere Weise.«

Ahren schüttelte unwillig den Kopf. »Was soll ich denn tun?«, fragte er heftig. »Ich gebe hier wirklich mein Bestes.«

»Ich weiß«, sagte Jelninolan sanft und zog *Mirilan* aus ihrem Beutel hervor. »Ich habe darüber nachgedacht und ich glaube, ich kann dir helfen.«

Hoffnung glomm in Ahren auf wie ein langersehnter Sonnenaufgang nach einer stürmischen, finsteren Nacht. »Wie?«, fragte er leise.

»Mit Sturmweberei natürlich«, sagte die Elfe lachend und legte den Kopf schief. »Eigentlich mit der klassischen Magie meines Volkes, aber mit *Mirilan* wird es schneller und effektiver gehen.« Sie sah ihn mit ihrem intensiven Blick von der Seite an, und Ahren konnte nicht wegsehen. »Erinnerst du dich noch, wie ich dir die Vision von meiner Entfesselung gezeigt habe, damals in Tiefstein?«

Ahren runzelte die Stirn. »Das war kurz nach Culhens Vergiftung«, sagte er grüblerisch. Der Wolf hinter ihm regte sich unbehaglich mit einem leisen Knurren. »Als wir Sven …«

Jelninolan nickte. »Damals hat mir das Durchleben dieser Erinnerung geholfen. Jetzt versuche ich etwas Ähnliches bei dir.« Sie klopfte sanft auf ihre Sturmfiedel. »Ich bringe dich zurück in jene Nacht und du durchlebst sie noch einmal.«

»Auf keinen Fall!«, rief Ahren aus und bemerkte aus dem Augenwinkel, wie der Junge im Baum innehielt und zu ihnen herabsah. »Du kletterst schön weiter!«, befahl Ahren streng und deutete auf den Jungen, ohne den Blick von Jelninolan zu nehmen. »Und was dich angeht …«, begann er zornig.

»Bemerkst du eigentlich, wie du sprichst?«, fragte die Elfe eindringlich. »Du bist voller Wut und Bitterkeit. Und so willst du dem Jungen da oben im Baum ein guter Meister sein? Oder morgen mit Khara vor den Augen der Götter den Bund eingehen?«

Ahren wand sich wie ein Wurm am Haken.

Hör ihr wenigstens zu, bat Culhen ihn drängend.

Was soll das bringen, diese Qualen noch mal durchzustehen?, begehrte Ahren auf.

Frage sie und finde es heraus, kam die lakonische Antwort. *Oder riskiere es, bei deinem Lehrling zu versagen, nur weil du aufgrund deiner Schuldgefühle den Eathinian vor lauter Bäumen nicht siehst.*

Ahren ließ die Schultern sinken. Er sah jetzt bestimmt so aus wie sein Lehrling, als er ihn aus dem Gebüsch geschimpft hatte. »Was soll ein erneutes Erinnern schon bewirken?«, fragte er die Elfe leise und hörte die Kapitulation bereits aus seiner eigenen Stimme heraus.

Jelninolan nickte zufrieden und hob *Mirilan* an ihre Schulter. »Versetze dich tief in die Melodie hinein«, sagte sie und begann eine sanfte, tragende Weise zu spielen, die die Tragik jener vergangenen Nacht ins Licht des ersterbenden Tages zerrte. »Fühle alles, was du damals gefühlt hast, als wäre es das erste Mal.«

Ahrens Blickfeld engte sich ein und seine Augen wurden schwer.

»Doch dieses Mal lässt du all deine Emotionen zu und stellst dich ihnen.«

Der Paladin wollte erwidern, dass er dies doch bereits getan hatte, aber da trug ihn die Magie bereits fort, auf jenen schicksalhaften Augenblick zu, den Ahren nie wieder hatte erleben wollen.

1. Kapitel

»Er ist tot.«

Die geflüsterten Worte Uldinis waren wie ein Richterspruch, der Ahrens Welt aus den Angeln hob und ihn zu einem Leben in Finsternis und ewiger Schande verurteilte. Ahren blinzelte mechanisch, dann sah er entsetzt in die blicklos gen Nachthimmel starrenden Augen Feuer-im-Blicks, dessen Kopf im Schoß des jungen Waldläufers ruhte. Die Brustplatte des toten Paladins verbarg gnädigerweise die Verwundungen, die der boshafte Wandler dem Clansmann zugefügt hatte. Der Mörder Feuer-im-Blicks war bereits unter Uldinis Magie vergangen, aber sein dunkles Werk blieb bestehen.

»Er ist tot«, wiederholte Uldini, und zu Ahrens Grauen hörte er eine tiefe Verzweiflung in der Stimme des Magus, dessen eiserner Wille sonst niemals brach. Tränen schossen dem jungen Paladin in die Augen und flehentlich sah er zu Jelninolan, die links neben ihm kniete und mit einem hoffnungslosen Blick in den Augen die Wunden unter der Rüstung des toten Mannes abtastete.

»Da ist nichts mehr zu retten«, sagte sie mit gebrochener Stimme. »Dieses Herz wird nie wieder schlagen.«

Ahren hörte Khara und die anderen hinter sich schluchzen, schreien und jammern, aber er selbst fühlte sich plötzlich losgelöst vom Geschehen, so als würde er sich und seine Freunde aus großer Höhe betrachten. Der Krieg war verloren. Der Feind hatte gesiegt. Mit diesem einen Todesstoß aus der Dunkelheit heraus hatte der Widersacher alles zerstört, wofür Ahren so hart gekämpft hatte – wofür Paladine und Alte viele Jahrhunderte oder gar Jahrtausende gekämpft hatten.

Die Leere in Ahrens Innerem drohte ihn zu verschlingen, aber es gab einen Ruhepol in dem Sturm aus Trauer, der sein Innerstes verwüstete.

Wir finden einen Weg, sagte Culhen und drückte seine Schnauze liebevoll an Ahrens Nacken. Du *findest einen Weg. Das hast du immer getan.*

Ahren war zu erschüttert, um zu antworten, aber die Worte seines Freundes waren wie ein Anker, der ein Schiff vor dem tödlichen Mahlstrom einer tückischen See bewahrte.

»Können wir nicht irgendetwas tun?«, fragte er in die Runde und sah zum ersten Mal bewusst seine Freunde an. Trogadon war grau wie eine Granitwand und stand nur mit offenem Mund da, die Hände krampfhaft um seinen Hammer geschlungen, der ihnen nicht mehr helfen konnte. Es gab keinen Feind damit zu erschlagen und auch kein Werkstück zu schmieden. Ahrens flehender Blick zuckte zu Lanlion hinüber. »Kannst du helfen?«, fragte er. »Deine Magie ... kannst du ihn vielleicht ...« Ihm gingen die Worte aus.

»Mein Fluch wirkt nur bei jenen, die die letzte Schwelle noch nicht überschritten haben«, erinnerte Lanlion Ahren mit vor Melancholie schweren Augen. »Und ich bin mir nicht sicher, ob ich einem Freund diese Bürde auflasten würde, also bin ich dankbar, dass ich dies nicht entscheiden muss.« Yantilla, die Lanlions Geheimnis noch nicht kannte, sah den Blutleeren irritiert an, blieb jedoch starr und wie betäubt sitzen, als hätte sie der plötzliche Tod des Paladins in eine Salzsäule verwandelt.

Ahren schluckte und sah sich weiter um. In Kharas Gesicht las er Trauer, bedingungslose Liebe und Mitgefühl, während Falk beinahe so bleich war wie das Antlitz des verstorbenen Paladins. Selsena überschwemmte sie alle mit einer solchen Traurigkeit, dass Ahren glaubte zu ersticken, und Muai stieß ein kontinuierliches Grollen aus, als wolle sie den Tod selbst herausfordern, damit der seine kostbare Beute freigab. Fisker war stumm wie ein Fisch und wiegte sich geistesabwesend vor und zurück, während er den aufgeregt kreischenden Cassobo mechanisch streichelte. Blieb nur noch Uldini.

»Tu etwas«, raunte Ahren ihm mit zitteriger Stimme zu. Der junge Waldläufer hörte, dass er selbst wie die Saite eines Musikinstrumentes klang, die über Gebühr gespannt war und bald reißen würde.

»Ich kann nicht«, sagte Uldini und sackte mutlos zu Boden. Tränen rannen über das jungenhafte Gesicht des uralten Magiers, was ihn wie ein tief verletztes und verwirrtes Kind erscheinen ließ.

»Du bist der Oberste der Alten«, sagte Ahren mit einer Schärfe in der Stimme, die ihn erschreckte. Sie klang unmenschlich und fordernd, beinahe wie die des Ersten, wenn er verlangte, dass andere funktionierten, wo gewöhnliche Menschen zerbrachen. »*Tu irdendetwas!*«

Ahren ..., begann Culhen warnend.

»TU ETWAS!«, brüllte Ahren seinen Schmerz und seine Verzweiflung heraus. Die Worte ließen ihn leer und zittrig zurück.

Uldini zuckte zusammen, als wäre er geschlagen worden, und warf sich mit einem urtümlichen Knurren an Ahren vorbei auf den Leichnam von Feuer-im-Blick. Er drückte *Flammenstern* auf den Brustpanzer des Paladins und sofort begann in der Kristallkugel ein schwaches Glühen zum Leben zu erwachen.

»Was soll das?«, fragte Falk, sein Tonfall eine Mischung aus Argwohn und Verwirrung.

»Ich weiß es nicht«, gestand Uldini, der seine Augen fest geschlossen hielt. »Ich muss etwas versuchen, oder nicht? *Irgendetwas.*«

Ahren starrte wie gebannt abwechselnd auf das Gesicht des Toten in seinem Schoß und auf den immer heller glühenden *Flammenstern*, der wie eine kleine Sonne loderte.

»Uldini«, ächzte Jelninolan, die anscheinend spürte, was der Magus tat. »Das hält deine Kristallkugel niemals durch.«

»Ich weiß«, knurrte die kindliche Gestalt, die schweißüberströmt und am ganzen Leib zitternd auf Feuer-im-Blick lag und ihren Zauberfokus beharrlich auf dessen Brust presste. Am lodernden Feuer *Flammensterns* vorbei bemerkte Ahren, wie der Tiefenstahl der Brustplatte des Toten zu glühen begann, als würde das Metall frisch aus den Tiefen jener Zwergenschmiede kommen, in der es einst geformt worden war. Ahren spürte ein tiefes Summen von der Kristallkugel ausgehen, das mehr und mehr zunahm und in seinen Ohren widerhallte wie Tausende Echos. Ein Ruck ging durch den toten Körper Feuer-im-Blicks, und für einen wilden, wahnsinnigen Moment hoffte Ahren, dass der Magus das Unmögliche vollbracht und den Clansmann dem Tod entrissen hatte. Doch Feuer-im-Blick lag nach dieser kurzen Bewegung wieder still da, die Augen blicklos gen Himmel gerichtet, als ob sie einen unsichtbaren Pfad zu den Göttern sahen, den nur jene erkannten, deren Zeit auf Jorath abgelaufen war.

»Das ist gefährlich«, stöhnte Jelninolan und deutete auf *Flammenstern*, während sie mit der anderen Hand ihre Augen vor dem immer stärker werdenden Glanz der Kristallkugel abschirmte.

»Mehr als das«, stimmte Uldini zu und erhob sich torkelnd, das golden gleißende Objekt zwischen den Fingern. »Es ist die Tat eines Wahnsinnigen.«

»Was hast du getan?«, fragte Falk und starrte aus zusammengekniffenen Augen und voller Abscheu auf die Flammenkugel in den Händen des Magus. »Alles in mir wehrt sich gegen diesen Anblick.«

Auch Ahren verspürte ein tiefes Unbehagen, wann immer er *Flammenstern* blinzelnd ansah. Das Licht in ihrem Inneren fühlte sich *falsch* an. »Uldini?«, fragte er heiser.

Der Magus wirkte genauso verloren und verwirrt wie direkt nach dem Tod des Paladins. »Sein Göttersegen«, sagte er flüsternd. »Ich habe ihn eingefangen.«

Ahren musste würgen, als alles in ihm gegen die Vorstellung rebellierte, dass etwas so Reines und Heiliges wie die Kraft der Götter nun in einem Gebilde aus Glas und Magie gefangen war. »Das ist falsch!«, stieß er hervor.

»Verdammt falsch«, grollte Falk und machte einen wütenden Schritt auf die kleine Gestalt zu. »Du spielst hier mit der Essenz der Schöpfung selbst.«

»Technisch gesehen nicht …«, begann Lanlion, verstummte aber unter dem Blick des alten Paladins.

»*Flammenstern* vergeht unter der Macht, die ich in seinem Inneren eingeschlossen habe«, sagte Uldini mit einer vor Anstrengung verzerrten Stimme. »Uns bleiben keine dreihundert Herzschläge, um eine Lösung zu finden, oder der Göttersegen Feuer-im-Blicks bricht hervor und ist für so lange Zeit verloren bis die DREI einen neuen Paladin erschaffen.«

Bis dahin sind wir tot, ging es Ahren durch den Kopf. *Der Widersacher wird uns nicht die Zeit lassen, bis die Götter erneut genug Kraft gesammelt haben, um einen der unseren zu ersetzen.*

Denk nicht an Probleme, ermahnte ihn Culhen und schleckte ihm über das rechte Ohr. *Denk an Lösungen.*

Ahrens Verstand raste, aber Khara war schneller als er. »Was ist mit mir?«, fragte sie. »Ich stamme von einem Paladin ab, von Quin-Wa. Kann ich den Göttersegen aufnehmen?«

Wieder wallte eine wilde Hoffnung in Ahren auf. Uldini und Jelninolan schüttelten jedoch heftig die Köpfe und das Gefühl erstarb, nur die kalte Asche der Verzweiflung in ihm zurücklassend. »Du bist an Quin-Was Segen gebunden«, sagte Jelninolan. »Ein anderer passt dir so wenig wie Uldini die Schuhe Trogadons passen würden.«

Kharas Schultern sackten herab und sie nickte betrübt.

»Außerdem liegt deine Abstammung zu Quin-Wa generationenweit zurück«, warf Uldini stöhnend ein. »Die Macht eines Göttersegens würde dich von innen heraus zerreißen.«

»Was dann?«, fragte Lanlion in die Stille hinein, die nur vom leidgeplagten Keuchen der Gefährten unterbrochen wurde.

Ahren bemerkte, dass das laute Feiern der Clansmänner und -frauen an den Freudenfeuern ringsum nachließ und die ersten fragenden Rufe ertönten. Er schloss die Augen, als ihm neue Tränen kamen und alle Kraft aus seinen Gliedern wich. Gleich würde ihr Versagen real werden, wenn sie würden eingestehen müssen, dass einer der dreizehn Streiter der Götter tot war. Ahren wollte aufstehen, um sich den Clansleuten zu stellen, als ihm plötzlich wieder einfiel, dass er noch immer den Kopf des Toten auf seinem Schoß barg. Der junge Paladin bettete Feuer-im-Blicks Haupt vorsichtig auf den steinernen Boden, wobei er das Gefühl hatte, als würde das Gewicht der ganzen Schöpfung in seinen Händen lasten. Er wollte sich endlich erheben, aber sein Verstand war von den jüngsten Ereignissen und dem bedrohlichen Summen *Flammensterns* bis an den Rand des Erträglichen getrieben worden. Eigentlich sollte er seinen Freunden dabei helfen, eine Lösung für den sich bald befreienden Göttersegen zu finden, aber das klare Denken fiel ihm zunehmend schwerer und seine Beine wollten ihn nicht tragen.

Du stehst unter Schock, so wie wir alle, hörte er Culhen sagen. Der Wolf drehte seinen Kopf und sah Ahren tief in die Augen, bis der junge Paladin nichts anderes auf der Welt mehr wahrnahm, als die darin schimmernde Güte und Treue. *Atme tief durch und sammle dich. Da kommen Fäuste-wie-Eisen, Blickt-zum-Horizont und Aimenata mit einem Dutzend anderer Clanmitglieder. Sicher gefällt denen Uldinis Verzweiflungstat überhaupt nicht.*

Ahren zwang sich zu einem tiefen Atemzug und stand dann auf, wobei er sich an seinem treuen Wolf festhielt. Er blickte erst der alten, dann der neuen Hochschamanin in die Augen und schließlich Fäuste-wie-Eisen. Es war das Schwerste, was er je getan hatte, als er so standhaft wie nur möglich verkündete: »Feuer-im-Blick ist tot.«

Seine Worte hätten ebenso gut ein Sturmwind sein können, der den Lebenswillen aller Anwesenden auslöschte, denn mehrere Clanmitglieder sackten an Ort und Stelle zusammen. Das tiefgläubige Volk des Grünen Meeres traf der Tod eines der Streiter der Götter besonders hart.

»Was … wie …?«, stammelte Fäuste-wie-Eisen, während die beiden Schamaninnen wie gebannt auf Uldinis immer stärker vibrierende Kristallkugel starrten.

»Ein Attentäter«, sagte Ahren. »Ein besonders mächtiger Doppler.« Ihm kam jedes seiner Worte wie ein Mühlstein vor, den er mühsam aus seinem Mund herauspressen musste. »Es ging alles viel zu schnell.« Der letzte Satz war nicht mehr als ein zaghaftes Flüstern.

»Und was soll dies hier sein?«, fragte Aimenata mit tiefem Entsetzen in der Stimme, das sich mühsam an der Schwermut vorbeizwängte, die ihrer Frage einen rauen Unterton gab. Sie deutete auf den gefangenen Göttersegen. »Ihr haltet das Schicksal der Welt in Händen, anstatt es den Dreien zurückzugeben.«

»Das weiß ich auch«, fauchte Uldini, dessen Magie seiner Laune sichtlich zusetzte. *Flammenstern* ruckte wie ein bockiges Pferd, das seinen Reiter abzuwerfen versuchte, zwischen den schlanken Fingern der jungenhaften Gestalt hin und her. »Ich kann Euch beruhigen, dieser Zustand wird nicht mehr lange anhalten. Wenn Ihr nicht gleich einen Paladin aus dem Nichts herbeizaubert, wird meine Torheit bald bestraft werden … denn ohne passendes Gefäß, in das ich ihn leiten kann, wird der Segen *Flammenstern* verzehren und sich befreien.«

Nach diesen Worten wirkten die beiden Schamaninnen doppelt so betroffen, und auch Ahren durchlief eine Welle der Mutlosigkeit. Sollten sie nun auch noch Uldinis machtvollen Fokus verlieren? Ahren war, als würde alle Farbe aus der Welt entweichen und nur bittere Schwärze zurücklassen.

»Kommt mit.« Die Worte Fäuste-wie-Eisens wurden mit solcher Bestimmtheit und Autorität gesprochen, dass keiner der Anwesenden widersprach. Ohne sich umzudrehen, ging der Älteste los, seine verkrampften Schultern und geballten Fäuste vermittelten Ahren den Eindruck, als wolle der breitschultrige, glatzköpfige Mann geradewegs in eine Schlacht stapfen.

Verunsichert ging Ahren ihm hinterher, den Blick seiner Gefährten suchend. Keiner schien genau zu wissen, was der Clansmann vorhatte, aber sie alle folgten ihm mit hastigen Schritten durch das Lager, in dem sich das laute Wehklagen des Reitervolks wie ein Steppenfeuer ausbreitete. Nur Yantilla blieb auf Ahrens Zeichen mit einigen Eiswölfen zurück, um den Leichnam zu bewachen,

»Dunkle Kunde fliegt mit breiten Schwingen«, flüsterte Lanlion schwermütig in die Runde. »Der Tod unseres Freundes wird heute Nacht so manches Herz schwer werden lassen.«

»Wo gehen wir hin?«, fragte Uldini ungeduldig und voller Anstrengung. Ahren sah *Flammenstern* immer stärker in den Händen des Magus vibrieren. »Uns läuft die Zeit davon!«

»Es ist nicht mehr weit«, erklang die heisere Antwort von Fäuste-wie-Eisen. Der unterschwellige Zorn in den Worten des Clansmannes riss Ahren aus seiner geistigen Betäubung. Was hatte der sture Älteste vor, nun, da Ahren und seine Freunde versagt hatten? Wollte er sie für den Tod Feuer-im-Blicks anklagen, solange sie noch unter Schock standen? Die Götter wussten, sie hätten es nicht anders verdient.

Du denkst nicht klar, warnte ihn Culhen. *Lass weder Angst noch Scham deinen Geist übermannen.* Die Stimme seines Freundes klang förmlich, fast feierlich. *Die anderen brauchen dich jetzt. Jorath braucht dich jetzt.*

Wirklich?, entgegnete Ahren bitter. *Die Dreizehn sind ausgelöscht. Es gibt nur noch zwölf. Alle Hoffnung ist verloren.* Mit jedem gedachten Wort schrumpfte sein Blickfeld mehr in sich zusammen, während die Schwermut ihm Augenlicht, Atemluft und Lebenswillen gleichermaßen zu rauben drohte. Er ahnte nun, wie die Paladine sich in der Nacht des Blutes gefühlt haben mussten. Und zu allem Überfluss hatten sie damals auch noch ihre Liebsten verloren.

Und trotzdem haben sie am nächsten Tag erneut gegen den Widersacher gekämpft, erinnerte ihn Culhen. Das Bild eines zerbissenen Wolfes, der sein Rudel vor einem tollwütigen Bären zu schützen suchte, tauchte vor Ahrens Augen auf. *Der Kampf ist erst vorbei, wenn wir uns geschlagen geben.*

Ahren legte seine rechte Hand in das Nackenfell seines Freundes und lehnte seinen Kopf gegen dessen Schnauze, während sie weitergingen. Irgendwann während ihres Marsches hatte Khara seine Linke umfasst. Culhens Worte und die Präsenz seiner Freunde um ihn herum verliehen Ahren die Kraft, einen Fuß vor den anderen zu setzen.

»Gleich ist es zu spät«, stieß Uldini hervor und riss den jungen Paladin aus seiner Gedankenwelt. »*Flammenstern* ist am Ende seiner Kräfte … und ich bin es auch.«

»Nicht jammern«, knurrte Fäuste-wie-Eisen und steuerte ein großes Zelt an, in dem gut zehn Personen Platz finden konnten. Ahren erkannte an beiden Seiten des Eingangs die stilisierten Zeichnungen einer geballten Faust. Dies musste das Zelt des Ältesten sein. Was bei allen Göttern wollte er nur mit ihnen hier? Der Clansmann riss den Zelteingang regelrecht auf. »Wir sind da«, verkündete er, und Ahren fiel auf, dass die Adern auf der Stirn und an den Schläfen des kahlköpfigen Mannes derart angeschwollen waren, dass es aussah, als würden sie jeden Moment bersten. »Alle hinein, die Alte oder Paladine sind. Der Rest bleibt draußen.«

Also ich komme in jedem Fall mit, sagte Culhen und schritt hastig an Fäuste-wie-Eisen vorbei, bevor der protestieren konnte. Ahren folgte mit Khara an seiner Seite, die ebenfalls keinerlei Anstalten machte, sich ausschließen zu lassen, ebenso wenig wie der stur dreinblickende Trogadon. Während die restlichen Gefährten das Zelt betraten und Uldini schweißüberströmt ein weiteres Mal um Eile bat, sah der junge Paladin sich in dem gleißenden Licht der wie ein Dutzend zornige Wespenschwärme summenden Kristallkugel um. Es gab drei Schlafstätten. Eine davon war unbenutzt, auf den beiden anderen hockten zwei Clansleute, die die Eindringlinge erschrocken anstarrten. Eine der beiden Gestalten war eine Frau mittleren Alters mit glattem braunem Haar und gefühlvollen grünen Augen, in denen ein alter, tief sitzender Schmerz zu finden war, den auch der Schrecken nicht auslöschen konnte, den sie zweifelsohne gerade aufgrund der Fremden in ihrem Zelt empfand. Die andere belegte Schlafstatt gehörte einem Knaben von vielleicht dreizehn oder vierzehn Wintern, der die Haar- und Augenfarbe seiner Mutter geerbt hatte und die Eindringlinge mit stechendem Blick fixierte, in dem Überraschung und Angriffslust miteinander rangen. Feuer-im-Blick sagte in rauem Ton einige Worte in der Sprache des Reitervolkes und die beiden entspannten sich. »Meine Frau, Still-wie-ein-Teich, und mein Sohn«, sagte der Clansmann knapp und schloss die Zeltklappe hinter sich.

»Sehr erfreut«, fauchte Uldini in die Runde. *Flammenstern* ruckte nun so heftig in seinen Händen, dass es aussah, als würde der Magus regelrecht mit der Kristallkugel ringen. »Sollen sie mit ansehen, wie die letzte Hoffnung Joraths erlischt, oder warum sind wir hier?« Die Stimme des Magus war so beißend, dass Ahren sich nicht gewundert hätte, wenn die Worte des Alten ein Loch in die Zeltwand gefressen hätten.

»Hakanu, steh auf!«, befahl Fäuste-wie-Eisen und der Junge tat umgehend, wie ihm geheißen. »Hilf dem Obersten der Alten dabei, seine Kugel festzuhalten.«

»Nicht!«, sagte Uldini scharf, doch es war zu spät. Ungläubig sah Ahren, wie der Jüngling, ohne zu zögern, nach *Flammenstern* griff, ihn mit beiden Händen umfasste – und wie die Kristallkugel sich daraufhin beruhigte und das Summen abrupt abnahm.

Ein Keuchen entrang sich aller Anwesenden einschließlich Hakanus. Nur Fäuste-im-Blick und seine Frau wirkten nicht überrascht. Der Clansmann schien einfach nur wütend zu sein, und die braunhaarige, zart gebaute Frau brach in Tränen aus.

»Was … wie … warum?«, stammelte Uldini und sah vollkommen verwirrt von *Flammenstern* zu Hakanu und wieder zurück.

»Du wolltest einen Paladin von Feuer-im-Blicks Blut«, sagte Fäuste-wie-Eisen, seine Stimme ein Mahlstrom aus unterdrücktem Zorn und unbändiger Frustration. »Hier hast du einen.«

***

Nach dem Tode von Tücke hatte Schatten sich unbemerkt von seinem jetzigen Träger, einem arglosen Händler, gen Osten bringen lassen. Der Tölpel hatte nur zu leicht auf die mörderischen Einflüsterungen reagiert, die Schatten ihm ins Ohr gewispert hatte. Die Leiche seines Mitreisenden lag kalt und still in einer Grube, gemeuchelt, einzig weil Schatten es so gewollt hatte.

Wenn alle Menschen derart leicht zu manipulieren waren, würde der Tod des nächsten Paladins ein Kinderspiel werden. Es fehlten ihm nur noch die passenden Verbündeten.

***

»Kann mir bitte jemand erklären, was hier geschieht?«, fragte Trogadon über das Summen *Flammensterns* und das leise Weinen von Still-wie-ein-Teich hinweg. Jelninolan war instinktiv zu der leidenden Frau hinübergeeilt und barg sie in ihren Armen, während ihr Gesicht ein Dutzend Fragen gleichzeitig widerspiegelte. Fragen, die auch Ahren auf der Zunge lagen.

»Nicht loslassen«, befahl Fäuste-wie-Eisen indes seinem Sohn, der beflissen nickte. Auch in den Zügen des Knaben erkannte Ahren Neugier, die sich jedoch mit wachsender Verunsicherung mischte.

»Nun rede schon, verdammt«, knurrte Falk, der mit eingefallenem Gesicht an den Ältesten herantrat. »Mein altes Herz braucht endlich ein wenig Ruhe. Wenn du etwas zu sagen hast, das uns alle rettet, dann raus damit.«

Fäuste-wie-Eisen sah hinüber zu seiner weinenden Frau, ihre Trauer spiegelte sich als stumme Qual in seinen Augen. »Ich lernte Still-wie-ein-Teich schon als Jüngling kennen und lieben«, sagte er mit heiserer Stimme. »Damals kannte man sie noch als Lacht-wie-der-Morgen.« Er räusperte sich. »Wir wurden schnell ein Paar und die Welt war voller Verheißung und Freude. Dann kam das Sehnen.« Seine Stimme schlug um, nahm einen düsteren Ton an und Galle schlich sich in jede Silbe hinein. »Die Götter hatten sie für einen Paladin bestimmt.« Er starrte Ahren an und der junge Paladin glaubte für einen Moment, der Clansmann würde hier und jetzt einen Kampf mit ihm beginnen. »Sie widerstand noch ein paar Winter, aber schließlich wurde es zu stark. Unweigerlich suchte sie die Nähe Feuer-im-Blicks, obwohl sie und ich längst den Bund eingegangen waren.«

Khara stieß einen traurigen Laut aus und drückte Ahrens Hand fester. Ihr eigenes Ringen um Ahrens Herz war gerade erst überstanden, und der junge Paladin konnte in ihren Augen sehen, dass sie mit dem Mann litt, der seine tragische Liebesgeschichte vor ihnen ausbreitete. Still-wie-ein-Teich weinte leise vor sich hin und Ahren war sich nicht einmal sicher, ob sie die Worte ihres Mannes überhaupt wahrnahm. Hakanu hingegen bekam immer größere Augen und hing mit einer Mischung aus Argwohn und Furcht an den Lippen seines Vaters.

»Schließlich waren die Qualen, die meine geliebte Frau litt, zu groß geworden und ich stimmte zu, dass sie eine einzige Nacht dem Sehnen nachgab.« Das Weinen von Still-wie-ein-Teich wurde heftiger und Ahren sah, wie sehr Fäuste-im-Blick unter der Trauer seiner Frau litt. Einer Trauer, die dem verblichenen Mann galt, den die Götter für sie auserwählt hatten. »Danach wurde es leichter für sie – für uns. Denn sie trug nach dieser einen Nacht ein Kind unter dem Herzen und das Sehnen versiegte.« Er sah sie nun mit unendlicher Traurigkeit in den Augen an. »Zugleich hatte es ihre Liebe für mich fortgebrannt und unsere gemeinsamen Abende wurden kalt und leer.«

»Ich ahne, wohin diese Geschichte führt«, sagte Falk und legte dem Clansmann mitfühlend eine Hand auf die Schulter. »Warum belassen wir es nicht dabei und ersparen einigen unter uns den traurigen Rest fürs Erste.« Dabei sah er vielsagend zu dem verwirrten Hakanu hinüber, der seine flehentlich dreinblickenden Augen nicht vom Antlitz seines Vaters lösen konnte.

»Sie endet nicht so düster, wie Ihr glaubt«, sagte Fäuste-wie-Eisen. »In meinem Zorn über die verlorene Liebe meiner Frau schlug ich Feuer-im-Blick einen Zweikampf vor. Der Sieger sollte bestimmen, wie es weiterginge. Ich hatte schließlich den Willen der Götter geschehen lassen und verlangte nun, dass Feuer-im-Blick im Gegenzug den Bund respektierte, den ich und Still-wie-ein-Teich eingegangen waren, lange bevor das Sehnen einsetzte, denn eine solche Verbindung ist hier im Grünen Meer ausgesprochen heilig. Sollte er gewinnen, würde ich weichen, meinen Platz als Ältester aufgeben und so lange an der Grenze Wache halten, bis mich ein früher Tod ereilen und Still-wie-ein-Teich zur Witwe würde. Sollte ich gewinnen, würde ich das Kind an der Seite meiner Frau als mein eigenes großziehen.« Er sah nun Hakanu direkt an. »Ich besiegte Feuer-im-Blick, und die Liebe, die meine Frau und ich für unseren Sohn empfanden, brachte uns im Laufe der Zeit wieder näher zueinander und schenkte uns Frieden.«

Hakanu schüttelte ungläubig den Kopf und nahm die Hände von *Flammenstern*, um auf seinen Vater zuzugehen. Sofort gebärdete sich die

Kristallkugel wie wild und das sanfte Summen wurde zu einem ohrenbetäubenden Kreischen.

»Hände an die Kugel!«, brüllte Uldini den überwältigten Knaben an, und Ahren sprang vorwärts und drückte sanft, aber bestimmt die Hände des Jungen zurück auf das vibrierende Glas.

»Alles wird gut«, murmelte er Hakanu zu und stellte sich neben ihn. »Ich weiß, dass es sich für dich gerade anfühlt, als ob die ganze Welt aus den Fugen gerät, aber wenn du die Hände nicht auf der Kugel lässt, wird genau das wortwörtlich geschehen.« Der Junge nickte verwirrt, und Ahren sah in seinem glasigen Blick die ersten Anzeichen emotionaler Überlastung. An keinem von ihnen würde diese Nacht spurlos vorbeigehen, und Ahren fühlte, wie eine Welle der Zuneigung und des Mitleids für Hakanu in ihm emporstieg. Der Junge würde all die harten Lektionen noch lernen müssen, die Ahren in den letzten Jahren selbst überstanden hatte.

»Also ist dies hier Feuer-im-Blicks Junge?«, fragte Trogadon in die Runde und sah schließlich Fäuste-wie-Eisen an. »Du bist der Ziehvater eines potenziellen Paladins?«

Der Älteste richtete sich kerzengerade auf und sah Hakanu fest in die Augen, während er die Frage des Zwergs beantwortete. »Feuer-im-Blick erwählte ihn nach seiner Geburt als Nachfolger und ließ uns dann in Frieden. Ich bin Hakanus Vater«, sagte er mit Stolz in der Stimme. »In allen Belangen, außer dem des Blutes.« Ahren sah, wie Vater und Sohn die Blicke verschränkten – und Hakanu schließlich die Augen schloss und traurig den Kopf zur Seite drehte. Fäuste-wie-Eisen seufzte und deutete dann auf *Flammenstern*, der fröhlich summend die Berührung des erwählten, aber noch nicht ernannten Paladins genoss. »Tut, was Ihr tun müsst, und dann verlasst dieses Zelt. Diese Nacht hat genug Verwüstung in meinem Leben angerichtet.«

Als hätten die Worte von Fäuste-wie-Eisen Uldini aus einer geistigen Starre befreit, kehrte das Leben in die kleine Gestalt zurück, dem vor Anstrengung der Schweiß über das Gesicht rann. »Also gut. Jelninolan, Trogadon, ich brauche euch hier. Wir werden eine improvisierte Ernennung vornehmen.«

»Hier?«, fragte Ahren verwirrt. »Braucht das nicht einen speziellen Ort, heilige Gegenstände und all so etwas?«

»Du vergisst, dass deine Ernennung ein Spezialfall war«, brachte Falk sich mit leiser Stimme ein. »Es gab keinen Segen zu überreichen, so wie hier. Und auch keinen Widersacher, dessen Bande es zu durchtrennen galt.« Ahren schauderte bei der Erinnerung an jene Nacht in den Ruinen des alten Heims des getöteten Dreizehnten.

»Nichtsdestotrotz sollten wir so viele Punkte des Rituals wie möglich befolgen«, sagte Jelninolan, die sich behutsam von der noch immer weinenden Still-wie-ein-Teich löste. Zu Ahrens Überraschung nahm Fäuste-wie-Eisen den Platz der Elfe an der Seite seiner Frau ein und umarmte sie fürsorglich. Die von Kummer übermannte Gestalt presste sich an ihren Mann und schien dort Trost und Halt zu suchen und zu finden. Offensichtlich war Fäuste-wie-Eisen ein solch guter Gefährte gewesen, wie es unter den furchtbaren Bedingungen möglich gewesen war. Ahren zuckte innerlich bei der Vorstellung zurück, dass dies ein mögliches Schicksal für ihn, Khara und Singt-im-Sattel gewesen wäre, wenn die Schamanin sich nicht zu Aimenata gewandelt hätte, um das Sehnen zu beenden. Er zwang sich dazu, sich auf das beginnende Ritual zu konzentrieren, als er spürte, wie Hakanus Hände sich von der Kugel lösen wollten und Ahren sie daraufhin wieder sanft auf das Glas drückte.

»Ich weiß, dass du Angst hast und verwirrt bist, aber was nun geschieht, ist der Wille der Götter«, hörte er sich sagen. Er spürte, wie hohl diese Worte für den Jungen klingen mussten. »Tief in deinem Inneren ist etwas dabei, zu erwachen«, fügte er daher hinzu. »Erspüre es. Frage dich, ob es von diesem Licht in der Kugel fortwill oder ob es danach greifen möchte.«

Uldini nickte Ahren mit hochkonzentriertem Gesichtsausdruck zu und Jelninolan lächelte ihn anerkennend an, als Hakanus Körperspannung nachließ und der Junge beinahe neugierig in das Gleißen *Flammensterns* starrte, das daraufhin einen weichen, harmonischen Glanz annahm wie die milde Sonne eines herrlichen Frühlingstages. Vorsichtig nahm Ahren seine Hände von der Kugel und berührte Hakanu an der Schulter. Es kam ihm falsch vor, den Jungen mittels Zwang in Schach zu halten. Diesen ersten, wichtigen Schritt auf seiner Reise als Paladin würde der Knabe freiwillig tun müssen. Ahren bedeutete Falk, Fisker und Lanlion, in einem breiten Halbkreis hinter den Jungen zu treten, und ihm ebenfalls eine Hand auf die Schulter zu legen. »Wir sind bei dir, junger Bruder«, sagte Ahren.

»Gemeinsam, nicht allein«, intonierte Falk flüsternd.

»Gemeinsam, nicht allein«, sagten die vier Paladine daraufhin im Chor.

Ahren spürte, wie sich eine ruhende Kraft in Hakanu regte, ein schwaches Zupfen, das beinahe fragend den Segen der vier Paladine berührte. Ahren öffnete den Mund, um den Schlachtruf der Paladine auszustoßen, aber Uldini hielt ihn mit einem hastigen Kopfschütteln auf.

»Noch nicht«, sagte der Magus, der erahnt haben musste, was Ahren vorhatte. »Erst muss die Ernennung stattfinden.«

Während Ahren und die übrigen Paladine sich hinter Hakanu platziert hatten, waren Jelninolan und Trogadon neben dem Jungen in Stellung gegangen und bildeten gemeinsam mit Uldini ein grobes Dreieck um den Anwärter. Die Elfe stand dicht neben Ahren und deutete, einige Worte in Elfisch murmelnd, mit ihrem Finger auf den Boden. Ein kompliziert aussehender Zauberkreis erglomm auf dem glatten Fels.

»Das muss reichen«, murmelte sie abwesend und zog *Mirilan* hervor. Ahren war sich nicht sicher, ob sie den erschaffenen Kreis oder die Sturmfiedel in ihrer Hand meinte, die im folgenden Ritual *Tanentan* würde ersetzen müssen.

Trogadon hielt seinen Hammer auf beiden Händen vor sich ausgestreckt und sah Uldini skeptisch an. »Sollten wir die Ernennung wirklich derart übers Knie brechen?«, fragte er und sprach Ahren damit aus der Seele.

Uldini nickte entschlossen. »Der Segen Feuer-im-Blicks ist vor Ort und intakt, das ist die Hauptsache. *Mirilan* ist zwar offiziell kein heiliges Artefakt der Göttin, aber dennoch machtvoll genug, um in diesem Ritual seinen Zweck zu erfüllen. Und ich bezweifle, dass irgendwer nach der Ernennung Hakanus Legitimität anzweifeln wird. Bei Ahren mussten wir ganz penibel sein, um Jorath von der Wiederkehr des Dreizehnten zu überzeugen und den in ihm aufkeimenden Segen zu verankern, bevor der Widersacher ihn an sich reißen konnte.« Er sah Ahren zufrieden lächelnd an. »Mittlerweile ist der Ring um die Obsidianfeste gezogen und die Allianz der Völker hergestellt. Wichtig wird nur sein, dass es dreizehn Paladine gibt, nicht ob bei dieser einen Ernennung alle Formalitäten eingehalten wurden.«

Khara ging indessen zu Fäuste-wie-Eisen und Still-wie-ein-Teich hinüber und redete leise auf sie ein. Zögernd standen die beiden von der Bettkante auf und traten hinter Uldini, wo sie eng umschlungen dastanden und Hakanu mit tränenerfüllten Augen ermutigend zunickten. Die Schwertmeisterin ergriff Ahrens freie Hand, die dieser kräftig und dankbar drückte. So furchtbar die Umstände dieser Ernennung auch waren, wenigstens würden sie alle ihr Möglichstes tun, damit daraus eine kostbare Erinnerung für den armen Hakanu wurde.

»Sind alle so weit?«, fragte Jelninolan in die Runde und eine feierliche Stille senkte sich über den Raum. Hakanu wirkte zwar noch immer angespannt, aber mittlerweile auch konzentriert, und mehr konnten sie von dem überrumpelten Jungen wohl kaum erwarten.

Uldini räusperte sich vernehmlich. »Ich werde die Liturgie der Ernennung ein wenig kürzen«, sagte er. »Je schneller wir den Segen aus *Flammenstern* herausbekommen, umso besser.« Dann holte er einmal tief Luft und begann, jenen Text zu sprechen, den Ahren niemals in seinem Leben würde vergessen können. »Wir sind heute hier versammelt, um zu sehen, wie die Bürde des Paladins übergeht von Vater oder Mutter zu Tochter oder Sohn. Wir bitten die Götter, diesen Übergang zu segnen und … für das lange und glückliche Leben zu danken, das ihr verblichener Diener gelebt hat.« Ahren runzelte flüchtig die Stirn, als Uldini vom eigentlichen Wortlaut abwich, doch dann war er dem Magus dankbar, dass er Hakanu eine möglichst einfühlsame Ernennung ermöglichte. Auch Hakanus Eltern bemühten sich um ein tapferes Gesicht und Ahren drückte mitfühlend die Schulter des Knaben vor ihm. »Des Weiteren bitten wir um den Segen der Drei für ihren neuen Streiter, der nun die schwere Last auf sich nimmt, für die Schöpfung zu kämpfen und Ihn, der zwingt, aufzuhalten und vom Antlitz Joraths zu tilgen.« Hakanu versteifte sich bei diesen Worten, und wieder stieg Mitgefühl für den Jungen in Ahren auf. Als die Sonne unterging, war er noch der einfache Sohn eines Ältesten gewesen, und nun sah er sich mit einer Aufgabe konfrontiert, die größer kaum sein konnte. »Zum Zeichen, dass er würdig ist, haben sich hier die Einhan versammelt, um Fürsprache für ihn einzulegen, sowie vier Paladine, die ihn im Kreis der Ihren willkommen heißen werden«, sprach Uldini weiter. Hakanu sah sich nach links und rechts über seine Schultern um, und Ahren und seine Freunde lächelten dem eingeschüchterten Jungen aufmunternd zu. Ein wilder Stolz glomm in den Augen Hakanus auf, den Ahren mit einer milden Überraschung wahrnahm. Er erinnerte sich wieder an die Übersetzung des Namens Hakanu: Schreit-lauter-als-er-jagt. Dies war die Bezeichnung für einen unbeholfenen oder eingebildeten Jäger. Ungeschickt wirkte der junge Clansmann nicht, also musste er eingebildet oder bestenfalls selbstgefällig sein. Ahren beschlich plötzlich ein mulmiges Gefühl, während Uldini weiterredete. »Möge der Einhan der Zwerge uns mitteilen, ob er die Wahl des anwesenden Anwärters unterstützt und ihn als würdig erachtet, die Bürde eines Paladins gewissenhaft und standfest zu ertragen.«

»Der Einhan der Zwerge befindet den Anwärter für würdig.«

»Möge der Segen von Ihm, der ist, auf den Anwärter übergehen und mögen seine gesegnete Rüstung und Waffe dem Paladin gute Dienste tun«, redete Uldini weiter.

»Moment«, sagte Khara, löste ihre Hand aus der Ahrens und huschte aus dem Zelt.

Uldini unterbrach die Ernennung und ein erwartungsvolles Schweigen legte sich über das Zelt. Blicke schossen durch den Raum, als die Anwesenden stumm ihre Hoffnungen, Ängste und Wünsche miteinander teilten. Ahrens Gedanken wanderten wieder zum Naturell des nun Stolz erhobenen Hauptes dastehenden Hakanu, der wirkte, als wolle er es mit der gesamten Welt aufnehmen, nun da er begriffen hatte, was genau mit ihm geschah.

Er ist in keiner Weise bereit, sagte Ahren stumm zu Culhen und unterdrückte ein Stöhnen. Der junge Stammeskrieger drehte seinen Kopf in Ahrens Richtung und der Paladin sah ein wildes Feuer in den Augen des Knaben lodern. *Der wird im Morgengrauen losziehen wollen, um ein paar Drachen mit bloßen Händen zu erwürgen, weil er sich für unverwundbar hält.*

Gut, dass du laut deinen Erinnerungen und den Erzählungen Falks als frischgebackener Lehrling ganz anders warst, sagte Culhen trocken. *Viel reifer und erfahrener.*

Ich war zumindest demütiger, gab Ahren pikiert zurück. *Hakanu wirkt, als wolle er gleich die Herrschaft über das Grüne Meer an sich reißen.*

Du übertreibst, erwiderte Culhen und betrachtete den Knaben mit schief gelegtem Kopf. *Ich finde ein gesundes Selbstbewusstsein ansprechend.*

Ahren schüttelte den Kopf. Natürlich sah sein eitler und selbstverliebter Wolf das Problem nicht. Das Tier hatte alle Mühe dabei gehabt, Ahren beizubringen, dass dieser sich nicht kleiner machen sollte, als er war. Bei Hakanu wartete eine ganz andere Herausforderung auf sie.

Der Zelteingang öffnete sich und die schwer bepackte Khara kam herein, die Brustplatte, die Arm- und Beinschienen und den Speer Feuer-im-Blicks auf den Armen. Seine Liebste hatte die Rüstung hastig blank poliert, sodass es keinen Hinweis mehr auf das düstere Schicksal ihres vorherigen Besitzers gab. Trogadon stellte seinen Hammer vor sich ab und nahm die Ausrüstung entgegen, um sie nach und nach Hakanu zu überreichen. Erleichtert sah Ahren, dass nun doch eine gewisse Demut Einzug in die Mimik des Jungen hielt, als er die Rüstung und Waffen seines gerade erst verstorbenen Vorgängers mit einer Hand entgegennahm und zu seinen Füßen ablegte. Die Brustplatte war natürlich zu groß und Ahren erkannte mit fachkundigem Blick, dass der Knabe auch für die Arm- und Beinschienen noch deutlich kräftiger werden musste, damit diese passten, aber den langen Speer nahm der Junge souverän entgegen und hielt ihn mit sicherer Hand, was auf eine gewisse Übung hindeutete. *Wenigstens müssen wir mit seiner Ausbildung nicht ganz von vorne beginnen*, schoss es Ahren durch den Kopf.

Indes fuhr Uldini mit der Zeremonie fort. »Möge die Einhan der Elfen uns mitteilen, ob sie die Wahl des anwesenden Anwärters unterstützt und ihn als würdig erachtet, die Bürde eines Paladins gewissenhaft und standfest zu ertragen.«

»Die Einhan der Elfen befindet den Anwärter für würdig«, sagte Jelninolan, in deren Blick Ahren die gleichen Zweifel sah, die auch er hegte. Hakanu *wirkte* belastbar, das musste der Paladin zugeben. Für jemanden, dessen Welt auf einen Schlag auf den Kopf gestellt worden war, schien er sehr gefasst. Aber das Feuer des Stolzes in seinem Blick, das allmählich zurückkehrte, erschien Ahren wie eine lodernde Signalflamme, die deutlich machte, dass dieser Knabe viel, sehr viel zu lernen hatte.

»Möge der Segen von IHR, DIE FÜHLT, auf den Anwärter übergehen und möge ihr Diener ihn vor allen Gefahren seiner Reisen beschützen, ob an Leib oder Seele«, fügte Uldini hastig hinzu. Das Summen *Flammensterns* war wieder lauter geworden, anscheinend erlahmten die Kräfte des Alten. Als er verstummte, erinnerte sich Ahren daran, dass sie an dieser Stelle auf das Erscheinen des Vertrautentieres warteten, das sich nun offenbaren sollte. Ahren war damals bei seiner Ernennung wahnsinnig enttäuscht gewesen, als keins erschienen war. In seinen Träumen hatte sein junges Ich von einem Drachen geschwärmt, der zu ihm kam, ohne zu ahnen, dass er mit Culhen bereits das beste aller Tiere an seiner Seite hatte.

Ich hab dich auch lieb, sagte Culhen auf diesen Gedanken hin und stupste ihn sanft mit der Schnauze in den Nacken. Dann spürte Ahren, wie Culhen vor Aufregung ganz unruhig wurde. *Da nähert sich ein Tier.* Der Wolf war auf den Beinen und am Zelteingang, noch bevor Ahren einen Ton sagen konnte. Mit seinem Kopf schob der Wolf die Planen zur Seite, als von draußen ein zaghaftes Kratzen ertönte, und senkte dann sein Haupt gen Boden. *Willkommen, kleiner Freund*, sagte Culhen voller Wärme, die Ahren die Tränen in die Augen trieb. Von draußen ertönte ein Wiehern, als auch Selsena dem neuen Vertrautentier ihren Gruß mittels einer Welle der Zuneigung darbrachte, und dann machte Culhen gerade so viel Platz, dass ein tapsiges Fuchsjunges ins Innere stolpern konnte, das keine zwei Monde alt war. Das dichte Fell des Tieres leuchtete in einem warmen Rotton, lediglich sein Gesicht wurde von einem schmalen weißen Pelzkragen umrahmt. Die Augen waren rotbraun und unterschieden sich somit kaum von der restlichen Farbe des Tieres. Es tapste direkt auf den etwas unschlüssig wirkenden Hakanu zu und stieß dabei ein schwaches, hohes Krächzen aus, das entfernt an eine Mischung aus Bellen, Fiepen und Japsen erinnerte. Auf Hakanus Gesicht machte sich Enttäuschung breit, und Ahren unterdrückte ein Schmunzeln, als er sah, wie der Junge sich notgedrungen von seinen persönlichen Tagträumen verabschiedete, in denen vermutlich zumindest ein stattlicher Hanta vorgekommen war. Dann schmiegte sich der Fuchswelpe an das Bein des Jünglings, und als dieser das Tier mit einer Hand aufhob und es so zum ersten Mal berührte, biss sich Ahren auf die Lippe, um nicht vor Rührung zu weinen. Vollkommen überwältigt stand Hakanu da und schien angestrengt auf etwas zu lauschen, das nur er hören konnte.

»Lasst euch Zeit«, riet ihm Ahren leise. »Er ist noch zu jung, als dass du echte Worte verstehen könntest.« Hakanu sah ihn mit großen Augen an und Ahren deutete auf den Fuchs. »Dieser kleine Kerl wird nun dein Schild gegen alles werden, was dir im Leben widerfährt. Schütze ihn, so gut es dir möglich ist. Einen besseren Freund wirst du auf dieser Welt nie wieder finden.«

Culhen winselte leise und kehrte zu Ahren zurück. *Also manchmal findest sogar du die richtigen Worte.*

»Ich, als menschlicher Einhan, befinde den Anwärter für würdig, die Bürde eines Paladins gewissenhaft und standfest zu ertragen. Möge der Segen von IHM, DER FORMT, auf den Anwärter übergehen und seine Form feien gegen jedweden Zwang von innen oder außen«, fuhr Uldini schließlich fort und blickte sich dann unter den Paladinen um. »Wer von euch vieren will für diesen Anwärter die Verantwortung übernehmen?«, fragte er und als er sah, wie die Paladine zögerten, fügte er hinzu: »Entscheidet euch schnell, denn der Segen will endlich dahin, wo er hingehört.«

Sofort sah Ahren zu Falk hinüber, der jedoch heftig den Kopf schüttelte. »Oh nein, denk nicht einmal daran«, brummte er. »Nach meinem letzten Lehrling habe ich ein wenig Frieden und Ruhe verdient.«

Auch Lanlion schüttelte stumm den Kopf und Ahren verstand. Der Blutleere hatte genug mit sich selbst und seinem düsteren Zustand zu kämpfen und wäre kein guter Mentor. Als Ahren vielsagende Blicke mit Fisker austauschte, wurde ihm plötzlich klar, auf wen die Wahl fallen würde, denn der unstete Paladin hatte gerade erst im Grünen Meer seine innere Balance gefunden. Ahren liebte Fisker wie einen leiblichen Bruder, aber ihm den stolzen Hakanu anzuvertrauen, konnte nur in einem Fiasko enden. Ahren seufzte und spürte den stillen Rückhalt Culhens, als er schließlich sagte: »Ich übernehme diese Aufgabe.«

Er drehte sich Hakanu zu, seine Hand ruhte unverwandt auf dessen Schulter, bevor Uldini die letzten Sätze der Ernennung sprach: »Ahren aus Tiefstein, akzeptierst du diesen Anwärter als Paladin und wirst ihn alles lehren, was er wissen muss?«

Ahren atmete einmal tief durch und sah in die vor innerem Feuer sprühenden Augen des jungen Clankriegers. War er wirklich dazu bereit? Würde er all das weitergeben können, was Falk und die anderen ihn gelehrt hatten? Aus dem Augenwinkel sah er Falks ermutigendes Nicken, und da wurde ihm klar, dass er nicht alleine mit dieser Aufgabe war. »Ich akzeptiere den Anwärter als einen der Unseren«, sagte er mit einem leichten Lächeln auf den Lippen und hielt Hakanus Blick mit dem seinen gefangen.

»Dann besiegele ich hiermit die Ernennung«, ächzte Uldini, und mit einem goldenen Aufblitzen floss das Licht binnen eines Herzschlags aus *Flammenstern* durch den Arm des Knaben in dessen Körper hinein. Ebenso plötzlich glomm die Kristallkugel nur noch in einem matten Schein, so als wäre selbst *Flammenstern* erschöpft von der vollbrachten Tat.

»Willkommen, Hakanu, als einer der dreizehn Paladine«, sagte Ahren, und Erleichterung strömte durch das Zelt wie ein warmer Sommerwind.

»PALADINIM THEOS DURALAS«, rief Ahren.

Der Göttersegen war gerettet und mit ihm ganz Jorath.

»PALADINIM THEOS DURALAS!«, antworteten die anwesenden Paladine.

Ihr Kampf gegen den Dunklen Gott konnte fortbestehen!

***

Schatten zuckte zusammen, als ihn die wilde Wut seines schlafenden Vaters überrollte. Ihre Verbindung war zu schwach, als dass er genau verstand, was den Dunklen Gott derart in Aufruhr versetzte, aber es war anzunehmen, dass die Paladine einen unerwarteten Sieg errungen hatten. Schatten grübelte darüber nach, was schiefgelaufen sein konnte, und beschloss, seine Bemühungen, einen weiteren Paladin zu töten, zu verdoppeln.

Er hatte bereits einen groben Plan und würde bald am Ziel seiner Reise eintreffen. Dann würde er einen Hinterhalt legen, dem selbst eine kleine Armee aus Paladinen nicht entkommen könnte …

2. Kapitel

Die Nachtluft schmeckte nach Rauch, Wein und gebratenem Essen, Relikte der Freudenfeuer und der Siegesfeier über den Tod des Nekromanten, der ihm wie ein ferner Traum vorkam. Überall hörte Ahren leises Wehklagen oder sah die Körper erschöpft zusammengerollter Clansleute, die sich in den Schlaf geweint hatten. Hier und da vernahm er auch den melancholischen, undeutlichen Gesang einzelner Männer und Frauen des Reitervolkes, die Trost am Grunde eines Kruges vergorener Hantamilch gesucht hatten. Der Glatte Stein war vielleicht kein Schlachtfeld voller Leichen, aber die Verwüstung, die der Geist durch die Tötung Feuer-im-Blicks angerichtet hatte, war für das geübte Auge leicht zu erkennen.

»Wir sollten sie wecken und ihnen die frohe Nachricht verkünden, dass ein neuer Paladin erwählt wurde«, sagte Ahren leise, als seine Freunde nach und nach aus dem Zelt des Ältesten traten. Fäuste-wie-Eisen und seine Familie waren im Inneren zurückgeblieben, um ihren Frieden mit den Umwälzungen zu machen, die ihr Leben in dieser Nacht heimgesucht hatten. Ahren kam nicht umhin, sich für Still-wie-ein-Teich und ihren Mann zu wünschen, dass sie von nun an einen Hauch persönlichen Glücks finden konnten, nun, da Feuer-im-Blick verschieden war. Er wusste nicht, ob eine Seelenverwandte sich neu verlieben konnte, und er war zu müde, um zu fragen. Er für seinen Teil fand, dass die beiden eine zweite Chance verdient hatten..

»Warten wir bis morgen früh«, antwortete Jelninolan auf Ahrens Vorschlag. »Die meisten der Clansleute schlafen schon oder sind emotional so ausgelaugt, dass die Neuigkeit sie überfordern könnte. Derart gute Nachrichten überbringt man am besten bei strahlendem Tageslicht und in ausgeruhtem Zustand. Sollen sie diese Nacht um ihren gefallenen Helden trauern. Umso mehr werden sie morgen Hakanu als seinen Nachfolger willkommen heißen können.«

Ahren nickte. »Aber Aimenata und Blickt-zum-Horizont informieren wir besser sofort.«

»Einverstanden«, sagte Uldini, der sich schwebend zwischen sie schob und sich suchend umsah. Der Alte war zwar schweißgebadet von den Mühen, die er auf sich genommen hatte, aber jetzt, wo die Krise abgewendet worden war, kehrte der unverwüstliche Erzmagus wieder zu seinem üblichen Wesen zurück. »Ich wundere mich sowieso, dass ich sie nirgends sehen kann«, fügte er hinzu.

»Ich weiß, wo sie sind«, sagte Khara müde. »Als ich Feuer-im-Blicks Ausrüstung holte, bereiteten sie ihn gerade für die Einäscherung vor.«

Ahren stutzte. »Jetzt schon? Noch in dieser Nacht?«

»Die Grabriten für Paladine sind beim Reitervolk einzigartig«, sagte Falk, während er sich mit einer Hand über die Augen rieb. »Das Verbrennen der Leiche ist nur eine Vorbereitung. Die Asche des Paladins ist es, die während des Begräbnisses geehrt und meist an einem besonders schönen oder heiligen Ort verstreut wird.«

»Das Grüne Meer ist weit«, gab Lanlion zu bedenken. »Dieser Brauch soll verhindern, dass der Verstorbene verwest ist, bevor man am gewählten Ort der Zeremonie angekommen ist.«

Khara verzog neben Ahren das Gesicht. »So genau wollte ich das jetzt auch nicht wissen.«

Lanlion blickte betreten drein. »Verzeih mir«, sagte er. »Der Tod eines Freundes lässt mich immer sowohl melancholisch als auch pragmatisch werden. Mir scheint, mein Geist schützt sich auf diese Weise vor dem Schmerz.«

»Ihr könnt gerne noch mit den Schamanen plaudern«, sagte Fisker. »Aber ich für meinen Teil benötige dringend eine tröstende Umarmung. Daher suche ich jetzt Wamakohane auf und werde mich an ihrer Schulter ausweinen.«

Ahren kannte den lebenslustigen Paladin gut genug, um zu wissen, dass dieser jedes Wort ernst meinte. Er nickte ihm freundlich zu und blickte ihm nach, bis er zwischen den Zelten und Feuern des Glatten Steins verschwunden war. Dann legte er einen Arm um Khara. »Kommst du mit mir zu den Schamaninnen?«, fragte er leise und sie nickte.

»Ich werde immer an deiner Seite sein«, sagte sie und fügte dann mit einem schwachen Lächeln hinzu: »Ob du willst oder nicht. Schließlich habe ich deinetwegen den Göttern die Stirn geboten.«

»Schafft ihr beide das allein?«, fragte Falk, der vor Erschöpfung zwanzig Jahre älter aussah. »Meine alten Knochen spüren den Tod eines Bruders intensiver als früher.« Ohne eine Antwort abzuwarten, ging er davon, gefolgt von der zum Abschied schnaubenden Selsena.

»Ich bin vollkommen ausgebrannt von der Tortur mit dem Gefangenhalten des Segens in *Flammenstern*«, sagte Uldini. »Und ziehe mich daher ebenfalls zurück.«

»Das war eine hervorragende Idee«, rief Ahren dem davonschwebenden Alten hinterher. »Den Segen einzuschließen.«

Uldini blieb in der Luft stehen, ohne sich umzudrehen. »Es war lediglich die verzweifelte Tat eines Narren«, sagte er mit heiserer Stimme. »Du färbst zunehmend auf mich ab, Ahren.« Er schwieg einen Herzschlag. »Den Göttern sei dafür gedankt.« Dann schwebte er in die Nacht davon.

»Morgen wird er leugnen, dies jemals von sich gegeben zu haben«, sagte Trogadon, der seine gute Laune bereits wiedergefunden hatte. Dann zog der Zwerg Jelninolan an sich. »Auch Fisker hatte eine gute Idee«, raunte er leise. »Wir zwei könnten ein wenig Ruhe und Trost vertragen, mein Herz.«

Jelninolan betrachtete ihr zu kurz geratenes Gegenstück mit einem sanftenLächeln. »Das ist ein schöner Gedanke.« Dann winkten die beiden Ahren und Khara zu und verschwanden zwischen den Zelten.

»Sind nur noch wir vier übrig«, sagte Ahren und blinzelte langsam. Der lange Tag und die ereignisreiche Nacht zehrten an seinen Reserven. »Lasst uns zum Scheiterhaufen gehen und danach legen wir uns schlafen.«

Culhen und Muai flankierten das Paar mit erschöpft herabhängenden Köpfen und begleiteten es schweigend zu dem hoch auflodernden Feuer, auf dem ein verhüllter Körper lag – Feuer-im-Blick, der vor Kurzem noch so lebendig und fröhlich gewesen war, als sie den Sieg über den Nekromanten gefeiert hatten. War das wirklich erst in dieser Nacht gewesen? Es kam Ahren wie eine Ewigkeit her vor.

Um den Scheiterhaufen standen Aimenata und Blickt-zum-Horizont sowie mehrere Schamanen, die Ahren nicht mit Namen kannte. Etwas abseits entdeckte er Yantilla, deren trüber Blick dem jungen Paladin verriet, dass die Kommandeurin zu viel getrunken hatte. Noch bevor Ahren zu den Schamanen ging, trat er so dicht an die treue Söldnerin heran, dass er ihr ins Ohr hauchen konnte. »Wir haben es geschafft. Der Segen ist gerettet.«

Sie drehte den Kopf und sah ihn ungläubig an.

»Es gibt weiterhin dreizehn Paladine«, murmelte Ahren bestätigend.

Yantilla blinzelte noch zweimal schwer, dann leerte sie ihren Trinkschlauch in einem Zug. »Für dieses Auf und Ab bezahlt man mir nicht genug«, nuschelte sie betrunken. »Ich schlage jetzt so lange meinen Kopf gegen ein Brett, bis ich einschlafe.« Dann torkelte sie noch zwei Schritte weit, wo sie auf einer von den Feierlichkeiten übrig gebliebenen Felldecke zusammenbrach. Einen Herzschlag später erfüllte ihr lautes Schnarchen die Luft.

»Eure Freundin hat sich nur mit großer Mühe und purer Willenskraft auf den Beinen gehalten«, sagte Blickt-zum-Horizont, als Ahren und Khara zu ihr traten. »Ihr Geist ist wie ein ausgetrockneter Fluss. Es wird Zeit, dass er wieder von den Fluten des Lebens durchspült wird.«

Ahren war zu müde, um die kryptischen Worte der Frau zu kommentieren, die ihn manchmal etwas zu sehr an Schläft-im-Wipfel erinnerte. Er beschloss, sich zu merken, dass Yantilla am Ende ihrer Kräfte war und dringend eine Pause benötigte. Allerdings galt das wohl für sie alle. »Es wurde ein Nachfolger gefunden«, sagte er schlicht. »Morgen werden wir ihn den Clans vorstellen.« Aimenata schnappte überrascht nach Luft, aber Blickt-zum-Horizont nickte nur. Wahrscheinlich war der alten Frau die tragische Dreiecksbeziehung schon lange bekannt gewesen, die Ahren und seinen Freunden erst in dieser Nacht enthüllt worden war.

»Wie?«, fragte seine ehemalige Seelenverwandte und er winkte ab.

»Ich habe das Gefühl, Eure Vorgängerin kann Euch darüber besser unterrichten als wir«, sagte Ahren müde und sah noch einmal zum Scheiterhaufen hinüber. Er wusste, dass er eigentlich weinen sollte, aber seine Augen blieben trocken. Vielleicht würde ihm der Schlaf die nötige Kraft geben, um seinen gefallenen Bruder zu betrauern.

Ahren erwachte von einem zärtlichen Kuss, den ihm Khara auf die Wange gab. Für einen herrlichen, glückseligen Moment dachte er, dass heute der Tag war, an dem sie den Bund eingehen würden … doch dann holte ihn die Erinnerung an die letzte Nacht wieder ein und eine tiefe Traurigkeit stieg in ihm auf. Er seufzte und schlug die Augen auf.

»Schade«, sagte Khara mit einem melancholischen Zug um den Mund. »Im Schlaf waren deine Sorgenfalten noch wie fortgeblasen, doch schon sind sie wieder da.«

Ahren richtete sich auf seinen Ellbogen auf und Khara machte ihm ein wenig Platz. Das wärmende Licht der Morgensonne, das in das Zelt drang, verriet ihm, dass der Tagesanbruch eine Weile zurücklag. Von draußen hörte er gedämpfte Unterhaltungen in der Sprache des Reitervolkes, die traurig und aufgeregt zugleich klangen. »Anscheinend machen die ersten Gerüchte die Runde«, sagte Ahren und zwang sich Khara zuliebe zu einem Lächeln.

Die Schwertmeisterin zuckte die Achseln. »Wir sind wie aufgescheuchte Hühner in das Zelt von Fäuste-wie-Eisen gelaufen, in Uldinis Händen den gleißenden Ball eines echten Göttersegens und heraus kommen wir todmüde, aber entspannt und ohne eine zweite Sonne in der Hand.« Sie zupfte an seinem Bart herum, der im Schlaf in Unordnung geraten war. »Es gibt bestimmt einige, die zwei und zwei zusammengezählt haben. Zumal wir sicherlich nicht seelenruhig schlafen gegangen wären, wenn die Welt dem Untergang geweiht wäre.«

Ahren nickte nur und sah sich um. Sie waren allein und die Zeltklappe stand halb offen. Culhen und Muai waren also fort, zweifelsohne bereits wieder gemeinsamen auf Jagd, wie sie es jeden Morgen zu tun pflegten. »Wir sollten aufstehen«, sagte er knapp. »Die anderen haben gewiss bereits einen Plan geschmiedet, wann und wie wir dem Reitervolk von Hakanu erzählen.«

Khara legte ihm die Hand auf die Brust und drückte ihn zurück auf die Felle. »Gib uns wenigstens einen Moment der Stille, den wir zusammen genießen können«, sagte sie sanft, aber bestimmt. »Wenn wir heute schon den Bund nicht eingehen werden, können wir doch wenigstens noch eine Weile hier liegen und den Geräuschen der Welt lauschen, die sich auch ohne uns weiterdreht.«

Zögerlich nickte Ahren, und Khara legte ihren Kopf auf seine Brust. Er spürte ihre Wärme und ihren Atem auf seiner Haut und schloss für einen Moment die Augen, während er sich ganz auf das

Glück zu konzentrieren suchte, eine Frau wie Khara an seiner Seite zu haben.

Keine zwanzig Herzschläge später war er wieder eingeschlafen.

Das nächste Erwachen war nicht halb so harmonisch. Culhens schlabberige Zunge und sein nach frisch verschlungener Beute stinkender Atem rissen Ahren aus seinem Schlummer.

Aufwachen!, verkündete der Wolf vergnügt. *Falk und die anderen verlangen nach dir.*

Ahren wehrte seinen riesigen Wolf ab, so gut es eben ging, und wollte sich bei Khara über die Art des Weckens beschweren, als er feststellen musste, dass es seiner Liebsten keinen Deut besser erging. Muai stand zufrieden schnurrend mit den Vorderpfoten auf der Brust ihrer Herrin und schleckte ihr mit der rauen Zunge das Gesicht ab. Kharas Augen verschossen Blitze des Unmuts, doch die Tigerin schien dies nicht zu kümmern. Erst, als Khara das Gesicht drehte und Muai darbot, sodass die Großkatze ihr Werk vollenden durfte, konnte die Schwertmeisterin sich erheben.

Da siehst du mal, wie gut du es mit mir hast, sagte der Wolf selbstzufrieden. *Meine Zunge ist nur glitschig. Muai raspelt mit ihrer direkt das Fleisch von den Knochen.*

Ahren wischte sich den Sabber aus dem Gesicht, eine mit den Jahren verinnerlichte Geste, und stand auf. Wortlos tat Khara es ihm gleich und die beiden zogen sich zügig an. Nur hin und wieder tauschten sie vielsagende Blicke, in denen sie sich versprachen, ihren Tieren die regelmäßigen morgendlichen Überfälle irgendwie heimzuzahlen. Der Intensität der durch die Zeltklappe eindringenden Sonnenstrahlen entnahm Ahren, dass es beinahe Mittag war. Anscheinend hatten er und Khara den Schlaf dringender gebraucht, als er angenommen hatte. Er fühlte sich wund und taub zugleich, als wäre die Trauer um Feuer-im-Blick irgendwo eingefroren und nur schwer greifbar. »Wo treffen wir uns?«, fragte er Culhen laut.

In der Mitte des Glatten Steins, antwortete Culhen. *Jelninolan, Uldini und Aimenata haben gemeinsam eine würdige Zeremonie vorbereitet.*

»Schon wieder ein Begräbnis«, seufzte Khara.

Ahren runzelte die Stirn. »Lass uns dafür sorgen, dass es für lange

Zeit das letzte sein wird«, erwiderte er ernst.

Ohne sich abzusprechen, hatten sie ihre beste Gewandung ausgewählt, um den gefallenen Paladin zu ehren, und als sie aus ihrem Zelt traten, waren sie das perfekte Abbild eines strahlenden Heldenpaares: Sie, die hoheitliche Kriegerprinzessin, er, der in seine glänzende Bänderrüstung gehüllte Paladin. Ahren hatte gelernt, dass das äußere Erscheinungsbild eine Art Panzer sein konnte, und nun nutzte er dieses Wissen, um sich gegen den Schmerz in seinem Inneren abzuschirmen. Muai und Culhen waren frisch gestriegelt und der Wolf hatte sich mittlerweile derart an seine Rüstung gewöhnt, dass er Ahren gebeten hatte, sie ihm anzulegen.

Gemeinsam schritten das Paar und ihre tierischen Begleiter über den Glatten Stein und sahen sich dabei überrascht um. Die Zelte vieler Clansleute waren bereits abgebaut und die restlichen wurden mittels geübter Handgriffe von Dutzenden kleinen Gruppen eifriger Clansleute schnell und effizient zerlegt.

»Die Große Versammlung ist vorbei«, sagte Ahren leise.

»Ich kann mir Schöneres als Abschluss vorstellen als ein Begräbnis«, antwortete Khara betrübt.

Bald kamen sie an die *Maiira* der Götter, und als Ahren mit Khara in dem Rund aus Steinen erschien, versammelte sich nach und nach das gesamte Volk des Grünen Meeres um die zeremonielle Stätte. Ahren, Khara, Culhen und Muai schritten in bedächtiger Stille auf die wartenden Gestalten in der Mitte des Glatten Steins zu. Alle Paladine und Alten der gestrigen Schlacht standen dort beieinander, ebenso Fäuste-wie-Eisen, Still-wie-ein-Teich und Aimenata. Die Schamanen des Grünen Meeres bildeten indes einen lockeren Kreis um die innere Versammlung und Ahren konnte regelrecht spüren, dass gleich Magie angewandt werden würde.

Als er mit seinen Begleitern näherkam, tauchte auch Hakanu zwischen den Erwachsenen auf, ganz in die traditionelle Kleidung seines Volkes gehüllt, aber mit dem Speer seines verstorbenen Vaters in der Hand. Zu Ahrens Überraschung hatten alle Anwesenden helle, freundliche, ja fröhliche Kleidung gewählt. Er sah viel Weiß und Grün, hier und da blitzten Blumen im Haar der Frauen auf, und die Stimmung erschien ihm eher würdevoll als bedrückt.

»Wie immer zu spät?«, fragte Falk zur Begrüßung. Er stand neben Selsena, der man einige Wildblumen in die Mähne geflochten hatte.

»Dann lasst uns halt früher wecken«, brummte Ahren. »Willfährige Helfer habt ihr ja.« Dabei sah er zu Culhen hinüber, der wiederum Cassobo musterte. Das kleine Äffchen steckte in einem weißen Leinenanzug und beäugte seinerseits kritisch Hakanu, eine winzige Faust grüblerisch unter dem Kinn. »Was habt ihr geplant?«, schob er hinterher.

»Eine typische Zeremonie des Grünen Meeres«, sagte Falk. »Ich denke, du wirst angenehm überrascht sein.«

Aimenata, ganz in weißes Leder gehüllt, sah fragend zu dem alten Paladin hinüber, der daraufhin einmal nickte. Sofort hob die Hochschamanin die Hand und es wurde binnen weniger Herzschläge still auf dem Glatten Stein. Selbst die wenigen Federwolken am Himmel schienen für einen Augenblick in ihrer Reise durch das Blau dieses Spätsommertages innezuhalten, als die junge Frau zu sprechen anfing.

»Wie jedes Mal, wenn wir die Große Versammlung auflösen«, rief sie mit lauter, aber fester Stimme, »nehmen wir Abschied voneinander und von dem großartigen Beisammensein, das uns als Volk wieder näher zusammengebracht hat. Es wurde gelacht, getanzt, gerungen und gewettet und zahlreiche Segen der Götter erbeten.« Sie machte eine kurze Pause, und Ahren sah ringsum Hunderte, eher Tausende Köpfe, die in stiller Zustimmung nickten. »Doch dieses Mal war vieles anders. Wir kamen zusammen als Gejagte des Herrn der Knochen und verlassen den Glatten Stein als freies Volk eines befreiten Grünen Meeres.« Leiser Jubel regte sich. »Zu verdanken haben wir diesen Sieg den hier anwesenden Paladinen und Alten, den vielen tapferen Männern und Frauen, die bei unserer Verteidigung fielen … und Feuer-im-Blick, der sein Leben im Kampf gegen den Widersacher verlor, einem Kampf, dem auch unser Volk seit den ersten Dunklen Tagen verpflichtet ist.« Aimenata nahm einen kleinen Krug auf, in dem Ahren dunkle Erde sah.

Nicht Erde, korrigierte er sich erschrocken. *Das ist Asche.*

»Wie diese Große Versammlung zu Ende geht und wie der Sommer sich dem Herbst beugt, um dem Winter zu weichen, so vergehen selbst die Leben der Streiter der Götter«, rief Aimenata mit von Trauer durchzogener Stimme. Dann senkte sie den Krug in eine kleine Mulde im Stein ab, die bisher von Lanlion und seinem dunklen Mantel verborgen worden war. Hier, zwischen all den hellgekleideten Anwesenden, wirkte der Blutleere wie die Manifestation des Todes, der gekommen war, um die Seele des toten Paladins willkommen zu heißen.

Leiser Gesang der Schamanen setzte ringsum ein, als Aimenata den Krug im Loch des Glatten Steins versenkte, und dem jungen Paladin standen urplötzlich die Nackenhaare zu Berge. Aimenata war von einem blassgrünen Schimmer umgeben, der, so weit sein Auge reichte, das gesamte Land erfasste. Die Hochschamanin drehte sich um und in ihren Augen leuchteten Lichtfetzen jenes allumfassenden blassen Grüns. Ihre Stimme war überall und nirgends zugleich wie ein Sommerhauch, der ganz Jorath von Küste zu Küste durchstreifte, um hier zur Ruhe zu kommen.

»Doch auf den Winter folgt der Frühling!«, rief sie und reckte die Arme. Ein Rumpeln ging durch den Glatten Stein. »Auf den Tod, das Leben!« Höher reckte sie ihre Arme, und Ahren erkannte, dass das Geräusch von dem Krug ausging, der scheppernd zerbrach. »Auf die Eltern folgen ihre Kinder!«, schrie Aimenata geradezu heraus, und Hakanu trat einen Schritt vor und reckte seinen Speer in die Luft. »Sehet Hakanu, der neue Streiter der Götter!«

Hinter dem Jüngling sah Ahren ungläubig eine Pflanze aus dem Loch emporwachsen, in dem eben noch ein Krug voll Asche gelegen hatte.

»Und sehet, wie jener, der vor ihm wandelte, über ihn und uns alle wachen wird!«

Ahren wollte seinen Augen nicht trauen, als aus der Pflanze ein junger Baum wurde, der wuchs und wuchs, als wäre der Stein um seine Wurzeln reinster Mutterboden. Ein mächtiger, vier Schritt durchmessender Stamm schraubte sich binnen weniger Herzschläge in die Höhe, bis im Zentrum des Glatten Steins ein gut dreißig Schritt hoher Baum stand, dessen feuerrotes Blätterdach im sanften Wind einladend rauschte und der wirkte, als wolle er mit seinen herabhängenden Ästen sein gesamtes Volk umarmen und beschützen.

»Was tot ist, ist nicht verloren. Was endet, ist nicht vergangen«, sagte Aimenata sanft, und doch hallten ihre Worte wie eine würdevoll vorgetragene Prophezeiung über die Ebenen. »Die nächste Große Versammlung wird kommen, ebenso wie ein neuer Sommer, eine neue Tochter, ein neuer Sohn.« Ihre Stimme erstarb zu einem Flüstern. »Ein neues Zeitalter.« Dann fielen ihre Arme herab, der wundersame Baum beendete sein Wachstum und die Magie in den Augen der Hochschamanin erlosch, ebenso wie der Gesang der Schamanen.

»Mögen Vater Fluss, die Mutter der Winde und Großväterchen Erde über Euch wachen«, beendete Aimenata die Zeremonie mit einem Wispern. Ringsum erhob sich ein Murmeln, als das gesamte Volk des Grünen Meeres die Grußformel nachsprach.

Ahren konnte für einen Moment nur blinzelnd dastehen. Als er sich wieder gefangen hatte, beobachtete er, wie die Menge sich verteilte und seelenruhig damit fortfuhr, das riesige Lager abzubauen. »Hier wächst ein Riesenbaum aus dem Stein, wir präsentieren einen neuen Paladin und die packen ihre Zelte zusammen?«, fragte er fassungslos.

»Die Große Versammlung ist vorbei«, sagte Aimenata, als würde dies alles erklären. »Das Volk kehrt zu seinem üblichen Gebaren zurück. Die nächsten Monde werden erfüllt sein von vielen stillen Gebeten, doch die Zeit des Feierns, Wettens und überbordenden Lachens ist vorüber.«

Ahren unterdrückte ein Kopfschütteln. So weit er in Jorath auch herumgereist war, seine Bewohner konnten ihn noch immer überraschen.

»Es war meine Idee, Hakanu in die Abschiedszeremonie einzubinden«, sagte Jelninolan, die mit einem verschwörerischen Seitenblick auf den Knaben zu Ahren trat. Der neuernannte Paladin nestelte unschlüssig an seinem Speer herum und wirkte ein wenig verloren. Ahren konnte dem Jungen an der Nasenspitze ansehen, dass dieser sich auf Jubelgeschrei und ein Bad in der Menge eingestellt hatte, doch stattdessen die stoische Seite seines Volkes in vollem Umfang zu spüren bekommen hatte. Beinahe tat der junge Clankrieger Ahren leid, aber dann erinnerte er sich an Hakanus innewohnenden Stolz. Das Letzte, was ihr Neuzuwachs brauchte, war eine zu große Portion Heldenverehrung. Geistesabwesend streichelte Hakanu seinen jungen Fuchs, den er sich vorne ins Lederwams gesteckt hatte, sodass nur das vorwitzige Köpfchen hervorlugte. Erleichtert beobachtete Ahren, wie liebevoll sich Hakanus Finger durch das Fell des Fuchses bewegten. Der junge Paladin hatte seine Enttäuschung über die Art seines Vertrautentieres offensichtlich bereits verwunden. »Wir werden mit ihm noch jede Menge Arbeit haben«, murmelte Ahren leise.

»Wir?«, fragte Falk schmunzelnd. »*Du*, meinst du wohl. Schließlich hast du bei der Ernennung die Verantwortung für ihn übernommen.«

Ahren sah Falk an, als hätte dieser ein schönes, langes Schläfchen auf einem Bau voller Feuerameisen vorgeschlagen. »Aber …«, begann er überrumpelt.

»Nichts aber«, sagte Falk bestimmt. »Ich war damals sowohl dein Meister als auch dein Fürsprecher, deswegen war für dich kein Unterschied zwischen der Zeit vor und nach deiner Ernennung zu erkennen, aber wie du dich hoffentlich erinnerst, kommt mit der Fürsprache für einen ernannten Paladin auch ein gehöriges Maß an Verantwortung für dessen Taten einher.«

Ahren nickte. Jetzt musste er ebenso überrumpelt aussehen wie sein Schützling.

Eigentlich siehst du sogar noch eine Spur einfältiger aus, sagte Culhen genüsslich.

Halt die Klappe, mein Großer, antwortete Ahren automatisch, war aber nicht mit ganzem Herzen bei ihrer üblichen Frotzelei dabei, sodass Culhen ihn in Ruhe ließ. Um ein wenig Zeit zum Nachdenken zu gewinnen, deutete Ahren auf den Baum. »Wie ist euch das gelungen?«, fragte er in die Runde. »Ein Baum, der in festem Stein wächst, ist ein echtes Wunder.«

»Wir haben geschummelt«, sagte Aimenata verschwörerisch. »Letzte Nacht hat Uldini Spalten in den tieferen Schichten des Glatten Steins erzeugt, in denen die Wurzeln der Feuereiche Halt und Platz finden können. Außerdem gibt es ein paar unterirdisch verlaufende Bergquellen, die dem Baum Wasser spenden werden. Den Rest erledigte ein wenig Magie.« Sie ging zu dem großen Stamm hinüber und setzte sich auf einen der breiten Wurzelansätze, die beinahe senkrecht im Glatten Stein verschwanden. »Da ich an diesen Ort gebunden bin, wollte ich ein wenig Schatten haben«, sagte sie mit einem Augenzwinkern in Ahrens Richtung, eine Geste, die ihn für einen Moment an die alte Singt-im-Sattel erinnerte, die sich noch nicht an das Grüne Meer gebunden hatte. »Vielleicht leite ich eine der Quellen an die Oberfläche, damit ich unter dem Baum auch einen Teich habe.«

»Musst du wirklich dein ganzes Leben hier verbringen?«, fragte Khara beklommen.

Aimenata winkte gelassen ab. »Meine Sinne können überall dort hinreisen, wo das Gras des Grünen Meeres wächst«, sagte sie lächelnd. »Ein Teil meines Geistes erfasst just in diesem Augenblick mehr, als ich in zehn normalen Menschenjahren erleben könnte. Ich bin zufrieden.«

»Eine Feuereiche also«, sagte Falk mit leicht geröteten Augen. »Ich glaube, das hätte Feuer-im-Blick gefallen.«

Ahren sah an dem Baum empor, aber wieder wollte sich keine echte Traurigkeit einstellen. Das Gefühl von Taubheit in seinem Inneren war wie eine Eisschicht, die er nicht durchbrechen konnte. Oder wollte. »Wir sollten es den Clans gleichtun«, sagte er. »Und aufbrechen.«

Seine Freunde sahen ihn überrascht an. Uldini fing sich als Erster. »Und wohin?«, fragte er. »In die Eisfelder des tiefen Südens?«

Ahren schwieg und dachte angestrengt nach, während er Hakanu betrachtete, der leise mit seiner Mutter und seinem Ziehvater sprach. »Das wäre eine lange Reise und der Junge hat noch so viel zu lernen«, sagte er grüblerisch. »Gibt es Hinweise auf Trimm?« Der feige Paladin war ein Meister der Täuschung und Verkleidung, und obwohl einige der Alten und die Hälfte aller Spitzel der Völker Joraths nach ihm suchten, blieb er bisher verschwunden.

Uldini schüttelte den Kopf. »Bisher nicht. Aber ich erwarte noch einen Haufen Berichte, die mich hier im Grünen Meer nicht erreichen konnten, da ich Befehl gab, nur im Notfall *Rillans* oder andere Magie zu senden. Wir wissen nicht, ob diese seltsamen Doppler sie abfangen können.«

Noch eine Sorge, dachte Ahren. Es gab da diese machtvollen Doppelgänger, die der Widersacher auf beunruhigende Weise verändert und mit großer Macht ausgestattet hatte. Soweit sie bislang wussten, hatte jeder von ihnen andere Fähigkeiten. Der Mörder von Feuer-im-Blick unterschied sich beispielsweise enorm von jenem Doppler, den sie an der Seite des Nekromanten angetroffen hatten. »Wir müssen uns irgendwo sammeln und in Erfahrung bringen, wie es um Jorath steht und wo diese Doppler gesichtet wurden«, dachte er laut.

»Am Ring?«, schlug Trogadon vor. »Dort laufen alle Informationen zusammen und vielleicht stolpern wir ja auch über ein paar andere Paladine.«

Ahren biss sich nachdenklich auf die Innenseite seiner Wange. »Ich werde Hakanu nicht derart grün hinter den Ohren bis vor die Obsidianfeste schleifen«, sagte er schließlich. »Er wäre nicht nur ein zu leichtes Ziel für Attentate durch Dunkelwesen oder Hochfänge, sondern auch ein zu schmackhafter Köder.«

»Wir sind auch noch da, das weißt du, oder?«, sagte Khara sanft. »Wir werden ihn beschützen.«

»So wie wir Feuer-im-Blick beschützt haben …?« Die Worte waren heraus, bevor Ahren überhaupt wusste, dass er sie sprach, und so voller Bitternis, dass sie beinahe wie die eines Fremden klangen.

»Wir konnten nichts tun«, ließ Lanlion sich vernehmen. »Auch du konntest nicht ahnen, was da in der Dunkelheit inmitten eines Lagers voller Freunde und Verbündeter lauerte.«

Ahren kniff die Lippen zusammen. »Nicht zum Ring«, sagte er bestimmt. »Wir müssen irgendwohin, wo ich ihn ausbilden kann und wir in Sicherheit sind. Wenigstens für eine Weile.«

»Dann möchte ich einen Ort vorschlagen«, sagte Jelninolan bedächtig, fast zögerlich. »Es schwingt ein wenig Selbstsucht in meinen Überlegungen mit, aber warum reisen wir nicht in den Eathinian?«

»Weil der im Norden liegt und wir nach Süden müssen, wenn wir Yollock finden wollen«, blaffte Uldini mürrisch zurück. »Um ein Ziel zu erreichen, lohnt es sich meist, darauf *zu*zugehen und nicht davon *weg*zustreben.«

Die Elfe ignorierte den Alten und wandte sich an Ahren. »Bei meinem Volk wären wir so sicher wie sonst nirgendwo auf Jorath. Bis zur Waldgrenze sind es nur wenige Wochen und ich könnte endlich einige Dinge ansprechen, die zwischen mir und den Elfen des Immergrüns dringend geklärt werden müssen.«

Das ist mal eine gründliche Untertreibung, sagte Culhen.

Ahren nickte der Priesterin verstehend zu. Auch wenn Jelninolan von einigen Elfen diskreten Rückhalt genoss, hatte man ihr doch *Tanentan* weggenommen, ihr den Titel als Hohepriesterin aberkannt und missbilligte ihre lange Abwesenheit aus dem Eathinian. Und das war *vor* Jelninolans Wiederbelebung der verbotenen Sturmweberei gewesen – und auch bevor sie diese den Wutelfen beigebracht hatte. Und dann gab es da noch Trogadon. Die romantische Beziehung zwischen einer Elfe und einem Zwerg war etwas noch nie Dagewesenes. Es hätte Ahren nicht gewundert, wenn Jelninolan dieser Tage kleinen Elfenkindern als abschreckendes Beispiel genannt wurde, wie man als gutes, braves Elflein niemals werden sollte.

»Ob der Eathinian wirklich so sicher ist …«, fasste Fisker die Problematik taktvoll zusammen, wobei er sich einen vielsagenden Seitenblick auf Trogadon nicht verkneifen konnte.

»Außerdem würde ich gerne zum dritten Teich der Göttin gehen«, sagte Jelninolan fest. »Wer weiß, wann wir wieder so nahe an diesen heiligen Ort herankommen.«

Jetzt regte sich Uldini. »Du glaubst, dass du dort hinmusst?«, fragte er neugierig.

Jelninolans Miene drückte vage Zuversicht aus. »Der *Giltanaar* schenkte mir meine Wahre Gestalt, der *Althunol* segnete meine wahre Liebe …«

»Das hast du schön gesagt«, unterbrach Trogadon sie mit einem stolzen, breiten Grinsen.

»… also ist es nur folgerichtig, dass ich am Teich im Eathinian eine weitere Offenbarung der Göttin erhalte«, schloss Jelninolan ihre Überlegungen ab.

»Wir könnten nach einem Schiff schicken lassen, das uns nach dem Besuch im Eathinian an der Westküste des Immergrüns aufsammelt«, schlug Falk vor. »Dann würden wir innerhalb des Segens des Elfenwaldes zur Küste reisen können und von dort die gesamte Länge Joraths entlang nach Süden.«

»Das wären mehrere Monde auf See«, gab Lanlion zu bedenken.

»Einen schnelleren Weg gibt es kaum«, warf Uldini ein. »Selbst wenn wir von hier aus direkt über Land nach Süden reisen würden, würde diese Route mehr Zeit beanspruchen.«

»Und wenn wir uns auf halbem Wege einschiffen?«, fragte Lanlion.

»Wir würden dann gute zwei oder gar drei Monde sparen«, sagte Falk nachdenklich.

Ahren war hin- und hergerissen. Einerseits wussten sie nicht, wie lange der Widersacher seine Truppen noch hinter der Obsidianfeste verschanzen würde, daher war Eile geboten. Andererseits könnte Jelninolan mit ihrer Vermutung recht haben, dass der dritte Teich der Göttin ihr einen weiteren Segen schenkte. Zudem bot der Eathinian ihnen Schutz und Frieden vor den Gefahren der Welt.

Frieden. Dies Wort setzte sich in Ahrens Verstand fest und als er Hakanu ansah, gab er dem übermächtigen Impuls nach, den Jungen beschützen zu wollen. »Dann ist es beschlossen. Wir reisen in den Eathinian«, sagte er bestimmt. »Den Umweg ist es wert.«

»In Ordnung« sagte Falk, dessen Blick Ahren verriet, dass sein alter Meister genau wusste, was in seinem früheren Schützling vor sich ging.

»In dem Fall sende ich besser einen Boten zum Ring aus, damit von dort sämtliche Berichte in den Eathinian geschickt werden«, sagte Uldini nachdenklich.

»Das kann ich erledigen«, ertönte Fiskers Stimme, und Ahren sah seinen Freund überrascht an. »Ich möchte gerne an der Seite meiner Wamakohane kämpfen und die zieht mit einigen anderen Handwerksmeistern zum Ring, während die restlichen kampffähigen Clanmitglieder die Nachschublinien unserer Verbündeten schützen.« Er zuckte die Achseln. »Wamakohane will Sättel und Zaumzeug anfertigen, um der schweren Kavallerie auszuhelfen. Anscheinend hat sie ein paar Verbesserungsideen für die Sättel der Ritter, die sie unbedingt ausprobieren will.«

»Dann stehen dir ein paar Kämpfe außerhalb des eigentlichen Krieges bevor«, sagte Falk lachend, aber mit einem warnenden Unterton. »Ritter dazu zu bekommen, etwas an ihrer Ausrüstung zu ändern, ist ein äußerst aussichtsloses Unterfangen.«

»Für wen hältst du mich?«, fragte Fisker grinsend. »Ich werde mich doch nicht mit einem Haufen laufender Eimerköpfe herumschlagen, wenn ich stattdessen König Blaugrund unter den Tisch trinken und ihm die Idee heimlich unterjubeln kann. Wenn ihr eigener König die Änderungen vorschlägt, wird kein Ritter murren.«

»Warum bekommt er den ganzen Spaß mit Kämpfen und Trinken und wir müssen stattdessen in den Eathinian?«, fragte Trogadon schmollend. Anscheinend war dem Zwerg die Aussicht, der Erste seiner Art zu sein, der den Immergrün beteten würde, nicht besonders angenehm.

»Gewöhne dich besser daran«, sagte Fisker selbstzufrieden. »Den Eathinian wirst du noch öfter zu Gesicht bekommen, wann immer ihr Jelninolans Verwandtschaft besuchen müsst … äh, ich meine wollt.« Jetzt sah ihn sowohl die Elfe als auch der Zwerg böse an und Fisker suchte sein Heil in der Flucht, indem er auf die winkende Wamakohane zuschritt. »Wir sehen uns später«, rief er ihnen über die Schulter zu, dann war er im Getümmel der aufbrechenden Clans verschwunden.

»Noch jemand, der sich vor dem Elfenwald drücken will?«, fragte Trogadon beleidigt. Keiner meldete sich.

Ahren blickte hinüber zu Hakanu und seinen Eltern, die in diesem Moment voneinander Abschied nahmen. Fäuste-wie-Eisen hatte seinem Sohn eine Hand in den Nacken gelegt und redete mit eindringlichem Blick auf ihn ein, während der junge Clankrieger eifrig nickte. Still-wie-ein-Teich weinte, ob aus Trauer um Feuer-im-Blick oder weil ihr Sohn fortging, konnte Ahren nicht sagen. Wahrscheinlich beides. Ahren wünschte der schüchtern wirkenden Frau alles Glück dieser Welt und dass die Götter sie von nun an freundlicher behandeln würden.

In diesem Moment löste sich Fäuste-wie-Eisen von seinem Sohn und kam zu Ahren herüber. »Auf ein Wort, Dreizehnter«, sagte er leise, und der junge Paladin ging mit dem Ältesten ein paar Schritte. »Ihr habt die Verantwortung für meinen Jungen übernommen«, sagte der kahlköpfige Mann, sobald sie niemand mehr belauschen konnte.

»Das ist richtig«, sagte Ahren und eine kalte Hand legte sich um sein Herz bei der Vorstellung, dem jüngsten Bruder der Paladinschaft könnte etwas passieren. »Ich werde ihn vor allem Übel dieser Welt beschützen.«

Fäuste-wie-Eisen runzelte die Stirn. »Versprecht nichts, was Ihr nicht halten könnt«, mahnte er scharf. »Ich weiß, wie es in einer Schlacht zugeht und welche Gefahren in vermeintlich harmlosen Schatten lauern können. Weswegen ich Euch sprechen wollte, hat mit Hakanus Wesen zu tun.«

Ahren zog eine Augenbraue hoch und die Unruhe in seinem Inneren wuchs. Culhen lauschte ebenfalls andächtig, auch wenn der Wolf so tat, als wollte er ein Schläfchen unter der Feuereiche halten. »Was meint Ihr damit?«, fragte der junge Paladin vorsichtig.

Fäuste-wie-Eisen zögerte einen Moment. »Hakanu ist … wild«, sagte er schließlich. »Er hat das Feuer seines leiblichen Vaters und das wilde Temperament von mir. Das ist eine gefährliche Mischung, die in seinem Verstand nicht viel Platz für maßvolles Handeln lässt. Ihn zu bändigen, wird schwer, zumal Ihr keine zehn Winter älter seid als er.«

Ahren kniff den Mund zusammen. Er würde sich hüten, darauf hinzuweisen, wie gering der Altersunterschied zwischen den beiden jungen Paladinen wirklich war. »Weisheit wird nicht am Alter gemessen, sondern an der Erfahrung, die man gesammelt hat«, gab er mit fester Stimme zur Antwort. »Meine Erlebnisse der letzten Jahre haben mich einiges gelehrt.«

Fäuste-wie-Eisen hob beschwichtigend die Hand. »*Ich* stelle Eure Eignung nicht infrage«, raunte er und sah kurz, aber vielsagend zu seinem Sohn hinüber. »Doch *er* wird es tun.« Er fixierte Ahren mit seinem stählernen Blick. »Ihr müsst ihn zähmen, Dreizehnter, oder sein Mut und sein Ungestüm werden ihn schneller umbringen, als es der Dunkle Gott selbst planen könnte.«

Ahren versuchte, Luft zu holen, aber es wollte ihm nicht gelingen. Die Angst, bei seiner Aufgabe als Hakanus Mentor zu versagen und den Jungen sterben zu sehen, wie Ahren dessen Vater hatte sterben lassen, schnürte ihm die Kehle zu.

Genug!, rief Culhen im Kopf des Paladins. *Du hättest Feuer-im-Blick nicht retten können! Angst ist ein schlechter Ratgeber, das weißt du. Fasse einen Plan und setze ihn um, egal wie die Chancen stehen. Ignoriere alles andere.* Die Stimme des Wolfes in seinem Kopf wurde sanfter und verspielter. *Das hast du doch schon immer so gemacht*, fügte er schelmisch hinzu. *Mit Erfolg.*

Ahren kämpfte gegen die eisernen Ringe der Furcht an, die seine Brust einzudrücken drohten, und nickte dann. »Ich werde Hakanu an mich binden«, sagte Ahren, der einen intuitiven Entschluss gefasst hatte und sein Messer aus der Brustscheide zog.

Was hast du vor?, fragte Culhen neugierig und auch Ahrens Freunde drehten bei dem metallischen Geräusch argwöhnisch ihre Köpfe auf der Suche nach Gefahren.

Ich kenne nur einen Weg, wie man ein Paladin wird, antwortete Ahren seinem Freund und ging dabei auf Hakanu zu. *Also werde ich ihn noch einmal beschreiten, nur in einer anderen Rolle.* Der junge Clankrieger und seine Mutter drehten sich verunsichert zu Ahren um, als der mit gezogenem Dolch näher kam. »Gibt es auch im Grünen Meer das, was wir in Hjalgar die Bindung nennen?«, fragte er Still-wie-ein-Teich.

Die Mutter nickte. »Bei uns heißt es *Cahonuu.* ›Zwei Körper, eine Stimme‹.«

Ahren dachte an seine Zeit als Falks Lehrling. »Das trifft es ganz gut«, sagte er trocken und ignorierte das empörte Schnauben Falks aus dem Hintergrund.

»Daran erinnere ich mich lebhaft anders«, brummte der alte Mann hinterdrein.

»Sei still und komm lieber her, um als Zeuge zu dienen«, sagte Ahren mit leicht genervter Stimme. Er war sich sicher, dass Falk die kommenden Monde oder gar Jahre in vollen Zügen auskosten würde, während er dabei zusah, wie Ahren einen heißblütigen Jüngling zu bändigen versuchte, damit dieser lernte, was er wissen musste, um in einem Krieg gegen einen Gott zu überleben.

Falk stellte sich neben ihn, die Arme vor der Brust verschränkt und auch Ahrens übrige Freunde sowie die wenigen anwesenden Clanmitglieder schauten andächtig zu.

Hakanu sah indes auf Ahrens Klinge hinab und schien kein bisschen nervös zu sein. Stattdessen griff er auf die Schneide und führte die Hand mit einem Ruck darüber, sodass er sich ordentlich an ihr schnitt.

Der hat nicht mal gezuckt, kommentierte Culhen das Ganze amüsiert. *Wenn man dem glaubt, was Falk so erzählt, hast du dich damals wie ein eingeschüchtertes Häschen verhalten.*

Ahren unterdrückte ein Augenrollen und schnitt sich selbst in die Hand, wenn auch deutlich bedächtiger. »Deine erste Lektion«, sagte er, während er und Hakanu einen blutigen Handschlag austauschten. »Halte deine Verwundungen so gering wie nur möglich. Ein unnötig langer Schnitt ist nicht heldenhaft, sondern tut einfach nur weh und behindert dich im Kampf.«

Hakanu blickte Ahren mit zusammengebissenen Kiefern an und drückte die Hand des größeren Mannes, so fest er konnte.

»Nun sind wir Meister und Lehrling«, sagte Ahren.

»Nun seid ihr Meister und Lehrling«, wiederholte Falk die Worte und besiegelte so das Band zwischen den beiden. »Ich bezeuge diese Bindung«, sagte er laut. »Noch jemand, der Zeuge sein möchte?« Ahrens Freunde hoben je eine Hand und nickten Meister und Lehrling aufmunternd zu. »Ich gratuliere, Hakanu«, sagte Falk, als Ahren die Hand des Jünglings losließ. »Du hast nun den dreizehnten Paladin zum Meister. Wer kann das schon von sich behaupten?«

Ahren hätte schwören können, dass Hakanu bei diesen Worten vor Stolz um eine halbe Handbreit wuchs und verkniff sich mühsam ein Stöhnen. *Wir müssen seinen Übermut eindämmen, nicht anstacheln!*, beschwerte er sich bei Culhen, der zu ihm herübertrottete und den beiden über die verletzten Hände leckte. Hakanu wollte den Sabber an seinen Beinlingen abwischen, doch Ahren hielt ihn mit einer Geste auf. »Deine zweite Lektion«, sagte er. »Hab immer Culhen zum Freund, dann hören deine Wunden schnell auf zu bluten und deine Stiefel bleiben trocken.«

»Meine Stiefel?«, fragte Hakanu verwirrt, während Ahrens Freunde wissend lachten.

»Ach, das bekommst du noch früh genug heraus«, sagte der junge Meister. »Und jetzt verabschiede dich von deinen Eltern und nimm dir dafür alle Zeit, die du brauchst.« Der Lehrling nickte beflissen. »Danach gehst du zu unserem Zelt und packst unsere Sachen.«

Hakanu blinzelte. »Wie bitte?«, fragte er ungläubig mit mehr als ein wenig Widerwillen und Trotz in der Stimme. »Ich soll für Euch packen?«

Ahren verschränkte die Arme vor der Brust. »Und ob, mein Junge. Ich werde dich erst zum Waldläufer und dann zum Paladin ausbilden. So hat es mein Meister mit mir gemacht und so mache ich es mit dir.« Ahren sah zu Falk hinüber, der sich alle Mühe gab, sowohl seine Belustigung als auch seine Rührung zu verbergen, aber Ahren kannte das Zucken der Mundwinkel und das verräterische Glitzern in den Augen des alten Paladins zu gut. »Und dazu gehört ebenfalls die hohe Kunst, sein Bündel so effizient wie möglich zu schnüren.«

Hakanus Gesicht wurde rot vor Zorn, und Ahren sah, wie sich die Fäuste seines Schützlings ballten. Gelassen betrachtete er den Jungen von oben bis unten und wartete geduldig ab. Nur seine Augen sprachen eine deutliche Sprache davon, was passieren würde, wenn Hakanu sich der allerersten Anweisung seines Meisters widersetzte. Schließlich öffneten sich die Fäuste des jungen Clankriegers und er nickte. »Ja, Meister«, sagte er und drehte sich dann zu seiner lächelnden Mutter und seinem schmunzelnden Ziehvater um.

»Da hast du dir aber ein aufbrausendes Exemplar eines Lehrlings zugelegt«, flüsterte Khara augenzwinkernd, während sie sich bei ihm einhakte und ihn von der Feuereiche wegführte. Ahrens Freunde schritten neben den beiden her, und der junge Meister wusste, dass jeder von ihnen etwas zu seiner neuen Rolle zu sagen haben würde und nichts auf der Welt sie davon abhalten könnte. Aber das machte ihm nichts aus, denn er war froh, seine erste Willensschlacht gegen Hakanu gewonnen zu haben.

»Wisst ihr,«, sagte er in die Runde, während er auf ihr Zelt zuschritt und dabei die Aufräumarbeiten der Clans beobachtete, »ich denke, ich werde meine Zeit als Meister genießen.«

»Ihr Götter, was hasse ich diese Aufgabe«, stöhnte Ahren flüsternd, als er mit Khara unter dem freien Sternenhimmel lag, um sie herum das hohe Gras des Grünen Meeres. Er dachte, er hätte leise genug gesprochen, aber Selsenas belustigtes Wiehern, das aus dem Dunkel zu ihnen herüberdrang, belehrte ihn eines Besseren.

Sie waren bei ihrer Reise nach Norden nicht besonders weit gekommen, denn ein Großteil des Nachmittags war dafür vergeudet worden, dass Ahren Hakanu die Grundlagen des Packens erklärt hatte, während der Lehrling mit einem bockigen Gesicht danebenstand. Anscheinend hatte es der Sohn eines Ältesten selbst bei dem genügsamen Reitervolk leichter als ein gewöhnlicher Jäger. Zumindest schien es Ahren, als hätte Hakanu noch nie selbst sein Bündel schnüren müssen oder dass es jemand stets für ihn korrigiert hatte. Bei dem Gedanken, jedes Mal die Sturheit und den Stolz des Jungen überwinden zu müssen, wann immer Ahren ihm ein wenig Wissen eintrichtern wollte, war ihm zum Schreien zumute. Dass er sich von Fisker, Fäuste-wie-Eisen und vielen anderen hatte verabschieden müssen, hatte seine Laune nicht gerade gehoben. Nur Aimenata war nirgendwo zu sehen gewesen.

»Rede mit Falk«, sagte Khara schlicht.

Ahren nickte stumm und starrte zum Sternenhimmel hinauf. Er überlegte, jetzt sofort zu seinem alten Meister zu gehen, entschied sich aber dagegen. Wenigstens eine Nacht wollte er durchhalten, bevor er Falk die Genugtuung gab, dass er ihn um einen Ratschlag bat.

Eine federleichte Berührung auf seiner Wange weckte Ahren, und als er die Augen aufschlug, sah er Aimenata vor sich hocken. Die Hochschamanin lächelte ihn an und legte einen Finger auf die Lippen. Neben sich hörte er den leisen, gleichmäßigen Atem der schlafenden Khara, und als er angestrengt lauschte, schien es ihm, als wären alle im Nachtlager eingeschlafen – inklusive den Eiswölfen, die Wache halten sollten. »Warst du das?«, fragte er, ohne sich zu regen, und Aimenata nickte.

»Es ist nur ein ganz milder Bann, und so nahe am Glatten Stein wird euch kein Wesen etwas Böses tun, das garantiere ich dir«, sagte sie sanft lächelnd. »Ich wollte mich nur noch einmal in Ruhe verabschieden, denn morgen Nacht werdet ihr zu weit fort sein und ich auf dem Glatten Stein zurückbleiben.«

In Ahren regten sich Gewissensbisse. »Es tut mir leid, dass du wegen unserer Seelenverwandtschaft nun ein Leben in Einsamkeit führen musst.«

»Ich bin doch nicht allein«, sagte sie kopfschüttelnd. »Das ganze Land redet mit mir und hört mir zu.«

»Du weißt, was ich meine«, sagte Ahren. »Jemanden zum Reden zu haben, ist wichtig. Jemanden aus Fleisch und Blut.«

»Höhle-voller-Bären bleibt bei mir«, sagte die Hochschamanin, und Ahren zuckte zusammen. Aimenatas Bruder hatte Khara mehr als einmal zu töten versucht, und Ahren war froh gewesen, ihm nicht wieder begegnet zu sein, nachdem die düsteren Machenschaften des Jägers aufgedeckt worden waren. »Seine Taten waren finster, sein Motiv jedoch war rein«, fuhr die Frau fort, die Ahrens Miene durchschaut hatte. »Er hat ein Leben fernab der Clans gewählt, an meiner Seite. Er wird mein Beschützer auf dem Glatten Stein sein, sollte meine Magie mich einmal nicht schützen können.«

Ahren überlegte und brummte dann zufrieden. »Sag ihm, dass ich ihm Frieden wünsche«, brachte er schließlich hervor.

Aimenatas Lächeln wurde breiter, wärmer. »Das tue ich gern.« Sie beugte sich vor und gab Ahren einen Kuss auf die Wange, den dieser regungslos zuließ. »Leb wohl, Ahren, dreizehnter Paladin der Götter«, sagte sie. »Wisse, dass mein Leben durch unsere Zusammenkunft reicher geworden ist.«

»Danke für dein Opfer«, sagte er schlicht. »Ohne deine Entschlossenheit hätte es viel mehr Tränen und böses Blut gegeben.«

Aimenata erhob sich. »Vollende deine Aufgabe und stelle den Dunklen Gott ein für alle Mal. Dann weiß ich, dass ich richtig gehandelt habe.« Dann drehte sie sich um und schritt davon, ohne dass das Gras des Grünen Meeres sich regte.

Ahren sah der schlanken Gestalt nach und fragte sich, ob die Hochschamanin wirklich hier gewesen war oder sie ihn nur im Traum besucht hatte. Dann zuckte er die Achseln. Es spielte keine Rolle. Wichtig war nur, dass sie ihm ein Stück inneren Frieden geschenkt hatte und er nun einen weiteren Grund hatte, den Widersacher endgültig vom Antlitz Joraths zu tilgen.

3. Kapitel

Die weiten Grasebenen des Grünen Meeres schienen Ahren am kommenden Tag ein Sinnbild für die unendlichen Wissenslücken seines Schülers zu sein. Die Sonne strahlte gütig auf die kleine Reisegruppe herab und kümmerte sich nicht um die Mühsal eines gewissen Meisters, der gerade die Geduld verlor.

»Es ist mir egal, ob du es anders gelernt hast«, schnarrte er den trotzigen Hakanu an. »Der Trinkschlauch hat am Sattel nichts verloren. Den trägt man bei sich.«

»Aber …«, begann Hakanu aufmüpfig.

»Kein Aber!«, donnerte Ahren. »Erst fällst du vom Pferd, dann läuft es davon und schon stehst du ohne Wasser da.«

»Dann finde ich welches«, erwiderte Hakanu triumphierend.

Ahren rollte mit den Augen wie ein aufgebrachtes Muli. »Ich gratuliere dir«, sagte er sarkastisch. »Du hast deinen Durst gestillt. Und einen halben Tag später? Da findest du wieder Wasser? Du hast nämlich nichts dabei, womit du das Wasser transportieren kannst.«

»Dann jage ich ein Tier und fertige einen neuen Trinkschlauch«, widersprach Hakanu.

»Obwohl du verletzt bist?«, konterte Ahren. »Du hast dich verletzt, als du vom Pferd gefallen bist, schon vergessen?« Hakanu öffnete den Mund, aber Ahren sprach schnell weiter. »Und weißt du überhaupt, wie man einen Trinkschlauch anfertigt, so ganz ohne Ausrüstung?«

Der Lehrling setzte noch dreimal zu einer Erwiderung an, schwieg aber schließlich und knotete seinen Trinkschlauch an seinem Gürtel fest.

Ahren nickte zufrieden und sah sich das erste Mal um. Starre Gesichter und krampfhaft zuckende Schultern verrieten ihm, dass sich seine Freunde und sogar die Eiswölfe alle Mühe gaben, nicht in laute Heiterkeit auszubrechen. »Als Nächstes denkst du über alle Nutzpflanzen nach, die du kennst, und bei der nächsten Rast will ich sie von dir in der Reihenfolge ihrer Seltenheit hören«, sagte er streng zu Hakanu und bedeutete Culhen, zu Falk hinüberzutraben.

Der alte Paladin scherte mit Selsena aus der Formation aus und führte Ahren wortlos von der Reiterkolonne weg, die weiter gen Norden ritt. »Du bist ganz schön streng mit ihm«, sagte Falk nach einer Weile und rieb sich dabei über seinen Bart.

»Ich? Streng?« Ahren bemerkte, wie laut seine Stimme wurde, und mäßigte sich mühsam. »Ich habe ihn bisher weder einen Bänderbaum hochgejagt noch zu Fuß laufen lassen.«

»Das waren Ertüchtigungsmaßnahmen, keine Strenge, und das weißt du auch«, sagte Falk tadelnd. »Hakanu hinterfragt alles, was du ihm beibringst, und du wertest das als persönlichen Angriff. Mach dir klar, dass er vollkommen anders ist als du.« Der alte Paladin sah ihn voller Zuneigung an. »Ich musste dich damals aus deinem Schneckenhaus herausholen, ihm hingegen musst du die Grenzen seiner Fähigkeiten aufzeigen, ohne ihn zu demütigen oder gar zu brechen. Du versuchst Feuer mit Feuer zu bekämpfen, indem du seiner Sturheit mit hitziger Bissigkeit begegnest. Dadurch stachelt ihr euch nur gegenseitig an. Respekt erlangst du so ganz bestimmt nicht von ihm. Sei ruhig und gelassen. Die Stimme der Vernunft in seinem Sturm der Fragen. Erkläre ihm jeden Aspekt beharrlich und ausführlich.«

»Und wenn er dann immer noch Widerworte gibt?«, fragte Ahren.

»Dann kannst du ihn eine Strafrunde um das Lager drehen lassen«, erwiderte Falk lachend. »Aber wenn du dies in ruhigem Ton verlangst, wird er wissen, dass die Strafe seinem Ungehorsam gilt und nicht im Zorn ausgesprochen wurde.« Falk legte Ahren eine Hand auf die Schulter, indem er Selsena dicht neben Culhen lenkte. »Vergiss nicht, deine Herausforderung besteht darin, dass er dir vertraut. Hast du das geschafft, wird auch die Hälfte aller unnötigen Fragen aufhören.«

Ahren seufzte. »Und die andere Hälfte?«

Falk grinste amüsiert. »Sag du es mir. Wann wirst *du* damit aufhören?«

Ahren stimmte in das Lachen seines alten Meisters mit ein und genoss die Nähe, die er dabei empfand. Dann ertönte ein seltsames Zischen und im nächsten Moment war Falks rechte Gesichtshälfte voller Blut und kleiner Stacheln, die aus seinem Fleisch ragten.

Der alte Paladin ließ sich umgehend aus dem Sattel zu Boden fallen und das Titejunanwa wieherte schrill. Sie stieß eine Welle des Zorns aus und galoppierte vorwärts.

»Was …?«, begann Ahren, als das Geräusch wieder ertönte und eine kleine Wolke brauner, splitterartiger Geschosse auf seine Brust traf und von seinem Bänderpanzer abprallte.

»Tausendnadler«, zischte Falk stöhnend. »Runter ins Gras und sei leise.«

Ahren warf sich von Culhens Rücken, der sich wild schnüffelnd im Kreis drehte.

Ich kann sie nicht richtig riechen oder sehen, sagte der Wolf irritiert.

Wieder flog eine Salve kleiner Stacheln heran und traf diesmal das linke Vorderbein des Wolfes.

Au, tut das weh!, beklagte der sich.

Ahren zog möglichst leise seine Klinge und sah besorgt zu Falk hinüber, dessen rechte Gesichtshälfte wie das Nadelkissen einer Schneiderin aussah.

»Ist halb so wild«, nuschelte Falk, dem der junge Paladin die Schmerzen anhören konnte. »Hauptsache, sie haben mein Auge nicht erwischt. Nur das Rausziehen der Widerhaken wird eine Qual.«

Westlich von ihnen ertönte zweimal hintereinander ein hässliches Knirschen, dann kam Selsena wild schnaubend, aber zugleich eine tiefe Genugtuung ausstrahlend, zu ihnen zurück.

»Sie hat beide erwischt«, sagte Falk und rappelte sich auf. Seine Finger fuhren zu seinem Gesicht empor, verharrten dann aber auf halbem Wege. »Das lasse ich besser Jelninolan machen«, sagte er undeutlich. »Wir hatten Glück, dass es nur zwei versprengte Jungtiere waren. Tausendnadler können ganz schön gefährlich werden.«

Ahren kramte in seinem Gedächtnis herum und wurde schließlich fündig. Tausendnadler waren jene vom Widersacher veränderten Wesen, die früher einmal gewöhnliche Stachelschweine gewesen waren. Er hatte weder das eine noch das andere Wesen bisher gesehen, wusste aber, dass Tausendnadler im Gegensatz zu ihren harmlosen Artverwandten ihre Stacheln zur Jagd benutzten und von einem starken Blutdurst getrieben waren. Natürlich durften auch scharfe Krallen und ein zahnbesetztes Maul nicht fehlen, doch ihre Hauptwaffen waren unzählige schwarze Stacheln, die sie mit erstaunlicher Präzision verschießen konnten. Jedes dieser knapp ein Schritt langen Wesen, die als ausgewachsene Exemplare einem Menschen bis zum Knie reichten, konnten viele Dutzend Salven jener Geschosse aus ihrer Haut abfeuern und ein ungepanzertes Opfer so leicht zu Fall bringen. Offensichtlich hatten auch gepanzerte Kontrahenten es nicht leicht, dachte Ahren, als er Falk ansah. Selsena drängte Falk währenddessen mit beharrlichen Stupsern ihrer Hörner dazu, endlich aufzusteigen.

»Langsam, altes Mädchen, langsam«, sagte Falk stöhnend und zog sich in den Sattel des Titejunanwa. »Die Stacheln in meinem Fleisch reichen mir, du musst mich nicht auch noch aufspießen.« Selsena versprühte ein Gefühl der Ungeduld und des Tadels, dann war das elfische Streitross mit Falk auf dem Rücken bereits auf dem Rückweg zu ihren Freunden und den Eiswölfen.

Es ist unfair, dass Selsena Dunkelwesen aufspüren kann, die sonst keinerlei Eigengeruch verströmen, schmollte Culhen, als Ahren wieder in dessen Sattel stieg.

Dafür kannst du solche Dunkelwesen mit deiner Nase aufspüren, die ihre Mordlust vor Selsena abschirmen können, beschwichtigte er den Wolf. Er hatte es mittlerweile aufgegeben, seinem Tier abgewöhnen zu wollen, alles als Wettstreit zu betrachten. Culhen war eben Culhen und Ahren liebte ihn so, wie er war.

Der Wolf reagierte mit Zuneigung auf diesen Gedanken und fügte dann hinzu: *Ich werde dich trotzdem weiter drangsalieren. Ohne mich und meine beständige sanfte Kritik bist du doch nur ein halber Paladin.*

Ahren rollte mit den Augen, weil er wusste, worauf der Wolf hinauswollte. Also tat er ihm den Gefallen und stritt sich ausgiebig mit ihm, bis sie wieder bei ihren Freunden waren.

»Das ist beunruhigend«, sagte Falk, nachdem Jelninolan ihm mit ihrer Flasche voll heilkräftigem Wasser die Wunden von der Wange gewaschen hatte. Die Priesterin bereitete nun an jedem Morgen ein Gefäß damit vor und übte sich in der Verfeinerung dieser Zaubertechnik, damit sie das heilende Nass irgendwann weitergeben konnte, ohne dass es seine magische Wirkung verlor. »Nadler-Jungtiere greifen normalerweise keine Menschen an. Erst wenn sie ausgewachsen sind oder aber als Teil eines Rudels.«

»Klingt, als hätte der Widersacher seine Hände im Spiel«, sagte Trogadon und spie aus. »Er wiegelt seine Armeen gegen uns auf – auch jene, die er nicht in der Obsidianfeste verschanzt hat.«

»Wurde uns aggressiveres Verhalten der freilaufenden Dunkelwesen gemeldet?«, fragte Lanlion Uldini.

»Wann sind Dunkelwesen denn mal nicht angriffslustig?«, fragte der Alte mürrisch und schüttelte den Kopf. »Außerdem kann ich neue Berichte erst wieder anfordern, sobald wir aus dem Grünen Meer raus sind. Oder siehst du hier irgendwo einen Botenläufer?«

Khara legte den Kopf schief. »Täusche ich mich oder ist unser Meistermagus grummeliger als sonst?«

»Wann ist er denn mal nicht grantig?«, ahmte Trogadon Uldinis vorherige Gegenfrage und Tonlage nach.

»In jedem Falle lasse ich die Wachen verdoppeln«, sagte Yantilla. »Was auch immer das heißt, nachdem Ihr ein Drittel aller Eiswölfe zum Ring abgeordnet habt.« Ahren konnte die Missbilligung der Kommandeurin in jeder Silbe spüren.

»Nicht alle meine Brüder und Schwestern verfügen so wie ich über eine Leibwache von einhundert Soldaten«, sagte Ahren seufzend. »Ich dachte, wir hätten das geklärt.« Er deutete auf die mehr als vier Dutzend Eiswölfe, die Ahren und seine Freunde in einer Kreisformation bewachten. »In Anbetracht der unberechenbaren Doppler da draußen können ein paar Eiswölfe an der Seite der anderen Paladine vielleicht weitere Anschläge vereiteln. Und glaubt nicht, dass ich übersehen habe, dass Ihr die Besten und Erfahrensten bei mir gelassen habt.«

Yantilla schnaubte. »Noch nie wurde ich so oft dafür getadelt, dass ich gute Arbeit leiste.«

Ahren biss sich für einen Herzschlag auf die Zunge und nickte dann. »Das tut Ihr«, sagte er und legte ihr eine Hand auf den Unterarm. »Das tut Ihr wirklich und dafür danke ich Euch.«

Yantillas Gesicht spiegelte erst Überraschung, dann Verwirrung und schließlich Unmut wider. »Nicht mal ordentlich streiten kann man mit Euch«, sagte sie und ein Hauch von Verlegenheit lag in ihrer Stimme. »Ich sehe mal nach unseren dezimierten Truppen.«

»Seht ihr?«, fragte Uldini triumphierend. »Ich bin nicht der Einzige, der flüchten will, seit Ahren so furchtbar vernünftig ist.«

Der junge Paladin sah den Alten herausfordernd an. »Also soll ich mir wieder eine verrückte Idee ausdenken?«, fragte er. »Wäre dir das lieber?«

»Ich bin ja schon still«, sagte Uldini und hob hastig eine Hand.

»Was denn für verrückte Ideen, Meister?«, fragte Hakanu, und Ahren sah ein gefährliches Feuer des Übermuts in dessen jugendlichen Augen.

»Also, da war dieses eine Mal, als der junge Ahren dem Sonnenkaiser eiskalt ins Gesicht gelogen hat«, begann Trogadon sofort beflissen zu erzählen.

»Kein Wort!«, ging Ahren energisch dazwischen. »Niemand setzt meinem Lehrling Flausen in den Kopf, ist das klar?«

Falk sagte nichts. Aber sein fröhliches Pfeifen, während sie weiterritten, zerrte mehr an Ahrens Nerven als jede Stichelei.

Die folgenden Tage vergingen weitgehend ereignislos, doch Ahren wusste, dass dies nicht so bleiben würde. Sie würden bald den westlichen Rand der Drei-Dutzend-Seen passieren, ein äußerst fruchtbares Gebiet, wo es normalerweise von Dunkelwesen nur so wimmelte. Hätte es nicht einen immensen Umweg bedeutet, so wäre Ahren dieser Region lieber nicht zu nahe gekommen, aber ihr Abstecher in den Eathinian kostete schon genug Zeit und Ahren durfte nicht noch mehr davon verschwenden, indem er Haken durch das Grüne Meer schlug wie ein flüchtendes Kaninchen.

Hmm, lecker, mischte sich Culhen in dem Moment in Ahrens Gedanken ein und wurde unter ihm unruhig. *Ich denke, ich gehe noch mal jagen.*

Du bleibst schön hier, befahl Ahren streng. *Wir wissen nicht, wie viele Dunkelwesen das Abschlachten durch den Nekromanten überlebt haben und sich an den Drei-Dutzend-Seen tummeln. Solange wir an diesem Gebiet vorbeiziehen, gilt höchste Wachsamkeit.* Culhen winselte leise, fügte sich aber in sein Schicksal. Ahren wusste, dass er zu streng war, konnte aber nichts dagegen tun. Die Angst vor einem weiteren Verlust nagte an ihm, bohrte sich in seine Gedanken wie ein Wurm in einen faulen Apfel und bestimmte jede seiner Handlungen.

Ahrens Versuche, Hakanu etwas beizubringen, waren bisher von wenig Erfolg gekrönt gewesen. Der junge Clankrieger brüstete sich damit, dass er mehr über das Grüne Meer wusste als sein Meister, und wenn Ahren ehrlich zu sich war, hatte der Knabe damit recht. Leider versperrte diese Hochnäsigkeit dem Jüngling auch den Blick auf jene Ratschläge, die einem das Leben retten konnten, egal wo man sich gerade befand. Ahren zermarterte sich das Hirn darüber, wie er einen Zugang zu dem Jungen gewinnen konnte. Als Falk damals der Meister eines eingeschüchterten Hänflings geworden war, hatte er Ahren nur gut zureden und ihn hin und wieder loben müssen, um Vertrauen aufzubauen. Das würde bei Hakanu definitiv nicht reichen.

Betrachte ihn wie ein Dunkelwesen, sagte Culhen da plötzlich, und Ahren wäre vor Verblüffung beinahe von dessen Rücken gefallen.

Wie bitte?, fragte er ungläubig.

Betrachte ihn wie ein Dunkelwesen, wiederholte der Wolf seinen Ratschlag ernst. *Studiere ihn, finde seine Stärken und Schwächen heraus. Danach weißt du, wo du mit deiner Ausbildung ansetzen kannst.*

Ahren runzelte die Stirn. Sein Freund hatte recht. Der junge Meister wusste nichts über seinen Schützling. *Einen Versuch ist es wert*, sagte er schließlich.

Na siehst du, antwortete Culhen selbstgefällig. *Und wieder hat dein Wolf ein Problem für dich gelöst.*

Du darfst trotzdem nicht jagen gehen, gab Ahren zurück.

Das Tier schnaubte unglücklich. *Undank ist der Welten Lohn.*

Das allgegenwärtige Gras wogte an diesem Abend unter dem Spiel des Windes vor sich hin, begleitet von einem auf- und abschwellenden Rauschen. Die Sterne lagen hinter träge dahinziehenden Wolken verborgen, und der Mond war nicht mehr als ein flüchtig hervorblitzender Zuschauer mit einem Ausblick auf die Lagerstätte der Gefährten. Im flackernden Schein eines magisch unter Kontrolle gehaltenen Feuers ließ Ahren Hakanu schwitzen, indem er ihm allerlei Leibesübungen abverlangte, um ihn auf Herz und Nieren zu prüfen. An einem Mindestmaß an Kraft und Geschicklichkeit mangelte es dem Jüngling nicht. Diese Eigenschaften waren jedoch weder besonders ausgeprägt, noch ließ sich auch nur ansatzweise eine Ausdauer erkennen, während Hakanu die ihm aufgetragenen schweißtreibenden Tätigkeiten ausübte.

»Ein klassischer Großtuer«, raunte Trogadon mit einer Pfeife im Mund und ignorierte Jelninolans kritischen Seitenblick ob dieser schlechten Angewohnheit. »Gut für einen Augenblick des Ruhms, aber schlecht, wenn dieser länger als ein paar Herzschläge andauern soll.«

Hakanu sollte gerade auf den Knien das Lagerfeuer umrunden, ohne mit den Füßen den Boden zu berühren. Die Arme musste der Junge nach vorne recken, wobei auf jedem Handgelenk eines von Trogadons kleinsten Gewichten ruhte. Der Schweiß rann dem ächzenden Lehrling in Strömen über das Gesicht, dabei hatte er erst eine einzige Runde vollendet. Ahren wusste aus eigener Erfahrung um die für diese Übung nötige Körperspannung, und dass sie viel tückischer war, als sie aussah, aber es brauchte vor allem Willenskraft und davon hatte Hakanu reichlich. Obwohl seine Füße und Arme unkontrolliert zu zittern begannen, mühte sich der Lehrling eine quälende Handbreit nach der anderen weiter, während er immer wieder trotzig zu Ahren hinübersah.

»Er hat aber auch ein Feuer in sich«, sagte Khara anerkennend. »Sieht so aus, als würde er sich lieber sämtliche Muskeln zerren, als aufzugeben.«

Ahren stöhnte. Die Arme und Beine Hakanus schlotterten, als hätte den Jungen ein Blitz erwischt, trotzdem hielt er sich irgendwie aufrecht. »Genug!«, sagte der junge Meister, und sofort brach sein Schützling in sich zusammen, woraufhin Trogadons Gewichte zu Boden fielen. »Ich weiß, was ich wissen wollte.« Ahren rieb sich über den Bart, und als Falk ihn auffordernd anstarrte, fügte er an seinen Lehrling gewandt hinzu. »Das war … ein Anfang.« Ahren kamen diese Worte wie von selbst in den Sinn, und Falk grinste nun breit, ein feuchtes Glitzern in den Augen. Einige Dinge wurden wahrlich von Meister zu Meister weitergetragen und Ahren beschloss, sich nicht dagegen zu wehren. Der heutige Abend *war* ein Anfang gewesen, denn nun konnte der junge Meister immerhin Pläne schmieden, wie er Hakanus Ausbildung beginnen würde. Und er hasste sich selbst ein wenig dafür.

»Wieso darf ich nicht reiten?«, beschwerte sich Hakanu am nächsten Tag, während er klatschnass vom eigenen Schweiß neben Culhens linker Flanke hertrabte, obwohl die Sonne noch tief am Morgenhimmel stand. Am östlichen Horizont glitzerten die ersten Gewässer der Drei-Dutzend-Seen verführerisch, aber für Ahren waren sie ein Mahnmal für die wachsende Gefahr, die in dieser von Dunkelwesen bevorzugten Region lauerte.

»Weniger reden«, sagte er nur zu seinem Lehrling und bemühte sich um ein gütiges, wenn auch strenges Gesicht, obwohl ihm eigentlich nach Singen zumute war. Ob Falk damals ein ebenso großes Vergnügen daran gefunden hatte, die Schinderei weiterzugeben, der er einst erduldet hatte? »Atme möglichst tief und gleichmäßig. Durch die Nase ein und den Mund aus. Das spart Kräfte.«

»Ihr habt leicht reden«, sagte Hakanu und funkelte Ahren mit jenem Feuer in den Augen an, das auf eine beginnende Rebellion hindeutete. »Ihr sitzt ja auch gemütlich da oben auf eurem Kampfwolf und gebt sinnlose Befehle.«

Hast du das gehört, Ahren?, sagte Culhen, der ein zufriedenes Brummen ausstieß. *Ich bin ein Kampfwolf.*

»Sieh auf deinen Fuchs«, erwiderte Ahren seinem Lehrling und deutete auf das Tier, das geduldig neben dem Knaben herlief. »Seine Beine sind viel kürzer und doch beschwert er sich nicht.«

Hakanu funkelte Ahren weiter an und der wollte schon zu einer scharfen Ermahnung ansetzen, als er eine Berührung an seinem rechten Arm spürte.

»Lehrlinge wollen inspiriert werden«, sagte Jelninolan leise, die unbemerkt neben ihn geritten war. »Vor allem dieser hier. Ihn nur zu kritisieren und zu schelten, wird dich auf Dauer nicht weiterbringen.«

Ahren dachte kurz nach und lächelte der Elfe dann dankbar zu. Nach zwei weiteren Herzschlägen schwang er sich aus dem Sattel und legte sich die Satteltaschen Culhens über die Schultern. Dann tat er das Gleiche mit denen von Kharas Pferd. Der muffige Geruch des Leders stach ihm in die Nase und das Gewicht drückte ihn tief in die Erde, aber Ahren sah möglichst gelassen geradeaus und schritt einfach neben Hakanu daher. Der Jüngling machte große Augen, wie sein Meister da in voller Rüstung und bepackt wie ein Maulesel einen festen Schritt vor den anderen setzte. Den gesamten Tag marschierte Ahren so weiter und nicht ein einziges Mal wagte Hakanu es mehr, sich über seinen erzwungenen Fußmarsch zu beklagen.

»Ihr Götter, tut das weh«, stöhnte Ahren leise, als er seine verkrampften Schultern und seine müden Knochen mit einem Kräutersud zu beruhigen versuchte. Die Horden von Grillen, die die fernen Ufer der Drei-Dutzend-Seen ihre Heimat nannten, ließen ihren zirpenden Gesang über das platte Land zu ihnen herüberschallen und schufen so einen Mantel der Abgeschiedenheit, unter dem Ahren gefahrlos reden konnte, ohne dass sein Lehrling ihn hören könnte.

»Du musstest ja unbedingt auch noch meine Satteltaschen nehmen«, sagte Khara belustigt.

»Ich wollte meinen Standpunkt klarmachen«, sagte Ahren und schaute zu Hakanu hinüber, der vollkommen entkräftet am Lagerfeuer lag und mit glasigem Blick zum klaren Sternenhimmel emporsah.

»Was sehr beeindruckend war«, feixte Trogadon. »Fast wäre ich mit zehn Satteltaschen nebenhergelaufen und hätte dabei ein Liedchen gepfiffen, aber ich wollte dich nicht in Verlegenheit bringen.«

»Danke«, sagte Ahren trocken, und nachdem er darüber nachgedacht hatte, dass der Schmied vielleicht keinen Scherz gemacht hatte, wiederholte er seinen Dank mit Nachdruck.

»Vergisst du nicht etwas?«, fragte Falk und deutete zunächst auf den Kräutersud in Ahrens Händen, dann auf den erschöpften Lehrling. »Ich habe damals mehr getan, als deinen kleinen, kümmerlichen Körper zu stählen. Ohne Beistand bricht auch der stolzeste Geist.«

»Du stichelst schon genauso fies wie Culhen«, murmelte Ahren und erhob sich dann.

Ich stichele nicht, mischte der Wolf sich ein, der gerade mit seiner Zunge den kleinen Fuchs putzte. *Ich unterbreite auf hilfreiche Art Verbesserungsmöglichkeiten.* Ahren erschien es beinahe, als wünschte der Wolf sich ebenfalls einen Schützling, den er herumkommandieren konnte. Muai betrachtete Culhen und das junge Tier derweil aus zusammengekniffenen Augen. Die Großkatze würde dem Wolf dieses Privileg wohl nicht allein überlassen.

Ahren hockte sich neben Hakanu, der sich kaum regte und seinen Meister mit einer Mischung aus Argwohn und Bewunderung ansah. »Ihr könnt noch stehen?«, fragte er mit zittriger Stimme. »Soll ich jetzt etwa wieder Übungen am Feuer machen?«

Ahren tat so, als würde er über die Worte des Jungen nachdenken, und erlöste ihn dann schließlich nach einigen Herzschlägen mit einem Kopfschütteln und einem Lächeln. »Trink das«, sagte er und hielt dem müden Jungen seine Schale hin. »Das wird dir beim Schlafen helfen und deinen Muskeln neue Kraft geben.«

Hakanu trank die Brühe, als würde sein Leben davon abhängen, und in Windeseile war die Holzschale leer. »Schmeckt komisch«, sagte er. »Wieso kennt Ihr euch mit Kräutern so gut aus, Meister?«

Ahren verkniff sich ein triumphierendes Lächeln. »Ich bin als Waldläufer ausgebildet worden und da lernt man mehr, als nur Dunkelwesen den Schädel einzuschlagen. Und dieses Wissen gebe ich jetzt an dich weiter.«

Neugier und Tatendrang glommen in den Augen des Jungen auf, und Ahren erkannte, dass er einen Fehler gemacht hatte. Die Erwähnung vom Kampf gegen Dunkelwesen beförderte Hakanus schlechtere Eigenschaften, als wäre sie eine mächtige Beschwörung. »Wann lerne ich denn etwas über Dunkelwesen?«, fragte er begierig.

»Eins nach dem anderen«, sagte Ahren geduldig, auch wenn er innerlich stöhnte. »Erst lernst du, ein paar Tage zu laufen, danach reden wir übers Kämpfen.«

»Aber Meister,« widersprach Hakanu und brach dann ab, als er begriff, was Ahren da genau gesagt hatte. »Ein paar Tage?«, wiederholte er ungläubig. »Soll das heißen, wir laufen morgen wieder zu Fuß?«

»Was heißt hier wir?«, antwortete Ahren mit einem leisen Lächeln. »Ich habe dir heute gezeigt, wie es geht. Ab morgen läufst du wieder schön allein.« Hakanu schloss stöhnend die Augen und Ahren ging zu den anderen zurück.

Er sah Falk fragend an, der nur schmunzelnd den Kopf schüttelte und dann leise sagte: »Ein Anfang.«

Frisches Blut, ertönte Culhens Warnung in Ahrens schlafendem Geist und riss den Paladin aus seinem Schlummer. Neben ihm grollte Muai warnend und auch die beiden Titejunanwas waren zu hören, wie sie schnaubend mit ihren Hufen über die Erde schabten. Im Lager entstand Bewegung, als nach und nach alle Gefährten und Eiswölfe erwachten. Besorgt starrte Ahren gen Osten. Die fernen Seen und Tümpel glitzerten wie blasse Leuchtfeuer im Mondlicht, als wollten sie dem

Waldläufer beruhigend zuzwinkern, die nahen Bewegungen im hohen Gras machten ihm allerdings klar, wie trügerisch die Idylle der nächtlichen Landschaft war. Dann hörte er ein keckerndes, beinahe lachendes Geräusch, das entfernt an Hundegebell erinnerte.

»Rudelbeißer!«, rief Hakanu benommen.

Ahren hörte die Erschöpfung aus der Stimme des Jungen, der ganz in der Nähe des Lagerfeuers geschlafen hatte, keine fünf Schritt von Ahren und Khara entfernt. Als die seltsam deformierten schattenhaften Dunkelwesen mit ihrem lachenden Bellen und ihren nadelspitzen Zähnen durch das Lager brandeten, erschienen Ahren diese wenigen Schritt wie eine ganze Länge. Dann ertönte ein beinahe zwitscherndes Zischen und Ahren reagierte auf das Geräusch, noch bevor sein Verstand verarbeiten konnte, dass er die Salve eines Tausendnadlers vernommen hatte. Die Rudelbeißer waren nicht allein!

»Hakanu!«, brüllte er und robbte in Richtung seines Lehrlings, *Sonne* bereits in der Hand. Weder das Mondlicht noch die Glut des Lagerfeuers bot ausreichend Sicht, weshalb Ahren nur schemenhaft erkennen konnte, was genau er da bekämpfte, während immer wieder die tödlichen Nadeln der Dunkelwesen durch das Lager zischten, deren Jungtiere ihnen bereits vor einigen Tagen zugesetzt hatten. Ahren wurde schnell klar, dass die verschiedenen Dunkelwesen wie ein militärischer Trupp handelten. Er hörte, wie Eiswölfe unter dem Beschuss fielen und von den Rudelbeißern attackiert wurden, sobald sie am Boden lagen. Genauso würden im Kampf ausgebildete Krieger handeln: Erst würden die Fernkämpfer den Feind zermürben, dann die Nahkämpfer mit einem Sturmlauf zuschlagen.

»Sucht nach einem Hochfang!«, brüllte Ahren in die Nacht hinaus. »Irgendwer muss ihren Angriff koordinieren!« Instinktiv rollte er sich zur Seite, nachdem er derart auf sich aufmerksam gemacht hatte, und schon wurde das Gras dort, wo er eben noch gekauert hatte, von Hunderten kleinen Nadeln gespickt.

Hakanu war nur noch einen Schritt entfernt, aber die ins Lager strömenden Rudelbeißer waren schneller und griffen den sich aufrichtenden Lehrling an.

Mit dem Mut der Verzweiflung hieb und hackte Ahren um sich, wobei er drei der Wesen niederschlug, die auf Hakanu zugestürmt waren. Allerdings vernachlässigte er dabei seine eigene Deckung derart, dass er nach wenigen Herzschlägen einen stechenden Schmerz im rechten Unterarm spürte, wo sich eines der hundeartigen Wesen festgebissen hatte und Ahren mit wildem Kopfschütteln aus der Balance zu bringen versuchte. Die Wunde brannte, als würden tausend Feuer darin lodern. Ironischerweise rettete ihm die erfolgreiche Attacke des Rudelbeißers das Leben, denn im nächsten Augenblick flog ein Schwarm aus Stacheln dicht an Ahren vorbei und traf an seiner statt einen unglücklichen Eiswolf in die Brust.

Ein Wutschrei ertönte und dann war Yantilla plötzlich bei Ahren und hieb das Wesen an Ahrens Arm nieder, dessen eiserner Biss sich erst einige Herzschläge nach dessen Tod lockerte. Ahren sah sich im aufgleißenden Feuer des von Uldini erweckten *Flammensterns* hektisch nach Hakanu um, der mit seinem Speer in der Hand und vollkommen ungerüstet auf eines der Dunkelwesen zusprang, um es aufzuspießen. Ahren fluchte, als er sah, wie sein Lehrling mit seinem Speer dorthin zielte, wo sich der Rudelbeißer gerade befand und nicht dahin, wo das Wesen einen halben Herzschlag später sein würde. Die Spitze der Waffe kratzte daher harmlos über den verkümmerten Hinterlauf und der Rudelbeißer drehte sogleich seine starken Vorderbeine und seine breite Brust in Richtung des Jünglings, der es gewagt hatte, ihn anzugreifen. Das Wesen stieß einen keckernden Ruf aus, woraufhin vier weitere Rudelbeißer in Richtung Hakanu abdrehten. Ein flüchtiger Rundumblick verriet Ahren, dass Hilfe durch seine Freunde oder die Eiswölfe spät kommen würde. Vielleicht sogar zu spät.

Ahren konnte im Lichtschein nun mehrere Dutzend dieser jaulenden Biester ausmachen sowie zwei in gut zwanzig Schritt Entfernung stehende Tausendnadler, die seine Gefährten und seine Leibwache heftig attackierten. Trogadon schwang seinen Hammer in großen Bögen und ließ die Rudelbeißer durch die Luft fliegen, wenn er sie mit seiner Waffe traf, Lanlion und Falk waren auf ihre Titejunanwas gestiegen und versuchten sich Platz für einen Sturmlauf auf die Tausendnadler zu verschaffen. Jelninolan wirbelte ihren Stock umher und hielt die Dunkelwesen damit auf Abstand, während Uldini *Flammenstern* hin und her zucken ließ, der sowohl als Lichtquelle diente als auch mit lauten, dumpfen Knallen gegen die Schädel einzelner Rudelbeißer prallte und diese zu Boden schickte. Khara war eingehüllt in ein Meer aus Klingen, und während Culhen und Yantilla Ahren den Rücken freihielten und Muai Hakanus kleinen Fuchs beschützte, waren die restlichen Eiswölfe damit beschäftigt, selbst am Leben zu bleiben oder mit ihren Schilden Deckung gegen die Geschosse der Tausendnadler zu bieten.

»Das sind einfach zu viele«, hörte Ahren Trogadon brüllen, während der junge Meister versuchte, den Knaben zu erreichen, der mehr schlecht als recht mit seinem Speer herumfuchtelte, um die fünf Rudelbeißer auf Abstand zu halten. Mit einem Knurren sprang Ahren vorwärts, seinen verletzten rechten Arm ebenso ignorierend wie die Tatsache, dass er seine Bänderrüstung nicht trug.

Wenn Hakanu starb …

Der Gedanke war unerträglich. Den Sohn wie den Vater zu verlieren, seinen Lehrling zu verlieren, endgültig einen Paladin zu verlieren!

»PALADINIM THEOS DURALAS!«, brüllte er aus voller Kehle heraus.

Ein durchdringendes Heulen aller Rudelbeißer war die Antwort, ebenso wie eine gezielte Salve der Tausendnadler, die jedoch in einem Wall aus erhobenen Schilden der Eiswölfe hängen blieb, die sich endlich formiert hatten, um die Fernkämpfer unter den Dunkelwesen abzuwehren. Vier der fünf Dunkelwesen um Hakanu wirbelten zu dem heranstürmenden Paladin herum, nur das verletzte Monstrum attackierte weiterhin hartnäckig den Lehrling. Geifernde Mäuler füllten Ahrens Blickfeld aus, als die hundeartigen Geschöpfe ihn als Antwort auf seine gebrüllte Herausforderung ansprangen. Aus den Augenwinkeln sah er, wie sich weitere Kreaturen aus den Kämpfen mit seinen Freunden und den Eiswölfen lösten und ebenfalls auf ihn zu wetzten. Ahrens Welt versank in einer schnellen Abfolge aus verzweifelten Abwehrversuchen und heftigen Schmerzen, als mehr und mehr der Tiere seine Verteidigung durchbrachen. Sein Rücken wurde von den scharfen Vorderkrallen der Wesen aufgerissen, eines verbiss sich in seinem rechten Oberschenkel, ein anderes von hinten in seiner linken Wade. Sie zerrten mit ruckartigen Bewegungen an ihm, die Schmerzwellen durch seinen Körper jagten und ihn gleichzeitig aus dem Gleichgewicht zu bringen drohten. Ahren konnte seine Peiniger noch nicht einmal mit seiner Windklinge durchbohren, denn seine Waffe benötigte er, um seinen Oberkörper, sein Gesicht und seine Arme vor den kräftigen Kiefern der Wesen zu schützen.

Er biss die Zähne zusammen und teilte ebenso kräftig aus, wie er einsteckte. Nach knapp zwanzig Herzschlägen waren sechs der Dunkelwesen erledigt und gerade vereitelte er mit einem gleitenden Schnitt den Sprungangriff eines weiteren Rudelbeißers, der daraufhin sein Leben ließ, noch bevor er schwer auf dem Boden aufschlug. Ein weiterer Rudelbeißer versenkte seine Zähne von hinten in Ahrens Schulter und zusammen mit denen, die an den Beinen des Paladins hingen, war es schließlich um sein Gleichgewicht geschehen. Voller Entsetzen kippte Ahren nach hinten, während er verzweifelt um sich hieb. Er wusste, dass sein Ende nahe war, als das Rudel sich mit spitzen Zähnen und scharfen Krallen über ihm schloss.

Ein Knurren und Heulen ertönte, dann ein nicht enden wollendes Krachen. Ein wilder Ruck ging durch Ahren, dann war seine Wahrnehmung plötzlich voller Großkatzen, Riesenwölfe und Titejunanwas. Die Schmerzen in seinen Beinen und seiner Schulter wurden fast unerträglich, als seine Peiniger gewaltsam fortgerissen wurden.

Platz da!, ertönte Culhens Stimme in seinem Kopf, und Ahren erkannte schnell, dass der Wolf nicht ihn meinte. Denn noch während Ahren auf dem Boden aufschlug, krachten Muai, Culhen und die beiden Titejunanwas neben ihm ineinander, wobei Falk und Lanlion simultan Flüche ausstießen, die keinem Streiter der Götter gut zu Gesicht standen. Die Rudelbeißer gerieten dabei unter stampfende Hufe, zwischen kräftige Kiefer und vor scharfe Waffen, noch bevor sich alle, die Ahren zu Hilfe geeilt waren, wieder sortiert hatten.

Ahren wagte es indes nicht, sich zu regen, um seinen herbeigeeilten Helfern ihre Rettungsaktion nicht zu erschweren. Rings um ihn herum fielen die Rudelbeißer wie die Fliegen, und als Khara mit Trogadon und einigen Eiswölfen von außen auf das zusammengerottete Rudel eindrang, war der unmittelbare Kampf um ihn herum schnell vorbei.

Mit einem wilden Blick sah Ahren nach den beiden Tausendnadlern, aber anscheinend hatten Lanlion und Falk ihren tödlichen Sturmlauf auf die Wesen beenden können, bevor sie Ahren zu Hilfe geeilt waren. »Irgendeine Spur von einem Hochfang?«, keuchte er erschöpft, aber Uldini und Jelninolan schüttelten beide den Kopf.

»Ich denke auch nicht, dass wir einen finden werden«, sagte der Alte düster und zog mit einem Stöhnen einen verirrten Stachel aus der Schulter. »Das hier war ein Kriegsrudel, Gruppen aus verschiedenen Arten von Dunkelwesen, die gezielt zusammenarbeiten. Das erste Anzeichen dafür, dass ER, DER ZWINGT, langsam, aber sicher die direkte Kontrolle über seine Diener wieder aufnimmt.

»Noch mehr gute Nachrichten«, brummte Trogadon sarkastisch und wischte seinen Hammer sauber. »Genau das, was wir brauchen.«

Ahren hätte gerne genauer über diese neue Entwicklung nachgedacht, aber mit dem Ende der Gewalt kamen jene Schmerzen, die die Aufregung bisher unterdrückt hatte, und Ahren stöhnte leise auf. Er spürte an beiden Beinen und am Rücken Blut aus sich heraussickern und war Jelninolan dankbar, als diese sich über ihn beugte und begann, seine Wunden an den Beinen zu schließen.

»Die offenen Stellen sind mit Aasfetzen verunreinigt«, sagte sie angewidert und mit besorgtem Gesicht. »Die Hälfte meiner Macht wird dafür verloren gehen, dich vor Vergiftungen zu schützen, ob du nun die Resistenz eines Paladins besitzt oder nicht.«

»Hakanu …?«, fragte Ahren leise, aber drängend.

»Es geht mir gut, Meister«, sagte der Lehrling fröhlich, der sich zwischen Jelninolan und dem beschützend neben seinem Freund stehenden Culhen zwängte und Ahren mit großen, glänzenden Augen ansah. »Das war das Mutigste, was ich jemals gesehen habe«, sagte der Jüngling begeistert und ohne jede Furcht in der Stimme. »Wie Ihr die Rudelbeißer auf Euch gelenkt habt, um sie einen nach dem anderen niederzustrecken …«

Ahren stöhnte erneut auf, aber nicht vor Schmerzen, sondern vor Frustration. Hakanu war derart fixiert auf Glorie und Heldentaten, dass er nicht einmal wahrnahm, welchen Preis Ahren für seine Tat zu zahlen hatte. Selbst die Verwundungen schienen dem jungen Lehrling makabre Orden zu sein, die von Ahrens Tapferkeit kündeten. Der Paladin wollte den Jungen packen und schütteln, ihn anschreien, dass er seine verklärte Sicht auf die Welt aufgeben musste, um zu überleben, aber da wirkte Jelninolan bereits einen Reinigungszauber, der sich anfühlte, als würde flüssiges Feuer durch Ahrens Wunden fließen. Er bäumte sich noch einmal auf, dann fiel er in eine gnädige Ohnmacht.

»Er wacht auf«, hörte Ahren die Stimme Falks, in der große Erleichterung mitschwang.

Der junge Paladin blinzelte schwer und erkannte, dass er auf Culhens Rücken lag, während der Wolf ihn über die Weiten des Grünen Meeres trug und sanfte Federwolken über einen blauen Himmel zogen. Ahren wollte sich aufrichten, bemerkte jedoch, dass seine Hände an die Reitschlaufen gebunden worden waren, an denen er sich sonst festhielt.

»Kann mich jemand losmachen?«, fragte er benommen. »Ich komme mir vor wie ein Stück Schinken, das zum Markt gekarrt wird.«

Und ich mir wie ein Muli, beschwerte sich Culhen.

Entschuldige, wenn meine Ohnmacht dir Unbequemlichkeiten verursacht hat, antwortete Ahren bissig.

Na, geht doch, erwiderte Culhen schnippisch, ohne auf den Sarkasmus seines Freundes einzugehen. *Ich nehme deine Entschuldigung an.*

Zwischenzeitlich war Khara links neben Culhen geritten und zupfte nun verspielt an den Knoten, die Ahren in seiner halb liegenden Position festhielten. »Was bekomme ich dafür, wenn ich dich losmache?«, fragte sie mit einem Augenzwinkern. Rechts von sich hörte Ahren Hakanu unterdrückt kichern.

Er grinste sie schwach an und imitierte Culhens Hundeblick. »Ich lasse mir was einfallen«, sagte er lächelnd.

Du lernst mehr von mir, als ich dachte, kommentierte Culhen die Aktion selbstgefällig.

Khara zog lachend die Knoten auf und Ahren richtete sich, kaum dass seine Hände frei waren, hastig auf. »Danke«, sagte er und beugte sich hinüber, um ihr einen flüchtigen Kuss zu geben. Dann drehte er seinen Kopf nach rechts und während dieser kurzen Bewegung verfinsterte sich seine Miene zu einem wahren Donnerwetter.

»Du lachst also über deinen Meister?«, grollte er in Hakanus Richtung und der Junge zuckte zusammen. »Den Meister, der in einem Heilschlaf lag, weil er deine Haut retten musste?«

»Ich …«, begann der Lehrling, aber Ahren war noch nicht fertig.

»Und warum sitzt du auf deinem Pferd, anstatt zu marschieren?«, fragte er scharf.

»Ich dachte …«, versuchte es Hakanu erneut.

»Falsch gedacht«, sagte Ahren streng. »Reiten kannst du. Ich bin hier, um dir beizubringen, was du *nicht* kannst. Und dazu gehört neben dem Marschieren offensichtlich auch der Umgang mit dem Speer.« Hakanu wurde rot vor Verlegenheit, aber das war Ahren egal. »Runter vom Pferd und nimm deine Waffe direkt mit«, befahl er. »Alle zehn Schritte will ich von dir einen Stoß mit der Waffe sehen, die dein verstorbener Vater so vortrefflich zu führen verstand. Und wenn du dabei mit der Speerspitze keinen Grashalm kappst, machst du mir bei jedem Fehlversuch umgehend zehn Liegestütze und schließt im Trab wieder zu mir auf.«

»Aber Meister …«, kam der schwache Protest.

»Jetzt, Hakanu!«, knurrte Ahren in einem Ton, der keine Widerrede duldete.

Sofort glitt der eingeschüchterte Knabe aus dem Sattel und begann mit seinem Marsch, den Tiefenstahlspeer seines Vaters fest mit beiden Händen umschlossen. Erst jetzt sah Ahren sich fragend zu Falk um, der ihm kaum merklich zunickte und dann mit einem gütigen Blick auf Hakanu deutete. Ahren beobachtete, wie dieser beflissen seiner ihm erteilten Aufgabe nachkam, und er nahm sich vor, seine Strenge am Tage mit der passenden Milde am Abend auszugleichen.

Es war später Nachmittag, als Ahren ein Einsehen hatte und seinem Lehrling verkündete, dass es für heute genug war. Mit einem matten Nicken zog sich Hakanu auf sein Pferd zurück und reagierte vor Erschöpfung nicht mal auf das leise Fiepen seines Welpen, der es wohl schade fand, dass sein Freund nicht mehr neben ihm herlief.

Culhen beugte seinen Kopf hinab und packte den kleinen Fuchs im Genick, um ihn dann vorsichtig in Hakanus Armen abzuladen. *Bitte schön, mein Kleiner*, sagte der Wolf voller Wärme, so als könnte der Neuzuwachs unter den Vertrautentieren ihn hören. Erstaunlicherweise bedankte sich der Welpe mit einem niedlichen Bellen, bevor er sich in die müden Arme Hakanus kuschelte.

»Dein Vertrautentier ist die wichtigste aller Gaben der Götter«, sagte Lanlion milde zu Ahrens verschwitztem Lehrling. »Nimm dir immer Zeit für ihn und festige das Band, das euch verbindet. Wenn die Verzweiflung der Welt dich zu verschlucken droht, ist dein Fuchs für dich da, um dich wieder ins Leben zurückzuzerren.«

Der junge Clankrieger sah den blassen Paladin beinahe erschrocken an, und Ahren lachte verhalten.

»Ich gratuliere«, sagte er. »Jetzt, da auch die anderen Paladine anfangen, dir gute Ratschläge zu geben, bist du endgültig in unserer kleinen Reisegruppe angekommen.«

Hakanu nickte und sah sich mit neugierigen Augen um, einen wagemutigen Zug um die Mundwinkel.

Der junge Meister seufzte. Es schien, als würde jedwede Ermutigung Hakanus Selbstvertrauen sofort wieder auf Überlebensgröße aufblähen und neue Flausen in seinen Kopf pflanzen. Was sollte er nur mit diesem Jungen anstellen?

»Du versuchst, ihn zu einer zweiten Version deiner selbst zu machen«, ließ Trogadon sich leise vernehmen, als das Lagerfeuer für die Nacht entzündet und der erschöpfte Hakanu bereits eingeschlafen war. Die Drei-Dutzend-Seen lagen nun hinter ihnen, ihr Glitzern im Mondlicht war nur noch eine schwache Erinnerung am fernen Horizont. »Aber der Junge ist so ganz anders als du. Das kann niemals gut gehen.« Jelninolan, Khara und Yantilla nickten bei diesen Worten und auch Falk und Lanlion wirkten nicht, als wollten sie widersprechen.

Ahren stieß ratlos die Luft aus. »Momentan will ich nur verhindern, dass er sich bei irgendeiner ›Heldentat‹ umbringt«, gab er zu. »Alles andere ist mir vorerst egal.«

»Das kenne ich«, sagte Falk.

»Moment mal«, empörte sich Ahren. »Ich war niemals derart bockig oder waghalsig.« Allgemeines Gelächter schlug ihm entgegen, in das sogar ein paar der Wache stehenden Eiswölfe einstimmten.

»Die Barden singen da aber etwas anderes, Dreizehnter«, sagte Yantilla schmunzelnd.

»Die Barden übertreiben«, brummte Ahren.

»Du hast dich in deinen Lehrjahren mit einem Finsterbären geprügelt«, erinnerte ihn Falk unter seinen heruntergezogenen Augenbrauen hervorblickend. »Du hast einen Kobold bis aufs Blut gereizt, das Leben Culhens im Weinenden Tal auf einen Pfeilschuss verwettet, und mit einem Erzwurm Fangen gespielt. Außerdem wolltest du auf der

Königsinsel den Ritter in schimmernder Rüstung spielen und hast dich deswegen bei Kharas ›Rettung‹ in einer schmierigen Gasse niederstechen lassen. Soll ich die Liste weiterführen?«

Ahren wollte widersprechen, doch letztendlich schüttelte er den Kopf. Er hatte andere Gründe gehabt als jener Stolz, der Hakanu anzutreiben schien, aber das Ergebnis war dasselbe gewesen. Ein Bündel voller Sorgen, die Falk hatte schultern müssen. »Schon gut«, brummte er. »Ich habe verstanden.« Er sah zum klaren Sternenhimmel empor, der ihnen die erste Kälte eines zaghaft beginnenden Herbstes sandte, und dann auf seinen tief schlafenden Schützling hinab, dessen entspannte Gesichtszüge geradezu kindlich wirkten. »Er ist noch so jung und wir haben so wenig Zeit«, murmelte er kopfschüttelnd und blickte dann zu Falk hinüber. »Du hattest wenigstens zwei Jahre Zeit, um mir etwas beizubringen, bevor Uldini auftauchte und meine Welt aus den Angeln hob.«

»Nicht auf den Boten losgehen«, sagte der Magus, der sich auffallend zurückgehalten hatte, seit Ahren in die Fußstapfen eines Meisters getreten war. »Der Ärger ging mit dem Götterstein los, den du berührt hast, ich habe nur die Spinnweben von deinem angestaubten Meister fortgepustet und euch Beine gemacht.«

»Angestaubt, also wirklich«, murrte Falk leise und Selsena sandte eine sanfte Welle der Belustigung aus, die selbst dem schlafenden Hakanu ein Lächeln auf die Lippen zauberte und Falk unwillig schnauben ließ. »Danke für den Dolch im Rücken, altes Mädchen«, sagte er, jedoch ohne jeden Biss.

»Ich bringe Hakanu erst mal in Form und im Eathinian sehen wir dann weiter«, erklärte Ahren seinen Vorsatz. »Mit einem ordentlichen Fundament wird ihm die restliche Ausbildung hoffentlich leichter von der Hand gehen. Habt ihr gesehen, wie ungeschickt er mit dem Speer im Kampf war?«

Jelninolan nickte und verzog dabei das Gesicht. »Da war zu viel Mut und zu wenig Verstand im Spiel. Eine gefährliche Mischung.«

Ahren sah sich um. »Ich bin zwar sein Meister, könnte jedoch euer aller Unterstützung gut gebrauchen. Helft mir, so wie ihr Falk geholfen habt. Der Junge hat in kürzester Zeit sehr viel zu lernen.«

Ringsum nickten seine Freunde und Ahren atmete das erste Mal seit Langem durch – zumindest bis Falk weiterredete. »Wir mischen uns ein, sobald du Zugang zu dem Jungen gefunden hast«, teilte der alte Mann dem ernüchterten Jungmeister mit. »Ihr müsst zunächst eine tiefe Bindung zueinander aufbauen oder er wird in dir nie seinen Meister sehen, sondern nur eine Stimme von vielen, die ihm sagt, was er zu tun hat.«

Ahren nickte zögerlich und sah dann wieder auf Hakanu hinab. Auch wenn noch viel getan werden musste, um den Dunklen Gott zur Strecke zu bringen, diesem stolzen, wagemutigen, unerfahrenen Jungen beizubringen, wie man den Krieg gegen den Widersacher überlebte, war das Wichtigste und zugleich Schwierigste, dem Ahren sich jemals gestellt hatte.

Die nächsten Wochen verliefen nach einem verlässlichen, wenn auch turbulenten Muster: Sie wichen den Dunkelwesen des Grünen Meeres aus, so gut sie eben konnten, und hielten sich dabei gen Nordost, geradewegs auf das westliche Zentrum des Eathinian zu, wo sich der dritte Teich der Göttin, der Teich des Lebens, befand. Mehr und mehr erhob sich jene Wand aus majestätischen Bäumen am Horizont, die Heimat aller nördlichen Elfen, ein Anblick, der nicht nur in Ahren ein Gefühl der Geborgenheit hervorrief, sondern auch den jungen Hakanu sichtlich beeindruckte.

In der Zwischenzeit ließ Ahren seinen Lehrling marschieren, sprinten, kriechen, hüpfen und krabbeln, bis der Körper des Jungen die ersten Ansätze starker Arme, breiter Schultern und kräftiger Beine aufwies. Ahren musste zugeben, dass Hakanu großes körperliches Potenzial innewohnte, das unter all dem Stolz und der verklärten Weltsicht begraben lag. Als sie endlich in den Schatten des Eathinian hineinritten, war Ahren zuversichtlich, dass er seinem Lehrling von nun an echtes Wissen vermitteln konnte, anstatt ihn lediglich zu drillen wie einen gewöhnlichen Frontsoldaten.

Als sie die Grenze des Immergrüns erreichten, zitterte Ahrens Herz regelrecht bei der Erwartung, in dessen lebensfördernde, gütige Umarmung zurückzukehren. Auch Culhen unter ihm war ganz unruhig, würde dies doch sein erster Besuch in dem Elfenreich werden, seitdem er als Vertrautentier erwählt worden war. Ahren erspürte zwar die

Erinnerungen, die sein Freund mit diesem Ort verband, aber sie lagen alle unter dem Schleier jenes gewöhnlichen Wolfsverstandes, den Culhen damals noch besessen hatte.

Kaum, dass ihr Trupp die Baumgrenze passieren wollte, wurde Ahren allerdings jäh aus seiner stillen Vorfreude herausgerissen. Mehrere elfische Wachen, die leichtfüßig hinter den Stämmen der großen Bäume hervortraten und Bögen mit aufgelegten Pfeilen in den Händen trugen, versperrten ihnen den Weg.

»Halt«, rief eine Elfe mit befehlsgewohnter Stimme und redete dann in der Zunge ihres Volkes weiter. Ahren verstand genug Bruchstücke der Sprache, um das Wort »verbannt« herauszuhören und drehte sich zu Falk um.

»Sind sie etwa immer noch der Meinung, dass du erst nach Ende des Krieges unter die Blätter des Immergrüns zurückkehren darfst?«, fragte er leise und spielte damit auf die Begnadigung an, die er für seinen Meister bei seinem letzten Besuch im Immergrün erwirkt hatte.

Falk schüttelte den Kopf und deutete auf Jelninolan, die starr und mit ausdruckslosem Gesicht auf ihrem Pferd saß und den Ausführungen der Elfenwächterin lauschte. »Es geht um Jelninolan. Sie wurde in ihrer Abwesenheit als *Mah'holir* gebrandmarkt … das bedeutet so viel wie ›Disharmonie‹ oder ›Misston‹.«

Ahren blinzelte verwirrt, als hätte ihm jemand ein schweres Brett vor den Kopf geschlagen, und neben sich hörte er das Leder der Zügel knarren, die Khara in ihren vor Wut geballten Fäusten hielt. Trogadon nestelte mit zornesrotem Kopf an seinem Hammer und Lanlion schaute Jelninolan mitfühlend an.

»Wie können sie so etwas nur sagen?«, erklang da zu ihrer aller Überraschung die sich vor Empörung beinahe überschlagende Stimme Hakanus. Der Jüngling, vollkommen bar jedes Bewusstseins für Etikette oder des hier nötigen Taktgefühls, ließ sein Pferd vorwärts reiten und beschimpfte die verdutzt dreinblickenden Elfen. »Dies ist Jelninolan Sturmweberin, eine der angesehensten Alten Joraths und Retterin von Tausenden von Leben. Wie könnt ihr es wagen, über eine Heldin zu richten, die eurem eigenen Volk entstammt?« Dabei lenkte er das Pferd weiter auf die Wachen zu. »Wir sind vier Paladine und zwei Alte, die mit ihrer Eskorte Einlass begehren«, sagte er voller Selbstbewusstsein. »Wir sind eure Verbündeten und die Rettung der Welt. Also lasst uns gefälligst passieren.«

Ahren öffnete den Mund zu einer Warnung, aber da war Hakanus Pferd bereits mit einem Vorderhuf auf den moosigen Untergrund des Immergrüns getreten – und die Wachen reagierten, ohne zu zögern, und mit der ihrem Volk eigenen Schnelligkeit. Wie beiläufig zog eine der Wächter mit einem Ruck am rechten Arm des überraschten Lehrlings und schon fiel der Junge zu Boden. Danach richteten sich drei Pfeile in vollends gespannten Bögen auf den wie versteinert daliegenden Jungen, dessen aufgerissene Augen nun so groß wie Äpfel schienen.

»Stopp! Er ist ein Paladin!«, rief Ahren aus und wiederholte die Aussage schnell in gebrochenem Elfisch. Der junge Meister war sich sicher, dass nur diese Information dem Knaben das Leben rettete. Die Elfen verharrten in der Bewegung und sahen Ahren auffordernd an. Der redete hastig weiter. »Außerdem ist er mein Schützling und untersteht meiner Verantwortung. Wenn Ihr eure Pfeile auf jemanden richten müsst, dann auf mich.« Die Elfen zögerten einen Moment, ließen ihre Waffen dann jedoch sinken. Ahren atmete möglichst unauffällig durch. Die Grenzwächter des Immergrüns waren ein strenger Haufen und sie konnten jedem Wutelf das Wasser reichen. Jetzt, wo er beide Elfenvölker kannte, war es dem jungen Meister ein Leichtes, die Schnittmengen zu sehen, die trotz aller Unterschiede zwischen ihnen herrschten.

Hakanu zog sich mit eingezogenem Kopf hastig neben seinen Meister zurück, kaum dass die Pfeile ihn nicht mehr bedrohten, und schmiegte sich beinahe ängstlich an Ahrens Bein, als er dicht neben Culhen trat.

»Wieso tun sie das, Meister?«, fragte er und die Naivität in der Stimme des Jungen rührte Ahren. »Sie sind doch unsere Verbündeten.«

Ahren wollte dem Knaben etwas von Verpflichtungen gegenüber Gesetzen und Traditionen erzählen, von den widersprüchlichen Kräften, die im Inneren eines Menschen – oder in diesem Fall eines Elfen – wohnten und die ihn in verschiedene Richtungen zerrten und so zu Konflikten führten, welche mitunter bizarr und seltsam anmuteten … aber am Ende entschied er sich für ein Wort, das er in seiner Lehrzeit hassen gelernt hatte. »Später«, brummte er leise, und Hakanu sah genauso unzufrieden aus, wie Ahren damals Falk angesehen haben musste, wenn dieser ihn abgespeist hatte.

Der alte Mann redete indes auf die Elfenwächter ein und schließlich wirkte die Frau, die Jelninolan den Einlass verweigerte, ein *Rillan*, das in die Tiefen des Waldes davonflog und Hakanu ein staunendes Keuchen entlockte. »Wir warten besser hier«, sagte Falk zu den anderen. »Kein Rang der Welt wird diese Elfe davon überzeugen, Jelninolan in den Immergrün zu lassen, ohne dass jemand Einflussreicheres aus dem Eathinian dies gestattet.«

Schnell errichteten sie ein provisorisches Lager, wobei Hakanu es sich nicht nehmen ließ, seine Decke nur eine Handbreit vom beginnenden Waldboden aufzuschlagen, obwohl er eben noch in die Pfeile der Elfen geblickt hatte.

»Also Mut hat der Junge«, murmelte Trogadon, als dieser von der noch immer stolz im Sattel ihres Pferdes sitzenden Jelninolan herüberkam und sich eine Pfeife stopfte. »Und wie er mit den Elfen geredet hat …«, er schüttelte schmunzelnd den Kopf. »Ich hätte gleichzeitig Tränen lachen und ihm schallend applaudieren können.« Seine Stimme wurde leiser, verschwörerischer. »Das waren Worte, wie sie direkt von deinem sehr jungen Ich hätten kommen können.«

Ahren grunzte ungehalten, aber in seinem Inneren wusste er, dass der Zwerg durchaus recht hatte. Zum ersten Mal war ein kleiner Teil von ihm stolz auf seinen Lehrling, während sich ein anderer Teil von ihm beunruhigt fragte, ob Ahren sich derart verändert hatte, dass ihm ein naiver Heranwachsender zeigen musste, was echter Mut bedeutete.

4. Kapitel

»Wie lange sollen wie hier denn noch warten?«, maulte Uldini verdrossen. Seit fünf Tagen campierten sie am Rande des Immergrüns, aber noch hatte sich niemand außer den grimmig dreinschauenden Elfenwachen blicken lassen, die immer dann in ihr Blickfeld traten, wann immer sie sich den Bäumen auf mehr als eine Armeslänge näherten. Jelninolan war still und in sich gekehrt, und Ahren konnte in ihren Augen lesen, wie sehr sie das vernichtende Urteil ihres Volkes kränkte und erschütterte. *Mah'holir* war das Schlimmste, was ein Elf über einen anderen Elfen sagen konnte, ohne ihn vollends aus der Gemeinschaft zu verstoßen. Ahren hatte den Begriff für sich mit ›Exilant‹ übersetzt, konnte aber unmöglich die Tragweite erfassen, die für das harmoniebedürftige Volk der Elfen in diesem Titel mitschwang.

»Zumindest kann ich hier einen Teil der Aufgaben erledigen, die ich mir vorgenommen habe«, sagte Ahren und deutete auf Hakanu, der gerade mit hochrotem Kopf seinen zwanzigsten Durchgang der Zwölf Grüße an die Sonne beendete. Kraft und Gewandtheit des Lehrlings nahmen immer mehr zu, je weiter sich seine Ausdauer verbesserte, denn während ihres unfreiwilligen Aufenthalts am Waldrand konnte Ahren seinem Schützling praktisch den lieben langen Tag neue Übungen auftragen. Gerne hätte er Hakanu bereits praktisches Waldläuferwissen vermittelt, dafür hätte er jedoch mit ihm den Immergrün aufsuchen müssen. Also verbrachte er seine Zeit mit in gedämpftem Ton geführten Gesprächen mit seinen Freunden, dem Schmieden eines Ausbildungsplans für Hakanu und mit gelegentlichen Übungskämpfen mit Khara, Falk oder Lanlion. Ihm war aufgefallen, dass Hakanu den Waffengängen mit aufgerissenen Augen und großem Interesse zugesehen hatte, und die Frage, wie er den kämpferischen Enthusiasmus des Jungen zähmen konnte, ohne ihn gänzlich auszumerzen, hielt Ahren nachts mindestens ebenso lange wach, wie die Ausritte im Mondschein, auf die Culhen seit ihrer Ankunft am Eathinian bestand.

Du verbringst mittlerweile so viel Zeit mit Hakanu und mit Khara, dass ich viel zu kurz komme, hatte der Wolf beklagt, und Ahren hatte dem nicht widersprechen können. Er und Khara stahlen sich seit Wochen heimlich davon und provozierten mit ihren Alleingängen jedes Mal ein schiefes Lächeln auf den Mienen ihrer Gefährten. Zusätzlich nahm die Ausbildung Hakanus einen großen Platz in Ahrens Gedankenwelt ein. Also hatte Culhen schließlich darauf bestanden, dass Ahren und er des Nachts ausritten, um die Stille des friedlich daliegenden Grünen Meeres und die Zweisamkeit zu genießen, die nur zwischen einem Paladin und seinem Vertrautentier entstehen konnte. Hier, direkt am Immergrün, störte kein Dunkelwesen die Weiten des üppigen Graslandes, und Ahren ertappte sich mehr als einmal bei dem Gedanken, dass der Krieg an diesem Ort furchtbar weit weg erschien und der Verstand in eine trügerische Friedfertigkeit abdriftete, die die Sinne abstumpfte und einen anfällig für Hinterhalte und andere Unglücke werden ließ.

Am siebten Tag wurde es Uldini schließlich zu bunt. Zusammen mit Trogadon, der bereits in den vergangenen Tagen mit geballten Fäusten und in den Bart gemurmelten Flüchen durch ihr provisorisches Lager geschritten war, suchte er das Gespräch mit den Elfenwachen. Also standen die beiden in einem leichten Nieselregen da, der genug Kälte mit sich brachte, um die Stimmung im Allgemeinen zu drücken, und diskutierten lauthals mit den Elfenwachen, die mit überlegenen Mienen an der Grenze des Eathinian im Trocknen standen und immer wieder höflich formulierten, dass jeder von ihnen willkommen war, solange sie Jelninolan zurückließen. Ahren war selbst so gereizt, dass er Hakanu den Tag frei gegeben hatte, um nicht in Versuchung zu kommen, seine schlechte Laune an dem Lehrling auszulassen. Erfreulicherweise hatte Hakanu sich dazu entschieden, seine Zeit damit zu verbringen, einen Namen für seinen Fuchs zu finden.

»Wie wäre es mit *Feuerfell*, Meister?«, fragte er gerade.

»Nicht besonders aussagekräftig, oder?«, entgegnete Ahren abwesend, während er den wachsenden Streit zwischen dem Alten und dem Zwerg auf der einen und den mittlerweile weniger herrschaftlich und geduldig wirkenden Elfen auf der anderen Seite beobachtete. Wenn Jelninolan nicht zum Teich des Lebens gewollt hätte, Ahren wäre längst wutentbrannt abgereist. Die Grenzer des Immergrüns kamen ihm nach seinen langen Reisen so kalt und abweisend vor, dass er sich lieber noch mal durch den Wutwald geschlagen hätte. *Natürlich nur mit einem perfekt ausgebildeten Hakanu*, fügte er in Gedanken hinzu, als er an die Gefahren des düsteren Dickichts dachte, das direkt am Rande der Obsidianfeste wuchs. Ahren fragte sich, wie die Wutelfen wohl darauf reagiert hatten, dass direkt vor ihrem Wald eine schwarze Festung aufgetaucht war, hervorgerufen durch gestohlene Magie. Wie er die furchtlosen Kämpfer kannte, hatten sie bereits damit begonnen, ihre Grenze mit dicken Stachelgewächsen und giftigen Dornenranken zu verstärken, um Angreifer des Dunklen Gottes aufzuhalten oder zumindest empfindlich zu schwächen.

»*Feuerpfote*?«, riss Hakanu den jungen Meister aus seinen Grübeleien.

»Nimm etwas, das mit seinem Charakter zu tun hat oder damit, was er für dich bedeutet. Culhen ist beispielsweise Elfisch und bedeutet ›gerettet‹.« Ahren griff in das weiche Fell seines großen Freundes und kraulte den Wolf ausgiebig, während er weitersprach. »Damals habe ich den Namen ausgewählt, weil ich Culhen vor dem Widersacher gerettet hatte. Mittlerweile hat *mich* dieser verfressene Gernegroß so oft gerettet, dass ich seinen Namen in einem anderen Licht sehe.«

Das war gerade so nett, dass ich dir dafür sogar den Gernegroß durchgehen lasse, warf Culhen gnädig ein.

»Wenn du deinen Fuchs nach einer Äußerlichkeit benennst, wird sein Name nie eine bedeutsame Tiefe besitzen – und du würdest dich sehr ärgern, wenn er im Erwachsenenalter auf einmal seine Fellfarbe wechselt«, fügte Ahren lächelnd hinzu. Es tat ihm gut, dem Jungen ein wenig von seiner eigenen Weltsicht zu vermitteln, vor allem bei diesem vollkommen harmlosen Thema.

Hakanu schaute auf das Fuchsjunge hinab und legte den Kopf schief. Dann griff er in sein fransenverziertes Lederwams und holte ein kleines Stück Dörrfleisch daraus hervor. Sofort war der Welpe mit all seiner Aufmerksamkeit bei der Leckerei in Hakanus Hand. Der wedelte mit dem Dörrfleisch über dem Kopf des Fuchses herum, gerade außer Reichweite des kleinen Tieres. »Komm und hol es dir«, sagte er herausfordernd.

»Mute ihm nicht zu viel zu«, begann Ahren, aber da sprang der

Fuchs bereits empor und schnappte sich das Dörrfleisch – und einen winzigen Teil von Hakanu.

»Au!«, rief der Lehrling und saugte an der aufgerissenen Haut, wo die kleinen, spitzen Zähne die Fingerkuppen verletzt hatten. »*Kamaluq!*«

Ahren schmunzelte. »Was war das für ein Wort?«, fragte er neugierig.

»Was? Kamaluq?«

Ahren nickte.

»Das bedeutet Beißt-die-Hand-die-füttert. Es steht ebenso für List wie auch für Verfressenheit.«

Ahren sah mit bedeutsamem Blick auf den Fuchs, der die Unachtsamkeit Hakanus nutzte, um blitzschnell an dessen Wams emporzusteigen und mit seiner kleinen Schnauze noch ein Stück Dörrfleisch zu erbeuten.

»Heh!«, rief Hakanu empört und griff nach dem ledrigen Streifen. Aber der Fuchs hatte sich bereits darum herum eingerollt und beschützte es, indem er das Dörrfleisch unter seinem Körper und dem dicken Fell verbarg.

Meisterhaft ausgeführt, sagte Culhen voller Stolz, so als hätte er selbst dem kleinen Tier diesen Raubzug beigebracht. *Aus ihm wird mal ein großer Fresser!*

Jetzt musste Ahren kichern wie ein kleiner Göttertagsjunge. »Es scheint, als hättest du den Namen für dein Vertrautentier gefunden«, sagte Ahren breit grinsend.

Hakanu blinzelte ihn erst verständnislos an und sah dann auf den Fuchs hinab. »Kamaluq?«, fragte er beinahe ehrfürchtig. Der Fuchs hob aufmerksam den Kopf und sah dem Lehrling direkt in die Augen. Der nickte. »Kamaluq«, sagte er mit fester Stimme, und der Fuchs stieß sein kläffendes Jaulen aus, das wie eine Bestätigung klang.

Willkommen, Kamaluq, ertönte Culhens Stimme feierlich in Ahrens Kopf, während der Wolf ein leises Heulen ertönen ließ und sowohl Muais Grollen als auch Selsenas und Haminuls Wiehern klang wie ein Gruß an den kleinen Fuchs, der still dasaß und die anderen Vertrautentiere nacheinander neugierig ansah.

»Das sollten wir feiern «, begann Ahren, als er plötzlich hörte, wie der Streit zwischen Uldini, Trogadon und den Elfen immer hässlichere, lautere Töne annahm. Er warf seinen übrigen Freunden besorgte Blicke zu, die diese erwiderten. »Du bleibst hier«, befahl er Hakanu und stand auf. Dann ging er zu Khara, Lanlion und Falk hinüber und bedeutete Yantilla und den Eiswölfen, ein paar Schritte Abstand zu den Elfen einzunehmen. Ahren und seine Freunde genossen aufgrund ihrer elementaren Funktion im Krieg eine gewisse Narrenfreiheit, aber die Eiswölfe könnten leicht ins Kreuzfeuer geraten.

»Tum'Bolor bragh argutas«, grollte Trogadon lautstark und drückte einem der Elfen seinen breiten Hammer gegen die Brust, sodass dieser nach hinten taumelte. »Meine Jelninolan ist ein Dutzend von deiner Sorte wert.« Sein Gegenüber nahm den Bogen von der Schulter und zog blitzschnell einen Pfeil aus seinem Köcher. »Na, trau dich doch«, forderte Trogadon ihn auf. »Aber du triffst besser gut, denn ich bin Kulkumharan'thur und wenn dein kleines Splitterchen an meinem harten Kopf abprallt, küsst dich mein Hammer und du segelst einen Herzschlag später durch diesen Wald, bis dich ein Baumstamm aufhält.« Jetzt lösten auch die anderen Wachen ihre Waffen von ihren Rücken und Uldini drohte ihnen mit einem funkensprühenden Zeigefinger. Die schwarze Robe hing wie eine nasse Trauerflagge an ihm herab und das Gesicht des Alten sprach Bände über die Frustration, die er empfand.

»Der Erste, der einen Pfeil abfeuert, wird nie wieder einen Bogen halten können«, drohte er. »Dafür muss man nämlich intakte Finger haben.«

»Bitte!«, rief Jelninolan da aus und alle drehten sich zu ihr um, während sie an die Streitenden heraneilte. So verletzt ihr Blick auch war, bewahrte sie mit der majestätischen Eleganz einer Königin doch die Fassung. »Um meinetwillen soll kein Blut vergossen und kein Groll geboren werden«, sagte sie traurig. »Sonst bin ich genau das, was mir mein Volk vorwirft.«

Trogadon kaute auf seinem feuchten Bart herum und wirkte todunglücklich, als er sich umdrehte und Richtung Lager ging. Kurz bevor er seine Bettrolle erreichte, starrte er noch einmal mit einem Schulterblick in Richtung der Wachen. »Das ist euer Glückstag«, knurrte er. »Die, die ihr zu Unrecht verurteilt, hat eure knochigen Hintern vor einer ausgewachsenen Tracht Prügel bewahrt.« Mit einem lauten

Plumpsen ließ er seinen Hammer auf seine Lagerstatt fallen, während er leise etwas über sture Baumhüpfer vor sich hin murmelte.

Uldini hingegen sah nicht so aus, als wollte er die Sache auf sich beruhen lassen, sondern holte tief Luft, wohl um eine seiner berühmten Tiraden auf die Elfen loszulassen, als Selsena und Haminul plötzlich aufgeregt zu Wiehern begannen. Falks Titejunanwa verströmte eine unglaublich intensive Vorfreude, und Ahren blickte Falk mit hochgezogenen Augenbrauen an.

»Keine Ahnung«, brummte der. »Sie faselt was von einer großen Ehre, aber nichts, was richtig Sinn ergibt.«

Lanlion hatte sich indes zu Haminul gesellt und beide wirkten so, als wären sie unschlüssig, ob sie bleiben oder hastig fortreiten sollten. Dann ertönte ein Knacken hinter den Elfen, die sich ehrfürchtig umdrehten. Ein hochgewachsener, breitgebauter Hirsch mit einem prachtvollen Geweih von enormer Breite erschien zwischen den Bäumen. Das Tier schritt in geradezu hoheitlicher Gelassenheit vorwärts, so als würde ihm allein der Eathinian gehören. Als es den Waldrand erreichte, teilte die Gruppe der Elfenwachen sich vor ihm mit einer minimalen Verbeugung.

»Ist dieser Hirsch etwa wichtig?«, murmelte Trogadon unwirsch, der noch immer sein inneres Feuer zu zähmen versuchte, doch dann trat Jelninolan an ihm vorbei, die Augen demütig zu Boden geschlagen.

»Nicht so, wie du denkst«, sagte sie sanft und knickste vor dem Tier.

Das senkte prompt seinen gewaltigen Kopf bis auf den Boden hinab, woraufhin auf seinem Rücken ein Streifenhörnchen in Sicht kam. Es hatte weißes Fell, das silbrige Streifen aufwies, und auch die Augen strahlten wie flüssiges Silber. Das Wesen trippelte auf dem Rücken des Hirsches vorwärts und stellte sich dann auf die Hinterbeine, die kleinen Augen fest auf Jelninolan gerichtet. Es zwitscherte leise und die Elfe streckte zögerlich eine Hand aus. Sofort waren die Elfenwachen in Alarmbereitschaft, bereit zu verhindern, dass die Sturmweberin das Streifenhörnchen berührte, doch da sprang das kleine Wesen auf die ausgestreckte Hand Jelninolans, kletterte ihren Arm empor und hockte sich auf ihre rechte Schulter. Dort blieb es sitzen und begann sich nonchalant das Fell zu putzen, während den anderen Elfen beinahe die Kinnladen herunterfielen. Ahren hatte noch nie derart perplexe Elfen gesehen, und ein kleiner Teil von ihm fand, dass ihnen dieser Gesichtsausdruck ganz hervorragend stand.

»Meister?«, kam eine schwache Frage von links und Ahren rollte mit den Augen. Jetzt konnte er nachvollziehen, warum Falk seine ständigen Fragen derart genervt hatten: Sie konnten wahrlich die schönsten Momente zerstören.

»Das dort ist die Stimme des Waldes«, sagte der junge Meister nach einem Moment der Selbstbeherrschung und deutete auf das Streifenhörnchen. »Sie übermittelt den Willen der Göttin.«

Hakanu sah zu Jelninolan hinüber, die eine Mischung aus Überraschung, Ehrfurcht und tiefer Genugtuung auf ihrem Gesicht zur Schau stellte. »Aber wenn die Stimme des Waldes auf Jelninolans Schulter sitzt …«, begann er.

»Dann scheint die Göttin anders über Jelninolan zu denken als der Rest der Baumliebhaber inklusive dieser Holzköpfe da«, sagte Trogadon breit grinsend.

»Bleib höflich, mein Lieber«, sagte Jelninolan mit leichtem Tadel in der Stimme.

»Natürlich, mein Herz«, antwortete Trogadon, jedoch nicht, ohne den Elfen dabei eine sehr eindeutige Geste mit seinen Händen zukommen zu lassen.

Jelninolan schritt an den Rand des Immergrüns heran, bis ihre Stiefel beinahe die ersten Ausläufer des dichten Waldbodens berührten. Die Stimme des Waldes zwitscherte noch einmal auffordernd, dann tat Jelninolan einen Schritt vor. Sie atmete mit geschlossenen Augen die Luft ihrer Heimat ein, und Ahren schien es, als würde die Elfe vor seinen Augen um eine Fingerbreite wachsen – oder als würde eine unsichtbare Last von ihren Schultern genommen werden, die sie im Laufe ihrer langen Reise mehr und mehr zu Boden gedrückt hatte. Dann drehte sie gelassen den Kopf und sah Ahren und die übrigen Gefährten mit einem verschmitzten Schulterblick an. »Kommt ihr?«, fragte sie schlicht. »Oder gefällt euch die Waldgrenze so gut, dass ihr hier Wurzeln schlagen wollt?«

Der Eathinian war genauso majestätisch und friedvoll, wie Ahren ihn in Erinnerung hatte, nur dass er in diesem Teil des Waldes mit seinen zahlreichen Nadelbäumen nordischer wirkte. Während ihres Ritts bemerkte Ahren immer wieder Elfen, die verstohlen hinter Büschen oder Bäumen hervorlugten, und ein paar Dutzend Wipfelläufer, die sie auf ihrer Reise eskortierten, indem sie in den Baumkronen liefen, wo sie mühelos mit ihnen Schritt hielten. Hakanu glotzte die ganze Zeit wie ein Kleinkind, und Ahren war insgeheim froh, dass es zumindest etwas gab, das dem Jungen die Sprache verschlug, so kurz der Zustand auch andauern mochte.

»So schön es hier ist, ohne Onja an meiner Seite fehlt etwas«, murmelte Falk, und Ahren sah seinen Meister überrascht an. Der Immergrün war für den alten Mann stets ein Ort gewesen, den er in Ehren gehalten und wie eine Pilgerstätte behandelt hatte. Zu hören, dass ihm nun mehr zu seinem Glück fehlte als die hohen Bäume, das durch die grünen Blätter scheinende Sonnenlicht und die harmonieverheißende Luft des Eathinian, war für Ahren ein kleiner Schock. Auch wenn er natürlich nachvollziehen konnte, wie Falk empfand. Ohne Khara gab es keinen Fleck auf der Welt, der Ahren Frieden versprach.

»Man kann den Himmel kaum sehen«, staunte Hakanu und drehte sich dann nach links und rechts um. »Überall sind Bäume. So viele Bäume!«

Ahren schmunzelte und bemerkte einen verunsicherten Ausdruck in Hakanus Augen, der ihn stutzen ließ. »Du warst noch nie in einem Wald, oder?«, fragte er seinen Lehrling.

Der schüttelte den Kopf und Trogadon lachte laut. »Ein Waldläufer, der noch nie unter Bäumen stand«, sagte er, wobei sein Lächeln den Worten die Schärfe nahm. »Da hast du aber eine ganz schöne Aufgabe vor dir, Ahren.«

Der junge Paladin sah Hakanu an und ritt dicht neben ihn. »Der Wald ist unser Freund«, begann er. »Und dieser hier ganz besonders. Du wirst dich schnell daran gewöhnen, dass du die Grasebenen hinter dir gelassen hast.«

Hakanu sah Ahren flüchtig an, bevor sein Blick unweigerlich wieder zu den Baumriesen, den dichten Büschen und dem moosigen Boden des Immergrüns gezogen wurde. »Sogar die Luft schmeckt hier anders«, sagte der Jüngling beeindruckt.

»Über diesem Wald liegt der Segen der Göttin«, sagte Jelninolan, die Augen feucht vor Rührung. »Kein Dunkelwesen kann unter diesen Bäumen bestehen.«

»Na ja, *fast* kein Dunkelwesen«, sagte Ahren mahnend. »Ich erinnere mich da an eine Nadelspinne im Stiefel …«

»Was ist eine Nadelspinne?«, fragte Hakanu eifrig. »Sind die sehr groß? Und giftig? Musstet Ihr kämpfen? Und hat sie Euch gebissen oder gestochen? Tat das weh?«

Ahren zuckte unter der Salve aus Fragen zusammen und Falk lachte so schallend, dass seine Freude von den Stämmen der Bäume widerhallte. »Ihr Götter, ich danke Euch für die Neugier dieses Knaben!«, rief er aus. Dann zwinkerte er Ahren zu. »Viel Spaß beim Erklären.«

Ahren schluckte eine bissige Erwiderung hinunter und erzählte Hakanu stattdessen die Geschichte, wie er damals unter dem Blätterdach des Eathinian beinahe das Opfer einer Nadelspinne geworden war. Leider kam er immer nur ein, zwei Sätze weit, bevor die nächsten Fragen aus Hakanu hervorbrachen. Er sah, wie seine Freunde ihn während seiner Erzählung beobachteten und sich darüber amüsierten, wie dem jungen Paladin mehr und mehr die Geduld schwand. Ein endloser Strom an Erklärungen später gab Ahren schließlich auf und hob die Hand. »Das ist genug für heute«, brummte er schließlich und nahm dafür sogar Falks triumphierendes Grinsen in Kauf.

»Der Kreis schließt sich schneller, als ich dachte«, sagte Khara liebevoll lächelnd, als sie an ihn heranritt. »Du klingst schon genauso wie dein Meister damals.«

Ahren schenkte ihr zur Antwort nur einen langen, strengen Blick.

Kharas Augen blitzten daraufhin vor unterdrücktem Vergnügen auf während sie begann, leise vor sich hin zu summen. »Dieser Wald ist wirklich etwas Besonderes«, sagte sie nach einer Weile leise. »Mit jedem Atemzug scheinen meine Sorgen leichter zu werden.« Sie seufzte zufrieden.

»Der Frieden des Eathinian ist eines der großen Wunder unserer Welt«, warf Lanlion mit einer leisen Schwermut in der Stimme ein. »Ich wünschte, meine Erinnerungen an ihn wären von freundlicherer Natur.«

»Ich sehe einen Haufen großer Bäume und das war es auch schon«, gab Trogadon seine Meinung kund.

Ahren staunte, wie vollkommen unterschiedlich seine Gefährten den Eathinian wahrnahmen. Trogadon war seines Wissens der erste Zwerg, der diesen Wald je hatte betreten dürfen, und ohne die Stimme des Waldes auf der Schulter Jelninolans wäre es wahrscheinlich gar nicht dazu gekommen, Allianz hin oder her. Auch Khara war noch nie im Eathinian gewesen und Hakanu wandelte zum ersten Mal überhaupt außerhalb des Grünen Meeres. Lanlion hingegen kehrte an einen Ort zurück, an dem er lange versucht hatte, heimisch zu werden, mit seinen Bemühungen jedoch gescheitert war. Selbst Haminul sah sich ständig mit nervös rollenden Augen um, denn auch der Nachtmahr hatte diesen Wald als gewöhnliches Titejunanwa verlassen und trug nun deutlich erkennbar das Mal des Wutwaldes in sich. Seine Hufe trippelten nervös über den Boden, als wolle der Hengst jedwede Spuren seiner Anwesenheit im Immergrün vermeiden, und Yantilla und die Eiswölfe hockten wie eingeschüchterte Mäuse in ihren Sätteln, so als hofften sie, nicht fortgeschickt zu werden, wenn sie sich nur möglichst unauffällig verhielten.

»Wir sollten rasten«, sagte Ahren schließlich laut und alle seine Freunde drehten sich überrascht zu ihm um.

»Wir haben gerade sieben Tage gerastet«, sagte Falk amüsiert. »Da willst du nach zwei Längen im Sattel schon wieder anhalten?«

Ahren deutete auf die Bäume um sie herum. »Du und ich fühlen uns hier zu Hause. Doch einige unserer Gefährten könnten eine Eingewöhnung gut gebrauchen.«

Falk nickte nach einem Herzschlag zustimmend. »Ein guter Gedanke«, murmelte er. »Selbst mit der Stimme des Waldes auf der Schulter wird es sicherlich einen Tumult geben, sobald wir uns dem *Onasthil* nähern. Es wäre gut, wenn sich bis dahin alle an den Immergrün gewöhnt hätten – und er sich an uns.«

»Wie hat er das gemeint, Meister?«, fragte Hakanu sofort, und Ahren beschloss, seinem Lehrling die Frage durchgehen zu lassen.

»Zu viele Veränderungen auf einmal können den Verstand überlasten«, sagte der junge Meister und sah Hakanu durchdringend an. »Genau wie zu viele Fragen in zu kurzer Zeit. Wenn du eine Länge zu gehen hast, musst du dies einen Schritt nach dem anderen tun. Du kannst nicht alle Schritte auf einmal gehen.« Ahren tippte sich an die Schläfe.

»Mit unserem Geist verhält es sich genauso.«

Hakanu sah ihn mit einem unleserlichen Gesichtsausdruck an und richtete sich einige Herzschläge später aufrecht in seinem Sattel auf. »Also ich habe mich bereits an den Wald gewöhnt«, sagte er tapfer. »Wegen mir müssen wir nicht anhalten.«

Das Gelächter seiner Freunde ignorierend, stieg Ahren ab und bedeutete seinem Lehrling, es ihm gleichzutun.

Der Junge gefällt mir immer besser, sagte Culhen. *Ich frage mich, ob die Götter nicht einen Fehler begangen haben, als sie mich zu dir statt zu ihm führten. Man stelle sich vor, was mein Verstand und sein Mut alles bewirken könnten.*

Ahren spürte, wie wenig ernst sein Wolf diese Bemerkung meinte, trotzdem schüttelte es ihn bei dem Gedanken, welch ein Durcheinander ein mit Culhen verbundener Hakanu anrichten könnte.

Die Nacht war friedvoll und die Glühwürmchen des Eathinian vollführten ihren Tanz zwischen den Bäumen. Ahren saß am heruntergebrannten Lagerfeuer, Kharas Kopf auf seinen Schoß gebettet, die tief und fest schlief. Auch Yantilla und die Eiswölfe hatten sich zur Ruhe begeben und sogar Hakanu hatte sich trotz seiner großen Worte vom Zauber des Elfenwaldes überwältigen lassen. Selbst Trogadon schnarchte vor sich hin, auch wenn Ahren sich sicher war, dass dies mehr der vergorenen Milch geschuldet war, die der Zwerg sich aus dem Grünen Meer mitgebracht und der er an diesem Abend ausgiebig gefrönt hatte. Die Vertrautentiere waren allesamt in den Tiefen des Waldes verschwunden, um zu jagen oder den Zauber dieses Ortes in sich aufzunehmen. Nur die Stimme des Waldes ruhte zusammengerollt neben der glimmenden Glut des Lagerfeuers und schien in diesem Moment nicht mehr zu sein als ein gewöhnliches Streifenhörnchen.

»Unsere Reise müsste aus mehr Momenten wie diesen hier bestehen«, sagte Ahren seufzend.

»Dann könnten wir uns vor Freiwilligen nicht mehr retten«, sagte Falk schmunzelnd und sah dann zu Jelninolan und Lanlion hinüber. »Wie fühlt ihr beiden euch?«, fragte er behutsam.

Jelninolan löste ihren Blick vom schwelenden Feuer und sah sich um, als würde sie aus einem tiefen Traum erwachen. »Geborgen?«, sagte sie nachdenklich. »Geliebt? Gefürchtet?« Sie lachte hilflos. »Frag mich am besten noch einmal, nachdem wir die nächste Siedlung erreicht haben. Ich werde erst wissen, woran ich bei meinem Volk bin, wenn sie ihre Arme wieder weit für mich öffnen oder mich trotz der Fürsprache durch die Stimme des Waldes ablehnen.«

Ahren runzelte die Stirn. »Du denkst, das ist eine Möglichkeit?«

Jelninolan vollführte mit der Hand eine ausladende Bewegung. »Sieh dir doch unsere Truppe an. Viele von uns dürften nach den Regeln des Eathinian gar nicht hier sein. Falk dürfte erst nach dem Krieg wieder herkommen und Trogadon bricht mit seiner Anwesenheit gleich acht Gesetze auf einmal.«

»Das tut er doch, egal wo er sich befindet«, sagte Ahren lachend und legte der Elfe dann liebevoll eine Hand auf den Arm. »Dein Volk wird schon einlenken.« Er deutete auf das Streifenhörnchen. »Schließlich hast du die Stimme des Waldes auf deiner Seite.«

Jelninolan nickte, aber ihrem Blick fehlte es an Überzeugung, als sie wieder damit begann, in die Glut zu starren. Ahren sah daraufhin auffordernd zu Lanlion hinüber, der nur ratlos die Achseln zuckte. »Mein Urgroßvater hat mich nie des Eathinian verwiesen, ich habe also das Recht, hier zu sein. Allerdings war ich schon immer eine Enttäuschung für ihn und das hat er mich stets spüren lassen. Ich ging freiwillig, weil der Immergrün nicht das Zuhause für mich war, das ich mir gewünscht hätte.« Er sah zu Jelninolan hinüber. »Bei mir ist es ähnlich wie bei dir: Wir werden zwar vom Wald willkommen geheißen, müssen uns aber um die Reaktion der Elfen sorgen – zumal ich nicht mehr der Junge bin, der ich damals war. Geschweige denn der Mensch.«

Ahren zog die Augenbrauen zusammen. »Haben die Wächter nicht erkannt, was du bist, oder war es ihnen egal?«, fragte er.

»Die Wachen hätten ihn niemals hereingelassen, wenn sie seine wahre Natur entdeckt hätten«, sagte Uldini mit schlaftrunkenen Augen und einem herzhaften Gähnen. »Verdammt, warum muss einen dieser Wald immer so müde machen?«, murmelte er gereizt.

Falk lächelte. »Es ist nicht der Eathinian, der dich schläfrig macht, sondern die Tatsache, dass er dem Geist die Furcht nimmt und dein Körper sofort nach der dringend benötigten Ruhe greift, die dieser sorgenfreie Zustand ermöglicht.«

Ahren erwartete eine mürrische Antwort des Alten, der jedoch bereits im Sitzen eingeschlafen war. »Ich habe mehr als genug Sorgen«, sagte er leise. »Warum schlafe ich dann noch nicht?«

»Erstens kannst du – genauso wie ich – die Natur des Immergrüns besser verstehen als die meisten anderen, die nicht-elfischen Blutes sind«, sagte Falk. »Und zweitens dringt er nicht durch deinen Panzer.«

»Meinen Panzer?«, echote Ahren verwirrt.

»Du trägst eine Kühle in dir seit dem Tod unseres Bruders«, sagte Falk. »Hast du, vom ersten Schock abgesehen, jemals richtig um ihn geweint?«

»Papperlapapp«, erwiderte Ahren brüsk. »Tränen machen sein Ableben auch nicht erträglicher.«

»Siehst du?«, antwortete Falk sanft. »Verwechsle nicht Härte mit Stärke. Trauer macht dich weder schwach noch unreif.«

Ahren kniff die Lippen zusammen und sagte nichts. Selbst als die anderen nach und nach dem Ruf des Schlafes folgten, grübelte Ahren noch lange darüber nach, warum er nicht um Feuer-im-Blick weinen konnte.

Als an einem diesigen Morgen schließlich die erste elfische Siedlung in Sicht kam, war Ahren erstaunt über den Anblick, der sich ihm bot. Das typische elfische Tuch war auch an diesem Ort zu Pfaden, Brücken, Behausungen und Plattformen geknotet worden, aber die Ästhetik der hier lebenden Elfen hatte sich der Umgebung mit seinen hier vorherrschenden Nadelbäumen angepasst. Die Art der Bindung wirkte wilder und rauer, geradezu waghalsig. Einige Pfade wiesen gefährlich schmale Stellen auf oder gar Lücken zwischen den Bäumen, die nur mit einem beherzten Sprung überwunden werden konnten. Überall wimmelte es vor Elfen, und als Ahrens Reisegruppe in Sicht kam, ertönten laute Rufe. Zu Culhens großer Enttäuschung waren auf den ersten Blick keinerlei Elfenkinder zu entdecken, stattdessen wirkten ausnahmslos alle Elfen wehrhaft und gerüstet.

»Diese Siedlung fungiert wohl als Aufmarschgebiet«, sagte Jelninolan mit trauriger Stimme. »Selbst am Eathinian geht der Krieg nicht spurlos vorbei.«

Ahren, sieh nur, sagte Culhen und starrte mit hocherhobenem Kopf und steil aufgerichteten Ohren nach Westen.

Der junge Meister folgte dem Blick seines Freundes und entdeckte zwei in ungewöhnlich dick aussehende Bänderpanzer gehüllte Elfen, die gerade dabei waren, zwei große Braunbären mit schweren Lederrüstungen zu versehen. Die beiden Tiere wirkten geradezu handzahm und ließen die Prozedur klaglos über sich ergehen. »Das müssen elfische Tierwisperer sein«, sagte Ahren leise und hielt Hakanu instinktiv zurück, der näher heranreiten wollte. »Bleib direkt neben mir«, befahl er. »Erst müssen wir klären, ob wir hier willkommen sind.« Er blickte den ungeduldig in seinem Sattel herumrutschenden Lehrling streng an. »Zudem sollten wir in Erfahrung bringen, ob diese Bären wirklich so zahm sind, wie sie erscheinen, bevor du losrennst, um sie zu streicheln. Du willst doch nicht, dass wir dich in Wurde-von-zwei-Bären-zerkaut umbenennen müssen, oder?«

Hakanu nickte zwar, aber Ahren konnte den Widerstand des Jungen regelrecht spüren. Er war wie ein junges Fohlen, dem man verbot, die Welt zu erkunden.

Ich kann ihn verstehen, sagte Culhen. *Ich würde diesen Bären auch liebend gerne Hallo sagen.*

Du willst nur überprüfen, ob du größer bist als sie, antwortete Ahren und lächelte dabei kaum merklich.

Und was soll daran falsch sein?, sagte der Wolf verschnupft.

Ahren schaute wieder zu den gerüsteten Bären hinüber und danach auf die martialisch wirkenden Elfen in den Bäumen ringsum. Es kam ihm falsch vor, dass der Krieg diesem Ort seinen Stempel aufgedrückt hatte. So, als würde eine Kapelle in eine Rüstkammer verwandelt werden. Dann spürte er eine warme Hand auf seiner Schulter und drehte den Kopf.

»Wir werden wohl endlich herausfinden, wo wir bei den Elfen stehen«, sagte Khara leise und deutete verstohlen auf eine stattliche Delegation aus beinahe fünfzig Elfen, die, allesamt gerüstet, auf sie zukamen. Die Männer und Frauen umschwärmten einen hochgewachsenen, hageren Elf, dessen Gesicht einen Großteil jener ewigen Jugend verloren hatte, die das Waldvolk für gewöhnlich zierte. Als Lanlion einen kleinen Laut der Verblüffung ausstieß und sich sein Gesicht in eine Maske aus Furcht und Scham verwandelte, war Ahren klar, wer da auf sie zukam: Dies konnte nur jener strenge Urgroßvater sein, der

Lanlions jüngeres Ich vor Jahrhunderten aus dem Eathinian geekelt hatte.

Ahren sah, wie Jelninolan ihr Pferd an die Spitze der Reisegruppe führte und sich dabei hoch im Sattel aufrichtete. Noch bevor die Elfen sie erreichten und umkreisten, gingen über ihnen die Wipfelläufer in Stellung und hinter der Reisegruppe tauchten jene Elfen auf, die sie zwischen den Bäumen immer wieder beobachtet hatten. Die Luft war zum Schneiden dick und Ahren musste Yantilla mit einer mahnenden Geste zurückhalten, damit diese keinen Schutzwall befahl.

Uldini schwebte neben Jelninolan und öffnete den Mund, um die Führung in dem sich anbahnenden Gespräch zu übernehmen, aber Jelninolan hielt ihn zurück. Stattdessen rief sie etwas in der Zunge ihres Volkes und ließ dabei sämtliche Zurückhaltung fallen, mit der sie stets die Aura ihrer Wahren Gestalt verbarg. Gleißende Helligkeit brach wie eine zweite, bläuliche Sonne aus ihrem Inneren hervor, sodass man kaum in ihre Richtung blicken konnte. Nur die Stimme des Waldes war auf seltsam klare Weise gut zu erkennen, wie sie noch immer auf Jelninolans Schulter saß und liebevoll an deren Ohrläppchen knabberte.

»Hael Jelninolan Aerwranthi!«, rief Jelninolan mit einer Stimme wie ein Donnerhall. »Ihs kandahblin ruhn.« Dann hob sie *Mirilan* an ihre Schulter und begann eine verwobene Melodie voll Freude und Schwermut zu spielen, die von der Mühsal einer langen Reise kündete und von dem Moment einer heiß ersehnten Heimkehr. Nach und nach sanken alle Elfen auf ein Knie und stimmten einen melodischen Gesang an, der sich harmonisch mit dem Lied der Elfe verwob und ihm jene Trauer nahm, die bisher darin mitgeschwungen war. Das Willkommen der Elfen war für Ahren so deutlich zu spüren, als würden sie eine Festtagsparade für Jelninolan abhalten, und für einen herrlichen, glorreichen Moment war der Waldläufer mit sich und der Welt im Frieden.

»Was hat sie da eben gesagt, Meister?«, kam Hakanus unvermeidliche Frage in diesem Moment von Jelninolans Triumph.

Ahren konnte seinen Blick nicht von seiner musizierenden Freundin nehmen, die lächelnd und weinend zugleich weiterspielte und im Glanz ihrer Macht doch so filigran und verletzlich wirkte.

»Sie sagte: Ich bin Jelninolan Sturmweberin.« Er schluckte schwer. »Und ich bin heimgekehrt.«

Das Lied Jelninolans tönte bis zur Mittagszeit durch den Wald und mehr und mehr Elfen und Tiere folgten seinem Ruf. Als die Priesterin endete, umschloss sie eine Traube aus gut dreihundert Elfen und beinahe halb so vielen Tieren, darunter Bären, Wölfe, Vögel und einige Titejunanwas. Schließlich ließ Jelninolan das Lied mit einem letzten langen, sanften Ton ausklingen, womit auch der Gesang der Elfen endete. Mit ruhigen, gelassenen Bewegungen steckte sie ihre Sturmfiedel wieder zurück in ihr Bündel.

Der hagere Elf, der sich als Einziger nicht niedergekniet und auch nicht mitgesungen hatte, trat nun näher und sprach mit einer überraschend hohen, aber ernst klingenden Stimme auf Ahrens Gefährtin ein. Während er redete, erhoben sich die Elfen ringsum wieder, und Ahren sah fragend zu Falk hinüber.

»So gut ist mein Elfisch dann doch nicht«, wisperte er. »Was sagt der Kerl?«

»Dieser ›Kerl‹ ist Palminthir«, sagte Falk. »Einer der geachtetsten Elfen und beinahe so zaubermächtig wie ein Alter. Ihm wurde die Verteidigung Eathinians sowie dessen Mobilmachung anvertraut. Mit derart viel Macht und Verantwortung ist er zurzeit die bedeutsamste Person im Immergrün, da viele andere fort sind, um am Ring zu dienen.« Falks Augenbrauen zogen sich zusammen. »Und er ist nicht erfreut über Jelninolans Auftritt.« Die Stimme des Elfen nahm mehr und mehr einen scharfen Ton an, als sich plötzlich das Streifenhörnchen auf Jelninolans Schulter regte, an der Elfe und ihrem Pferd hinabkletterte und sich vor dem alten Elfen aufbaute. Dort sah es dem hageren Mann eine ganze Weile tief in die Augen, bis er aufhörte zu reden und die Stimme des Waldes auf seine Hand nahm. Die zwitscherte einmal leise und da neigte der Elf den Kopf und trat zur Seite. Mit einer einladenden Geste hieß er Jelninolan und die anderen willkommen.

Uldini pfiff anerkennend. »Das hätte ich wohl kaum besser machen können«, sagte er zu Jelninolan, und Ahren wusste, dass dies eines der größten Komplimente war, die der egozentrische Magus jemals vergab. »Reiten wir weiter, bevor dieses Streifenhörnchen es sich anders überlegt.«

Jelninolan sah die kindliche Gestalt rügend an. »Vorsicht, Uldini«, warnte sie ihn. »Die Milde der Göttin gilt Lanlion, Trogadon und mir.

Du wirst hier als Oberster der Alten noch immer nur geduldet.«

»Kaum ist sie wieder willkommen, vergisst sie ihre alten Freunde«, jammerte Uldini übertrieben. »Aber so ist er, der Lauf der Welt.«

Die Gefährten lachten und zogen in die elfische Siedlung ein, während Ahren am irritierten Ausdruck Hakanus erkannte, dass er seinem Lehrling besser schnell den speziellen Humor seiner Freunde näherbrachte.

Zu Ahrens Überraschung hatten sie nicht in der Siedlung gehalten, sondern waren durch sie hindurchgeritten, um nach einer weiteren Länge einen kreisrunden Teich von gut sechzig Schritt Durchmesser zu erreichen, dessen Oberfläche gewaltige Seerosenblätter zierten und über dem unterarmlange Libellen durch die Luft sirrten. Das Ufer wurde von einem Kranz aus hochgewachsenem Klee gesäumt, in dem auf der gegenüberliegenden Seite zwei überaus eindrucksvolle Titejunanwas ruhten und die Neuankömmlinge aufmerksam betrachteten.

»*Onasthil*, der Teich des Lebens«, sagte Jelninolan mit vor Ehrfurcht bebender Stimme. »Der dritte Teich der Göttin.« Sie stiegen von ihren Reittieren und die Priesterin eilte beinahe hastig zum Ufer des heiligen Gewässers. Ahren hielt den Atem an, als seine Gefährtin niederkniete und nach einem kurzen Zögern die Hand ins Wasser tauchte.

Nichts geschah.

Jelninolan schenkte ihnen einen verwirrten Schulterblick, dann schöpfte sie etwas Wasser aus dem Teich und trank davon. »Nichts«, sagte sie verblüfft. »Ich spüre, wie meine Verbindung zu diesem Teich geknüpft wird und die Segen der Göttin sich in mir festigen, aber sonst … gar nichts.« Sie stand auf und sah verwirrt und ein wenig verloren Uldini an. »Es ist, als würde mir ein Mosaikstein zur Lösung eines simplen Rätsels fehlen.« Sie schüttelte voller Unmut den Kopf. »Der *Onasthil* ruft mich noch immer, obwohl ich an seinen Ufern stehe. Das ist sehr frustrierend.«

»Vielleicht musst du in ihn eintauchen, mein Herz«, sagte Trogadon, während er sich am Kopf kratzte. »Oder ihm etwas vorspielen?«

»Oder einen Zauberbann weben«, schlug Uldini vor und spähte durch *Flammenstern* hindurch auf die Elfe und den Teich. »Soweit ich sehen kann, ist dein Band zu ihm fest und stark. Vielleicht hat er dir nichts weiteres zu geben, als was du nicht schon erhalten hast.«

»Ob sein Ruf nur dazu dienen sollte, dich mit deinem Volk zu versöhnen?«, warf Lanlion ein. »Für mich klingt dies wie ein Geschenk so viel größer als jede Magie dieser Welt.«

Uldini rollte mit den Augen, aber Jelninolan nickte fest und sah Lanlion dankbar an. »So wird es sein«, sagte sie mit sanfter Stimme. »Aber auch du und Haminul solltet euch dem Teich stellen, denkst du nicht?«

Der bleiche Paladin nickte und trat zu Ahrens Überraschung ohne Scheu oder Zögern neben Jelninolan, den schnaubenden Haminul dabei am Zügel führend. Beide berührten das Wasser und kosteten davon, aber auch bei ihnen schien der Teich des Lebens keine nennenswerten Auswirkungen zu zeitigen. »Es war einen Versuch wert«, sagte Lanlion schulterzuckend. »Sollte es deine Hoffnung gewesen sein, dass das Leben in mich zurückkehrt, so bleibt sie unerfüllt.« Er legte den Kopf schief und lächelte dann. »Immerhin, mein Hunger ist schwächer geworden. Dieses Wasser scheint dabei ebenso zu helfen wie das des *Althunol*. Mit deiner Erlaubnis werde ich meine Vorräte aufstocken.«

»Fühlt sich noch jemand von diesem Teich auf den Arm genommen?«, fragte Trogadon ungehalten. »Wieso sollte er Jelninolan rufen, um sie dann mit einem Schluck Wasser abzuspeisen?«

»Wir wollten ja sowieso herkommen«, sagte Ahren mit einem Achselzucken, während er seine eigene Enttäuschung, so gut es ging, verbarg. »Und Lanlion hat recht: Allein die Aussöhnung Jelninolans mit den Elfen des Eathinian war die Reise wert.« Dann drehte er seinen Kopf in Richtung des neugierig umherschauenden Hakanu. »Außerdem kann jetzt endlich die richtige Ausbildung eines gewissen Lehrlings beginnen.«

»Was ist das da für ein Glitzern, Meister?«, fragte der Junge in dem Moment und deutete auf den Teich. »Da unten im Wasser?«

Ahren reckte den Kopf und sah in die angewiesene Richtung, konnte aber erst etwas erkennen, als er Hakanus Blickwinkel einnahm. Dort unten, gut verborgen durch die Seerosenblätter schimmerte tatsächlich etwas im Licht der wenigen Sonnenstrahlen, die das tiefe Wasser durchdrangen. »Sieht beinahe wie ein Edelstein aus«, sagte er grübelnd.

»Unmöglich«, entgegnete Jelninolan. »In diesem Teich gibt es nichts außer Fischen, Fröschen und jeder Menge Schlamm.«

»Dann muss das aber ganz schön glitzernder Schlamm sein«, sagte Hakanu und zog sofort unter Ahrens strengem Blick den Kopf zwischen die Schultern.

Die Elfe umkreiste den Teich einige Schritt weit und schüttelte den Kopf. »Ich kann nichts sehen«, sagte sie.

»Es ist genau da, wo du stehst«, entgegnete Ahren verwundert. »Gut ein Dutzend Schritte ins Wasser hinein.« Die Elfe schüttelte ratlos den Kopf und Ahren sah sich hilfesuchend um. Schnell stellte sich heraus, dass weder Jelninolan noch Lanlion das Funkeln sehen konnten, alle anderen dagegen schon, auch Trogadon, der jedoch einen hohen Stein zu Hilfe nehmen musste, um seine Körpergröße auszugleichen.

»Wollen wir doch einmal herausfinden, was da verborgen liegt«, sagte Uldini, machte eine Handbewegung, stutzte und wiederholte diese dann.

»Magie wirkt im Teich des Lebens nicht«, sagte Jelninolan. »Er ist dafür zu mächtig.«

»Soll ich hinuntertauchen?«, bot Khara an und die Elfe nickte nach kurzem Zögern.

»Aber ohne deine Waffen. Mordwerkzeuge haben im *Onasthil* nichts verloren.«

Khara entledigte sich zügig ihrer Klingen und überreichte diese Ahren, dann sprang sie in das still daliegende Nass und tauchte unter. »Hat noch jemand das Gefühl, dass Khara jede Ausrede nutzt, um im Wasser zu plantschen?«, fragte Trogadon in die Runde.

»Besser als jede Gelegenheit zu nutzen, die eigene Kehle von innen zu befeuchten«, sagte Jelninolan kühl und deutete auf den Trinkschlauch mit vergorener Milch an Trogadons Gürtel.

»Wie sonst soll ein unwürdiger Zwerg die blendende Schönheit einer Elfe wie dir ertragen?«, sagte der Schmied mit einem Unschuldsgesicht und übertriebenem Augenklimpern.

»Wir können die Elfen noch immer darum bitten, ihn aus dem Immergrün zu schmeißen«, sagte Falk trocken zu Jelninolan.

Die Priesterin schmunzelte und zog Trogadon liebevoll am Bart. »Ich behalte ihn lieber ganz dicht bei mir, damit ich ihn im Auge behalten kann. Sonst zündet unser Schmied aus Versehen noch den Eathinian an.«

Ein Prusten unterbrach die Plänkelei der Freunde, als Kharas Kopf zwischen den Seerosen auftauchte. »Da unten liegt ein faustgroßer glitzernder Gesteinsklumpen«, sagte sie. »Doch er ist viel zu schwer, um ihn hochzuheben.«

Trogadons Kopf ruckte herum und aller Schabernack war aus seinem Blick verschwunden. »Ist er mattgrau und erscheint das Funkeln so atemberaubend wie das der Sterne am Nachthimmel?«, fragte er atemlos.

Khara nickte und Trogadon wirkte, als hätte ihm jemand erzählt, dass Elfen eigentlich nur sehr große Zwerge seien. »Ich sehe mir das an«, sagte er in einem Ton, der keinerlei Widerspruch duldete, und stampfte kurzerhand in den Teich. Die beiden Titejunanwas am gegenüberliegenden Ufer wieherten schrill, sandten beim Anblick des eintauchenden Zwergs Wellen der Empörung aus und richteten sich auf. Als Reaktion positionierten sich Selsena und Haminul so, dass sie die beiden elfischen Streitrösser, falls nötig, abfangen konnten.

»Ein Zwerg im Teich des Lebens«, murmelte Lanlion. »Mein Urgroßvater wird rasen vor Wut, wenn er das erfährt.« Ein breites Grinsen legte sich auf die Züge des bleichen Paladins. Ahren musste daran denken, dass der hagere Elf seinem Urenkel nicht einmal einen Seitenblick zugeworfen hatte, als sie einander am Morgen begegnet waren, so als würde Lanlion gar nicht existieren.

Oder als wäre er seine Aufmerksamkeit nicht wert, fügte Culhen hinzu, der interessiert dabei zusah, wie Trogadon sich dem Stein näherte.

»In den Geschichten heißt es, Zwerge können nicht schwimmen, Meister«, sagte Hakanu leise. »Ist das denn falsch?«

»Trogadon meistert solch kleine Gewässer auf seine ganz eigene Weise«, sagte Ahren mit einem bedeutsamen Blick auf die aufsteigenden Luftblasen, die an die Wasseroberfläche stiegen. »Indem er einfach über den Grund des Sees läuft.«

Hakanu fielen beinahe die Augen aus dem Kopf und er beugte sich noch ein Stück weiter vor, um zu sehen, was Trogadon am Grund des Sees machte.

»Also dieser Stein muss wirklich schwer sein«, sagte Falk, der seinerseits einen Schritt näher an den Teich herantrat und Trogadon aufmerksam beäugte. »Er hat ihn ganz langsam aufgehoben und bewegt sich nun im Schneckentempo zurück an Land.«

»Wenigstens hat er Lungen wie ein Pferd«, sagte Khara anerkennend, die sich auf einen sonnigen Flecken Gras gesetzt hatte, um zu trocknen. »Ich habe Ewigkeiten gebraucht, um so lange die Luft anhalten zu können.«

Hakanu warf Ahren daraufhin einen fragenden Blick zu und der schüttelte den Kopf. »Später«, brummte er zum Verdruss des schmollenden Lehrlings.

Endlich tauchte der Zwerg aus dem Wasser auf und Jelninolan stieß einen leisen Laut der Verwunderung aus. »Ich schwöre bei den Göttern«, sagte sie und deutete auf den funkelnden Stein in Trogadons Händen. »Solange er unter Wasser war, konnte ich ihn nicht sehen.«

Trogadon grinste wie ein Lausbub und ließ seine Beute zu Boden fallen, die er trotz der geringen Größe des Brockens mit zwei Händen hatte tragen müssen. Mit einem dumpfen Knall grub der Stein sich eine halbe Handbreit in den Boden. »Elfentrug«, sagte er. »Eines der seltensten Metalle auf Jorath. Es stammt noch aus der Zeit, bevor die Götter sich verbündeten. Deswegen können Elfen es unter bestimmten Umständen nicht sehen oder sehen hindurch, zum Beispiel wenn es von Wasser umgeben ist. Es hat irgendwas damit zu tun, wie ihre Augen funktionieren.«

»Was für ein Zufall«, murmelte Lanlion. »Dass ein Klumpen davon in einem Elfenwald verborgen liegt.«

»Ich glaube nicht an Zufälle«, sagte Uldini. »Ich denke eher, wir sollten dieses Erz finden. Dieser Teich ist heilig. Er darf eigentlich nur von Elfen besucht werden, die jedoch das Erz nicht sehen können. Dafür bedurfte es unserer Augen.«

»Meinst du, die Götter haben ihn bereits vor so langer Zeit hier platziert?«, fragte Falk zweifelnd.

»Die Götter haben *alles* platziert«, erinnerte ihn Uldini. »Dieser Stein ist bisher nur nicht gefunden worden.« Er legte den Kopf schief. »Vielleicht weil noch nie ein Zwerg, ein Mensch und ein Elf gemeinsam den *Onasthil* aufgesucht haben und ihn bergen konnten.«

»Und was macht dieser Stein nun, außer im Boden zu versinken und zu glitzern?«, fragte Hakanu neugierig und deutete auf den funkelnden Klumpen, der immer tiefer im Waldboden versackte. Trogadon nahm ihn mit einem Fluchen und angestrengten Ächzen wieder auf. Ahren sah, wie sich die mächtigen Muskeln des Schmieds wie Taue unter seiner Haut anspannten.

»Man kann das Erz schmelzen und schmieden«, sagte der Zwerg angestrengt. »Dann verliert es seine Schwere.« Er schaute auf den Klumpen in seiner Hand hinab. »Es ist ein seltsames Metall. Je dichter man es schmiedet, umso leichter wird es. Es ist seltener als Tiefenstahl, jedoch nicht so hart und weniger flexibel. Daher gilt es unter Zwergen eher als exotisches Metall, denn als echte Kostbarkeit.« Er sah beinahe entschuldigend zu Jelninolan hinüber. »Wir schmieden daraus meistens Türen für Eingänge, die Elfen nicht sehen sollen, und positionieren diese hinter Wasserfällen.«

»Charmant«, sagte Jelninolan nur und berührte dann probeweise das Material. »Vielleicht fällt uns hierfür ja etwas Besseres ein, als mein Volk zu narren, was meinst du, mein Lieber?«

Der Zwerg nickte pflichtschuldig.

»Hörst du noch immer den Ruf des Teiches?«, fragte Ahren neugierig und Jelninolan schüttelte verblüfft den Kopf.

»Dann können wir davon ausgehen, dass du dies hier finden solltest«, ergänzte Uldini und Lanlion fügte in der darauffolgenden Stille hinzu: »Und dass du dafür deine Freunde brauchtest.«

Ahren drehte sich zu Hakanu um. »Merk dir das, Junge«, sagte er. »Es gibt nichts, was man mit Freunden an seiner Seite nicht besser bewältigt.«

Die Behausung in den Bäumen fühlte sich geradezu himmlisch an. Die weiche Struktur des Elfenstoffes schmiegte sich bei jedem Schritt an die Fußsohlen an, und wenn man auf einer der Lagerstätten ruhte, erschien es Ahren, als läge man auf Wolken. Wenn man dann auch noch in aller Abgeschiedenheit neben der Frau lag, die man liebte, und sich an einem Ort befand, an dem man sicher war, gab es kaum ein schöneres Gefühl auf der Welt. Ahren seufzte genießerisch und drückte Khara eng an sich. Die Gefährten teilten sich zwar einen Baum, hatten sich aber auf verschiedene der aus Elfenstoff geknoteten Unterkünfte verteilt. Falk hatte mit einem Augenzwinkern in Richtung Ahren den staunenden Hakanu fortgeführt und so den beiden Liebenden die Möglichkeit gegeben, ein wenig zweisamen Frieden zu finden. Jetzt lagen die beiden nebeneinander und schauten durch eine Öffnung im Elfentuch auf den fernen Mond, der schemenhaft hinter den Wipfeln der sich sanft im Wind wiegenden Nadelbäume zu sehen war. »Es kommt mir immer noch seltsam vor, dass der Eathinian hier so anders ist«, sagte Ahren leise. »Ich hatte ihn sanfter in Erinnerung.«

»Auch wenn ich den östlichen Immergrün nie besucht habe, finde ich es schön, dass er nicht vollkommen gleichförmig ist«, sagte Khara und zupfte dabei gedankenverloren an Ahrens Bart. »Er erstreckt sich schließlich über die gesamte Breite Joraths. Wie furchtbar eintönig müsste es für die Elfen sein, wenn er überall gleich wäre.«

Ahren lächelte. »Zumal es hier immer Frühling ist – oder Herbst. Das ist an diesem Ort schwer auseinanderzuhalten«, gab er ihr recht.

»Wollen wir langsam darüber reden?«, fragte Khara, deren Tonfall ernst wurde.

Ahren lief ein Schauer über den Rücken. »Worüber?«, fragte er matt.

Khara zuckte mit den Achseln. »Über alles«, sagte sie. »Darüber, was mit mir in der Wiege geschehen ist. Oder über Feuer-im-Blicks Tod. Oder über unseren Bund.«

Ahren presste die Lippen zusammen und sah sich außerstande zu antworten. Es entsprach der Wahrheit, dass Ahren all diese Gespräche auf ihrer Reise hierher gemieden hatte, teils aus Zeitnot, teils aus seelischer Müdigkeit. Die Ausbildung und die Sorge um Hakanus Unversehrtheit hatten viel Aufmerksamkeit verschlungen und über Feuer-im-Blick konnte er einfach nicht reden. Was gab es da auch zu sagen? Ahren hatte versagt. Ein Paladin war gestorben.

Ahren spürte, wie das Schweigen zwischen ihnen immer länger, immer dichter, immer unangenehmer wurde. »Wir könnten hier den Bund eingehen«, sagte er schließlich. Auch wenn er sich nicht danach fühlte, war es doch das Thema, über das er noch am ehesten reden konnte. »Uldini will sowieso einen Bericht über den Kriegsverlauf anfordern, da kann er auch direkt verkünden, dass wir uns hier im Bund vereint haben.«

»Oh nein!«, sagte Khara und richtete sich weit genug auf, um ihn anzusehen. »Im Grünen Meer war ich damit einverstanden, ohne große Zeremonie deine Frau zu werden, aber wenn wir ohnehin die Zeit haben, können wir den Bund ebenso gut erst in ein paar Wochen eingehen und hoffen, dass einige unserer Freunde rechtzeitig herkommen werden. Cochan würde es mir nie verzeihen, wenn ich ohne ihre Anwesenheit zu deiner Frau werde, obwohl Zeit genug gewesen wäre, sie einzuladen.«

Ahren wand sich unbehaglich. »Müssen wir unbedingt eine große Zeremonie daraus machen?«, fragte er. »Es erscheint mir unpassend inmitten des Krieges.«

Khara sah ihn streng an. »Sag mir, dass wir sofort aufbrechen, und ich verwerfe meine Idee«, forderte sie ihn auf. »Dann gehen wir morgen den Bund ein und ziehen weiter.«

Ahren seufzte. »Natürlich will ich Hakanu eine Weile hier ausbilden. Du hast gesehen, wie er seinen Speer gegen die Rudelbeißer eingesetzt hat. Er *muss* geschult werden, bevor wie den Immergrün verlassen.«

»Dann spricht ja nichts dagegen, die Feier in, sagen wir, vier Wochen abzuhalten.« Der Ton seiner Liebsten ließ keinerlei Widerworte zu und Ahren nickte ergeben. »Außerdem werden die Barden von uns berichten und das hebt sicherlich die Stimmung unter den Soldaten.«

Ahren stöhnte auf. »Bitte keine Barden«, flehte er.

Khara lachte auf. »Der Dreizehnte und die Prinzessin des Ewigen Reiches heiraten im Eathinian, mit etwas Glück im Beisein mehrerer Paladine, Alten und Könige. Natürlich werden Barden anwesend sein!«

»Du denkst, es werden auch gekrönte Häupter erscheinen?«, fragte Ahren matt.

»Es könnte schon möglich sein«, sagte Khara mit gespielt nachdenklicher Miene, während ihre Mundwinkel verräterisch zuckten.

Ahren wusste, wann er einen Kampf verloren hatte. Seine Königin hatte ihn in einen perfekt geplanten Hinterhalt geführt. »Es ist bereits alles geplant, oder?«, fragte er mit einem Anflug von Heiterkeit. »Hat Jelninolan dir geholfen, alle Details festzulegen? War dieses Gespräch etwa auch ihre Idee?«

»Ich kann dich immer noch sehr gut allein aufs Kreuz legen, vielen

Dank auch«, sagte Khara belustigt, aber voller Wärme. »Und es war nicht nur Jelninolan. Auch Uldini und Falk haben mir bei der Planung geholfen. Und Lanlion.«

Ahren zog die Augenbrauen hoch. »Gibt es denn nur Verräter unter meinen Freunden?«, fragte er mit theatralischer Stimme.

Khara lächelte und legte ihren Kopf wieder auf seine Brust. »Trogadon hat sich nicht beteiligt.«

»Gut«, brummte Ahren.

»Sein Vorschlag war, ich solle dich einfach fesseln und vor den nächsten Hüter schleifen, bevor du wieder etwas Dummes anstellst, was uns dazwischen kommt«, fuhr sie fort, und Ahren konnte hören, wie sie dabei grinste. Er schwieg und ließ seine Liebste ihren perfekt vorbereiteten Sieg auskosten. Insgeheim war er froh, dass sie endlich den Bund eingehen würden, und außerdem ersparte ihm die Verschwörung seiner Freunde, dass er sich selbst um die Einzelheiten der Feier kümmern musste. Er war einfach glücklich und zufrieden, endlich Kharas Mann zu werden.

Ahren schloss die Augen und genoss den Moment für eine Weile. Dann nahm er sich vor, am Morgen mit der Ausbildung Hakanus zu beginnen, und zum ersten Mal seit Langem schlief er lächelnd ein.

5. Kapitel

Ahren erwachte mit steifen Gliedern und rieb sich über das salzverkrustete Gesicht. Von dem Gefühl der seligen Entspannung, das er soeben noch durchlebt hatte, war ihm nichts geblieben.

»Du hast viel geweint«, sagte Jelninolan sanft, die an seiner Seite wachte und deren müde Züge Zeichen der Trauer aufwiesen. »Es war schwer mitanzusehen. Wie fühlst du dich?«

»Was … Wo bin ich?« Eine mächtige Verwirrung machte sich in Ahren breit. Gerade hatte er noch gemeinsam mit Khara in ihrem Pavillon gelegen, den Mond am fernen Nachthimmel betrachtet und die Festlichkeiten rund um ihren Bund besprochen und jetzt lag er mit schmerzendem Rücken mitten im nächtlichen Wald am Fuße eines großen Baumes.

Jelninolan legte eine Hand auf seine Schulter, das Kribbeln von Magie durchströmte Ahren. »Erinnere dich«, sagte sie, und plötzlich fielen alle seine Gedanken und Erinnerungen wieder an ihren richtigen Platz.

Langsam richtete Ahren sich auf und sah sich um. Wieder und wieder sagte er sich, dass er unter dem Einfluss von Jelninolans Magie nur lebhaft geträumt hatte. Der Erinnerungszauber der Elfe hatte ihn durch die letzten Monde geführt, als hätte er sie noch einmal durchlebt. Ins Hier und Jetzt zurückzufinden, fiel ihm schwer.

Ahren konzentrierte sich auf seine Umgebung, eine Schulter noch immer von der still abwartenden Jelninolan umfasst, die neben ihm auf dem Waldboden saß. Hakanu schlief am Fuße des Baumes, in dem er zuvor seine Strafe hatte abklettern müssen, weil er aufmüpfig gewesen war. Der Mond hing tief und würde bald untergehen. Schwerfällig erinnerte er sich daran, dass am morgigen Tag schon seine Bundzeremonie stattfinden würde!

»Ich fühle mich verwirrt, aber gut«, beantwortete er schließlich Jelninolans Frage. »Sehr gut sogar. Auch wenn mich dein Zauber ganz schön durchgebeutelt hat und ich erst einmal wieder aus der Vergangenheit zurückfinden muss.«

Jelninolan nickte, ein verständnisvoller Ausdruck lag auf ihrem Gesicht. »Diese Art Zauber enden nach Möglichkeit immer mit einer schönen Erinnerung, um das anschließende Erwachen zu erleichtern. Die Desorientierung ist vollkommen normal und sollte gleich verschwinden. Hat dir mein Zauber Klarheit verschafft?«, fragte sie.

Ahren nickte. »Ich verstehe jetzt, was mein Verhalten so negativ beeinflusst hatte. Es war, als wäre ich die letzten Wochen und Monde mit einem Eispanzer um meinen Verstand herumgelaufen«, sagte er. »Vieles von dem, was ich gefühlt habe, ist nie wirklich zu meinem Verstand hindurchgedrungen.« Er atmete tief durch. »Das war beim erneuten Durchleben der Ereignisse anders.« Er sah Jelninolan dankbar an. »Ich fühle mich das erste Mal seit Feuer-im-Blicks Tod so, als könnte ich weiterleben. Vorwärts gehen, statt nur auf der Stelle zu treten.« Er deutete auf seinen schlafenden Lehrling. »Und ich habe einen Plan, wie ich zu dem Jungen durchdringen könnte.«

Die Elfe wirkte nicht überrascht. »Willst du ihn mir verraten?«, fragte sie lächelnd.

Ahren schüttelte den Kopf. »Ich muss die Idee erst noch ein wenig hin und her wenden.« Dann schaute er sich um. »Wo ist Culhen?«

»Dein Wolf hat Hakanus Fuchs zurück in die Siedlung gebracht, nachdem dieser durch den Wald getapst kam«, sagte Jelninolan lächelnd. »Wenn du mich fragst, wird dein Vertrautentier ebenso gluckenhaft wie du.«

Ahren umarmte die Elfe fest. »Danke für deinen Zauber«, sagte er aufrichtig.

»Reiner Selbstschutz«, erwiderte sie lächelnd, als er losließ. »Wenn du bei Hakanu versagst, muss ihn einer von uns ausbilden, und alle sind sich einig, dass diese Ehre dir allein gebühren sollte.«

»Wie selbstlos«, sagte Ahren mit einem Grinsen und stand dann auf. Die Elfe tat es ihm nach mit Blick auf den schlafenden Hakanu. »Sollen wir ihn wecken und zurückgehen? Dann bekommen wir alle noch ein wenig Schlaf auf weichem Elfenstoff.«

»Geh du vor«, sagte Ahren und schaute seinen Lehrling nachdenklich an. »Ich habe noch ein, zwei Sachen zu klären, bevor der Morgen anbricht. Schließlich will ich meinen Bund mit einem reinen Gewissen eingehen.«

»Sei pünktlich! Wenn du zu spät kommst, wird Khara dir alles abschneiden, was du nicht notwendigerweise zum Kämpfen brauchst«, warnte ihn Jelninolan scherzhaft. Dann winkte sie ihm zum Abschied zu und verschwand zwischen den Bäumen.

Ahren behielt die Worte der Elfe im Hinterkopf und ging dann leise zu seinem Lehrling hinüber. Wieder stand er über der schlafenden Gestalt, aber diesmal verspürte er keine Wut oder Enttäuschung. Er kniete sich neben Hakanu und berührte ihn leicht an der Schulter. Sofort schreckte der Junge hoch. »Es tut mir leid, Meister … Ich wollte nicht einschlafen …«, begann er, aber Ahren unterbrach ihn mit einer sanft gehobenen Hand.

»Ist schon gut«, sagte er mild. Dann atmete er tief durch und setzte sich vor Hakanu in den Schneidersitz. »Ich möchte dir eine Frage stellen«, sagte Ahren leise, aber bestimmt. Sein Lehrling ahmte die Sitzposition nach, und dem jungen Meister fiel auf, wie viel älter der Knabe mit einem Mal wirkte. War dies seiner neuen Perspektive, gewonnen durch Jelninolans Zauber, geschuldet oder nur dem Mondlicht? Ahren räusperte sich und konzentrierte sich auf das Hier und Jetzt. »Willst du überhaupt mein Lehrling sein?«, fragte er Hakanu geradeheraus.

Der zuckte zusammen, vollkommen überrumpelt von der Frage. »Wie … wie meint Ihr das?«, stammelte er. »Wollt Ihr mich wegschicken?«

Ahren hob erneut die Hand. »Diese Frage ist lange überfällig«, sagte er ruhig. »Die Umstände des Todes von Feuer-im-Blick entschieden im Grünen Meer über unsere Bindung. Du wurdest nie gefragt. Deshalb frage ich dich jetzt: Willst du einen anderen Meister? Vielleicht einen unserer Gefährten? Sie sträuben sich zwar, aber ich könnte jeden von ihnen überzeugen, da bin ich sicher.« Ahren sah dem Jungen in dessen weit aufgerissene Augen. »Lanlion trägt einen großen Schmerz mit sich herum, doch dahinter verbirgt sich ebenso große Weisheit. Falk ist ein alter Haudegen, der dich sicher ebenso gut, nein, sogar besser ausbilden kann als ich, und Khara –«

Jetzt war es an Hakanu, eine Hand zu heben. »Ich will keinen anderen«, sagte er und das vertraute Feuer kehrte in die Miene des Jungen zurück. »Ich will den Dreizehnten als Meister.«

Ahren schmunzelte über die Formulierung. Er streckte die Hand zum Unterarmgruß aus. »Dann sind wir Meister und Lehrling?«, wiederholte er die Formel der Bindung als Frage.

Hakanu schlug ein. »Dann sind wir Meister und Lehrling.«

Ahren schluckte den Kloß in seiner Kehle herunter und stand auf. »Lass uns zurückgehen«, sagte er. »Du darfst dir eine Geschichte wünschen. Egal, was für eine.«

Hakanus Augen wurden groß. »Auch über Schlachten?«, fragte er.

Ahren lächelte, bemühte sich jedoch, seinen Triumph zu verbergen. »Auch über Schlachten«, antwortete er. Sein Zauberschlaf hatte ihm die Augen geöffnet und nun erschien ihm die Wahrheit so simpel: Hakanu konnte sich nicht ändern. Zumindest nicht in der Zeit, die Ahren blieb, um ihn auszubilden. Er musste den Jungen mit dem ködern, was er am meisten begehrte.

»Erzählt mir von der Ehernen Stadt«, sagte der Junge begeistert.

Ahren legte ihm einen Arm über die Schulter und begann. »Es war direkt nach meiner Ernennung, als eine seltsame Frau zu Khara kam und ihr von dem Paladin Bergen erzählte, der in der Ehernen Stadt in Schwierigkeiten steckte …«

Den gesamten Rückweg hing Hakanu an Ahrens Lippen, stellte Fragen über Fragen, die der junge Meister gewissenhaft und ausführlich beantwortete – und immer wieder mit nützlichen Happen überlebenswichtigen Wissens spickte. Beim Kampf gegen den Finsterbären ging er auf die Stärken und Schwächen des Biestes ein, bei der Belagerung der Stadt auf die Gefahren einer Seuche und so weiter und so fort. Hakanu schien jede Silbe aufzusaugen wie ein Schwamm und Ahren hätte sich ohrfeigen können, dass er die Lösung so lange nicht gesehen hatte: Hakanu wollte ein Held sein und etwas über Heldentaten hören. Als Meister musste er seinem Lehrling genau das geben, was dieser brauchte, um aufnahmebereit für neues Wissen zu sein. Und wenn Hakanu nur von einem Helden lernen wollte, dann würde Ahren eben all seine vergangenen Taten nutzen, um für seinen Schützling ebenjener Held zu sein.

Der Morgen brach an, als Ahren und Hakanu schließlich in der Elfensiedlung ankamen. Der Weg war eigentlich nicht so weit gewesen, aber Meister und Schüler waren im Eathinian umhergewandert und hatten im Licht der tanzenden Glühwürmchen den Frieden des Elfenwaldes genossen. Ahren war heiser vom vielen Sprechen, aber Hakanu hatte ihm zum ersten Mal derart intensiv zugehört, dass es den Preis durchaus wert gewesen war.

Zumindest, bis Ahren Khara erblickte, die ihn mit einer halb fertigen Hochsteckfrisur und verschränkten Armen am Rande der bewohnten Baumriesen erwartete und mit einem Fuß verärgert auf den Waldboden klopfte. Sie sah demonstrativ nach dem erwachenden Morgen. »Wäre die Sonne noch ein wenig höher geklettert, hätte ich wohl annehmen müssen, dass du dich mit deinem Lehrling fortgestohlen hast, um unserem Bund zu entgehen«, sagte sie spitz. »Musst du denn *immer* zu spät kommen, wenn etwas Wichtiges ansteht, bei dem es *nicht* um Paladinkram geht?«

Ahren konnte ein Schmunzeln nicht verbergen. »Paladinkram?«, fragte er belustigt und drehte sich dann zu Hakanu um. »Gönne dir noch etwas Schlaf«, sagte er sanft. »Heute wird ein langer Tag und ab morgen beginnt deine richtige Ausbildung.«

»Was meint Ihr, Meister?«, fragte der Junge mit großen Augen.

»Ich werde meine Freunde bitten, dich genauso gründlich zu trainieren wie mich damals«, sagte Ahren mit einem vergnügten Funkeln in den Augen. »So teilen sich alle die Anstrengung – außer dir.« Hakanu schluckte schwer, seine Miene spiegelte Vorfreude und Entsetzen gleichermaßen wider. »Und nun lauf, Junge«, sagte Ahren streng. »Ruhe dich aus. Du wirst deine Kraft brauchen.«

Der Knabe rannte umgehend eine der sich sanft um den Stamm windenden Stoffbahnen empor, die ihn zu seiner Gästebehausung führen würde.

»Musstest du ihm unbedingt Angst machen?«, fragte Khara stirnrunzelnd und trat näher an Ahren heran. Ihre Verärgerung über sein spätes Erscheinen war kaum noch zu spüren, lediglich die Falte zwischen ihren wunderschönen Augen kündete noch davon.

»Angst ist so ein großes Wort«, sagte er grinsend und zuckte dann mit den Achseln. »Ein wenig Respekt wird ihm nicht schaden, zumal der Junge genug Mumm für zehn von uns in den Knochen hat, doch zugleich nicht genug gesunden Menschenverstand, um zu erkennen, wann er besser vorsichtig sein sollte.«

Khara kicherte und legte ihm eine Hand in den Nacken. »Ich wette, Falk hat dich häufiger genauso gesehen.«

Ahren schüttelte den Kopf. »Nicht so«, sagte er mit fester, ernster Stimme. »Hakanu ist viel wagemutiger, als ich es war, daran gibt es keinen Zweifel. Es steckt viel von seinem verstorbenen Vater in ihm.« Er atmete tief durch. »Und es ist an mir, dass er nicht genauso endet.«

Khara sah ihm forschend in die Augen und ihre Falte auf der Stirn vertiefte sich. »Du wirkst anders als gestern. Gelassener. Aber auch verletzlicher.«

Ahren nickte und küsste Khara sanft. »Ein Geschenk Jelninolans«, erklärte er. »Sie ließ mich die Zeit nach Feuer-im-Blicks Tod erneut durchleben.«

»Ah«, machte Khara nur. Ahren konnte in ihrem Blick lesen, dass sie verstand. »Gut.«

»Ja«, sagte Ahren und rang sich ein Lächeln ab. »Sie wollte, dass ich unseren gemeinsamen Tag ohne einen Schatten auf dem Herzen begehen kann. Und das ist ihr gelungen.«

Khara löste sich von ihm. »Du wirst diesen Tag überhaupt nicht begehen, wenn du noch länger herumtrödelst«, schimpfte sie. »Ich werde bestimmt nicht den Bund mit dir eingehen, solange du aussiehst, wie ein Blaubeerbusch und riechst wie eine von Culhens Hinterlassenschaften.«

Ahren hob beschwichtigend die Hände und machte sich auf in Richtung jenes Baumes, den Hakanu emporgestiegen war. »Es ist doch noch eine Menge Zeit bis zur Mittagsstunde«, versuchte er seine Liebste zu beschwichtigen.

»Nein, ist es nicht«, erwiderte sie seufzend. »Nicht, wenn du auf die anderen triffst.«

»Welche anderen?«, fragte Ahren stutzig und verharrte mitten im Schritt.

Khara deutete seufzend auf den Nachbarsbaum. »Geh dort hinauf und sieh selbst. Es ist mir lieber, du sagst jetzt Hallo, als wenn wir kurz vor der Zeremonie stehen.«

Neugierig folgte Ahren ihren Anweisungen und während er die Windungen des Baumpfades hinaufschritt, hörte er bereits eine Stimme, die er hier nie erwartet hätte.

»Und behalte den Sonnenstand im Auge«, erklang Kharas mahnende Stimme von unten, aber da war der junge Meister bereits nicht mehr zu halten und stürmte mit weit ausholenden Schritten letzte Windung der Elfentuchtreppe hinauf und auf den Gästepavillon zu, aus dem eine schlaftrunkene, aber grinsende Gestalt hervortrat.

»Likis?!«, rief Ahren halb fragend, halb verblüfft.

»Müsst ihr Waldläufer denn immer so furchtbar früh aufstehen?«, nuschelte der schmächtige Mann.

»Likis!«, brüllte Ahren und dann lagen sich die Freunde aus Kindertagen auch schon lachend in den Armen.

Wenn Ahrens jüngeres Ich hier gewesen wäre, dann wäre es vor Ehrfurcht sicherlich in Ohnmacht gefallen. Da die Elfen des Immergrüns mehr Wert auf Praktikabilität legten, denn auf Etikette oder Luxus, war in der großen Behausung, die sich einmal um den gesamten Stamm der mächtigen Tanne wand, eine Vielzahl an Ehrengästen untergebracht – von denen die meisten eher einen Thron gewohnt waren denn elfische Sitzkissen auf dem Boden.

Ahren saß im Schneidersitz neben dem redseligen Likis. Die anderen Anwesenden im Kreis waren: König Senius Blaugrund, die Ewige Kaiserin Quin-Wa, Sonnenkaiser Justinian III., der Zwergenherrscher Kamkanzakur sowie Sunju. Letztere hatte die erlesenen Gäste auf Sonnenschimmers Rücken eingeflogen.

»Wie habt ihr denn alle Platz auf dem armen Rukh gefunden?«, fragte Ahren, nachdem er seine erste Überraschung verwunden hatte.

»Nur mit Mühe«, kam die trockene Antwort von Senius. »Wir mussten unsere majestätischen Hintern ganz schön quetschen.«

»Ich fand es glorios«, schwärmte Kamkanzakur mit blitzenden Augen und begeistert rudernden Armen. »Der Wind in meinem Bart! Die Wolken, die wir von oben sahen, als stünden wir auf dem Eishaupt selbst.«

»Bitte erinnere mich nicht daran«, sagte Justinian mit überraschend zitteriger Stimme. »Falls es eine Krankheit gibt, die man sich durch das Fliegen zuziehen kann, ich schwöre bei den Göttern, dann litt ich jeden einzelnen Moment unserer Reise daran.«

Quin-Wa tätschelte dem Sonnenkaiser aufmunternd den Arm. Die fürsorgliche Geste der Ewigen Kaiserin wirkte so fehl am Platz, dass Ahren nur mühsam ein Augenbrauenzucken unterdrücken konnte.

»Sonnenschimmer ist erneut gewachsen, so konnte ich mit einigen Modifikationen an ihrem Harnisch alle auf einmal befördern«, sagte Sunju als Antwort auf Ahrens Frage. »Zumal keiner der anwesenden Herrscher zurückbleiben wollte.«

»Dieser Bund ist zu wichtig, um nicht dabei zu sein«, sagte König Blaugrund entschieden. »Eine Prinzessin des Ewigen Reiches und ein Paladin? Die Konsequenzen für eine mögliche Thronfolge wären ohne präzise Absprachen verheerend. Ihr könntet neben Khara auf dem Jadethron landen, wenn gewisse – tragische – Umstände einträten. Dies könnte das gerade beginnende Zusammenwachsen der Sonnenebenen mit dem Ewigen Reich empfindlich stören.« Der Herrscher warf dabei einen entschuldigenden Blick in Richtung Justinian und Quin-Wa.

Ahren seufzte leise. Demnach ging es bei dem Treffen mehr um Politik, als dass die Machthaber aus Herzensgüte bei der Zeremonie anwesend sein wollten. Das hätte er sich eigentlich denken können. Er sah sich unter den Gästen um, während er seine Gedanken sammelte. König Blaugrund wirkte zwar müde, jedoch sehniger und entschlossener als beim letzten Mal, als der Paladin ihn gesehen hatte. Justinian war mit seiner blonden Haarpracht ohnehin noch immer ein ungewohnter Anblick, ebenso wie das entspannte Mienenspiel, das er und Quin-Wa an den Tag legten, wann immer sie einander berührten. Alle drei waren in Schlafgewänder aus Elfentuch gekleidet und wirkten dadurch viel weniger majestätisch als üblich. Kamkanzakur hingegen erschien Ahren wie eh und je, nur sein zotteliger Bart kündete vom frühen Morgen. Sunjus dunkle Augenringe ließen darauf schließen, dass sie die Nacht kein Auge zugetan hatte, und Ahren fragte sich, warum? Dann blickte er neben sich zu seinem Freund Likis, der den Titel des Reichsverwesers von Hjalgar trug und wie selbstverständlich mit den anderen Herrschern um eine Obstschale herumsaß, die Kamkanzakur immer wieder mit einem Naserümpfen bedachte. In diesem Raum saß beinahe die gesamte politische Macht Joraths beisammen, und Ahren musste sich ins Gedächtnis rufen, wie weit er herumgekommen war, dass ihn dieser Gedanke nicht einschüchterte. Dann kam ihm ein anderer: »Wo ist eigentlich Uldini?«

»Wir haben die Elfen darum gebeten, ihn nicht zu wecken, als wir tief in der Nacht eintrafen«, sagte Quin-Wa ungerührt. »Wir wollten erst etwas schlafen, bevor er mit seinem Hang zu politischen Spielchen jedem Einzelnen von uns die Nerven raubt.«

Jetzt konnte Ahren ein Lachen nicht unterdrücken. »Das wird ihm gar nicht schmecken«, orakelte er.

»Gut«, kam die Antwort von der Ewigen Kaiserin, und in diesem einen Wort schwang mehr als ein wenig Genugtuung mit.

»Aber wird die politische Brisanz dieser Hochzeit nicht hinfällig, sobald Justinian und Quin-Wa ein Kind bekommen?«, wechselte Ahren das Thema, um einen Überblick über das momentane Machtgefüge der Welt zu erlangen.

»So ist es«, sagte Senius mit einem vielsagenden Blick auf besagte Herrscher. »*Falls* ein gemeinsames Kind Ihrer Hoheiten das Licht Joraths erblickt.«

»Es herrscht Krieg, Dreizehnter«, warf Justinian ein. »Ein Paladin ist bereits gestorben. Dieses Ereignis hat uns klargemacht, wie verletzlich wir alle sind, ob nun Paladin oder Herrscher, und erst recht ein Neugeborenes, das die Bürde einer Krone und eines Paladinsegens erwartet.« Alle Anwesenden nickten und Ahren wurde mulmig. Er wäre plötzlich ein Kaiserinnengemahl und würde neben Khara auf dem Jadethron sitzen, wenn Justinian und Quin-Wa zum jetzigen Zeitpunkt etwas zustoßen würde. Diese Zukunftsvision empfand Ahren als derart erschreckend, dass er sich fest vornahm, sie besonders gut zu schützen.

»Ich verstehe«, sagte er mit spröder Stimme.

Kamkanzakur lachte. »Jetzt haben wir dem Jungen anscheinend seine Bundzeremonie verhagelt.«

»Dann setzen wir besser einen Vertrag auf, um das seelische Gleichgewicht des Dreizehnten wiederherzustellen«, schlug Senius mit einem Augenzwinkern vor. »Und wir nennen ihn ›Das Konkordat der Schlafgewänder‹.«

Alle Herrscher verfielen in schallendes Gelächter, und der amüsierte Ahren bemerkte, dass Likis, ohne zu zögern, mit einstimmte. Sein Freund hatte sich deutlich verändert, seit Ahren ihn in Tiefstein mit seinem frischen Titel zurückgelassen hatte! Ob Likis dies im Gegenzug auch von Ahren behaupten würde?

»Wir sollten uns damit beeilen«, sagte Quin-Wa und ihre Augen blitzten geradezu spitzbübisch auf. »Man stelle sich vor, wie sehr es Uldini ärgern würde, wenn er an einem der wichtigsten Verträge Joraths mit keinem Wort hat mitwirken können.« Sofort herrschte reges Getuschel, als sich die fünf gekrönten Häupter vorbeugten, um einen Vertrag auszuhandeln, der Ahren nachdrücklich und endgültig von jedweder Thronfolge ausschloss.

»Wollen wir ein wenig an die frische Luft gehen?«, fragte Sunju indessen. »Ich könnte dich über die Neuigkeiten der letzten Monde informieren, wenn du willst.«

Ahren nickte und gemeinsam mit der bleichen Frau trat er vor die Behausung, wo er sich auf die Kante des Tuchweges setzte und seine Beine ins Leere baumeln ließ. »Wo sind eigentlich Culhen und Sonnenschimmer?«, fragte er, als er mit einem leichten Stich der Schuld zum ersten Mal seit seinem Erwachen aus Jelninolans Zauber an seinen geliebten, treuen Wolf dachte.

»Wo wohl?«, fragte Sunju schmunzelnd. »Sie halten untereinander Kriegsrat. Außerdem werden sie bestimmt Kamaluq willkommen heißen, und Sonnenschimmer will natürlich mit ihren Eiern angeben, die in diesem Moment sicher in einem Nistplatz auf den Hängen von Tausend Hallen ruhen, bewacht von drei Dutzend schwer gepanzerter Zwerge.«

Ahren musste lächeln. Die Elfen des Immergrüns hatten mit einem speziellen Tiersegen für Sonnenschimmer dazu beigetragen, dass die Rukh nicht aussterben würden. Ahren nahm sich vor, dies bei all seinem Ärger über die respektlose Behandlung Jelninolans nicht zu vergessen. Hinter sich hörte er das Lachen von vielen Herrschern und einer Kaiserin aus dem Gästehaus hervorbrechen. »Sie wirken so anders«, sinnierte er.

»Wegen dir«, sagte Sunju lächelnd und setzte sich neben ihn. »Die Allianz der freien Völker ist gesichert. Sie sehen sich nicht mehr als Rivalen, sondern als Teil eines sehr exklusiven Trinkgelages.«

Ahren schmunzelte. »Du übertreibst.«

»Ein wenig«, gestand Sunju. »Die Wahrheit ist, dass zwischen den Reichen vieles einfacher geworden ist. Wofür es früher jahrelange Verhandlungen gebraucht hätte, wird nun mit einem Handschlag und wenigen Worten geregelt.« Sie sah ihm tief in die Augen. »Du hast ihnen gegenseitiges Vertrauen zum Geschenk gemacht und glücklicherweise nutzen sie dies in vollen Zügen.«

»Nichts eint so sehr wie ein gemeinsamer Feind«, sagte Ahren leise und ließ seinen Blick zu der bereits über die Wipfel des Waldes lugende Sonne schweifen. »Du hast Neuigkeiten zu berichten?«, fragte er drängend. »Dann heraus damit. Aber bitte fasse dich kurz, Khara erwartet einen herausgeputzten Galan zur Mittagszeit.«

»Ich wette, wenn du nicht kommst, findet sich umgehend ein anderer«, scherzte Sunju.

»Nicht witzig«, brummte Ahren. »Nach den Ereignissen im Grünen Meer will ich diesen Bund endlich vollziehen. Nachdem uns selbst die Götter mit einer Seelenverwandten in die Quere kamen, wer weiß, wer noch versuchen wird, uns Steine in den Weg zu legen?«

Wieder erklang Gelächter von den Herrschern herüber. »Zumindest die politischen Hindernisse werden in diesem Moment aus dem Weg geräumt«, sagte Sunju beruhigend. »Und wenn irgendwer sonst mutwillig euren Bund verhindern will, muss er an mir vorbei«, fügte sie überraschend feurig hinzu. »*Niemand* stört die Zeremonie meiner Cousine.«

Ahren lächelte dankbar. »Also, was bringst du für Neuigkeiten?«

»Natürlich«, sagte Sunju entschuldigend und rieb sich mit den Händen über das Gesicht. »Ich habe die gesamte Nacht gekrönte Häupter bewacht, meine Konzentration ist nicht mehr die beste.«

»Gibt es etwas über diese seltsamen Doppler zu berichten?«, fragte Ahren und sie nickte. Anscheinend war er mit seiner Sorge vor den geheimnisvollen Attentätern nicht allein.

»Es gibt sogar Sichtungen«, sagte sie. »Zweimal haben sich die Tore der Obsidianfeste in den letzten Wochen geöffnet und zweimal führte *Hass* einen Sturmangriff an, den wir nur mühsam zurückschlagen konnten.«

»*Hass*?«, fragte Ahren.

»So heißt der hässliche Doppler auf dem Finsterbären, den ihr während der Erschaffung der Feste vertrieben habt«, erklärte Sunju. »Er redet gerne, während er Soldaten abschlachtet. Anscheinend nennen sich diese Doppler ›die Kinder des Dunklen Gottes‹.«

Ahren erschauderte. Es erschien im passend, dass diese Monstrositäten behaupteten, eine Blutsverwandtschaft zu dem Widersacher aufzuweisen. »Wozu diese beiden Angriffe?«, fragte er. »Er konnte unmöglich hoffen, durchzubrechen.«

»Um uns einzuschüchtern«, sagte Sunju. »Und um unter den überlebenden Soldaten den Hass auf ihn zu schüren. Du hast ja bereits am eigenen Leib erfahren, dass Hass ihn stärker werden lässt.«

Ahren schluckte seine eigene Wut hinunter. »Weißt du noch mehr über diese Kinder?«, fragte er. Je schneller dieses Thema hinter ihm lag, umso besser.

»Sie werden stärker, wenn eines von ihnen fällt«, sagte Sunju, und Ahren riss erstaunt die Augenbrauen hoch. »Ich habe mit Jelninolan gesprochen, als sie heute Nacht von ihrem Treffen mit dir zurückkam. Es besteht kein Zweifel: Nachdem du den Doppler, der dem Nekromanten half, getötet hattest, stürmte *Hass* zum ersten Mal aus der Obsidianfeste hervor. Als Uldini den Mörder von Feuer-im-Blick vernichtete, zog *Hass* ein zweites Mal in die Schlacht.« Sie seufzte. »Jedes Mal war er stärker und zäher. Tödlicher.«

Ahren fuhr sich mit der Hand über das kurz geschnittene Haar. »Wenn wir einen von ihnen töten, stärken wir den Rest«, wiederholte er die schlechten Nachrichten. »Wissen wir denn, wie viele es sind?«

Sunju schüttelte den Kopf. »Nicht genau. Es gibt Gerüchte über einen großen Schatten, der vor einigen Monden über den Wolken gen Süden zog und dann noch über sinnlose Bluttaten im Norden des Ewigen Reiches. Die Alten schätzen, dass es neben *Hass* zwischen zwei und vier weitere Kinder geben könnte.«

Ahren ließ seinen Kopf kreisen, um seinen verspannten Nacken zu lockern. »Hast du auch gute Nachrichten für mich?«, fragte er.

Sunju nickte. »Der Ring hält. Wenn man von den beiden verheerenden Angriffen durch *Hass* absieht, sind die Verluste unter den Verteidigern ausgesprochen gering. Zudem haben die Clans des Grünen Meeres im Westen Joraths bereits erste Erfolge bei der Sicherung unserer Nachschublinien erzielt. Fäuste-wie-Eisen gibt einen hervorragenden Kriegshäuptling ab.«

Ahren blinzelte überrascht, nickte dann aber nachdenklich. »Er führt die Clans also während des Krieges an?«, fragte er, und Sunju senkte zustimmend den Kopf. »Eine gute Entscheidung. Sie hätten keinen Besseren auswählen können.«

»Die Alten verstärken unter Akkads Anleitung den Ring mit Zauberbannen und auf dein Geheiß hin wird Tiefstein weiter ausgebaut. Zwergische Baumeister und Akkads Zauberkunst haben in Rekordzeit eine Burg entstehen lassen …«

»Oh nein«, sagte Likis da entschieden und trat aus dem Zelt. Sein elfisches Nachtgewand flatterte im Wind um seine dünnen Beine, sodass er aussah wie die magere Version eines Gespenstes aus einer Kindergeschichte und nicht wie der Reichsverweser von Hjalgar. »Über mein Reich berichte ich selbst, vielen Dank.«

Sunju nickte und erhob sich. »Wie Ihr wünscht«, sagte sie mit einem Augenzwinkern und ging zurück zu den anderen Monarchen.

Sofort ließ Likis sich neben Ahren plumpsen und schlenkerte ausgelassen mit den Beinen. »Was für ein Ausblick«, sagte er grinsend. »Jetzt verstehe ich, warum du dich ständig in den entferntesten Winkeln Joraths herumtreibst.«

»Steh du mal bis zu den Haarspitzen in den giftigen Dämpfen eines Hochfang-Schamanen, den du unter Einsatz deines Lebens in seiner Höhle zur Strecke bringen musst«, brummte Ahren. »Danach reden wir noch mal über schöne Aussichten.«

Likis lachte laut. »Du kannst dich ja mal an der Herausforderung versuchen, einhunderttausend Männer und Frauen am Ring mit Nahrung zu versorgen, ohne dass es zu einem Aufstand kommt«, erwiderte der listig dreinblickende junge Mann. »Und ohne dass dir das Korn auf dem Weg zum Ring verfault. Und ohne dass dir die Händler im Gegenzug für das viele Essen die Schatzkammer leeren. Und –«

»Schon gut, schon gut«, sagte Ahren und hob ergeben die Hände. »Ich jage weiter Paladinen nach, du kümmerst dich um deine Zahlen, die du so liebst.«

»Wenn es nur Zahlen wären«, sagte Likis ernst. »Ohne Reichsmarschallin Falagarda wäre ich restlos verloren. Sie hält mir all jene Bürgermeister vom Leib, die nur das Wohl ihrer eigenen Stadt im Sinn haben, weil sie denken, sie leben weit genug vom Ring entfernt.«

»Sie wurde als Reichsmarschallin eingesetzt?«, fragte Ahren überrascht.

Likis nickte. »Dies gelang mir mittels der Fürsprache des Ersten. Es gab zwar ein paar Gegenstimmen, da sie keine Hjalgarerin ist, doch das Problem habe ich gelöst, indem ich ihr ein wenig Land zugesprochen habe.« Er streckte sich und Ahren sah, wie sein Freund die frische Morgenluft tief in seine Lungen sog. »Ah, dieser Elfenwald ist wirklich belebend«, warf der dürre junge Mann ein. Dann sah er den ungeduldigen Blick, den Ahren ihm zuwarf, und fuhr fort. »Jedenfalls hat der Erste noch ein Machtwort gesprochen und danach gab es keine Gegenstimme mehr. Und Falagarda macht ihre Sache ausgesprochen gut.«

»Erzähl mir weiter von Tiefstein«, bat Ahren, dem die Zeit davonlief. Er wusste, er sollte sich langsam auf seine Bundzeremonie vorbereiten, aber solange er nicht alle Neuigkeiten erfahren hatte, würde er sich nicht vollends auf diesen besonderen Tag konzentrieren können. Jelninolans Zauber hatte ihm klargemacht, wie wichtig es war, mit jenen Dingen abzuschließen, die einen fortwährend beschäftigten. Also wollte Ahren alle Gedanken abschütteln, die ihn bei seinem Bund mit Khara stören könnten. Doch dazu musste er wissen, dass die Welt sich auch ohne sein Zutun weiterdrehte.

Likis schaute zum wolkenlosen Himmel empor. »Lass mal überlegen … du bist seit den Kentauren fort …«, grübelte er. »Seitdem ist so viel passiert.« Er hob eine Hand und begann die Veränderungen an seinen Fingern abzuzählen. »Du erinnerst dich an die Große Stadtmauer? Nun, davon haben wir jetzt zwei. Zwischen der alten um den Stadtkern und der neuen ist ein gänzlich neuer Stadtteil entstanden, den wir Neustadt nennen. Dort leben hauptsächlich die Familien der erfahrenen Soldaten. Dann ist da natürlich noch die Burg, die die Zwerge und Akkad in Windeseile errichtet haben. Die hat ganz schön für Wirbel gesorgt, da sie unbedingt im Zentrum der Stadt erbaut werden sollte, um den darin lebenden Seelenverwandten höchstmöglichen Schutz vor Eindringlingen zu bieten. Der alte Marktplatz wurde dafür geopfert, ebenso wie ein paar der umliegenden Gebäude.«

Ahren versuchte sich all diese Veränderungen vorzustellen, scheiterte jedoch. Sobald er vor seinem geistigen Auge das neue Tiefstein zusammenzufügen versuchte, blieb von seiner alten Heimat nichts mehr übrig.

»Weißt du, wie wir die Burg genannt haben?«, fragte Likis indes mit einem Augenrollen. »Hochstein.« Er schüttelte genervt den Kopf. »Ich liebe unser Volk, aber gute Namensgeber finden sich nicht darunter. Übrigens sind sowohl die ersten Nachtsoldaten als auch die ersten Seelenverwandten auf der Burg eingetroffen. Das Herz Tiefsteins gleicht nun einer zweiten, streng abgeriegelten Stadt.«

»Ist irgendetwas übrig?«, fragte Ahren melancholisch. »Vom alten Tiefstein, meine ich?«

Likis legte den Kopf schief und sah seinen Freund nachdenklich an. »Nicht viel«, gestand er. »Die Kentauren haben damals ganz schön viel beschädigt und du weißt ja, die ursprünglichen Häuser waren nie besonders stabil. Die alte Hauptstraße gibt es noch. Und das alte Bürgermeisterhaus. Das dient jetzt als Lagerschuppen.« Likis nestelte an seinem Nachtgewand herum. »Dort bewahre ich meine Waren auf. Auch wenn ich inzwischen Reichsverweser bin, habe ich mein altes Geschäft behalten und lasse es von vertrauenswürdigen Tiefsteinern weiterführen.«

Ahren nickte und schloss für einen Moment die Augen. Es schien ihm, als habe er in seinem Bemühen, Tiefstein zu retten, den Ort, den er kannte, für immer verloren. Wenigstens war an dessen Stelle eine prächtige Stadt gewachsen, auch wenn sie alle Zeichen des Krieges trug. »Und wie geht es dir?«, fragte Ahren zaghaft. Es passte gar nicht zu seinem Freund, nicht über sich selbst zu reden.

»Viel Arbeit«, sagte er knapp mit einem Achselzucken. Als Ahren ihn daraufhin argwöhnisch ansah, breitete sich ein zufriedenes Grinsen auf dem schmalen Gesicht des Reichsverwesers aus. »Lina und ich sind jetzt ein Paar«, platzte es ihm heraus. »Wir werden noch vor dem Winter den Bund eingehen.«

»Du und Lina?«, echote Ahren ungläubig.

Likis' stolzes Grinsen reichte jetzt beinahe von Ohr zu Ohr. »Wenn du eine Prinzessin dazu bekommst, den Bund mit dir einzugehen, dann darf ich doch wohl einer atemberaubenden Hüterin den Hof machen, oder?«, fragte er schelmisch. »Oh, sie hat übrigens vor einem Mond ihre erste Heilung mittels Gebet durchgeführt. Die alte Hanja sagt, das läge an der Schwangerschaft.«

»Schwangerschaft?«, hakte Ahren ungläubig nach.

Likis krähte beinahe vor Vergnügen. »Du klingst wie ein Papagei«, sagte er lachend. »Und zwar wie ein ziemlich dummer.«

»Was weißt du denn schon von Papageien?«, brummte Ahren, der verwundert feststellte, wie schnell die Welt, in der er aufgewachsen war, sich ohne ihn verändert hatte. Da seine gesamte Aufmerksamkeit stets dem Ring und der Allianz der Völker galt, war ihm vollkommen entgangen, dass sich auch die kleinen Dinge des Lebens weiterentwickelten. »Du und Lina«, sagte er schließlich und stieß die Luft in einem überwältigen Keuchen aus. »Das ist toll«, sagte er und legte Likis einen Arm über die Schultern. Die beiden Freunde sahen einander an und die Zuneigung eines ganzen Lebens lag in diesem Blickwechsel. Dann grinste Ahren. »So weiß ich jetzt wenigstens, dass irgendwer mit Verstand ein Auge auf dich hat. Ganz Hjalgar kann in diesem Winter erleichtert aufatmen, dass sein Reichsverweser endlich dem klugen Rat einer bodenständigen Frau untersteht.«

Likis schnaubte, widersprach aber nicht.

»Heda, Hjalgar!«, erscholl ein Ruf aus dem Inneren des elegant geknoteten Pavillons. »Wir brauchen dich für den Vertrag. Schnell, bevor Uldini auftaucht und uns den Spaß verdirbt.«

Likis verzog das Gesicht in einer gespielten Grimasse des Unbehagens. »Dieser Senius. Er hat so viel Freude daran, dass wir uns so gut verstehen, dass er uns bei unseren Reichsnamen ruft.« Er erhob sich. »Es liegt wohl daran, dass er sich endlich mal nicht mit widerspenstigen Baronen rumschlagen muss.« Ahren stand ebenfalls auf und umarmte seinen Freund. »Puh«, machte der und wedelte mit einer Hand vor seiner Nase herum, als Ahren ihn endlich freigab. »Du solltest dich dringend waschen. Wenn du derart riechend vor Khara erscheinst, lässt sie dich höchstens den Bund mit einem Stinktier eingehen – falls sie eines findet, das keinen Geruchssinn hat.«

Ahren sah seinem Freund nach, der wieder im Pavillon verschwand, und lauschte den aufgeregten Rufen der versammelten Monarchen. Sunju hatte nicht übertrieben: Es klang wirklich, als würden Saufkumpane den nächsten Streich aushecken. Ahren lächelte. Je besser die Beziehungen zwischen den Herrschern in einer Zeit der Krise waren, umso schwerer würde es ihnen nach dem Krieg fallen, zu ihren alten Gewohnheiten der Abschottung und Grenzkonflikte zurückzukehren. Mit ein wenig Glück würde die Allianz der Völker Joraths länger überdauern als bis zum Sieg über den Widersacher.

Mit diesem aufmunternden Gedanken machte Ahren sich auf den Weg, um sich in den besten Galan aller Zeiten zu verwandeln.

Annehmbar, lautete das vernichtende Urteil Culhens, als Ahren am späten Morgen unter den Blättern des Eathinian vor den Wolf trat, keine hundert Schritt von der Bundfichte entfernt, jenem Baum, den die Elfen für die Zeremonie hatten wachsen lassen. *Ich sehe da mindestens zwei Falten in deinem Wams und warum hast du deine Rüstung nicht angelegt?*

Weil ich nicht in den Krieg ziehe, sondern den Bund eingehe, erwiderte Ahren fest.

Laut einigen Soldaten, die ich belauscht habe, sind Bund und Krieg einander ähnlicher, als so mancher denkt, warf Culhen schelmisch ein.

Ahren strich noch einmal über sein weißes Wams aus Elfentuch, das er in seinem Pavillon vorgefunden hatte und das offensichtlich von meisterlichen Zauberwebern eigens für ihn erschaffen worden war. Es passte perfekt und wies zu Ahrens Überraschung keine einzige Naht auf. Sein Bart war frisch gestutzt, seine Haare gewaschen und geschnitten und zur Feier des Tages trug er ausnahmsweise weder Waffen noch Rüstung. Kurz hatte er überlegt, sich gegen einen potenziellen Attentäter zu wappnen, diesen Gedanken dann aber schnell wieder verworfen. Schließlich befanden sie sich im gesegneten Inneren des Eathinian und seine Eiswölfe hielten ebenso Wache wie die Wipfelläufer der Elfen. Nicht zu vergessen die Zauberbanne, die Jelninolan und Uldini im Laufe der vergangenen Woche gewoben hatten.

Sollen wir aufbrechen?, fragte der nervöse Paladin seinen Wolf, doch der blieb Ahren im Weg stehen.

Erst, wenn wir Mirilan *hören*, erinnerte ihn das Tier beruhigend. *Du weißt schon. So wie besprochen.*

Ahren nickte benommen. Jelninolan hatte ihn während des Umkleidens mit einer Fülle an Instruktionen überschüttet, von denen jedoch nichts hängengeblieben war. Jeder Schlachtplan war leichter zu merken als die verschlungenen Regeln, auf die er während der Zeremonie zu achten hatte. *Am besten, du sagst mir einfach, wann und wo ich was und wie zu tun habe*, sagte er seinem Wolf.

Also alles wie immer, lautete die selbstgefällige Antwort.

»Du siehst aus, als müsstest du gleich einem furchterregenden Dunkelwesen gegenübertreten – und das vollkommen unbewaffnet und nur mit einem Hauch Elfentuch am Leib«, ertönte Falks amüsierte Stimme hinter ihm, und Ahren wirbelte herum. Der herausgeputzte alte Paladin hatte eine fröhliche Miene aufgesetzt und in seinen Augen glomm ein kaum zu übersehender Stolz. »Bist du bereit?«, fragte er und in diesen sanft gesprochenen Worten lagen alle guten Wünsche dieser Welt verborgen.

Ahren nickte, dann wurde ihm die Kehle plötzlich eng. Endlich war es so weit. Er würde den Bund mit Khara eingehen! Nach all den Hindernissen und Umwegen, die sie hatten in Kauf nehmen müssen. Kharas Rückzug in die Leere. Sein innerer Kampf mit Meng-Un und die darauffolgende Genesung. Und schließlich Singt-im-Sattel und die Götter selbst. Hoffentlich ging auf den letzten Schritt nichts mehr schief. Ahren spürte Panik in sich aufwallen.

Ruhig. Culhen war sofort zur Stelle und drückte seinen Schädel sanft gegen Ahrens. *Wir passen auf, dass nichts geschieht.*

Falk lachte warm, als er Ahrens aufwallende Furcht erkannte. »Mach dir nichts draus, das geht jedem so vor der Zeremonie.« Er legte grinsend den Kopf schief. »Wenn nicht gerade ein mies gelaunter Drache in die Feierlichkeiten platzt, der uns alle mit seinem Feueratem rösten will, solltet ihr zwei endlich ungehindert den Bund eingehen können.«

»Das ist nicht hilfreich«, grollte Ahren nervös. »Wann können wir endlich anfangen?«

»Es wird gleich so weit sein«, beruhigte ihn Falk. »Sei lieber froh, dass ich Trogadon und den anderen ausgeredet habe, hier mit dir zusammen zu warten. Du wärst vor lauter Frotzeleien noch schreiend davongelaufen.«

»Danke«, sagte Ahren aus tiefstem Herzen.

Falk zuckte mit den Achseln. »Dafür wirst du dir ihre Kommentare halt hinterher anhören müssen.«

Ahren schloss ergeben die Augen. »Natürlich«, murmelte er.

Es gibt Schlimmeres als eine Handvoll Freunde, die sich für dich freuen, gab Culhen zu bedenken und erzeugte in Ahrens Geist das Bild eines Wolfsrudels, das schläfrig und vollgefressen im Schnee dalag, die

Körper eng aneinandergedrückt, um Wärme und Nähe zu teilen. Ahren musste lächeln und schmiegte sich an Culhen.

Vorsicht, du zerknitterst dein Wams.

Ahren trat erschrocken zurück und strich hastig den Elfenstoff mit den Händen glatt, als das Fiedelspiel Jelninolans ertönte. Eine leichte, getragene Melodie voller verspielter Höhen und sanfter Tiefen drang an sein Ohr und sein Herz schlug ihm plötzlich bis zum Hals. »Es geht los«, hauchte er.

Falk nickte feierlich und trat neben ihn.

Oh, wie schön, entwich es Culhen, der sich vor den beiden Paladinen in Position brachte, um sie anzuführen. *Und jetzt bitte schon würdevoll dahinschreiten und bloß nicht stolpern*, wies er Ahren an, der kaum noch zu einem vollständigen Gedanken fähig war.

Gemessenen Schrittes setzte der Wolf sich in Bewegung, Falk und Ahren folgten ihm Seite an Seite. Gemeinsam bogen sie um ein großes Gebüsch und trafen von links auf die Lichtung vor der Bundfichte, während eine ähnliche Prozession, bestehend aus Khara, Quin-Wa und Muai sich von rechts näherte. Culhen versperrte mit seinem hochgereckten Kopf und seinem aufrechten Gang die Sicht auf die drei, und Ahren fragte sich, ob das Kharas Absicht gewesen war, damit er seine Liebste erst im letztmöglichen Moment zu Gesicht bekam. Also konzentrierte sich Ahren auf das, was er links und rechts von sich sah.

Am nördlichen Ende der Lichtung stand die Bundfichte, ein aus zwei ineinander gewachsenen Blaufichten kreierter Halbbogen, der an dessen Zenit als ein einziger Baum weiter in den Himmel ragte. Davor schwebte ein sichtlich ungeduldiger Uldini und neben ihm stand die atemberaubend aussehende Jelninolan, die mit geschlossenen Augen ihrer Sturmfiedel jene sanften Töne entlockte, die sich wie ein Teppich der Freude über die Anwesenden legten. Die Elfen hatten Sitzgelegenheiten aus Baumstümpfen in ordentlichen Reihen aufgestellt, auf denen sich die Gäste niedergelassen hatten. Während die elfischen Gäste sich dezent in den hinteren Reihen platziert hatten, sah Ahren seine Freunde und die anwesenden Würdenträger auf den vorderen Stümpfen sitzen. Er sah den mit sorgsam geflochtenem Bart geschmückten Trogadon, der tatsächlich ohne seinen Hammer gekommen war und Ahren aufmunternd zuzwinkerte, die strahlende Sunju, die Ahren mit ihrem Blick ihre Zuneigung zeigte, der regungslos dasitzende Lanlion, dem trotz der feierlichen Stimmung die Melancholie ins Gesicht geschrieben stand, und der breit grinsende Likis, der inmitten der anderen Monarchen saß und voller Würde seine Amtskette trug. Der schmächtige, junge Mann schien keinesfalls fehl am Platz zwischen den hochgeborenen Monarchen, und dessen Selbstsicherheit zu sehen, half Ahren, seine eigene innere Balance wiederzufinden.

Es gibt nichts, weswegen du nervös sein musst, sagte er sich selbst. *Du gehst den Bund mit der Frau ein, die du über alles liebst. Davon hast du seit Jahren geträumt.*

Endlich begreifst du es, sagte Culhen erleichtert, während sie langsam weitergingen.

Das bedeutet nicht, dass ich nicht wünschte, dieser ganze Spuk wäre bereits vorbei, antwortete Ahren, woraufhin der Wolf verstummte und stattdessen seine milde Belustigung für sich sprechen ließ.

Schließlich erreichten sie den Mittelgang zwischen den Sitzreihen und bogen in Richtung der Bundfichte ab, sodass Culhen endlich den Blick freigab. Ahren war, als würde die Welt in diesem Moment erstarren, als er Khara in ihrem weißen Kleid aus Elfenstoff erblickte, welches im Sonnenlicht des Eathinian warm und geradezu überirdisch schimmerte. Seine Zukünftige war barfuß, ihre zierlichen Zehen liebkosten den sattgrünen Waldboden und in ihren Händen hielt sie einen kleinen Strauß frischer Blumen, die einen betörenden Duft verströmten. Ihr kunstvoll arrangiertes Haar floss über ihre linke Schulter wie ein Wasserfall und ihre Meisternadel prangte wie ein Fanal ihres Triumphes hoch oben in ihrer Frisur. Die dezent rund um die wunderschönen, dunklen Augen seiner Liebsten aufgetragene Kohle verlieh ihrem Aussehen etwas Mythisches, Geheimnisvolles und für einen Moment dachte Ahren, er würde eine Göttin zur Frau nehmen.

Falk packte den aufkeuchenden Ahren unauffällig am Arm und das Gefühl der Zeitlosigkeit zerbarst. »Immer schön weitergehen«, raunte er ihm zu, während der junge Paladin seine Liebste betrachtete. Khara ging indes hinter der leise schnurrenden Muai her, neben ihr eine selbstbewusst lächelnde Quin-Wa, die aussah, als würde sie gerade vom Jadethron aus Hof halten. Ahren musste sich an das Atmen erinnern, während sein Blick immer wieder zu dem goldenen Gürtel um Kharas

Taille wanderte. Khara war vielleicht keine Göttin, aber er würde den Bund mit einer Prinzessin eingehen. Nie hatte er diese Wahrheit so intensiv empfunden wie in diesem Moment, da die Königin seines Herzens vor ihm stand.

Weniger gaffen, mehr schreiten, erinnerte ihn Culhen indigniert, ohne sich etwas anmerken zu lassen. *Du bist immerhin der dreizehnte Paladin. Prinzessinnen gibt es mehrere, aber dich nur einmal. Also entscheide dich: Erinnere dich entweder all der hochtrabenden Titel, die ihr beide tragt, oder lasse sie einfach weg.*

Ahren befolgte Culhens Rat und konzentrierte sich ganz auf die Frau hinter all dem Glanz. Die Frau, die er liebte und die ihn so sehr liebte, dass sie den Göttern getrotzt hatte.

Beide Prozessionen vereinten sich zu einer, bevor sie gemeinsam in Richtung Bundfichte schritten, Ahren und Khara nun keine Handbreit mehr voneinander entfernt. Er schenkte ihr ein von Herzen kommendes Lächeln, das sie auf atemberaubende Weise erwiderte. Ihr Blumenstrauß zitterte leicht in ihrer Hand, und erstaunt erkannte der junge Paladin, dass die gestandene Schwertmeisterin und Prinzessin des Ewigen Reiches ebenso aufgeregt war wie er. Impulsiv durchbrach er das Protokoll und nahm ihre linke Hand in seine rechte, und beide hielten sich aneinander fast, während sie gemeinsam vor die Bundfichte traten.

Muai und Culhen, die ausnahmsweise keinerlei spielerische Animositäten an den Tag legten, stellten sich einige Schritt voneinander entfernt hinter den beiden zusammengewachsenen Bäumen auf. Falk und Quin-Wa verabschiedeten sich mit einem warmen Lächeln und nahmen ihre Plätze ein, während Selsena und Haminul zusammen mit dem tapsenden Kamaluq aus dem Unterholz kamen und sich mit Culhen und Muai zu einem Halbkreis hinter dem wartenden Uldini vereinten. Schließlich beendete Jelninolan ihr Lied und schlug die Augen auf. Ungeweinte Tränen der Rührung schwammen darin, und Ahren musste schwer schlucken, um sich von diesem Anblick nicht mitreißen zu lassen. Die Elfe schenkte ihnen ein Lächeln und setzte sich dann zwischen Falk und den zappelig wirkenden Hakanu, der seinen Meister mit tellergroßen Augen ansah.

Uldini räusperte sich und ließ mit einer federleichten Bewegung *Flammenstern* hoch über die Köpfe des vor ihm stehenden Paares schweben, wo die Kristallkugel begann, das sanfte Licht des Eathinian in weichen, hypnotischen Mustern zu brechen, die der gesamten Lichtung etwas Unwirkliches, Erhabenes gaben. »Wir sind heute zusammengekommen, um diese beiden Menschen im Bund zu vereinen«, begann Uldini mit kraftvoller Stimme, die viel weniger kindlich klang als sonst. »Khara, Prinzessin des Ewigen Reiches, Ahren, Dreizehnter der Paladine, bitte dreht euch einander zu und sprecht eure Schwüre.«

Ahren verlagerte sein Gewicht und ein Schock durchfuhr ihn. War da ein Schatten zwischen den Bäumen zu sehen, der Khara mit einem Bogen ins Visier nahm?

Alles ist gut, beruhigte ihn Culhen. *Es ist nur ein Wipfelläufer.*

Von außen war sein Zögern kaum zu erkennen gewesen, aber innerlich fühlte Ahren sich bis ins Mark erschüttert. Bis er sich Khara zugewandt hatte, waren ihm ein Dutzend Horrorszenarien durch den Kopf geschossen und wieder vergangen, eines schrecklicher als das andere. Es war, als wollte sein Verstand sich gegen die einfache Tatsache aufbäumen, dass es nun keinerlei Hindernisse mehr zu überwinden, keine Gefahren mehr zu durchstehen gab. Es war endlich so weit. Hier und jetzt würden er und seine Liebste ungestört und unter Freunden den Bund eingehen. Ahren zwang sich, auszuatmen.

Ein wissendes Lächeln umspielte Kharas Mundwinkel, als sie ihm kaum merklich zunickte. »Muai sagt auch, dass alles sicher ist«, hauchte sie so leise, dass nur Ahren sie hören konnte. Wenigstens war er mit seinen Sorgen und Ängsten nicht allein.

Ahren umfasste zärtlich ihre Hände, die den Blumenstrauß hielten, und ließ alle Sorgen und Nöte von sich abfallen. »Khara«, begann er und öffnete sein Herz, so weit er konnte. »Unsere gemeinsame Reise begann in einer finsteren Gasse auf der Königsinsel und führte uns quer und längs durch Joraths Weiten. Stets hast du mich beschützt, gestärkt, ermutigt. Du bist so viel mehr, als ein Paladin sich je von seiner Gefährtin erhoffen könnte. Du bist meine Königin.« Sie lachte gerührt auf, als er ihren Spitznamen mit in seinen Schwur aufnahm. »Ich bin dein, auf ewig, im Bund angesichts der Götter.«

Khara lächelte ihn mit Tränen in den Augen an und auch er selbst musste sich schwer zusammennehmen, damit seine Liebste nicht hinter einem Tränenvorhang verschwamm. »Ahren«, begann sie mit bebender, aber klarer Stimme. »Unsere Reise begann als Fremde und führte uns durch die Tiefen der Verzweiflung in die Höhen gemeinsamen Glücks. Für dich tauchte ich in die Tiefen des Meeres und bot den Dreien selbst die Stirn. Doch hier vor dir zu stehen, war all dies wert. Und müsste ich es noch einmal tun, würde ich nicht zögern. Ich bin dein, auf ewig, im Bund angesichts der Götter.«

»Möge der Segen der Drei über euch wachen«, sagte Uldini feierlich, und in diesem Moment ließ ein Windstoß die Blätter des Eathinian sanft rascheln, so als wollten sie dem Paar einen leisen Beifall schenken.

Ahren versank in Kharas Augen, während sie sich zueinander vorbeugten, und dann verschwand die Welt in einem Strudel der Gefühle, als ihre Lippen sich berührten. Dieser Kuss fühlte sich auf eine instinktive, elementare Weise *richtig* an. Ein Kribbeln schien sich von Kharas Lippen einen Weg durch seinen Körper zu bahnen, das durch seine Hände zurück in die ihren floss. Es fühlte sich beinahe an wie das Sehnen, nur anders. Besser.

Ihre Lippen lösten sich voneinander und langsam begann die Außenwelt für Ahren wieder Formen anzunehmen. Er schwankte leicht, und auch Khara tat einen kleinen Ausfallschritt – und sie hielten einander fest.

So wie es sein sollte.

Plötzlich rauschte Sonnenschimmer dicht über die Bäume hinweg, ihr riesiger Schatten glitt über das Paar und der Rukh stieß einen gellenden Schrei des Triumphs aus, just als er Ahren und Khara passierte. Da waren Culhen und Muai nicht mehr zu halten und sprangen wie zwei Welpen, die ihre Lieblingsleckereien bekommen wollten, um das Paar herum, das nun endlich vor den Augen der Götter vereint war.

6. Kapitel

Ich gratuliere«, sagte Trogadon breit grinsend, als die Welt endlich nicht mehr kopfstand. Der Schmied hielt Ahren in einer Bärenumarmung und der junge Paladin wünschte sich in diesem Moment nichts sehnlicher als seine Bänderrüstung, um seine schmerzenden Rippen zu schützen. Die Glückwünsche der Könige und Kaiser hatte er kaum wahrgenommen, der Segen seines Freundes jedoch ging ihm besonders nahe.

»Danke«, keuchte Ahren, als sein Freund ihn endlich losließ. »Gut, dass ich nur einmal im Leben den Bund eingehe«, sagte er lachend und rieb sich über die Seiten. »Noch so eine Umarmung wäre mein Untergang.«

»Mach mal Platz«, drängelte Falk und schob den Zwerg beiseite. »Hier warten eine Menge anderer Leute darauf, sich im Glanz unseres Traumpaares zu sonnen.«

Trogadon grinste den alten Paladin breit an. »Du willst nur, dass der förmliche Teil vorübergeht, damit endlich gefeiert werden darf«, sagte er launig.

Falk drückte Ahren kaum weniger stark als der Schmied. Anscheinend war der Preis für den Bund mit Khara ein komplett blau gefärbter Brustkorb. »Ich freue mich sehr für euch«, flüsterte Falk voller Wärme und entließ Ahren dann wieder, um sich Khara zuzuwenden. Ahren war sich des leicht dümmlichen Grinsens auf seinem Gesicht durchaus bewusst, konnte aber nichts dagegen tun. Da Khara ähnlich dreinblickte wie er, machte er sich wenigstens nicht allein lächerlich.

Falk wurde von Lanlion abgelöst und der begnügte sich mit einem Lächeln voller Zuneigung und einer kurzen, geradezu sanften Umarmung. »Passt gut auf euch auf«, raunte er und wich dann zur Seite.

Mit einem Mal stand Quin-Wa vor Ahren. Die Ewige Kaiserin musterte ihn von Kopf bis Fuß, als würde sie ihn an diesem Tag zum ersten Mal sehen, und trat dann vor, um ihn in die Arme zu schließen. »Khara hat mir verboten, dich vor der Zeremonie im Privaten aufzusuchen«, flüsterte sie ihm ins Ohr. »Also sage ich es dir jetzt: Wenn du sie schlecht behandelst oder ihr Kummer bereitest, wird der Dunkle Gott dein kleinstes Problem sein.« Sie lächelte ihm noch immer zu, als sie ihn aus ihrer Umarmung entließ, und als Khara ihn fragend ansah, musste sich Ahren zusammenreißen, um sich nichts anmerken zu lassen.

»Du musst dir keine Sorgen machen … Ha-chan«, sagte er leise und genoss den Ruck, der durch Quin-Wa ging, als er die traditionelle Anrede des Ewigen Reiches für die Mutter des Bundpartners verwendete.

»Also daran muss ich mich erst gewöhnen«, sagte Quin-Wa spröde und wandte sich ab.

Zu deiner Beruhigung: Jetzt lächelt sie fast so blöd wie du, warf Culhen ein, der mit einer Mischung aus Selbstgefälligkeit und Ungeduld unter einem hochgewachsenen Gebüsch lag und darauf wartete, dass es endlich etwas zu fressen gab. Ahren konnte spüren, dass sein eitler Wolf sich selbst davon überzeugt hatte, dass der Bund zwischen Ahren und Khara allein ihm zu verdanken war, und obwohl ihm schleierhaft war, wie das Tier darauf kam, war dies eine Diskussion, die er jetzt bestimmt nicht führen wollte. Ihm fiel auf, dass unter den Gratulanten Jelninolan fehlte, doch dann stand ihm und Khara auch schon der ungewohnt schüchtern wirkende Hakanu gegenüber, der ihnen linkisch die Hand reichte. Ahren sah, dass auch seine Liebste sich suchend umblickte, doch sie waren noch eine Weile damit beschäftigt, die Glückwünsche zahlreicher ihnen unbekannter Elfen entgegenzunehmen, darunter eine Vielzahl schüchtern dreinblickender Elfenkinder.

Nach einer Weile traten Jelninolan und Uldini tuschelnd wie die Göttertagsschüler hinter einem der großen Baumstämme hervor, ein mit Elfentuch eingehülltes Objekt in den Händen der Priesterin. Ahrens Neugier half ihm dabei, die letzten guten Wünsche der ihm fremden Elfen über sich ergehen zu lassen, und an Kharas subtiler Gewichtsverlagerung von einem Bein auf das andere erkannte er, dass auch sie sich fragte, was für eine Überraschung sich die beiden für sie überlegt hatten. Die Mienen der nun vor ihnen stehenden Alten ließen auf eine große Ankündigung schließen.

»Wir haben lange gegrübelt, was die Göttin uns mit dem Elfentrug in ihrem Teich sagen wollte«, begann Jelninolan und zog das helle Tuch beiseite, woraufhin ein milchig weißes Armband zum Vorschein kam, das auf einem kleinen, dunklen Kissen lag. »Uldini, Lanlion und ich haben ausgiebig über die weitestgehend unbekannten Merkmale dieses Materials diskutiert und sind dabei auf eine bemerkenswerte Eigenschaft gestoßen.« Die Elfe hielt das Kissen mit dem Armband näher an Khara heran und ein kaum wahrnehmbares Vibrieren durchlief das Schmuckstück.

Khara runzelte die Stirn. »Seid ihr drei deswegen so häufig um mich herumgeschlichen und habt dabei vor euch hingemurmelt?«, fragte sie verdutzt. Ahren hatte davon nichts mitbekommen, aber er war auch zu sehr mit Hakanus Ausbildung beschäftigt gewesen.

»Das würde ich anders ausdrücken«, sagte Uldini verschnupft. »Das waren hochmagische Rituale zur Abklärung der –« Er unterbrach sich, als Jelninolan ihn streng ansah.

»Jedenfalls«, sagte die Elfe und hielt Khara das Kissen hin, »haben wir zusammen mit den Zauberwebern des Eathinian ein Bundgeschenk für euch – oder besser gesagt für Khara gefertigt.«

Die Schwertmeisterin nahm das Armband entgegen und drehte es musternd im hellen Sonnenlicht hin und her. »Es sieht so anders aus als der Klumpen aus dem Teich. Und ist viel leichter.«

»Weil es viele Zauber durchlief«, erklärte Jelninolan. »Wir mussten bestimmte Aspekte des Metalls verstärken und andere … herauslösen. Was du nun in Händen hältst, ist der Teil des Elfentrugs, der besonders empfänglich für eine ganz bestimmte Form von Magie ist.« Sie sah erst Ahren und dann Khara einige Herzschläge lang an. »Und zwar für jene Magie, die die Paladine in sich tragen.«

»Was soll das heißen?«, fragte Ahren. »Uldini sagt immer zu mir, ich bin so magisch wie eine Teetasse.«

»Und ich danke den Göttern dafür«, murmelte der Alte inbrünstig.

Jelninolan bedachte Uldini wieder mit ihrem strengen Blick. »Was ich meine«, sagte sie, nachdem der Alte verstummt war, »ist das Verbinden eurer Göttersegen zu etwas Größerem, durch den stummen Ruf, den ihr aussendet, wenn andere Paladine in der Nähe sind.«

Ahren nickte verstehend. Wann immer mehrere Paladine beieinander waren, schien es ein geheimes Echo zu geben, das nur sie hören konnten und das sie zusammenschweißte. Er hatte den Effekt das erste

Mal intensiv auf der Königsinsel erlebt und seitdem erschien er ihm so natürlich wie das Atmen oder der eigene Herzschlag.

»Und wie genau nutzt dieses Armband nun diese Verbindung zwischen uns Paladinen?«, fragte er.

»Es funktioniert wie ein Leuchtturm und ein Spiegel gleichermaßen«, sagte Uldini voller Stolz. »Kharas Armband gaukelt euren Segen vor, sie wäre ebenfalls ein Paladin. Deswegen wird sie von nun an in den Stärkungseffekt mit einbezogen und reflektiert ihn gleichzeitig zurück.«

Ahren war sich nicht ganz sicher, ob er verstand, und Trogadon fasste seine eigenen Zweifel wortgewandt zusammen.

»Hä?«, fragte der Schmied.

Uldini rollte gereizt mit den Augen. »Je mehr Paladine vor Ort sind, umso mehr wird Khara gestärkt, ohne dass sie deren Verbindung schwächt.«

Khara legte das Armband mit Ehrfurcht in den Augen an und nahm dann Ahrens Hand. Er hatte das kaum merkliche Gefühl, als würde eine unsichtbare Kraft aus ihm selbst heraus in ihren Körper fließen und dann wieder in seinen Körper zurückkehren.

»Fühlt sich seltsam an«, sagte Khara verunsichert. »Es erinnert mich ein wenig an das Gefühl, das ich in der Wiege empfand, als mich die Götter berührten.«

Jelninolan horchte bei diesen Worten sichtlich auf, sagte jedoch nichts, sondern sah Khara nur intensiv an.

»Du gewöhnst dich daran«, sagte Ahren nachdenklich. Offensichtlich war Khara von den Göttern nicht in seine Seelenverwandte verwandelt worden und ein Paladin war sie auch nicht. Aber irgendetwas war in ihr erweckt worden, das jetzt mit dem Armband reagierte.

»Danke für dieses kostbare Geschenk«, sagte die Schwertmeisterin an Uldini und Jelninolan gewandt.

»Möge es dich in den vielen dunklen Stunden, die noch vor uns liegen, schützen«, warf Lanlion ein, der noch schwermütiger wirkte als sonst. »Die Götter wissen, du wirst es brauchen.«

Ahren überlief ein Frösteln, so als hätte der Blutleere soeben eine Prophezeiung ausgesprochen, doch der Moment war vorbei, als erst Jelninolan und dann sogar Uldini ihn herzlich umarmte.

So, das waren jetzt alle, kommentierte Culhen ungeduldig das Geschehen. *Können wir bitte endlich etwas essen?*

Die Elfen feierten einen Bund ebenso harmonisch und gesittet wie jedes andere Fest, das im Eathinian stattfand. Jedenfalls erinnerten ihn die Honigpasteten und die kleinen, aber feinen Braten aus verschiedenstem Wildbret an die Siegesfeier anlässlich des Erringens *Tanentans* vor so vielen Jahren. Nur waren diesmal Dutzende dichtgewebte, drei Schritt breite Decken aus Elfentuch um einen idyllischen Teich herum ausgebreitet worden, auf denen die Feierenden Platz nahmen, wenn sie nicht am Ufer oder zwischen den Bäumen lustwandelten. Es gab erlesenen Wein in Hülle und Fülle, der leicht harzig schmeckte und von den Bewohnern dieses Teils des Immergrüns aus den Zapfen der hier wachsenden Tannen hergestellt wurde.

»Also, eines muss man den Elfen lassen«, sagte Trogadon genüsslich schmatzend. »Sie verstehen es wirklich, aus den seltsamsten Dingen Alkohol herzustellen: Würmer im Süden, Tannenzapfen im Norden.« Der Zwerg hatte seinen Kopf mit dem mittlerweile wüst aussehenden Haar auf Jelninolans Schoß gebettet und starrte zu den Sternen hinauf. Ahren hingegen saß dicht an Khara gelehnt auf der gegenüberliegenden Seite der Decke und sah dem hypnotischen Spiel der Glühwürmchen zu, die über dem seichten Teich ihre Bahnen zogen. Der Tag war unter den Eindrücken der Bundzeremonie und bei reichlich Speis und Trank im Beisein der engsten Freunde derart schnell vergangen, dass er sich hier unter den Bäumen des Immergrüns fragte, wie es sein konnte, dass die Nacht schon Einzug gehalten hatte.

»Hätte ich meine Klingen hier, würde ich gerne in diesem See tanzen«, sagte Khara verträumt.

»Wenn du willst, hole ich sie dir«, bot Ahren an.

»Morgen ist auch noch ein Tag«, sagte sie und kuschelte sich an ihn. »Außerdem werde ich mich dann in seinen Tiefen austoben können, während ich Hakanu trainiere.«

Ahren rutschten die Augenbrauen nach oben und er sah zu dem Jungen hinüber, der gerade versuchte, ein paar Elfenmädchen mit zweifellos erfundenen Heldentaten zu beeindrucken. Seine Worte zeigten immerhin so viel Wirkung, dass er unter der Beobachtung einiger sehr kritisch dreinblickender, sehr erwachsener Elfen stand. Ahren schwante, dass Hakanu heute Abend noch eine wichtige Lektion über den Beschützerinstinkt von Müttern und Vätern lernen würde, und lächelte zufrieden. Diese Erfahrung konnte der draufgängerische Junge ruhig ohne seinen Meister machen. Plötzlich riss ihn ein lautes Fluchen aus seiner Glückseligkeit. Yantilla kam hinter einem Baum hervor, ihr Wams war in großer Unordnung und ihre Augen versprühten Blitze, die eindeutig Ahren galten.

»Vielen Dank, Dreizehnter«, giftete sie wütend. »Danke, dass Ihr mich über Euren Freund Lanlion aufgeklärt habt, *bevor* ich mich wie eine liebeskranke Maid an seinen viel zu kalten Hals geworfen habe.« Ohne Ahren zu Wort kommen zu lassen, stapfte sie davon, über verschwiegene Paladine im Allgemeinen und geheimnisvoll tuende Blutleere im Besonderen schimpfend.

»Ich schätze, sie hat Lanlions Geheimnis auf eine recht intime Weise gelüftet«, sagte Jelninolan mit traurigem Blick.

Ahren drehte den Kopf und erblickte Lanlion, der so von seinem Mantel aus Dunkelheit eingehüllt war, dass er kaum mehr war denn ein Schemen im Dunkel. Er sah der davonstürmenden Yantilla mit einem Blick nach, in dem Ahren eine ungewöhnliche Mischung aus Schmerz und Erleichterung zu erkennen glaubte.

»Ich rede mit ihm«, bot Ahren sich an, aber Jelninolan schob den Kopf des protestierenden Trogadons von ihren Beinen und erhob sich grazil.

»Diese Nacht gehört Khara und dir«, sagte sie bestimmt. »Ich werde mich um Lanlion kümmern.«

»Ich komme mit«, sagte Trogadon weinselig und nahm ohne Umschweife einen Trinkschlauch mit. »Vielleicht können wir ihn ja aufmuntern, indem wir seinen Körper mit Wein statt mit Blut füllen.« Jelninolan zog den Zwerg mit einem liebevollen Lächeln am Bart, und gemeinsam ging das ungleiche Paar hinüber zu dem abseitsstehenden Lanlion.

»Wir haben es geschafft«, flüsterte Khara ihm im nächsten Moment verschwörerisch zu. »Wir sind tatsächlich den Bund eingegangen.«

Ahren musste grinsen. »Ohne einen Dunkelwesenangriff«, flüsterte er zurück.

»Oder Gift im Wein«, kicherte Khara.

»Oder eine donnernde Stimme der Drei, die uns sagt, wir sollen uns gefälligst jemand anderen suchen«, gluckste Ahren.

»Du hattest genauso viel Angst davor, dass noch etwas dazwischen kommt, wie ich, oder?«, fragte die Schwertmeisterin nach einer Weile des Schweigens.

»Und ob«, sagte Ahren. »Während der Zeremonie musste Culhen mich aufhalten, damit ich nicht vor einem Wipfelläufer in Deckung gehe und dich dabei mitreiße.«

»Und Muai stoppte mich, als ich in einem Lichtreflex zwischen den Bäumen ein geworfenes Messer zu erkennen glaubte«, gab Khara belustigt zu.

Ja, ihr beide wart heute noch anstrengender als sonst, ließ sich Culhen vernehmen, der irgendwo zwischen den Bäumen im Dunkeln lag und seinen mit Braten gefüllten Bauch von einer Handvoll Elfenkindern kraulen ließ. Ahren spürte, dass Muai sich an den Wolf gekuschelt hatte, und hörte durch dessen Ohren ihr leises Schnarchen.

»Jetzt sind wir zusammen und nichts wird uns mehr trennen«, sagte Ahren und küsste Kharas Haar.

»Ein schöner Gedanke«, flüsterte sie. Eine Weile saßen sie einfach nur da, dann kam Falk zu ihnen. Sein Gang glich dem eines Matrosen, der seit Monden zum ersten Mal wieder festen Boden betrat. Ahren bemerkte ein gefaltetes Pergament in seiner Hand und dann entdeckte er Sunju, die einige Schritte hinter dem alten Paladin lief und ihn offenkundig im Auge behielt.

»Da sind ja unsere beiden Turteltauben«, sagte Falk mit schwerer Zunge. »Ich schwöre bei den Göttern, die Grüppchen auf diesen Decken sehen im Mondlicht alle gleich aus.«

»Du wolltest den beiden etwas sagen und sie dann in Frieden lassen«, erinnerte Sunju Falk mit warmer Stimme.

»Oh ja«, nickte Ahrens ehemaliger Meister und blinzelte eulenhaft. Dann schlug er flüchtig mit den Fingerspitzen auf das Pergament in seiner Hand. »Onja hat geschrieben.« Er schwankte nun stärker. »Ich bin Vater. Es ist ein Mädchen.« Ahren konnte selbst im Mondlicht Falks schimmernde Augen sehen. »Wir haben eine Tochter.«

Sofort sprangen Ahren und Khara auf und umarmten den alten

Paladin. »Ich gratuliere«, rief Ahren freudestrahlend. »Das ist ein tolles Bundgeschenk, das sie uns da macht.«

Falk deutete auf Sunju. »Sie hatte strikte Anweisung von Onja, mir die Nachricht erst auf der Feier zu übergeben.«

»Onja wollte nicht, dass die Geburt ihrer gemeinsamen Tochter euren Bund in den Schatten stellt«, erklärte Sunju.

»Das ist eine wunderbare Neuigkeit«, sagte Khara lächelnd zu Falk. »Eine höchst willkommene, die uns allen Hoffnung machen sollte.« Sie deutete auf Hakanu. »Die nächste Generation Paladine wächst heran.«

»Die nächste Generation …«, murmelte Falk leise und plötzlich wirkten die Tränen in seinen Augen nicht mehr wie die der Freude. »Kannst du mir eines versprechen?«, fragte Falk Ahren und packte ihn an beiden Schultern.

»Natürlich«, sagte der junge Waldläufer vollkommen überrumpelt von der Intensität in Falks flehendem Blick. »Was immer du willst.«

»Sorg mit mir zusammen dafür, dass wir keine neuen Paladine mehr brauchen«, bat Falk inbrünstig und mit heiserer Stimme. »Dass dieser Krieg ein für alle Mal mit dem Tod des Widersachers enden wird. Dass meine Tochter in Frieden aufwachsen und alt werden darf. Als normaler, glücklicher Mensch.«

Ahren hatte plötzlich einen Kloß im Hals und nickte feierlich. »Wir werden siegen«, sagte er leise, aber entschlossen. »Kein Paladin soll je wieder seine Tochter oder seinen Sohn zu einem Leben voller Gewalt und Krieg verdammen müssen.«

Falk drückte ihn fest und wortlos, dann löste Sunju die Arme des alten Mannes sanft und hakte sich bei ihm ein. »Wo wir gerade von Nachkommen reden: Lass mich dir von Sonnenschimmers Eiern erzählen …«, begann sie in unbeschwertem Ton, und der Paladin nickte, während sie fortgingen.

»Oje«, sagte Khara grinsend. »Jetzt wird der arme Falk noch mehr Wein brauchen. Ich habe Sunjus Vortrag über die Eier des Rukhs schon dreimal gehört. Man könnte glauben, sie würde sie selbst ausbrüten.«

Ahren stieg auf den Versuch seiner Liebsten ein, die Stimmung zu heben, indem er sagte: »Genug Erfahrung hat sie in den südlichen Dschungeln durchaus gesammelt.«

Khara legte einen Arm um seine Hüfte und deutete auf das Ufer des Teiches. »Lass uns noch eine Runde drehen und allen Gästen Gute Nacht sagen«, flüsterte sie. »Und dann ziehen wir uns in unsere Behausung zurück. Was sagst du dazu?«

Ahren nickte feierlich. »Das ist schließlich Tradition«, sagte er in erhabenem Ton. »Und wer bin ich, sich einem solch edlen Brauch in den Weg zu stellen?«

Khara lachte hell und zog ihn mit sich, ihr Schritt verriet dieselbe Ungeduld, die auch er verspürte. Die Nacht war noch lang und sie waren glücklich.

Heute war das Leben schön.

»Wohin gehst du?«, fragte Khara verschlafen im fahlen Licht des neuen Tages, als Ahren sein Wams anzog.

Er lächelte sie an. »Ich will Hakanu eine Lektion erteilen und uns Frühstück besorgen, dann bin ich wieder ganz für dich da.«

Khara nickte und strich sich ihr Haar aus dem Gesicht. »Aber sorg dafür, dass er heute Nachmittag noch Energie übrig hat«, ermahnte sie ihn. »Da wartet nämlich ein Teich auf ihn.«

Ahren gab seiner Liebsten noch einen Kuss, dann trat er aus der Elfenbehausung hinaus in das strahlende Sonnenlicht Eathinians. Ein kräftiger Wind versetzte die Bäume in Bewegung und Ahren genoss den Geruch des unbändigen Grüns um ihn herum. Er atmete tief und zufrieden durch. Als er an diesem Morgen erwacht war, hatte er sich gefühlt, als wäre ein neuer Lebensabschnitt für ihn angebrochen, und er glaubte tief in seinem Inneren, dass dies die Art der Götter war, ihm zu sagen, dass sie seine Verbindung mit Khara billigten. Ein winziger Teil von ihm hatte gehofft, dass während der Bundzeremonie das Sehnen zu ihr einsetzen würde, aber was auch immer die DREI in der Wiege an Khara verändert hatten, seine Seelenverwandte war sie jedenfalls nicht geworden. Dann dachte er an das Armband, das sie seit der Bundzeremonie nicht mehr abgelegt hatte. Wenn er sich auf das Schmuckstück konzentrierte, konnte er beinahe ein sanftes Singen hören, das von ihm ausging, wie der ferne Ruf einer Mutter, die ein Kind nach einem Tag voller Spiel und Lachen zurück in die heimelige Stube rief …

Oh gut, du bist wach, ertönte Culhens Stimme schwach und riss ihn aus seinen Gedanken. *Vielleicht möchtest du zum Teich kommen. Hakanu ist nämlich gerade dabei, sich ein paar Freunde zu machen, die aussehen, als wollten sie gleich mit ihm spielen.*

Ahren setzte sich umgehend in Bewegung und blickte dabei durch Culhens Augen. Ein halbes Dutzend jugendlicher Elfen hatte sich um Hakanu versammelt, der ihnen voller Selbstbewusstsein entgegenblickte. Seine Fäuste waren ebenso geballt wie die ihren, und Ahren war klar, dass ein Kampf unmittelbar bevorstand.

»Verflucht«, knurrte Ahren und beschleunigte seinen Schritt.

Die elfischen Jungen und Mädchen zogen den Ring immer enger um Ahrens Lehrling, ohne dass der Anzeichen von Furcht zeigte. Culhen stand etwa zwei Dutzend Schritt von Hakanu entfernt. *Soll ich eingreifen?*, fragte der Wolf.

Ahren zögerte. Er konnte keine Waffen erkennen und so, wie er die Elfen des Eathinian kennengelernt hatte, war Hakanu in keiner lebensbedrohlichen Gefahr. Hätte er etwas wirklich Schlimmes verbrochen, wäre längst ein Wipfelläufer anwesend. *Weißt du, worum es geht?*, fragte er Culhen und begann nun, die Stoffbahn hinabzurennen. Auf halbem Wege sprang er mit einem ausladenden Satz auf den Pfad eines benachbarten Baumes, weil er wusste, dass er von dort die Strecke zum Teich abkürzen konnte.

Herzenskram, antwortete Culhen gelangweilt. *Heranwachsende Elfen sind wohl genauso empfindlich wie Menschen, wenn es darum geht, wer wem schöne Augen macht.*

Ahren dachte kurz darüber nach, den Wolf loszuschicken, um Hakanu aus seiner misslichen Lage zu befreien, entschied sich dann aber dagegen. *Halte dich bereit, falls die Situation eskaliert*, sagte er. *Warten wir erst mal ab, wie Hakanu sich im Angesicht einer Übermacht verhält.*

Du meinst, wie er sich schlägt, korrigierte Culhen ihn trocken, als Ahrens Lehrling einen Schritt vorwärts tat und den Wortführer unter den Elfen wegschubste. Keine drei Herzschläge später war eine wilde Rauferei im Gange, die nur auf eine Art enden konnte. Hakanu hatte den Teich im Rücken, sodass er nicht zurückweichen konnte, und sechs gegen einen wäre ein Kampf, den sogar Ahren und Khara nur mit viel Glück und unter günstigen Umständen gewonnen hätten. Also kam es, wie es kommen musste: Hakanu küsste nach kürzester Zeit unfreiwillig das Moos des Waldbodens. Nichtsdestotrotz konnte Ahren den Weg bis zur Niederlage seines Lehrlings nur als beeindruckend bezeichnen. Der offensive Kampfstil des Grünen Meeres sowie Hakanus Unerschrockenheit, selbst im Angesicht einer erdrückenden Überzahl, hatte die sechs Elfen überrascht. Drei von ihnen wälzten sich neben dem Lehrling auf dem Boden und hielten sich Gesicht, Magen oder Rippen.

Jetzt, bitte, bat Ahren Culhen, nachdem klar war, dass der saubere Teil des Kampfes vorüber war. Er wollte vermeiden, dass Hakanu Prügel einsteckte, wo er doch bereits am Boden lag. Umgehend schoss der Wolf aus seiner Deckung und ließ ein kurzes Aufheulen ertönen, das die Elfen zurückschrecken ließ. Zufrieden mit dem Effekt seines Auftritts ging Culhen gelassen zu den am Boden liegenden Kontrahenten hinüber und leckte ihnen über Schürfwunden, aufgeplatzte Lippen und lädierte Wangenknochen.

Hakanu rappelte sich als Erster wieder auf und bereitete sich für eine weitere Runde mit den restlichen Elfenvor, doch die entschieden sich nach dem Auftauchen Culhens für einen strategischen Rückzug. Hakanu blickte den Wolf triumphierend an, und zu Ahrens Entsetzen schleckte der ihm freudig winselnd übers Gesicht.

Belohne ihn nicht noch dafür, dass er sich prügelt, schalt ihn der Waldläufer und legte eilig die letzten Schritte zurück, die ihn vom Teich trennten.

Er hat tapfer gekämpft, sagte Culhen schlicht. *Und Mut ist etwas, das er im Übermaß brauchen wird.*

Sein Übermaß an Mut ist genau das, was mir Sorgen bereitet, erwiderte Ahren, während er festen Schrittes auf Hakanu zuging, der seinen selbstgefälligen Ausdruck verbarg, als er die Stimmung seines Meisters erkannte. »Erkläre dich«, sagte er streng, während er die letzte Distanz zu Hakanu überwand.

»Das war nicht meine Schuld!«, begann Hakanu hitzig. »Woher soll ich denn wissen, dass so eine blöde Blume als Geschenk an ein Elfenmädchen etwas anderes bedeutet, als ›Ich mag dich‹! Bei uns im Grünen Meer –«

»Du bist hier aber nicht im Grünen Meer«, schnitt Ahren dem Jungen das Wort ab und unterbrach sich anschließend selbst, um sich zu sammeln. Mit ruhigerer Stimme fuhr er fort: »Andere Völker haben andere Sitten und wenn du mit ihnen auf gutem Fuße stehen willst, dann lerne zumindest die Grundzüge. Die Elfen erwarten von uns nicht, dass wir leben wie sie, daher erwarte auch du nicht von ihnen, dass sie leben wie du.«

Hakanu öffnete protestierend den Mund und zögerte dann. »Das stimmt«, sagte er schließlich lahm.

»Gut«, brummte Ahren. »Unter all diesem Wagemut findet sich also doch ein kleines bisschen Verstand. Dann benutze ihn gefälligst.«

»Ihr seid so weise, Meister«, sagte Hakanu kläglich. »Und ich mache immer alles falsch. Das war schon immer so. Sonst hätte man mir nie diesen Namen gegeben. Dabei gebe ich mir solche Mühe!« Der untypische Gefühlsausbruch des Jungen überraschte Ahren, bis er auf einmal begriff, warum Hakanu derart ungestüm durchs Leben schritt: Seinen Lehrling trieb ein tief sitzendes Bedürfnis an, seinen Wert zu beweisen. Und dieser Drang musste nach der Offenbarung, ein Paladin zu sein, ins Unermessliche gestiegen sein.

Zeit, einige Dinge richtigzustellen. »Komm, lass uns am See ein wenig reden«, sagte er nachsichtig und ließ sich am kühlen Ufer nieder, wo sich platschend einige Frösche vor dem Eindringling in Sicherheit brachten. Er bedeutete Culhen, sich hinter ihn zu legen, und kuschelte sich dann mit dem Rücken in die weiche Flanke des Wolfes. Dann schlug er auffordernd mit der flachen Hand neben sich auf das Moos, damit Hakanu sich zu ihm setzte. Zögerlich ließ der Junge sich ebenfalls in Culhens Fell sinken und seufzte unwillkürlich vor Wonne auf. »So groß wird Kamaluq wohl nie werden, oder?«

Ahren lachte. »Wer weiß?«, sagte er verschmitzt. »Culhen war auch mal so klein wie dein Fuchs.«

Erinnere mich nicht daran, kam der spröde Kommentar des stolzen Tieres.

»Wo ist dein kleiner Freund eigentlich?«, fragte Ahren und sah sich dabei um.

»Bei den Zauberwebern«, erklärte Hakanu. »Sie wollen ihm einen Tiersegen anfertigen, was immer das auch ist.«

Oh, wie schön, freute sich Culhen und stieß ein helles Winseln aus.

»Ein Tiersegen wird Kamaluq beschützen und ihn schneller

wachsen lassen«, erklärte Ahren. »Betrachte es als großes Geschenk der Elfen, dass er einen erhält.«

Hakanu biss sich auf die Lippe. »Dann sollte ich mich wohl besser für die Rauferei entschuldigen, oder?«, fragte er leise. Ahren sah seinen Lehrling so lange an, bis dieser von selbst nickte.

Zeit für eine Prise Wahrhaftigkeit, dachte sich der junge Meister und blickte zum Himmel, während er mit einer Hand geistesabwesend Culhens Fell kraulte. »Ich befand mich einst in einer ganz ähnlichen Situation, weißt du?«, begann er. »Wir waren in den südlichen Dschungeln unterwegs, als es ein Missverständnis um Khara gab, bei dem am Ende ebenfalls die Fäuste sprachen.« Er lachte verträumt. »Dabei hätte ein wenig Spucke ausgereicht, um die Fronten aufzulösen.«

Hakanu starrte Ahren blinzelnd an. »Spucke? Ich verstehe nicht, Meister«, sagte er verwirrt.

Ahren schmunzelte, als er sich selbst wiedererkannte, wie er versuchte, aus den Bruchstücken schlau zu werden, die Falk damals hatte fallen lassen. Also holte er aus und erzählte ausführlich die gesamte Geschichte von den Tauchern des Waldvolkes, die sie auf ihrer Suche nach der Schlafenden Mutter getroffen hatten, und wie er und Khara sich mit ihnen geprügelt hatten, weil sie deren Sitten und Gebräuche nicht gekannt hatten. »Du siehst also, auch dein Meister hat viele Dinge mühsam erlernen müssen.«

Die meisten Dinge, stichelte Culhen, der die Sonne auf seinem Gesicht sichtlich genoss und Ahrens Erzählung mit geschlossenen Augen und heraushängender Zunge gelauscht hatte.

Hakanu wirkte wenig überzeugt, also beschloss Ahren, noch ein wenig mehr von sich preiszugeben. Er erzählte dem staunend zuhörenden Jungen von seiner Heimat Tiefstein, seinem trunksüchtigen Vater und wie drei Pfeile und eine Glocke darüber entschieden hatten, ob Falk ihn als Lehrling annahm oder nicht.

Die Sonne stand schon beinahe im Zenit, als Ahren Khara erblickte, die mit einem Gesicht wie eine Gewitterwolke auf ihn zugerauscht kam. Schuldbewusst erhob er sich und Hakanu tat es ihm gleich. »Noch eine wertvolle Lektion«, raunte der junge Meister dem Knaben zu. »Wenn du versprichst, am Tag nach der Bundzeremonie Frühstück zu holen, lasse dir damit besser nicht bis zum Mittag Zeit.«

»Ihr seid so klug, Meister«, erwiderte Hakanu grinsend, und Ahren ging das Herz auf, als er spürte, dass sein Band zu dem draufgängerischen Jüngling an diesem Morgen wieder ein wenig kräftiger geworden war.

»Hier steckst du also«, schnarrte Khara und baute sich mit verschränkten Armen vor ihrem Bundgemahl auf.

»Es ist alles Hakanus schuld«, sagte Ahren glatt und zeigte auf den verdutzt dreinblickenden Lehrling. »Er musste sich ja unbedingt wegen eines Mädchens prügeln, da kam ich nicht umhin, ihm zu erklären, wie man sich in fremden Kulturen richtig verhält.«

»Den ganzen Morgen?«, fragte Khara lauernd, aber Ahren sah den Anflug von Humor in ihren Augenwinkeln.

Also nickte er mit einem feierlichen Gesichtsausdruck. »Er lernt sehr langsam«, sagte er schlicht, was bei Culhen ein fröhliches Japsen und bei Hakanu ein beleidigtes Aufkeuchen hervorrief.

»Wenn das so ist«, begann Khara, und Ahren konnte sehen, wie ihre Mundwinkel zuckten, »dann werde ich wohl besser gleich mit dem Unterricht beginnen, damit er bis zum Sonnenuntergang zumindest *irgendetwas* lernt.«

»Aber …«, stammelte Hakanu fassungslos, nur um von Khara unterbrochen zu werden.

»Du suchst jetzt deinen Speer und kommst umgehend wieder hierher zurück«, sagte sie streng. »Ich werde langsam anfangen zu zählen, bis du wieder vor mir stehst, und die Zahl, die dabei herauskommt, ist die Anzahl der Liegestütze, die du anschließend absolvieren wirst.« Sie sah den geschockten Knaben einen Herzschlag lang an. »Eins …«

Welche Widerworte Hakanu auch hatte geben wollen, er überlegte es sich anders und rannte los wie von einer Hornisse gestochen. Ahren konnte sich gerade noch zusammenreißen, bis sein Lehrling außer Hörweite war, bevor er mit Khara in schallendes Gelächter ausbrach. Hakanu würde natürlich irgendwann aus der Phase des eingeschüchterten Gehorsams herauswachsen, aber Ahren wollte verdammt sein, wenn er bis dahin nicht jeden einzelnen Augenblick genoss.

»Aua«, stöhnte ein gewisser pitschnasser Knabe, der noch halb mit den Beinen im Wasser des Teiches lag, seinen Speer neben sich in den

Boden des Waldes gesteckt. Der Blick des Lehrlings war unfokussiert gen Himmel gerichtet, und Ahren nahm sich vor, seinen Schützling aus dem Wasser zu ziehen, sollte dieser vor Erschöpfung an Ort und Stelle einschlafen, während er sich von der milden Nachmittagssonne trocknen ließ.

Khara hatte Hakanu im Teich die Grundarten der Angriffs- und Verteidigungsposen durchlaufen lassen und sein Lehrling hatte sich tapfer durchgebissen. Der Kampfgeist des Jungen war unbestreitbar und würde ihm sicher helfen, schnell die wichtigsten Lektionen zu erlernen, die Ahren und seine Freunde ihm beibrachten – wenn er sich dabei nicht übernahm. Hakanus verbissene Art, eine Herausforderung anzugehen, hatte etwas Selbstzerstörerisches, und genau diese Eigenschaft war bei einem Paladin unmöglich zu dulden.

Der junge Meister war in Gedanken darüber versunken, wie er diesen Charakterzug seines Schützlings zähmen könnte, als Uldini mit einem unglücklichen Gesichtsausdruck auf die Lichtung schwebte.

»Was stellt ihr denn da mit dem Jungen an?«, fragte er mürrisch. »Wenn ihr ihn ersäuft, spart das zwar viel Mühe, macht aber auch die ganze schöne Arbeit der letzten Jahrtausende zunichte.«

Da sich Hakanu nicht einmal rührte bei der Drohung, Ahren könne es auf sein Leben abgesehen haben, beschloss Ahren, seinen Lehrling für heute in Ruhe zu lassen.

»Er hat nur ein leichtes Tagewerk verrichtet«, sagte er laut genug, dass der Junge ihn hören konnte, woraufhin sich aus dessen Kehle ein Stöhnen entrang.

»Aha«, machte Uldini nur, in Gedanken bereits wieder an einem gänzlich anderen Ort. »Wir haben Probleme«, ließ er verlauten, und Ahren forderte ihn mit hochgezogenen Augenbrauen auf, weiterzusprechen. »Der Widersacher ist wohl so weit bei Kräften, dass er wieder Befehle erteilen kann.«

Unruhe breitete sich in Ahren aus, und Khara und sogar Hakanu drehten dem Alten ihre Gesichter zu. »Wie kommst du darauf?«, fragte der Waldläufer.

»Weil unsere Seewege attackiert werden – und zwar alle zugleich«, verkündete Uldini düster und ließ sich neben Ahren auf dem Moos nieder. Er ließ *Flammenstern* einen Schritt emporschweben, woraufhin der leuchtende Umriss Joraths auf der Oberfläche der Kristallkugel erschien.

Khara pfiff durch die Zähne. »Nettes Kunststück«, sagte sie.

»Danke«, erklang Uldinis unbeeindruckte Antwort. »Lanlion kam auf die Idee. Auf diese Weise muss man nicht immer einen Kartentisch zur Hand zu haben. Aber es kostet ganz schön viel Konzentration, also wenn ich bitte weiterreden dürfte?«

Ahren begann, sich ernsthafte Sorgen zu machen. In Anbetracht dessen, dass die Nachricht Uldini derart die Laune verhagelte, konnte es sich bei dem Bericht nicht um eine Kleinigkeit handeln.

Uldini deutete auf *Flammenstern* und augenblicklich glühten überall vor der West- und Ostküste des Kontinents kleine rote Punkte auf. Tief im Süden, zwischen Kap Verstaad und den Eisfeldern, verdichteten sich die Punkte sogar zu einem dicken, roten Fleck. »Das alles sind gemeldete Zusammenstöße mit Dunkelwesen, die das Wasser ihre Heimat nennen, oder mit Piraten und anderen Plünderern. Kein Nachschubtransport auf See ist mehr sicher. Die Verluste an Schiffen sind schon jetzt zweistellig.«

Ahren runzelte die Stirn. »Ich dachte, Aluna hätte die Piraten der Klingensee unter Kontrolle gebracht?«

»Der Süden wird allein von Dunkelwesen angegriffen, dort verhalten sich die Piraten still. Hier aber«, Uldini deutete auf die Westküste Joraths, entlang des Ewigen Reiches, »schlagen vermehrt Piraten zu und sie alle segeln ohne Flagge. Das bedeutet, sie stammen ohne jeden Zweifel aus Gol-Konar.«

Ahren erinnerte sich an die geschützt gelegene Stadt voller Schurken, die seit jeher ein Dorn im Auge sowohl des Ewigen Reiches als auch des Grünen Meeres war. »Ich dachte, Gol-Konar würde nur sich selbst dienen«, sagte er nachdenklich. »Warum sollten sie plötzlich mit ihrer Piraterie für den Widersacher Partei ergreifen?«

Uldini zuckte mit den Achseln. »Vielleicht hat sich ein Hochfang als Adliger aus dem Ewigen Reich, der noch eine Rechnung mit Quin-Wa offen hat, ausgegeben und Reik Silbermantel eine Truhe voller Gold für dessen Dienste angeboten?«, mutmaßte Uldini. »Oder die Überfälle auf unsere Schiffe sind blanker Opportunismus. Gol-Konar wird wissen, wie schwach die Konvois verteidigt werden. Seit Monden schippern die Versorgungskähne direkt vor ihrer Nase entlang. Es gibt einfach zu viele Waren, die auf dem Wasserweg bewegt werden müssen, jetzt, da eine gewaltige Armee im Herzen Joraths die Obsidianfeste in Schach hält. Da die Reiter des Grünen Meeres aufgrund des Nekromanten zur Absicherung der Landkonvois nicht zur Verfügung standen und die Seewege bisher als sicher galten, haben wir im letzten Jahr so viele Transportwege wie möglich auf das Wasser verlegt.«

Ahren betrachtete die leuchtenden Punkte auf Uldinis Kristallkugel. »Können wir unsere Flotten bündeln, damit sie sich gegenseitig beschützen?«, fragte er. »Oder mehr Kriegsschiffe bereitstellen?«

Uldini schüttelte den Kopf. »Alles, was schwimmt, ist bereits im Einsatz«, sagte er. »Außerdem glaube ich nicht, dass unser Nachschub das Hauptziel des Widersachers ist. Natürlich stiften die Angriffe Chaos, und jeder Transport, den wir wieder an Land verlagern, ist ein potenzielles Ziel für umherstreifende Dunkelwesen. Meiner Meinung nach bezweckt der Widersacher jedoch, unserer Gruppe gezielt Steine in den Weg zu legen.«

Khara fluchte herzhaft. »Er weiß, dass wir zuletzt im Grünen Meer waren. Und er kann sich ausmalen, dass wir in die Eisfelder wollen. Zumal Yollocks Aufenthaltsort lange genug bekannt ist.«

»Eines seiner Kinder ist auf dem Weg Richtung Süden gesichtet worden – das Ding über den Wolken«, ergänzte Ahren, dann entrang sich ihm ein Stöhnen. »Und ich habe seinem Plan auch noch in die Hände gespielt, indem ich mich mit euch und Hakanu im Immergrün verkrochen habe.« Ahren hieb mit einer Faust senkrecht auf den Boden. »Wir sind am anderen Ende Joraths, während ein Kind des Widersachers Jagd auf Yollock macht.«

»Und die Reise auf See immer gefährlicher wird«, fügte Uldini verdrießlich hinzu.

»Was jetzt?«, fragte Khara. »Nehmen wir den Landweg?«

Uldini schüttelte den Kopf. »Wir würden ein gutes halbes Jahr länger brauchen, vor allem, weil wir auf Schritt und Tritt Hinterhalte durch Dunkelwesen fürchten müssten. So viel Zeit haben wir nicht.« Er ließ *Flammenstern* herabsinken und löschte dabei den Zauber, der Joraths Küste und die Überfälle versinnbildlicht hatte. »Auf offener See wären wir deutlich schneller, zumal meine und Jelninolans Magie mit vielen Gefahren kurzen Prozess machen würde. Mit den verstärkten Angriffen auf unsere Konvois auf See will uns der Widersacher eine simple Entscheidung möglichst schwer machen.«

»Was ist mit Sonnenschimmer?«, warf Khara ein. »Könnten wir auf ihrem Rücken gen Süden reisen?«

»So sehr ich eine Reise durch die Luft schätze, dort wären wir zu verwundbar. Schon jetzt ist Sonnenschimmer Hauptziel der Schergen des Widersachers, wo immer sie erscheint«, entgegnete Uldini. »Mir bleibt noch immer das Herz bei dem Gedanken stehen, dass eine Vielzahl gekrönter Häupter Joraths sich als majestätische Zielscheibe dargeboten haben, um an eurer Bundzeremonie teilzunehmen. Ich habe ihnen ausgeredet, den Rückweg auf dieselbe Weise anzutreten. Nein, der Seeweg bleibt die beste Lösung.«

»Dann ist es entschieden«, sagte Ahren mit verkniffenem Gesicht.

Uldini seufzte leise. »Es wird euch vielleicht freuen zu hören, dass ich die *Königin der Wellen* angefordert habe«, sagte er. »Sie ist ein hervorragendes Schiff mit einer uns bekannten Mannschaft und sollte aufgrund ihrer starken Bordwand und hohen Wendigkeit die besten Chancen haben, uns unversehrt nördlich der Wütenden Hauer an der Westküste des Eathinian aufzunehmen.« Ahren brummte zustimmend. Er hatte viele Monde auf und unter den Planken der *Königin der Wellen* verbracht und konnte sich kein tauglicheres Schiff für ihre gefährliche Reise zu den Eisfeldern vorstellen.

»Wann wird sie den Eathinian erreichen?«, fragte Khara.

»In zwei Monden«, sagte der Alte. »Sie hat vor Kurzem Kap Verstaad passiert.«

»Also braucht sie noch mal zwei Monde, um uns wieder dorthin zurückzubringen«, dachte Ahren laut. »Das bedeutet mindestens vier Monde, bis wir in die Eisfelder gelangen.«

Uldini nickte schlicht. »Eine Expedition ins ewige Eis sollte selbst mit magischer Unterstützung sorgfältig geplant und vorbereitet werden. Wir werden zudem in Kap Verstaad eine ganze Weile benötigen, um passende Ausrüstung zu kaufen und kundige Führer anzuheuern.«

»Können wir die Expedition nicht von jemand anderem für uns vorbereiten lassen?«, fragte Ahren irritiert.

Uldini schüttelte den Kopf. »Nein«, sagte er entschieden. »Kap

Verstaad ist – wohlwollend gesprochen – ein aufgescheuchtes Wespennest. Die Granden Kap Verstaads spielen stets ihr eigenes Spiel, sowohl mit- als auch gegeneinander. Ich will nicht, dass wir mit unserem Hilfegesuch in irgendein undurchsichtiges Machtspiel hineingezogen werden. Die Stadt ist zu wichtig für den Handel und zu weit weg vom Sonnenpalast, eine tückische Mischung, was den Hang zum Ungehorsam angeht. Das Wort des Sonnenkaisers hat in Kap Verstaad nicht so viel Gewicht wie anderswo in den Sonnenebenen. Außerdem müssen wir den Frühling abwarten. Im Winter geht keiner in die Eisigen Weiten, denn er überlebt weder im Norden noch im Süden Joraths.«

»Wieso jetzt Eisige Weiten?«, fragte Khara irritiert.

Uldini gab einen Laut des Unwillens von sich. »Ein häufig gemachter Fehler«, sagte er. »Genaugenommen heißen die gefrorenen Regionen im Süden die Eisfelder. Aber der Volksmund macht keinen Unterschied zwischen dem hohen Norden und dem tiefen Süden. In beide Regionen setzt kein vernünftiger Mensch einen Fuß, wo doch in beiden die Kälte mit erbarmungslosem Regiment herrscht.«

Ahren beschlich ein Verdacht. »Du warst noch nie dort, oder?«, hakte er nach.

Der Alte schüttelte den Kopf. »Wozu auch?«, sagte er. »Beide Einöden sind voller tödlicher Gefahren und ohne jeden Nutzen.«

»War irgendwer von unseren Gefährten schon einmal da?«, fragte Khara.

Uldini verzog das Gesicht. »Nicht, dass ich wüsste.«

Ahren dachte an Hakanu und wie der Junge sich wohl im ewigen Eis schlagen würde. Sofort wurde ihm angst und bange. »Wie lange habe ich noch, um Hakanu hier auszubilden?«, erkundigte er sich mit leiser Stimme.

»Einen Mond, höchstens«, erwiderte Uldini. »Wir brauchen einen weiteren bis zur Westküste, wo die *Königin der Wellen* auf uns warten wird.«

Ahren fluchte leise. Natürlich hätte er sich gerne mehr Zeit gewünscht, um seinem Lehrling beizubringen, sich nicht im erstbesten Kampf umbringen zu lassen, aber ebenso sehr brannte in ihm der Wunsch, sich zeitnah auf die Suche nach Yollock zu begeben, um dem

Kind des Dunklen Gottes, das sich auf den Weg nach Süden gemacht hatte, zuvorzukommen. Mit der Errichtung des Rings hatte Ahren gehofft, endlich die Oberhand im Krieg gegen den Dunklen Gott errungen zu haben, aber mit der Erschaffung der Obsidianfeste, der Entsendung seiner Kinder und dem Tod Feuer-im-Blicks hatte sie der Widersacher erneut in eine tödliche Zwickmühle manövriert. Er sah Khara an. »Du hast Hakanu heute trainiert. Wie schätzt du ihn ein?«

Khara überdachte ihre Antwort einige Herzschläge, bevor sie schließlich ein Urteil fällte. »Die Anlagen sind vorhanden. Er ist schnell, hat gute Reflexe und sein Durchhaltewille würde selbst den einen oder anderen Zwerg vor Scham erröten lassen.«

»Na, lass das nicht Trogadon hören«, warf Uldini trocken ein.

»Aber sein inneres Feuer ist ungezügelt und dadurch gefährlich«, fuhr Khara fort. »In der Arena hätten wir ihn als Göttertagsfliege bezeichnet. Hübsch anzusehen, aber binnen kürzester Zeit tot.«

»Na toll«, sagte Ahren verdrossen. »Hast du einen Vorschlag?«

Khara legte nachdenklich den Kopf schief und einen Finger an ihr Kinn. »Überlasse ihn den folgenden Mond in allen Belangen der Kampfausbildung Jelninolan, Trogadon und mir. Keiner kann unserer Sturmweberin im Umgang mit dem Stab das Wasser reichen – sie wird ihn daher am besten im Speerkampf ausbilden können. Trogadon wird für Hakanus Kraftentfaltung zuständig sein und ich für seine Beweglichkeit und Schnelligkeit. Du und Falk könnt ihm immer dann Waldläuferwissen eintrichtern, wenn er für körperliche Lektionen zu erschöpft ist. Sobald wir nach Westen reisen, bringst du ihm das Schleichen, Verstecken und Klettern bei.«

Ahren hatte beinahe ein schlechtes Gewissen, als er sich des Umfangs von Hakanus Training in den kommenden Wochen und Monden bewusst wurde. Der arme Junge würde ganz schon leiden müssen. Ahren sah zu seinem Lehrling hinüber, der mittlerweile tatsächlich halb im See liegend eingeschlafen war. »Dann informiert bitte die anderen«, sagte er mit einem Nicken in Richtung seiner Liebsten. »Alle sollen sich bestmöglich miteinander abstimmen, damit nicht ein einziger Herzschlag Hakanus im Eathinian unvergeudet bleibt.«

Khara sah ihn fragend an, als er auf den Teich zuging. »Was hast du vor?«

»Ich wecke unseren Unglücksraben und bringe ihm bei, wie man die passenden Kräuter gegen Muskelkater und Erschöpfung sammelt.« Ahren fühlte mit seinem Schützling, als alte Erinnerungen an seine Anfangstage als Waldläuferlehrling in ihm aufstiegen. »Er wird dieses Wissen bitter nötig haben.«

***

Schatten war sehr zufrieden mit sich. Die ersten Winkelzüge seines Plans waren umgesetzt und entfalteten ihre Wirkung. Er war sich sicher, dass er seine Beute in die gewünschte Richtung trieb, und der unerwartete Verbündete, den er an diesem herrlichen Ort der Verderbtheit angetroffen hatte, ließ in ihm ein Gefühl der Siegessicherheit aufsteigen.

Wenn Schatten seine Karten richtig ausspielte, würde er gar mehr als einen Paladin zur Strecke bringen können!

7. Kapitel

Der folgende Mond verflog in Windeseile. Sämtliche Ehrengäste waren wenige Tage nach der Bundzeremonie wieder abgereist und hatten die Gefährten im Immergrün zurückgelassen. Uldini hatte einen Haufen Befehle mit Sonnenschimmer und Sunju gen Ring gesandt, und Ahrens Abschied von Likis war äußerst emotional gewesen, als dieser mit den anderen Monarchen unter schwerster Bewachung davongeritten war. Der junge Paladin hatte sich damit getröstet, dass er seinen Freund bald gesund und munter wiedersehen würde. Jeden anderslautenden Gedanken hatte der junge Meister schlicht nicht zugelassen. Selsena hatte sich mit Haminul zusammen in den Immergrün zurückgezogen, laut Falk in der Absicht, den Nachtmahr an sein altes Leben unter dem Blätterdach des Eathinian zu erinnern. Mit der ihr typischen Neugier hatte Muai die beiden begleitet und Khara hatte sie gewähren lassen.

Hakanus tägliche Schinderei war sogar unter den Elfen des Eathinian schnell ein beliebtes Thema geworden und ohne seinen ihm innewohnenden Trotz wäre der Lehrling sicherlich viel häufiger zusammengebrochen, als er es ohnehin tat. Der Junge wurde am Tage und in der Nacht gedrillt, als ob es kein Morgen gäbe – was in Anbetracht der Umstände ja auch stimmte. Die Zeit war zu knapp, um seinem Lehrling alle Bereiche des Waldläufertums näherzubringen, und so hatte Ahren schweren Herzens jegliche Ausbildung am Bogen bis auf Weiteres aus Hakanus Übungsplan verbannt. Obwohl er seinen Lehrling nur noch in vollkommen erschöpftem Zustand sah, beklagte sich der Junge zu Ahrens großer Bewunderung nicht ein einziges Mal. Wenn überhaupt, spornte Hakanu sich nur noch mehr an, den Anweisungen seiner Lehrer zu folgen, als ob er jedes Scheitern als persönliche Schmach empfand.

Eines Abends, wenige Tage vor ihrem geplanten Aufbruch, saßen Khara, Jelninolan, Trogadon, und Lanlion mit Ahren auf einer weiten Lichtung, die seit Wochen als Hakanus Übungsplatz fungierte, weil es dort ein kräftiges kleines Flüsschen, hohe Bäume zum Klettern und einige große Steine zum Herumtragen gab – sprich, er war perfekt für all die Übungen, die Hakanu tagtäglich abverlangt wurden. Der erschöpfte Lehrling war bereits auf seine Schlafstatt gewankt und eingeschlafen, sodass Ahren hier, fernab der Elfensiedlung, die Stille und den Frieden des Waldes nutzen konnte, um den Kopf freizubekommen. Nach und nach hatten sich die Gefährten hinzugesellt und er spürte, dass gleich Neuigkeiten ausgetauscht werden würden – er wusste nur nicht, ob gute oder schlechte.

»Schlechte Neuigkeiten«, sagte Lanlion schließlich nach einer Weile des gemütlichen Schweigens unter Freunden und Ahren seufzte resigniert. »Uldini sagt, dass die Zeit zum Aufbruch bereits gekommen ist. Laut dem letzten Bericht, der heute Morgen eintraf, hat die *Königin der Wellen* Men-Hark bereits gen Norden passiert. Sie muss nur noch an Gol-Konar und den Wütenden Hauern vorbei, um uns einzusammeln.«

Ahren kniff die Augen zusammen und starrte zu den funkelnden Sternen empor, die hier im Eathinian immer so nah und intensiv erschienen. »Ich hatte gehofft, es bliebe mehr Zeit«, flüsterte er schicksalsergeben.

»Hakanu schlägt sich gut«, versuchte Jelninolan ihn aufzumuntern. »Seine Technik ist noch grob und ungeschliffen, aber das Gleichgewicht verliert er immer seltener, selbst wenn ich ihn überrasche.«

Ahren seufzte erneut. »Und wie oft verliert er gegen dich?« Jelninolan antwortete nicht und das war Ahren Information genug. Er wusste, er konnte in der kurzen Zeit keine Wunder erwarten, aber der drohende Tod seines Lehrlings, sobald sie einen Fuß aus dem Immergrün setzten, lastete schwer auf Ahrens Schultern. Er verstand Falks Vorsicht in den ersten Monden – oder gar Jahren – ihrer gemeinsamen Reise nun viel besser und fragte sich, wie viele Nächte sein ehemaliger Meister wohl voller Sorge wach gelegen hatte.

»Er beißt sich bewundernswert durch«, sagte Trogadon in ermutigendem Ton. »Selten habe ich im Wesen eines Menschen einen so brennenden Wunsch gesehen, sich zu beweisen.«

»Leider ist das gleichzeitig seine größte Schwäche«, sprach Khara Ahren aus dem Herzen. »Ich kann in jedem Übungskampf genau vorhersagen, wann er einen Fehler machen wird, der ihn den Sieg und im Ernstfall das Leben kostet. Er fällt auf jede Finte herein, in der Hoffnung, den Kampf zu seinen Gunsten zu beenden.«

»Dann muss ich ihm Geduld und eine gehörige Portion Selbstwertgefühl vermitteln«, sagte Ahren kopfschüttelnd. »Hakanu glaubt, nicht gut genug für seine Rolle zu sein, und strengt sich deshalb zu sehr an. Und wir alle tun nichts weiter, als ihn auf seine Fehler hinzuweisen.«

»Dafür sind Lehrer nun mal da«, erwiderte Lanlion sanft.

Ahren nickte geistesabwesend. Ihm kam eine Idee, die er in Ruhe in seinem Kopf drehen und wenden wollte.

»Wie schlägt sich Kamaluq?«, fragte Trogadon und riss den jungen Meister damit aus seinen Gedanken.

»Hmm?«, machte er und zwang sich dazu, sich wieder auf das Hier und Jetzt zu konzentrieren. »Culhen sagt, der Kleine lernt dazu und ist listenreich. Er gibt der Weisheit den Vorzug vor jedwedem Mut.« Ahrens Wolf hatte es sich persönlich zur Aufgabe gemacht, dem kleinen Fuchs so viel wie möglich beizubringen. *Wenn du ein Meister bist*, hatte er mit einer Mischung aus Stolz und Pikiertheit verkündet, *dann bin auch ich einer – nur dass mein Schüler viel besser sein wird als deiner.* Ahren hatte dem Impuls seines Freundes umgehend nachgegeben. Culhen würde eh tun, was er wollte, und je mehr Kamaluq lernte, umso mehr konnte er Ahrens Lehrling später unterstützen.

»Dann sollte er Hakanu doch positiv beeinflussen können«, sagte Lanlion. »Wir alle wissen, wie sehr unsere Vertrautentiere unsere besten Seiten in uns hervorbringen.«

»Bitte lass das nicht Culhen hören«, sagte Ahren und tat dabei erschrocken. »Dann darf ich ihn wieder jeden Abend kämmen. Bei seiner Größe dauert das extrem lange.«

Zu spät, ertönten die Gedanken seines Wolfes in Ahrens Kopf. Das Tier war noch weit entfernt, aber offenkundig nahe genug, um zu lauschen. *Ich nehme dein freundliches Angebot einer täglichen Fellpflege gerne an.* Ahren wollte eine passende Antwort geben, als Culhen unerwartet ernst wurde. *Kamaluq und ich kommen zu euch. Es gibt da etwas, das ihr sehen müsst.*

Ahrens Gesichtszüge mussten seine Überraschung überdeutlich gezeigt haben, denn seine Gefährten sahen ihn umgehend fragend an.

»Culhen hat Neuigkeiten«, sagte er mit einem Achselzucken. »Er und Kamaluq sind auf dem Weg hierher.«

»Dann überbrücke ich die Wartezeit mal damit, von einem persönlichen Triumph zu erzählen«, sagte Trogadon und grinste wie ein Göttertagsschüler, wenn der Unterricht endlich vorbei war. Jelninolan kannte die Neuigkeiten wohl bereits, denn sie sah ihren Zwerg liebevoll an und nahm eine seiner großen Pranken in beide Hände, ihre Augen voller Stolz. »Ich habe heute eine Nachricht von Kamkanzakur persönlich erhalten«, sagte der Schmied in einem Ton, in dem große Freude und tiefe Genugtuung mitschwangen. »Meine Strafkolonie entwickelt sich prächtig.«

»Deine was?«, fragte Lanlion blinzelnd, und Ahren hatte den Blutleeren selten so verdutzt erlebt. Der bleiche Paladin war seit Yantillas abrupt beendeten Annäherungsversuchen noch verschlossener als gewöhnlich, weshalb seine melancholische Ader umso deutlicher zutage trat. Die Elfen des Immergrüns tuschelten über ihn, und Ahren war sich sicher, nur Lanlions Status als Paladin und der Schutz, den Ahren und die anderen ihm gewährten, verhinderte, dass Lanlions Urgroßvater ihn des Waldes verwies.

»Trogadon hat bei unserem Besuch in Tausend Hallen sämtliche Tiefenstahlvorräte aufgebraucht«, erklärte Jelninolan grinsend. »Kamkanzakur fand daraufhin eine elegante Lösung, ihn mit einer Koloniegründung zu ›bestrafen‹, um den Tisch der Clans zu besänftigen.«

»Einer Kolonie, die Trogadon sowieso gründen wollte«, warf Khara mit einem freundschaftlichen Lächeln in Richtung Trogadon ein, der nun regelrecht aufsprang.

»Darf ich jetzt endlich reden?«, fragte er mit vor Aufregung blitzenden Augen. »Die ersten Zwerge sind mithilfe von Schiffen der Rittermarschen vor zwei Monden auf Murgamolosch gelandet. Sie haben damit begonnen, einen der Tunnel nutzbar zu machen, welche das Magma bei dem Ausbruch des Vulkans in dessen Stein gefressen hat. Eine erste Bestandsaufnahme der vorkommenden Erzadern ist mehr als ermutigend.« Trogadon grinste vor Freude wie ein Wahnsinniger. »Der Berg meiner Kolonie könnte derart ergiebig sein, dass er selbst das Silberne Kliff in den Schatten stellt.«

»Gratuliere«, sagte Ahren, stand auf und drückte den Zwerg, so fest er konnte. Dann waren auch seine anderen Freunde auf den Beinen und beglückwünschten den Schmied zu dessen erfolgreichem Beginn seines gewaltigen Traumes.

Trogadon wischte sich verstohlen über die Augen, als Ahren und seine Freunde von ihm abließen, und lehnte er sich sanft gegen Jelninolan. »Wenn ich mir Mühe gebe, gelingt es mir vielleicht, aus diesem Berg ein Heim zu machen, in das mir meine Angebetete folgen will.«

»Ich soll in einem Berg leben?«, fragte Jelninolan, in ihrer Stimme genug Wärme, um der Frage die Spitze zu nehmen. »Sicherlich nicht. Aber ich erinnere mich an einen schönen, dichten Wald am Fuße des Murgamoloschs. Dort könnten wir wohnen.«

Trogadon sah drein, als hätte man ihm in seine edelsten Teile getreten. »In … einem … Wald?«, echote er schwach.

»Ich sehe, ihr habt noch viel Gesprächsbedarf vor euch«, sagte Khara lachend.

»Darüber müssen wir uns sowieso erst Gedanken machen, wenn der Krieg vorbei ist«, sagte Jelninolan mit dunkler Stimme, während ihre Miene ernst wurde. »Vorher brauchen wir gar nicht daran zu denken, unsere Herzen im Bund zu vereinen.« Trogadon nickte bei diesen Worten mit trüber Miene.

»Kamkanzakur war da sehr deutlich«, ergänzte der Zwerg. »Damit ein Bund zwischen einem Zwerg und einer Elfe vom Tisch der Clans überhaupt in Erwägung gezogen wird, müssen wir nicht nur diesen Krieg gewinnen, sondern Jelninolan und ich müssen unbedingt während des Sieges dabei sein. Denn zwei Kriegshelden, die sich in Zeiten größter Not ineinander verliebt haben, werden leichter akzeptiert werden als eine elfische Priesterin und ein zwergischer Schmied.«

»Es gibt kein Licht, das nicht einen Schatten wirft«, sagte Lanlion sanft. »Und dass ihr ohnehin bis zum Ende des Widersachers an Ahrens Seite stehen werdet, hat niemand hier bezweifelt.«

»Noch ein Grund mehr, dass die Paladine endlich ihre Bestimmung erfüllen«, sagte Ahren ernst.

»Was für ein Haufen Trauerklöße«, erklang Uldinis Stimme und kurz darauf tauchte die Gestalt des Erzmagus in Begleitung von Falk auf der Lichtung auf. »Gut, dass ich nicht hier war. Es riecht geradezu nach Sentimentalitäten.«

»Was habt ihr gemacht?«, erkundigte sich Ahren bei seinem ehemaligen Meister.

»Unsere Abreise vorbereitet«, sagte Falk und blickte Ahren dabei forschend in die Augen.

Der nickte nur. »Wir haben Hakanu so gut vorbereitet, wie es in der Kürze der Zeit möglich war«, antwortete der junge Meister auf die stumme Frage. »Den Rest muss er auf der Reise lernen. So wie ich damals.«

Falk brummte zustimmend, bevor er weiterredete. »Yantilla und deine Eiswölfe packen bereits unsere Vorräte und alles Nötige zusammen. Außerdem hat uns Palminthir eine Eskorte zugesichert, die uns bis zu den Grenzen des Immergrüns geleiten wird.«

»Zweifelsohne ist mein geliebter Urgroßvater um seinen Ruf besorgt, sollte einem von uns in diesem Wald etwas zustoßen«, murmelte Lanlion ungewohnt bissig.

»Ich nehme an, du hast dich nicht mit ihm aussöhnen können?«, fragte Jelninolan traurig. Der Blutleere schüttelte schweigend den Kopf.

»Nicht jeder kommt in den Genuss, dass die Stimme des Waldes zu seinen Gunsten interveniert«, sagte Uldini achselzuckend. »Wahrscheinlich wird sich Lanlion die Vergebung seines Urgroßvaters ebenso mit dem Sieg über den Widersacher erkaufen müssen, wie diese beiden Turteltauben da.« Dabei deutete er auf Jelninolan und Trogadon.

»Feinfühlig wie immer«, murmelte Falk.

Seid ihr fertig?, ertönte in diesem Moment Culhens genervte Stimme in Ahrens Kopf. *Kamaluq und ich warten schon eine ganze Weile im Unterholz darauf, dass ihr zum Ende kommt.*

Dann mach es halt nicht so dramatisch, sagte Ahren gereizt. *Kommt her und setzt euch zu uns, bis ihr dran seid.*

Ich mache das für den Kleinen, nicht für mich, sagte der Wolf verschnupft.

Ahren seufzte leise. »Culhen hat uns etwas mitzuteilen«, sagte er laut. »Bitte schenkt ihm und Kamaluq eure ungeteilte Aufmerksamkeit.«

Alle Köpfe fuhren erwartungsvoll zu Ahren herum. *Zufrieden?*, fragte er Culhen genervt.

Durchaus, kam die gelassene Antwort. Dann trottete der Wolf auf die Lichtung, hinter sich den kleinen Fuchs, dessen schlanken Hals ein filigran anzusehender Tiersegen in Form eines schmalen, aus Silber geflochtenen Laubkranzes zierte. Die beiden Tiere liefen bis in die Mitte der wartenden Gefährten, wo Culhen sich auf seine Hinterbeine setzte und Kamaluq erwartungsvoll ansah. Der Fuchs kratzte sich ausgiebig mit einer Hinterpfote am rechten Ohr und gähnte dann.

»Sehr eindrucksvoll«, kommentierte Uldini die Szene und erntete dafür einen langen, drohenden Blick aus Culhens goldenen Augen. Dann drehte der Wolf den Kopf wieder in Richtung Kamaluq und stieß ein aufforderndes Wuffen aus. Der Fuchs legte auf beinahe menschliche Art den Kopf schief und Culhen wuffte erneut. Da schloss Kamaluq die Augen zur Hälfte, was dem kleinen Wesen einen hoch konzentrierten Ausdruck verlieh. Ahren wollte seinen Freund gerade fragen, was diese Vorführung genau sollte, als das Fell des Fuchses plötzlich zu funkeln begann, als würden sich sämtliche Sterne des Nachthimmels um dessen kleine, schlanke Gestalt legen. Jelninolan lachte entzückt auf und Falk fluchte im selben Moment ausgiebig.

»Verdammt, ich werde alt«, murrte er ungläubig. »Da erkenne ich einen Schimmerfuchs nicht, wenn einer vor mir steht.«

Kamaluqs Fell verlor mehr und mehr seines überirdischen Glanzes, und zusammen mit dem Verblassen des Lichteffektes verschwand auch die Gestalt des Tieres, bis es schließlich gar nicht mehr zu erkennen war.

»Wo ist er hin?«, fragte Trogadon blinzelnd.

»Er ist immer noch da«, sagte Jelninolan lächelnd und rief den kleinen Fuchs. An der Stelle, an der Kamaluq verschwunden war, sah Ahren ein kaum wahrnehmbares Schimmern, so als würde die Luft vor Hitze wabern. Ahren sah, wie sich diese Erscheinung auf Jelninolan zubewegte. »Schimmerfüchse können sich tarnen, indem sie ihr Fell verändern«, sagte die Elfe, die den beinahe unsichtbaren Kamaluq streichelte. »Ihren Namen haben sie von dem verräterischen Schimmern, das ihre Bewegungen erahnen lässt, wenn man genau hinsieht.« Begleitet von einem winzigen Lichtblitz, der für einen Herzschlag die Nacht erhellte, war das kleine Tier plötzlich wieder zu sehen.

»Also dieses auffällige Blitzen vor und nach der Tarnung ist nicht besonders hilfreich«, kommentierte Trogadon das Kunststück des jungen Fuchses, der noch einmal gähnte und sich schließlich zu Jelninolans Füßen zusammenrollte.

»Schimmerfüchse sind keine Dunkelwesen, sondern unterliegen den Einschränkungen ihrer natürlichen Magie«, sagte Uldini beinahe verteidigend. »Tarnung wird mit Sichtbarkeit erkauft, um das Gleichgewicht der Schöpfung zu wahren.«

»Ein ausgewachsener und mächtiger Schimmerfuchs weiß diese Lichtblitze zu seinem Vorteil zu nutzen«, ergänzte Falk. »Zu Beginn, um den Gegner zu verwirren, der auf einen hell erstrahlten Fuchs starrt und dabei derart geblendet wird, dass er den feinen Schimmer, den die Tarnung des Schimmerfuchses hinterlässt, nicht verfolgen kann.«

»Und der Lichtblitz beim Wiedererscheinen blendet die Augen eventueller Verfolger erneut«, schlussfolgerte Ahren.

»Genau«, gab Jelninolan ihm recht. »Ein mächtiger Schimmerfuchs kann praktisch jedem Feind entkommen.«

»Zumal schon gewöhnliche Schimmerfüchse klüger sind als ihre nicht magischen Artgenossen«, fuhr Falk fort und betrachtete den schlafenden Kamaluq. »Wir können von dem kleinen Kerl sicher noch Großes erwarten.«

Noch erschöpft ihn der Einsatz seiner Gabe sehr, erklärte Culhen und nahm neben dem Fuchs eine beschützende Pose ein. *Lasst ihn ein Weilchen schlafen, bevor ihr ihn weckt.*

»Ich frage mich, warum Hakanu noch nicht mit seinem Fuchs reden kann«, sagte Ahren nachdenklich. »Wenn Schimmerfüchse so schlau sind, sollte Kamaluq sich bereits besser mit ihm verständigen können als Culhen und ich nach meiner Ernennung.«

He da, warnte ihn der Wolf beleidigt. *Ich habe ständig geredet. Du hast nur nicht richtig zugehört.*

Ja, antwortete Ahren voller Zuneigung. *Hunger. Futter. Schlafen. Hunger. Das war alles, was du von dir gegeben hast.*

Hunger hast du zweimal genannt, schmollte Culhen.

Warum wohl?, gab Ahren zurück.

»Culhen war viel älter, als Kamaluq es heute ist«, erklärte Falk. »Sowohl Hakanu als auch er wurden zu früh in den ewigen Kampf mit dem Widersacher hineingezogen.«

»Werden Schimmerfüchse besonders groß?«, fragte Ahren.

Falk schüttelte den Kopf. »Höchstens so groß wie ein kleiner Wolf. Warum?«

Ahren atmete erleichtert auf. »Gut. Mir grauste es bei der Vorstellung, was Hakanu alles auf einem Riesenfuchs mit Tarnfähigkeiten anstellen würde.«

Falk sah demonstrativ auf Culhen, dann auf Ahren und wieder auf Culhen. »Du glaubst ja gar nicht, wie sehr ich deine Bedenken nachvollziehen kann.«

Die versammelten Gefährten lachten herzhaft, und Ahren beschloss in einem Anflug von Weisheit, das Thema über wagemutige Jung-Paladine an diesem Abend nicht weiter zu vertiefen.

»Er kann was?«, fragte Hakanu enttäuscht und sah auf Kamaluq, der gerade hingebungsvoll am linken Stiefel des Lehrlings knabberte. Der Fuchs sah im Licht des wolkenlosen Morgens vollkommen gewöhnlich aus und offenbarte mit keiner Haarspitze seine magische Natur.

»Er kann sich tarnen«, sagte Ahren und fügte dann in strengem Ton hinzu: »Eine sehr nützliche Fähigkeit, die ihm das Leben retten kann.«

»Klingt für mich wie die Eigenschaft eines geborenen Feiglings«, sagte Hakanu schmollend und zog seinen linken Fuß weg, damit der Fuchs nicht weiter an dem Leder herumkauen konnte.

»Die Götter wissen, was sie tun«, sagte Ahren im Brustton der Überzeugung, während er das Bündel inspizierte, das Hakanu für die Reise geschnürt hatte. Alle Gefährten, ihre elfische Eskorte und auch die Eiswölfe bereiteten seit dem Morgengrauen ihre Abreise vor. Der kleine Tross hatte sich dafür am Rande der Elfensiedlung versammelt, genau genommen am Stamm der westlichsten Tanne. Zufrieden summend zog Ahren hier und da an den Lederschnüren des Rucksacks oder an daraus herausragenden Gebrauchsgegenständen, und nickte schließlich erleichtert. Hakanu lernte also doch dazu. Vielleicht war er zu kritisch mit dem Jungen und erwartete zu viel in zu kurzer Zeit.

»Also wussten die Götter auch, was sie taten, als sie Euch Singt-im-Sattel sandten?«, fragte Hakanu provokant, und Ahren korrigierte seine Meinung umgehend. Sein Lehrling lernte sehr langsam, vor allem wenn es um den Geduldsfaden seines Meisters ging.

»Du bewegst dich auf ganz dünnem Eis«, warnte er seinen Schützling. Da Hakanus Augen voller Siegessicherheit funkelten, entschloss Ahren sich dazu, das Thema zu vertiefen. »Wir redeten gerade von Vertrautentieren und von denen gab es noch nie eines, das nicht zu seinem Paladin gepasst hat.« Dabei sah Ahren verstohlen zu Falk hinüber, der zustimmend nickte. Mit derartigem Rückenwind redete Ahren weiter. »Sie sollen uns komplettieren, uns ergänzen und unsere Schwächen ausgleichen.« Ahren deutete auf den in der Sonne liegenden Culhen, der schon den ganzen Morgen versuchte, seine Freude über Muais Rückkehr zu unterdrücken. »Mein Wolf beispielsweise ist stolz genug für uns beide. Er lehrte mich, meinen Wert zu erkennen und muntert mich auf, wenn ich beginne, übermäßig viel zu grübeln.«

Also täglich, kommentierte Culhen das Gesagte, während er damit begann, Muai mit seiner Zunge den Nacken putzen. Die Tigerin saß mit halb geschlossenen Augen da und genoss offenkundig die Zuwendung des Wolfes, dem gar nicht recht bewusst war, dass er das Fell der Tigerin pflegte.

»Kamaluq ist dein größter Trumpf im Kampf gegen den Widersacher«, sagte Ahren ernst und sah den Unglauben im Blick des Jungen. »Niemand wird dir je so treu zur Seite stehen wie er.«

Wohl wahr, erklang Culhens unvermeidliche Bemerkung.

Hakanu sah von seinem kleinen Fuchs zu Ahrens riesigem Wolf und sein Blick sprach Bände, auch wenn der Lehrling stumm blieb. Ahren seufzte leise und schüttelte den Kopf. »Du wirst es verstehen, wenn ihr erst richtig miteinander reden könnt.« Dann hob er den Schimmerfuchs an und legte ihn dem verdutzten Hakanu in die Arme. Beinahe augenblicklich rollte sich das kleine Fellknäuel ein und schloss die Augen. »Du wirst ihn heute tragen, solange er das möchte«, sagte Ahren bestimmt. »Spüre seine Nähe, seinen Herzschlag. Verstehe, wie sehr er dich braucht und umgekehrt. Das ist für heute deine Lektion.« Hakanus Augen flackerten voller Unwillen auf, sodass Ahren hinzufügte: »Es sei denn, du möchtest, dass Trogadon dir zeigt, wie man mit einem halben Dutzend Steinen in den Armen marschiert, während Jelninolan und Khara dich mit Überraschungsangriffen auf Trab halten.« Umgehend setzte Hakanu eine dienstbeflissene Miene auf und ging mit seinem Fuchs auf dem Arm davon.

»Ich weiß nicht, ob es mir gefällt, wenn du uns als Schreckgespenster benutzt, Ahren«, sagte Trogadon, aber sein Grinsen strafte seine Worte Lügen.

»Er will sich so dringend beweisen, dass er sogar an Kamaluq herummäkelt, weil der nicht seinen Vorstellungen eines mächtigen Vertrautentieres entspricht«, murmelte Ahren.

»Du kannst dich nicht in alles einmischen«, sagte Falk und trat dabei neben seinen ehemaligen Schützling. »Kamaluq wird ihn schon erziehen. Das hat Culhen mit dir auch gemacht.«

Endlich erkennt das mal jemand an, ließ sich Culhen vernehmen und Ahren packte schweigend seine Ausrüstung, während er Hakanu hinterhersah. Ein feines Lächeln spielte um die Lippen des Jungen, der unbewusst seinen schlafenden Fuchs streichelte und dabei fest und sicher an seiner Brust barg.

In den folgenden Wochen zerstreuten sich Ahrens Bedenken, zumindest was Hakanu und Kamaluq anging. Das kleine Tier begann schnell und stetig damit, seine Kommunikation zu dem Lehrling zu verbessern, und konnte bereits simpelste Sätze formen, wenn sein Wortschatz auch noch auf wenige Begriffe beschränkt war. Je mehr der Fuchs mit seinem Paladin redete, umso inniger wurde die Bindung der beiden und schon bald waren die zwei unzertrennlich.

Ahren und seine Freunde hatten die Wegstrecke durch den elfischen Wald unter dem Schutz der Wipfelläufer und Eiswölfe ohne nennenswerte Zwischenfälle hinter sich gebracht und die Aussicht, das behütende Blätterdach des Eathinian zu verlassen, bereitete dem jungen Meister zunehmend Magenschmerzen, denn mittlerweile war die Westküste des Immergrüns nur noch wenige Tagesreisen entfernt. Zwar würden sie an Bord der *Königin der Wellen* gehen, aber laut Uldinis Berichten wurden die Gewässer an den Küsten Joraths zunehmend unsicherer. Je näher sie der Küste kamen, umso mehr zweifelte Ahren daran, ob sie mit der Seereise den richtigen Kurs gewählt hatten.

»Du grübelst wieder«, sagte Khara, die neben ihm her schritt und ihn wissend von der Seite ansah.

Ahren deutete auf Hakanu, der recht lustlos die Nutzpflanzen und Kräuter aufzählte, die sie auf ihrem Weg passierten – eine Aufgabe, in der Ahrens Schützling keinen Weg zu ewigem Ruhm sah, und der er mit entsprechend wenig Enthusiasmus nachging. »Es ist, als würde er mir sämtliche Selbstsicherheit aus dem Leib saugen«, antwortete er leise. »Die Bürde, für sein Wohlergehen verantwortlich zu sein, ist nahezu lähmend.«

Khara gab ihm einen Kuss auf die Wange. »Wenn es dir hilft, Falk hat letzte Nacht leise gegenüber Jelninolan erwähnt, dass du dich in seinen Augen sehr gut schlägst«, flüsterte sie ihm verschwörerisch zu.

Ahren brummte zufrieden. »Danke«, sagte er. »Das hilft tatsächlich.«

»Dir ist klar, dass er abstreiten wird, das jemals gesagt zu haben, wenn du ihn darauf ansprichst, oder?«, fuhr die Schwertmeisterin belustigt fort, und Ahren lachte kurz auf.

»Es bleibt unser kleines Geheimnis«, versprach er und rief dann Hakanu zu sich. »Du hast die Hahnendistel übersehen«, sagte er zu seinem Lehrling und deutete auf das Gewächs, dessen rote Blüten hoch und weit gefächert über dem Moos aufragten wie der Kamm eines Hahnes. »Sie hilft sowohl bei Verbrennungen als auch bei Erfrierungen der Haut, wenn man die Blüten zu einer Paste verreibt.« Ahren konnte an der gelangweilten Miene seines Lehrlings sehen, dass dieser kaum zuhörte. Also pflückte er die Blüten und steckte sie demonstrativ in seinen Kräuterbeutel.

»Warum nehmt Ihr sie mit, Meister?«, fragte der Junge verwirrt. »Hier im Eathinian ist es weder kalt noch heiß, sondern immer angenehm warm.«

»Bedenke, wohin wir reisen werden, Hakanu«, gab Ahren zur Antwort. »In den Eisfeldern werden uns diese Blüten ganz bestimmt noch gute Dienste leisten.«

Der Lehrling trat verlegen von einem Bein auf das andere. »Das ist noch so weit weg und schon sammelt Ihr Kräuter dafür ein?«, fragte er unsicher.

Ahren nickte. »Ich werde sie im Nachtlager zu einer Paste verarbeiten und dann mit mir tragen, und zwar um die halbe Welt. Denn wer weiß, wann wir wieder auf Hahnendisteln stoßen werden. So weiß ich, dass ich bereits ein wenig Medizin bei mir habe, wenn sich mein vorlauter Lehrling im ewigen Eis die Nase abfriert.«

Kamaluq warf seinem Paladin einen unschuldigen Schulterblick zu und Ahrens Schützling reagierte darauf mit einem Schnauben. »Du würdest ohne Nase genauso komisch aussehen«, murrte er sein Vertrautentier an.

»Also fängt er allmählich damit an, dich aufzuziehen?«, fragte Khara.

»Damit anfangen?«, beschwerte sich Hakanu. »Er hört gar nicht mehr damit auf. Ständig höre ich: ›*Hakanu nicht wichtig nehmen*‹ oder ›*Keine Heldentaten*‹. Er ist schlimmer als meine alte Großmutter Laub-im-Haar.«

Ahren wollte bei diesen Worten vor Freude aufjubeln und konnte sich gerade eben noch zusammenreißen. Stattdessen tauschte er einen wissenden Blick mit Culhen und warf dann Hakanus kleinem Fuchs einen Bissen Trockenfleisch zu, den dieser gierig verschlang.

Moment mal!, empörte sich da Culhen. *Der Kleine macht nur seine Arbeit! Wieso bekommt der jetzt was zu fressen und ich bekomme nichts!*

Weil ich wegen ihm diese Nacht beruhigter schlafen gehen werde, antwortete Ahren und schöpfte endlich wieder Mut, dass Hakanu vielleicht doch noch zu einem verantwortungsbewussten Paladin heranwachsen würde.

»Ich bin zwar kein Experte«, ließ Trogadon sich vernehmen, »aber ich bin mir sicher, hier fehlt etwas.«

Ahren und der Rest des kleinen Trosses standen auf einer schmalen, drei Schritt hohen Klippe, die aus dem Unterholz des Eathinian herausragte und einen guten Blick auf die Westküste des Waldes bot. Trotz der Sonne pfiff ein kühler Wind an Ahrens Kleidung entlang und das gischtende Wasser, das sich an der felsigen Küste brach, weckte Erinnerungen an frühere Reisen in ihm. Tief im Süden ragten die nördlichsten Ausläufer der Wütenden Hauer wie die skelettartigen Finger ertrunkener Riesen aus dem Wasser und bildeten jenen natürlichen Schutzwall, der das Grüne Meer seit Jahrtausenden von See her vor Invasionen abschirmte.

»Müssten wir die *Königin der Wellen* nicht längst sehen?«, gab Lanlion dem Schmied recht, der demonstrativ seine Augen mit einer Hand abschirmte und in Richtung Süden starrte.

»Und ob«, sagte Uldini zerknirscht und schwebte in die Luft empor, bis er auf gut zehn Schritt Höhe verharrte. Der starke Wind dort oben ließ die schwarze Robe des Erzmagus wild um seine dürre Gestalt herumflattern und als er durch die Tiefen seiner Kristallkugel nach Süden blickte, entfuhr ihm ein unwilliges, herzhaftes Schnauben. »Wir sind ohnehin zu spät dran und das Schiff sollte bereits seit Tagen vor der Küste vor Anker liegen.« Uldini ließ sich wieder zu ihnen herabsinken und kaute dabei nachdenklich auf seiner Unterlippe. »Irgendetwas muss schiefgelaufen sein«, sagte er mit düsterer Miene.

»Sollten wir wirklich das Schlimmste annehmen?«, fragte Jelninolan.

»Sag du es mir«, gab der Alte gereizt zurück. »Wir wissen, dass die Seewege immer unsicherer werden, und das mächtigste Schiff der Rittermarschen verspätet sich. Glaubst du, die Mannschaft kommt zu spät, weil sie in irgendeiner lauschigen Taverne die Zeit vergessen hat?«

»Die Frage, die wir uns stellen müssen, ist: Wollen wir hier warten, ohne zu wissen, was der *Königin der Wellen* zugestoßen sein könnte?«, fragte Falk und rieb sich nachdenklich über den Bart. »Vielleicht ist es ja etwas Harmloses wie eine anhaltende Schlechtwetterfront und sie kommen innerhalb der nächsten Tage hier an.«

Ahren konnte aus der Tonlage seines ehemaligen Meisters heraushören, dass er selbst nicht so recht an seine Erklärung glaubte.

»Welche Alternativen haben wir?«, fragte Khara und ihre Miene spiegelte die Ratlosigkeit wider, die auch Ahren empfand.

»Wir reiten ihnen der Küste entlang entgegen«, sagte Lanlion und deutete nach Süden. »Und halten nach der *Königin der Wellen* Ausschau.«

»Du vergisst die Wütenden Hauer«, erwiderte Uldini. »Auf der gesamten Länge des Grünen Meeres könnten sie uns nicht an Bord nehmen, selbst wenn wir sie erblicken sollten.«

»Also läuft es auf ein Glücksspiel hinaus«, sagte Ahren frustriert. »Ob wir nun warten oder ihnen entgegenreiten, in beiden Fällen besteht die Möglichkeit, dass wir kostbare Zeit verlieren.« Er war sich deutlich des gespannten Gesichtsausdrucks Hakanus bewusst, der neugierig beobachtete, wie sein Meister sich entscheiden würde.

»Wir verlieren mindestens einen Mond, wenn wir losreiten und nicht vor Ankunft im Ewigen Reich an Bord des Schiffes gehen können«, gab Khara zu bedenken.

»Und Tage oder Wochen, wenn wir hierbleiben und niemand kommt«, warf Lanlion ein.

»So drehen wir uns nur im Kreis«, sagte Trogadon mit vor der Brust verschränkten Armen. »Wir müssen eine Entscheidung treffen.«

Ich sage, wir laufen, mischte Culhen sich ein. *Wenn die See derart unsicher geworden ist, dass selbst die* Königin der Wellen *von Piraten oder Dunkelwesen aufgehalten wurde, dann verlasse ich mich lieber auf meine eigenen vier Pfoten.*

Dankbar sah Ahren zu seinem Wolf hinüber und nickte ihm zu. »Culhen ist für den Landweg«, sagte er. »Und ich denke, er hat recht.«

Ein leises Knurren ertönte. »Muai denkt genauso«, fügte Khara hinzu. Das Wiehern Selsenas und Haminuls bedurfte keiner Übersetzung. Seit die beiden Vertrautentiere aus den Tiefen des Immergrüns zurückgekehrt waren, wirkte das Titejunanwa zufriedener und der Nachtmahr weniger finster.

»Es ist besser, in Bewegung zu bleiben, als an einem Ort zu verharren«, sagte Falk schließlich und sah zu Uldini und Jelninolan hinüber. »Wenn ihr keine Möglichkeit habt, herauszubekommen, wo die *Königin der Wellen* steckt, sollten wir das Grüne Meer entlang der Küste durchqueren und dabei nach dem Schiff Ausschau halten.«

Jelninolan holte *Mirilan* hervor und starrte ihre Sturmfiedel unschlüssig an. »Ich könnte mit einem Zauberlied herausfinden, ob das Schiff noch über die Wellen dieses Ozeans gleitet«, sagte sie nachdenklich. »Wenn der Widersacher jedoch wirklich die Wasser rund um Jorath in seinem Blick hat, könnte ihn dies direkt zur *Königin der Wellen* hinführen.«

»Dann lieber nicht«, entgegnete Ahren. »Ich denke, wir sollten an den Wütenden Hauern entlangziehen. Wenn wir bis dahin noch keine Spur von dem Schiff entdeckt haben, können wir immer noch Magie anwenden.«

»Dann ist es entschieden?«, fragte Yantilla, die sich bislang dezent im Hintergrund gehalten hatte.

Ahren nickte und versuchte Hakanu zuliebe möglichst selbstsicher auszusehen. »Wir reisen ab«, sagte er mit fester Stimme. »Und hoffen, dass wir nicht die gesamte Strecke bis zur Südküste Joraths reiten müssen.«

Es war ein seltsames Gefühl gewesen, als Ahren auf Culhens Rücken erneut das hohe Gras des Grünen Meeres betreten hatte. Der Eathinian lag seit einer Woche hinter ihnen und mit ihm das beruhigende Gefühl der Sicherheit, die sein Blätterdach versprach. Hier, zwischen den hohen Halmen des Grünen Meeres, lauerten für Ahrens Geschmack zu viele Gefahren. Nichtsdestotrotz merkte er, dass er nicht mehr mit der übertriebenen Verbissenheit über Hakanu wachte, die er noch auf dem Hinweg Richtung Immergrün verspürt hatte. Sowohl der Erinnerungszauber Jelninolans als auch die wachsenden Fähigkeiten des Lehrlings ließen Ahren genug Luft zum Atmen, sodass er nun den Unterricht seines Schützlings mit dem nötigen Augenmaß gestalten konnte.

Dass Hakanu sich durch vertrautes Gebiet bewegte, ließ sein Selbstvertrauen erblühen und so kam es, wie es kommen musste: An einem schönen Herbstmorgen, die Sonne brannte von einem blauen Himmel herab, ritt die Reisegruppe in lockerer Formation durch die endlosen Weiten des wogenden Graslandes, als Hakanu wieder einen seiner Ausritte unternahm, die Ahren mehr als einmal zu unterbinden versucht hatte. Der Junge blieb zwar immer in Sichtweite, aber das bedeutete im Grünen Meer nicht viel. Das Auge sah weit, doch die Gefahr war mitunter nah. An diesem Morgen war sie zu nah.

»Meister, seht nur: Dunkelwesen!«, rief Hakanu, als dieser keine hundert Schritt entfernt auf einem sanften Hügel stand und Richtung Osten deutete. »Ich glaube, es sind Halmpirscher!«

»Hakanu! Weg da!« Ahrens Puls beschleunigte sich und umgehend schoss Culhen in Hakanus Richtung durch das Gras, während sich der Waldläufer auf dessen Rücken kampfbereit machte und *Fisiniell* zog.

Falk, der ebenfalls die Gefahr erkannte, fluchte herzhaft. »Alle Mann mitkommen«, rief er grimmig, während Selsena zu einem Sturmlauf ansetzte. »Dieser Morgen wird Blut sehen und wir wollen nicht, dass es das des törichten Knabens ist.«

Wie durch einen Schleier nahm Ahren die vertrauten Geräusche war, als seine Gefährten hinter ihm und Culhen hereilten, aber der Paladin konnte keinen Augenblick lang den Blick von Hakanu abwenden, der seinem Meister begeistert entgegensah und offensichtlich nicht verstand, in welcher Gefahr er sich befand.

Ahren knirschte mit den Zähnen und schalt sich im Inneren selbst. Durch seinen Ruf hatte er Hakanu offenbar derart abgelenkt, dass der Junge das sich um ihn herum bewegende Gras nicht bemerkte. *Wie viele?*, fragte Ahren Culhen knapp.

Ich rieche zwanzig oder mehr, erwiderte der Wolf. *Sie haben ihn gleich eingekreist.*

Teils um Hakanu ohne viele Worte vor der drohenden Gefahr zu warnen, teils aus schierer Verzweiflung ließ Ahren einen Pfeil von der Sehne schnellen, der sich an einer der Stellen ins hohe Gras senkte, wo sich die Halme verräterisch bewegten. Ein kurzes Fauchen ertönte, das abrupt verstummte, und nun starrte Hakanu verdutzt ins Gras hinab. Ahren und Culhen waren noch gut zwanzig Schritt entfernt, aber der Paladin konnte trotzdem sehen, wie die Augen des Jungen größer und größer wurden. Er nestelte an seinem Speer herum, und Ahren ahnte, was gerade im Kopf seines Schützlings vor sich ging. Halmpirscher waren eine harmlosere Variante der tödlichen Nebelkatzen und selten genug, dass Ahren sie noch nie erblickt hatte. Aber er wusste genug über sie, um ihr Jagdverhalten zu kennen. Die ohne besondere Fähigkeiten ausgestatteten Raubkatzen lockten ihre Opfer in die Falle, indem sie einige wenige Tiere des Rudels in gut sichtbarer Entfernung umherstreifen ließen, während der Rest von ihnen das abgelenkte Opfer umzingelte, um dann zuzuschlagen. An diesem Tag war Hakanu ihre Beute.

Die Zeit schien für Ahren stillzustehen, als Culhen die letzten Schritt überwand und Hakanu bereits seinen Speer hob. Drei Schritt trennten Ahren noch von seinem Lehrling. Drei kostbare, unglaublich weit erscheinende Schritt. »Nicht …«, begann der Waldläufer und schoss einen weiteren Pfeil ins hohe Gras, der den nächsten Halmpirscher zur Strecke brachte. Hakanus Waffe stieß mitten in Ahrens Warnung herab. »… angreifen«, bellte Ahren, aber es war zu spät.

Die Halmpirscher reagierten instinktiv auf den Angriff ihrer Beute und das Gras um Hakanus scheuendes Pferd schien zu explodieren. Kleine grün-grau gestreifte Geschöpfe, keines länger als der Arm eines hochgewachsenen Mannes, schossen regelrecht aus dem Gras empor und sprangen Hakanu und sein Pferd in einer koordinierten Attacke an, die beide unter einer wahren Flut aus Fell, Krallen und Reißzähnen begrub. Hakanu schrie auf, dann erreichte Culhen endlich den Lehrling.

Ahren warf sich vom Rücken des Wolfes und zog seinen wild um sich schlagenden Lehrling von dessen panischem Pferd. Sie stürzten gemeinsam mit acht an dem Jungen festgebissenen Halmpirschern zu Boden, von denen drei starben, als ihre knirschenden Körper unfreiwillig den Aufprall des Lehrlings und seines Meisters dämpften. Ahren rollte sich zur Seite und zog dabei *Sonne* von seinem Rücken, während er *Fisiniell* neben sich fallen ließ. Mit einem lauten Schrei versuchte er die Aufmerksamkeit der Wesen auf sich zu lenken, während er so schnell wie möglich auf die am Lehrling hängenden Halmpirscher einschlug, ohne Hakanu dabei zu gefährden. Der Junge wehrte sich tapfer, kaum dass er wieder einen Arm bewegen konnte, und Ahren zog ihn zu sich heran, als Culhen zwischen die fauchenden, knurrenden Biester fuhr und sie mit seinen Fängen fortschleuderte oder schlichtweg zerbiss, bis keines mehr am Körper des Jungen hing.

Nun zeigte sich die Besonderheit dieser Wesen, denn mit jeder Verletzung und jedem toten Mitglied ihres Rudels nahm ihre Wildheit zu. Außer sich vor lauter Mordlust krallten und bissen die kleinen Bündel um sich. Zu bändigen waren sie nicht, man musste sie schon töten. Ahren schirmte Hakanu so gut es ging vor den Halmpirschern ab und hieb auf die angreifenden Wesen mit seiner Waffe ein, bis Falk und die anderen endlich auftauchten und die restlichen Dunkelwesen binnen kürzester Zeit auslöschten.

Sofort besah Ahren Hakanus Verletzungen, die sich vor allem auf Arme, Beine und seinen Rücken verteilten. Der Hals des Jungen war den Göttern – und Ahrens schnellem Eingreifen – sei Dank unversehrt. Nichtsdestotrotz blutete der Knabe wie ein abgestochenes Schwein, und ohne magische Hilfe würde sein Leben in Kürze enden. Ahren sah Panik in den Augen seines Schützlings und zog ihn in eine schützende Umarmung. »Jelninolan und Uldini werden sich gleich um dich kümmern«, sagte er leise, während die Alten bereits auf sie zu eilten und die Eiswölfe gemeinsam mit den restlichen Gefährten einen weitläufigen Schutzwall aus Schilden und Waffen um Meister und Lehrling bildeten. Hakanu sah zu Ahren auf, Blut im Gesicht und auf seinem ganzen Körper. »Ich habe nicht mal ein einziges Dunkelwesen erwischt, Meister«, sagte er kläglich, und Ahren erkannte bestürzt, dass Hakanu sich mehr um seine Leistung im Kampf sorgte, als um die Verletzungen, die er erlitten hatte.

»Ist dir eigentlich klar, dass du ohne einen Heilzauber sterben wirst?«, fragte Ahren mit harter Stimme. Hakanus Augen wurden groß.

Gehe sanft mit ihm um, sagte Culhen, der über den beiden aufragte und die letzte Bastion des Schutzwalls gegen weitere Angriffe bildete.

Mitnichten, erwiderte Ahren. *Schließlich muss ich durch seine Traumvorstellungen von Heldenhaftigkeit und Ruhm hindurchdringen.* Mit einer kaum merklichen Geste hielt er Uldini und Jelninolan auf, die bereits mit der Heilung beginnen wollten, und redete auf den bleicher werdenden Lehrling ein. »Zehntausende Soldatinnen und Soldaten verlassen sich auf uns«, sagte er und fixierte dabei den Blick des Jungen mit aller Intensität, die er aufbringen konnte. »Und noch mehr Bewohner Joraths, die nicht für sich selbst kämpfen können. Wir sind die dreizehn Paladine. Wir müssen überleben oder alle werden sterben!« Er musste sich zusammenreißen, um den Jungen nicht zu schütteln, so frustriert war er. »Es spielt keine Rolle, ob du im Kampf einen oder zehn Halmpirscher tötest, wenn *du* dabei stirbst. Hast du das verstanden?«

Hakanu nickte eingeschüchtert und Ahren brummte zufrieden. Dann waren Uldini und Jelninolan an ihrer Seite und schlossen mit Hitze und Heilwasser die Wunden des Jungen.

»Wenn du dich von der Gruppe entfernst, dann entfernst du dich auch von jenen, die dir im Kampf beistehen können, ob mittels guter Ratschläge, einer Waffe oder mächtiger Magie«, sagte er und stand ächzend auf. Ein brennender Schmerz, den er bisher nicht wahrgenommen hatte, pochte in seinem rechten Oberschenkel. Er blickte an sich herab und sah eine abgebrochene Kralle, die sich zwischen die Platten seiner Bänderrüstung gebohrt hatte, in seinem Fleisch stecken. Gerade wollte er den Fremdkörper herausziehen, als Falk ihm in den Arm griff.

»Warte, bis Uldini oder Jelninolan fertig ist«, sagte er leise. »Diese Kralle steckt an einer gefährlichen Stelle. Wenn du sie rausziehst, könntest du binnen dreißig Herzschlägen verbluten.«

Ahren schüttelte unwillig den Kopf. »Das weiß ich doch eigentlich«, sagte er voller Zorn über sich selbst und nahm seine Finger von der Wunde.

»Die Sorge um andere kann unser Denken vernebeln«, raunte Falk. »Mir ging es nicht viel anders als dir – sonst hätte ich während deiner Lehrzeit nicht so viele fragwürdige Entscheidungen getroffen.«

Ahren wollte seinen ehemaligen Meister fragen, was er meinte, als Jelninolan einen entzückten Ruf ausstieß. »Das ist aber eine nette Überraschung«, sagte sie und strich dem unter Uldinis Sonnenmagie schwitzenden Hakanu mütterlich einige Haare aus dem Gesicht. Ihre Hände leuchteten dabei kurz in einem irisierenden Blau, das an die klaren Wasser der Klingensee erinnerte. Offensichtlich heilte sie den Jungen gar nicht, sondern war mit einem anderen Zauber beschäftigt gewesen. Auf Ahrens fragenden Blick hin kam sie zu ihm herüber und bemerkte dabei die Kralle in seinem Bein. »Also wirklich, warum sagst du denn nichts«, schimpfte sie sanft. Welche Magie sie auch immer gerade gewirkt hatte, sie machte sie anscheinend ausgesprochen fürsorglich. Die Elfe nahm ihre Flasche mit dem Heilwasser vom Gürtel und ließ die Flüssigkeit in die Wunde laufen, während sie langsam und vorsichtig die Kralle entfernte. »Das klappt ja wunderbar«, sagte sie. »Genau wie erhofft, verhindert das Heilwasser, dass Blut austritt, indem es die Wunde in dem Moment schließt, wo die Kralle den Weg freimacht.« Sie strahlte Ahren an. »Das hat dir einen gehörigen Blutverlust erspart«, sagte sie. »Schön, wenn ein neuer Zauber so funktioniert wie er soll.«

»Die Heilung deines Wassers ist stärker geworden, oder?«, fragte Ahren neugierig und schenkte der Elfe ein dankbares Lächeln.

»Ja und Nein«, antwortete sie rätselhaft. »Ich habe einen Weg gefunden, wie das Wasser mehr Macht in sich vereint, je länger ich es bei mir trage. Stell es dir wie einen langsam reifenden Wein vor. Je mehr Zeit verstreicht, umso wirkungsvoller wird es.«

Ahren nickte und trat dann mit Jelninolan zusammen zu Hakanu hinüber, der unter *Flammensterns* feurigem Licht genas. »Warum ist euch nicht heiß, Meister?«, fragte er keuchend.

Ahren schmunzelte. »Weil jede Magie anders ist«, sagte er und kniete neben dem schwitzenden Jungen nieder. »Bekommst du ihn wieder hin?«, fragte er an Uldini gewandt.

»Er hat viel Blut verloren, das muss auf natürliche Weise zurückkehren«, knurrte Uldini angestrengt. »Ansonsten ist er bis heute Nachmittag so gut wie neu.«

Ahren zog die Augenbrauen hoch, als er hörte, wie lange Uldini noch benötigen würde. Anscheinend waren Hakanus Wunden übler, als er angenommen hatte. Er wollte gerade danach fragen, als er Jelninolans sanftes Kopfschütteln sah und schwieg. Die Elfe bedeutete ihm, mit ihr zu kommen, und so legte Ahren seinem Schützling für einen Augenblick aufmunternd eine Hand auf die Schulter und stand dann auf. Jelninolan führte ihn außer Hörweite des Jungen, bis sie den Schutzwall aus Eiswölfen erreichten, wo Lanlion mit Khara und Trogadon beisammenstand. »Alles in Ordnung?«, fragte er und alle nickten.

»Muai schmollt, weil Culhen sechs der Viecher erwischt hat und sie nur eines«, sagte Khara achselzuckend. »Aber davon abgesehen hat niemand außer Hakanu und dir eine Verwundung erlitten.« Sie strich über den Armreif, den sie bei ihrer Bundzeremonie von Jelninolan und Uldini geschenkt bekommen hatte. »Es fühlt sich seltsam an«, sagte sie leise, beinahe andächtig. »In einem Kampf kann ich dich und die anderen Paladine beinahe spüren. Ich bin ein bisschen schneller, stärker und mutiger, wenn ich in eurer Nähe kämpfe.«

»Willkommen in unseren Reihen«, sagte Falk scherzhaft und schüttelte dann in gespieltem Entsetzen den Kopf. »Wo kommen wir nur hin mit unserer Bruderschaft. Jetzt teilen wir unseren Segen schon mit dahergelaufenen Schwertmeisterinnen und Grünschnäbeln, die sich bei jeder Gelegenheit umbringen lassen wollen.« Dabei deutete er auf den verletzten Hakanu.

»Ich schwöre, ich werde den Jungen auf Culhens Rücken festbinden, sobald Uldini mit ihm fertig ist«, grollte Ahren kopfschüttelnd, dem so gar nicht nach einem Wortgeplänkel zumute war. Natürlich freute er sich mit Khara über die Wirksamkeit ihres Geschenkes, aber die Sorge und die Wut, die er gleichermaßen empfand, wenn er an Hakanu dachte, brachte sein Blut zum Kochen. Er wandte sich an Jelninolan. »Warum braucht unser Wundermagier überhaupt so lange?«

»Aus demselben Grund, aus dem ich ihm nicht helfe«, sagte Jelninolan mit einem feinen Lächeln. »Uldini heilt ihn absichtlich alleine, und zwar schön langsam.« Jetzt grinste die Priesterin. »Damit dein Zögling ein wenig ins Schwitzen gerät und dabei ungestört über den Preis des Ruhmes nachdenken kann, während wir eine ohnehin nötige Pause einlegen.«

»Vortreffliche Idee, mein Herz«, sagte Trogadon lachend. »Das wird ihm hoffentlich eine Lehre sein.«

»Wir sollten es aber nicht übertreiben«, ermahnte Ahren sie.

»Da stimme ich dir zu«, warf Lanlion ein, seinen melancholischen Blick auf den Horizont gerichtet. »Hakanu hat ein großes Herz, dem sein Verstand nur schwerfällig folgt. Du als sein Meister musst entscheiden, ob du seinen Verstand flinker oder sein Herz kleiner machst.«

»Letzteres geht bei Jünglingen viel schneller«, fügte Trogadon hinzu.

»Ich werde ihn nicht brechen«, sagte Ahren bestimmt. »Das wäre eine Schande und ein Verrat an der Art und Weise, wie Falk mich erzogen hat.«

»Aber er hatte auch Jahre dafür Zeit, dir den Kopf zurechtzurücken«, gab Khara zu bedenken. »Ich bin ganz deiner Meinung, aber können wir es uns leisten, dass Hakanu sein darf, wie er ist, wenn ihn dies jeden Tag aufs Neue umbringen könnte?«

»Wir müssen ihn eben behüten, während er lernt«, sagte Ahren. »Aber ich will verdammt sein, wenn ich seinen Willen breche, nur weil das schneller und bequemer ist.« Der Paladin sah in Richtung des umgeknickten Flecken Grases, wo sein Lehrling unter Uldinis Magie vor sich hin stöhnte. Dabei fing er Falks Blick auf, der etwas abseitsstehend die Diskussion mitverfolgt hatte und Ahren mit Stolz in den Augen zunickte.

»Bezüglich Hakanus Überlebenschancen habe ich übrigens eine gute Nachricht zu verbreiten«, sagte Jelninolan und Ahren erinnerte sich an ihren erfreuten Ausruf.

»Hat das etwas mit dem unbekannten Zauber zu tun, den du vorhin gewirkt hast?«, fragte Ahren nach.

Jelninolan nickte enthusiastisch. »Ich habe zuerst nur Hakanus Aura gelesen, um die Schwere seiner Verletzungen einschätzen zu können, so wie ich es vor einer komplexen Heilung immer tue. Dabei ist mir jedoch etwas aufgefallen, das bisher übersehen wurde, da seine Ernennung … provisorisch durchgeführt wurde.« Sie sah Ahren lächelnd an. »Dein Lehrling ist magisch begabt.«

»Oh nein«, stöhnte der junge Meister auf. »Nicht auch noch das.

Wie soll ich ihn denn beschützen, wenn mir der Junge nach Belieben davonfliegt?«

Jelninolan legte ihm beruhigend eine Hand auf den Arm. »Seine Begabung ist in etwa so stark wie die Sunjus. Er wird nur einen einzigen Zauber meistern können und das auch erst nach gründlicher Unterweisung durch Uldini oder mich. Wenn es dir jedoch Kopfschmerzen bereitet, dann können wir sein Talent erst mal ruhen lassen.«

Culhen sandte Ahren umgehend das Bild eines Wolfes, der seinen Schwanz nicht benutzen konnte, weil man ihn ihm festgebunden hatte.

Schon gut, schon gut, beschwichtigte ihn Ahren. *Wir werden Hakanus Potenzial sicher nicht brachliegen lassen.*

»Bestimmt er selbst, welche Fähigkeit er erlernt?«, fragte Ahren die Elfe.

Jelninolan nickte. »Im Rahmen seiner Möglichkeiten. Er wird garantiert nicht mit Feuerbällen um sich werfen können.«

»Den Göttern sei Dank«, murmelte Khara und nahm Ahren damit die Worte aus dem Mund.

»Wobei die Chancen gut stehen, dass dies der erste Zauber sein wird, nach dem Hakanu verlangt«, sagte Trogadon grinsend, was ihm einen bösen Blick Jelninolans einbrachte.

»Ob ich ihn wohl für die Heilmagie begeistern kann?«, fragte sie sich. »Er würde vielleicht keine Knochen zusammenfügen, aber zumindest Blutungen und Ähnliches versorgen können.«

»Darauf würde ich nicht wetten«, sagte Lanlion. »Nicht, wenn man bedenkt, wie wenig begeistert er auf Kamaluqs Gabe reagiert hat.« Dabei deutete er auf den Fuchs, der neben dem schwitzenden Hakanu im Gras saß und seinen Paladin aus treuen Augen anhimmelte. »Heilmagie wird Hakanu wohl ähnlich wenig schätzen.«

»Vielleicht kann ich ihn ja dazu bringen, sich ebenfalls tarnen zu wollen«, überlegte Ahren laut. »Denn der kleine Fuchs hat unseren Zusammenstoß mit den Dunkelwesen dank seiner Magie einfach ausgesessen.«

»Eher friert die Sonne ein«, sagte Khara mit einer wegwerfenden Handbewegung. »Schlage ihm lieber etwas vor, das seiner Neigung entspricht, oder er sucht sich selbst etwas, wie zum Beispiel einen magischen Sprint, mit dem er als Erster bei einem Gegner ankommt.«

Ahren sah Jelninolan flehend an. »Wenn er danach fragt, sag bitte, dass es so etwas nicht gibt.«

»Wipfelläufer machen das ständig«, sagte die Elfe achselzuckend. »Das wäre sogar ein sehr leichter Zauber ...«

»Keinen Sprint«, sagte Ahren entschieden, dem bei der Vorstellung, dass sein Lehrling selbst Culhen davonlief, ein kalter Schauer über den Rücken lief. »Der Junge besitzt eine selbstmörderische Tendenz, auf Gefahren zu-, statt vor ihnen davonzulaufen.«

»Ganz anders als ein gewisser anderer Lehrling, den ich unter meinen Fittichen hatte«, sagte Falk schmunzelnd.

Ahren sah seinen ehemaligen Mentor streng an, die Arme vor der Brust verschränkt. »Wie hätte *dir* der Gedanke gefallen, dass ich über Magie verfüge?«

Falks Gesicht verlor jede Farbe.

»Eben«, sagte Ahren. Dann seufzte er tief und deutete zu Uldini und Hakanu hinüber. »Bringen wir es hinter uns. Wenn wir sowieso bis zum Nachmittag hier verweilen, können wir meinen Lehrling ebenso gut bei der Wahl seines Zaubers beraten«, sagte Ahren.

»Und das Beste hoffen«, fügte Trogadon grinsend hinzu.

8. Kapitel

Kann ich lernen, Feuerbälle zu werfen?«, fragte ein schweißüberströmter Hakanu mit leuchtenden Augen. Alle Gefährten saßen um den allmählich genesenden Jungen herum, während die Eiswölfe ein provisorisches Lager errichtet hatten. Ein köstlicher Duft zog durch die Luft, der Ahren verriet, dass Yantilla einmal mehr ihre pragmatische Ader unter Beweis gestellt und befohlen hatte, Essen zubereiten zu lassen. Nach ihrer Annäherung an Lanlion auf Ahrens und Kharas Bundzeremonie hielt sich die Kommandeurin von den Gefährten fern, und Ahren wusste, dass er bald mir ihr sprechen musste. Aber jetzt gab es gerade Wichtigeres zu tun.

»Dafür reicht deine Macht nicht«, entgegnete Uldini brüsk. »Es sei denn, du willst einmal pro Mond ein kleines Flämmchen werfen können, das dich jedoch so sehr entkräftet, dass du drei Tage nicht gehen kannst.«

Hakanus Mundwinkel bogen sich nach unten und das Feuer in seinen Augen erlosch. »Schade«, sagte er niedergeschlagen.

»Sunju hat eine ähnliche Gabe wie du. Sie nutzt sie, um ihren Schild und ihre Rüstung leichter machen«, sagte Jelninolan. »Denk also in diese Richtung. Oder an etwas anderes Konstruktives, das dir oder deinen Gefährten im Kampf oder nach dessen Ende eine Hilfe sein könnte.« Ahren sah der Elfe an der Nasenspitze an, wie viel Selbstbeherrschung es sie kostete, nicht direkt die Kunst des Heilens anzusprechen.

»Kann ich mich stärker oder ausdauernder machen?«, fragte er hoffnungsvoll.

Jelninolan legte nachdenklich den Kopf schief. »Beides würde dein Herz schwer belasten. Du müsstest einen verantwortungsvollen Umgang mit deiner Gabe lernen, andernfalls könntest du selbst der ärgste Feind deiner Gesundheit werden.«

»Damit fällt das raus«, sagte Ahren trocken.

»Meister!«, empörte sich Hakanu. »Das ist *meine* Magie, über die Ihr da bestimmt.«

»Wie wäre es denn mit einem ähnlichen Trick wie Sunjus?«, fragte Khara unschuldig. Ahren sah sie erwartungsvoll an, dankbar, dass sie Hakanu abzulenken versuchte. »Dein Speer ist nicht nur für den Nahkampf geeignet. Du könntest ihn auch werfen.«

»Und dich so auf grandiose Weise selbst entwaffnen«, warf Trogadon kopfschüttelnd ein.

Khara hob einen Finger. »Aber was wäre, wenn dein Speer zu dir zurückkehren würde?«, fragte sie. »Kein Gegner wäre mehr außerhalb deiner Reichweite und du bliebst stets bewaffnet.«

Und gleichzeitig müsste er nicht ständig an vorderster Front kämpfen. Wenn er gekonnt hätte, wäre er den Bund mit Khara allein für diese Idee noch einmal eingegangen. Äußerlich behielt er jedoch sein skeptisches Gesicht bei und runzelte die Stirn. »Ich weiß nicht …«, begann er langsam.

Sofort hellte sich Hakanus Miene auf. »Oh, das wäre toll, Meister«, bettelte er. »Ihr könntet mich in Tausend-Speere umbenennen. Oder in –«

»Wäre das überhaupt möglich?«, fragte Ahren Uldini und Jelninolan.

»Unter Umständen«, sagte Uldini. »Der Speer ist leicht und windschnittig. Problematisch wäre der Zauber nur, wenn die Waffe sich in etwas verhakt. Wie einem Dunkelwesenpanzer.« Hakanus Miene fiel in sich zusammen wie ein schlecht gebackenes Brot.

»Ich könnte einige elfische Zauberzeichen in den Stab gravieren«, bot sich Jelninolan nach einigen Augenblicken des Schweigens an. »Sie würden wie eine Art … Anker dienen, an dem sich Hakanu mit seinem Zauber festhalten kann.«

Und schon war das Feuer in den Augen des Jungen zurück. »Darf ich das lernen, Meister?«, fragte er hoffnungsvoll.

Ahren warf die Arme hoch, so als würde er sich geschlagen geben. »Es ist deine Magie«, brummte er. »Tu doch, was du willst.«

»Oh, danke, Meister«, rief der Lehrling und umarmte Ahren, wobei der Waldläufer spürte, wie schwach sein Schützling aufgrund des Blutverlustes war.

»Du triefst vor Schweiß!«, sagte Ahren lachend und hielt sich spielerisch die Nase zu. »Warum suchen wir nicht einen kleinen Fluss, damit mein Lehrling nicht sämtliche Raubtiere und Dunkelwesen des Grünen Meeres mit seinem Gestank anlockt. Gleichzeitig kannst du mir aufzählen, welche Pflanzen bei Blutarmut helfen und wie man sie zubereitet und mischt.« Dabei schenkte er über den augenrollenden Hakanu hinweg Khara und Jelninolan einen dankbaren Blick, in dem eine gehörige Portion Erleichterung lag. Der Tag hatte mit einem Überfall auf Hakanu begonnen und endete mit der Hoffnung, dass dieser sich in Zukunft nicht mehr unnötig in Gefahr bringen müsste, um mitkämpfen zu können.

Mir scheint, er hat zusätzlich den Wert körperlicher Unversehrtheit erkannt, warf Culhen ein. Der Wolf betrachtete den begeisterten Lehrling, der bereits mit Phantasiespeeren den Kampf gegen eine ganze Armee von Dunkelwesen übte und dabei enthusiastisch durch das Gras sprang. *Auch wenn Vorsicht und Weisheit noch lange auf der Liste seiner Lektionen stehen werden.*

Die folgenden Wochen gingen ins Land, ohne dass Uldinis tägliche Versuche, die *Königin der Wellen* am Horizont zu erspähen, von Erfolg gekrönt waren. Sie hielten sich stets so nahe an der Küste wie möglich, doch die Wütenden Hauer waren nun mal moosbedeckte zerklüftete Kolosse, die vor der Küste aus dem Wasser herausragten und deshalb häufig den Blick auf den Ozean verdeckten. Außerdem waren diese gewaltigen Klippen einst Teil der Landmasse gewesen, weshalb sich die mit Schluchten durchzogene Küstenlinie wild und unregelmäßig gestaltete.

Hakanu lernte in der Zwischenzeit vor allem, mit seinem Speer als Wurfwaffe umzugehen. Jelninolan hatte einige Zauberzeichen eingraviert, und Ahren musste zugeben, dass sein Lehrling im Speerwurf ein Naturtalent war. Trogadon legte den Fokus des abendlichen Trainings des Jungen vor allem auf jene Muskeln, die der jüngste unter den Paladinen für das Werfen benötigte, und Hakanu machte von Tag zu Tag Fortschritte. Wäre da nicht die weiterhin verschollene *Königin der Wellen* gewesen, Ahren hätte sich beinahe entspannen können.

»Es ist schon komisch, wie wenig Dunkelwesen und andere Raubtiere wir seit Verlassen des Eathinian zu Gesicht bekommen haben, findest du nicht?«, unterbrach Khara eines Abend Ahrens Gedankengänge. Alle Gefährten außer dem übenden Hakanu saßen zusammen am Lagerfeuer, das sie auf einer der grasfreien Klippen entzündet hatten, die sich Dutzende Schritt über dem Meer gen Westen erstreckte, so als sei sie des Lebens an Land im Laufe der Jahrtausende überdrüssig geworden und wolle sich zu ihren Kameraden gesellen, die geduldig den Gezeiten des Meeres trotzten.

»Es sind gar nicht so wenige, wie du denkst«, sagte Jelninolan geheimnisvoll. »Wir werden schon eine ganze Weile verfolgt.«

»Was?«, fragte Uldini aufgebracht. »Von wem?«

»Aimenata«, sagte Jelninolan lächelnd. »Ich kann sie im Wind spüren, der uns umweht, und ihr Flüstern im Rascheln das Grases vernehmen.«

Uldini gab einen angewiderten Laut von sich. »Die Schamanen des Grünen Meeres und des Immergrüns haben deine baumkuschlerische Seite wieder hervorgekehrt«, murrte er. »Ein einfaches ›Wir werden beschützt‹ hätte auch gereicht.«

»Also ist es Aimenata, die uns die Dunkelwesen vom Leib hält?«, fragte Hakanu staunend. »Obwohl sie den Glatten Stein nicht verlassen kann?«

»Macht hat viele Gesichter«, sagte Ahren knapp. »Und jetzt höre auf, Zeit zu schinden. Trogadon trug dir auf, diese Eisenkugel einhundertmal um unser Lager tragen. Und ich bin mir sicher, du bist noch nicht mal bei siebzig.«

»Wer hat schon eine Eisenkugel im Gepäck?«, beschwerte sich der Lehrling und trottete davon.

»Nun, dieser Zwerg tut es, weil er nie wieder wabbelig um die Hüften sein will«, rief Trogadon Hakanu hinterher und schlug sich auf den festen Bauch. »Also hurtig, junger Mensch. Sonst darfst du mich auf deinem Rücken tragen.«

»Tu lieber, was er sagt«, warf Ahren mit schmerzverzerrtem Gesicht ein. »Allein bei dem Gedanken an Trogadons Schinderei an einem gewissen Strand der südlichen Dschungel tut mir schon wieder der Rücken weh. Damals warteten wir auch auf die *Königin der Wellen* und ich durfte ihn wirklich auf meinem Rücken tragen.« Zufrieden beobachtete er, wie Hakanu bei dem Hinweis auf die Leistungen seines Meisters seine Anstrengungen verdoppelte.

»Das machst du mit Absicht, oder?«, fragte Falk leise.

Ahren nickte. »Er lässt sich dadurch nicht entmutigen – nicht so wie ich damals. Ich kann ihn am besten anspornen, indem ich ihm immer wieder klarmache, dass er keinem hier das Wasser reichen kann. Sein inneres Feuer erledigt den Rest.«

»Brandgefährlich, aber effektiv«, sagte Khara. »Er wird sich selbst der härteste Richter sein – falls er nicht an seinen eigenen Ansprüchen zerbricht.«

»Vorher werde ich ihn bremsen«, antwortete Ahren selbstsicher. »Zumal ich darauf baue, dass ihr alle ebenfalls einen Blick auf den Jungen habt.«

»Wünschst du dir manchmal, er wäre dir ähnlicher?«, fragte Lanlion, der dem direkten Feuerschein den Rücken gekehrt hatte und auf das Meer hinausstarrte.

Ahren dachte über die Frage seines bleichen Freundes nach. »Nein«, sagte er schließlich. »Es ist viel schöner, mitanzusehen, wie er seinen eigenen Weg einschlägt. Auch wenn dieser mich um den Verstand zu bringen droht.«

Falk lachte leise, sagte aber nichts zu Ahrens Worten.

»Verdammt«, sagte Uldini, der noch einmal durch *Flammenstern* gen Süden gesehen hatte und nun den Blick von der Kristallkugel nahm.

»Was ist?«, fragte Trogadon. Zu Jelninolans Unmut paffte der Zwerg an einer selbstkreierten Tabakmischung, die Kräuter aus dem Immergrün enthielt. Ahren fand, dass sein stämmiger Freund in letzter Zeit nach einer Pfeife immer ein wenig nach brennendem Wald müffelte. Nichts, was jemand aus dem elfischen Volk gerne roch. Geschweige denn ein Waldläufer.

»Trümmer im Wasser«, sagte Uldini knapp.

Ahren wurde schwer ums Herz. »Etwa die *Königin der Wellen*?«

Uldini schüttelte den Kopf. »Sieht nach einem normalen Transportschiff aus«, murmelte er mit zusammengekniffenen Augen. »Wobei ich mich frage, warum es so weit im Norden der Westküste Joraths unterwegs war.«

»Denkst du an ein Ersatzschiff, das uns anstelle der *Königin der Wellen* abholen wollte?«, fragte Falk.

»Vielleicht«, sagte Uldini mit wenig Überzeugung in der Stimme.

»Oder ein glückloser Händler, der in Gol-Konar einige schnelle, ruchlose Geschäfte abschließen wollte und stattdessen geplündert und versenkt wurde.«

»Es gibt Handel in Gol-Konar?«, fragte Ahren.

Khara schnaubte. »Wenn man das so nennen kann«, warf sie ein. »Mit Nadelspinnen Fangen zu spielen, wäre ungefährlicher.«

»In der Stadt der Schurken herrscht ausschließlich das Gesetz des Stärkeren«, erklärte Falk. »Ihr Hauptleitsatz lautet: Nimm dir, was du willst, und behalte, was du kannst.«

»Dort gibt es Dutzende Gruppierungen, die unentwegt um Einfluss und Macht rangeln«, ergänzte Lanlion. »Es gibt nur eine Sache, die tabu ist.«

»Gol-Konar selbst zu schaden«, beendete Uldini die Ausführungen.

»Wenn die Stadt so gesetzlos ist, warum hat sie dann einen Anführer?«, rief Hakanu schnaufend dazwischen. Der Junge wankte mit der schweren Kugel in den Händen um das Lager, und Ahren sah in den Augen der Wache haltenden Eiswölfe Mitleid mit dem Lehrling. Yantilla stand bei ihren Leuten und bedachte Lanlion mit einem rätselhaften Gesichtsausdruck. War das Abscheu in ihren Augen?

»Weil irgendwer die Geschicke der Stadt bestimmen muss«, sagte Uldini. »Selbst das größte Chaos braucht einen Kern der Ordnung oder es zerfällt in völlige Willkür. Deshalb stellt die stärkste Gruppe in Gol-Konar den Anführer und erhält ein Zehntel aller Beute, die gemacht wird.«

»Es erklärt sich von selbst, dass die Gruppe um den Anführer an ihrer Spitze daher sehr häufig wechselt«, fügte Lanlion voller Abneigung hinzu.

»Gol-Konar, die Pestbeule des Westens«, knurrte Falk und spie aus.

»Ich habe noch nie erlebt, dass sich alle so einig sind, wenn es um den Ruf eines Ortes geht«, sagte Ahren.

»Erinnerst du dich an die Piraten der Klingensee?«, fragte Uldini, und Ahren nickte. »Nimm denen jegliche Moral und sämtliche gesellschaftlichen Regeln, dann hast du eine Vorstellung davon, wie es in Gol-Konar zugeht. Dort gibt weder einen Tisch der Kapitäne noch einen Ruf, den es zu erhalten gilt. Wer nichts zu verlieren hat oder alles gewinnen will, geht nach Gol-Konar.«

»Wo wir gerade davon reden«, sagte Trogadon und stieß eine nach Harz riechende Rauchwolke gen Himmel aus. »Sollten wir diesen ungastlichen Ort nicht möglichst großzügig meiden?«

»Bitte höre auf, meine Heimat zu rauchen«, sagte Jelninolan und hielt sich die Nase zu.

»Das ist meine Art, den Immergrün zu ehren«, antwortete Trogadon unverbesserlich und klopfte auf seinen Tabakbeutel. »Ich trage immer einen Teil von ihm bei mir.« Er zog an seiner Pfeife. »Und in mir«, sagte er lächelnd und ließ dabei den Rauch zwischen seinen Zähnen entweichen, sodass dieser um den Bart des Zwerges wirbelte.

»Wir werden einen Bogen um Gol-Konar schlagen«, beantwortete Uldini die Frage des Zwerges und wandte sich an Falk. »Wann müssen wir dafür die Küstenlinie verlassen?«

Falk rieb sich nachdenklich über den Bart. »Noch ein paar Tage sollten wir an den Klippen entlanglaufen können. Danach wird es brenzlig.«

Uldini verzog unwillig das Gesicht. »Bei unserem Glück fährt genau dann die *Königin der Wellen* an uns vorbei nach Norden, wenn wir sie nicht sehen können.«

»Und wenn du doch eine magische Botschaft sendest?«, fragte Ahren zögernd.

»An wen denn?«, gab Uldini zurück. »Soviel wir wissen, haben sie keinen an Bord, der Magie beherrscht. Und wenn ich den Kapitän mit einem ungesicherten Zauber kontaktiere, könnte ich dem Widersacher ebenso gut die Arbeit abnehmen und das Schiff selbst versenken.«

»Unsere Reise wird einfacher, wenn wir erst im Ewigen Reich sind«, sagte Khara. »Von dort aus werden wir mit Eilkutschen und einer tausend Mann starken Eskorte reisen.«

»Es hat eben doch seine Vorteile, wenn man den Bund mit einer Prinzessin eingeht«, sagte Ahren augenzwinkernd.

»Ein derartiges Aufgebot könnte den Dunklen Gott ebenfalls auf den Plan rufen«, gab Lanlion zu bedenken. »Ist das klug?«

»Ohne Widerstand durch den Dunklen Gott werden wir ohnehin nicht reisen können, so viel ist klar«, erklärte Uldini. »Es ist an uns, die richtige Mischung aus Kampfkraft und Heimlichkeit zu finden, um in die Eisigen Weiten zu gelangen.«

»Die Eisfelder«, verbesserte Jelninolan sanft.

»Ja, verdammt«, murrte Uldini. »Das weiß ich doch.«

»Einhundert«, rief Hakanu schnaufend und ließ mit einem lauten Plumpsen die Eisenkugel fallen. Die Arme und Beine des Lehrlings zitterten, aber seine Augen strahlten, als hätte er soeben im Alleingang den Krieg gewonnen.

»Prima«, sagte Trogadon mit einem Nicken. »Und jetzt sei so gut, und verstaue meine Kugel wieder in meinem Rucksack.« Hakanus Schultern fielen herab, und Ahren sah den Zwerg stirnrunzelnd an. »Was?«, fragte dieser mit einer Unschuldsmiene und stieß eine weitere Rauchwolke aus. »Ich erziehe deinen Lehrling nur zur Höflichkeit, das ist alles.«

Ahren stand auf und ging zu dem entkräfteten Hakanu hinüber, der die Kugel nicht mehr vom Boden hochbekam. »Ich helfe dir«, sagte der junge Meister sanft und gemeinsam hoben sie das schwere Objekt auf.

»Tut mir leid, Meister«, sagte Hakanu beschämt, und Ahren sah tatsächlich Tränen in den Augen des Knaben. Mit vereinten Kräften wuchteten sie die Kugel in Trogadons ausladenden Rucksack, dann lenkte der Paladin seinen Schützling ein paar Schritt vom Lagerfeuer fort.

»Erstens ist es niemals schlimm, Hilfe anzunehmen, wenn sie angeboten wird«, sagte Ahren mit leiser, eindringlicher Stimme. »Ohne meine Freunde wäre ich öfter gescheitert, als ich zählen kann.« Er sah Hakanu tief in die Augen. »Die Götter haben nicht umsonst dreizehn von uns erschaffen. Kein Paladin kann die Last der Welt allein schultern. Erinnere dich an unseren Wahlspruch: Gemeinsam, nicht allein.« Hakanu nickte schwach. »Und zweitens«, fuhr Ahren fort, »war es deine Aufgabe, mit dieser Kugel einhundertmal um das Lager zu laufen, und das hast du getan.« Er zwinkerte seinem Lehrling aufmunternd zu. »Dass Trogadon zu faul ist, seinen Krempel selbst wegzuräumen, ist nicht deine Schuld«, sagte er laut genug, dass der Zwerg sich umdrehte.

»He da«, sagte der Schmied launig. »Wenn du weiter so frech bist, kannst du deinen Jungen wieder selbst trainieren.«

»Als ob du dir die Gelegenheit entgehen lassen würdest, jemanden herumzuscheuchen«, kommentierte Jelninolan die gespielte Empörung ihres Zwerges lachend.

Der griff sich ans Herz. »Von der eigenen Liebsten heimtückisch verraten«, stöhnte er laut. »Wie soll ich das jemals verwinden?«

»Deine Arbeit ist für heute getan«, sagte Ahren leise zu Hakanu, als das alberne Hin und Her seiner Freunde mehr und mehr zunahm. »Gönne dir so viel Schlaf, wie du kannst. Heute wirst du von keinem hier mehr etwas Nützliches lernen können.«

Wohin gehst du? Die Frage kam undeutlich vom verschlafenen Culhen, an den sich Ahren und Khara zur Nacht angekuschelt hatten. Zerrissene Wolken zogen über einen sternenübersäten Nachthimmel. Hier auf der ausladenden Klippe war der Wind so kalt, dass das Fell des Wolfes eine willkommene Wärmequelle darstellte.

Ahren, der gerade aufgestanden war, deutete auf eine einzelne Gestalt an der Spitze der Klippe, die dort im Licht der Sterne saß und ihre Beine über den gezackten Rand baumeln ließ, so als luden die tief unter ihnen brechenden Wellen die Gestalt dazu ein, ins kühle, tödliche Nass zu springen. *Ich denke, ich habe ein gewisses Gespräch zu lange aufgeschoben*, gab er zur Antwort. *Bleib hier oder du weckst Khara auf.*

Ist gut, sagte der Wolf und schloss seine Augen wieder. *Habe ich dir eigentlich schon erzählt, dass Kamaluq sich heute bei unserem Jagdausflug so gut geschlagen hat, dass selbst Muai ihn freundlich angeknurrt hat?*, fügte das Tier im Halbschlaf hinzu.

Nur knapp ein Dutzend Mal, antwortete Ahren, über den Stolz seines Freundes lächelnd, der den kleinen Fuchs unter seine Fittiche genommen hatte. *Und jetzt schlaf weiter.* Dann wandte er sich um und ging an seinen anderen schlafenden Gefährten vorbei zu der Gestalt auf der Klippenspitze.

Yantilla drehte sich um und bedachte Ahren mit einem Kopfnicken, als sie ihn im unbeständigen Mondlicht erkannte. Die Wolken zogen so schnell vor dem leuchtenden Rund vorbei, als würden sie dort oben ein himmlisches Rennen abhalten. »Dreizehnter«, sagte Yantilla zur Begrüßung knapp.

Ahren setzte sich neben sie. Der Wind pfiff hier auf der Spitze mit voller Kraft und der Paladin wünschte sich seinen Mantel herbei, der ihn gegen Hitze und Kälte schützte, doch Ahren hatte das magische Kleidungsstück über dem schlafenden Hakanu ausgebreitet, der, mit seinem schnarchenden Fuchs im Arm, in einem tiefen Erschöpfungsschlaf dalag und nun warm und sicher war. »Wir zwei haben etwas zu besprechen«, sagte Ahren schlicht, während er auf die glitzernden Wellen des Ozeans starrte, ohne die Frau zu seiner rechten anzusehen. Es war keine Frage, sondern eine simple Feststellung.

»Allerdings«, sagte die Kommandeurin, der Ahren bereits an diesem einen Wort anhören konnte, dass sie seine geradlinige Gesprächsführung begrüßte. »Und zwar eine einfache Frage: Was macht ein Blutleerer in unserer Mitte?«

Ahren nickte, seinen Blick unverwandt auf das wilde Spiel des Wassers gerichtet. »Lanlion«, sagte er. »Sein Name ist Lanlion und er ist ein Paladin.«

»Aber –«, begann Yantilla.

»Kein Aber«, sagte Ahren fest und drehte endlich den Kopf. Er stellte fest, dass die Augen der Kommandeurin in stummer Anklage loderten. »Wenn die Götter seinen Zustand dulden, dann könnt Ihr das auch.«

Yantilla kniff die Lippen zusammen. »Als ich noch die rot-weiße Spinne war, bin ich mal auf einen Blutleeren getroffen«, sagte sie in gepresstem Ton. »Ich habe noch nie so viele Männer und Frauen wie an jenem Tag verloren.«

Ahren nickte, äußerlich gelassen, innerlich angespannt. Die Loyalität der Frau neben ihm war stets unverbrüchlich gewesen, obwohl er ihr beileibe sehr viel zugemutet hatte. War nun der Moment gekommen, in dem er den Bogen überspannt hatte? »Dann vergleicht doch bitte jenen Blutleeren von damals mit dem Mann, dem Ihr dieser Tage auf romantische Weise nachgestellt habt. Wie ähnlich sind sich diese beiden?«

Yantillas Gesicht wurde dunkel, ob aus Wut oder Scham konnte Ahren im Mondlicht nicht erkennen. »Ihr hättet mich warnen können«, klagte sie ihn an.

Ahren nickte. »Möglicherweise«, gab er zu. »Aber Lanlions Zustand ist ein Geheimnis, das nicht öffentlich werden darf. Also hielt ich es für das Beste, noch eine Weile mit diesem Gespräch zu warten. Doch offensichtlich habe ich zu lange gewartet.«

Yantilla schnaubte. »Euch zu dienen, ist nicht leicht«, sagte sie schließlich nach einer Ewigkeit.

»Nichts an diesem Krieg ist leicht«, antwortete Ahren und legte ihr eine Hand auf die Schulter. »Also sollten wir unser Glück suchen, wo immer wir es finden.« Er sah zu Lanlion hinüber, der auf einer benachbarten Klippe Wache hielt, eine einsame, bleiche Gestalt mit wehendem Umhang, die ebenso gut einer Schauermär hätte entsprungen sein können. »Auch an den ungewöhnlichsten Orten.«

Yantilla erschauerte unter seiner Hand. »Nichts für ungut, Herr, aber ich mag mein Liebesglück lieber unkompliziert – und lebend.«

Ahren nahm seine Hand fort und nickte. »Wie Ihr wünscht«, sagte er sanft. »Ich kann ungeachtet dessen davon ausgehen, dass Lanlion weiterhin den Schutz der Eiswölfe genießt?«

Yantilla nickte zögernd. »Mein Wort darauf«, sagte sie schließlich.

»Gut«, sagte Ahren zufrieden.

»Können wir uns für die Zukunft darauf einigen, dass ich nicht immer alles als Letzte erfahre?«, fragte die Kommandeurin, wobei sich ihr direktes Wesen einmal mehr offenbarte. »Euch zu beschützen, ist auch so schon eine echte Herausforderung.«

Ahren stand auf und sah auf den Ozean hinaus. »Ich gebe mir Mühe«, sagte er nach einer Weile.

Yantilla lachte leise auf. »Wenigstens seid Ihr ehrlich mit mir«, sagte sie sardonisch.

»Ich schätze Euch und jeden einzelnen Eurer Eiswölfe«, sagte Ahren ernst und blickte die Kommandeurin dabei lange an. »Wenn es nach mir ginge, solltet *ihr* alle von den Barden besungen werden, nicht ich.«

Yantilla grinste den Paladin an. »Oh, da macht Euch mal keine Sorgen, Herr«, antwortete sie leichthin. »Es gibt bereits *Die Wölfe des Dreizehnten* und *Das Rudel der Eiswölfe*. Diese schwülstigen Liederschreiber machen wirklich aus allem und jedem eine Ballade.«

Ahren wartete taktvoll, bis Yantilla sich schlafen gelegt hatte, bevor er sein zweites schwieriges Gespräch in dieser Nacht führte. Er schritt leise auf den im Dunkeln wachenden Lanlion zu, dessen bleiche

Gestalt noch immer vollkommen reglos auf der Spitze der Klippe im Wind stand. Seine Hände ruhten auf seinem Zweihänder, und für einen Außenstehenden hätte der Blutleere auch eine alabasterfarbene Statue sein können, die, in eine schwarze Vollplatte gehüllt, im Licht des Mondes dastand, für die Welt verloren und vor Äonen von ihren Erschaffern gemeißelt und vergessen.

»Es geht mir gut.« Die geflüsterten Worte Lanlions, die der Wind zu Ahren herüberwehte, ließen ihn zusammenzucken. Der Blutleere hatte Ahren weder den Kopf zugewandt noch in irgendeiner anderen Art und Weise zu erkennen gegeben, dass er seinen Gefährten wahrgenommen hatte.

»Bist du dir sicher?«, fragte Ahren. Offensichtlich hatte Lanlion das Gespräch mit Yantilla beobachtet und vielleicht sogar mitgehört, trotz der großen Entfernung und des lauten Windes, der um die Klippen heulte.

»Ich bin erwachsen, Ahren«, war die Antwort. Noch immer sah Lanlion ihn nicht an. »Und ich denke, dass Yantillas Werben um mich eher ihrem Bedürfnis nach einer Trophäe entsprang als echter Zuneigung.« Er zuckte sanft mit den Achseln, die erste Regung, die Ahren bisher an seinem Freund gesehen hatte. »Ich war der geheimnisvolle Paladin, dessen Geheimnis es zu enträtseln gab. Nun ist es gelüftet und was sie vorgefunden hat, gefällt ihr nicht.«

Ahren hörte einen Anflug von Bitterkeit aus Lanlions Worten, aber viel mächtiger schwang die Resignation des Blutleeren in jeder Silbe mit. »Ich denke, du tust ihr unrecht«, sagte der Waldläufer unsicher. Traf Lanlions Einschätzung nicht doch viel präziser zu, als Ahren sich es eingestehen wollte? Was hatte Yantilla gesagt? *Ich mag mein Liebesglück lieber unkompliziert.* »Selbst wenn du recht hast, eine solch brüske Zurückweisung ist nur schwer zu ertragen«, fuhr Ahren fort. »Selbst für jemanden wie dich, der die Dunkelheit dieser Welt deutlicher sieht, als wir anderen es tun.«

Lanlion lachte leise. Es war ein trockener Laut, ohne jede Freude darin. »Es geht mir gut«, sagte er erneut und drehte Ahren dann endlich seinen Kopf zu. Seine Miene war ruhig, sein Blick gelassen, mit einem Schimmer der Dankbarkeit in seinen Tiefen. »Ich habe ja genug Freunde, die an meiner Seite stehen und mir dabei helfen, das Licht am

Ende meiner ewig währenden Nacht zu erkennen.«

Ahren wusste nicht, was er darauf sagen sollte. Also standen der Dreizehnte und der Blutleere gemeinsam auf jener windumtosten Klippe und starrten auf die stürmische See hinaus, bis die Sonne die ersten zarten Strahlen auf das Wasser warf und einen neuen Tag ankündigte.

Ahrens erster Blick auf Gol-Konar erfolgte von einer Klippe aus. Passenderweise regnete es in Strömen und nur dank des magischen Blicks durch Uldinis Kristallkugel war die enge Bucht ansatzweise zu erkennen, deren schmutziggraue Steinwände aussahen, als wären sie von einer schmierigen Rußschicht überzogen, die keine Welle dieser Welt abspülen könnte. Der junge Paladin entdeckte keinerlei Befestigungsanlagen an den beiden klapprig aussehenden Pieren, aber die scharfkantigen Kolosse der Wütenden Hauer, die den abgebrochenen Zähnen eines Seeriesen gleich die Zufahrt zur Stadt blockierten, ließen Ahren darüber staunen, dass es Kapitäne gab, die ihre Schiffe tatsächlich unversehrt bis in den rettenden Hafen steuern konnten. Aufgrund seines seitlichen Blickwinkels die Küste entlang sah Ahren nichts von der eigentlichen Stadt und tief in seinem Inneren war er dankbar dafür. Er war zwar von Natur aus ein neugieriger Mensch, doch diesen dunklen Ort würde er mit Kusshand umgehen.

»Es ist so weit«, kommentierte Uldini in Richtung des wartenden Falks, der mit dem Rest der Gruppe auf das Urteil des Magus wartete. »Gol-Konar ist in Sicht, von der *Königin der Wellen* fehlt weiterhin jede Spur. Wir müssen jetzt landeinwärts abdrehen.«

Ahren wischte sich den Regen aus dem Bart und starrte in den Sturm hinaus, der den Eindruck erweckte, er wolle den schäumenden Wassern der See imponieren. Der Paladin fixierte das trübe Grau, als könne er mit purer Willenskraft das Flaggschiff der Königsinsel herbeibeschwören. Nichts geschah. »Ich habe das merkwürdige Gefühl, als würden wir die Mannschaft der *Königin der Wellen* verraten«, murmelte er leise.

»Selbst wenn sie jetzt auftauchen würden, könnten wir erst im Ewigen Reich an Bord gehen«, sagte Falk. »Das Beste, auf das wir hoffen dürfen, ist, dass sie das Ewige Reich noch nicht passiert haben und wir sie dort in einem Hafen abpassen können.«

Ahren drehte sich um und ging zu Culhen hinüber. Der Wolf stand im strömenden Regen da, die Tropfen prasselten laut auf die Rüstung des gepanzerten Tieres. »Ab jetzt höchste Alarmbereitschaft«, rief er Yantilla zu, die daraufhin salutierte und den Eiswölfen entsprechende Anweisungen gab. »Von nun an keine Ausflüge mehr außerhalb der Formation«, sagte Ahren streng zu Hakanu, der ausnahmsweise keine Widerworte gab. Dass sich alle Anwesenden wie auf eine Schlacht vorbereiteten, schien sogar den heißblütigen Jungen zu beeindrucken – auch wenn Ahren die Anzeichen der Aufregung im Blick seines Schützlings wohl bemerkte. Er schaute nach und nach seine Gefährten an, die ihm schweigend zunickten. Jeder von ihnen würde ein Auge auf Hakanu haben. Derart beruhigt ließ der Paladin Culhen lostraben. Sie würden eine Woche brauchen, um Gol-Konar zu umgehen, und mit ein wenig Glück wäre die Stadt der Schurken schon bald nichts weiter als eine hässliche Erinnerung auf ihrer langen Reise gen Süden.

Die nächsten Tage regnete es beständig und die Stimmung im Tross der Gefährten war gedämpft. Immer wieder gab es falsche Alarme wegen im Sturm umherwiegender Grashalme, die ebenso gut eine Gefahr verbergen konnten, sowie aufgrund von schemenhaften Sichtungen am diesigen Horizont, die sich meist als grasende Hantas herausstellten und einmal sogar als ein versprengtes Hakenbison. Sie vermieden es, Feuer zu machen, aus Sorge vor den Jagdtruppen Gol-Konars, die stets auf der Suche nach neuem Plündergut oder gar Sklaven waren, die ruchlose Händler den Gerüchten nach an jene verkauften, die billige Arbeitskräfte benötigten und dafür ihre Menschlichkeit zu opfern bereit waren. Auch wenn ihr Trupp groß genug war, um vor einem Generalangriff gefeit zu sein, wollte niemand riskieren, dass Häscher aus der Stadt der Schurken einen von ihnen mittels eines Hinterhalts gefangen nahmen. Sogar ihre Notdurft verrichteten die Gefährten und Eiswölfe in kleinen Gruppen im hohen Gras, während der Rest des Trosses die Herzschläge zählte, bis jene, die dem Ruf der Natur hatten folgen müssen, zurückkehrten.

Bei einer dieser Pausen war es, dass Ahren in der Entfernung, kaum sichtbar im strömenden Regen, die Silhouette eines mächtigen Hantas ausmachte, das ihm seltsam vertraut vorkam. Das Tier schien ihn geradewegs anzustarren, und Ahren wurde mulmig, als er in ihm schließlich Camentumar erkannte, das Vertrautentier von Feuer-im-Blick. Seit jener Nacht, in der der Paladin zu Tode gekommen war, hatte, soweit Ahren wusste, niemand mehr das Tier gesehen.

Wir sollten zu ihm gehen, sagte Culhen. *Wenn er es zulässt.* In den Gedanken des Wolfes schwang eine derart tiefe Trauer und ein so großes Mitgefühl mit, dass Ahren gar nicht anders konnte, als einen Fuß vor den anderen zu setzen. Mit einem Wink seiner Hand hielt er jene Eiswölfe auf, die die beiden begleiten wollten, und zusammen mit Culhen an seiner Seite ging Ahren auf das regungslose Hanta zu, das mutterseelenalleine im Regen dastand.

Er trägt noch immer seine Rüstung, bemerkte Culhen, als sie näherkamen, und Ahren erkannte nun auch das verräterische Schimmern des Kettengeflechts, das den Rumpf des Hantas einhüllte.

»Alles voller Blut«, sagte Ahren erschrocken, woraufhin Camentumar sich fortdrehte und dabei unruhig schnaubte. Getrocknetes Blut klebte an der Rüstung des Tieres und überall dort auf seinem Fell, wo es ungepanzert war.

Er sucht den Tod im Kampf gegen Dunkelwesen, sagte Culhen betrübt. *Alles, was seinen Lebenswillen aufrechterhält, ist sein Rachedurst.*

Ahren schenkte seinem Freund einen raschen Seitenblick. *Das alles kannst du einfach so erkennen?*

Ich lese es in seinen Augen, gab Culhen mit einem leisen Winseln zurück. *Den Rest kann ich mir denken.* Er zögerte einen Herzschlag, bevor er weitersprach. *Mir würde es ebenso gehen.*

Einem Impuls folgend legte Ahren Culhen eine Hand in den Nacken, sagte aber nichts. Was konnte er schon sagen angesichts des Schmerzes im Blick des vor ihnen umhertänzelnden Hantas? »Es tut mir leid«, flüsterte er schließlich, als sie Camentumar erreicht hatten. »Ich habe ihn nicht retten können.«

Das Hanta stand plötzlich still und für einen Augenblick schien ein Minimum an geistiger Klarheit in dessen Augen zurückzukehren, doch dieser Moment verflog so schnell, wie er gekommen war.

Er erinnert mich an Haminul. Damals, bevor Lanlion erwacht ist, ertönten Culhens Worte in Ahrens Kopf.

Nur dass hier kein Ende seiner Qual zu erwarten ist, antwortete Ahren voller Mitleid. *Sein Paladin wird sich nie wieder erheben.* Er streckte eine Hand nach Camentumar aus, aber der Hanta tänzelte einen Schritt von Ahren und Culhen weg.

»Ihr könnt nichts für ihn tun«, erklang eine traurige Stimme links von Ahren, und als er herumwirbelte, stand dort – keine sechs Schritt entfernt – die Frau in Schwarz mitten im hohen Gras des Grünen Meeres. Ihr bleiches Gesicht war wie gewohnt nur schemenhaft unter ihrem dichten Schleier zu erkennen.

Wie immer wallten gemischte Gefühle in Ahren auf, sobald er die Unbekannte erblickte, die wie eine Art düsterer Schutzengel über sie wachte und auftauchte, wann immer es ihr passte. Sie hatte ihn oft genug vor Schaden bewahrt, dass er ihr nicht misstraute, ihre Hilfe nahm jedoch bisweilen Formen an, die in Ahren ein ungutes Gefühl zurückließen.

»Wieder muss ich Euch danken«, sagte er nichtsdestotrotz höflich. »Eure Bundrose war ein gefährliches, aber nützliches Geschenk. Ohne sie wären Khara und ich jetzt nicht im Bund vereint.«

»Es war meine einzige Möglichkeit, zu helfen«, sagte die Frau fast entschuldigend. »Mir sind Grenzen gesetzt, die ich nicht überschreiten kann. Noch nicht.«

Ahren wusste genug über diese Unbekannte, um in diesem Punkt nicht weiter nachzufragen. Sie gab nur das preis, was sie wollte. Sie hatte Khara gegenüber offenbart, dass sie keine Freundin der Götter war, weshalb in dem Paladin der Verdacht wuchs, dass er es hier mit einer Dienerin des Widersachers zu tun hatte, die es irgendwie geschafft hatte, sich seiner Kontrolle zu entziehen – wenn auch nur in jenen angedeuteten Grenzen. »Warum seid Ihr hier?«, fragte er stattdessen. »Könnt Ihr mir das sagen?«

»Nicht wegen einem von euch«, sagte sie, und Ahren hörte einen Anflug von Wärme in ihrer Stimme. »Auch wenn ich warten musste, bis Camentumar den dreizehnten Paladin aufsucht, um ihn aufspüren zu können.«

Der Waldläufer verstand wie immer nur die Hälfte von dem, was die Fremde von sich gab, doch zugleich hatte die Gewissheit, dass ihm die Frau in Schwarz ein Mysterium blieb, etwas Beruhigendes. Sie war wie ein vorhersehbares Chaos – wenn es so etwas gab. Und sie war auf ihrer Seite, sofern diese Fremde überhaupt dazu imstande war, eine Seite zu wählen. »Demnach gilt Eure Hilfe dem Hanta?«, fragte er.

Sie nickte und trat auf das verwirrte Tier zu, dessen Nüstern sich aufblähten, als es versuchte, die Witterung der Frau in Schwarz aufzunehmen. »Obwohl ich hoffe, dass wir uns gegenseitig helfen können«, sagte sie und berührte Camentumar mit dem Zeigefinger auf dessen Stirn, direkt zwischen den Augen. Sofort stand das Tier still und ruhig da, und schien direkt durch den dichten Schleier der Unbekannten hindurchschauen zu können. Das Hanta stieß einen leisen Laut aus, in dem aller Kummer dieser Welt lag, und die Frau in Schwarz nickte. »Ja, ich weiß«, sagte sie müde. Dann schwang sie sich zu Ahrens Erstaunen ohne ein weiteres Wort auf den Rücken des Hantas und ritt mit ihm davon.

Ahren blinzelte verwirrt und sah den ebenso perplexen Culhen an, in dessen goldenen Augen Dutzende Fragen standen. *Was …?*, begann der Paladin und stutzte. Frau und Hanta waren verschwunden.

Zwei verlorene Seelen, die einander beistehen, sagte Culhen nachdenklich. *Und bitte frag mich nicht, woher ich das weiß. Es ist nur so ein Gefühl.*

»Die DREI mögen dafür sorgen, dass es ihm an der Seite dieser seltsamen Frau eines Tages besser gehen wird«, sagte Ahren und hasste die Tatsache, dass seine Worte eher wie ein Gebet denn wie eine Feststellung klangen. Hinter ihnen ertönten fragende Rufe, als der Tross ob ihres Fernbleibens begann, nach ihnen zu suchen. »Reiten wir zurück«, sagte er grüblerisch. »Heute werden wir nichts weiter erfahren. Weder über die Frau in Schwarz noch über Camentumar.«

»Fremde voraus!«, rief eine der Späherinnen von einem nahe gelegenen Hügel aus. Wie eine Welle breitete sich Kampfbereitschaft unter den Eiswölfen und Ahrens Gefährten aus. Waffen wurden gezogen, Helme aufgesetzt und Hälse in Richtung der Frau gereckt, die den Warnruf ausgestoßen hatte. Die Eiswölfin deutete gen Westen, während sie fortfuhr. »Mindestens drei Dutzend Gestalten, alle zu Fuß. Sie scheinen jemanden zu verfolgen.«

Ahren sah sich flüchtig um und überdachte, was er gehört hatte, während Yantilla die Späher allesamt zurück zum Haupttrupp beorderte. Drei Tage waren seit seiner Begegnung mit Camentumar und der Frau in Schwarz vergangen und Gol-Konar lag mittlerweile ziemlich genau westlich von ihnen. Der Herbst hatte seinen Regenschleier erneut über das Grüne Meer ausgebreitet und ließ die Sichtweite so weit zusammenschrumpfen, dass nur messerscharfe Augen jenseits von zwei Dutzend Schritt mehr als verschwommene Details ausmachen konnten. Es wehte ein kräftiger Wind, der sowohl das hohe Gras als auch die grauen Wolken am Himmel vor sich her peitschte, und Ahren war zuversichtlich, dass sie unbemerkt an dem Jagdtrupp vorbeigelangen konnten, sofern dieser ihre Späher noch nicht entdeckt hatte. »Haben sie Euch bemerkt?«, fragte Ahren die Frau, die gerade bei Yantilla einen ausführlichen Rapport abgab.

Die Eiswölfin schüttelte den Kopf. »Nein, Herr«, sagte sie bestimmt. »Sie sind ganz auf ihre Beute fixiert und der Wind steht günstig.«

»Was denkst du?«, fragte Falk Ahren, der zusammen mit den anderen Gefährten einen Kreis um Yantilla und ihre Späherin gebildet hatte. »Sollen wir uns vorbeischleichen?«

»Die Gelegenheit wäre günstig«, warf Uldini ein. »Ich würde es vorziehen, dass wir uns nicht zu erkennen geben, damit die Kunde von unserer Anwesenheit niemanden in Gol-Konar erreicht. Wahrscheinlich hätten wir im Nu Kopfgeldjäger am Hals.«

»Lösegeld?«, echote Hakanu entsetzt. »Für Paladine?«

»Das ist auch früher schon vorgekommen«, sagte Falk düster. »Wenn das Schicksal der Welt von ein paar wenigen Streitern der Götter abhängt, kann man mit deren Gefangennahme ein fürstliches Sümmchen verdienen. Und wir wissen ja seit dem Anschlag auf Ahren durch einen Messerschwinger, dass ein Kopfgeld auf uns ausgesetzt wurde, das in der Schatzkammer von Gol-Konar auf jene wartet, die uns unschädlich machen.«

»Dann reiten wir also weiter?«, fragte Yantilla.

Ahren wollte nicken, als er Hakanus betroffenen Gesichtsausdruck sah. Noch bevor sein Lehrling den Mund aufmachte, wusste er, was dieser sagen würde.

»Aber was ist mit der Person, die diese Halunken jagen?«, fragte der Jüngling.

Ahren seufzte. Ein Teil von ihm erkannte sich selbst in dieser Frage wieder.

»Wir können nicht jedem helfen«, hörte er sich sagen. »Es ist zu gefährlich.«

Plötzlich waren alle Augen auf ihn gerichtet.

»Was hast du da gesagt?«, fragte Khara ungläubig.

Ahren deutete auf den aufgeregt im Sattel sitzenden Hakanu. »Wir müssen unversehrt im Süden ankommen«, verteidigte er seine Entscheidung. »Die Risiken –«

Ahren, ermahnte ihn Culhen, der über seine Schulter zu ihm aufsah. *Höre dir doch mal selbst zu.*

Ein Schaudern durchlief den jungen Paladin. Er sah den selbstzufriedenen Blick in Uldinis Augen und auch das Verständnis Falks, die beide mit der Entscheidung des Dreizehnten übereinzustimmen schienen. Khara schaute ihn hingegen an wie einen Fremden, während Trogadon und Jelninolan geradezu schockiert dreinblickten und Lanlions Miene voller Melancholie war.

Waren so die anderen Paladine abgestumpft? Scharmützel um Scharmützel, Verlust um Verlust, bis die Vorsicht und die bitteren Erfahrungen jene Ideale verdrängten, die er immer hochgehalten hatte? Er sah zu Hakanu hinüber, auf dessen Gesicht ein Kampf zwischen tiefer Enttäuschung und vollständiger Verwirrung tobte. »Wir helfen, wen auch immer diese Schufte jagen«, sagte Ahren schließlich, und das Mienenspiel seiner Freunde wechselte jeweils ins Gegenteil. Khara strahlte ihn voller Stolz an, während Uldini schnaubend die Hände in die Luft warf.

»Und ich dachte, du wärst endlich klüger geworden«, murrte er.

»Wir retten jeden, den wir retten können«, sagte Ahren fest. »Und wer auch immer da gejagt wird, hat unsere Hilfe verdient.«

»Es könnte auch ein interner Disput zwischen konkurrierenden Gruppen aus Gol-Konar sein«, erinnerte ihn Falk. »Dann würdest du unsere Leben für die Rettung eines Schwerverbrechers riskieren.«

»In dem Fall legen wir ihn in Ketten und übergeben ihn im Ewigen Reich an die Friedenswächter«, sagte Ahren bestimmt. Er sah aus den Augenwinkeln, wie Hakanu aufgeregt seinen Speer in den Händen drehte, und ein starker Zweifel bemächtigte sich seiner.

Culhen sandte ihm das Bild eines prachtvollen Alphas, der sein Rudel durch eine dunkle Schlucht lotste. *Sei du selbst*, erinnerte ihn sein Freund. *Deswegen folgen sie dir.*

Ahren ging nicht auf die Tatsache ein, dass der Alpha in Culhens Gedankenbild einem gewissen Reitwolf verblüffend ähnlich sah, sondern konzentrierte sich wieder auf das Hier und Jetzt. »Yantilla, ich brauche eine Angriffsformation, die auf maximale Einschüchterung ausgelegt ist«, sagte er. »Sie sollen von Anfang an sehen, dass wir in der Überzahl und besser ausgerüstet sind. Vielleicht können wir die Häscher so davon abbringen, einen Kampf vom Zaun zu brechen.«

»Fächerformation!!«, brüllte die Kommandeurin daraufhin. »Wir jagen gleich ein paar Halsabschneidern den Schreck ihres Lebens ein. Also will ich Kampfgebrüll und imposantes Gebaren von euch hören! Zeigen wir diesen Taugenichtsen, wem sie da über den Weg gekrochen sind!«

Wilde Rufe wurden daraufhin laut, als Ahrens Leibwache sich auf den Ansturm vorbereitete und dafür hinter jenem Hügel sammelte, von dem aus die Späherin den Jagdtrupp aus Gol-Konar entdeckt hatte.

»Trogadon!«, rief Ahren dem Zwerg zu, der dabei war, seine Armbrust zu spannen. »Versuche Feuer-im-Blicks Brustplatte an Hakanu festzuschnallen. Auf keinen Fall lasse ich meinen Lehrling ungepanzert auf mehrere Dutzend Mörder zureiten.«

Der Schmied kratzte sich am Kopf. »Die Brust des Jungen ist noch nicht breit genug«, warf er ein. »Ich müsste ganz schön improvisieren.«

»Dann tu das bitte«, sagte Ahren und ignorierte dabei den Protestruf seines Schützlings.

»Wir heben unsere Magie für den Notfall auf«, warf Uldini ein und Jelninolan nickte zustimmend. »In Gol-Konar gibt es ausgesprochen viele Kampfmagier, die den Verlockungen von schnellem Geld oder finsterer Magie derart erlegen sind, dass sie nicht einmal mehr in Kap Verstaad geduldet werden. So nahe an der Stadt würden sie Kampfzauberei wittern wie Bluthunde. Es gibt bestimmt ein paar Größenwahnsinnige, die glauben, sie könnten es mit uns beiden aufnehmen.«

Ahren zog erstaunt die Augenbrauen hoch. »Du übertreibst«, sagte er ungläubig.

Uldini schüttelte den Kopf. »Entfesselte Gier trübt auch den schärfsten Verstand«, sagte er mit einem überraschend bedauernden Unterton in der Stimme.

Mit grimmigem Gesicht schnürte Trogadon derweil Hakanu die Brustplatte seines Vaters auf den Leib, doch schnell erkannte Ahren, dass der Zwerg recht hatte: Der Junge würde sich kaum rühren können, so wie das breite Metall dessen Schultern behinderte.

»Lass gut sein«, sagte er seufzend, und sowohl der Schmied als auch der Lehrling atmete erleichtert auf. »Dein Leder wird dir wenig Schutz bieten«, warnte ihn Ahren und bereute, im Immergrün nicht nach einer Bänderrüstung für seinen Lehrling gefragt zu haben. Dann erinnerte er sich an das heißblütige und ungeduldige Wesen seines Schützlings und hätte beinahe laut aufgelacht. Hakanu hätte sich eher aus Versehen selbst mit den Lederschnüren der elfischen Rüstung stranguliert, als sie jeden Morgen gewissenhaft angelegt zu bekommen. »Ich will, dass du immer an meiner Seite bleibst«, instruierte er Hakanu, während sie sich hinter der Formation der Eiswölfe versammelten. »Keine Ausnahmen, keine Widerrede.« Ahren sah seinen Lehrling widerwillig nicken und fügte dann sanfter hinzu: »Sollte es zu einem Kampf kommen, will ich sehen, wie gut du mittlerweile deinen Speer schleudern kannst.« Sofort richtete sich der Junge in seinem Sattel auf und blickte voller Eifer auf das Gras ringsum, als könne er Ziele für seine Waffe herbeibeschwören. »Nur, wenn ein Kampf ausbricht«, ermahnte ihn Ahren streng. »Du überlässt uns anderen das Reden, hörst zu und lernst hoffentlich noch etwas dabei.«

»Fünf Goldstücke, dass der Knabe etwas Dummes anstellt«, bot Trogadon Falk leise murmelnd eine Wette an. Ahren konnte den Schmied nur hören, weil er sich gerade Culhens Sinnen geöffnet hatte.

»Ich werde mein Gold sicher nicht zum Fenster hinauswerfen«, erwiderte Falk grimmig. »Hakanu hat Ahren zum Lehrmeister. Ich wette mit dir höchstens darum, dass mein ehemaliger Schüler etwas Dummes anstellt.«

»Danke«, sagte der Schmied trocken. »Aber ich hänge an meinem Gold.«

Niemand hat gesagt, dass es einfach ist, sich selbst treu zu sein, kommentierte Culhen den belauschten Dialog amüsiert.

Ahren seufzte nur resigniert.

»Alle in Position«, befahl Yantilla laut.

»Dann bringen wir es hinter uns«, sagte Uldini mit einem Nicken, während Khara ihr Pferd neben Culhen lenkte und Ahren einen Kuss auf die Wange gab. In ihren Augen sah Ahren, wie zufrieden sie war, dass er seiner Vorsicht nicht seine Überzeugungen geopfert hatte, und er lächelte sie aufmunternd an. Dann setzten sich die Eiswölfe mit einem lauten Brüllen in Bewegung, um fächerförmig über den Hügel zu stürmen, den lanzenbewehrten Falk auf Selsena in ihrer Mitte. Ahren und seine restlichen Gefährten ritten keine zwei Schritt hinterdrein, die Waffen gezogen und die Augen voller Entschlossenheit.

Als sie die Hügelkuppe passierten, sah der Waldläufer in der Ferne einen großen Trupp aus über vierzig Mann, der sich schräg vor ihnen einen Weg durch das hohe Gras bahnte und dabei eine korpulente Gestalt verfolgte, die immer wieder zwischen den mächtigen Halmen des Grünen Meeres Deckung suchte. Allerdings hatten die Häscher des Fremden einige bullige, gemein aussehende Hunde dabei, die den fliehenden Mann mühelos aufspürten. Dass der Verfolgte überhaupt so weit gekommen war, erschien Ahren geradezu unmöglich, bis er das höhnische Lachen der Jäger hörte, die sich offensichtlich einen Spaß daraus machten, den verzweifelten Mann vor sich her zu hetzen. Dem Fremden konnte nur noch ein Wunder helfen. Ein Wunder, das sich ihm nun in Form einer Schar schwergepanzerter Reiter offenbarte.

Die Köpfe der Halunken flogen herum, als sie durch den strömenden Regen der gellenden Rufe der Eiswölfe gewahr wurden. Sobald sie die Reiter erblickten, ließen sie sich augenblicklich ins Gras fallen und waren für das menschliche Augen verschwunden. Durch den Wind, der durch die Halme fuhr, war es unmöglich auszumachen, wer von den Häschern sich wohin bewegte, und Ahren war von der schnellen Reaktion der Schurken überrascht, um nicht zu sagen beeindruckt. Fehlende Moral ging offenbar nicht immer mit fehlenden Fähigkeiten einher.

In Ermangelung eines Zieles ritten die Eiswölfe nun auf den dicken Mann zu, der sich mit winkenden Armen und wie ein Blasebalg schnaufend in ihre Richtung schleppte.

»Den Göttern sei Dank!«, rief er aus. »Es gibt also doch noch anständige Seelen in dieser Region, die einem armen, geschundenen Händler zu Hilfe eilen, ohne dafür eine Gegenleistung zu verlangen!«

»Oha«, rief Trogadon amüsiert aus. »Da will aber jemand vom ersten Moment seiner Rettung klarmachen, dass es keine Belohnung geben wird.«

Sie erreichten den keuchenden Mann, der umgehend ins hohe Gras sank, sobald die Eiswölfe ihn eingekesselt hatten und sich zu einem Schutzwall um ihn, Ahren und seine Gefährten formierten. Der Fremde war kahlgeschoren, hatte dünne, fast feminin aussehende, schwarz geschminkte Augenbrauen, ein fleischiges Gesicht, das seine Konturen rund und undefiniert aussehen ließ, und einen buschigen Vollbart, der ungepflegt und struppig wirkte und dem Mann etwas Anrüchiges verlieh. Seine zerrissene Kleidung war aus erlesener Seide und der tief gebräunte Teint des Mannes ließ darauf schließen, dass er aus den südlichen Sonnenebenen stammte. Seine Hände, die er sich auf den ausladenden Bauch gelegt hatte, wirkten so zart, als hätte der Fremde noch nicht einen Tag in seinem Leben körperlich gearbeitet, und seine opulente Statur bekräftigte diesen Verdacht. Ahren erkannte eine klassische Krämerseele, wenn er sie sah. Nur mit viel weniger Würde, als Likis sie zur Schau stellte.

»Gegen den ist Akkad ja ein halbes Hemd«, sagte Falk und sah fragend auf den Mann hinab. »Ihr seid ein Grande, nicht wahr? Ich erkenne diese Art Robe.«

Der Mann nickte enthusiastisch. »Vortrefflich bemerkt, mein gepanzerter Freund. Mein Name ist Salman Tilderius, vierunddreißigster Grande des schönen Kap Verstaad.« Dabei versuchte er sich an einer eleganten Verbeugung, die jedoch an seiner Leibesfülle und der Tatsache scheiterte, dass der Händler noch immer mit ausgestreckten Beinen im Gras saß und sich anhörte, als hätte er soeben im Alleingang gegen einhundert Dunkelwesen gekämpft.

»Was ist ein Grande?«, fragte Hakanu, dessen Blick zwischen dem Fremden und dem sie umgebenden hohen Gras hin und her sprang. Es war ein Leichtes, ihm die Enttäuschung über den Ausgang der Konfrontation mit den Häschern Gol-Konars anzusehen.

»Die vierzig mächtigsten Händler Kap Verstaads werden Granden genannt«, sagte Uldini und musterte den Mann neugierig. »Sie entscheiden über alles, was in der Stadt geschieht, und zahlen dem Sonnenkaiser für dieses Privileg einen stattlichen Tribut, der für den jährlichen Unterhalt von mehr als zehn Legionen reicht.«

Salman sah zu Uldini auf, der einen Schritt über dem Boden schwebte, und sein Gesicht verlor ein wenig Farbe, während er sich an einer weiteren Verbeugung versuchte. »Meister Uldini«, keuchte er überrascht. »Euer Fortgang vom Sonnenhof wurde schmerzlich wahrgenommen. Ihr wart stets ein Fürsprecher der Granden Kap Verstaads.«

»Nur, wenn es sich als nützlich erwies«, antwortete Uldini defensiv, als er die schmunzelnden Gesichter Ahrens und seiner Freunde wahrnahm. »Mächtige Händler sind vielseitige Verbündete.«

»Und ihr Gold erst«, fügte Lanlion spöttisch hinzu, der den Händler mit Verachtung in den Augen ansah. »Jene, die dem Reichtum den Vorzug gegenüber dem Wissen geben, sind meist leicht zu kontrollierende Freunde.«

Salman sah dem bleichen Paladin forschend unter die Kapuze und wandte dann den Blick ab, so als wolle er gar nicht so genau wissen, was sich unter dem dunklen Umhang verbarg. »Ich schätze Wissen durchaus –«, begann er, als er von einer harschen Stimme unterbrochen wurde, die aus dem allgegenwärtigen Gras ertönte.

»Ich will euer Pläuschchen ja nicht unterbrechen«, ertönten die Worte eines Sprechers mit hartem, gutturalem Akzent, »aber ihr haltet uns von unserer Beute fern und das können wir nicht dulden. Warum reiten die Herren Ritter, und was ihr sonst noch so seid, nicht einfach weiter und überlasst uns den Fettklops? Dann muss heute kein Blut fließen – zumindest nicht das eure.« Ein hässliches Lachen erhob sich aus dem Gras ringsum, welches von der Tatsache kündete, dass die Häscher die Eiswölfe in einem Ring umschlossen hatten und nun im Verborgenen lauerten.

»Oh, bitte, lasst mich nicht in den Fängen dieser Monster zurück«, begann Salman umgehend zu flehen, seine tränenerfüllten Augen vor Angst weit aufgerissen.

»Niemand wird hier zurückgelassen«, sagte Ahren entschieden und laut genug, dass es auch der Sprecher der Schurken gehört haben musste. Hakanu saß stolz neben ihm im Sattel und grinste seinen

Meister wie ein Honigkuchenpferd an. Diese Situation befeuerte seine Fantasien von heldenhaften Schlachten geradezu.

Es könnte schlimmer sein, erwiderte Culhen amüsiert. *Stell dir vor, wir hätten eine junge, schöne Maid statt eines fetten Händlers gerettet. Der Junge würde sein letztes bisschen Verstand verlieren.* Gleichzeitig wuffte er Kamaluq an, der daraufhin mit einem Funkeln verschwand und sich nicht mehr regte. *So ist es besser*, dachte Culhen, beruhigt, dass der Fuchs nun nicht mehr zu sehen war.

»Seid ihr sicher, dass ihr dieses Spiel spielen wollt, Freund?«, erscholl die Stimme des Fremden aus dem Gras heraus. »Wir sind Messerschwinger aus Gol-Konar. « So wie er dies sagte, war der Mann sehr stolz auf seinen Titel.

»Und wir sind in der Überzahl und hervorragend gerüstet«, erwiderte Ahren. »Also trollt euch und niemand wird verletzt.«

»Oh doch«, kam die kalte Antwort. »Es wird immer jemand verletzt.« Der Mann stieß einen kurzen Pfiff aus und im nächsten Moment hörte Ahren ein hohes Sirren. Umgehend stieß einer der Eiswölfe ein Röcheln aus und griff sich an den Hals. Der Soldat rutschte von seinem Pferd und dabei sah Ahren, dass ein Messer unter dem Helmansatz des Unglücklichen hervorragte.

Yantilla fluchte. »Die Schilde hoch und runter von den Pferden!«, brüllte sie.

»Kniet euch ins Gras«, rief Falk, der von Selsenas Rücken sprang und seinen eigenen Rat befolgte. »Was sie nicht sehen, können sie nicht treffen.« Wie zur Antwort flog sirrend ein weiteres Messer heran und hätte Falks Hals getroffen, wenn der nicht seinen Schild rechtzeitig dazwischen gebracht hätte. »Und seid leise«, fügte er knurrend hinzu.

Ahren hatte sich ebenso wie alle anderen ins Gras geduckt, neben ihm lag Culhen. Der Wolf hatte sich so gut es ging um Hakanu herumgeschlungen, damit der Lehrling nicht das Ziel einer Messerattacke wurde. An den glühenden Augen des Jungen erkannte Ahren, dass dieser gar nicht an die Gefahr für sein eigenes Leben dachte, sondern darauf brannte, den Tod des Eiswolfs zu rächen.

»Ich frage kein weiteres Mal, Herr Ritter«, sagte der Sprecher. »Entweder ihr –«

»Stirb!«, ertönte eine jugendliche Stimme. Hakanu erhob sich blitzschnell aus seiner felligen Deckung, schleuderte seinen Speer und verbarg sich wieder hinter Culhens dicker Rüstung. Ahren riss sich *Sonne* vom Rücken und fluchte, als ein lautes Knirschen ertönte, gefolgt von einem leisen Stöhnen. Hakanu reckte seine Hand empor und der Speer flog zu ihm zurück. An der oberen Hälfte der Waffe klebte Blut. Anscheinend hatte der Anführer der Messerschwinger soeben seinen letzten Befehl gegeben.

Die Zeit reichte noch für einen letzten wissenden Blick, den der Waldläufer mit seinen Freunden austauschte, dann brach das Chaos los. Messer flogen sirrend aus allen Richtungen heran, und plötzlich wünschte sich Ahren, er hätte bei diesem Scharmützel nicht auf seinen Helm verzichtet. Während der ersten Salve schützte er seinen Kopf so gut es ging und brüllte gleichzeitig: »Vorwärts! Wenn wir in Bewegung sind, können sie uns nicht so leicht mit ihren Wurfmessern anvisieren!« Umgehend flogen drei Messer heran und prallten mit einem lauten Scheppern von Ahrens Bänderrüstung ab. Um ihn herum schrien verwundete Eiswölfe auf, die Wurfwaffen ragten aus den Schwachstellen ihrer Rüstungen, und wäre da nicht die Machart seiner speziellen Panzerung gewesen, auch Ahren hätte einige Treffer zu beklagen gehabt.

»Ihr habt den Befehl gehört«, rief Yantilla und sprang vorwärts. »Macht sie alle nieder!«

Ahren hörte die Wut in der Stimme der Kommandeurin und ließ sich von ihr vorwärtstragen. Dies waren seine Leute, die hier feige angegriffen wurden, und mit jedem Herzschlag fanden mehr Messer ihr Ziel. Er sprintete los, den Weg einer der heranzischenden Wurfwaffen zurückverfolgend und wurde umgehend fündig. Eine drahtig gebaute, skrupellos dreinschauende Frau tauchte vor ihm aus dem Gras auf, ihr Körper war in dunkles Leder gehüllt und strotzte nur so vor Waffengurten und Scheiden, in denen Dutzende schlanke Messer steckten, bereit, auf ein ahnungsloses Ziel geschleudert zu werden. Als er zu einem blitzschnellen Hieb ausholte, grinste ihn die Frau dreist an und ließ sich nach hinten fallen, während sie gleichzeitig mit beiden Händen je ein Messer auf ihn warf. Ahren musste seinen Angriff abbrechen. Er drehte seinen Oberkörper gerade so weit, dass sich die Platten seiner Bänderrüstung schützend verschoben und eines der Messer harmlos von der Panzerung abprallte. Das andere flog jedoch auf Ahrens rechtes Auge zu und nur ein Kopfrucken bewahrte den Paladin vor Schlimmerem. Trotzdem zog er sich einen fiesen Schnitt am rechten Ohr zu, und noch während er zu einem weiteren Hieb ausholte, warf die Frau blitzschnell zwei weitere Messer nach ihm. Ahren ließ seine Windklinge kreisen, um die Geschosse abzuwehren, und die Augen der Frau weiteten sich noch für einen Moment vor Überraschung, bevor der Paladin mit einem schnellen Hieb ihr Leben beendete.

Ringsum hörte er Schreie im Gras und in einigen Schritt Entfernung schlug jemand mit sirrenden Klingen eine Schneise der Zerstörung durch die hohen Halme. Er hörte ein Fluchen in der Kaisersprache und erkannte, dass dort Khara mit ihren Waffen einen wahren Wirbelwind aus Angriffen und Paraden erzeugen musste, mit denen sie Wurfmesser, Grashalme und Gegner gleichermaßen aus dem Weg räumte. Links von ihr ertönte das wütende Knurren Muais und irgendwo vor ihm fluchte eine Eiswölfin schmerzerfüllt über die heimtückischen Halunken. Trogadon schrie etwas auf Zwergisch, das sicherlich kein Wiegenlied war, und über all diesen Geräuschen hielt der sirrende Klang fliegender Messer an. Ahren öffnete für einen Moment seine Sinne zu Culhen und erkannte, dass der Wolf noch immer den protestierenden Hakanu eng umschlungen hielt, auch wenn bereits drei Messer aus den ungepanzerten Regionen des Tieres ragten, die jedoch keine lebenswichtigen Stellen getroffen hatten, sondern Culhen eher reizten, als schmerzten. Uldini und Jelninolan standen indes neben dem Wolf und der Magus hatte einen winzigen Zauber gewirkt, der die beiden Alten mit einer schillernden Kuppel aus Licht umgab, die jedes Messer stoppte, das in deren Richtung flog. Das verkniffene Gesicht des Alten machte deutlich, dass Uldini mehr Konzentration als üblich für einen solch kleinen Zauberbann aufwenden musste. Ahren kannte sich mittlerweile gut genug mit Magie aus, um zu vermuten, dass Uldini versuchte, den Zauber vor den forschenden Sinnen der Kampfmagier Gol-Konars zu verbergen, damit sie nicht in den nächsten Tagen sämtliche Schurken der Stadt auf den Fersen haben würden.

So leise wie möglich schlich der Waldläufer weiter durch das Gras und hielt dabei nach Feinden Ausschau. Dreimal stolperte er über blutige Zweikämpfe und ebenso oft streckte er die Angreifer aus Gol-Konar nieder. Die Messerschwinger waren zähe Kämpfer, die ebenso häufig austeilten, wie sie einsteckten, und oft genug zischte ein Messer für Ahrens Geschmack zu nahe an seinem Hals oder Kopf vorbei.

»Sie flüchten!«, hörte er schließlich den fernen Schrei Yantillas, woraufhin die Jubelrufe der Eiswölfe von überall her ertönten, was Ahren zeigte, wie sehr seine Leute vereinzelt worden waren.

»Haltet sie auf!«, brüllte Falk von Osten her. »Wenn auch nur einer entkommt, haben wir die halbe Stadt am Hals.«

Kannst du trotz der Verletzungen jagen?, fragte Ahren Culhen grimmig. Der Wolf hatte ein weiteres Messer abbekommen, das aus seinem rechten Hinterbein ragte.

Ich dachte schon, du fragst nie, erwiderte sein Freund und entließ Hakanu aus seinem Schutzwall aus Fell und Panzerplatten. Dann hetzte der Wolf durch das Gras, ein blutrünstiges Heulen ausstoßend. *Na wartet, ihr feigen kleinen Messerwerfer!*

Muai stieß ihrerseits ein imposantes Brüllen aus, und sowohl Falk als auch Lanlion ritten auf ihren elfischen Streitrössern den flüchtenden Messerschwingern hinterher. Ahren war eigentlich kein Freund von derartigen Verfolgungsjagden. Wer flüchtete, hatte grundsätzlich das Recht auf Gnade. Aber diese Leute gaben nicht auf. Im Gegenteil, sie waren dabei, Hilfe zu holen.

Er stolperte über einen toten Eiswolf, dem ein Messer aus dem Nacken ragte, und begrub jedes Mitgefühl für die davonhastenden Mörder tief in seinem Herzen. Er trug den Toten zu Hakanu, Uldini und Jelninolan und legte ihn zu Hakanus Füßen. »Das könntest du sein«, sagte er streng und deutete auf den Eiswolf. »Ein gut geworfenes Messer, ein Moment der Unachtsamkeit und schon ist dein Leben vorbei.« Er durchbohrte den eingeschüchterten Hakanu regelrecht mit seinem Blick. »Deswegen fangen wir keinen Kampf an, wenn wir nicht müssen. Die oberste Pflicht eines jeden Paladins besteht darin zu *überleben*. Das sind wir Jorath schuldig.«

Starrsinnig schob Hakanu sein Kinn vor. »Aber *sie* haben doch angefangen, Meister«, protestierte er. »Oder sollten wir sie etwa einen Eiswolf nach dem anderen umbringen lassen?«

Ahren riss sich zusammen, bevor er laut werden konnte, und zwang sich dazu, sich in Hakanu hineinzuversetzen, während Khara, Trogadon und Yantilla in seinem Sichtfeld auftauchten. Alle drei waren blutverschmiert, aber bis auf die Kommandeurin sah Ahren keinerlei Messer aus ihren Körpern ragen. Eine Waffe hatte die ehemalige Söldnerin zwischen den linken Schulterplatten ihrer Rüstung erwischt. Yantilla wirkte fuchsteufelswild.

»Verfluchte Feiglinge«, tobte sie. »Es wird höchste Zeit, dass jemand dieses götterverlassene Gol-Konar ein für alle Mal niederbrennt!« Sie sah Hakanu mit einem grimmigen Lächeln an. »Das war ein guter Wurf, Junge«, lobte sie den Lehrling. »Heute hast du dir eine Menge Freunde unter den Eiswölfen gemacht.«

Ahren öffnete den Mund, um zu protestieren, hielt dann aber inne. Er erinnerte sich daran, wie er früher neben Falk gestanden hatte, stets dazu verdammt, zuzusehen und sich zurückzuhalten. Hätte sein jüngeres Ich damals anders gehandelt? Wenn er davon überzeugt gewesen wäre, den Anführer einer Bande von Mördern ausschalten zu können, hätte er dann gezögert? Wohl kaum. Aber er hätte sich zumindest gefürchtet. Hakanus Mut schien derart grenzenlos zu sein, dass er jeder Gefahr entgegentrat, ohne die Konsequenzen zu bedenken.

»Wenn du schon kämpfen musst«, sagte er mit Resignation in der Stimme, »dann kämpfe klug. Einen Haufen Messerwerfer herauszufordern, während du ungepanzert dastehst, kann nicht gut ausgehen. Und Culhen wird nicht immer sein Fell für dich herhalten.« Ahren deutete auf Kamaluq, der gerade wieder sichtbar wurde. »Lerne von deinem Fuchs«, sagte er. »Strategie und Taktik sind deine besten Freunde.« Ahren sah seinen Schützling nachdenklich an, der sich auf die Lippe biss und offenbar todunglücklich über den Vortrag seines Meisters war. »Ich werde dich besser in der Kriegskunst unterrichten«, sagte Ahren schließlich. »Eine breitere Perspektive zu haben, sollte dir helfen, bessere Entscheidungen zu treffen – bei mir hat es jedenfalls gewirkt.«

Hakanu nickte zögerlich, noch immer steckte seine Unterlippe zwischen seinen Zähnen.

Ahren seufzte. »Und ja«, sagte er schließlich mit warmer Stimme. »Das war ein verdammt guter Wurf.«

Als hätten diese Worte eine Wolke von Hakanus Gemüt vertrieben, strahlte er wieder über das ganze Gesicht und nahm dabei eine Pose ein, die wohl heldenhaft erscheinen sollte. »Danke, Meister«, sagte er grinsend.

Ahren rollte mit den Augen und deutete auf den Boden vor sich. »Und jetzt hilf mir, unsere Toten zu begraben. Jeder einzelne dieser Männer und Frauen ist gestorben, um uns zu beschützen. Ich will, dass du keinen von ihnen vergisst.«

Die Sonne stand blutrot an einem mit Wolkenfetzen geschmückten Himmel, als sämtliche Gefährten mit ihren düsteren Aufgaben fertig waren. Der Regen hatte am Nachmittag aufgehört, so als hätte er ein Einsehen mit Ahren und seinen Freunden gehabt, die entweder Tote begraben oder deren Mörder zur Strecke gebracht hatten. Culhen und Muai waren gemeinsam mit Falk und Lanlion am frühen Abend zurückgekehrt und keiner von ihnen war unverletzt gewesen, weder an Leib noch an Seele. Alle waren schweigsam, und während Jelninolan mit winzigen Heilzaubern die tiefsten Wunden versorgte, sprach niemand ein Wort. Erst, als der letzte Eiswolf begraben und das letzte Blut fortgewaschen worden war und alle beisammensaßen und ein kaltes Abendessen aus altem Brot und hartem Käse zu sich nahmen, flackerten hier und da leise Gespräche auf wie Inseln der Menschlichkeit in einem Meer unvermeidlicher Notwendigkeiten.

»Denkt ihr, ihr habt alle erwischt?«, fragte Ahren Falk so leise, dass nur sein ehemaliger Meister ihn verstehen konnte. Zwar saßen Hakanu, Khara und Lanlion bei ihnen, doch die waren gerade in ein Gespräch über den Kampf am heutigen Tag vertieft. Ahrens Lehrling fragte der Schwertmeisterin und dem Blutleeren Löcher über deren Rolle während des vergangenen Kampfes in den Bauch. Dabei ließ er sich von keinem der beiden entmutigen, weder von Kharas kühlen Antworten noch von Lanlions melancholischem Blick. Beide hatten auf ihre Weise sehr effizient unter den Messerschwingern gewütet, Khara mittels ihrer überlegenen Waffenkunst und Lanlion, indem er die ihm innewohnende Magie genutzt und in einem Mantel aus Schatten und Rauch zwischen die Häscher Gol-Konars gefahren war.

»Schwer zu sagen«, antwortete Falk auf Ahrens Frage und riss ihn aus seinen Gedanken. »Culhen und Muai waren wirklich gründlich. Die beiden haben keine Ruhe gegeben, bis sie nicht jeder Fährte gefolgt waren. Ich denke nicht, dass jemand aus dem Trupp es bis nach Gol-Konar geschafft hat.«

Wir gehen jetzt jagen, sagte Culhen und erhob sich. *Muai und ich brauchen eine gute, ehrliche Jagd und einen vollen Bauch, um diesen Tag zu vergessen.* Ahren nickte nur stumm, als Antwort sowohl für seinen Wolf als auch für Falk.

»Wo steckt dieser Salman eigentlich?«, fragte Ahren und blickte sich suchend um. Sie hatten das Gras nach Art des Reitervolkes vorsichtig umgelegt, um eine freie Fläche zu schaffen, auf der sie rasten konnten, aber der dicke Händler war an keinem der fünf kleinen Lagerfeuer, um die sich der Tross versammelt hatte, zu erblicken.

»In dem Zelt da vorne«, sagte Falk schmunzelnd. »Die Hatz steckt ihm offensichtlich in den Knochen, denn er ist sofort hineingekrochen, kaum dass es stand, und schnarcht seitdem lauter, als selbst Trogadon es könnte.«

Ahren hätte dem Händler gerne auf den Zahn gefühlt, denn er hatte viele Fragen. »Was sucht ein Grande aus Kap Verstaad so nahe an Gol-Konar?«, grübelte er laut.

»Na, was wohl?«, erwiderte Falk. »Zwielichtige Geschäfte natürlich. Wahrscheinlich ist er durch den Handel mit Dingen – oder Sklaven – aus Gol-Konar so reich geworden, dass er in die Reihen der Granden aufgestiegen ist. Und nun hat ihn sein Glück verlassen und einer seiner Handelspartner hat ein Kopfgeld auf ihn ausgesetzt oder etwas anderes in der Art.«

Ahren runzelte die Stirn. »Ist das nicht ein wenig vorschnell geurteilt?«, fragte er.

Falk spie aus. »Sicher ist, dass er in irgendeiner Form mit Gol-Konar Handel treibt«, sagte der alte Mann mit harter Stimme. »Und allein das macht ihn zu einem schlechten Menschen, für den heute ehrenhafte Männer und Frauen gestorben sind.«

Und wegen dem Falk und die anderen Flüchtende jagen und hinrichten mussten. Der dicke Mann hatte einiges zu erklären und noch mehr wiedergutzumachen.

9. Kapitel

Es dauerte bis zum nächsten Morgen, bevor Ahren seine Fragen an Salman Tilderius, seines Zeichens vierunddreißigster Grande Kap Verstaads, richten konnte und selbst da verlief die Unterhaltung gänzlich anders, als der Paladin erwartet hatte.

»Ich brauche Eure Hilfe«, war das Erste, was Ahren hörte, als er in Kharas Armen erwachte und schlaftrunken in das runde Gesicht des Granden blinzelte, der halb in ihr Zelt gekrochen war. Ein Ausdruck verzweifelter Dringlichkeit lag in den Augen des feisten Händlers, weshalb Ahren sich – angetrieben durch eine Mischung aus morbider Neugier und resignierter Schicksalsergebenheit – selbst fragen hörte: »Und wie genau gedenkt Ihr, können ich und meine Freunde Euch helfen, werter Grande?«

Wenn der Mann den leicht bissigen Unterton des Paladins hörte, so ignorierte er ihn. »Es geht um das Leben einer Frau«, sagte er und seine Züge wurden zugleich weicher und noch verzweifelter, als er von ihr sprach. »Sie raubte mein Herz, dann raubte man sie.« Er seufzte schwermütig. »Bittere Ironie des Lebens.«

Khara regte sich neben Ahren. »Wer hat wen entführt?«

»Schergen aus Gol-Konar haben die Frau unseres Granden in seiner Gewalt«, erklärte Ahren und schüttelte den Kopf, um die letzten Spinnweben aus seinen Gedanken zu vertreiben. »Habt Ihr es schon mit einer Lösegeldzahlung versucht?«, fragte der Waldläufer den Händler. »Ich hörte, mit Gold lässt sich in Gol-Konar jedes Problem lösen.«

Salman rang die Hände in einer Geste, die echte Verzweiflung verriet. Plötzlich tat der Mann Ahren leid. »Was glaubt Ihr denn, warum ich diesen Sündenpfuhl aufgesucht habe?«, fragte er. »Meine Palnah war auf einem Schiff, das von den Schurken dieser gesetzlosen Stadt gekapert wurde. Zuerst wurde auch ein Lösegeld verlangt, aber als es aus Kap Verstaad hier eintraf, wurde mein Unterhändler mit leeren Händen zurückgeschickt und mir wurde mitgeteilt, dass jemand anderes das Doppelte für sie bezahlt hätte.« Salmans Augen ließen in die

Abgründe der Seele eines zutiefst hilflosen Mannes blicken. »Ich reiste mit Reichtümern im Bauch meines Schiffes her, in der Hoffnung, meine Palnah ihrem neuen Besitzer abzukaufen, doch wer auch immer sie erworben hat, war auf meine Ankunft vorbereitet. Keiner der Sklavenhändler wollte mir Auskunft geben, selbst als ich es mit Drohungen versuchte. Kurz darauf wurde mein Schiff geentert, kaum dass ich es aus den Augen gelassen hatte, und dann wurden mir auch noch diese Messerschwinger hinterhergeschickt, zweifelsohne von den Sklavenhändlern.«

Ahren verspürte echte Sympathie für die Notlage des Mannes, aber vor allem für die seiner Frau. Er sah zu Khara neben sich, die dem Granden ebenfalls interessiert zugehört hatte. »Also gut«, sagte Ahren. »Wir schließen einen Handel ab. Ihr lasst meine Frau und mich in Ruhe, damit wir uns ankleiden können, und danach sprechen wir beim Frühstück darüber, ob und wie wir Eurer Palnah helfen können.«

»Das ist doch Wahnsinn! Schwachsinn! Hirnverbrannter Mist mit Soße!«, rief Uldini und flog vor lauter Erregung im Kreis umher, während er sich mangels Haaren, die er raufen könnte, wieder und wieder über seine Glatze rieb. »Gol-Konar ist voller Tragödien, wie jene, die uns der Mann da gerade erzählt hat«, fuhr der Alte aufgebracht fort. »Und nun sollen wir wegen einer einzigen entführten Frau gen Gol-Konar marschieren und uns mit Reik Silbermantels Horden anlegen?«

»Ihr Schicksal ist uns nun bekannt«, warf Lanlion ein. »Helfen wir nicht, lastet es für immer auf unserem Gewissen.«

»Auch wenn ich Meister Uldini selten recht gebe«, meldete sich Yantilla zu Wort, »in diesem Fall stimme ich ihm zu. Wir haben gestern elf Eiswölfe bei einem einzigen Scharmützel verloren. Wie glaubt Ihr, wird es uns ergehen, wenn wir uns mit einer ganzen Stadt bekriegen?«

»Wir können Palnah unmöglich in den Händen dieser Männer zurücklassen.« Jedes Wort, das Khara sprach, war wie ein in den Boden gehämmerter Eisennagel, der ihren Standpunkt unverrückbar fixierte.

Ahren seufzte. Ein Blick in Hakanus Gesicht machte ihm klar, was sein Lehrling von der Rettung einer Maid in Nöten hielt. Doch auch Ahren würde kaum mehr in den Spiegel schauen können, wenn er Salmans Bitte um Hilfe ausschlug.

Der rang unentwegt die Hände. »Bitte«, begann er. »Ich weiß doch, wer Ihr seid und zu was Ihr fähig seid. Schon als ich den prachtvollen Wolf erblickte, war mir klar, dass ich mich in Gegenwart des dreizehnten Paladins und seiner Gefährten befinde.«

Falks Augen verengten sich zu schmalen Schlitzen, und auch Ahrens innere Alarmglocken schrillten. Dieser Mann hatte sie erkannt! Was, wenn es eine Falle war?

Culhen, der sich noch in dem Kompliment des Granden sonnte, fixierte den feisten Mann mit seinem goldenen Blick. *Fühl ihm doch auf den Zahn*, sagte das Tier. *Auf mich wirkt er jedenfalls nicht wie ein Meisterspion, der uns in einen Hinterhalt lockt.*

»Woher wissen wir, dass diese rührselige Geschichte wahr ist?«, kam Uldini Ahren zuvor.. »Jeder, der den Ruf des dreizehnten Paladins kennt, weiß, dass man ihm mit einer zuckersüßen Erzählung von unschuldigen Menschen in Not zu so ziemlich allem überreden kann.«

»Danke«, sagte Ahren trocken und schenkte seinem Lehrling, der seinen Mentor bewundernd ansah, einen strengen Blick. »Das war kein Kompliment«, erklärte er dem überraschten Jungen.

»Ich habe etwas anzubieten«, flehte Salman hastig, der gar nicht erst den Versuch unternahm, die Zweifel an seiner Geschichte zu zerstreuen. »Etwas überaus Kostbares.«

»Wir sind nicht an Reichtümern interessiert«, sagte Jelninolan mit sanfter Stimme. »Wir helfen Euch um des Heils Eurer Frau willen.«

»Lass den Mann doch erst mal ausreden, mein Herz«, beschwichtigte Trogadon die Elfe. »Ich persönlich hätte nichts gegen ein wenig Reichtum.« Der Schmied erntete dafür von Jelninolan einen liebevollen Zupfer an seinem Bart, während Salman weiterredete.

»Ich meinte kein Gold, Edelsteine oder Kunstgegenstände«, sagte er, was Trogadon enttäuscht aufseufzen ließ. »Mein Angebot ist viel verlockender für Euch.« Ein listiger Ausdruck legte sich auf sein rundes Gesicht, und zum ersten Mal erkannte Ahren in dem Granden jenen Händler und Ränkeschmied, der ihn so reich gemacht hatte, dass er sich einen kostbaren Titel in einer der reichsten Städte Joraths verdienen hatte können. »Ihr sucht doch einen Paladin namens Trimm, nicht wahr?«, fragte er und eine schwere, von Überraschung durchdrungene Stille lag plötzlich in der Luft.

Uldini reagierte als Erster. »Was weißt du über Trimm?«, fauchte er und Blitze aus purer Magie tanzten plötzlich zwischen seinen Fingern umher. »Sprich!«

»Nur, wenn Ihr mir helft«, jammerte Salman und riss schützend die Arme vor sein Gesicht. »Ohne Euch sehe ich Palnah nie mehr wieder!«

»Uldini«, sagte Jelninolan mit einem tadelnden Blick.

»Das ist … Das ist … ungeheuerlich«, stammelte der Alte, und Ahren sah, wie die kindliche Gestalt sichtlich mit der Fassung rang. »Seit Monden lasse ich nach Hinweisen auf Trimms Aufenthaltsort suchen und jetzt stellt sich heraus, dass dieser fette Nichtsnutz auf Informationen sitzt, die dabei helfen könnten, ganz Jorath zu retten, und der *sagt nichts*?« Die Stimme des Erzmagus kippte vor Wut, und Ahren schob sich sicherheitshalber zwischen den bebenden Händler und den zornerfüllten Alten.

»Auch das könnte eine Falle sein«, sagte Falk mit vor der Brust verschränkten Armen. »Ein perfekter Köder, dem wir nicht widerstehen können und der uns mitten hinein nach Gol-Konar führen soll.«

»Trimm ist von kleinem Wuchs, dürr und hat struppiges, blauschwarzes Haar, das dünn und strohig wirkt«, platzte es aus Salman heraus. »Er hat eine unangenehm hohe, kratzige Stimme und trägt eine nahezu lächerlich dicke Rüstung, die ihn vor jeglichen Angriffen schützen soll. Sein Blick verweilt nie länger als einen Herzschlag an einer Stelle. So, als wäre die gesamte Welt für ihn ein Ort voller Gefahren.«

»Da soll mich doch ein Finsterbär holen«, sagte Falk verblüfft. »Dieser Kerl hat Trimm wirklich gesehen.«

Ahren sah dem Händler prüfend in die Augen, woraufhin dieser sich regelrecht am Blick des Paladins festzuklammern schien. Eine schwache Hoffnung lag auf der feisten Miene des Händlers.

»Ich verspreche, dass wir Euch und Eurer Palnah helfen«, sagte Ahren in beinahe feierlichem Ton, was Uldini und Falk ein Stöhnen entrang, während Hakanu ein leiser Jubelschrei entwich und Khara zufrieden auflachte. »Ihr habt mein Wort als dreizehnter Paladin, gegeben aus freien Stücken und im Angesicht der Götter. Und jetzt sagt uns bitte, was Ihr über Trimm wisst.«

»Ich traf ihn vor Jahren auf meinen Reisen, als ich meine Geschäfte noch selbst führen musste«, sagte Salman zögerlich, während er Ahrens

Blick eingehend musterte. »Er trank sich gerade in einer kleinen, unbedeutenden Taverne der Sonnenebenen bewusstlos und bot jedem, der es hören wollte, seine Tiefenstahlrüstung zum Kauf an.«

»Oh, Trimm«, sagte Lanlion betrübt. »Wären wir anderen nur für dich da gewesen.«

Salman sah für einen Moment überrascht zu dem bleichen Paladin hinüber und sprach dann weiter. »Wenige glaubten ihm, dass er ein solches Schmuckstück besaß, doch ich griff umgehend zu. Es stellte sich heraus, dass ich recht behielt. Ich hatte eine Kostbarkeit zu einem schwindelerregend niedrigen Preis erworben.« Salman sah nachdenklich in den Himmel empor. »Wenn man es genau nimmt, war dieser Handel der beste meines Lebens. Mit ihm legte ich den Grundstein für mein heutiges Vermögen.«

»An wen habt Ihr die Rüstung weiterverkauft?«, fragte Uldini genervt. »Dann kann ich schon einmal Boten mit einer unverschämt hohen Summe Gold losschicken, um sie zurückzuholen. Denn eines sage ich Euch: Ohne seine Rüstung wird Trimm in keine Schlacht mehr ziehen, selbst dann nicht, wenn wir ihn finden und alle Paladine der Welt ihn auf Knien um seine Hilfe anflehen.«

Salman rang die Hände und blickte nervös zwischen Uldini und Ahren hin und her. »Äh … Es gab einen Magier in Kap Verstaad, der sich auf einen einzigen Zauber spezialisiert hatte: ein Feuer, so heiß, dass es Tiefenstahl schmelzen kann.«

»Oh nein«, hauchte Jelninolan entsetzt. »Solche Magie darf es einfach nicht geben.«

Salman hob beruhigend die Hände. »Er konnte nur eine kleine Flamme in seiner Hand erschaffen, dafür war die nötige Magie zu … dicht?« Er zuckte die Achseln. »Zumindest habe ich es so verstanden. Aber er machte ein Vermögen damit, Gegenstände aus Tiefenstahl einzuschmelzen, neu zu formen und an wohlhabende Bürger zu verkaufen, die sich nach Extravagantem sehnten. Wegen ihm gab es einige Jahre lang eine extrem hohe Nachfrage nach Tiefenstahl.«

»Die Ihr bedienen konntet«, sagte Khara eisig. »Indem ihr Trimms schwere Rüstung verkauft habt.«

Salman nickte mit einem nervösen Lächeln. »Und zwar zu Höchstpreisen, ein Stück nach dem anderen. Eine Zeit lang waren Tiaren aus

Tiefenstahl der letzte Schrei in Kap Verstaad.«

»Dann werden wir Trimm eine neue Rüstung schmieden müssen«, sagte Trogadon und kratzte sich unter seinem Helm am Kopf. »Gut, dass aus Murgamolosch bald das erste Erz dazu geliefert wird.«

»Murgamolosch?«, fragte Salman mit einem neugierigen Glitzern in den Augen. »Von diesem Ort höre ich zum ersten Mal.«

»Eine neue Zwergenkolonie auf einer der Inseln der Klingensee«, erklärte Ahren.

»Interessant«, sagte der Händler und wandte sich Trogadon zu. »Was haltet Ihr davon, dass ich Euch fürstlich für ein Handelsprivileg bezahle? Es gibt viele Dinge, die eine Kolonie benötigt und die ich gern bereitstelle, solange Ihr mit Euren Waren zuerst zu mir kommt.«

»Wir schweifen ab«, sagte Falk, jedes Wort ein herabsausendes Fallbeil.

»Äh, ja«, sagte Salman und sammelte sich. »Jedenfalls tat Trimm mir leid und ich ließ ihn eine Weile mit mir ziehen, da meine stattliche Anzahl an Leibwachen sein dringendes Bedürfnis nach Sicherheit zufriedenstellte.« Der Grande holte tief Luft. »Ich verkaufte ihm schließlich für einen gehörigen Teil der Summe, die ich ihm für seine Rüstung bezahlt hatte, ein versteckt liegendes, winziges Tal in den nördlichen Sonnenebenen, weitab jeglicher Handelsrouten, in dem er sich von der Welt abschotten kann. Meines Wissens lebt er noch heute dort.«

»Welches Tal?«, fragte Uldini. »In der Region gibt es mehr Täler als Fliegen auf einem Haufen Pferdedung.«

»Sehr bildlich«, sagte Jelninolan naserümpfend.

Salman schüttelte den Kopf, und Ahren hatte den Eindruck, dass es den Granden seine ganze Willenskraft kostete, standhaft zu bleiben. »Oh nein«, sagte er, am ganzen Leib bebend. »Erst rettet Ihr Palnah.«

Uldini wollte aufbrausen, aber Khara hielt ihn zurück. »Ich glaube ihm«, sagte sie energisch. »Was bedeutet, dass es Palnah wirklich gibt und sie dringend unsere Hilfe braucht.« Sie sah Ahren fragend an, der zustimmend nickte.

»Ich gab Salman mein Wort«, sagte er schlicht. »Auch ich glaube ihm. Meine Entscheidung steht fest.«

»Ach, verdammt«, murrte Uldini. »Dein Lehrling lässt dich wieder weicher werden.«

Ahren nickte, was ihm einen verblüfften Blick Hakanus einbrachte. »Das mag sein«, erwiderte Ahren. »Aber wenn dem so ist, kann ich daran nichts Falsches erkennen.«

»Also gehen wir nach Gol-Konar, um eine Maid in Nöten aus den Händen eines unbekannten Schurken zu befreien?«, fragte Trogadon breit grinsend. »Sämtliche Barden Joraths werden vor Glückseligkeit in Freudentänze ausbrechen, wenn sie davon hören.«

Ahren verzog das Gesicht. »Jetzt verdirb mir bitte nicht den Spaß an der Sache.«

Habe ich etwas von Barden gehört, die unsere Taten preisen werden?, fragte Culhen in dem Moment, als er zusammen mit Muai durch das hohe Gras herangesprungen kam.

Du hast ein paar Neuigkeiten verpasst, sagte Ahren seufzend. *Lass mich dich ins Bild setzen.*

Der Nachmittag war trüb und die Wolken hingen tief, als Yantilla ihr Pferd neben Culhen lenkte und den gedankenverlorenen Ahren ansprach. Der Wind trug eine bissige Kühle in sich und wehte die leise gesprochenen Worte fort, kaum dass sie die Ohren des Paladins erreicht hatten.

»Wie lautet Euer Plan?«, fragte sie angespannt. »Wir können uns ja schlecht mit einer ganzen Stadt anlegen.« Sie deutete auf die mittlerweile deutlich dezimierten Eiswölfe, die die Gefährten in einer lockeren Kreisformation umritten. »Dafür sind wir zu wenige.«

Ahren verzog das Gesicht. Er freute sich nicht auf das kommende Gespräch, denn zu demselben Schluss wie die Kommandeurin war er auch gekommen. »Wir schleichen uns rein«, sagte er. »Damit meine ich Falk, mich und die anderen. Wir gehen vielleicht noch als hoch spezialisierte Söldnertruppe durch, aber wenn ich Dutzende Eiswölfe mitbringe, erkennt man uns nach ein, zwei Tagen ganz sicher als das, was wir sind. Eure Rüstungen haben mittlerweile einen gewissen Ruhm erlangt.«

»Und wie sollen wir Euch beschützen, wenn Ihr uns schon wieder zurücklasst?«, fragte Yantilla, ohne die Bitterkeit vollständig aus ihrer Stimme verbannen zu können.

»Indem Ihr für Verstärkung sorgt«, schlug Ahren vor. »Reist weiter nach Süden, findet die *Königin der Wellen* oder ein anderes brauchbares Schiff, rekrutiert neue Eiswölfe und kommt dann hierher zurück.« Ahren sah die Kommandeurin beschwörend an. »Entweder alles verläuft wie am Schnürchen und wir kommen Euch lachend entgegen, wenn wir uns das nächste Mal treffen, oder wir beißen uns die Zähne an Gol-Konar aus und benötigen dringend die Hilfe, die Ihr in der Zwischenzeit besorgt habt.«

»Verdammt«, fluchte Yantilla. »Diesmal habt Ihr Euch wirklich gut überlegt, wie Ihr uns loswerdet.«

Ahren zuckte mit den Achseln. »Ich hatte ohnehin die Möglichkeit in Betracht gezogen, einen kleinen Trupp gen Süden zu schicken, aber mit all den Unwägbarkeiten dieser Region will ich, dass die Eiswölfe samt und sonders abreisen. Es braucht nur ein gefährliches Dunkelwesen oder einen großen Jagdtrupp aus Gol-Konar und Eure Soldaten könnten in Bedrängnis geraten oder gar aufgerieben werden.« Ahrens Tonfall wurde hart, bestimmend. »In den letzten Monden sind genug Eiswölfe gestorben. Füllt die Lücken in Euren Reihen und kommt mit so viel Hilfe, wie Ihr finden könnt, zu uns zurück, Kommandeurin Yantilla.«

Die hagere Frau salutierte schneidig und Ahren konnte Stolz in ihren Augen sehen. »Wenigstens schleicht Ihr Euch diesmal nicht in der Nacht fort und lasst uns ohne Befehle zurück«, sagte sie nach einem Augenblick der Stille mit einem schiefen Lächeln.

»Nein«, sagte Ahren sardonisch. »Diesmal schleicht *Ihr* Euch bei Tage davon.«

Irgendwie wirkt unsere Gruppe nun so klein, sagte Culhen und sah sich am Lagerfeuer um, das sie unter größten Sicherheitsmaßnahmen in einer kleinen Senke entzündet hatten.

Gol-Konar war nur noch einen Tagesmarsch entfernt, und nachdem die Eiswölfe am späten Nachmittag gen Süden aufgebrochen waren, blieben nur Ahren, seine Gefährten und Salman zurück. Der Paladin musterte jeden von ihnen aus den Augenwinkeln. Hakanu war natürlich aufgeregt, wohingegen Khara eine eiserne Miene zur Schau stellte. Der Schwertkämpferin konnte die Rettung der verschleppten Frau nicht schnell genug gehen, und Ahren konnte sich gut in seine

Liebste einfühlen. Kein Mensch sollte in eine derartige Situation geraten, und wenn Ahren tief in sein Herz blickte, wusste er, dass er Salman auch ohne dessen Informationen über Trimm geholfen hätte.

Falk, Uldini und Jelninolan berieten über ihre Tarnung, wobei die drei auf ihre Erfahrungen im Ewigen Reich zurückgriffen, als sie Ahren unerkannt hatten folgen müssen. Lanlion hörte dem Trio mit einer guten Portion Neugier auf den Zügen zu, wohingegen Salman ein solcher Ausbund an Nervosität war, dass er sich sogar vor Kamaluq erschreckte, der unter Muais strengem Auge das Tarnen und Wiedererscheinen übte. Mittlerweile wurde die Gabe des jungen Fuchses von einem ersten schwachen Lichtimpuls begleitet und Hakanu lobte sein Tier bei jeder gemeisterten Anstrengung, die es sichtlich erschöpfte. Als Letzter im Bunde hielt Trogadon gemeinsam mit Selsena und Haminul Wache, eine Aufgabe, die die Gefährten ohne die Eiswölfe ab jetzt wieder selbst übernehmen mussten. Ahren würde die vielen Nächte behüteten Schlafs schmerzlich vermissen, ebenso wie die Gesellschaft der treuen Männer und Frauen, die ihm bis ans Ende der Welt folgen würden.

»Darf ich einen Vorschlag machen?«, warf Lanlion ein, als Falk, Uldini und Jelninolan die verschiedenen Optionen diskutierten.

»Ja, sicher«, sagte Falk, und Ahren lauschte neugierig dem Gespräch.

»Wenn eine neue Gruppe einen Ort betritt, gerade einen solch gefährlichen wie Gol-Konar, dann prägt sich den hiesigen Einwohnern sehr schnell ein bestimmendes Bild jener Gruppe ein«, erläuterte der bleiche Paladin. »Wenn ich es richtig verstehe, soll Falk sich als Anführer einer Söldnertruppe ausgeben, nicht wahr?«

»Das wäre momentan die beste Tarnung«, sagte Falk. »Ich habe die meiste Erfahrung, da ich einst als Söldner gedient habe. Außerdem war ich auch in meiner Rolle als Kapitän Federbart nicht so schlecht.«

Ahren entdeckte einen Anflug von Stolz in der Stimme seines ehemaligen Meisters und verkniff sich rasch ein Lächeln.

»Ahren wird jedenfalls nicht unser vermeintlicher Anführer«, sagte Uldini kategorisch. »Sonst würden wir an jeder Hausecke einen Streit vom Zaun brechen, so voller Übel und Unrecht wie Gol-Konar ist.« Er sah den Waldläufer beinahe entschuldigend an. »Nichts für ungut, aber wenn du uns anführen würdest, kämen wir keine zehn Schritt weit, ohne aufzufliegen. «

»Ich sehe das als Kompliment«, sagte Ahren und verschränkte die Arme vor der Brust. »Auch wenn euch klar sein sollte, dass ich unsere getarnte Truppe nicht anführen muss, um gegen Gräuel vorzugehen, die mir zuwiderlaufen.«

»Genau«, warf Khara ein. »Wir werden sicher nicht mit Scheuklappen durch die Stadt laufen.«

»In Maßen stimme ich euch zu«, sagte Trogadon, der, während er sprach, weiter das hohe Gras im Auge behielt. »Aber wir haben uns damals auch nicht mit sämtlichen Piraten der Klingensee angelegt, obwohl uns deren Treiben ebenfalls nicht besonders gefallen hat.«

»Wir werden eingreifen, wo wir können, und denken uns etwas aus, wo wir machtlos sind, in Ordnung?«, ließ Jelninolan einen Kompromiss verlauten. Alle stimmten zögerlich zu, und schließlich sprach Lanlion weiter, der geduldig den Verlauf des Gespräches abgewartet hatte.

»Wie ich sagte, kann der erste Eindruck unserer *Söldnertruppe* entscheidend sein«, nahm er seinen Gedanken wieder auf. »Daher würde ich *mich* gerne als Anführer unserer Truppe vorschlagen.«

»Du?«, fragte Uldini ungläubig. »Ein Söldner-Hauptmann? Wer soll dir das denn abnehmen?«

Lanlion lächelte sanft. »Es geht nicht darum, *wer* ich bin«, sagte er und zog seine Kapuze vom Kopf. Sein Blick wurde hart, seine Augen kalt und leer. Dann verzog er seinen Mund zu einem gemeinen Grinsen, das seine Zähne zeigte. Alle Zähne. »Es geht vielmehr darum, *was* ich bin.«

»Wie scheußlich«, sagte Salman und erbleichte. »Ein Blutleerer!«

»Kannst du bitte aufhören, so zu grinsen?«, bat Jelninolan den Paladin mit weicher Stimme. »Ich weiß, das bist nicht du, aber der Anblick macht mir Angst.«

»Gut«, sagte Lanlion zufrieden und seine Gesichtszüge zeigten wieder dessen gewohntes melancholisches Ich. »Das bedeutet, dass mein Plan funktioniert. Niemand wird euch als Individuen allzu große Beachtung schenken, solange ihr einem Blutleeren folgt. Und wenn es einen Ort auf Jorath gibt, an dem meine Natur Respekt und widerwillige Anerkennung hervorruft, dann ist es Gol-Konar.«

»Widerspricht das nicht dem Plan, uns nicht zu erkennen zu geben?«, fragte Khara kritisch. »Wie viele Blutleere bei klarem Verstand gibt es wohl?«

»Erstens, wer sagt, dass ich so tun werde, als sei ich bei klarem Verstand?«, erwiderte Lanlion. »Und zweitens ist mein Fluch unbekannt. Lanlion, der Paladin, ist nach offizieller Kenntnis kein Blutleerer. Wenn ich meine Natur hier offen zeige, wird keiner einen Streiter der Götter in mir vermuten.«

»Im Gegenteil«, sagte Uldini, plötzlich Feuer und Flamme für die Idee, wie Ahren an dessen glänzenden Augen erkannte. »Auch wir werden in einem ganz anderen Licht erscheinen, wenn wir einem Blutleeren dienen. Niemand würde je darauf kommen, dass Paladine einem solchen Wesen folgen.«

Lanlion schwieg, ein trauriger Ausdruck in seinen Augen. »Genau das ist meine Hoffnung, so sehr diese Wahrheit auch auf meinen Schultern lastet.«

»Du solltest allerdings an deinem Ausdruck arbeiten«, sagte Falk. »Du klingst manchmal wie ein liebeskranker Barde.«

Lanlions Gesichtszüge wurden hart und unlesbar. »Wie ich rede, ist meine Sache, du unnützer Kerl«, sagte er mit ungewohnt dunkler Stimme, in der die Essenz der Nacht gefangen zu sein schien. »Und jetzt besorg uns eine Unterkunft, bevor ich dich ausweide wie ein quiekendes Mastschwein und mir dein Blut als Schlummertrunk einverleibe.« Daraufhin herrschte ein derart dichtes Schweigen, als würde ganz Jorath aus Furcht den Atem anhalten. »So in etwa?«, fragte Lanlion, auf dessen Gesicht sich ein schüchternes Lächeln andeutete.

»Potzblitz!«, entfuhr es Trogadon. »Da hätte ich mich doch beinahe eingenässt.«

»Also ist es entschieden. Hab nur nicht zu viel Spaß an deiner Rolle, großer Anführer«, sagte Falk mit einem mahnenden Kopfnicken in Lanlions Richtung.

Ahren betrachtete seinen bleichen Freund mit nachdenklicher Miene. So einleuchtend und effektiv Lanlions Einfall auch sein mochte, Falks abschließender Kommentar barg viel Weisheit. Lanlion hielt sich stets durch große Selbstdisziplin unter Kontrolle. Wer wusste schon, welche Veränderungen der blutleere Paladin durchlief, wenn dieser für seine Rolle als Söldner einige der Fesseln abstreifte, mit denen er sich selbst kontrollierte?

Während die hohen Gräser des Grünen Meeres im Morgengrauen unter einem trüben Himmel stoisch wippend die nasse Last aus Tautropfen ertrugen, waren Ahren und seine Gefährten bereits vollends damit beschäftigt, sich in eine ruchlose Söldnertruppe zu verwandeln. Die Vorräte Jelninolans und Trogadons wurden genutzt – teils auf äußerst kreative Weise –, um als Färbemittel, Verzierungen oder Verfremdungen herzuhalten. Lanlions Umhang wurde mittels einer provisorisch angerührten Mischung verschiedener Pulver, die eigentlich für die Schmiedekunst bestimmt waren, in ein blutiges Rot gefärbt. Ein eingeschmolzener Kupferkessel war zu kruden Ringen und Amuletten verarbeitet worden sowie zu ›Rostflecken‹, die Trogadon kunstfertig auf gut sichtbaren Stellen ihrer Rüstungen anbrachte. Außerdem leistete der Zwerg ganze Arbeit bei der Rückverwandlung von Falk, dem Paladin, in Falk, den fahrenden, schäbig aussehenden Ritter. Kleidung wurde umgenäht, damit sie mehr verhüllte als gewöhnlich und grobe Flicken wurden aufgebracht, die ihnen allen ein heruntergekommenes Aussehen verliehen.

Kurz bevor die bleiche Sonne am Mittagshimmel stand, war ihre Tarnung weit genug gediehen, um die letzten abschließenden Veränderungen an ihrem Äußeren vorzunehmen. Falk und Trogadon waren bereits fertig, ihr verarmtes Erscheinungsbild und die vermeintlich ungepflegten, alten Rüstungen kündeten von einem rauen Leben auf der Straße, stets nur einen Schwertstreich von einem unrühmlichen Tod entfernt. Jelninolan steckte in einem Mieder, das ihre weiblichen Reize über Gebühr betonte, und ihre Sturmfiedel trug sie offen auf dem Rücken, ebenso wie zahlreiche Messer, die sie den toten Häschern abgenommen hatten. Ihre Ohren waren unter einem roten Kopftuch verborgen. Kharas Robe war sorgfältig präpariert worden, um abgenutzt und dreckig auszusehen, und ihre goldene Schärpe hatte sie gegen eine schlichte schwarze getauscht, genäht aus dem Streifen eines alten Umhangs. Nun zog sie gerade ihre Meisternadel aus dem Haar und steckte sie umgekehrt wieder hinein, wobei sie ihrer Frisur etwas Wildes, Nachlässiges verpasste.

»Ob das wirklich jemandem auffällt, wenn du deine Nadel verkehrt herum trägst?«, fragte Hakanu skeptisch. Auch der Lehrling wirkte, als würde er in seiner fleckigen Lederrüstung und mit dem rostigen Speer für wenige Kupferstücke töten.

»Und ob«, sagte Khara kühl. »Die umgedrehte Nadel bedeutet, dass ich im Ewigen Reich in Ungnade gefallen bin und dort ohne Prozess hingerichtet werden kann.« Ahren konnte ihr Unbehagen beinahe körperlich spüren, als sie über ihren Status sprach, den sie ihrer Tarnung zuliebe ins Gegenteil pervertiert hatte. »Viele Verstoßene werfen ihre Nadel einfach fort und erfreuen sich des Überraschungsmomentes, weil ihr Gegenüber nicht ahnt, wen er vor sich hat, aber die gefährlichsten unter den entehrten Schwertmeistern tragen ihre Nadel weiterhin, wenn auch verkehrt herum – als Warnung und als Herausforderung gleichermaßen.« Sie seufzte schwer. »Glaubt mir, in Gol-Konar wird man das Zeichen der umgedrehten Nadel erkennen, sodass sich selbst hart gesottene Gestalten zweimal überlegen werden, ob sie uns angreifen, wenn sie dies hier sehen.« Dabei deutete sie auf das Schmuckstück in ihrem Haar.

»Keine schlechte Idee«, sagte Trogadon beifällig und fischte ein wenig Blei aus seinem Rucksack. »Daraus mache ich mir Kugeln, die ich in meinen Bart flechte. Dann sieht es so aus, als wären es eingeschmolzene Clanzeichen. Einige Zwerge im Exil tragen so etwas, um ihre Ablehnung gegen die Autorität des Tisches der Clans zum Ausdruck zu bringen.«

Jelninolan legte den Kopf schief. »Vielleicht können wir für jeden von uns ein solches Erkennungsmerkmal finden?«, fragte sie nachdenklich. »Eine Gruppe Ausgestoßener, die mangels Alternativen einem Blutleeren folgt, wäre doch eine plausible Geschichte.«

»Also ich gehe bereits als gescheiterter Ritter durch«, sagte Falk. »Aber ich könnte mir noch einen verkohlten Waffenrock überziehen, bei dem das Wappen weggebrannt wurde, um den Eindruck dramatischer zu gestalten.«

Khara schüttelte den Kopf. »Weniger ist mehr«, sagte sie. »Du siehst bereits verlottert genug aus.«

»Danke vielmals«, grinste der alte Mann mit einer spöttischen Verbeugung. »Kümmere dich lieber um Ahren. Dein Mann sieht immer noch so aus, als würde er jeden Tag die Welt retten wollen.«

»Es ist sein Blick«, sagte Uldini kritisch. »Viel zu optimistisch für einen normalen Söldner.« Dabei spielte der Erzmagus an dem Lederband um seinen Hals herum, das ihn als Sklavenjungen auszeichnete. Seine edle Robe war gegen einen schlampig zu einem Überwurf zusammengenähten Umhang eingetauscht worden, der auch schon für Kharas Schärpe hatte herhalten müssen. Ahren konnte die miese Laune des Alten verstehen. Welche andere Rolle als die des versklavten Jungen konnte schon zu einem vermeintlichen Kind aus den südlichen Dschungeln passen? Sicherlich kein meisterhafter Krieger oder finsterer Meuchelmörder. Denn jeder Hinweis auf Macht und Kompetenz führte außenstehende Beobachter zu nahe an die Wahrheit hinter der Fassade der knabenhaften Gestalt heran. Also fügte der Oberste der Alten sich abermals in jene verhasste Rolle, die Ahren schon beim Hinsehen Unbehagen bereitete.

»Ich habe da eine Idee«, sagte Khara und tauchte ihren Daumen in das Farbtiegelchen, mit dem Lanlions blutroter Umhang präpariert worden war. Dann zog sie mit der Zungenspitze zwischen den Zähnen zwei senkrechte Streifen links und rechts von Ahrens Mundwinkeln durch dessen Bart, bis hinunter zu seinem Kinn.

»Blutschulden«, sagte Salman, der die meiste Zeit schweigend zugesehen hatte, und nickte anerkennend. »Diese Streifen kennzeichnen Krieger von den Eisinseln, die sich eines Verbrechens an ihrem Dorf schuldig gemacht haben. Sie dürfen erst zurückkehren, wenn sie ihre Schuld in Form eines Tributs entrichtet haben, der von der Gemeinschaft, die sie geschädigt haben, festgelegt wird. Derart Verbannte finden sich auch in Kap Verstaad.«

»Häufig ist deren Blutschuld viel zu hoch, um sie auf unblutige Weise zu verdienen«, sagte Trogadon grimmig. »Ich habe in meiner Zeit als Söldner viele Blutschuldner gesehen. Die meisten geben nach einer Weile die Hoffnung auf eine baldige Rückkehr nach Hause auf und kämpfen trotzdem weiter – immer auf der Suche nach dem einen großen Schatz, der ihre Schuld tilgen wird.«

»Und was machen wir mit unseren Vertrautentieren?«, fragte Ahren, der versuchte, die Feuchtigkeit der frischen Farbe in seinem Bart und die Tatsache, wofür die Bemalung stand, zu ignorieren. Er deutete auf Culhen, Muai und die beiden Titejunanwas.

Also ich spiele nicht wieder ein Maultier, Kamel oder Pferd, sagte der Wolf entschieden.

»Selsena und Haminul müssen im Grünen Meer bleiben«, sagte Falk verdrossen. »Pferde sind aufgrund der Bauweise der Stadt in Gol-Konar nicht gestattet. Es gibt einen großen Stall am Steilen Abstieg, aber da werde ich sie garantiert nicht unterbringen. Jedes zweite Pferd dort hat Krankheiten, die für ein Titejunanwa vielleicht nicht tödlich, aber doch sehr lästig sein können.« Selsena und Haminul schnaubten zustimmend.

»Dieser Steile Abstieg ist der einzige landseitige Zugang?«, fragte Ahren neugierig.

Falk nickte. »Zumindest, soviel ich weiß. Seit ich das letzte Mal hier war, ist Gol-Konar zweimal niedergebrannt worden. Oder zumindest das, was man von diesem Jauchepfuhl niederbrennen kann.«

»Der Steile Abstieg existiert noch«, warf Salman mit einem Schaudern ein. Anscheinend war ihm sogar der Zugang zur Stadt der Schurken ein Gräuel.

»Wir sollten erst mal klären, was wir mit Muai und Culhen anstellen«, sagte Uldini. »Danach können wir bis an den Rand von Gol-Konar reisen und uns die Stadt von oben genauer ansehen.«

»Ich schlage vor, die beiden bleiben auch hier«, sagte Trogadon bedauernd. »Muai würde wohl jeder ehemalige Einwohner des Ewigen Reiches erkennen und auch Culhen ist in ganz Jorath bekannt. Die beiden würden unsere Tarnung schneller auffliegen lassen, als wir ›Vertrautentiere‹ rufen können.«

Kharas Gesicht spiegelte Ahrens Unbehagen über den Vorschlag des Zwerges perfekt wider. »Können wir sie nicht verzaubern?«, fragte die Schwertmeisterin Uldini und Jelninolan. »So wie in der Ehernen Stadt oder in der Wüste?«

Ich spiele keinen Schoßhund, empörte sich Culhen umgehend, aber da schüttelte Jelninolan schon den Kopf.

»Es gibt zu viele Magier in der Stadt, um unbemerkt allzu mächtige Zauber aufrechtzuerhalten«, sagte sie. »Uldini und ich müssen in Gol-Konar jedwede Magie derart versteckt wirken, dass sie uns das Zehnfache an Kraft abverlangen wird.«

Da trat Lanlion mit einem gewitzten Gesichtsausdruck auf seinen bleichen Zügen auf Culhen zu. »Was wäre ein Blutleerer ohne ein passendes Haustier?«, fragte er in die Runde. »Wenn wir noch schwarze und rote Farbe haben, könnten wir aus Culhen einfach einen Blutwolf machen.«

»Und einen stattlichen noch dazu«, sagte Falk beifällig.

Ich weiß nicht …, begann Culhen und machte einen Schritt von dem Blutleeren weg.

Die Alternative ist, dass du hierbleibst, erwiderte Ahren umgehend. *Und dabei würde ich doch zu gerne sehen, wie sich eine ganze Stadt voller Schurken bei deinem Anblick in die Hose macht.*

Culhen ließ sich auf seine Hinterbeine plumpsen. *Na schön*, gab er widerwillig nach. *Fangt an zu malen, wenn es denn sein muss.*

»Fehlt nur noch Muai«, sagte Khara und streichelte der silberfarbenen Tigerin über das Fell. Die grollte in Richtung des Farbtiegelchens und ließ damit alle wissen, was sie von einem Anstrich hielt.

Jelninolan legte nachdenklich einen Finger auf ihre Wange. »Also *einen* Zauber könnte ich wohl aufrechterhalten, wenn er nicht zu mächtig ist. Aber welchen?«

Zu Ahrens Überraschung schüttelte Uldini den Kopf. »Ich mache das«, sagte er. »Ich wollte schon eine ganze Weile eine Idee ausprobieren, die mir im Kopf herumgeistert.«

Muai fauchte den Erzmagus an und Khara wirkte ebenfalls skeptisch. »Muss ich dir übersetzen, was Muai mit dir macht, falls dein Zauber sie in eine Stubenkatze verwandelt?«

Uldini wirkte ungerührt. »Sie wird immer noch sie selbst sein, das verspreche ich. Nur … kompakter.« Dabei zog er *Flammenstern* hervor.

»Also, das klingt spannend«, sagte Lanlion, in dessen Augen Ahren die glühende Leidenschaft für neuartige Magie ablesen konnte.

Muai grollte noch immer, wehrte sich aber nicht, als Uldini alle Anwesenden hinter sich beorderte von wo aus sie Muai durch das konkave Glas der Kristallkugel beobachten konnten. »Schaut sie ausschließlich durch *Flammenstern* hindurch an, das ist wichtig«, kommandierte Uldini sie in strengem Ton. »Das gilt auch für sämtliche andere Vertrautentiere.«

»Ganz schön kuschelig«, sagte Trogadon grinsend, als ihre kleine

Gruppe sich hinter Uldini ballte, um gemeinsam durch die Kugel des Erzmagus zu blicken. Ahren hatte das Gefühl, als würde *Flammenstern* sich ausdehnen und seinen Blick unweigerlich auf die Erscheinung Muais lenken, die im Fokus der Kristallkugel stand und deren Umrisse durch das gekrümmte Glas deutlich kleiner wirkten. Es vergingen keine vier Herzschläge, bis das Tier nervös zu fauchen begann, aber da winkte Uldini bereits mit einer Hand, und Ahren konnte seinen Blick blinzelnd wieder von der Kristallkugel lösen. Muai sprang protestierend zu Khara hinüber und Ahren staunte nicht schlecht, als er sah, dass die Proportionen der Tigerin noch immer so wirkten, als würde Ahren sie durch *Flammenstern* hindurch betrachten. Muai war um gute zwei Drittel ihrer normalen Körpergröße geschrumpft und erschien nun eher wie eine stattliche Wildkatze denn wie ein drei Schritt langer Koloss aus Zähnen und Krallen.

»Wie niedlich«, sagte Trogadon lachend, während die Gefährten das fauchende Tier begutachteten und Khara dabei tröstend auf ihre Freundin einredete.

»Es ist ja nicht für lange und du siehst immer noch sehr schön aus«, murmelte die Schwertkämpferin der Großkatze ins Ohr, die nun gar nicht mehr so groß war. Dabei bemerkte Ahren, dass es sich keinesfalls um eine Illusion handelte wie damals bei Culhens Verwandlung in der Wüste. Kharas Hand ruhte auf Muais Nacken, anstatt wie bei einer Illusion gegen die getarnte Großkatze zu stoßen. Die Dimensionen der Tigerin waren also wahrhaftig geschrumpft.

»Ganz erstaunlich«, hauchte Salman verwundert und zog seine Hand zurück, mit der er die beleidigte Großkatze beinahe gestreichelt hätte.

»Ich will ja nicht unken«, sagte Ahren. »Aber wäre es nicht besser gewesen, wenn Muai hier draußen geblieben wäre, anstatt sie derart zu verkleinern, dass sie im Kampf … verletzlicher ist.« Beinahe hätte er unnütz gesagt und das hätte ihm Muai sicherlich nie im Leben verziehen.

»Aha«, sagte Uldini und reckte stolz einen Finger in die Luft. »Das ist ja das Beste an meinem Zauber.« Er wandte sich an die Tigerin. »Sei doch so gut und werfe Ahren für mich um, in Ordnung?«, fragte er leichthin.

»Ich glaube nicht, dass sie das schafft …«, begann der Paladin zweifelnd, als Muai sich bereits mit einem kleinen Sprung gegen ihn warf, woraufhin er zwei Schritt weit nach hinten durch die Luft flog, wo er mit einem wenig eleganten Purzeln durch das hohe Gras seinen Sturz beendete. »Was zum Henker?«, fragte er verblüfft.

»Muai hat ihre Kraft und ihre Masse beibehalten«, sagte Uldini stolz. »Mein Zauber hat sie … verdichtet, könnte man sagen.« Der Erzmagus sah die triumphierend herumstolzierende Tigerin mahnend an. »Ich würde dir allerdings dringend davon abraten, in deiner jetzigen Form schwimmen zu gehen. Du würdest versinken wie ein Zwerg.«

»Vielleicht haben uns die Götter ja mit einem ähnlichen Zauber erschaffen«, sagte Trogadon grinsend. »Ursprünglich waren wir Menschen aber dann, schwupps, kam eine große Kristallkugel daher.«

Uldini sah den amüsierten Zwerg mit einem tödlichen Blick an, der an dem Schmied eiskalt abperlte. »Banause«, schnaubte der Erzmagus schließlich.

»Wie anstrengend ist dieser Zauber für dich?«, fragte Ahren, um die kindliche Gestalt abzulenken.

»Es geht«, antwortete Uldini mit einem Achselzucken. »Ich werde ohnehin nicht viel zaubern können und ich dachte mir, das Überraschungsmoment einer hoch verdichteten Tigerin sei kostbar genug, um dafür eine kleine Schmälerung meiner Künste in Kauf zu nehmen. Zumal ich ja wieder den Sklaven spielen muss und daher kaum agieren kann.«

Kamaluq schnupperte neugierig an Muai und die Tigerin reagierte mit einem gereizten Grollen, woraufhin der Fuchs mit einem Lichtblitz unsichtbar wurde.

»Sei lieb«, schimpfte Khara daraufhin mit der Großkatze. »Er ist noch klein und wundert sich nur.«

Muai wandte sich beleidigt ab und verschwand im hohen Gras.

Ich passe auf, dass sie nicht verloren geht, sagte Culhen vergnügt und wollte ihr hinterhergehen, aber Ahren trat ihm in den Weg. »Oh, nein«, antwortete er laut. »Du bleibst schön hier und lässt dich anmalen.«

Na gut, gab Culhen großmütig nach. *Immer noch besser, als in Rucksackgröße durch die Gegend zu laufen.*

10. Kapitel

Am späten Nachmittag waren auch die letzten Vorbereitungen erledigt und Selsena mit Haminul in den Weiten des Grünen Meeres verschwunden, um in angemessener Entfernung zum Jagdgebiet der Häscher auf ihre Gefährten zu warten. Nur ein Streitthema war weiterhin offen.

»Natürlich komme ich mit«, sagte Salman mit einem Ausdruck der Empörung im Gesicht. »Erstens kenne ich mich in Gol-Konar besser aus als ihr und zweitens will ich ein Auge auf eure Bemühungen haben, damit ihr Palnahs Leben nicht gefährdet, anstatt es zu retten.«

Ahren musste die Hartnäckigkeit des feisten Händlers bewundern. So defensiv der Mann sonst agierte, offenbarte er eine gehörige Portion Mut, wenn es um seine Frau ging. »Wir können ihn ohnehin nicht hierlassen«, sagte Ahren. »Sonst fängt ihn der nächste Trupp Häscher oder die Grenzwachen der Clans. Und denen wird sein Grandentitel ziemlich egal sein.« Sofort wurden die Augen Salmans wieder groß und sein Blick furchtsam.

»Das Reitervolk bewacht die unmittelbaren Grenzen Gol-Konars seit Generationen nicht mehr«, sagte Falk. »Die Messerschwinger Gol-Konars sind den Künsten der *Jenetiki* des Grünen Meeres ebenbürtig. Die Zusammentreffen zwischen beiden Gruppen verliefen in der Vergangenheit so blutig, dass die Clans beschlossen haben, das Gebiet um Gol-Konar sich selbst zu überlassen. Dafür werden die Häscher der Stadt umso härter angegriffen, sobald sie sich zu tief in die Grasebenen wagen.«

»Ach, deswegen gibt es hier keine *Jenetiki*«, sagte Hakanu, dem Ahren die Enttäuschung deutlich anhören konnte. »Ich habe mich schon gewundert, warum Mörder und Sklavenfänger ungestraft zwischen dem Gras des Grünen Meeres umherstreifen dürfen.«

Ahren tauschte einen wissenden Blick mit Falk aus. In den letzten Monden war klargeworden, dass Hakanu aufgrund seiner Stellung als Sohn eines Clanführers übermäßig behütet worden war.

Vielleicht eine Reaktion seiner Eltern auf seine wahre Herkunft, brachte Culhen sich ein. *Fäuste-wie-Eisen wollte einen potenziellen Paladin beschützen und Still-wie-ein-Teich hat ihn überbehütet, weil Hakanu sie an seinen Vater erinnert hat.*

Ahren sah seinen Wolf an. *Was für eine scharfsinnige Beobachtung menschlichen Verhaltens*, lobte er das Tier.

Pah, antwortete Culhen verächtlich. *Ich habe mir einfach das dümmstmögliche Verhalten vorgestellt, das ich euch Menschen zutraue. Damit liege ich meistens richtig. Ihr macht immer alles viel komplizierter, als es eigentlich ist.* Culhen stieß einen gedanklichen Seufzer aus. *Ich vermisse eine gepflegte Unterhaltung mit ein paar klugen Tieren.*

Bald siehst du Sonnenschimmer wieder und dann kannst du mit den anderen Vertrautentieren nach Herzenslust plauschen, tröstete Ahren seinen Wolf, der mit seinem schwarz gefärbten Fell und der roten Spirale auf seiner Brust wie ein Dunkelwesen aus den schlimmsten Albträumen eines Waldläufers aussah.

»Wenn Salman mitkommt, dann als Gefangener«, sagte Falk in dem Moment. »Wir können so tun, als hätten wir ihn entführt und wollten uns in Gol-Konar verstecken, bis wir das Lösegeld für den Granden in Händen halten. So würde sich niemand fragen, was wir dort wollen und warum wir scheinbar nur herumsitzen und Däumchen drehen.«

»Ein guter Plan«, stimmte Ahren zu. »Und während wir auf das vermeintliche Lösegeld warten, können wir uns diskret in der Stadt nach dem Käufer von Palnah umhören.«

»Irgendwie poetisch, dass wir dieselbe Geschichte als Tarnung nutzen, die uns überhaupt erst nach Gol-Konar führt, nicht wahr?«, fragte Trogadon grinsend.

»Ich kann daran nichts Poetisches finden«, sagte Salman unterkühlt.

»Macht Euch nichts daraus«, sagte Jelninolan mit einem feinen Lächeln und einem Seitenblick auf ihren geliebten Schmied. »Ihr habt wohl noch nie einem Zwergengedicht gelauscht, ansonsten würdet Ihr Euch nicht darüber wundern, was beim kleinen Volk als poetisch erachtet wird.«

»Beeindruckend«, gab Ahren zögerlich zu, als er mit seinen Freunden und Salman kurz vor Beginn der Abenddämmerung am gezackten

Rand jener Klamm stand, die Gol-Konar beherbergte. Er starrte an dem zerklüfteten Rand hinab, um die Ausmaße jenes Ortes zu begutachten, der den schlimmsten Ruf Joraths außerhalb der Obsidianfeste besaß. Zunächst gab es da den sogenannten Schwarzen Umhang, jenen düster wirkenden Wasserfall, der sich am Scheitelpunkt der Klamm befand und knapp unterhalb des Randes der gut dreihundert Schritt hohen Felswände aus einem unterirdischen Zulauf ins Freie trat und sich tosend in ein riesiges, steinernes Basin ergoss. Die Gischt des trüben Wasserfalls breitete sich dabei in einer brodelnden Wolke über der Stadt aus, und so entstand tatsächlich der Eindruck, Gol-Konar würde unter einem schwarzen Umhang oder Schleier verborgen liegen, um sich und die dunklen Taten seiner Bewohner vor dem Rest Joraths zu verstecken.

Die Stadt selbst bestand aus einem verwirrenden Flickwerk aus Holzbarracken und steinernen Häusern, die jeden Flecken Land in der Klamm ausfüllten und sogar in die Wände der Schlucht gebaut worden waren. In der Mitte konnte Ahren eine Art Stadtzentrum ausmachen, umringt von vier unterschiedlich großen Vierteln, die jeweils durch breite Hauptkanäle voneinander getrennt wurden. Mit seinen größeren Steinhäusern und deutlich weniger Holzbarracken erschien der Süden der Stadt wohlhabender als der Norden, aber die Gischt machte es schwer, Details zu erkennen.

»Das ist neu«, sagte Falk beunruhigt, deutete erst zum Fuß der Schlucht und dann auf eine grobe Karte, die Salman ihnen übergeben hatte. »Anscheinend wurden Kanäle angelegt, um die Wasser des Schwarzen Umhangs zu bändigen.«

Ahren folgte dem Finger seines ehemaligen Meisters und sah, dass die Stadt von mehr als hundert Gräben durchzogen war, die von einer Vielzahl Brücken unterschiedlicher Bauart überspannt wurden. »Leider sind nur die Hauptkanäle und die Stadtviertel auf der Karte hier eingezeichnet. Bei den vielen kleinen Wasserstraßen ist sie für eine Orientierung nutzlos.« Er gab dem Händler das Pergament zurück, das dieser wieder in seinem großen Wams verstaute.

»Versucht Ihr doch mal, eine akkurate Karte von Gol-Konar zu erwerben«, verteidigte sich Salman mit einem schmollenden Unterton. »Dort unten wachsen praktisch über Nacht neue Schmugglerbrücken, während andere wieder einstürzen, und die Wasserwege werden nach Belieben blockiert oder umgeleitet.« Der dicke Händler deutete auf die Stadt. »Reik Silbermantel ließ die Kanäle von Sklaven bauen und bezahlte das Material aus eigener Tasche.«

Ahren sah dem Mienenspiel des Händlers an, dass der mit einer Mischung aus Furcht und Verlangen auf die Stadt unter ihnen blickte.

»Früher tobten die Wassermassen ungezügelt quer durch die Stadt und teilten sie in ein Ost- und ein Westufer. Reik argumentierte, dass ein Kanalsystem einen größeren Schutz gegen Gefahren bot, sowohl durch Feuer als auch durch bewaffnete Soldaten.«

»Auf diese Weise ist er also an die Macht gekommen«, sagte Uldini mit einem Hauch Bewunderung in der Stimme. »Er hat eine wichtige Angelegenheit, die der gesamten Stadt genützt hat, auf eigene Kosten erledigt. Ich dachte, er hätte sich einfach an die Spitze der Stadt gemordet.«

»Oh, das hat er auch«, beteuerte Salman. »Aber das gilt für beinahe jeden da unten, also dachte ich, ich erwähne lieber die Kanäle, mit denen er sich neben all den Morden ein beachtliches Ansehen erkauft hat.«

»Netter Ort«, sagte Trogadon missmutig. Dann zeigte er auf die Wände der Klamm. »Die Häuser da im Stein sehen nach Zwergenwerk aus«, sagte er verwundert.

»Im Laufe der Jahrhunderte gab es mehr als genug zwergische Söldner in Gol-Konar«, erklärte Falk. »Und sie ließen sich ihre Bauwerke teuer bezahlen.« Trogadon spie daraufhin wortlos aus.

Khara musterte neugierig die Gischt des Wasserfalls, die beständig über der Stadt umherwaberte. »Da unten muss doch alles feucht und verfault sein«, sagte sie.

Falk schüttelte den Kopf. »Schau genauer hin. Der vom Meer hereinströmende Wind wirbelt die Gischt aus den unteren Luftschichten der Klamm empor, weshalb die Sicht von hier oben am schlechtesten ist. Außerdem hat es in den letzten Tagen viel geregnet, daher ist der Schwarze Umhang ›ausgebreitet‹. So nennt man es hier, wenn der unterirdische Fluss, der den Wasserfall speist, stark angeschwollen ist und besonders viel Wasser in die Tiefe stürzt, sodass besonders viel Gischt über der Klamm in der Luft hängt. Zu Zeiten größerer Trockenheit spricht man vom gefalteten Umhang. Dann strömt der Wasserfall brav und schmal die Klamm hinab und wirkt regelrecht malerisch.«

»Wir sollten jetzt gehen«, sagte Salman nervös. »Die Gischt des Schwarzen Umhangs verbirgt von hier oben sowieso die meisten Details der Stadt und wir wollen doch nicht durch einen dummen Zufall entdeckt werden. Wer sich am Rand von Gol-Konar aufhält, gilt entweder als Beute oder als Kundschafter des Ewigen Reiches oder des Grünen Meeres. Keine dieser Gruppen überlebt besonders lange, sobald die Entbehrlichen ausrücken.«

»Die Entbehrlichen?«, fragte Hakanu, und Ahren war froh, dass er jetzt einen Lehrling hatte, der für ihn die dummen Fragen stellte. Leider schaute der Knabe seinen Meister an und erwartete von ihm die Antwort.

»So etwas wie … die Stadtwache«, riet er drauflos und sah Falk fragend an, der hastig ein Schmunzeln verbarg.

»Ahren hat recht«, erklärte der alte Mann. »Die Entbehrlichen dienen dem jeweiligen Oberhaupt der Stadt und tragen ihren Namen aus gutem Grund. Wer nichts taugt oder Schulden macht, die er nicht zurückbezahlen kann, wird zum Dienst bei den Entbehrlichen gezwungen – oder einfach getötet. Daher betrachten die meisten ihren Dienst in dieser ›Stadtwache‹ als Strafe und Glücksfall zugleich.«

»Endet ihre Knechtschaft irgendwann?«, frage Khara mit angespannter Stimme. Ahren konnte sich denken, was in seiner Liebsten vorging, bedachte man ihre Vergangenheit in der Guitu-Arena.

Falk zuckte mit den Achseln. »Es kommt wohl vor, dass der eine oder andere nach gut geleisteter Arbeit jemanden findet, der für ihn bürgt und ihm einen Platz in seiner Schlägerbande anbietet. Vier von fünf sterben vorher. Wie gesagt, ihren Namen haben sich die armen Hunde redlich verdient.«

»Mir kommt dieser Ort mit jeder neuen Information ungastlicher vor«, sagte Jelninolan und schlang sich die Arme um den Körper. »Die Klingensee bot zumindest den Luxus einer netten Umgebung und den Anstrich eines Ehrenkodex. Hier scheint alles auf ein wüstes Hauen und Stechen um den größten Knochen hinauszulaufen.«

»Beißen«, sagte Uldini mit verkniffener Miene. »Du hast das Beißen vergessen.«

Abrupt blieb Ahren stehen, als er an die gewaltsam gezogene Grenze des Grünen Meeres kam, hinter der sich der Steile Abstieg befand. Die Halme verschwanden von einem Fingerbreit auf den nächsten, wie von einer Riesenhand getilgt. Stattdessen blickte man nun auf einen kränklich aussehenden Boden, dessen schlammiges Braun von einem grünen, feuchten Schillern durchsetzt war. »Die Erde wurde vergiftet«, sagte Ahren schockiert.

»Und zwar mit Absicht«, bestätigte Falk.

Culhen schnüffelte an dem Lehm, und Ahren spürte dessen Übelkeit. *Hier riecht es nach uraltem Tod*, sagte das Tier angespannt.

»Davon habe ich gehört, darüber gibt es ein Lied«, warf Hakanu mit eifriger Stimme ein. Der Knabe befingerte die schwarze, aufgemalte Raute auf seiner Stirn, die ihn vermeintlich als Verbannten des Reitervolkes brandmarkte. »Ist bestimmt Jahrhunderte her. Seitdem gilt Gol-Konar als Feind aller Clans.«

»Achtet ab jetzt darauf, was ihr sagt«, meldete sich Salman nervös zu Wort. Der Händler war der Tarnung wegen bereits gefesselt und wand sich unablässig in den Seilen, die ihn banden. »Wir sind nur noch drei Steinwürfe vom Steilen Abstieg entfernt und der wird streng bewacht.«

Ahren ließ sein Auge über die tote Erde schweifen und entdeckte schließlich einen Abschnitt des zerklüfteten Rands der Klamm, welcher glatt und eben wirkte. Die Stelle war keine zwei Schritt breit und erschien mit der aufsteigenden dunklen Gischt im Hintergrund wie der Abstieg in ein fremdes, düsteres Land. »Dort entlang?«, fragte er Salman beunruhigt, und der Händler nickte.

»Dann wollen wir mal«, sagte Lanlion mit einem unsicheren Lächeln, das den bleichen Paladin so ganz und gar nicht wie einen hart gesottenen Söldnerhauptmann oder gar einen halbwahnsinnigen Blutleeren aussehen ließ. Doch bevor Ahren etwas erwidern konnte, veränderten sich die Züge seines Freundes und wurden so kalt und hart wie am Vortag. »Folgt mir, ihr Maden«, knurrte er mit schneidender Stimme und schritt voran, wobei er Culhen mit dem Finger bedeutete, neben ihm zu laufen. »Zu mir, du Töle«, kommandierte er gebieterisch.

Also ich kenne einen Blutleeren, der demnächst ein paar hübsche nasse Stiefel vorfinden wird, grollte Culhen, fügte sich aber in seine Rolle als gehorsamer Blutwolf und trottete neben den bleichen Paladin.

»Ab jetzt bleibst du dicht neben mir und tust nur das, was ich dir sage«, murmelte Ahren Hakanu zu.

»Also wie immer«, sagte der Lehrling schmollend.

Falk lachte leise und stellte sich auf die andere Seite Hakanus. »Ich habe auch ein Auge auf ihn, wenn es dir nichts ausmacht.«

Ahren nickte dankbar und besann sich dann seiner Rolle als Blutschuldner von den Eisinseln. Er verzog sein Gesicht zu einer mürrischen Miene und ging hinter Lanlion her, der gelassen über die tote Erde schritt, als würde ihm ganz Jorath gehören. Ahren blickte sich flüchtig um und sah Khara hinter sich gehen, die Miniatur-Muai an ihrer Seite, dahinter Uldini und Jelninolan, die den gefesselten Salman vor sich her schob. Den Abschluss bildete Trogadon, der seinen Schmiedehammer locker über der Schulter liegen hatte und mit grimmigem Blick einherschritt, so als würde er die kleine Gruppe bewachen, damit keiner ihrem bleichen Herrn und Meister davonlief. Alle schlüpften derart selbstsicher in ihre Rollen, dass jeder Beobachter in Ahren und seinen Gefährten nur eine hundsgemeine Söldnertruppe erkennen würde, die sich einem Blutleeren angeschlossen hatte.

Lanlion erreichte die Kante der Klamm und schaute geradewegs nach unten. »Einen schönen guten Abend, die Herren«, rief der bleiche Paladin mit seiner nun kalten, dunklen Stimme in die Klamm hinab. »Ob in eurem Städtchen wohl noch Platz für ein paar Seelen mehr ist?«

Ahren verwunderte die Höflichkeit der Worte Lanlions, aber als er das breite Grinsen seines Freundes sah, mit dem er die Frage untermauerte, erkannte er den gewollten Kontrast zwischen Gesagtem und Gemeintem. Er trat ebenfalls einen Schritt vor, um über die Kante sehen zu können, und musste sich zusammenreißen, um nicht zurückzuzucken. Eine schmale, extrem steile Treppe führte im Zickzack in die Tiefe, und der Schwarze Umhang ließ die Sicht durch seine Gischt auf gerade mal ein Dutzend Schritt zusammenschrumpfen. Es gab weder Geländer noch Handläufe, an denen man sich festhalten konnte, und der Stein wirkte glatt und schlüpfrig. Links und rechts der Treppe, auf einem Vorsprung keine fünf Schritt unter ihnen, kauerten zwei Männer mit Armbrüsten, die ihre schweren Waffen unverhohlen auf Lanlions Gesicht gerichtet hielten. Beide trugen schmutzige Kleidung, und an ihrem verwahrlosten Zustand und den beiden verschlissenen Decken konnte Ahren erkennen, dass diese Unglücklichen bereits eine Weile hier oben hausen mussten. Eine Kiste mit halb verfaulten Äpfeln diente ihnen als Nahrungsquelle und ein gesprungener Krug, an die feuchte Wand der Klamm gestellt, um daran herablaufendes Wasser aufzufangen, bildete den traurigen Abschluss des armseligen Lagers auf dem kargen Steinsims.

Da werden ja Gefangene besser behandelt, dachte sich Ahren.

Die beiden riechen nach Angst und Gefahr, sagte Culhen. *Ihre Hände mögen zwar zittern, aber ich kann regelrecht schmecken, dass sie kurz davor sind, abzudrücken.*

Lanlion stand noch immer mit seinem bedrohlichen Lächeln da und schaute die zwei Entbehrlichen unverwandt an. »Nun?«, fragte er und seine Stimme sank um eine weitere Oktave ab. »Lasst ihr uns passieren oder muss ich eure erkalteten Körper in die Stadt hinabwerfen? Mir ist beides recht, denn ich habe Hunger.«

Selbst Ahren fröstelte bei dieser Aussage, und schließlich riss einer der zwei Entbehrlichen die Arme hoch, sodass die Armbrust gen Himmel zeigte. Hastig tat es ihm sein Kumpan nach. »Dann geht halt hinunter«, sagte der erste. »Und lasst uns gefälligst in Frieden.« Das Beben in der Stimme des Mannes war nicht zu überhören.

Lanlion nickte langsam, noch immer grinsend. Dabei starrte er die beiden an, als würde er abwägen, wie hungrig er gerade war. »Nun denn«, sagte er schließlich, und die Entbehrlichen seufzten erleichtert auf. Sie wichen so gut es ging zur Seite, und als Culhens schwarzer Kopf am Rand erschien, pressten sie sich bibbernd an die raue Wand, so als würden sie im sicheren Fels verschwinden können, wenn sie sich nur fest genug dagegen drückten.

Nach und nach zogen die Gefährten an den beiden Entbehrlichen vorbei, die sich mucksmäuschenstill verhielten und am Rande einer Panik waren. Langsam kletterte die Gruppe auf dem nassen, steinernen Abstieg in die Tiefe, einen vorsichtigen Schritt vor den anderen setzend. Die Luft war klamm und eisig, der Wind drückte ihnen von unten die Nebelschwaden des Schwarzen Umhangs ins Gesicht, und Ahren war es, als würden sie in irgendeine namenlose Unterwelt hinabsteigen, aus der es kein Entkommen gab. Wenn er an die verwahrlosten Entbehrlichen über ihm dachte, dann traf dieser Gedanke wohl auf die meisten der bedauernswerten Gestalten zu, die hier ihr Glück zu machen suchten oder vor ihrem Pech geflohen waren.

»Habt ihr gesehen, wie die gezittert haben?«, flüsterte Hakanu begeistert in die Runde. »Unsere Gruppe schindet ganz schön Eindruck.«

»Verwechsle niemals Furcht mit Respekt«, sagte Ahren knapp. »Gefürchtet zu werden, verschafft dir keine Freunde und nur einen flüchtigen Vorteil. Die Entbehrlichen über uns denken vor lauter Angst wahrscheinlich darüber nach, uns mit ihren Armbrüsten den Garaus zu machen, solange wir hier wehrlos abwärtsklettern, damit wir zukünftig keine Bedrohung mehr für sie darstellen. Wenn du über ihren Respekt gebötest, käme ihnen diese Option nie in den Sinn.«

Hakanu sah Ahren mit großen Augen an und nickte dann, während Trogadon »Guter Einwand« murmelte, seine Armbrust hervornahm und mit ihr aufwärtszielend weiterging, einen quälend langsamen Schritt nach dem anderen. »Wenn ich den Kopf von einem der beiden sehe, setzt es einen Warnschuss«, brummte er grimmig.

»Gleich wird es richtig nass«, warnte Falk und deutete auf den Schwarzen Umhang, der keine zehn Schritt rechts von ihnen mit der Urgewalt entfesselten Wassers aus dem Fels hervorbrach und in einem breiten, brodelnden Bogen auf die Stadt unter ihnen hinabstürzte.

»Und laut!«, schrie Khara, als sie gleichauf mit dem Wasserfall waren.

Hakanu deutete auf das dunkle Nass auf seiner Hand, das aussah, als sei es mit einem Hauch Ruß vermischt. »Das Wasser ist tatsächlich schwarz!«, rief er erstaunt.

»Das liegt am Grünen Meer«, brüllte Uldini über das Tosen hinweg. »Dieser Fluss wälzt sich Tausende von Längen wie eine gewundene Schlange durch die Felsschichten unter der Grasnarbe. Dabei verfärbt sich sein Wasser.«

»Gleich gelangen wir an den Stall«, meldete sich Salman zu Wort. »Dort werden wieder Entbehrliche stehen.«

»Also dann«, sagte Uldini mürrisch. »Klappe halten und lasst unseren bleichen Meister sprechen.«

Die dünne, glatte Steintreppe reichte noch gut dreißig Schritt weiter im Zickzack hinab, um dann direkt unter den Wasserfall zu führen, der über ihren Köpfen heraussprudelte und an ihnen vorbei gen Boden brodelte. Ahren sah, dass die Felswand hier einige Schritt zurücksprang, sodass das Wasser selbst bei gefaltetem Umhang den Weg nicht überspülen würde, der auch so schon gefährlich genug war. Zu seiner Rechten erblickte er eine geräumige Höhle von vielleicht zwanzig Schritt Durchmesser im Fels, in der provisorische Pferdeboxen untergebracht worden waren, sowie mehrere Verschläge, aus denen heraus sie gespannte Armbrüste begrüßten, deren Bolzen direkt auf ihre Köpfe zielten. Culhen und Muai reckten witternd ihre Nasen in Richtung eines eisenbeschlagenen Verschlages, dessen dunkles Holz Kratz- und Bisspuren eines unbekannten großen Wesens aufwies, im Moment jedoch leer stand.

»Blutleer hin oder her, hier würde ich leisetreten«, flüsterte Falk Lanlion zu, der kaum merklich nickte.

Ahren sah sechs Armbrüste und dazu passende Augenpaare, die sie voller Furcht und teilweise auch Abscheu hinter den Palisaden hervor anstarrten. Falk hatte seinen Schild gezogen und hielt ihn so, dass alle hinter ihm vor einem Beschuss geschützt waren. Leider ging Ahren vor ihm, direkt hinter dem kalt lächelnden Lanlion.

»Wer schießt, verliert sein Leben auf überaus grausame Art und Weise«, rief der Blutleere, und hinter sich hörte Ahren Falk fluchen.

»Das nennt der Kerl leisetreten?«, zischte der alte Mann aufgebracht.

»Seht ihr diesen Blutwolf?«, fragte Lanlion beinahe gelangweilt und deutete auf den wartenden Culhen. »Den tötet ihr nicht mit nur sechs Bolzen. Vorher reißt er auf ein Wort von mir eure Bretterverschläge ein und verwandelt euch in köstliche Appetithappen.« Wieder dieses breite Lächeln. Ahren sah, wie die ersten Armbrüste wankten, als ihre Träger vor Furcht zu bibbern begannen. »Die gute Nachricht ist, dass wir nur passieren wollen. Mein Ritter hier hat vor lauter Inkompetenz sein Pferd verloren, daher benötigen wir keine Boxen.«

»Was ist mit dem Wolf?«, fragte eine Frau, die wohl ein Quäntchen Mut gefasst hatte, um Lanlion Widerworte zu geben.

»Was soll denn mit dem Wolf sein?«, fragte Lanlion in lauerndem Ton. »Wollt ihr ihn vielleicht wie ein Pferd behandeln?«, fragte er. »Ihn striegeln? Und … füttern?«

Culhen ließ es sich nicht nehmen, ein lautes, hungriges Heulen auszustoßen und seine Fänge zu zeigen.

Du und Lanlion gebt ein schaurig-schönes Paar ab, kommentierte Ahren die Aktion seines Freundes, die einen durchschlagenden Erfolg auf die Entbehrlichen hatte.

Ein hitziges Flüstern drang hinter den Palisaden hervor und dann ertönte erneut die Stimme der Frau. »Soll Gol-Konar sich doch mit euch rumschlagen«, murrte sie laut. »Wenn wir Glück haben, bricht sich euer Mistvieh oder einer von euch auf dem Weg nach unten den Hals.« Bei diesen Worten erhob sich hinter den Barrikaden raues Gelächter, so fernab jeglicher Empathie und voller Häme, dass es Ahren kalt den Rücken herunterlief.

»Und das sind die, die als nutzlos und schwach gelten«, murmelte Khara leise, als hätte sie seine Gedanken gelesen. »Hör auf, so entsetzt zu schauen«, fügte sie leise hinzu.

Ahren zog schnell eine finstere Miene, was ihm nicht sonderlich schwerfiel. Nur allzu gerne hätte er mit diesen sechs Entbehrlichen eine handfeste Diskussion über den Wert des Lebens im Allgemeinen und den seines geliebten Wolfes im Speziellen geführt.

Das ist zwar rührend, sagte Culhen, *aber es ist wohl besser, du hebst dir deine Energie für den Rest der Stadt auf.* Dabei schickte er Ahren das Bild von sechs Ratten, die quiekend auf einem Stein herumlümmelten, während im Hintergrund eine ganze Horde der Nager näherkam.

Lanlion bedeutete seinen ›Söldnern‹, ihm zu folgen, und schritt nonchalant zur anderen Seite der Höhle, wo sich die Treppe noch steiler und schmaler einen Weg in den Abgrund bahnte. Ahrens Puls raste, als er begann, mit dem böigen Wind und dem gischtenden Wasser des Schwarzen Umhangs um jeden Schritt auf dem tückischen Pfad zu ringen.

»Man könnte fast glauben, die mögen hier keine Besucher«, rief Trogadon launig, nachdem sie weitere zwanzig Schritt hinabgestiegen waren und der Wasserfall ihre Worte für etwaige Lauscher übertönte. Der Schmied sicherte weiterhin ihre Nachhut, die Armbrust auf den nun über ihnen liegenden Höhleneingang gerichtet. Überall um sie herum wurden Gischtschwaden umhergewirbelt, und so bestand Ahrens gesamtes Blickfeld nur aus der steilen Wand in seinem Rücken, dem lebensgefährlichen Pfad unter seinen Füßen und den alles verschlingenden Schleiern aus trübem Wasser, egal, wohin er blickte.

»Man kann ja keine fünf Schritt weit sehen«, fluchte Uldini. »Ich weiß schon, warum ich diese Stadt immer gemieden habe.«

»Du und jedes andere vernunftbegabte Wesen mit einem Herz im Leib«, sagte Jelninolan und wischte sich das Wasser aus dem Gesicht.

»Achtet auf eure Tarnung«, warnte Salman sie, der in seinen Fesseln und aufgrund seines starken Übergewichts von der Elfe und Falk beim Klettern unterstützt wurde. »Eine der tückischen Eigenheiten dieses Abstiegs ist die Tatsache, dass man uns vom Grund der Klamm aus recht gut beobachten kann. Die Gischt behindert unsere Sicht mehr als die der Schurken am Boden.«

»Kein Wunder, dass eine Invasion der Stadt in Betracht noch nicht gezogen wurde«, sagte Ahren. »Auf dem Landweg könnte man keine Armee hineinbekommen.«

»Und auf den Seeweg stören die Wütenden Hauer«, fügte Lanlion hinzu. »Diese Stadt ist eine natürliche Festung.«

»Leider eine Festung voller Abschaum«, sagte Falk düster. »Wir dürfen daher nicht vergessen, dass eine Flucht diesen Pfad hinauf reiner Selbstmord wäre. Was immer wir tun, um Palnah zu befreien, wir tun es besser leise und unentdeckt.«

Ahren stöhnte auf. Er war so darauf fokussiert gewesen, dass sie es in die Stadt hineinschafften, dass er sich noch gar keine Gedanken über den Rückweg gemacht hatte. »Vielleicht können wir einen Kapitän bezahlen, der uns Richtung Süden fährt«, grübelte er laut.

»Keine so schlechte Idee«, sagte Khara. »Hier gibt es bestimmt jemanden, der bei der nötigen Menge Gold seine zweifelhaften Dienste anbietet, ohne Fragen zu stellen.«

Uldini lachte bitter. »Ich gratuliere«, sagte er sardonisch. »Du hast gerade jeden einzelnen Einwohner Gol-Konars beschrieben.«

Die Gefährten verfielen in dumpfes Schweigen, während sie weiter die Treppe hinabstiegen. Mitunter wurden die Passagen so eng, dass Culhen mit seiner Körpergröße Probleme bekam und sich nur fingerbreit um fingerbreit vorwärtsbewegen konnte. Je tiefer sie stiegen, umso mehr erfassten die Windstöße vom Meer aus die Gischt und drückten sie hinauf, sodass Ahren nun einen genaueren Blick auf die

Stadt unter ihnen werfen konnte. Wenig überraschend entdeckte er neben den erwarteten Bretterhütten und halbverfallenen Häusern auch solche, die einen gewissen Wohlstand aufwiesen, vor allem jene im Süden der Stadt, die ihm schon vom Rand der Klamm aus aufgefallen waren. Er sah viele geteerte Fenster und Türen sowie ebenso abgedichtete Dächer, die dem gesamten Ort eine erdrückende Finsternis verliehen, so als hätte die Verderbtheit seiner Einwohner sich auf ihre Wohnstätten übertragen. Für einen Moment fühlte Ahren sich an sein Elternhaus erinnert, das sein Vater nach dem Tod von Ahrens Mutter derart isoliert hatte, dass es einer Festung aus Teer geglichen hatte, um den eisigen Ostwind aus dem Wohnraum fernzuhalten. Ahren wischte den Gedanken fort, als Hakanu von hinten gegen ihn stolperte und er dem Jungen nach einem strengen Blick eine helfende Hand bot. »Vorsichtig«, murmelte er und ging weiter.

»Ich sehe kaum Leute auf den Straßen«, sagte Trogadon verwirrt. »Dafür erstaunlich viele auf den Dächern.«

»Gol-Konar ist keine gewöhnliche Stadt«, sagte Falk und deutete Richtung Westen auf die tief stehende Sonne. »Außerdem beginnt das Leben für die Hälfte der Bewohner erst bei Anbruch der Nacht. Die Schiffe der Piraten fahren fast immer in der Dunkelheit aus, damit niemand Außenstehendes die Fahrrinne entdeckt, die zwischen den Wütenden Hauern hindurchführt.«

Ahren sah dem blassen Rund entgegen, das über einer aufgewühlten See sein letztes Stück Weg zum Horizont zurücklegte und dessen Licht sich nur mühsam durch die stürmische Wolkendecke kämpfte. Die Wütenden Hauer standen wie steinerne Wächter turmhoch im Wasser, zerklüftet und mächtig wie ein natürliches Bollwerk gegen jegliche Eindringlinge. »Man stelle sich vor, was aus dieser Stadt hätte werden können, wenn sich hier ehrliche Bürger angesiedelt hätten«, sagte er leise.

»Ein Ort voller Schurken natürlich«, brummte Trogadon von hinten. »So wie ich das verstanden habe, fungierte Gol-Konar einst als gewöhnlicher Außenposten eines lange untergegangen Reiches, das hier an der Westküste beheimatet war. Aber die abgelegene Lage und die mangelnde Zugänglichkeit erschwerte den Handel mit der Stadt signifikant. Zudem gibt es in der Klamm keine natürlichen Ressourcen, die man abbauen könnte. Die Wütenden Hauer machen sogar die Fischerei zu einem wenig einträglichen Unterfangen, es sei denn, man beschränkt sich darauf, seine Angel vom Pier ins Wasser hängen zu lassen. Schnell verbreitete sich damals Unmut über die Lebensbedingungen und schon bald wurden unliebsame Gestalten und Familien, die in Ungnade gefallen waren, nach Gol-Konar geschickt.«

»Es dauerte also nicht lange, bis sich hier eine gewisse Gesinnung ausgebreitet hatte, die wenig mit Vaterlandsliebe oder dem Respekt vor Gesetzen zu tun hatte«, fuhr Uldini fort, der beim Abstieg mogelte, indem er keinen Fingerbreit über den Stufen schwebte und nur für ferne Beobachter so tat, als würde er klettern. »Ab da war es nicht mehr weit, bis Gol-Konar begann, sich dem Schmuggel und anderen finsteren Geschäften zuzuwenden.«

»Und niemand konnte etwas dagegen tun«, sagte Falk missmutig. »Jede Belagerung der Stadt wurde unterlaufen, Strafexpeditionen abgewehrt. Ab und zu wurde die Stadt mittels Katapulten und Feuerkugeln aus brennendem Pech und Teer angegriffen, was deren Aktivität für die Zeit des Wiederaufbaus eine Weile eindämmte, der Schwarze Umhang jedoch verhinderte stets eine vollständige Auslöschung.«

»Und mit jedem Feuersturm von außen wurden die Taten Gol-Konars exzessiver und brutaler«, warf Jelninolan ein. »Man kann keine Wunde ausbrennen, ohne schmerzhafte Narben zu hinterlassen.«

»Warum nicht die Klippen zum Einsturz bringen und diesen Schandfleck ein für alle Mal darunter begraben?", fragte Trogadon. »Wir nennen so etwas einen Zwergenteppich. Der bedeckt jedes Problem gründlich und für immer.«

»Wegen der besonderen Eigenschaften der Nordwestküste Joraths«, erklärte Uldini. »Das Gestein in diesem Landstrich ist instabil.« Er deutete auf die Felsen im Meer. »So sind die Wütenden Hauer damals entstanden. Weitere Teile entlang der Küstenlinie könnten wegbrechen. Es gibt die berechtigte Sorge, dass Dutzende Städte und Tausende Menschenleben verloren gehen könnten.« Der Magus seufzte. »Die Wahrheit ist, dass Gol-Konar nie genug Unheil in den umliegenden Reichen anrichtet, um einen weiteren Feldzug zu rechtfertigen, weshalb die Stadt heutzutage weitestgehend ignoriert wird – zumal es immer wieder reiche oder mächtige Personen gibt, die Dienste benötigen, die hier zur Genüge angeboten werden.«

»Welche Dienste?«, fragte Hakanu neugierig. Ahren wollte den Erzmagus mit einem diskreten Kopfschütteln von einer Antwort abhalten, aber der Alte blickte auf die näher kommende Stadt hinaus und sah ihn nicht.

»Zum einen wären da Auftragsmorde«, sagte der Alte. »Sozusagen der Hauptexportartikel Gol-Konars.«

»Der was?«, fragte Hakanu verwirrt.

Uldini seufzte. »Das, was sie am meisten verkaufen«, sagte er gereizt.

»Sie verkaufen Morde?«

Ahren konnte die Abscheu Hakanus nachvollziehen. Er selbst empfand ähnlich, wusste aber genug von der Welt, um nicht überrascht zu sein.

»Allerdings«, fuhr Uldini fort. »Außerdem bezahlte Entführungen und Plünderungen sowie natürlich der Sklavenhandel und gewöhnliche Piraterie.«

»Alle Gräuel menschlichen Unrechts fein säuberlich zusammengefasst«, sagte Jelninolan traurig.

»Und mit einem Preisschild versehen«, ergänzte Falk grimmig. »Gerüchten zufolge gibt es bei hochrangigen Zielen sogar Auktionen, auf denen der Tod eines Menschen verhandelt wird.«

Ahren unterdrückte ein Gefühl der Übelkeit und hörte dann das unwirsche Knurren Trogadons, der in seiner Rolle als ruppiger Zwergensöldner schnell heimisch wurde. »Warum kein hohes Kopfgeld ausloben?«, fragte er rau. »Das erledigt das Problem meist von selbst.«

»Es wäre töricht, auf einen Fürsten ein Kopfgeld auszusetzen«, ging Uldini dazwischen. »Das würde zu viel Aufmerksamkeit erregen. Außerdem wäre die Zielperson im Nu gewarnt, wenn ein Haufen Möchtegerns versuchen würde, sie umzubringen. Besagter Fürst würde dann schnell für derart hohe Sicherheitsvorkehrungen sorgen, dass niemand mehr an ihn herankäme.« Er deutete auf Salman. »Wäre unser Grande von Leibwachen umringt gewesen, hätte man ihm statt einem Haufen Häscher vielleicht nur einen einzigen, professionellen Meuchler hinterhergeschickt.«

»Und wenn Gol-Konar ohne jegliche Diskretion zum Ermorden adliger oder einflussreicher Häupter aufrufen würde, hätte es garantiert irgendwann eine echte Armee am Hals, die nicht nur halbherzig Feuer auf die Stadt regnen ließe«, gab Khara zu bedenken.

»Wieso wisst ihr alle so viel über derart fürchterliche Dinge?«, fragte Hakanu entsetzt.

»Man kommt herum«, sagte Falk nur. »In ein-, zweihundert Jahren wirst du auch wissen, wo der Hase lang läuft.«

»Zweihundert Jahre«, hauchte Hakanu, und Ahren hörte, wie sein Lehrling abrupt stehen blieb.

»He da«, maulte Trogadon. »Ich möchte noch im Tageslicht von dieser vermaledeiten Treppe herunter.«

Ahren drehte sich um und erkannte in den Augen des Jungen, dass dieser noch nie über seine potenzielle Alterslosigkeit nachgedacht hatte. »Man gewöhnt sich an den Gedanken«, sagte er glatt. »Außerdem arbeiten wir daran, dass der Krieg gegen den Widersacher ein für alle Mal beendet wird. Danach kannst du gemütlich vor dich hin altern.«

»Das zumindest erhoffen wir uns«, warf Uldini unnötigerweise ein. »Keiner weiß genau, was mit den Paladinen nach dem Tod des Dunklen Gottes geschieht.«

»Nicht hilfreich«, knurrte Falk ihn an.

Hakanu starrte nun Uldini an und Ahren wünschte sich, sein Schützling hätte sich einen anderen Ort und Zeitpunkt ausgesucht, um über die großen Fragen der Paladinschaft nachzudenken. »Immer einen Schritt nach dem anderen«, sagte er behutsam zu dem Jungen. »Genauso wie diese Treppe hier, meistert man auch jede andere Herausforderung. Erst mal retten wir eine Maid in Nöten, danach denken wir über den Rest nach, was sagst du?«

Hakanus Augen glänzten bei der Erwähnung ihrer bevorstehenden Heldentat, und Ahren seufzte kaum hörbar. Plötzlich konnte sein Lehrling nicht schnell genug den Steilen Abstieg hinter sich bringen. Dann teilte sich die Gischt, die durch den landwärts strömenden Wind nach und nach gegen die Steinwände gedrückt wurde, bis keine zwanzig Schritt sie mehr von den Kanälen Gol-Konars trennten.

Die Stadt der Schurken lag vor ihnen und mit ihnen alle Gefahren, die in ihren Schatten lauern mochten.

11. Kapitel

Bemerkenswert solide Handwerkskunst«, brummte Trogadon und stampfte probeweise auf dem Scheitelpunkt einer Brücke aus schmutzig grau aussehendem Stein herum, die über einen Kanal aufgewühlt fließenden Wassers führte.

Sie hatten den Steilen Abstieg endlich hinter sich gebracht, der dicht neben einem riesigen Bassin geendet hatte. Der Schwarze Umhang fiel dort in ein natürliches Sammelbecken, das mit gemauerten Steinen verstärkt worden war und das Wasser über Dutzende Kanäle ablaufen ließ, die zwischen den auf hölzernen Pfählen oder steinernen Sockeln errichteten Häusern hindurchführten. Der Wind blies beständig vom Meer her durch die Wasserstraßen und Ahren war überrascht, wie trocken es hier unten am Fuße der Klamm war. Natürlich fühlte sich die Luft feucht an, aber von einem konstanten Nieselregen durch den Wasserfall konnte nicht die Rede sein.

Ich denke, sonst hätte hier auf Dauer auch niemand leben können, sagte Culhen, der schnüffelnd die Nase in den Wind hielt. *Die Häuser sind voller Menschen – warte! – und ein paar Zwerge sind auch darunter*. Der Wolf zögerte einen Moment. *Und ich rieche noch etwas, das ich schon oben in dem zerkratzten Bretterverschlag gerochen habe – der Gestank von Dunkelwesen.*

Ahrens Kopf fuhr zu seinem Wolf herum. *Bist du dir sicher?*, fragte er alarmiert.

Nein, gestand Culhen beunruhigt. *Die Gerüche überlagern sich und sind alt – so als seien verschiedenste Dunkelwesen hier und dort oben entlanggekommen. Aber der Salzgeruch des Meeres, der viele Teer an den Gebäuden und der in der Klamm umherwirbelnde Wind machen es mir schwer, Genaueres zu wittern.*

»Muai sagt, wir werden beobachtet«, flüsterte Khara und unterbrach somit das Zwiegespräch zwischen Ahren und seinem Wolf.

Falk deutete unauffällig mit dem Kinn zu einem nahen zweigeschossigen Gebäude, das wie ein rechteckiger Klotz aus grauem Stein dalag. »Auf dem Flachdach des Hauses, dort habe ich zwei Gestalten gesehen, die uns ausspionieren«, sagte er leise. »Glücklicherweise ohne sichtbare Fernkampfwaffen. Und überall in den Kanälen tummeln sich winzige Boote. Aus deren Deckung heraus werden wir ebenfalls beobachtet.«

»Warum habe ich das Gefühl, als würde sich eine Schlinge um unseren Hals legen, je länger wir hier herumstehen?«, fragte Jelninolan.

»Riecht Muai irgendetwas Auffälliges?«, fragte Ahren Khara so leise wie möglich, wobei er seinen Tonfall absichtlich harmlos klingen ließ.

Die Schwertmeisterin sah ihn irritiert an und schüttelte den Kopf. »Sie beschwert sich über den Gestank im Allgemeinen, der hier herrscht.« Muai nieste laut und Khara lächelte verschmitzt. »Meine kleine Tigerin hasst den Geruch von Teer. Er beleidigt ihre hochwohlgeborene Nase.« Der nachfolgende eisige Blick aus den Augen der Raubkatze sprach Bände.

»Gehen wir«, verkündete Lanlion und schritt voraus, aufs Geratewohl auf eine der Brücken zu, die die schmalen, wackeligen Stege vor den Häusern über die Kanäle hinweg miteinander verbanden wie grobe Stiche klaffende Wunden.

Salman hustete kräftig und verbarg in diesem Laut die Worte: »Nach Süden.«

Lanlion nickte kaum merklich und änderte seine Laufrichtung.

Ahren ließ sich neben den dicken Händler fallen und tat so, als würde er dessen Fesseln überprüfen. »Was ist im Süden?«, fragte er den vermeintlichen Gefangenen leise.

Salman zuckte zusammen und tat für ihre Beobachter so, als hätte Ahren ihn übel beleidigt. »Dort liegt die Taverne *Fünfzig Sünden*«, flüsterte er. »Die Anlaufstelle schlechthin für jeden, der hier Handel treiben will oder auf der Suche nach einer bestimmten Dienstleistung ist.«

»Diese Kaschemme steht noch?«, fragte Falk angewidert und seufzte. »Warum brennen immer die falschen Gebäude ab?«

»Ich denke, keinem Gebäude hier würde ein Brand sonderlich schaden«, sagte Khara und deutete auf eine Hausecke, an der eine große Menge getrocknetes Blut klebte.

»Wart's nur ab«, unkte Falk missmutig.

Lanlion führte sie über Brücken, mal aus schwerem Stein, mal aus wackeligem Holz, und über Stege, die es ebenfalls in beiderlei Ausführungen gab. Ihr Weg führte sie durch dunkle Durchgänge zwischen gedrungenen Häusern, bei denen sich die so widersprüchliche Bauweise gleichfalls wiederfand. Ahren erinnerten die Gebäude an eine Schafherde, deren Tiere sich in einem Unwetter aneinander kauerten und sich vor jenen fürchteten, die in der Dunkelheit zwischen ihnen ihr Unwesen trieben. »Als hätte man zwei unterschiedliche Städte in einen Würfelbecher geworfen, kräftig geschüttelt und anschließend in dieser Klamm ausgekippt«, sagte Trogadon naserümpfend. »Der steinerne Teil ist solide gebaut und hält sowohl die Nässe draußen als auch die Wärme drinnen. Die Holzhäuser dagegen …« Trogadon schnaubte. »Wenn auch nur eines von denen länger als drei Winter steht, schneide ich mir den Bart ab.«

»Versprochen?«, fragte Jelninolan ihren Liebsten mit einem schelmischen Seitenblick.

»Denkt an unsere Tarnung«, zischte Uldini in die Runde, und so setzten sie ihren Weg über die schmalen, mitunter morschen Stege schweigend fort.

Nach und nach erblickte Ahren die ersten Einwohner Gol-Konars. Sie drückten sich in Hauseingänge, lauerten hinter dunklen Ecken oder stakten in sicherem Abstand ihre schmalen Boote durch die Kanäle, von wo aus sie die Ankömmlinge musterten. Wie erwartet waren Lanlion und Culhen der Blickfang aller Beobachter, und Ahren fragte sich, ob ihre Tarnung nicht etwas *zu* effektiv war. »Wir halten uns vielleicht die Halsabschneider vom Leib, aber wenn niemand mit uns redet, haben wir auch keine Chance, Palnah zu finden«, sagte er leise.

»In den *Fünfzig Sünden* finden wir bestimmt einige Ansprechpartner«, sagte Falk mürrisch. »Dort gibt es nichts, was man mit Gold nicht vergessen machen kann.«

»Ein komischer Name für eine Taverne«, warf Hakanu ein, der Kamaluq immer wieder bedeutete, dicht bei ihm zu bleiben. Der junge Fuchs fand die fremde Umgebung höchst spannend, war er doch zum ersten Mal in einer Stadt.

»Wie viele Tavernennamen kennst du denn?«, fragte Trogadon belustigt. Hakanu wurde rot und schwieg. Dann wandte sich der Schmied an Falk. »Aber der Junge hat recht. Woher kommt der Name?«

»Das weiß niemand so genau«, sagte Falk und verzog das Gesicht. »Ich versuche, nicht über diesen Ort nachzudenken.«

»Es gab einen Wettstreit«, ließ Khara sich vernehmen, und alle sahen die Schwertmeisterin überrascht an. Die zuckte die Achseln. »Wir hatten in der Guitu-Arena einmal gefangene Häscher aus Gol-Konar als Gegenspieler. Sie waren zäh und hielten beinahe einen Mond durch, bevor sie gegen ein paar Schmerzeber antreten mussten und starben. Des Nachts erzählten sie von ihrer Heimat. Eine der Geschichten drehte sich um die *Fünfzig Sünden.*« Khara unterbrach sich, als eine hagere Gestalt von hinten an die Gruppe heranschlich, den Blick auf Hakanu gerichtet. Der Lehrling war stehen geblieben, um Kamaluq zurechtzuweisen, der schon wieder schnüffelnd davoneilen wollte. »Denk nicht mal dran«, schnarrte Khara in Richtung des in graues Leder gehüllten Mannes und zog mit ihrem Daumen ihre Windklinge einen Fingerbreit aus der Scheide. »Wenn sein Speer dich nicht durchbohrt, ich mache es mit Freude.« Dabei setzte sie eine Miene auf, die die Schwertmeisterin normalerweise für besonders üble Dunkelwesen aufhob. Der Fremde hob die Hände in einer Unschuldsgeste und trollte sich, während Ahren Hakanu bedeutete, sich wieder in der Mitte der Gruppe einzufinden.

»Dort vorne muss es sein«, sagte Lanlion und blieb in einem Durchgang stehen, der etwa zehn Schritt lang und gerade mal zwei Schritt breit war und zwei windschiefe Holzhäuser voneinander trennte. Ahren sah an seinem bleichen Freund vorbei und entdeckte einen mit grauen Steinen gepflasterten Platz, an dem sich mehrere zwei- bis dreistöckige Steinhäuser aneinanderreihten, die jedoch von einem Bauwerk von sicherlich zwanzig Schritt Höhe überragt wurden, das wie ein schwarzer Würfel aus Granit aussah. Über einer breiten Doppeltür aus geschwärzter Eiche prangten eiserne Kreuze, alle verrostet und brüchig, die sich Reihe um Reihe an der Fassade entlangzogen.

»Sind das genau fünfzig Kreuze?«, fragte Ahren, und Khara bestätigte seinen Verdacht mit einem Nicken.

»Der Geschichte zufolge verschlug es einst einen Magier nach Gol-Konar, der sich auf die Verwandlung von Gestein spezialisiert hatte. Er hatte einen Haufen Schulden in Kap Verstaad und wollte sich hier vor seinen Gläubigern verstecken.«

»Blöde Idee«, warf Salman ein, und Trogadon nickte zustimmend.

»Wie gerade so treffend bemerkt«, fuhr Khara mit einem Seitenblick auf die zwei Gefährten fort, »war diese Flucht nicht erfolgreich, denn besagter Magier fand sich hier mit einem Kopfgeld konfrontiert wieder, das seine Gläubiger auf ihn ausgesetzt hatten. Also versprach er demjenigen, der seine Schulden bezahlte, ihm das sicherste Haus in ganz Gol-Konar zu bauen.«

»Dann gab es zu jener Zeit den Blutroten Palast noch nicht«, warf Salman ein und kniff die Lippen zusammen, als Kharas wütender Blick ihn durchbohrte.

»Er fand einen reichen Piraten, der auf den Handel einging, und so wurde dieser Klotz aus Granit erschaffen, den ihr dort drüben seht.«

»Und was ist jetzt mit dem Namen?«, drängelte Hakanu.

Khara rollte mit den Augen. »Der Pirat wurde von seinen Feinden ermordet, bevor er dort einziehen konnte, und so erging es jedem weiteren Besitzer. Das Haus war zu kostbar in einer Zeit, in der es hier nur Holzhäuser gab, wie die, die ihr noch immer seht. Als neun Besitzer hintereinander ermordet worden waren, einigten sich die mächtigsten Fraktionen der Stadt schließlich darauf, dass das Haus ein Gebäude des öffentlichen Lebens werden sollte. Oder zumindest, was in Gol-Konar dafür durchgeht. Also wurde es zur Taverne umfunktioniert, die schnell Umschlagplatz für die wichtigsten Geschäfte der Stadt wurde. Der Name rührt von einem Wettstreit her: Wer die meisten Sünden aufzählen konnte, die diese Taverne beherbergen würde, der sollte sie fortan führen.«

»Ein perfektes Beispiel für Gol-Konar-Humor«, sagte Falk kopfschüttelnd.

»Es durften aber nur allgemeine Sünden genannt werden wie Mord oder Einbruch, also nichts allzu Spezifisches. Eine kleine Frau aus den Sonnenebenen bootete alle anderen Teilnehmer aus, indem sie stattliche fünfzig Sünden aufzählte.« Khara sah zu dem dunklen Bau hinüber. »Es heißt, jede einzelne der fünfzig Sünden sei heute dort drinnen zu finden.«

Salman räusperte sich. »Es geht dort wesentlich gesitteter zu, als diese Geschichte vermuten lässt«, sagte er. »Zumindest, solange ihr nicht in den Keller geht.« Die Augen des Händlers nahmen einen noch gehetzteren Gesichtsausdruck als sonst an. »Ich meine es ernst. Geht. Nicht. In. Den. Keller.«

Ahren deutete auf die Taverne, an deren Tür beidseitig zwei große Fackeln entzündet worden waren, die vor dem Hintergrund aus schwarzem Granit leuchteten wie die Augen eines Dämons, der darauf wartete, dass jemand in sein Maul spazierte. »Wir sollten besser hineingehen«, sagte er. »Die Nacht bricht langsam an und ich will nicht herausfinden, ob unsere Tarnung auch diejenigen abschreckt, die die Dunkelheit ihr Revier nennen.«

»Dann mir nach«, murmelte Lanlion und verwandelte sich wieder in die kalte, harte Version seiner selbst.

»Achtet ab jetzt auf jedes eurer Worte«, warnte sie Salman. »Die *Fünfzig Sünden* haben schon viele Seelen verschlungen und nie wieder preisgegeben.«

Der Umschwung vom kargen Äußeren zum opulenten Inneren der Taverne war atemberaubend. Kaum war Ahren durch die Tür getreten, staunte er ebenso offen wie sein Lehrling neben ihm. Lanlions Miene drückte zwar seiner Rolle entsprechend nur kalte Arroganz aus, aber Ahren sah an dem steifen Rücken des bleichen Paladins, dass auch dieser mit seiner Überraschung kämpfte.

Sie waren durch die unbewachte Doppeltür und einen dahinterliegenden schweren, grauen Vorhang getreten, mitten hinein in einen Fiebertraum aus Dekadenz und Gewalt. Die Einrichtung des mit einer fünf Schritt hohen Decke ausgestatteten Schankraumes bestand aus Gold, Elfenbein, edlen Hölzern und kostbaren Juwelen. Dutzende Gäste hatten sich auf prunkvoll geschnitzten Hockern und langen Bänken, die an großen Tischen standen, niedergelassen, um zu essen, zu trinken, seltsame Kräuter zu rauchen oder mit Fäusten und Messern gegeneinander zu kämpfen.

Gerade beendete eine brutal aussehende Frau von niedrigem Wuchs auf endgültige Weise eine blutige Auseinandersetzung mit einem Mann, der beinahe an Salmans Statur heranreichte, und niemand schien sich an dem Toten zu stören, der jetzt auf dem Boden der *Fünfzig Sünden* lag. Die Wirtin, eine hochgewachsene Eisländerin mit einer fürchterlichen Narbe, dort wo einmal ihr rechtes Ohr gewesen war, sah zu dem Leichnam hinüber und zog an einer herabhängenden Kette, die hinter ihrem Tresen aus schwarzem Holz im Boden verschwand, woraufhin Ahren ein fernes, hallendes Läuten wie von einer großen Glocke hörte, das von irgendwo unter ihnen empordrang.

»Der ist gar nicht echt«, sagte Trogadon, der näher an einen der Edelsteine herangetreten war, um diesen genauer unter die Lupe zu nehmen. »Das ist geschliffenes Glas.«

»Und das Gold ist nur eine feine Schicht Katzengold und das Elfenbein ist gebleichtes, lackiertes Holz. Hier ist alles nur Schein«, sagte Jelninolan mit einem kritischen Blick in die Runde.

»Gier und Betrug«, sagte Uldini leise, den Kopf gesenkt, um seiner Rolle als Sklavenjunge gerecht zu werden. »Zwei der fünfzig Sünden dieses Ortes – die offensichtlichsten.«

In diesem Moment öffnete sich eine Tür auf der rechten Seite des Raumes, hinter der Ahren einen in die Tiefe führenden Treppenabsatz erspähen konnte. Zwei schmutzig aussehende Zwerge kamen herein, deren Rüstungen aus zusammengestückelten Platten und Kettenteilen dunkel vor Rost waren.

Ahren warf einen Blick zu Trogadon hinüber, doch sein Freund starrte die zwei nur mit einem abschätzenden Blick an, von dem der Paladin glaubte, er gehöre zu Trogadons Rolle als Söldner. Ahren entging nämlich nicht der Impuls seines Freundes, nach Jelninolans Hand zu greifen, den dieser auf halbem Wege unterdrückte.

Die beiden fremden Zwerge packten den Verlierer der Messerstecherei und schleiften ihn auf die Treppe zu, dann ließen sie die Tür mit einem Knall hinter sich und ihrer Beute zufallen.

»Was?«, hauchte Hakanu, aber Salman schüttelte hastig den Kopf.

»Geht nicht in den Keller«, wiederholte er seine Warnung.

»Wir haben hier lange genug herumgestanden«, sagte Lanlion. »Zeit für ein wenig Aufmerksamkeit.« Dann stieß er einen lauten Pfiff aus, der nicht nur die Köpfe aller Anwesenden herumrucken ließ, sondern auch das Signal für Culhen war, durch den Vorhang zu schreiten.

Ich liebe einen guten Auftritt, erklang die selbstgefällige Stimme des Wolfes in Ahrens Kopf, als er seine schwarz-rote Gestalt durch den Vorhang schob und eine mittelschwere Panik unter den anwesenden Schurken auslöste.

»Verdammt!«, fluchte Falk, als sich die Angst der Gäste in Windeseile durch gezogene Waffen verdeutlichte, die samt und sonders auf den vermeintlichen Blutwolf und damit auf sie gerichtet wurden. Ahren war erstaunt über Anzahl und Vielfalt der Tötungswerkzeuge, die er sah. Es befanden sich vielleicht einhundert Gäste in der ausladenden Schankhalle und die Hälfte von ihnen hielt in jeder Hand eine Waffe.

»Bei Fuß«, rief Lanlion in den Tumult hinein und deutete neben sein rechtes Bein. Glücklicherweise verzichtete Culhen auf den von Ahren erwarteten Protest und setzte sich gehorsam neben dem bleichen Paladin auf die Hinterbeine, wodurch er seinen Herren um einiges überragte. Mit heraushängender Zunge sah er sich neugierig um, als plane er sein Abendessen. Man hätte die Stille im Raum beinahe greifen können, als Lanlion schließlich verkündete: »Etwas zu trinken für meine Söldner und den Wolf.« Dann zeigte er sein unheimliches Lächeln, das seine wahre Natur offenbarte. »Und wenn die Anwesenden brav wieder ihre Waffen wegstecken, beschließe *ich* vielleicht, mit meinem Getränk zu warten.«

Wie eine Welle wichen die Gäste vor dem Blutleeren zurück, doch während viele ihre Waffen in Hosen, Halftern und Hemden bargen, sah Ahren in den Augen einiger noch immer die Bereitschaft zu kämpfen. Dann regte sich plötzlich hier und da ein kurzer, hastiger Tumult, und Ahren erkannte entsetzt, was in dem Augenblick des Chaos geschah, das Lanlions Auftritt angerichtet hatte: Einige Gestalten in den hinteren Reihen nutzten die Ablenkung für die Begleichung alter Rechnungen oder das Kassieren eines Kopfgeldes, indem sie hinterrücks auf ihre nichtsahnenden Opfer einstachen oder -schlugen. Die Scharmützel waren vorbei, kurz nachdem sie begonnen hatten, und schnell bildeten sich Gruppen aus Gleichgesinnten, die erneut ihre Waffen zogen und einander misstrauisch beäugten, bis nach und nach wieder Ruhe einkehrte und endlich alle Waffen wieder weggesteckt wurden.

Lanlion und sein Wolf hatten indessen den Großteil der Aufmerksamkeit eingebüßt und die Spannung im Raum hatte sich nach diesem jähen Auflodern der Gewalt wieder gelegt. Ahren schauderte, als er erkannte, dass die Ablenkung durch Lanlion und Culhen gut und gerne fünf Todesopfer gefordert hatte und die Mörder wieder lachend und scherzend vor ihren Krügen saßen. In dieser Stadt konnte ein ungeschützter Rücken das Todesurteil bedeuten.

Mit einem Kopfschütteln zog die Wirtin erneut an der Kette. »Was darf es denn sein?«, fragte sie mit einer Stimme wie ein Reibeisen in Richtung Lanlion, woraufhin dieser mit Ahren und den anderen nähertrat. Culhen hingegen bedeutete er mit einer herrischen Geste, am Eingang zu warten, wo der Wolf sich zusammenrollte und den Schankraum aufmerksam beobachtete. Muai und Kamaluq machten es sich ungestört im Schatten des Blutwolfes gemütlich, da niemand den beiden gewöhnlich aussehenden Tieren neben dem vermeintlichen Dunkelwesen größere Beachtung schenkte.

»Kannst du glauben, dass Muai eifersüchtig auf Culhens Auftritt ist?«, flüsterte Khara Ahren zu, während sie an die Theke schritten und Lanlion bei der Wirtin Wein bestellte.

»Natürlich«, sagte der Paladin. »Wir sollten froh sein, dass Kamaluq noch nicht so weit ist, um ebenfalls mitmischen zu wollen.«

»Eigentlich will er nur ständig herumstromern«, warf Hakanu ein, der seinem Fuchs bedeutete, in Culhens Nähe liegen zu bleiben. »Aber ich denke, hier sollte er besser niemandem zu nahe kommen.«

»Endlich«, sagte Ahren beifällig. »Das war das erste Körnchen Weisheit, das ich je von dir gehört habe. Weiter so.«

Hakanu strahlte für einen Moment vor Stolz, bis er sich erinnerte, wo er war und was er verkörperte. Dann setzte er wieder eine betont gelassene Miene auf, wobei es ihm jedoch misslang, nicht immer wieder zu den Leichen hinüberzustarren, die nach und nach von den beiden schmutzigen Zwergen fortgetragen wurden.

»Deine ersten Toten?«, fragte Ahren leise.

Hakanu schüttelte den Kopf. »Das Grüne Meer hält genug Gefahren bereit«, murmelte der Lehrling. »Meinen ersten Toten sah ich mit acht Wintern. Ein Tausendnadler hatte einen Jäger unseres Clans überrascht.« Der Knabe kniff die Lippen zusammen. »Das war kein schöner Anblick.«

Ahren nickte mitfühlend und musste sich beherrschen, Hakanu keine Hand auf die Schulter zu legen. »Aber diese Menschen hier starben nicht durch Dunkelwesen«, warf er ein. »Hier wurde aus nichtigem Anlass gemordet.« Es war ihm wichtig, dass er herausfand, was in seinem Lehrling vorging.

»Es gibt Geschichten über Gol-Konar in unserem Volk«, flüsterte Ahrens Schützling. »Über die Gräueltaten, die ihre Häscher verüben.«

Die Augen des Jungen waren plötzlich voll wildem Feuer. »Für mich sind sie ein feindlicher Stamm«, fuhr er heiser fort. »Je mehr von ihnen sich gegenseitig auslöschen, umso besser.«

Ahren runzelte die Stirn und wollte etwas zur allgemeinen Achtung vor dem Leben sagen, die jedem Lebewesen innewohnen sollte, als die Wirtin mit einigen angestaubten Flaschen Wein im Arm zurückkehrte, die sie aus einem Vorratsraum hinter der Theke gefischt hatte. »Sonnenfelder Spätlese, wie gewünscht«, sagte sie zu Lanlion, der zufrieden nickte. »Das wird Euch gut was kosten«, fügte sie hinzu und stellte die Flaschen auf die Theke.

Ahren musterte die Frau, die ihre Haare abgeschoren und stattdessen ihre Kopfhaut mit eckigen Tätowierungen geschmückt hatte. Selbst die Augenbrauen der Wirtin fehlten und so milderte nichts den Blick ihrer harten, dunklen Augen. Hohe Wangenknochen stachen aus einem hageren Gesicht hervor, das auf ein Alter von annähernd fünfzig Wintern schließen ließ. Ihre Kleidung bestand aus fleckigem, aber dickem Leder, das sicherlich schon die eine oder andere Messerklinge abgewehrt hatte. Ihre Hände waren mit Narben übersät, ebenso wie die Kopfhälfte um das fehlende Ohr herum.

Lanlion zuckte gleichmütig mit den Achseln und legte einige Goldmünzen auf den Tisch. »Das sollte für den Wein und einige Auskünfte reichen«, sagte er.

Die Wirtin strich die Münzen mit einer geübten Handbewegung ein. »Drei, vier Fragen dürft Ihr dafür stellen«, murrte sie.

Lanlion schenkte ihr ein breites Grinsen, das sie zusammenzucken ließ. »Wie viele Fragen ich stelle, entscheide ich«, sagte er mit honigsüßer Stimme, und die große Frau nickte eingeschüchtert. Dann deutete er auf den gefesselten Salman. »Wir haben einen reichen Schnösel geschnappt und wollen in Gol-Konar auf die Lösegeldzahlung durch seine Familie warten«, sagte er in gelangweiltem Ton. »Können wir bei Euch ein Zimmer beziehen, bis das Geschäft abgeschlossen ist?«

Die Wirtin schüttelte den Kopf. »Die *Fünfzig Sünden* sind ein so neutraler Ort, wie er in Gol-Konar nurmehr existieren kann«, sagte sie. »Wenn jemand wie Ihr oder Euer Blutwolf hier übernachtet, sorgt das für Wirbel, den ich nicht gebrauchen kann.« Lanlion öffnete den Mund, aber die Frau sprach hektisch weiter. »Und bevor Ihr mir droht: Ihr könntet den Ärger auch nicht gebrauchen.« Sie deutete auf die frischen Blutlachen der Getöteten auf dem Boden. »Allein Euer Auftritt hat einige wichtige Männer und Frauen das Leben gekostet. Wenn sich derlei Vorfälle wiederholen, ist es nur eine Frage der Zeit, bis sich eine der Gruppierungen der Stadt dazu entschließt, Euch die Schuld für die Toten zu geben.«

»Welche Gruppierungen?«, fragte Lanlion daraufhin. »Auf wen muss ich in dieser Stadt achtgeben?«

»Auf jeden«, sagte die Frau mit einem heiseren Lachen, wurde aber wieder ernst, als Lanlion sich einen Fingerbreit zu ihr vorbeugte. »Natürlich ist da als erstes Reik Silbermantel zu nennen«, sagte die Eisländerin hastig. »Er bewohnt den Blutroten Palast länger als die meisten Anführer Gol-Konars vor ihm und hat es tatsächlich geschafft, das Chaos der Stadt einzudämmen. Wenn Ihr hier Unruhe schafft, wird sich sein Blick schneller auf Euch richten, als Euch lieb sein kann.« Die Stimme der Frau sank zu einem Flüstern ab. »Außerdem tummeln sich neuerdings Wesen und Personen in den Gassen der Stadt und im Blutroten Palast, die selbst den Einwohnern Gol-Konars Schauer über den Rücken jagen. Allen voran Silbermantels Hofmagier Askadar.«

Ahren tauschte einen schnellen Blick mit Falk und Khara. Beide wirkten ebenso beunruhigt, wie er es nach den Worten der Frau war. Irgendetwas Merkwürdiges ging in dieser Stadt vor und was es auch war, es klang nach nichts Gutem. »Und das lässt sich der Rest von Gol-Konar gefallen?«, fragte er mit möglichst harter Stimme. »Es heißt, ihr seid eine freie Stadt und doch lebt ihr in Furcht vor eurem Anführer?«

Die Wirtin schenkte Ahren ein böses Lächeln. »Vorsicht, Blutschuldner«, zischte sie. »Deinesgleichen verspeist dieser Ort jeden Tag zum Frühstück, also reiß dein Maul nicht so weit auf.«

Lanlion hob gebieterisch einen Finger Richtung Ahren, der daraufhin schwieg. Offensichtlich war der Ton hier noch rauer, als der Waldläufer vermutet hatte, und nur der Blutleere genoss genug Respekt, um einigermaßen höflich behandelt zu werden. »Trotzdem hat mein Diener eine gute Frage gestellt«, sagte der bleiche Paladin. »Ihr werdet sie beantworten.«

Die Wirtin zögerte für einen Moment und zuckte dann mit den Achseln. »Reik hat ein goldenes Händchen, wie man so sagt. Er trifft gute Entscheidungen, von denen wir alle profitieren. Beispielsweise hat er jenen Sonderprivilegien eingeräumt, die hier dauerhaft leben und nicht nur auf der Durchreise sind. Wir müssen nur einen geringen Anteil unseres Profits an den Blutroten Palast abgeben.«

»Also daher die Bretterbuden überall«, warf Falk trocken ein, was die Wirtin erneut auflachen ließ. »Jeder will ein Haus besitzen, sei es noch so windschief, um den Anteil zu senken, den er abgeben muss.«

»Kluges Bürschchen«, sagte sie. »Reik balanciert auf einem schmalen Seil, rechts das totale Chaos, links zu viele Regeln für eine Stadt wie die unsere. Viele wetten darauf, wie lange er dieses Kunststück noch durchhält, bevor er tot aus dem Palast getragen wird. Aber solange er all jenen Gold beschert, die außer ihm etwas in der Stadt zu sagen haben, darf er bleiben, wo er ist.«

»Und wer sind diese Personen, die über Reiks Wohl entscheiden?«, fragte Lanlion.

»Es sind zu viele, um sie aufzuzählen«, sagte die Wirtin unwirsch. »Im Hafen leben vier, fünf Piraten, die sich gerne an der Spitze der Stadt sähen, aber zu beschäftigt damit sind, ihre Taschen mit Gold zu füllen – Gold, welches Reiks Hinweise zu lohnendenden Zielen dort hineinspülen.« Sie holte ein paar Holzbecher hervor, die schon bessere Tage gesehen hatten, und stellte sie neben dem Wein auf die Theke. »Dann gibt es noch zwei Meuchlergilden, die sich schon lange gegenseitig bekriegen. Ich schätze, dass Reik auch da seine Finger im Spiel hat, sonst hätte ihn eine der beiden Gilden längst in den Ruhestand geschickt.« Dabei fuhr sie sich vielsagend mit dem Finger über den Hals. »Außerdem profitieren sie davon, dass Reik freischaffende Mörder von den Attentats-Auktionen ausgeschlossen hat. Die Mitglieder der Gilden bieten also ganz unter sich auf die großen Fische, während dem Rest der Meuchelmörder nur die gewöhnlichen Kopfgelder bleiben.« Die Frau lachte rau. »Wenn man also nicht gerade den Kopf des dreizehnten Paladins anschleppt, lebt man als freiberuflicher Mörder in Gol-Konar von der Hand in den Mund.«

Ahren regte keinen Muskel in seinem Gesicht und trat Hakanu diskret mit der Stiefelspitze, als er dessen entsetzten Blick sah.

»Das Kopfgeld ist noch frei?«, fragte Lanlion interessiert. »Trotz der immensen Höhe?«

Die Frau wurde plötzlich ernst. »Habt Ihr nicht die Geschichte von Dahl-Mun gehört«, fragte sie mit Grauen in den Augen. »Der Mann, über dem es ewig schneit? Den eine elfische Hexe verflucht hat, weil er den dreizehnten Paladin töten wollte?«

Lanlion schüttelte den Kopf und zog eine Augenbraue hoch. »Das ist mir neu«, sagte er, doch seine Augen zuckten zu Jelninolan hinüber. »Ich werde mit meiner Bardin darüber reden müssen, warum sie mir eine solch fesselnde Geschichte vorenthalten hat.«

»Jedenfalls«, fuhr die Wirtin fort, »traut sich seitdem niemand mehr an dieses Kopfgeld heran, es sei denn, es besteht die Aussicht, die Hexe und seine anderen Kumpane gleich mit zu töten.« Sie beugte sich verschwörerisch vor. »Es heißt, er hat den Geist einer toten Prinzessin an sich gebunden, die nicht von seiner Seite weicht und ihn beschützt. Sie wandelt über jedes Schlachtfeld, nur in ihr Totengewand gehüllt, und keine Klinge kann sie treffen.«

Ahren atmete tief durch, um nicht zu grinsen. Kharas Gesicht war ebenfalls eine Maske aus Gleichmut, hinter der ein unsichtbares Feuer lodern musste, als sie von dem Zerrbild erfuhr, zu dem sie gemacht worden war.

»Was ist mit diesem Zwerg an der Seite des Dreizehnten?«, fragte Trogadon beiläufig. »Er soll ausgesprochen kräftig und mutig sein. Und verdammt gutaussehend.«

»Nein«, sagte die Wirtin achselzuckend. »Von dem weiß ich nichts. Der ist wohl unwichtig.«

Hakanus Prusten war deutlich zu vernehmen, und Ahren hatte alle Mühe, Haltung zu bewahren, während Trogadon dreinblickte, als hätte man ihm im Schlaf seinen Bart abrasiert und die Haare zum Schrubben einer Latrine verwendet.

»Von wem in Gol-Konar müssen wir noch wissen?«, fragte Lanlion, um von dem Verhalten seiner ›Söldner‹ und vom Thema des dreizehnten Paladins abzulenken.

»Die Schmuggler haben Einfluss, wollen aber nicht wirklich an die Macht«, sagte die Wirtin nachdenklich. »Die verdienen immer, egal wer im Blutroten Palast sitzt.« Sie machte eine Pause und schüttelte dann den Kopf. »Das wären dann alle«, sagte sie. »Natürlich gibt es noch mehrere Dutzend größenwahnsinnige Personen, die glauben, sie seien wichtiger, als sie sind, aber in einer Stadt mit über fünftausend Halsabschneidern bleibt das wohl nicht aus.« Sie sah Lanlion kurz in die Augen und dann auf die Theke, die sie hingebungsvoll mit einem schmierigen Lappen zu wischen begann. »Anwesende natürlich ausgeschlossen«, murmelte sie.

Lanlion nickte. »Danke für die Warnung«, sagte er, und für einen Moment blitzte sein natürliches Wesen durch. »Wo können wir dann eine Unterkunft finden, wenn nicht bei Euch?«

»Versucht es im Niemandsviertel im Norden«, sagte sie. »Dort tummeln sich all jene, die nicht genug zu sagen haben. Ich bin sicher, dort findet Ihr einen Unterschlupf.«

Lanlion zog eine Münze aus seiner Tasche und legte sie auf den Tresen. »Kennt Ihr jemand bestimmten, den Ihr uns empfehlen könnt und der genug Platz für uns alle hat?« Dabei deutete er auf den daliegenden Culhen.

Die Frau dachte kurz nach und nickte dann. »Sucht nach einem in den Fels gehauenen Unterschlupf, über dem ein vierarmiger Affe eingraviert ist«, sagte sie. »Er gehört einem alten Piraten, der seinen Ruhestand damit verbringt, seine Beute aus alten Tagen zu versaufen und gelegentlich Gäste bei sich aufzunehmen, wenn sie gutes Gold zahlen und noch bessere Geschichten zu erzählen haben.« Sie deutete auf Lanlion und seine Gruppe. »Ich denke, auf Euch trifft beides zu.«

Der bleiche Paladin nickte und bedeutete dann Uldini, die Becher und den Wein zu nehmen. »Mach dich endlich nützlich, du fauler Bengel, und bring das an einen freien Tisch.«

Uldini tat, wie ihm geheißen, wobei er Lanlion mit gesenktem Haupt einen tödlichen Blick zuwarf.

Als der Blutleere sich abwenden wollte, sprach ihn die Wirtin noch einmal an. »Wollt Ihr auch etwas … trinken?«, fragte sie verschwörerisch. »Das Blut der soeben Verstorbenen ist noch frisch.«

Lanlion zögerte. Ahren konnte den Kampf im Inneren seines Freundes in dessen Augen sehen. »Sehr zuvorkommend«, antwortete dieser mit flacher Stimme. »Eine solche Gelegenheit sollte man sich nicht entgehen lassen, wenn man gewissen Notwendigkeiten unterworfen ist.« Der letzte Satz wirkte eher als Entschuldigung an Ahren und die anderen gerichtet als an die Eisländerin.

Die Wirtin nickte zufrieden und deutete auf die schwere Tür Richtung Keller. »Klopft einfach und sagt, was Ihr wünscht. Ich versichere Euch, die beiden Zwerge haben schon schlimmere Anliegen als das Eure gehört.« Ahren wurde übel und er drehte sich weg, als die Wirtin weitersprach. »Sollte der Rest von Euch freundliche Gesellschaft wünschen, findet Ihr diese in den oberen Stockwerken.« Ihr Ton machte deutlich, was sie meinte, aber die Gefährten ignorierten die Einladung mit verschlossenen Mienen.

Wortlos gingen Ahren und seine Freunde zu einem leeren Tisch in einer Ecke des Raumes hinüber, wobei der Paladin zwei Blutlachen überqueren musste, ohne sich seine Abscheu anmerken zu lassen. Bei jedem Schritt wurden sie aufmerksam von den anderen Gästen beobachtet, mal mehr, mal weniger offen. Hier und da blitzte scharfes Metall als Warnung auf, aber keine der Waffen wurde gezogen.

»Kaum ist Lanlion fort, verlieren wir unseren Schutz«, murmelte Falk und deutete dabei auf den Blutleeren, der gerade mit steifem Rücken an die Kellertür am anderen Ende des Raumes klopfte.

»Wie konnte er das Angebot der Wirtin nur annehmen?«, fragte Hakanu mit Grauen in der Stimme.

»Lanlion traf damals eine einsame Entscheidung, um sein Überleben und das ganz Joraths zu sichern«, antwortete Ahren mit angespannter Stimme und so leise, dass keiner der Gäste an den Nachbartischen mithören konnte. »Der Preis, den er dafür zahlt, ist hoch. Und wenn er hier an diesem Ort Nahrung findet, ohne dafür einem lebenden Wesen Schaden zufügen zu müssen, dann teile ich seine Entscheidung, so grausig die Umstände auch sein mögen.«

»Lanlions Magie wird uns noch äußerst nützlich sein«, flüsterte Uldini, der sich zwischen Falk und Khara auf der Holzbank hinter dem Tisch versteckt hatte, damit man ihn nicht so gut sehen konnte. »Je satter er ist, umso mehr Zauber kann er wirken.«

»Pragmatisch wie immer«, warf Khara trocken ein.

»Einer von uns muss ja –«, begann Uldini, als Ahren warnend die Hand hob.

»Wir bekommen Gesellschaft«, sagte er mit der Stimme seiner Blutschuldnerrolle. Dabei sah er den Edelmann aus dem Ewigen Reich und seine sechs Leibwächter genauer an, die direkt auf ihren Tisch zuhielten. Die Augen des Anführers waren fest auf Uldini gerichtet.

»Ich grüße Euch«, sagte der Mann mit einer Stimme, die es gewohnt war, Befehle zu erteilen. »Ich will Euren Sklaven da kaufen«, sagte er und deutete auf Uldini. »Ich zahle gut. Wir werden uns sicher schnell einig.« Dabei warf er einen flüchtigen Seitenblick auf die Kellertür, hinter der Lanlion verschwunden war. Offensichtlich wollte dieser Mann nicht mit dem Blutleeren verhandeln. Ahren sah, dass die sechs Leibwachen sich aufgefächert hatten, um es ihm und seinen Freunden unmöglich zu machen, zu entkommen. Ahrens Augen verengten sich alarmiert, denn ihre Hände lagen an ihren Windklingen.

Sollen wir zu euch kommen?, fragte Culhen und hob den Kopf, während Muai bereits auf den Beinen war.

Du hörst nur auf Lanlion, schon vergessen?, erwiderte Ahren frustriert. *Bleibt besser, wo ihr seid, es sei denn, wir geraten in tödliche Gefahr. Wenn du hier drinnen zu viel Aufmerksamkeit erregst, könnte es schnell zu einem zweiten Blutbad kommen.*

Na gut, ertönte Culhens widerwillige Antwort in Ahrens Geist. *Aber wenn einer von euch verletzt wird, schreiten wir ein.*

»Der Kleine ist nicht zu verkaufen«, sagte Falk geradeheraus zu dem Edelmann, als Ahren sich wieder auf die Situation am Tisch konzentrierte. Dabei deutete der alte Paladin auf die Kellertür. »Unser Herr hat einen Narren an ihm … gefressen.« Falk betonte das letzte Wort mit einem bösen Grinsen, und Uldini war geistesgegenwärtig genug, zusammenzuzucken und so zu tun, als fürchte er sich.

Das Gesicht des fremden Mannes verwandelte sich kurz in eine Maske der Angst, um sich einen Herzschlag später wutverzerrt zu verziehen. »Was glaubst du, mit wem du sprichst, du Tagedieb«, fauchte er Falk an. »Ich will diesen Knaben! Und ich will ihn sofort.« Seine sechs Schergen zogen ihre Waffen ein Stück aus den Scheiden, und zwar so synchron, dass die Bewegungen wie ein einziges Geräusch klangen.

Er ist es nicht gewohnt, das Wort Nein zu hören, ging es Ahren durch den Kopf.

Und auch nicht, dass jemand versucht, ihm Angst zu machen, stimmte Culhen ihm zu. *Eine gefährliche Kombination.*

»Wenn Ihr uns angreift, wird unser Meister uns rächen«, versuchte

Ahren die Situation zu entschärfen. »Doch ein so hoch gestellter Herr, wie Ihr es seid, wird sich vielleicht friedlich mit ihm einigen können, wenn Ihr auf ihn wartet.« Ahren hatte gehofft, die Schmeichelei würde den Edelmann besänftigen und ihnen wertvolle Zeit erkaufen, aber der Blick, mit dem der Mann ihn ansah, als wäre der Paladin nur ein widerliches Insekt, machte Ahren klar, dass seine Strategie nicht aufging.

»Ich werde keine Ablehnung akzeptieren. Sklaven aus den südlichen Dschungeln sind in dieser Gegend äußerst schwer zu finden und genießen einen ausgezeichneten Ruf. Sie gelten als besonders gehorsam«, sagte der Mann kalt. »Mir fallen allein sechs Käufer ein, die ihn mir für einen ordentlichen Profit abnehmen würden.« Er warf mit einer schnellen Handbewegung einen dicken Beutel voller Münzen auf den Tisch, der laut genug klirrte, um die Begehrlichkeiten der Schurken an den Nachbartischen zu wecken.

Na toll, dachte Ahren. *Noch mehr unnötige Aufmerksamkeit.*

»Das ist mein Angebot«, sagte der Edelmann mit harter Stimme. »Nehmt das Gold und lebt, oder sterbt.«

Ahren griff unter die weite Kleidung, die sowohl seine Bänderrüstung als auch seine Windklinge verbarg, und machte sich für eine Verteidigung Uldinis bereit, als plötzlich Kharas Stimme laut und deutlich durch den Raum schallte. »Ich kämpfe mit Euch um den Sklaven«, sagte sie und rollte sich in einer fließenden Bewegung aus dem Sitzen heraus über den Tisch, sodass sie auf ihren Füßen stand, als sie das Hindernis überwunden hatte, ihre Wind- und Wisperklinge gezogen und zum Stoß bereit. Muai stieß ein leises Grollen von der Tür her aus, aber was auch immer Khara in ihren Gedanken zu der Tigerin sagte, sie legte sich widerwillig neben Culhen auf den Boden und betrachtete den sich anbahnenden Kampf aus ihren funkelnden, grünen Augen.

»Oh«, hauchte Hakanu, und Ahren trat seinem Lehrling vor dessen Schienbein, damit der aufhörte, Khara anzuhimmeln und ihre Tarnung zu gefährden.

Der Edelmann trat einen Schritt zurück und betrachtete die umgekehrte Meisternadel im Haar der Schwertkämpferin. »Ein Duell kann es nur unter Ehrenleuten geben«, sagte er. »Und du gehörst nicht mehr dazu.« Er gab seinen Schergen einen Wink und diese zogen ihre Waffen. »Aber ich werde der Welt einen Gefallen tun und dich aus ihr entfernen.« Er rief etwas in der Kaisersprache und sofort griffen die sechs Schwertschwinger Khara an.

Hakanu wollte umgehend aufspringen, aber Falk hielt ihn zurück. »Sie braucht den Platz für sich«, wisperte er. »Du wärst nur im Weg.«

Auch wenn Ahren die Künste seiner Liebsten kannte, war er immer wieder über die Schnelligkeit erstaunt, mit der Khara ihre Bewegungen vollführte. Direkt nach Beginn des Angriffs tauchte die Schwertmeisterin unter den Hieben der beiden links von ihr stehenden Leibwachen hindurch und somit an den verblüfften Kontrahenten vorbei. Dadurch konnten die anderen vier sie nicht mehr angreifen, weil ihre Kumpane im Weg standen. Khara ließ sich in die Hocke fallen und ihre Klingen in einer kreisförmigen Schnittbewegung aufsingen. Im nächsten Moment stürzten die beiden Angreifer mit tiefen Unterschenkelwunden zu Boden. Hinter ihr regten sich einige der Gäste an ihren Tischen, die Blicke auf Kharas Geldbeutel gerichtet und auf den ungeschützten Rücken, den sie ihnen zuwandte, und Ahren zog daraufhin im Sitzen seine Waffe und drehte sich auf der Bank zu den zwielichtigen Gestalten um.

»Wir lassen das die Leutchen aus dem Ewigen Reich unter sich klären, was meint ihr?«, fragte er mit kaltem Blick, und sofort kümmerten sich die Halunken wieder um ihren Wein statt um den Kampf. Falk bedrohte die Umstehenden auf seiner Seite mit ähnlichen Worten und Ahren machte sich klar, dass diese Stadt auf ihre Weise gefährlicher als der Wutwald war. Auch hier lauerten Raubtiere hinter jeder Ecke, aber diese waren im Gegensatz zu denen im Wutwald menschlich und daher viel unberechenbarer. Einige schienen auf eine günstige Gelegenheit zu warten, um in den Kampf einzugreifen, andere betrachteten die Auseinandersetzung wie eine willkommene Zerstreuung, aufgeführt von ein paar todesmutigen Narren.

Khara hatte indes die beiden Verletzten so weit umrundet, dass sie nun den nächsten zwei Leibwachen gegenüberstand, ohne ihre Deckung durch die am Boden liegenden Männer mit den Beinwunden vollends aufzugeben.

»Sieh genau hin«, sagte Ahren leise zu Hakanu. »So kämpft man gegen eine Überzahl. Man vereinzelt sie, so gut es geht, und nutzt die Umgebung als Deckung oder Engpass, um zeitgleich von so wenig Angreifern wie möglich attackiert zu werden.«

»Tötet sie endlich«, fauchte der Edelmann, dessen Blick immer wieder in Richtung der Kellertür geisterte. Die nackte Angst stand dem Mann nun ins Gesicht geschrieben und Ahren schätzte, dass allein falscher Stolz den Kerl davon abhielt, mit seinen übrigen Leibwachen das Weite zu suchen.

Khara blieb in der Zwischenzeit weiter in der Defensive und parierte sämtliche Angriffe der beiden Schwertkämpfer vor ihr, während deren übrige Kumpane unbeholfen versuchten, in eine Angriffsposition zu gelangen, ohne auf ihre verletzten Freunde zu treten. Angriff auf Angriff perlte an Kharas Verteidigung ab, die beinahe spielerisch ihre Klingen tanzen ließ und bei jeder Möglichkeit ihre Waffen leicht über die Hände der Leibwachen zog, bis deren Handrücken voller Blut und der Griff um ihre Waffen unsicher und schlüpfrig war. Dann ging Khara blitzschnell zum Angriff über und schlug den beiden überraschten Leibwachen ihre Klingen einfach aus der Hand. Sofort stürzten sich die umstehenden Halsabschneider auf die beiden kostbaren Waffen und ein blutiges Gerangel um die Beute setzte ein.

»Die Gewalt im Raum nimmt wieder zu«, sagte Falk, als mehr und mehr Besucher der Taverne sich erhoben. Hier und da blitzte bisher verborgen gehaltenes Metall in schwieligen Händen auf.

»Zeit zu gehen«, sagte Ahren drängend in Richtung Khara.

Die Schwertmeisterin nickte und begann einen geradezu anmutigen Tanz aus Parade, Finten und Hieben, der die beiden übrigen Leibwachen derart demoralisierte, dass sie in Richtung ihres Herren zurückwichen.

»Verflucht sollt ihr sein«, brüllte der und stieß einen der beiden direkt in Kharas Angriff, während er mit der anderen Hand ein Wurfmesser hervorholte.

»Khara!«, rief Ahren und sprang auf, aber da ertönte bereits ein lauter Knall von Eisen auf Eisen, den der Paladin nur allzu gut kannte. Ein großer Bolzen ragte aus dem Bauch des Edelmannes hervor, der durch die Wucht des Aufpralls gegen die Theke der Wirtin geschleudert wurde.

»Wenn der Fernkampfwaffen auspackt, dann darf ich das auch«, brummte Trogadon und wuchtete seine Armbrust unter dem Tisch hervor, die er dort während des Kampfes unbemerkt gespannt hatte.

Das Eingreifen des Zwerges hatte dafür gesorgt, dass sämtliche Gäste der Taverne ihre Hemmungen verloren. Die Ersten drängten von den Nachbartischen vorwärts, um sich des Goldbeutels zu bemächtigen, den der Edelmann zuvor auf den Tisch der Gefährten hatte fallen lassen, oder um Salman zu packen, in dem sie ebenfalls eine leichte Beute sahen. Dass sie dabei ihre Waffen zu Hilfe nahmen, ließ die Situation mit einem Mal tödlicher werden.

Falk rammte einem besonders gierigen Gesellen seinen Schild ins Gesicht, während er mit der gepanzerten Hand einem anderen dessen Messer aus der Hand drehte. Trogadon krabbelte auf den Tisch und begann, seinen Hammer in wilden Schwüngen auf die mutigsten der Taugenichtse niedergehen zu lassen, und Hakanu und Ahren erhoben sich mit kampfbereiten Waffen. Jelninolan stach fluchend mit ihren beiden Dolchen nach gierig grapschenden Händen, und das Chaos breitete sich immer weiter aus. Mehrere Gruppen von Gästen fingen an, aufeinander einzuschlagen und zu -stechen, und Ahren war es, als erlebe er hier im kleinen Maßstab, wie es zwischen den Fraktionen der Stadt im Allgemeinen zuging.

Er und Khara begannen, einen Käfig aus Klingen zu weben, der allzu mutige Kontrahenten fernhalten sollte, als ein Schmerzensschrei Hakanus ihn herumwirbeln ließ. Irgendwer hatte einen Weinkrug geworfen und der Lehrling blutete nun aus einer hässlichen Platzwunde am Kopf.

Das reicht, verkündete Culhen energisch und erhob sich von seinem Platz am Eingang, Muai mit blitzenden Augen dicht hinter ihm, während Kamaluq in einem kleinen Lichtblitz verschwand. Der Wolf stieß ein tiefes Grollen aus, das wie ein fernes Erdbeben durch den Raum geisterte und Dutzende Köpfe dazu veranlasste, sich zu ihm umzudrehen.

Ahren konnte die aufsteigende Panik im Raum geradezu riechen, und als dann auch noch die Kellertür aufflog und ein finster dreinblickender Lanlion hindurchtrat, war das Chaos perfekt.

»Was geht denn hier vor?«, fragte er mit seiner kalten Stimme, seine Augen zwei Leuchtfeuer inmitten einer bleichen Finsternis. Er breitete die Arme aus und Nebel quoll unter seinem rot gefärbten Umhang hervor, der wie mit dünnen Tentakeln tastend durch den Raum waberte und nach den zurückweichenden Schurken griff.

»Weg hier«, keuchte Falk, der den taumelnden Hakanu stützte und seinen Schild vor Ahrens angeschlagenen Schützling hielt. Sofort setzten die Gefährten sich Richtung Ausgang in Bewegung, abgeschirmt vom um sich schnappenden Culhen, der seinen Teil dazu beitrug, die Gruppe vor allzu gierigen Halsabschneidern zu schützen, sowie von Muai, die ihre Krallen hingebungsvoll in all jene Beine schlug, die nicht schnell genug weggezogen wurden, um Platz für ihre Freunde zu machen.

Die feuchte Nachtluft empfing Ahren mit einer bissigen Kälte und einer derart undurchdringlichen Dunkelheit, die ihn regelrecht überrumpelte. Von den zwei Fackeln an der Außenwand der *Fünfzig Sünden* abgesehen, war die gesamte Stadt unbeleuchtet. Nur hier und da sah Ahren zwischen den Häusern schwache Lichtreflexionen von Fackeln oder Laternen, die jenen gehören mussten, die ihren Geschäften nicht im Schutz der Dunkelheit nachgehen wollten. Sturmwolken verhüllten den Mond, der an lichten Tagen vielleicht noch ein wenig in die Klamm hätte scheinen können, und so tauchten Ahren und seine Gefährten nahezu blind aus dem Fackelschein der Taverne in das Labyrinth aus Kanälen und Brücken hinein.

»Mir nach«, raunte Lanlion. »Ich sehe in der Finsternis genug für uns alle.« Ahren konnte das Grauen in der Stimme seines Freundes deutlich hören.

»Was ist da unten passiert?«, fragte er atemlos, während er Falk half, den verwirrten und blutenden Hakanu zu stützen.

Der Blutleere sah Ahren an, seine Augen spiegelten den letzten Funken der fernen Fackeln wider. »Geht nicht in diesem Keller«, sagte er schaudernd und flüchtete sich dann in die Dunkelheit.

12. Kapitel

Ihr Irrweg dauerte eine Ewigkeit, bis Lanlion endlich, nachdem sie unzählige dunkel daliegende Kanäle und Brücken überquert hatten, schließlich gen Norden deutete und rief leise: »Ich sehe die ersten Häuser im Stein der Klamm.«

»Wenigstens einer von uns, der was sieht«, murrte Uldini, der seine Rolle als verängstigter Sklavenjunge ablegte, solange sie unter sich waren. Drei, vier bewaffnete Trupps hatten Ahren und seinen Freunden von den *Fünfzig Sünden* aus nachgestellt, die Verfolgung aber schnell aufgegeben, als Culhen einige Male herzhaft zubiss und ihnen so die Lust an der nächtlichen Hatz verdorben hatte. Ahrens Freund hatte dabei zwar selbst einen gemeinen Schnitt an der Nase hinnehmen müssen, der das Tier massiv schmerzte, aber der vermeintliche Blutwolf war trotzdem sehr zufrieden mit seinem Werk.

»Vermisst noch jemand die Magie eines gewissen Alten?«, fragte Trogadon in die Runde. »Ich hätte nie gedacht, dass ich mich mal an eine leuchtende Kristallkugel gewöhnt haben würde.«

»Still«, raunte Falk. »Auch wenn Culhen alle Verfolger vertrieben hat, sollten wir auf offener Straße niemals zu konkret werden.«

»Du hast leicht reden«, schmollte Trogadon. »Wenn du in der Dunkelheit in einen der Kanäle fällst, kannst du schwimmen. Ich versinke wie ein Stein und werde das neue Wahrzeichen dieser schönen Stadt.«

»Du schmeichelst dir«, sagte Khara düster. »Ich denke in diesen Kanälen liegen mehr tote Zwerge, als wir uns vorstellen wollen.«

Ahren runzelte die Stirn und zog sich aus einer Eingebung heraus auf das nahe Flachdach eines steinernen Hauses. Kaum war er dort angekommen, als er Bewegungen hinter den Schornsteinen der Häuser ringsum bemerkte. Dunkle Gestalten huschten hastig hierhin und dorthin, fort von dem vermeintlichen Söldner, der ihre Kreise störte. Ob bei Tag oder Nacht, die Dächer waren anscheinend stets gut besucht.

Ich halte meine Nase ab jetzt höher, antwortete Culhen. *Ich bin mir jedoch nicht sicher, ob ich ausnahmslos jeden wittern kann, der sich da oben herumtreibt.*

»Was tust du?«, fragte Falk unwirsch.

»Ich will mir einen Überblick verschaffen«, sagte Ahren.

»Im Stockfinsteren?«, brummte Uldini ungläubig.

»Gerade deswegen ja«, erwiderte der Paladin und sprang an einem Nachbarhaus empor, das noch ein Stockwerk höher gebaut war. Hier empfing ihn ein geworfener Dolch, der mit Wucht durch seine Kleidung drang und erst von seinem Bänderpanzer aufgehalten wurde. Stöhnend zog sich Ahren auf das Dach, während er hörte, wie sich eine schattenhafte Gestalt fluchend entfernte, die am anderen Ende des Hauses gehockt hatte. Eine zweite sprang in entgegengesetzter Richtung von Dach zu Dach davon, und Ahren konnte nur mutmaßen, dass er soeben ungewollt einen zwielichtigen Handel oder Ähnliches unterbrochen hatte. *Wie überlebt man in dieser Stadt länger als ein Jahr?*, wunderte Ahren sich kopfschüttelnd. *Ständig wird man angegriffen.*

Indem man die Regeln lernt, gab Culhen zurück und zeigte ein Bild von Ahren, wie dieser damals durch die südlichen Dschungel gestapft war. *Dies hier ist auch ein Dschungel*, erklärte der Wolf. *Einer, dessen Gesetzmäßigkeiten wir nicht kennen und in dem uns die Jagdreviere der mächtigsten Raubtiere unbekannt sind.*

Ahren nickte vor sich hin und sah sich dann gebückt um. Wie ferne Glühwürmchen sah er Laternen und Fackeln in der Stadt hin- und herwandern und verschaffte sich so einen Überblick über die Aktivitäten Gol-Konars – zumindest jener, die bei Licht getätigt wurden. Er verdreifachte für sich sämtliche schwachen Lichter, die er sah, um den heimlichen Machenschaften der Stadt Rechnung zu tragen, und zog überrascht die Augenbrauen hoch. Fast die ganze Stadt musste auf den Beinen sein, ob zu Wasser, zu Lande oder auf den Dächern. Kein Wunder, dass sie bei Tage nur wenige Bewohner erblickt hatten. Anscheinend waren hier wie im Dschungel die gefährlichsten Jäger nachtaktiv.

Gerade wollte er zu seinen Freunden hinabklettern, als er einen geduckt über die Dächer pirschenden Schatten sah, der nicht zu einem Menschen gehören konnte. War das eine Nebelkatze? Aber kaum, dass Ahren den Gedanken gefasst hatte, war der Schemen bereits mit der Nacht verschmolzen, sodass der Waldläufer sich nicht sicher war, ob ihm seine Fantasie und seine dünner werdenden Nerven nur einen Streich gespielt hatten.

Schnell ließ er sich an den beiden Dächern hinunter und landete wieder neben seinen Freunden auf dem schmalen Gehweg des Kanals, dem sie folgten. Trogadon hielt eine Schale in seiner linken Hand, in der einige Reagenzien leise vor sich hin zischten und ein flackerndes, unstetes Licht verbreiteten. Anscheinend waren es alle leid, durch die Dunkelheit zu tapsen wie hilflose Welpen. »In dieser Stadt wimmelt es nur so vor aufrechten Bürgern, die harmlose Spaziergänge im Mondschein unternehmen«, sagte Ahren leise. »Die machen hier die Nacht zum Tage.«

»Ragt dir da ein Dolch aus deinem Überwurf?«, fragte ihn Khara ungläubig.

Ahren zog sich das schmale Wurfgeschoss aus dem verschlissenen Stoff. »Du hast gute Augen«, sagte er leichthin. »Ich habe wohl die Zweisamkeit einiger Halsabschneider gestört. Behaltet ab jetzt lieber auch die Schatten über uns im Auge.«

»Hätte ich mir denken können«, murmelte Trogadon. »Also von Dach zu Dach springen, scheidet für mich aus. Wenn es auf den Häusern Probleme geben sollte, kann ich nur mit meiner Armbrust helfen.«

Ahren zögerte für einen Moment. »Da ist noch etwas anderes«, begann er. »Ich dachte, ich hätte dort oben eine Nebelkatze gesehen, die vor mir flüchtete, als ich sie entdeckte.« Er deutete auf den still dasitzenden Culhen. »Und unser Blutwolf glaubt, hier in der Stadt die Überreste von Dunkelwesenfährten zu riechen.«

»Das ergibt keinen Sinn«, sagte Falk irritiert und rieb sich über den Bart. »Wenn es hier wirklich Dunkelwesen gäbe, würden sie eine Schneise der Verwüstung durch die Stadt schlagen – und keinesfalls würden sie kampflos Reißaus vor einem Paladin nehmen.«

»Denkt an die Worte der Wirtin aus den *Fünfzig Sünden*«, warf Khara ein. »Sie sagte, es wären seltsame Wesen in den Gassen dieser Stadt unterwegs.«

»Ein Grund mehr, von der Straße zu verschwinden«, sagte Trogadon und besah das dunkel geteerte Holz der umliegenden Gebäude, das im schwachen Licht des glimmenden Pulvers wie feucht glänzende Schleier undurchdringlicher Düsternis wirkten, so als wäre die Nacht selbst erstarrt und würde sie nach und nach einschließen. »Wenn das wirklich eine Nebelkatze war, wer sagt, dass sie keine Hilfe holt?«

»Hoffen wir einfach, dass diese Nacht schnell ein Ende nimmt«, sagte Lanlion und deutete auf eine Brücke, die über einen besonders breiten Kanal führte. »Dort drüben befindet sich die Nordseite der Klamm. Suchen wir also den Unterschlupf mit dem Affensymbol.«

»Ein vierarmiger Affe«, wiederholte Falk den Hinweis der Wirtin aus den *Fünfzig Sünden*. »Ich frage mich, ob dieser Pirat während seines Plündererdaseins jene Affeninsel in der Klingensee besucht hat, auf der wir Fiskers Rüstung bargen?«

»Möglicherweise«, sagte Ahren. »Aber wir sollten ihn nicht darauf ansprechen. So viele Besucher wird jene Insel nicht gesehen haben – zumindest keine, die hinterher davon berichten konnten.« Das Symbol, das sie suchten, erschien ihm jetzt wie ein böses Omen. Plötzlich sah er Dunkelwesen, egal wohin er blickte.

»Genau das meine ich«, sagte Falk und kratzte sich nachdenklich am Bart. »Wenn dieser Pirat gut genug war, um den Dunkelaffen zu entkommen, klopfen wir in Kürze an die Tür eines Menschen, vor dem wir uns in Acht nehmen sollten.«

»Da vorne ist es, glaube ich«, sagte Lanlion und deutete westwärts die Steinwand entlang.

Ahren sah im schwachen Schein von Trogadons Schale, dass in unregelmäßigen Abständen krude Durchlässe und Fenster in den Stein gemeißelt worden waren. Einige von ihnen waren nur mit schweren Vorhängen gesichert, andere mit massiven Türen samt Eisenbeschlägen. Über einer der Letzteren tauchte schließlich das Piktogramm eines vierarmigen Affen auf, der mit breitem Grinsen und ausgestreckten Armen auf ungebetene Besucher zu warten schien, um von oben über sie herzufallen.

»Sehr einladend«, sagte Jelninolan unschlüssig. »Ob uns die Wirtin in eine Falle gelockt hat?«

»Eine Falle sähe sicher freundlicher aus«, sagte Ahren mit einem Kopfschütteln. »Wer an diese Tür klopft, tut dies nur, weil er einen triftigen Grund hat.«

Lanlion hämmerte mit seiner Faust gegen das dunkle Holz, und zu Ahrens Überraschung öffnete sich die Tür erst Dutzende Herzschläge später. Was ihn allerdings gar nicht überraschte, war die geladene Armbrust, die ihnen entgegenragte.

»Ja?« Die Stimme klang nach altem Treibholz, das jahrzehntelang an einem Strand in der Sonne gelegen hatte: trocken, knorrig und ausgeblichen.

»Uns schickt die Wirtin aus den *Fünfzig Sünden*«, sagte Lanlion. »Ihr gewährt Leuten, die gut zahlen, Unterkunft?«

»Nur, wenn diese Leute Durchreisende sind und nichts mit den Mächtigen dieser Stadt zu schaffen haben«, ertönte die Stimme wieder. Der Mann hielt sich immer noch im Schatten der Tür auf und nur seine Waffe war zu sehen. »Und wenn sie nicht langweilig sind.«

Lanlion ließ für einen Herzschlag sein breites Lächeln aufblitzen. »Langweilig hat mich schon lange keiner mehr genannt«, sagte er nonchalant.

Ahren musste dem Unbekannten hoch anrechnen, das dessen Waffe weder wankte, noch dass er sie abfeuerte, als er erkannte, was für ein Wesen da vor ihm stand.

»Also *die* Geschichte will ich hören«, erklang stattdessen die Antwort des Fremden. »Kommt hinein.« Die Waffe verschwand und die Tür ging weit genug auf, dass ein wenig Licht von Trogadons Schale ins Innere drang. Der Schein offenbarte eine schmucklose Höhle, die nur als eine Art Vorraum zu dienen schien, darin keinerlei Möbel zu sehen waren. Ein dicker Vorhang verdeckte den hinteren Teil der grob behauenen Kammer, hinter dem Ahren die eigentliche Behausung des Fremden vermutete.

Dieser trat nun hinter der Tür hervor und offenbarte sich als Mann von mehr als siebzig Wintern, dessen Körper von einem Leben voller Kämpfe auf See gezeichnet war. Ahren machte neben unzähligen Narben auf Gesicht, Hals und Händen einen fehlenden rechten Fuß, ein zugenähtes Augenlid und nicht mehr als drei Finger an der linken Hand aus. Der struppige, dünne Bart des Mannes verbarg nur unzureichend einen schiefen Mund, der durch eine alte Verletzung in dieser Mimik erstarrt war, ob sein Besitzer nun amüsiert war oder nicht. Der Fremde trug dicke Seekleidung, die so verschlissen und notdürftig geflickt worden war, dass es Ahren nicht gewundert hätte, wenn sie dem alten Mann bei der zartesten Berührung vom Leib gefallen wäre. Von einem leichten Hüftpolster abgesehen, wirkte der ehemalige Pirat noch recht gut in Form, und da er annähernd so groß wie Falk war, musste er früher eine sehr imposante Erscheinung gewesen sein.

»Ich weiß, ich weiß,«, sagte der Mann mit einem selbstironischen Unterton in der Stimme. »So wie ich sieht man aus, wenn der Tod einen nicht haben will.« Dann deutete er auf Lanlion. »Oder so wie Ihr«, fügte er zu Ahrens Erstaunen kaltschnäuzig hinzu. »Hätte ich die Wahl gehabt, hätte ich auch lieber Euren Weg gewählt, mein Freund.«

»Nein«, sagte Lanlion kalt. »Das hättet Ihr nicht.« Dann betrat er zusammen mit Ahren und den restlichen Gefährten die Vorhöhle.

»Oho, das ist aber mal ein großer Hund«, sagte der alte Mann neugierig. »Das ist doch ein Blutwolf, oder? Ich dachte, die kann man nicht erziehen.«

»Kann man auch nicht«, sagte Lanlion trocken.

Er spricht mir aus der Seele, dachte Ahren amüsiert.

Du verkennst die Situation, antwortete Culhen würdevoll. *Ich habe dich erzogen, nicht umgekehrt.*

»Ihr wirkt erstaunlich furchtlos«, sagte Falk. »Jeder von uns könnte Euch mühelos töten.«

Ahren staunte nicht schlecht, als ihr Gastgeber die Achseln zuckte. »Sicher könntet Ihr das«, sagte er und deutete zur Decke. »Aber dann würdet Ihr ebenfalls sterben.«

Ahren sah erschrocken hinauf und blinzelte mehrfach, als er Dutzende verschlungene Zeichen an der Decke sah, die einen hochkomplexen Zauberkreis zu ergeben schienen.

»Wer mir in meinem Heim Schaden zufügt, den befällt das gleiche Schicksal«, verkündete der Pirat gelassen. »Eine alte Hexe hat mir diesen Zauber angebracht. Ich habe sie damals aufgenommen und versteckt, als sie Geldprobleme mit ein paar sehr mächtigen Leuten hatte. Danach kam mir die Idee, mir meinen Lebensabend mit Gästen zu versüßen, die mir Gold in die Taschen spülen und meinen Verstand mit Geschichten jung halten.« Der alte Mann griff nach dem Vorhang und drehte sich dann noch mal um. »Oh, und ich bin Kanthasar«, stellte er sich beiläufig vor. »Euer übergroßer Hund und die anderen Tiere schlafen bitte hier vorne. Da sind sie nicht im Weg und können Laut geben, wenn sich Ärger anbahnt.«

»Ihr erwartet Probleme?«, fragte Khara und Kanthasar lachte.

»Oh nein, meine Teure. *Ihr* erwartet Probleme«, sagte er verschmitzt. »Ansonsten hätte die Wirtin der *Fünfzig Sünden* Euch nicht zu mir geschickt, sondern Euer schönes Gold selbst behalten.«

Ahren stellte fest, dass er den erfrischend direkten Mann tatsächlich mochte, oder zumindest die Person, zu der er nach seinem Leben als Plünderer zur See geworden war. Die Mischung aus Unerschrockenheit und Kauzigkeit, die Kanthasar ausstrahlte, machte ihn zu einem schillernden Gastgeber. »Sind wir wirklich in Gefahr?«, raunte Ahren Uldini zu, als der alte Pirat den Vorhang zur eigentlichen Behausung beiseitezog und Lanlion neugierig vorausschritt.

»Wegen der Deckenmalerei?«, fragte Uldini leise und schüttelte den Kopf. »Keineswegs. Das da oben hat nie und nimmer eine Magiekundige gewirkt. Das sind nur Zeichen.«

Ahren runzelte die Stirn. »Ist Kanthasar ein billiger Schwindler?«

Jelninolan sah dem alten Mann hinterher, der mit Lanlion den langen Korridor hinunterging, der nach gut acht Schritt in einem hell erleuchteten Wohnraum endete. »Er scheint daran zu glauben«, sagte sie nachdenklich. »Und seine draufgängerische Attitüde hat wohl bisher sämtliche Gäste ebenfalls glauben lassen, dass der Zauber echt ist.«

Ahren streichelte Culhen verstohlen zum Abschied, und Khara liebkoste Muais Ohren mit den Fingern, bis diese schnurrte, dann folgten sie dem Rest ihrer Gefährten durch den dunklen, schmalen Korridor.

»Gut zu verteidigen«, sagte Trogadon anerkennend. Seine Stimme hallte von den steinernen Wänden wider. »Hier kann immer nur eine Person gleichzeitig angreifen.«

»Wenn wir Kanthasar vertrauen können, ist dies hier ein sicherer Unterschlupf«, gab Ahren zu.

»Nur dass wir diesem Piraten besser nicht den Rücken zudrehen«, fügte Khara hinzu, und der Paladin konnte ihr nur zustimmen. Er würde in dieser Stadt niemandem vertrauen, wenn es sich vermeiden ließ.

Sie erreichten das Ende des Korridors, durchschritten eine offenstehende Tür, und Trogadon stieß umgehend einen anerkennenden Pfiff aus. »Das ist Zwergenwerk, kein Zweifel«, sagte er und deutete zu der vier Schritt hohen Decke, an der mehrere Schächte Frischluft in die Kammer gelangen ließen, und dann auf die makellos glatten

Wände, an denen sich wie zum Kontrast windschiefe Möbel und Regale aneinanderreihten. Ein einziger dicker Teppich beherrschte den Boden des gut acht mal acht Schritt messenden Raumes, in dem Feldbetten querbeet verteilt standen, um bis zu sieben Personen eine Schlafstatt zu gewähren. Es gab nur eine weitere Tür, die offen stand und hinter der Ahren eine Nische mit einem Nachttopf darin sah. Sogar der Abort hatte einen Lüftungsschacht, was Ahren sehr begrüßte.

»Fürwahr Zwergenwerk«, murmelte er dankbar.

»Hat mich die Hälfte aller Besitztümer gekostet, die ich mit hierher nahm«, sagte Kanthasar nickend. »Und ich bereue kein einziges Goldstück, das ich dafür opfern musste.« Gleichzeitig nahm er von Lanlion eine stattliche Menge Gold entgegen.

»Moment mal«, sagte Jelninolan stutzig. »Schlaft Ihr etwa bei uns?«

Der alte Pirat lachte meckernd. »Nein, meine Liebe, da muss ich Euch enttäuschen. An meinen Gemächern sind wir schon vorbeigekommen.«

Trogadon brummte überrascht. »Eine Geheimtür im Korridor«, sagte er. »Deswegen gibt es dort auch kein Licht.«

Der alte Pirat nickte beifällig. »Sollte Euch der Ärger, der Euch auf den Fersen ist, finden, so läuft er schnurstracks an mir und meiner mit sehr vielen, sehr schweren Bolzen gesicherten Geheimtür vorbei«, sagte er selbstzufrieden. »Essen und Trinkwasser müsst Ihr Euch selbst besorgen. Dafür könnt Ihr kommen und gehen, wie Ihr wollt.« Er reckte einen knorrigen Zeigefinger in die Höhe. »Oh, und bitte keine Geschäfte in dieser Kammer«, sagte er. »Das Blut geht immer so schwer aus dem Teppich raus.« Khara und Jelninolan traten unmittelbar von dem schwarzen Ungetüm zu ihren Füßen herunter, das auf Ahren plötzlich viel weniger heimelig wirkte. Kanthasar lachte und ging zu dem Korridor. »Ich überlasse Euch jetzt Euch selbst. Wenn Ihr mit mir sprechen wollt, klopft dreimal im Korridor an die Wand. Ich höre Euch dann schon.« Danach schloss der ehemalige Pirat die Tür hinter sich und ließ Ahren und seine Gefährten zurück.

»Wenn ich schon in einer Räuberhöhle hausen muss«, sagte Jelninolan anerkennend, »dann in so einer.«

»Was soll ich sagen, mein Herz«, erwiderte Trogadon mit stolzgeschwellter Brust. »Mein Volk kann aus allem eine Heimstatt schaffen.«

»Äh«, sagte Salman und hob seine gefesselten Hände. »Ob Ihr mich jetzt losbinden könntet? Kanthasar wird wohl kaum glauben, dass ich als Euer Gefangener ungefesselt an einem Blutwolf und einer Wildkatze vorbeischleichen könnte.«

Während Falk der Bitte des Granden nachkam, trat Ahren an Hakanu heran und besah das angeschwollene Gesicht seines Schützlings. Der Junge hatte sich nicht ein einziges Mal beschwert und die Schmerzen geduldig ertragen, und Ahren musste zugeben, dass der grenzenlose Mut des Knaben ihm Respekt abverlangte.

»Da drüben steht eine Waschschüssel«, sagte Ahren milde. »Mach dich sauber. Ich bitte in der Zeit Jelninolan, ob sie deinen Schädel wieder zusammenflickt.« Hakanu nickte, bewegte sich aber nicht vom Fleck. »Was möchtest du wissen?«, ergab sich Ahren seufzend in sein Schicksal.

»Diese Leute hier … Wie können sie so leben?«, fragte der Junge, und plötzlich offenbarte sich seine Jugend im Mienenspiel des Lehrlings, der verloren und verletzlich wirkte und bar jeden Verständnisses für die Welt außerhalb des Grünen Meeres. »Dieser Ort ist wie das Gegenteil meiner Heimat. Jeder denkt nur an sich selbst und alles wird dem kurzfristigen Vorteil geopfert. Es gibt keinen echten Zusammenhalt und jeden Augenblick muss man wegen ein paar Münzen ein Messer im Rücken befürchten.«

Ahren fing den Blick Falks auf, der sein Mitgefühl für den jungen Meister ausdrückte. Einem Lehrling die Schattenseiten der Welt zu erklären, war das Schwerste, was ein Mentor tun musste. »Komm mit«, sagte Ahren mit milder Stimme und ging mit Hakanu zu der Waschschüssel hinüber. »Lass mich dir helfen.« Er begann damit, dem niedergeschlagenen Knaben mit einem Tuch vorsichtig das Gesicht von getrocknetem Blut zu befreien. Hakanu zuckte nicht zusammen, obwohl Ahren wusste, dass die Versorgung der Wunde nicht ohne Schmerzen vonstattenging. Währenddessen sammelte Ahren seine Gedanken und überlegte, wo er anfangen sollte. »Es ist meine feste Überzeugung, dass kein Mensch, Elf oder Zwerg als böses Wesen geboren wird«, sagte er schließlich. »Äußere Umstände und Schicksalsschläge mögen einen prägen und in die eine oder andere Richtung drängen, aber jeder entscheidet irgendwann für sich selbst, was für ein Leben er führen will.« Er hielt inne und deutete dann auf Falk. »Bevor ich ein Paladin wurde, war ich ein Waldläufer. Und davor nur der Sohn eines Trunkenbolds. Falk erwischte mich dabei, wie ich die Früchte der Arbeit anderer stahl und rückte mir den Kopf zurecht. Dies war einer der ersten Momente, in denen seine Worte mein Leben beeinflusst haben.« Ahren runzelte die Stirn und reinigte weiter die Wunde des Jungen. »Was ich damit sagen will, ist: Wir alle entscheiden uns, welches Leben wir führen wollen, aber es sind diejenigen, die die Mühe auf sich nehmen, uns anzuleiten und uns zu prägen, die eine entscheidende Rolle spielen – ob nun in die eine oder andere Richtung.« Ahren deutete auf die Steinhöhle um sich herum. »Diese ganze Stadt ist keine richtige Gemeinschaft«, sagte er, und als er Hakanus verständnisloses Gesicht sah, suchte er nach treffenden Worten. »Sie ist nur ein Sammelbecken für jene, die so viele schlechte Entscheidungen getroffen haben, dass sie nirgendwo anders mehr hinkönnen oder -passen. Was denkst du, wie viele Kinder oder Familien wird es hier wohl geben?«

Hakanus Miene spiegelte Erkenntnis wider. »Ihr meint, dass hier niemand ein echtes Leben aufbaut?«, fragte er und Ahren nickte zufrieden.

»Genau. Die Leute überleben hier nur.« Er zögerte. »Zumindest die gemeinsten und gefährlichsten von ihnen. Vielleicht gibt es einige wenige, für die diese Art zu leben funktioniert.«

»Das mit dem Überleben würde ich so nicht stehen lassen«, brummte Trogadon, der ihrem Gespräch mit halbem Ohr gelauscht hatte. »Wir haben allein heute Abend so viele Tote gesehen, dass sich der Großteil der Bevölkerung Gol-Konars im ständigen Fluss befinden muss. Es werden immer neue verzweifelte Seelen in seine Straßen gespült, die den Platz derjenigen einnehmen, die durch die finstere Natur seiner Bewohner den Tod fanden.«

»Ich vermisse Kap Verstaad«, sagte Salman seufzend. »Dort kann man mit dem nötigen Gold ein wunderschönes Leben führen. Aber ich muss zugeben, dass es ein zweites Gol-Konar hätte werden können, wenn es nicht die Ost-West-Routen der Schifffahrt verbinden würde.« Er schüttelte sich. »Ein schauderhafter Gedanke.«

»Euer Paradies ist ein korrupter Pfuhl voller machthungriger Händler und größenwahnsinniger Magier«, sagte Uldini.

»Also ich finde es dort sehr schön«, erwiderte Salman verschnupft.

Der Alte lachte meckernd auf. »Ihr missversteht. Das war als Kompliment gemeint. Politisch gesehen, ist kaum einen Ort auf der Welt so herrlich berechenbar wie Kap Verstaad: der größte Geldbeutel gewinnt.«

»Genug herumphilosophiert«, sagte Falk und setzte sich auf eines der Feldbetten. »Wir sind in der Stadt angekommen und haben unseren Ruf nach dem heutigen Abend etabliert. Wie finden wir jetzt heraus, wer Palnah gekauft hat?«

»Wir müssen auf den Fleischmarkt«, sagte Salman, dessen Miene umgehend in Sorge umschlug, als er den Namen seiner Liebsten hörte.

»Ich nehme an, dies ist kein Ort, an dem man Nahrung ersteht?«, fragte Jelninolan betrübt, und der feiste Händler schüttelte den Kopf.

»Sklaven«, sagte Falk spröde. »Dort werden die Sklaven verkauft.«

»Sollen wir direkt aufbrechen?«, fragte Khara Ahren, der mit der Säuberung von Hakanus Wunde fertig war. »Für die arme Palnah zählt jeder Tag.«

Salman nickte enthusiastisch.

»Zu riskant«, sagte Falk bedauernd. »Wir haben einiges an Staub aufgewirbelt und der darf sich gerne etwas legen, bevor wir uns wieder zeigen.« Seine Miene verfinsterte sich. »Außerdem ist der Fleischmarkt einer jener Orte, die Tag und Nacht geöffnet haben. Wir sollten also bis zum Morgen warten, bevor wir ihn besuchen. Dann ist dort weniger los und das bedeutet, weniger Möglichkeiten, in Schwierigkeiten zu geraten.« Khara verzog unwillig das Gesicht und schwieg, während Salman sich stöhnend auf ein Gästebett plumpsen ließ und dabei wirkte wie ein in sich zusammenfallender Kuchen.

Jelninolan kam zu Ahren und Hakanu herüber, zog ihre Flasche mit dem heilenden Wasser vom Gürtel und begutachtete den Riss oberhalb von Hakanus Schläfe, während dieser in Erwartung einer schmerzhaften Heilung die Zähne zusammenbiss. »Das sollte schnell gehen«, sagte sie und ließ ein wenig Wasser über die aufgeplatzte, geschwollene Haut fließen. Nach wenigen Herzschlägen war die Blessur verschwunden.

Der Lehrling fasste sich verwundert an den Kopf. »So angenehm kann eine Heilung sein?«, fragte er und sah dann zu Uldini hinüber, unter dessen Kristallkugel er einen halben Tag lang geschwitzt hatte.

»Etwas mehr Dankbarkeit bitte«, grantelte der Erzmagus. »Sonst verwenden wir bei deiner nächsten Verwundung Nadel und Faden.«

Hakanu zog den Kopf zwischen die Schultern und nickte beflissen.

Jelninolan schwenkte die Flasche hin und her, sodass die Flüssigkeit darin munter gluckerte. »Ich werde sie morgen wieder auffüllen«, sagte sie in die Runde. »Aufgrund der vielen Magier in der Stadt ist diese Flasche voller Heilwasser unsere einzige sichere Möglichkeit, unsere Wunden zu versorgen. Wenn Uldini oder ich Heilzauber wirken, würde das sofort auffallen, denn diese Art Magie wird hier garantiert ausgesprochen selten anzutreffen sein.«

»Erst recht, wenn wir unsere Foki benutzen«, fügte Uldini hinzu. »Also lasst euch bitte möglichst nicht durchbohren oder aufschlitzen.«

»Ein wirklich guter Rat«, warf Trogadon trocken ein. »Und so originell.«

»Wir sollten uns hinlegen und etwas schlafen«, sagte Ahren. »Es war ein langer Tag und wir wollen im Morgengrauen aufbrechen.«

Jelninolan überprüfte ihre Vorräte und nach einem kalten, kargen Mahl aus altem Brot und trockenem Käse legten sich die Gefährten schließlich hin. Ahren schob zwei der Feldbetten aneinander und kuschelte sich mit einem Seufzer an Khara, als Trogadon das Licht im Raum löschte.

»Ist alles in Ordnung?«, wisperte Khara in die Dunkelheit hinein. »Du klammerst dich ja an mich wie ein Ertrinkender.«

»Diese Stadt setzt mir zu«, gestand Ahren freimütig mit einem kaum hörbaren Flüstern. »Ich würde am liebsten gegen all das Unrecht in seinen Mauern vorgehen, schon allein, um Hakanu zu zeigen, was richtig und gut ist, aber alles, was ich tun kann, ist gute Miene zum bösen Spiel zu machen.« Er vergrub sein Gesicht an ihrer Schulter. »Diese Hilflosigkeit macht mich krank.«

Khara legte ihm liebevoll eine Hand auf die Wange. »Wir finden schon einen Weg, mit Gol-Konar fertigzuwerden«, sagte sie tröstend. »Vielleicht nicht heute oder morgen, aber wer weiß … Nach dem Krieg in diesem Drecksloch aufzuräumen, wäre doch ein schöner Zeitvertreib für zwei Helden im Ruhestand, oder?«

Ahren lächelte und küsste seiner Frau den Nacken. »Du findest immer die richtigen Worte«, sagte er dankbar. »Aber ich fürchte, dass wir nicht die Einzigen wären. Falk und die anderen werden mitkommen wollen.«

»Dann rosten sie wenigstens nicht ein«, flüsterte Khara.

»Ihr seid nicht halb so leise, wie ihr denkt«, grollte Falk. »Und hier wird keiner einrosten, vielen Dank auch.«

Ahren und Khara lachten leise, dann schlief der Paladin endlich ein, geborgen im Kreis seiner Freunde und dem Wissen, dass an jedem Ort das Feuer der Menschlichkeit brennen konnte, wenn man es nur mit sich trug und nicht erlöschen ließ.

Ahren. Culhens beunruhigte Stimme ertönte drängend im Kopf des Paladins. *Ahren, wach auf.*

Was ist los?, fragte der Waldläufer benommen. *Gibt es Ärger?*

Nicht direkt, begann der Wolf zögernd. *Lanlion hält hier im Vorraum Wache und er wirkt sehr mitgenommen. Er streichelt mich schon die halbe Nacht mit hölzernen Bewegungen immer an derselben Stelle und er blinzelt nicht.*

Ich komme, antwortete Ahren und schwang sich vorsichtig aus dem Bett, um Khara nicht zu stören. Dann schob er die schwere Tür so lautlos wie möglich auf und schlüpfte in den finsteren Korridor, eine heruntergedrehte Laterne in der Hand. Lanlion reagierte nicht auf das Licht, und als Ahren in die Vorhöhle trat, erkannte er, dass Culhen sich zurecht Sorgen machte. Lanlion stand steif wie ein Brett da, und der Arm, mit dem er den neben ihm sitzenden Culhen streichelte, bewegte sich, als würde er von den Fäden eines Puppenspielers dirigiert. Muai hatte sich in eine Ecke der Höhle zurückgezogen und starrte den Blutleeren alarmiert aus ihren grünen Augen an, die das Licht der Laterne unheilvoll zurückwarfen.

»Lanlion?«, fragte Ahren leise.

Keine Reaktion.

»Lanlion?«, versuchte er es erneut mit etwas mehr Nachdruck.

Der bleiche Paladin wirbelte herum, und Ahren zuckte unwillkürlich zusammen. Die Augen seines Freundes waren beinahe schwarz und sein Blick wirkte wie der eines Schlafwandlers. »Ahren?«, fragte er undeutlich. »Kannst du nicht schlafen?«

»Sozusagen«, wich der Waldläufer der Frage aus. »Aber was ist mit dir? Du siehst gar nicht gut aus.«

»Mit geht es gut«, sagte der Blutleere mit wackeliger Stimme. »Sogar zu gut.«

»Ich verstehe nicht«, erwiderte Ahren vorsichtig.

»In diesem Keller gab es nur eine Art Blut zu trinken«, sagte der fahle Mann bedauernd. »Und es abzulehnen, hätte mich nicht nur schwach erscheinen lassen, sondern auch unsere Tarnung gefährdet. Welcher Blutleere verzichtet schon auf Menschenblut?«

Ahren presste die Lippen zusammen. Ihm war klar, was Lanlion mit den Leichen aus den *Fünfzig Sünden* angestellt hatte, aber es von seinem Freund erzählt zu bekommen, war etwas anderes. »War es so schlimm?«, fragte er schließlich mitfühlend.

Lanlion schüttelte den Kopf. »Es war *köstlich*.« Das letzte Wort des Verfluchten glich einem Stöhnen. »Als würde ich flüssiges Sonnenlicht trinken. Und ich fühle mich so mächtig. Ich glaube, ich könnte Gol-Konar ganz allein Stein für Stein abtragen.«

Ahren überlegte, was er antworten sollte, und entschied sich für die Wahrheit. »Du wirkst momentan nicht wie du selbst«, sagte er mit sanfter Stimme. »Und du klingst auch nicht so.« Er deutete auf den Tunnel in Richtung ihrer Freunde. »Warum kommst du nicht mit nach hinten und nippst am Wasser des *Onasthil*? Danach wirst du sicher klarer sehen.«

»Meinst du?«, fragte Lanlion benommen.

»Ich bin mir sicher«, antwortete Ahren, obwohl es nur eine vage Hoffnung war. Die Teiche der Göttin hatten Lanlion bisher stets dabei geholfen, seinen Hunger zu bewältigen. Der Waldläufer setzte nun darauf, dass sie auch Lanlions Gemüt beruhigen konnten.

Sind das die ersten Anzeichen des Wahnsinns eines Blutleeren?, fragte Culhen bang.

Ich weiß es nicht, gestand Ahren. *Aber ich bin mir zumindest sicher, dass Lanlion nie wieder von einem Menschen trinken sollte, ob nun tot oder lebendig.* Er packte den fügsamen Blutleeren an einer Schulter und führte ihn behutsam zurück in die Kammer, in der die anderen Gefährten ruhten. Lanlion blieb unvermittelt stehen, als er an dem schlafenden Salman vorbeikam, dessen Kopf derart verdreht war, dass der feiste Hals freigelegt dalag. Ahren sah, wie sich sein bleicher Freund die Lippen leckte.

»Hier drüben«, sagte Ahren leise, aber drängend und führte Lanlion zu dessen Bündel. »Da ist auch schon das Wasser«, murmelte er, als würde er mit einem Kleinkind reden und nahm den Wasserschlauch in die Hand. Er entkorkte hastig das Gefäß und hielt es dem abgelenkten Lanlion unter die Nase, der noch immer zu Salmans entblößtem Hals hinüberschielte. Das Weiß der Augen des Blutleeren war nun gänzlich schwarz verfärbt. Mit zitternden Fingern setzte Ahren Lanlion den Wasserschlauch an die Lippen und kippte ihm einen gehörigen Schluck in den Mund. Ein leises Zischen entwich aus der Kehle des Verfluchten, so als hätte das Wasser der Göttin ein unheiliges Feuer im Inneren Lanlions erstickt, bevor es sich weiter ausbreiten konnte. Lanlion taumelte und riss Ahren dann den Wasserschlauch aus der Hand. Gierig trank der Blutleere noch einige Schlucke, bevor er abbrach und den Kopf schüttelte wie ein soeben Erwachter.

»Danke«, sagte er schlicht und sah dann auf seinen Wasservorrat hinab. »Ich weiß nicht, was ich ohne …«

Ahren unterbrach ihn mit einer kurzen Umarmung. »Dafür sind Freunde da«, sagte er. »Wir passen aufeinander auf, egal was kommt.«

Lanlion nickte stoisch und starrte weiter auf den Lederschlauch in seiner Hand. »Kann das unter uns bleiben?«, fragte er kleinlaut.

Ahren nickte. »Was mich angeht, ist nichts geschehen, das nicht wieder korrigiert werden konnte«, beruhigte er den Blutleeren.

Lanlion legte ihm freundschaftlich eine Hand auf die Schulter und ging dann wortlos zurück in den Tunnel.

Sag mir Bescheid, wenn er sich noch mal komisch verhält, bat Ahren Culhen, und der Wolf sandte ihm das Bild eines wachsamen Alphas, der sein Rudel behütete. Ahren ging zurück zu seinem Feldbett und erkannte dabei die weit aufgerissenen Augen Hakanus, der ihn im Liegen unverwandt ansah. Eintausend und mehr Fragen lagen in seinem Blick. »Wir alle tragen Dämonen in uns, die uns zu vernichten versuchen«, wisperte Ahren leise. »Einige lauern in schlimmen Erfahrungen der eigenen Vergangenheit.« Dabei deutete er auf sich, Khara und Falk. »Andere in Entscheidungen, die wir getroffen haben«, er deutete auf den Tunnel, in dem Lanlion soeben verschwunden war. »Wie andere unseren Dämonen begegnen und ob sie uns dabei helfen, ihnen entgegenzutreten, entscheidet, ob wir siegreich aus unseren inneren Konflikten hervorgehen oder nicht.«

Hakanu nickte leicht und schloss dann die Augen, woraufhin Ahren auf seine eigene Schlafstatt zurückkehrte. Dort erwartete ihn Khara, die ihm einen sanften Kuss auf die Wange drückte.

»Ich wusste es ja schon vorher«, hauchte sie ihm zu. »Aus dir wird mal ein hervorragender Vater.«

***

Selbstzufrieden hörte Schatten den Bericht mit an, der eigentlich nicht für seine Ohren bestimmt war. Ein blutleerer Söldner, der mit einem Blutwolf reiste und sich in der Stadt aufhielt, klang durchaus verdächtig. War seine Beute etwa bereits in der Stadt der Schurken angekommen und narrte die Einwohner dieses herrlich verdorbenen Ortes?

Schatten beschloss, seinen Verdacht zu überprüfen und wisperte seine Einflüsterung in das Ohr seines Trägers. Der leistete glücklicherweise keinen Widerstand und sandte nach einem seiner einflussreicheren Schergen. Schatten lauschte vorsichtig vom Rande des Verstandes seines Trägers auf dessen Gedanken, regungslos lauernd wie eine fette, schwarze Giftspinne in finsterer Nacht. Es würde also eine Einladung ausgesprochen werden, die diese »Söldner« nicht ablehnen konnten.

Schatten wartete geduldig ab und genoss die Tatsache, dass er es immer besser verstand, genau die richtigen Worte zu finden, damit sein unfreiwilliger Gönner tat, was Schatten von ihm wollte. Nicht mehr lange und Schattens Plan würde endlich Früchte tragen.

***

Als Ahren am nächsten Morgen mit seinen Freunden und Salman die letzten Vorbereitungen traf, um dem berüchtigten Fleischmarkt einen Besuch abzustatten, beobachtete er Lanlion genauestens. Glücklicherweise schien der Blutleere wieder vollkommen er selbst zu sein.

Von ihrem Gastgeber fehlte jede Spur, anscheinend würde Kanthasar diskret in seinem Teil der Höhle verweilen, zumindest bis er das nächste Mal seinen Lohn in Gold oder Geschichten einforderte. Ahren machte Letzteres mehr Sorgen, denn Uldinis Geldbeutel war noch immer prall gefüllt, aber einem alten, erfahrenen Seebären glaubhafte

Geschichten aus ihrer Vergangenheit zu erzählen, ohne etwas über ihre wahre Identität preiszugeben, nun, das war etwas höchst Riskantes.

»Wir werden gleich eine Menge Sklaven sehen, die zum Verkauf angeboten werden«, sagte Uldini warnend, nachdem sich alle für den Abmarsch in der Vorhöhle versammelt hatten, und sah dabei vor allem Hakanu an. »Da wir nicht die gesamte Stadt aus den Angeln heben können, um alle zu befreien, werden wir unauffällig vorgehen und erst mal die eine Seele retten, wegen der wir hergekommen sind, in Ordnung?«

Hakanu machte ein Gesicht, als würde er in eine Zitrone beißen, und auch Ahren war der Gedanke, nicht eingreifen zu können, zuwider und er fühlte sich schon jetzt innerlich schmutzig und nutzlos. Das Mienenspiel der anderen war ebenfalls zwischen stoischer Akzeptanz und mürrischer Frustration gefangen, selbst Uldini wirkte ungewöhnlich mitgenommen von seinem eigenen Ratschlag.

Culhen rieb seinen Kopf an Ahrens und der Paladin genoss den stummen Trost des Tieres. »Brechen wir auf«, sagte er entschlossen und trat mit Khara zusammen neben Hakanu. »Ich will diesen Besuch so schnell wie möglich hinter mich bringen.«

»Sollten wir Salman nicht besser hierlassen?«, fragte Falk und deutete auf den Granden. »Wenn er auf dem Fleischmarkt von jenem Sklavenhändler erkannt wird, der ihm die Messerschwinger hinterhergeschickt hat, wird es sicherlich ungemütlich.«

»Guter Einwand«, sagte Khara. »Aber ist er hier in der Höhle bei Kanthasar wirklich sicher? Ich glaube, unser Gastgeber hat ein Auge auf das Kopfgeld unseres Granden geworfen und könnte in Versuchung geführt werden, ihn an einen Schlägertrupp weiterzuverkaufen, wenn wir Salman hier alleine zurücklassen.«

Ahren runzelte die Stirn. »Wir müssten jemanden hierlassen, um Salman zu beschützen, und das würde ich ungern tun. An diesem Ort sollten wir uns beileibe nicht aufteilen.«

»Dann kommt er eben mit«, sagte Falk. »Am Rande des Fleischmarktes bleibt er mit einem von uns in Hörweite zurück. So trennen wir uns nicht häufiger als unbedingt notwendig.«

Als die Gefährten gemeinsam aus Kanthasars Höhle traten, fielen Ahren als Erstes die tiefen Schatten auf, in die die Klamm gehüllt war.

Die Sonne stand noch so weit im Osten, dass ihre Lichtstrahlen die Häuser Gol-Konars nicht erreichten, doch das so entstehende Zwielicht schien den Einwohnern dieses Ortes sehr gelegen zu kommen, denn auf den Brücken und Stegen der Stadt herrschte ein reges Kommen und Gehen.

»Halbtag«, sagte Falk leise. »So nennen Gol-Konars Bürger die Zeit, zwischen Sonnenschein und Finsternis. Es ist passend, dass das Zwielicht in dieser Stadt einen Großteil des Tages verschlingt.«

Ahren legte den Kopf in den Nacken und starrte an den Felswänden der Klamm hinauf. Der Schwarze Umhang war nur halb ausgebreitet und die starken von See kommenden Winde ließen dessen Gischt wie eine schillernde Wolke über der Stadt tanzen. Heute sah er besser, wie ein Großteil des Wasserschleiers von den Böen gegen die Steinwände gewirbelt wurde, wo er dann in kleinen, Abertausenden Rinnsalen herablief. »War das gestern auch schon so?«, fragte er neugierig und deutete auf das nasse Schauspiel.

»Man sagt, das Wetter in Gol-Konar sei wie seine Menschen«, mischte Salman sich ein, der wieder in die Rolle des Gefangenen geschlüpft war. »Meist überraschend, selten beständig und niemals gut.«

Ahren nickte und sprang an einem der niedrigen Gebäude hoch, während sie gen Süden gingen. »Ich halte uns den Rücken von den Dächern aus frei«, sagte er und nahm *Fisiniell* zur Hand. Der Bogen war mühsam auf alt getrimmt worden, aber der Waldläufer war sich im Klaren, dass der erste verschossene Pfeil die besondere Natur der Waffe offenbaren würde, also nahm er sich vor, nur im äußersten Notfall zu schießen.

»Ich begleite dich«, sagte Khara und Muai grollte zustimmend. Sowohl die Schwertmeisterin als auch die verzauberte Großkatze war binnen Herzschlägen neben ihm und der Paladin nickte dankbar, dass die beiden sich um jeden kümmern würden, der ihnen zu nahe kam. Schon jetzt sah er viele Gestalten über die Dächer huschen, namenlos und verstohlen, jede von ihnen gefangen in den Notwendigkeiten ihrer anrüchigen Geschäfte. Er hoffte nur, dass keine dieser Unternehmungen ihnen galt. Was ihm Hoffnung machte, war die Tatsache, dass er, Khara und Muai großräumig umgangen wurden, wann immer das Trio erblickt wurde.

»Weg da«, hörte Ahren von unten Trogadon knurren. »Hier will niemand Rauchwurz kaufen.«

Ahren blickte neugierig hinunter und sah gerade noch, wie eine dürre, ältere Frau dem Zwerg eine unflätige Geste hinterherschickte und dann in einem der Bretterverschläge verschwand.

»Sei froh«, sagte Jelninolan steif. »Ich bekomme ganz andere Fragen gestellt.« Sie seufzte bitterlich. »Was habe ich mir nur dabei gedacht, dieses verfluchte Mieder wieder anzuziehen?«

Ahren kannte die Antwort, so wie alle anderen seiner Gefährten auch, aber keiner sprach sie aus: Jede falsche Fährte half ihnen dabei, unerkannt zu bleiben, und Jelninolan Sturmweberin in einem Mieder war ebenso irreführend wie Khara als gefallene Schwertmeisterin. Zur Überraschung des Paladins sah er auf ihrem Weg nach Süden so manchen Passanten, der die Kriegernadel falsch herum trug.

»Hier sind aber viele Krieger aus dem Ewigen Reich«, flüsterte er Khara zu und die schnaubte verächtlich.

»Es gibt zahlreiche Regeln in Kochans Reich und Gol-Konar verspricht Erlösung von ihnen allen – selbst von denen, die die pure Menschlichkeit gebieten«, antwortete sie leise. »Und die Bezahlung der Dienste eines Nadelträgers soll üppig sein.«

Zusammen mit Khara und Muai sprang und kletterte Ahren über die Dächer der Stadt, stets ein Auge auf die umliegenden Schatten und Kamine gerichtet, während das andere die Kanäle und Gassen unter ihnen im Blick behielt, in denen ihre Freunde liefen. »Da vorne«, murmelte Ahren nach einer Weile und sein Kinn zuckte in Richtung einer breiten Brücke über einem großen Kanal, der anscheinend so etwas wie eine Grenze zwischen zwei Stadtteilen darstellte. »Bilde ich mir das nur ein, oder sieht diese Gruppe aus, als würde sie auf Lanlion warten?«

Khara duckte sich tief hinunter und starrte in die angegebene Richtung. »Die in den roten Hosen?«, fragte sie.

Ahren nickte. Mehr als ein Dutzend Halsabschneider lungerten auf einer ausladenden, einst weißen Brücke aus Stein herum, die sich nur hier und da noch an ihre ursprüngliche Farbe klammerte, die wie das Weiß fahler Knochen aus dem schmuddeligen, rußigen Grau herausstach, in das die Brücke nun gehüllt war. Das Wasser des breiten, dunklen Kanals floss unter dieser etwa zwanzig Schritt langen und zehn

Schritt breiten Brücke hindurch, die das Niemandsviertel vom zentralen Teil Gol-Konars trennte. Wo im Norden Holz und grauer Stein vorherrschten, wirkte das Zentrum mit seinen prunkvolleren, höheren Häuser um einiges reicher. Nichts, was Ahren gestern beim Abstieg ins Auge gesprungen wäre, aber im Gegensatz zu den gedrungenen Bauwerken im Norden waren jene, die nun vor ihnen lagen, von einer schlichten, zwei- bis dreistöckigen Eleganz, die im Kontrast zu den zwielichtigen Gestalten stand, welche sich, verlotterten Grenzwachen gleich, auf der Brücke tummelten.

»Ärger voraus«, rief Ahren leise, und der Blutleere nickte gelassen.

»Ich habe sie und ihre lauernden Blicke schon gesehen«, sagte er ruhig. »Finden wir heraus, was sie von uns wollen.«

»Bist du sicher?«, zischte Falk leise. »So wie die dreinschauen, riecht das nach einem Kampf.«

»Normalerweise würden wir ihnen aus dem Weg gehen«, sagte Lanlion in bestimmtem Ton. »Ein Blutleerer und seine abgebrühten Schergen jedoch, würden die Gelegenheit nutzen, öffentlich ein Exempel zu statuieren.«

»Lanlion«, sagte Jelninolan mahnend. »Blut zu vergießen, liegt nicht in unserer Absicht.«

»Lieber jetzt ein wenig, als später ungewollt viel«, sprang Uldini dem bleichen Paladin unerwartet bei.

»Außerdem haben wir keine große Wahl«, sagte Lanlion ruhig. »Oder gibt es einen Weg, diesen Halunken diskret auszuweichen?« Bei diesen Worten sah er zu Ahren hinauf.

Der schüttelte den Kopf. »So, wie ich das sehe, ist diese Brücke absichtlich eine Art Engpass«, sagte er, nachdem er sich, die Alternativen prüfend, umgesehen hatte.

»Dieser Kanal umschließt das Zentrum Gol-Konars zur Gänze«, warf Salman mit gedämpfter Stimme ein. »Es ist nur über vier Brücken zu erreichen, die die einzelnen Viertel jeweils mit dem Zentrum verbinden.«

»Erstaunlich strukturiert für eine derart chaotische Stadt«, warf Khara ein.

»Gab es diese großen Brücken immer schon?«, fragte Ahren, dem ein Verdacht kam.

Falk schüttelte den Kopf. »Früher war hier alles viel improvisierter. Wie ein Haufen Feldlager, die per Zufall in derselben Klamm aufgeschlagen worden waren.«

»Wetten, das Anlegen großer Kanäle und Engpässe durch strategisch platzierte Brücken ist noch so eine Idee von Reik?«, flüstere Ahren Khara seine Annahme zu.

Sie legte nachdenklich den Kopf schief. »Du denkst, er verwandelt die Stadt mehr und mehr in eine Festung«, sagte sie schließlich und er nickte.

»Unser Banditenhäuptling hat vielleicht größere Ambitionen, als nur einem Haufen Halsabschneider zu sagen, wen sie wann überfallen sollen«, mutmaßte er leise. »All diese Regeln und Neuerungen in der Stadt, dann diese Neuankömmlinge und Wesen, von denen die Wirtin der *Fünfzig Sünden* erzählt hat … Reik plant doch irgendetwas.«

»Wir kennen den Mann nicht«, ermahnte ihn Khara. »Pass auf, dass du nicht zu viel in unsere Beobachtungen hineindeutest.«

Ahren nickte zustimmend, merkte sich seinen Verdacht jedoch für später. In dieser Stadt ging etwas vor sich und er würde sich nicht wohl in seiner Haut fühlen, bis er wusste, was es war.

13. Kapitel

Ahren und Khara sahen, wie die Körpersprache der Männer und Frauen auf der Brücke sich veränderte: hier eine geballte Faust, dort ein leichtes Verlagern des Körpergewichts, Hände, die unter langen, weiten Umhängen verschwanden.

»Die machen sich kampfbereit«, flüsterte Khara.

Ahren überlegte kurz. »Klettern wir hinunter zu den anderen«, sagte er schließlich »Wenn ich *Fisiniell* derart öffentlich einsetze, wird das unserer Tarnung schaden, und du und Muai könnt auf einem Dach eh nichts für unsere Freunde tun, wenn die erst mal auf dieser Brücke stehen.«

Khara nickte, und so liefen die drei wenige Herzschläge später neben den restlichen Gefährten auf die offensichtliche Falle zu.

Lanlion zog seinen schwarzen Zweihänder, kaum dass sein Fuß den ersten schmutzig-weißen Stein der Brücke berührt hatte, und Ahren und seine Freunde nahmen ebenfalls ihre Waffen zur Hand und folgten ihm dicht auf den Fersen, wobei sie sich auf die gesamte Breite der Brücke aufteilten und dabei die fremde Gruppe taxierten, die ihnen den Weg über das steinerne Halbrund versperrte. Der Waldläufer hielt seine Windklinge dicht am Körper und verbarg sich zwischen den anderen, denn ein Blutschuldner von den Eisinseln mit einer Waffe aus dem Ewigen Reich war exotisch genug, um aufzufallen. Auch wenn er hier wohl nicht die Hauptattraktion war.

Kaum hatte er diesen Gedanken gefasst, sprang Culhen auch schon neben Lanlion und stieß ein langes, lautes Heulen aus, das sicher noch im Hafen der Stadt zu Schweißperlen auf angstverzerrten Gesichtern führte. Der Wolf bleckte seine Zähne und ließ seinen Speichel ungehindert seine Lefzen hinabrinnen, so als könne er vor lauter Gier auf Menschenfleisch den Befehl seines dunklen Meisters kaum abwarten.

Das ist kein großer Trick, erklärte Culhen mürrisch in Ahrens Gedanken. *Ich habe wahnsinnigen Hunger!*

Lanlion hatte sich seinen Zweihänder geradezu lässig über eine

Schulter gelegt und hielt ihn dort mit einer Hand in Balance, während er mit der anderen Culhen einen Wink gab. »Lass uns erst mit ihnen reden, du Töle«, sagte er kalt. »Ich bin noch satt und mir gelüstet es nicht nach einem Frühstück.« Dabei bleckte der Blutleere seine Zähne in einem breiten, gefühllosen Grinsen.

Die Gruppe in den roten Hosen wich geschlossen einen Schritt zurück, und selbst Ahren fiel es schwer, sich zu entscheiden, ob nun der riesige schwarz-rote Wolf oder der Blutleere unheimlicher erschien.

In dem Moment trat Falk neben Lanlion, seinen Schild erhoben, das Breitschwert in der anderen Hand und auch Trogadon gesellte sich mit seinem Hammer dazu. Khara stellte sich mit deutlichem Abstand neben den Zwerg, damit sie und er Platz für den Einsatz ihrer Waffen hatten, und begann ihre Klingen träge kreisen zu lassen. Ahren schlurfte an die linke Ecke der so geschaffenen Verteidigungslinie, die Windklinge noch immer so gut es ging hinter seinem Rücken verborgen. Dann drehte er sich kurz zu Jelninolan und Hakanu um, der Anstalten machte, sich ebenfalls einzureihen.

»Bewacht die Sklaven«, raunzte er die zwei mit rauer Stimme an und deutete mit dem Kinn auf Uldini und Salman. »Wir brauchen hier nicht lange.« Er ignorierte Hakanus schmollenden Blick und fixierte wieder ihre Gegner.

Muai kletterte unterdessen auf die niedrige steinerne Brüstung der Brücke und fixierte eine der wartenden Gestalten mit einem Blick, der einen schmerzhaften Tod versprach. So belauerten sich die beiden Gruppen einige Herzschläge lang schweigend, die Schläger auf dem westlichen Teil der Brücke, Ahren und seine Freunde auf dem östlichen Teil.

»Es heißt, Gol-Konar sei eine Stadt voller Schurken«, rief Lanlion in gelangweiltem Ton. »Aber euren Hinterhalt könnte man selbst von der Klamm aus erkennen. Geht aus dem Weg oder tragt die Konsequenzen.«

Ein Mann mit einer schäbigen Ledergugel auf dem Kopf schob sich einen Fußbreit aus der Masse seiner Kumpane heraus und hob eine unbewaffnete Hand, die andere hielt er jedoch in seinem Wams verborgen. »Wir sind hier, um eine Einladung auszusprechen«, sagte er mit einer Stimme wie ein Türknarzen in finsterer Nacht. Ahren vermutete, der Kerl war nur deshalb der Sprecher der Gruppe, weil seine Stimmlage so einschüchternd wirkte. »Und was unsere Fähigkeiten eines Hinterhalts angeht …«, sagte der Scherge und stieß einen Pfiff aus. Sofort kam Bewegung in die Häuserfront hinter den Gefährten, wo aus mehreren Türen der teils schäbigen Baracken über fünfzehn weitere Halunken heraustraten und hinter Ahren und seinen Freunden Stellung bezogen.

Ahren, Khara und Trogadon reagierten umgehend, indem sie sich umpositionierten, bis Jelninolan, Uldini und Salman von allen Seiten abgeschirmt wurden. Dann tauchte eine in rote Roben gehüllte Gestalt auf dem Dach eines der Häuser auf, die am westlichen Ufer des Kanals standen.

»Eine Kampfmagierin«, zischte Uldini in dem Durcheinander. »Schaltet sie zuerst aus oder es wird ungemütlich.«

Ahrens Augen zuckten fieberhaft hin und her, von der Bedrohung vor ihm zu der Bedrohung hinter ihm und jener über ihm. Links und rechts des Kanals hatte sich bereits eine beträchtliche Zuschauerzahl angesammelt, die in respektvollem Abstand dastanden und auf ein blutiges Spektakel und schnelle Beute hofften. Selbst einige kleine Boote schaukelten im Kanal, voll mit habgierigen Plünderern, die bereit waren, sich ausgiebig um die Habseligkeiten derjenigen zu kümmern, die von der Brücke stürzten, ob nun tot oder lebendig. »Wenn wir wirklich kämpfen müssen, dann schnell und mit größtmöglicher Schockwirkung«, raunte er in die Runde. »Andernfalls müssen wir hinterher auch noch mit den Aasgeiern fertig werden, die in uns leichte Opfer sehen.«

»Versuch, uns hier rauszureden«, hörte er Falk Lanlion zuflüstern, und Ahren teilte seine Sinne mit Culhen, sodass er und der Wolf beide Seiten des Hinterhalts im Blick behalten konnten. Die Kampfmagierin auf dem Dach begann mit langsamen Handbewegungen einen Zauber zu wirken, woraufhin zwischen ihren Fingern die Luft ganz leicht zu flackern begann wie in der Sommersonne.

»Eine Aufschneiderin«, schnaubte Uldini leise, »mit minimalem Talent, sonst würde sie den einen Zauber, den sie beherrscht, schneller aufbauen können.«

»Also ich bin froh darüber«, raunte Jelninolan, aber bevor die Elfe noch mehr sagen konnte, ertönte Lanlions laute Stimme.

»Das ist beileibe die seltsamste Einladung, die mir jemals überbracht wurde«, rief er zu dem Sprecher der Halunken hinüber. »Sag mir, Laufbursche, für wen lungert ihr auf Brücken herum und belästigt hart arbeitende Söldner?«

»Vorsicht«, zischte Falk hinter seinem erhobenen Schild. »Wenn du ihn zu sehr reizt, könnte sein Stolz ihn zu Dummheiten verleiten.«

»Und wenn wir schwach erscheinen, bricht auf jeden Fall ein Kampf aus«, presste Lanlion hervor.

»Ihr werdet mir zu unserem Anführer, dem Roten Fluss, folgen«, erwiderte der Mann großspurig. »Denn er hat nach Eurer Anwesenheit verlangt.«

»Kenn ich nicht«, sagte Lanlion gelangweilt, was den Sprecher sichtlich verunsicherte.

»Der Rote Fluss steht der größten Meuchlergilde in Gol-Konar vor«, sagte der Mann mit der knarzenden Stimme nach einigen Herzschlägen der Überraschung. »Die Zahl seiner Opfer ist so enorm, dass deren Blut einen eigenen Fluss bilden würde.« Dabei deutete er auf seine passend gefärbte Hose hinab.

»Wie einfallslos«, höhnte Lanlion mit lauter Stimme. »Hofft der Rote Fluss, irgendwann im Blutroten Palast zu wohnen, und raubt ihm deswegen seinen halben Namen? Und wozu diese albernen Hosen? Warum auf Höhe der Taille aufhören? Es wäre doch so viel eindrucksvoller, wenn euch das Blut eurer Opfer bis zum Hals stehen würde.« Lanlion lächelte wieder sein Raubtiergrinsen und seine Stimme sank auf Grabestiefe hinab, tiefer, als es der Stimme eines Lebenden möglich war. »Dabei ist es genau andersherum«, grollte er. »Wahre Furcht verspüren die Leute erst, wenn kein Blut mehr da ist, das fortfließen kann.«

Brr, ist mir kalt, ließ Culhen sich vernehmen. *Lanlion trägt ganz schön dick auf.*

Die Worte des Blutleeren hinterließen anscheinend einen gewissen Eindruck, denn auch wenn sich das Gesicht des fremden Sprechers unter Lanlions Hohn dunkel vor Wut färbte, zögerte er doch mit dem Angriffsbefehl. Ahren sah, wie der Mann all seinen Mut sammelte und sich mit purer Berechnung in den Augen umsah. Sein Rücken streckte sich stolz durch, sein Gesicht nahm einen arroganten Zug an – und

Ahren verstand, noch bevor der Mann sprach. Bestimmt einhundert Gaffer hatten sich an den Ufern des Kanals versammelt, der Meuchler konnte sich keine Blöße geben.

»Wappnet euch«, flüsterte der Waldläufer noch in die Runde, als auch schon der unvermeidliche Ruf ertönte.

»Schnappt sie euch«, bellte der Sprecher, und sofort setzten sich die Schergen der Meuchlergilde in Bewegung, während krumme Messer, schlanke Wurfdolche und dünne Stilette in ihren Händen auftauchten.

Als Ahren die geübten Bewegungen erfahrener Mörder erkannte, schluckte er nervös. Dies hier würde kein einfacher Kampf werden.

Dann hob die Magierin ihre Hände über den Kopf, zwischen ihren Fingern schwebte ein kleiner lodernder Feuerball.

»Der Zauber …«, rief Ahren atemlos, als er sah, wie ein Speer durch Culhens Blickfeld flog. Reflexartig sah er sich um.

Hakanu stand in einer Pose äußerster Anstrengung da, die Augen fest auf seine Waffe gerichtet, die er soeben fortgeschleudert hatte und die die Distanz bis zur gut fünfzig Schritt entfernten Magierin in Windeseile überwand. Diese machte ein überraschtes Gesicht, als das Wurfgeschoss weder langsamer wurde noch sich wie ein normaler Speer absenkte, und als sie Anstalten machte zu reagieren, war es bereits zu spät. Mit einem dumpfen Aufprall beendete Hakanus Wurfwaffe sowohl den Zauber als auch das Leben der Schurkin, die wie ein nasser Sack in sich zusammenfiel.

»Ahren!«, warnte ihn Khara neben sich, und fluchend wirbelte der Paladin herum. Die Halsabschneider vor und hinter ihm hatten nicht wie er den Flug der Waffe verfolgt, sondern mit lauerndem Blick und kalten Herzen die wenigen Schritt zu ihrer Beute zurückgelegt, wo sie nun auf breiter Front von beiden Seiten angriffen. Schon waren Falk, Trogadon, Lanlion und Khara sowie sämtliche Vertrautentiere in Scharmützel verwickelt. Selbst der jaulende Kamaluq wurde nicht verschont und verschwand augenblicklich in einem grellen Lichtblitz.

Ahren nahm nur verschwommene Eindrücke von Culhen war, während er sich der Angriffe dreier Meuchler erwehrte, die erschreckend gut zusammenarbeiteten und auf jede seiner Bewegungen als Einheit reagierten. Parierte er links einen Dolchstoß, flog von rechts ein Wurfmesser heran, während gleichzeitig von hinten eine weitere

Klinge auf ihn einstach. Die Gegner waren flink und unerschrocken, und hätte Ahren nicht seine Bänderrüstung unter der weiten Kleidung getragen, so wäre er nach wenigen Herzschlägen tot gewesen. Er nutzte die Überraschung der drei, als ihre Attacken aufgrund der verborgenen Panzerung nicht das erwartete Ergebnis erzielten, und entledigte sich des Mannes, dessen Waffe er pariert hatte, mit einem schnellen, entschlossenen Streich, während er gleichzeitig auf die Messerwerferin zu seiner Rechten zutrat.

Aus den Augenwinkeln sah er Khara ihre blutige Kunst vollführen. Die Schwertmeisterin profitierte dabei, ebenso wie er, von dem unerwarteten Schutz ihrer Robe und nutzte jedes Zögern ihrer Gegner gnadenlos aus.

Während Ahren der Dolchwerferin nachstellte, bevor diese eine weitere Waffe ziehen konnte, sah er durch Culhens Augen, dass sein Wolf grausige Ernte unter den Meuchlern hielt, dabei jedoch auch einen hohen Preis zahlte. Die gedungenen Mörder zielten auf die Schwachstellen des Wolfes und stachen nach seinen Augen, seinen Gelenken oder nach dem Bauch des Tieres. Culhen hatte seine liebe Mühe, Kopf und Hals vor den Attacken zu schützen, und blutete aus einem halben Dutzend Wunden im weichen Unterleib, was Ahrens Wut hochkochen ließ. Während er sah, wie Lanlion mit weit ausholenden Schwüngen seines Zweihänders einen Meuchler nach dem anderen von der Brücke fegte – die wenigsten von ihnen waren noch in einem Stück –, beschränkten sich Falk und Trogadon auf die schwierige Aufgabe, dafür zu sorgen, dass keiner der Angreifer einem der Gefährten in den Rücken fiel, indem die beiden den anderen Kämpfenden mit Hammer, Schwert und Schild Raum zum Manövrieren verschafften.

Muai sprang indes von Meuchler zu Meuchler und genoss sichtlich, dass sie regelmäßig unterschätzt wurde. Mit Pranke oder beherztem Biss entschied sie etliche Zweikämpfe für sich und ließ dabei mehr als einmal überrascht ins Leere starrende Schurken zurück, die nicht mit einer Katze gerechnet hatten, die dreimal mehr Kraft und Gewicht aufwies, als ihr Erscheinungsbild suggerierte.

Ahrens eigene Bemühungen waren hingegen weniger erfolgreich, denn seine momentane Kontrahentin spielte mit ihm Katz und Maus, während der ihr helfende Messerstecher jede von Ahrens Bewegungen ausnutzte, um mit gemeinen Attacken auf Kopf und Hals des Paladins zu zielen. Als Ahren endlich glaubte, die Frau, die erneut zwei Wurfmesser in Händen hielt, in die Ecke manövriert zu haben, spürte er einen Dolchstoß in seinem Rücken, der aufwärts über die Panzerung glitt und unweigerlich Ahrens ungeschützten Nacken aufschlitzen würde! In dem Moment setzte die Frau vor ihm mit einem bösen Grinsen zu einem Doppelwurf an und Ahren wurde klar, dass er in der Falle saß. Einer der beiden Meuchler würde ihn schwer verletzen, deshalb blieb dem Waldläufer nur noch die Wahl, wen von den zweien er mit zu Boden nehmen wollte.

Ein dumpfes Stöhnen ertönte plötzlich hinter ihm und der Blick der Frau vor ihm zeigte leichte Verunsicherung. Ahren handelte sofort. Er ließ sich vorwärtsfallen und riss einen Arm vor sein Gesicht, um die beiden heranfliegenden Wurfdolche abzuwehren, während er seine Klinge blind nach oben zog. Ein Gurgeln und ein darauffolgendes Klatschen verrieten ihm, das er sein Ziel getroffen hatte und die Frau in den Kanal gefallen war. Ahren drehte sich noch im Aufrichten aus der Rolle um die eigene Achse, um zu prüfen, was in seinem Rücken vorgefallen war. Dabei sah er Hakanu, der den Dolchschwinger, der Ahren von hinten bedroht hatte, mit seinem Speer durchbohrt hatte und den Toten auf seiner Waffe nun mit einem versteinerten Gesichtsausdruck ansah. Der Junge konnte seinen Blick nicht von den Augen des Leichnams lösen, die ihn anklagend anstarrten.

Ahren kam aus seiner Rolle heraus auf die Füße und war im nächsten Moment neben seinem Schützling. »Danke«, sagte er keuchend. »Du hast mich vor großem Schaden bewahrt.«

Hakanu reagierte nicht, blinzelte nicht einmal. Seine ganze Welt schien nur aus dem von seinem Speer aufgespießten Toten zu bestehen. Ein Fluchen unterdrückend schlug Ahren nach einem Meuchler, der den wie versteinert dastehenden Lehrling niedermachen wollte, und dann rüttelte der Waldläufer Hakanu mit der freien Hand an der Schulter. »Wir sterbenr, wenn wir nicht kämpfen«, raunte er dem Knaben zu. »Ich weiß, das Gefühl zu töten, ist schrecklich, aber du musst jetzt kämpfen, Hakanu. Wir brauchen dich hier. Ich brauche dich hier.«

Endlich drehte Hakanu den Kopf, während Ahren einen weiteren Dolchwurf auf den Jungen mit seinem eigenen Körper abwehrte. Die

Klinge prallte von Ahrens gepanzertem Rücken ab, woraufhin der Waldläufer ungehalten grunzte und den Angreifer nach einer präzisen Pirouette mit einem blitzschnellen, überraschenden Ausfallschritt ausschaltete. Dann richtete er seine Aufmerksamkeit wieder auf Hakanu.

»Heldentaten gehen leider meist mit Blutvergießen einher«, appellierte er an die heroische Ader des Jungen. »Nur die edelsten Helden kommen ohne eine gezogene Klinge aus.« Ahren deutete auf Salman, Uldini und Jelninolan. »Kämpfe für die, die sich nicht wehren können oder dürfen.«

Jetzt erwachten die Züge des Knaben vollends wieder zum Leben und er ließ seinen toten Gegner endlich von seinem Speer zu Boden gleiten. »Für die Schutzlosen«, murmelte er wie zu sich selbst, und im nächsten Moment schleuderte er seinen Speer mit einem Wutschrei auf einen Schurken, der bis zu Jelninolan vorgedrungen war und beinahe auf sie eingestochen hätte. Der Wurf war gut gezielt und die Bedrohung schnell beendet. Als Hakanu seine Waffe mit einer schnellen Handbewegung zurück in seine wartenden Finger fliegen ließ, war Ahren überzeugt, dass sein Schützling die grausige Erfahrung eines Zweikampfes auf Leben und Tod überstehen würde. Ein kurzer Rundumblick sagte ihm, dass er und seine Freunde diesen Konflikt zu ihren Gunsten entschieden, auch wenn kaum einer von ihnen ohne eine Verwundung daraus hervorging. Und die Aasgeier kreisten schon.

Aus den Augenwinkeln sah er, wie die Zuschauer langsam näher rückten, hier und dort bereits mit einer Waffe in der Hand. Kaum hatte Lanlion den letzten Angreifer kurzerhand über die Brüstung in den Kanal geworfen, als auch schon die ersten Messer und Pfeile aus Richtung der sie umringenden Plünderer geflogen kamen.

»Wir waren zu langsam und sind zu stark angeschlagen«, keuchte Khara, die sich mit einer Hand eine Schnittwunde am Halsansatz abdrückte. Ihre Wisperklinge lag vor ihr auf dem blutverschmierten Stein der Brücke.

»Diese verdammten Halsabschneider haben wirklich tückisch gekämpft«, murmelte Trogadon und zog sich mit einem Stöhnen einen Dolch aus seinem linken Handrücken.

»Sie hatten mehr Angst vor ihrem Anführer als vor einem Tod auf dieser Brücke«, sagte Falk. »Das bedeutet nichts Gutes. Dieser Rote

Fluss wird uns bestimmt nicht einfach so ziehen lassen, nachdem wir seine Einladung derart blutig ausgeschlagen haben.«

»Wir müssen hier weg«, drängte Khara. »Irgendwo hin, wo wir Deckung haben und uns besser verteidigen können.«

Noch ein Pfeil zischte nur knapp an ihnen vorbei, und Salman kniete bereits bibbernd auf dem Boden, um ein möglichst kleines Ziel abzugeben.

»Ich habe eine Idee«, sagte Lanlion und breitete die Arme aus. Nebel brach unter seinem Umhang und seiner schwarzen Rüstung hervor und verschlang in Windeseile die Brücke und Teile des Kanals. »Seht die Macht des Todes!«, brüllte er laut. »Ihr könnt gegen meine Gaben nicht bestehen!«

»Was hat er vor, Meister?«, flüsterte Hakanu irritiert, doch Ahren blieb ihm aufgrund seiner eigenen Ratlosigkeit eine Antwort schuldig.

»Uldini, Jelninolan, heilt uns!«, erklang in dem Moment Lanlions Stimme wie das Rascheln eines Raubtiers im Unterholz, überall und nirgendwo zugleich. »Jede Magie, die ihr in diesem Nebel wirkt, sollte hoffentlich mir zugeschrieben werden.«

»Keine Foki, die würden uns verraten«, raunte Uldini Jelninolan zu. »Nur pure, rohe Magie, auch wenn dies die Zauber kräfteraubender macht.«

»Wir sollten Lanlions Wolke zur Übertragung unseres Heilzaubers verwenden«, ertönte ihre Antwort. »Damit wird die Täuschung noch echter.«

»Das wird ein hartes Stück Arbeit«, stöhnte Uldini. »Schnell ans Werk, wir dürfen nicht zu lange zaubern, oder jeder halbwegs fähige Magier wird unsere Posse durchschauen.«

Dann setzte eine erwartungsvolle Stille ein, die nur von dem gelegentlichen Sirren eines geworfenen Dolches oder Pfeiles unterbrochen wurde.

»Runter«, zischte Ahren. »Gerade kann uns eh keiner sehen, also können wir uns auch verhalten wie Hasen im hohen Gras.« Er folgte seinem eigenen Ratschlag und ging tief in die Hocke, als Culhen sich beunruhigt in seine Gedanken drängte.

Lanlion … Ich glaube, er hat etwas mit einer der Leichen vor. Er riecht wieder so komisch fremd, warnte er Ahren.

Der fluchte unterdrückt und krabbelte über die glitschige, blutbesudelte Brücke vorwärts, in die Richtung, in der er seinen bleichen Freund vermutete. Immer wieder stieß er in dem dichten Nebel mit seinen Füßen gegen gefallene Meuchler und nur langsam gewöhnten sich seine Augen an den Zauber Lanlions, bis er schließlich eine Armlänge weit sehen konnte. Nach einer kleinen Ewigkeit fand er den anderen Paladin, der gerade dabei war, den Sprecher der Schurken in eine dunkle Umarmung zu schließen, die Fänge des Blutleeren weit entblößt. »Lanlion, nicht«, flüsterte Ahren heiser. »Wiederstehe dem Drang.«

»Sein Blut wird mich mächtiger machen«, ertönte die dunkle, fremdklingende Stimme seines Freundes. »Der Nebel könnte wirklich heilen, wenn ich mich auf dieser Brücke labe.« Das pure Verlangen in Lanlions Worten ließ Ahren erschaudern.

»Stößt du diese Tür jetzt nicht zu, dann bleibt sie für immer offen«, drängte Ahren seinen Freund. »Andernfalls wird der Lanlion, den wir kennen, lieben und dem wir vertrauen, für immer verschwinden.« Er suchte fieberhaft nach Argumenten, mit denen er Lanlion vom Abgrund jener verfluchten Gabe zurückzerren konnte. »Denk an die Götter. Wie willst du so jemals ihre Vergebung erlangen?«

Lanlion verharrte in seiner Bewegung, als hätten Ahrens Worte ihn in der Zeit eingefroren. »Ich …«, begann er zu wispern. »Es ist zu stark. Dieser Ruf …«

»Das Wasser«, sprach Ahren hastig weiter. »Du hast doch das Wasser der Göttin bei dir?« Behutsam kroch er näher an seinen Freund heran und legte ihm eine Hand auf den Arm, in der Hoffnung, dass die Wärme des Lebens in Ahrens Fleisch den Blutleeren daran erinnerte, wovon er sich mit seinem dunklen Durst weiter und weiter zu entfernen begann.

Der bleiche Paladin erschauderte unter der Berührung Ahrens und stieß mit einem leisen Knurren die Leiche in seinen Armen von sich. Dann riss er die Feldflasche mit dem Wasser des *Onasthil* von seinem Gürtel und nahm einen großen Schluck. Ein Zittern durchlief Lanlions Körper, das Ahren durch seine Hand bis ins Mark spürte. Einer Eingebung folgend konzentrierte er sich auf die Drei, die ihnen ihre übermenschliche Aufgabe gestellt hatten, und schloss die Augen.

»Paladinim theos duralas«, flüsterte er, und plötzlich war ihm, als wären Lanlion und er von drei überlebensgroßen Schemen im Nebel umgeben, die auf sie herabblickten und eine wilde Hoffnung in Ahren erweckten. »Götter, seht Eure Paladine«, wisperte Ahren drängend jenen uralten Schlachtruf, der ihm in diesem Moment wie Stoßgebet und Hilfeschrei in einem vorkam. So wie sonst die Streiter der Götter ihre Hände auf die Schulter ihrer Brüder und Schwestern legten, um sich gegenseitig Kraft und Trost zu spenden, so griffen nun die drei körperlosen Umrisse aus geträumter Macht und verschlafenen Erinnerungen hinab und berührten den sich aufbäumenden Lanlion an dessen Schultern. Ahren spürte voller Ehrfurcht ein Vibrieren in seiner Hand, wie der flüchtige Flügelschlag eines winzigen, exotischen Vogels, der nicht einmal einen Herzschlag lang anhielt. Dann waren die drei Schemen fort.

Sowohl Ahren als auch Lanlion sackten erschüttert in sich zusammen. Hier, auf dieser dreckverschmierten, blutbesudelten Brücke inmitten des schlimmsten Abschaums der Menschheit war ein Gebet erhört und eine Seele gerettet worden. Ahren sah Lanlion in die Augen, in denen für einen kurzen Moment ein silbriges Licht aufglomm, das wie der Samen eines Versprechens in der Tiefe des Blutleeren versank und schließlich erlosch.

Wortlos erhoben sich die beiden und erst jetzt bemerkte der benommene Ahren, dessen Welt sich langsam wieder weitete, so als würde er den Kopf aus einem tiefen Teich recken, dass sie nicht länger unter Beschuss standen und die Blessuren und Schnitte, die er in diesem Kampf davongetragen hatte, verschwunden waren.

»Wir sind fertig mit der Heilung«, raunte Uldini. Offensichtlich hatte außer Ahren und Lanlion niemand etwas von dem seltsamen Besuch mitbekommen. »Wenn du willst, kannst du den Nebel jetzt auflösen.«

»Einen Moment«, sagte Lanlion mit schwacher Stimme und schenkte Ahren noch ein Lächeln, das nur sie beide teilten.

Was ist geschehen?, fragte Culhen. *Für einige Herzschläge konnte ich dich nicht spüren.*

Ahren sandte ihm anstelle von Worten die Erinnerungen an jene kostbaren Momente im Nebel.

Oh, machte der Wolf überrascht. *Oh*, wiederholte er sich, diesmal jedoch enttäuscht. *Die Götter hätten ja auch ruhig mal an ihren treuen Wolf denken können.*

Sie wussten wohl, dass du keine Hilfe brauchst, tröstete er seinen Freund mit einem Lächeln. *Und am besten behalten wir diesen Besuch für uns. Uldini wird nämlich mit jedem Mal, bei dem die Götter ihn außen vor lassen, grummeliger.*

»Steht auf und steht stolz«, sagte Lanlion, und Ahren wusste, dass der bleiche Paladin ebenso zu sich selbst wie zu seinen Gefährten sprach. »Ich werde nun den Nebel lichten, der uns schon zu lange umgibt.«

Ahren lächelte in sich hinein. Die schnörkelige Sprache des Blutleeren war ein deutliches Zeichen dafür, dass dieser sich wieder gefangen hatte. Dann richtete der Waldläufer sich auf, seine Windklinge quer vor seiner Brust erhoben. »Lasst sie sehen und staunen, was unser Herr zu tun vermag«, rief er mit Donnerstimme ins Grau hinaus. Umgehend löste sich der Nebel unter Lanlions Herrschaft auf, und mit Genugtuung erblickte Ahren Dutzende verblüffte Gesichter, die ihn und seine Freunde verwundert anstarrten.

Aufrecht und unverletzt standen sie auf der Brücke, kampfbereit und voller Tatendrang. Kein Blutstropfen war mehr auf dem Stein der Brücke, an den umherliegenden Leichen oder der Kleidung der Gefährten zu sehen und jeder Außenstehende musste denken, dass Lanlion das kostbare Nass im Schutz des Nebels in sich aufgesogen hatte. Ahrens geschulter Blick erkannte jedoch die wallenden roten Schwaden im Wasser des Kanals und das feuchte Glitzern nassen Steins. Er sah kurz zu Jelninolan hinüber, die ihm ein Augenzwinkern schenkte.

Indessen zog sich die Meute aus Gaffern und beutegierigen Opportunisten vorsichtig zurück und Waffen verschwanden wieder unter weiten Mänteln und verschlissenen Umhängen. Wie Ratten, die in den kleinsten Spalten eines Hauses verschwinden konnten, löste sich die Menge über enge Gassen, hastig geöffnete Türen und eilig erklommene Dächer in Luft auf, bis nur noch einige wenige hart gesottene Gestalten Ahren und seine Freunde aus weiter Entfernung beobachteten.

»Irgendwie unheimlich«, sagte Trogadon. »Furcht und Gewalt wohnen in diesen Straßen ungewöhnlich nahe beieinander.«

»Wer das eine meistert, dem folgt das andere nach«, sagte Falk grimmig und steckte seine Waffe weg, ließ seinen Schild jedoch weiterhin um seinen Arm geschnallt. Er spie aus, sein Gesicht eine Maske des Abscheus. »Kommt, lasst uns weitergehen. Es wartet noch ein weiterer götterverlassener Ort auf uns.«

»Du irrst. Die DREI sind überall zu finden«, sagte Lanlion, ohne dabei in Ahrens Richtung zu schauen. »Manchmal sind sie in der von uns selbst erschaffenen Finsternis nur schwer zu sehen.« Dann zog Lanlion sich seine Kapuze über den Kopf und führte die Gruppe weiter nach Süden, ins Herz dieser düsteren Stadt hinein.

Ahren folgte ihm und konnte sich eines Hochgefühls in seiner Brust nicht erwehren, als er jene Steine überquerte, auf denen er eben noch mit Lanlion gekniet und die Gnade der Götter erfahren hatte.

Der Fleischmarkt präsentierte sich ihnen ebenso trostlos und grausam, wie Ahren ihn sich vorgestellt hatte, wenn auch weniger groß als befürchtet.

Im gepflasterten Boden eines runden Platzes tat sich ein Loch von vielleicht dreißig Schritt Durchmesser auf, an dessen Rand klapprige Holzstege und wackelige Leitern in die Tiefe führten. Diese schlängelten sich vorbei an in den Wänden eingelassenen großen Käfigen und blakenden, rußigen Fackeln bis zum Grund des Schachts, den Ahren auf gute zwanzig Schritt Tiefe schätzte. Ihm war, als wolle selbst Gol-Konar jenes verabscheuungswürdige Geschäft der Sklaverei im Verborgenen abwickeln und hätte es deswegen in die Tiefen der Erde verbannt. Der wahre Grund war pragmatischer und bedeutend herzloser.

»Seht ihr, was ich sehe?«, brummte Falk leise und deutete auf die zwei Kanäle, die das Loch im Boden einfassten und die man über zwei ausladende Brücken überqueren konnte. »Die gab es damals schon, als der Fleischmarkt eine Insel inmitten des ursprünglichen Stroms war, der Gol-Konar einst teilte. Beide sind mit einem versteckten Ablauf versehen, der in den Sklavenmarkt führt. Sollte es zu einem Aufstand der Gefangenen kommen, wird das Loch einfach geflutet.«

»Das ist das Widerlichste, was ich je gehört habe«, empörte sich Hakanu, und Ahren runzelte die Stirn, einen scharfen Blick auf seinen Lehrling gerichtet.

»Ich stimme dir zu, aber mäßige deine Stimme«, raunte er. »Wir werden uns gleich nichts anmerken lassen dürfen oder wir landen vielleicht ebenfalls in diesen Käfigen.« Hakanu nickte, doch seine Augen loderten unverwandt vor unterdrücktem Zorn. Ahren konnte es ihm nicht verdenken. »Zieh deine Kapuze über«, sagte Ahren und verbarg dann sein eigenes Gesicht. »Dann sieht man dir deine Wut nicht so leicht an.«

»Jelninolan und ich bleiben hier oben«, nuschelte Uldini. »Wir sind von der brachialen Heilung auf der Brücke noch zu angeschlagen und haben unsere Gefühle nicht so recht im Griff.« Die Elfe nickte lethargisch.

»Ich bewache die beiden und unseren korpulenten Freund hier«, sagte Trogadon und stellte seinen Hammer vor sich auf den Boden. »Wenn es Ärger gibt, seid ihr ja nur einige Schritt weit entfernt.«

Ich bleibe auch hier oben, sagte Culhen. *So können wir durch die Augen des jeweils anderen sehen, was wo passiert.* Als der Wolf sich neben Trogadon setzte, gesellte sich Muai zu ihm. Anscheinend traute die Tigerin den Planken des Fleischmarktes nicht zu, das Gewicht ihres verzauberten Körpers zu tragen.

»Vergesst nicht«, sagte Salman hinter vorgehaltener Hand. »Ihr müsst möglichst subtil nach Palnah fragen, um zu verhindern, dass die Sklavenhändler misstrauisch werden. Als ich das letzte Mal direkt auf sie zu sprechen kam, wurden mir diese Häscher hinterhergeschickt.«

»Also gut«, sagte Ahren nach kurzem Grübeln. Er glaubte, neben der Besorgnis in der Stimme des Händlers noch etwas anderes herausgehört zu haben, konnte aber nicht genau sagen, was. »Wir sind so schnell es geht wieder bei euch.«

Lanlion ging auf den nächstgelegenen hölzernen Steg zu, der in die Tiefe führte. Ahren, Falk, Hakanu und Khara folgten ihm, den neugierig schnüffelnden Kamaluq auf den Fersen. Die Luft roch klamm und muffig in dem großen Loch und hoffnungslos dreinblickende Gefangene, meist zu einem Dutzend oder mehr zusammengepfercht, sahen ihnen bei ihrem stummen Abstieg zu. Ahren fiel es schwer, dem Blick dieser Leute standzuhalten, die in ihnen Halsabschneider und potenzielle Käufer sahen. Er las Hass in den Augen vieler, Resignation in den Mienen einiger und ein stummes Flehen im Blick weniger. Soviel

Ahren erkennen konnte, waren überwiegend Matrosen aus dem Ewigen Reich in den großen Käfigen eingesperrt, und als der Paladin sich an die Kriegsberichte erinnerte, war ihm auch klar, warum. Gol-Konar plünderte seit Monden verstärkt die westlichen Seerouten, auf denen fast ausschließlich Schiffe des Ewigen Reiches fuhren.

»Meister«, flüsterte Hakanu heiser und deutete verstohlen auf einen Käfig. »Seht dort.«

Ahren blinzelte verstört, als er ein ausgemergeltes Kindergesicht sah, das ihn durch rostige Stäbe hindurch mit einem leeren Blick fixierte. Das Kind mochte vielleicht vier oder fünf Jahr jünger als sein Lehrling sein, der Kleidung nach, ein gefangengenommener Schiffsjunge. Alles in Ahren rebellierte dagegen, einfach an der schmächtigen Gestalt vorbeizugehen. Alles in ihm drängte ihn dazu, die Käfige aufzureißen und dem schäbigen Treiben in diesem dunklen Loch ein Ende zu setzen. Er tauschte einen Blick mit Khara und Hakanu aus und nickte ihnen entschlossen zu, ein stummes Versprechen, dass sie diese Leute nicht ihrem Schicksal überlassen würden. Dann machte er eine mahnende Geste, um die beiden zu beruhigen. Die Zeit zum Handeln würde kommen, aber nicht sofort. Falk sah ihrem Blickaustausch mit besorgtem Gesichtsausdruck zu, sagte aber nichts. Als die fünf schließlich am Boden des Loches ankamen, konnte Ahren sich einen Schulterblick zu dem eingesperrten Kind nicht verkneifen. Der verspielte Kamaluq war bei ihm sitzen geblieben und ließ sich durch die Gitterstäbe von dem jungen Sklaven streicheln.

Dieser Fuchs wird mal einer der Besten von uns, kommentierte Culhen die Szene gerührt, die er durch Ahrens Augen wahrnahm.

»Grüße«, erklang Lanlions Stimme, als er schließlich vor drei schäbig aussehenden Gestalten angekommen war, die am Grund des Lochs in festlichen Zelten schliefen. An diesem Ort verschwammen die Grenzen von Tag und Nacht wie überall in Gol-Konar. Die kleinen Rinnsale, die an den Käfigen von oben herabliefen und winzige Bäche auf dem Boden des Schachts bildeten, rannen in einen zentralen Abfluss. Das große Gitter war ein Mahnmal, das diese Grube jederzeit geflutet und später wieder trockengelegt werden konnte, sollten die Sklaven einen Aufstand wagen. Ahren zwang sein Gesicht zur Ruhe und glitt in das Pelneng, um seine Wut zu verbergen, bevor er mit respektvollem Abstand hinter Lanlion stehen blieb. Khara atmete neben ihm tief durch und er erkannte an ihren glatten Gesichtszügen und der regungslosen Miene, dass auch sie sich in jene Trance zurückgezogen hatte, die eine Zuflucht vor den eigenen Emotionen versprach.

Die drei angesprochenen Händler erhoben sich mürrisch und traten aus ihren Behausungen hervor, begleitet von im Schatten der Zelte verborgenen Wachen, neun an der Zahl. Alle trugen schwere Lederrüstungen und nägelbewehrte Knüppel an ihren breiten Gürteln. Ahren sah, dass je drei der Wachen zu einem Händler gehörten und dass die Dreiergrüppchen sich gegenseitig ebenso argwöhnisch im Auge behielten wie die Gäste des Fleischmarktes. Anscheinend galt auch hier das Recht des Stärkeren. Wer sich eine Blöße gab, war Freiwild.

Wenigstens bleibt Gol-Konar sich treu, dachte Ahren bitter.

»Feinste Sklaven für den Herren?«, fragte die feiste Frau zu ihrer Linken, die ein schlecht bemaltes Holzauge in ihrem runden Gesicht trug. Die Male an ihrem Hals gaben sie als jemanden zu erkennen, der ebenfalls lange Zeit ein Sklavenband getragen haben musste, und Ahren konnte kaum fassen, dass die Fremde nun selbst diesem grauslichen Geschäft nachging.

»Für meine Sklaven kann ich bürgen, aber die da hat nur Schund«, sagte der bärtige Mann in der Mitte, dessen sehnige, narbenübersäte Hände mit einer mehrschwänzigen Peitsche spielten. Ein düsteres Feuer brannte in seinem Blick, und Ahren vermutete, dass der Kerl seinem Beruf mit einer finsteren Leidenschaft nachging, was ihn innerlich zurückzucken ließ.

»Ihr seht wie jemand aus, der nach dem besten Preis sucht«, sagte der dürre Mann mit grauem Ziegenbart, der vor dem rechten Zelt stand. »Wenn ich Euren Zustand richtig interpretiere, dann benötigt Ihr die Sklaven nur … kurzzeitig.«

Bei diesen Worten sah der narbenübersäte Sklavenhändler in der Mitte Lanlion genauer an und wich dann fluchend zurück. »Ein Blutleerer!«, rief er aus und prompt bauten seine Schläger sich schützend vor ihm auf. »Das muss der Kerl sein, der gestern die *Fünfzig Sünden* auseinandergenommen hat!«

»Eine Untertreibung«, entgegnete Lanlion ruhig und wischte sich dabei nonchalant einen Wassertropfen von der Rüstung. »Aber die vier

Dutzend Schergen des Roten Flusses, die unweit des Zentrums tot auf einer Brücke liegen … Das waren ich und meine Diener, falls jemand fragt.«

»Das war's«, schnarrte die Frau und hob die Hände. »Von Euch nehme ich kein Gold. Ich will nichts damit zu tun haben.« Daraufhin watschelte sie zurück in ihr Zelt und ihre Wachen zogen den schweren Stoff hinter ihr zu.

Hoffentlich hat nicht ausgerechnet sie Palnah verkauft, dachte Ahren, doch dann erinnerte er sich daran, dass Salman von einem Händler gesprochen hatte, der ihm den Rückkauf seiner Frau verwehrt und sie stattdessen an jemand anderen veräußert hatte. Also fixierte er die beiden übrigen Sklavenhändler, die Lanlion misstrauisch beäugten, denen nichtsdestotrotz die Gier ins Gesicht geschrieben stand.

»Es ist wahr, dass ich einen steten Nachschub an … exotischer Nahrung benötige«, begann Lanlion und zeigte wieder sein unheimliches Grinsen. »Normalerweise bietet mir meine Arbeit genügend Gelegenheiten, mich zu ernähren, manchmal jedoch kommt es zu … Durststrecken, die ich zu minimieren gedenke.«

»Ihm machen diese Wortspiele richtig Spaß, oder?«, flüsterte Falk leise, und Ahren zwinkerte ihm verstohlen unter seiner Kapuze zu.

»Ich benötige drei oder vier Sklaven, die eine anstrengende Reise lange genug überstehen, um mir in einem geeigneten Moment von Nutzen zu sein, wenn es Euch keine Umstände macht«, fuhr Lanlion fort.

»Warum schaut ihr Euch nicht unsere Ware an und sagt mir, ob jemand dabei ist, der für Euch von Interesse sein könnte«, schlug der Hagere vor.

»Das habe ich bereits. Sie sind alle zu schwach zum Reisen«, sagte Lanlion kopfschüttelnd. »Ich benötige kräftige Sklaven.«

»Nun, da Ihr hier in der Stadt auf ein Kopfgeld für einen gewissen Granden wartet, könnt Ihr gerne auf die nächste Fuhre warten«, sagte der Kerl mit der Peitsche. Als Lanlion ihn überrascht ansah, lachte der Sklavenhändler hämisch. »Wie gesagt, wir haben von Euch und Eurer kleinen Bande gehört, Blutleerer. Wenn Ihr nicht wollt, dass man von Euren Geschäften weiß, dann solltet Ihr sie nicht in den *Fünfzig Sünden* herausposaunen.«

Ahren kniff die Lippen zusammen. Wenn sie von der vermeintlichen Gefangennahme Salmans wussten, dann musste einer der beiden Händler vor ihnen auch wissen, dass seine Häscher an ihrer Aufgabe gescheitert waren, den dicken Granden zum Schwiegen zu bringen. Zu seiner Überraschung blieben die beiden jedoch vollkommen gelassen. Lanlion schien ebenso irritiert zu sein wie Ahren, denn er zögerte für einen Moment, bevor er weitersprach.

»Dann wisst Ihr ja, dass wir einen Granden aus Kap Verstaad im Grünen Meer gefangengenommen haben.«, sagte er und wartete ein paar Herzschläge lang ab. Noch immer zuckte keiner der beiden mit einer Wimper.

Ahrens Irritation wuchs. Hatte Salman sich mit seinem Verdacht geirrt? War es vielleicht der geheimnisvolle Käufer gewesen, der dem Granden die Häscher auf den Hals gehetzt hatte?

Lanlion war wohl ebenso verwirrt, denn der bleiche Paladin verlagerte unschlüssig sein Gewicht. »Er sucht jemanden«, sprach er schließlich weiter. »Eine Frau.«

»Tun wir das nicht alle?«, grölte der Peitschenschwinger daraufhin und deutete auf die Käfige ringsum. »Glücklicherweise ist die Auswahl hier groß genug.«

Ahren sah, wie Kharas Hände auf die Griffe ihrer Klingen glitten, und legte ihr beruhigend eine Hand auf den Unterarm. *Später*, versuchte er ihr mit seinen Augen zu vermitteln und sie nickte beherrscht.

»Er sucht eine bestimmte Frau«, sagte Lanlion geduldig. »Und da er mir ein kleines Vermögen angeboten hat, wenn ich sie aufspüre und zusammen mit ihm nach Kap Verstaad bringe, dachte ich mir, ich versuche mal mein Glück und vertreibe mir die Wartezeit, in der Hoffnung auf einen hohen Gewinn.« Dabei tätschelte er vielsagend seinen Geldbeutel. »Ich zahle selbstverständlich für diese Information.«

»Wie soll diese Frau denn heißen?«, fragte der Hagere und leckte sich nervös die Lippen. Ahren tippte drauf, dass das der Mann war, der Salman hatte jagen lassen.

»Palnah«, sagte Lanlion, und Ahren beobachtete die Sklavenhändler genau. Doch die zwei grinsten nur, als hätte Lanlion einen guten Witz gemacht. Offensichtlich hatten sie nichts mit den Häschern zu tun, die Salman verfolgt hatten.

»Er sucht also nach einer Palnah?«, fragte der Peitschenträger amüsiert. »Dazu kann ich etwas sagen …«

Der Hagere hob die Hand und eine stumme Kommunikation fand zwischen den zwei Sklavenhändlern statt, die Ahren nicht enträtseln konnte. Planten sie vielleicht, Lanlion auf eine falsche Fährte zu führen?

»Wir wissen etwas über diese Palnah«, sagte der Hagere. »Wenn wir diese Informationen teilen sollen, dann nur gegen gutes Gold.« Er sah seinen Konkurrenten kritisch an. »Was meinst du? Achtzig Goldmünzen?« Der narbenübersäte Händler nickte zustimmend, ein gieriges Grinsen auf dem Gesicht.

Lanlion hob nur eine Augenbraue. »Ihr habt Glück, dass ich gerade satt bin«, grollte er. »Und das Lösegeld mehr als stattlich ist. Für diesen Preis erwarte ich jedoch genaueste Informationen über den Verbleib der Frau – und dass sie noch lebt.«

»Oh, sie lebt«, sagte der Hagere, ohne zu zögern. »Und ich sage Euch auch, wo genau Ihr sie finden könnt.«

Lanlion griff in seinen Beutel und holte einen kleinen Edelstein hervor. »Reicht das?«, fragte er streng. »Ich bin sicher, Ihr werdet ihn fair untereinander aufteilen.«

»Selbstverständlich«, sagte der Hagere glatt und strich den Edelstein so schnell ein, dass der Mann mit der Peitsche ihn nicht genau zu sehen bekam.

Wenn unser ziegenbärtiger Freund den Edelstein nicht austauscht, bevor er ihn verkauft, um den Gewinn zu teilen, bin ich ein zu groß geratener Pudel, kommentierte Culhen das Geschehen. *Abgesehen davon, dass Salman so nervös ist, dass man glauben könnte, ihr verhandelt da unten sein Leben, ist übrigens alles ruhig.*

»Ich sage Euch nur allzu gern, wo ihr eine Palnah findet, auch wenn ich nicht weiß, ob es die ist, die Ihr sucht«, erklärte der Hagere mit einem Glitzern in den Augen. Er machte eine kunstvolle Pause und Lanlion langte daraufhin über seine Schulter und legte seine Finger um den Griff seines Zweihänders.

»Raus damit«, grollte er.

»Im Blutroten Palast«, sagte der Mann mit der Peitsche hastig. »Sie ist im Blutroten Palast.«

Lanlion versteifte sich und Ahren konnte sehen, wie schwer es dem bleichen Paladin fiel, sich nicht hilfesuchend zu seinen Gefährten umzusehen. »Wenn das ein Trick ist …«, begann er seine Drohung, aber der Hagere schüttelte vehement den Kopf.

»Ihr bezahlt mir achtzig Goldmünzen und seid zudem ein Blutleerer. Da mache ich keine Witze«, sagte er beschwichtigend und trat hinter seine drei Wächter. »Sie ist im Blutroten Palast, mein Wort darauf. Ihr wisst nun, wo Ihr uns findet, sollten wir die Unwahrheit erzählen. Dieses Risiko wäre mir viel zu groß. Ich bin Sklavenhändler geworden, weil ich in Ruhe und Frieden reich werden will.«

Was für eine Aussage, ertönte Culhens Stimme empört in Ahrens Kopf. *Können wir diesen Schuften jetzt endlich das Handwerk legen?*

Später, kam Ahrens knappe Antwort und er legte den Kopf in den Nacken. Das Zwielicht Gol-Konars über dem Eingang zum Fleischmarkt kam ihm auf einmal besonders bedrohlich und gefahrvoll vor. Sie hatten eine Antwort erhalten, auch wenn es eine war, die ihnen nicht schmeckte: Palnah war noch in der Stadt, aber sie war im Blutroten Palast. Jener Käufer, der für Salmans Frau das Doppelte bezahlt hatte, war offensichtlich niemand Geringeres als Reik Silbermantel. Das erklärte auch, warum die Sklavenhändler so gelassen reagierten. Nicht einer von ihnen hatte Salman die Häscher hinterhergeschickt, um ihn zu töten, sondern Palnahs neuer Besitzer: der Herrscher Gol-Konars höchstselbst!

Der Waldläufer sah sich verstohlen zu Falk um, dessen Blick dasselbe ausdrückte, was auch in Ahrens Kopf vor sich ging. Worauf verdammt noch mal hatten sie sich nun wieder eingelassen?

»Im Palast?«, fragte Uldini zum zehnten Mal und drehte aufgeregt seine Runden in ihrer Kammer in Kanthasars Höhle. Die Gefährten waren mit den Neuigkeiten vom Fleischmarkt schnurstracks zu ihrem Unterschlupf zurückgekehrt, um sich in Ruhe zu beraten. »Sie ist tatsächlich im Palast?«

»Es wird nicht besser, je öfter du es sagst«, sagte Falk augenrollend.

»Aber es ist der *Blutrote* Palast«, fauchte Uldini zurück. »Das am besten gesicherte Gebäude in diesem Sündenpfuhl.« Er deutete auf Salman, der am Boden zerstört dasaß und jedwede Hoffnung auf Rettung seiner Frau aufgegeben zu haben schien. »Du!«, fuhr Uldini den Granden an. »Wir haben getan, was wir konnten. Nun sag uns alles, was du über Trimm weißt.« Salman sah den Erzmagus aus traurigen Augen an und öffnete den Mund, anscheinend bereit, Uldinis Anweisung Folge zu leisten.

»Stopp!«, sagte Ahren da. »Wir haben versprochen, Palnah zu befreien, und genau das werden wir auch tun.«

Uldini stöhnte und packte sich mit beiden Händen an den Kopf. »Natürlich schlägt der Holzkopf wieder zu«, sagte er jammernd. »Warum konntest du nicht warten, bis Salman uns sagt, was er weiß?«

»Junge«, mahnte Falk und sah ihn von seiner Pritsche aus unter zusammengezogenen Augenbrauen hervor an. »Der Blutrote Palast ist schwer bewacht, und zwar von dem tödlichsten Abschaum, den Gol-Konar zu bieten hat. Du erinnerst dich doch, dass stets die mächtigste Fraktion der Stadt den Palast bezieht?«

Ahren nickte. »Wir finden schon einen Weg«, sagte er mit einer Spur Trotz in der Stimme. Khara sah ihn zuversichtlich an und purer Stolz lag in ihrem Blick, von Hakanu gar nicht zu reden, der geradezu den Boden anzubeten schien, auf dem sein junger Meister stand.

»Ihr wollt mir wirklich helfen?«, fragte Salman ungläubig. »Obwohl Palnahs Freiheit so unerreichbar scheint? Und obwohl ich mich anscheinend geirrt habe, was den Auftraggeber der Häscher anging? Denn es muss Reik gewesen sein, der sie ausgeschickt hat, um mich mundtot zu machen.«

»Ich gab Euch mein Wort«, sagte Ahren entschlossen. »Wenn nicht mal mehr das Versprechen eines Paladins in dieser Welt etwas gilt, hat der Widersacher schon gewonnen.«

»Wenn bei dem Versuch, die Geliebte eines reichen Geldsacks aus der gesichertsten Festung Gol-Konars zu befreien, drei Paladine draufgehen, hat der Widersacher schneller gewonnen, als man ›Einfaltspinsel‹ rufen kann«, schimpfte Uldini und raufte sich die Haare.

»Wir brauchen einen Zugang zum Palast«, sagte Lanlion nachdenklich, als hätte er Uldini nicht zugehört, und ergriff damit diskret Partei für Ahrens Sichtweise.

»Vielleicht einen, der unsere Absichten nicht sofort verrät«, stimmte Jelninolan zu.

»War ja klar«, murrte Uldini. »Macht alle aus mir den Schuft, der nicht helfen will, bloß weil ich das große Ganze nicht aus den Augen verliere.«

»Das große Ganze besteht darin, den Menschen zu helfen, denen wir helfen können«, sagte Ahren bestimmt. »Denn wenn wir damit aufhören, verlieren wie jede Legitimation, warum *sie* uns dabei helfen sollten, einen Kampf zu gewinnen, für den die Götter *uns* erschaffen haben.«

»Das hast du schön gesagt«, stellte Trogadon fest. »Ich schlage vor, wir besprechen unsere Optionen bei einem guten Essen«, fuhr der Schmied fort. »Denn wenn ich deinen Wolf und Kharas Katze so ansehe, dann benötigen wir dringend Fleisch für die beiden, oder es werden morgen früh statt motivierter Paladine nur noch abgenagte Knochen in unseren Betten liegen, die niemandem mehr helfen können.«

14. Kapitel

Der späte Abend fand Ahren in nachdenklicher Stimmung vor. Nachdem Lanlion Kanthasar einen großen Beutel Gold in die Hand gedrückt hatte, war dieser losgezogen, um ihnen ein üppiges Mahl zu besorgen. Die Gefährten hatten in ihrer Kammer reichlich gegessen und getrunken, und obwohl sie wussten, dass jeder Laib Käse, jeder Schlauch Wein und jedes Stück Braten, das sie aßen, auf unrechtmäßige Weise in die Stadt gelangt war, machte es Speis und Trank nicht weniger köstlich. Es wurde viel geplant und sogar ein wenig gelacht, was Balsam für Ahrens wunde Seele war. Als die Beratungen, wie es mit der Rettung Palnahs weitergehen sollte, mehr und mehr dem Ende entgegengingen, spukten die Schicksale der Sklaven vom Fleischmarkt wieder und wieder durch Ahrens Kopf. Die furchtbare Angst und Hilflosigkeit, die jene armen Seelen tagaus, tagein in ihren Käfigen erleiden mussten, ließ ihn nicht mehr los.

»Dann ist es also beschlossen«, sagte Uldini gerade, sein Gesicht gezeichnet von der Magie, die er und Jelninolan am Tage gewirkt hatten. »Wir bezahlen Kanthasar dafür, dass er uns sagt, wer uns am ehesten in den Blutroten Palast bringen kann, und hoffen das Beste.«

»Nach einem halben Tag voller Gespräche und Abwägungen ist das unser bester Plan?«, sagte Trogadon kopfschüttelnd.

»Es ist zumindest einen Versuch wert«, sagte Lanlion beschwichtigend. »Sollte Kanthasar uns eine Person nennen können, die uns in den Blutroten Palast schleusen kann, bewahrt uns dies davor, blindlinks drauflos zu fragen, wer uns Zugang verschaffen kann.«

»Irgendwem müssen wir uns mit unserem Anliegen anvertrauen«, fügte Khara hinzu. »Jeden, den wir da draußen auf den Palast ansprechen, könnte uns umgehend an Reik verraten. Bei Kanthasar glaube ich zumindest daran, dass er uns so lange loyal ist, wie unsere Geldbeutel ihn bei Laune halten.«

Der Zwerg hob resigniert die Hände. »Ich habe euch schon die ersten acht Male verstanden«, brummte er. »Bloß, weil es die beste unter all unseren schlechten Optionen ist, muss sie mir trotzdem nicht gefallen.«

»Ich rede mit Kanthasar«, sagte Lanlion und erhob sich. »Im gleichen Atemzug werde ich ihn bitten, ob er uns eine Passage aus dieser Stadt hinaus beschaffen kann, denn wir werden schnellstens fliehen müssen, wenn wir Palnah erst befreit haben. Ihr solltet schon einmal schlafen gehen und euch ausruhen.«

Während sich die anderen für die Nachtruhe fertig machten, schoben sich erneut die Gesichter der Sklaven vom Fleischmarkt vor Ahrens geistiges Auge. Er tat zwar so, als würde auch er sich hinlegen, aber in Wahrheit würde er in dieser Nacht vor lauter Schreckensbildern kein Auge zu tun.

Die Atemzüge um ihn herum klangen ruhig und gleichmäßig, als Ahren sich leise erhob und seine Ausrüstung an sich nahm. Culhen, der mittels seiner Gedanken längst wusste, was er plante, wartete bereits in der Vorhöhle auf ihn. Ahren schlich auf die Tür zum Korridor zu, als er hinter sich leise Bewegungen vernahm und sich umsah. Khara stand elegant und in aller Ruhe auf, ihre Waffen glitten geräuschlos an ihren angestammten Platz. Als hinter ihr schließlich Hakanu durch den Raum schlich und auch Trogadon und Jelninolan sich verstohlen kampfbereit machten, stutzte Ahren.

»Du hast doch nicht ernsthaft vorgehabt, allein zum Fleischmarkt zu gehen, oder?«, wisperte Khara ihm mit einem Augenzwinkern zu und glitt an ihm vorbei.

In diesem Moment erwachte Falk und sah sie blinzelnd an. »Ist es schon so weit?«, fragte er schlaftrunken. »Das, was ihr hier veranstaltet, soll doch nicht als Schleichen durchgehen, oder?« Dann erhob auch er sich und griff nach seiner Ausrüstung. Als schließlich Uldini und Salman von der allgemeinen Unruhe aus ihrem Schlummer gerissen wurden, wirkte einzig der Händler vollkommen überrascht.

»Ihr geht und rettet diese Sklaven, oder?«, fragte Uldini unglücklich in die Runde, und Salman schnappte überrascht nach Luft.

»Wir *müssen* es einfach tun«, antwortete Ahren.

Der Erzmagus winkte ab. »Schon gut«, sagte er. »Ich wusste das längst.« Er deutete auf Jelninolan und sich selbst. »Wir brauchen Schlaf, um uns von der Heilmagie auf der Brücke zu erholen«, ermahnte er die Elfe. »Sei nicht unvernünftig. Sammle besser hier mit mir deine Kräfte oder du bist morgen so erschöpft, dass du ohne *Mirilan* nicht einmal ein Nasenbluten stoppen kannst.«

Jelninolan sah Ahren todunglücklich an, doch der nickte ihr aufmunternd zu. »Bleib hier«, sagte Ahren sanft. »Wir anderen werden schon mit den paar Halunken fertig, vor allem, wenn wir die Überraschung auf unserer Seite haben.«

»Ihr wisst, was wir tun müssen, oder?«, sprach Falk in die Runde. »Es darf keine Zeugen bei dieser Befreiungsaktion geben oder morgen ist uns die ganze Stadt auf den Fersen und dann ist Palnah verloren. Wer uns im Fleischmarkt entdeckt, muss unweigerlich sterben.«

»Die Händler und Wachen dort haben ohnehin den Tod verdient«, sagte Khara kalt, und nach leichtem Zögern stimmte Hakanu der Schwertmeisterin mit einem kurzen, abgehackten Nicken zu. Der Lehrling hatte sich nach dem Scharmützel am Vortag gut gehalten und auch wenn Ahren gerne mit dem Jungen über dessen Gefühle gesprochen hätte, verließ er sich auf das Feuer in den Augen seines Schützlings, das ihm sagte, dass Hakanu an die vor ihnen liegende Aufgabe glaubte und alles dafür tun würde, sie zu unterstützen. Die seelischen Wunden würden versorgt werden, sobald Zeit dafür war.

»Na gut«, sagte Falk ernst. »Dann retten wir diese armen Seelen mal aus ihren Käfigen.«

Die kleine Gruppe verließ die Kammer und nacheinander schritten ihre Mitglieder durch den Korridor, an dessen Ende Lanlion, Culhen und Muai warteten.

»Warum habt ihr so lange gebraucht?«, fragte der Blutleere und rückte seinen Zweihänder auf dem Rücken zurecht. »Ich warte hier schon seit einer kleinen Ewigkeit.«

»Bin ich so durchschaubar?«, fragte Ahren hilflos in die Runde, und alle nickten, selbst Hakanu.

Oh ja, erklang Culhens Stimme in seinem Kopf. Der Wolf wirkte äußerst zufrieden mit seinem Freund. *Und das ist auch gut so.*

»Wer dich kennt, wusste vom ersten Schritt, den du in den Fleischmarkt gesetzt hast, dass du diesen Ort nicht bestehen lassen würdest«, sagte Khara lächelnd und gab ihm einen Kuss.

»Bringen wir es hinter uns«, sagte Falk. »Und dass mir keiner von euch heute Nacht stirbt. Dieses Unterfangen mag zwar nobel sein, ist jedoch vollkommen unerheblich im Kampf gegen den Widersacher.«

Ahren schüttelte den Kopf. »Du irrst dich«, widersprach er sanft. »Die Gräuel des Fleischmarktes zu ignorieren, würde auf ewig unser Gewissen belasten und unseren Willen aushöhlen wie ein unterirdischer Fluss, der nach und nach die fruchtbare Erde unterspült, bis nichts als Ödland und Schlamm übrig ist.«

Bei diesen Worten strahlte Hakanu seinen Meister an, und Ahren warf dem Jungen einen warnenden Blick zu. »Kämpfe leise, kämpfe klug«, schärfte er ihm ein.

Hakanu deutete auf Kamaluq, der neben seinem rechten Fuß auf dem Boden saß und mit den Zähnen sein eigenes Fell traktierte. »Er ermahnt mich ständig zur Vorsicht«, sagte der Lehrling und verzog das Gesicht. »Ich kann meist nur einzelne Worte verstehen, aber ›Achtung!‹ und ›Aufpassen‹ gehören seit dem ersten Tag unserer Verständigung dazu. Ich weiß schon gar nicht mehr, wie schön still es hier drinnen mal war.« Dabei tippte er sich an die Schläfe.

»Oh, wie recht du hast. In diesem Kopf war es ohne deinen Fuchs bestimmt so richtig schön still und leer«, sagte Trogadon lachend, und der Lehrling errötete.

»Los jetzt«, sagte Khara. »Bald beginnt der finsterste Teil der Nacht, was auch immer das in dieser Stadt bedeutet.«

»Wahrscheinlich, dass es auf den Dächern nur so vor Nachtschwärmern wimmelt«, unkte Trogadon.

»Da ist was dran«, gab Lanlion zu bedenken. »Diese Stadt schläft nie. Irgendwer ist immer unterwegs. Dabei fällt mir ein: Kanthasar hat sich bereit erklärt, uns zu helfen, sowohl was den Palast, als auch was eine sichere Passage aus der Stadt angeht.« Seine Miene verfinsterte sich. »Beides lässt er sich fürstlich bezahlen.«

»Das sind gute Nachrichten«, sagte Falk leise. »Aber jetzt konzentrieren wir uns erstmal auf unseren kleinen Ausflug zum Fleischmarkt.«

»Ich denke, wir sollten den Fackeln am besten ausweichen, während wir uns durch die Stadt bewegen«, sagte Ahren bestimmt. »Dann sind wir nur weitere Schatten in der Nacht. Hauptsache, wir werden nicht erkannt.«

»Ich kann helfen«, sagte Lanlion und begann den Gefährten mit seinen Händen über die Augen zu streichen. Ahren kannte den Zauber bereits und drehte schnell die kleine Laterne herab, die den Vorraum erhellte.

»Ich kann ja im Dunkeln sehen«, sagte Trogadon erstaunt. »Ihr seht alle aus wie Verblichene, die noch nichts von ihrem Glück erfahren haben.«

»Die Totensicht«, sagte Lanlion mit einem melancholischen Unterton. »So nenne ich den Bann, den ich über euch gelegt habe. Achtet darauf, nicht direkt in ein Feuer zu sehen. Das Licht ist nun nicht mehr euer Freund.«

Sie zogen schweigend los und Ahren setzte sich neben den Blutleeren. Die Luft war wieder feuchter geworden, der Schwarze Umhang über der Stadt weit ausgebreitet. Da der Wind nur schwach aus Richtung See wehte, war die Gischt in dieser Nacht zu einem beständigen Niesel geworden, der die gesamte Stadt benetzte und die durchdringende Kälte des Herbstes in sich trug. »Du hast deinen Zauber perfektioniert«, sagte Ahren und tippte an sein Gesicht. »Damals war viel Nebel und mehr Zeit notwendig.«

Lanlion nickte. »Ich lerne noch immer dazu«, sagte er leise. Dann senkte er seine Stimme. »Und ich bemühe mich, so wenig Kraft wie möglich zu verbrauchen, um während unseres Aufenthaltes in dieser Stadt keine Nahrung mehr zu benötigen.«

Ahren zögerte. »Die DREI … haben sie dir vergeben?«, flüsterte er.

Lanlion schwieg eine Weile. »Sie haben mir einen Weg gezeigt, wie mir vergeben werden könnte«, sagte er schließlich mit kaum hörbarer Stimme. »Ob ich ihn bis zum Ende gehen kann, weiß ich nicht. Er ist lang und steinig.«

»Sind das nicht alle Wege, die es wert sind, gegangen zu werden?«, gab Ahren zurück.

Lanlion lachte schwach. »Jetzt klingst du schon wie ich«, sagte der Blutleere. »Das gefällt mir.«

Ahren spürte dieses unausgesprochene Band der Nachdenklichkeit zwischen ihnen beiden und nickte stumm. Keiner konnte so gut in Ahrens schwermütigen Anwandlungen lesen wie Lanlion. Und keiner konnte ihn so mühelos daraus befreien.

He da, mischte sich Culhen verstimmt ein. *Ich habe dich schon aufgemuntert, lange bevor unser bleicher Freund seine Augen aufschlug, vergiss das nicht.*

Ahren kraulte seinen Wolf zwischen den Ohren, etwas, das er in dieser vermaledeiten Stadt schon zu lange nicht getan hatte. *Natürlich vergesse ich das nicht*, sagte er dankbar. Dann stutzte Ahren. Er beobachtete drei Gestalten, die ihnen über die Dächer folgten. Die Totensicht raubte allem ein wenig die Farbe, aber Ahren war sich sicher, dass er rote Hosen unter weiten Umhängen erkannte.

»Handlanger des Roten Flusses folgen uns«, flüsterte er mit besorgter Stimme.

Der Blutleere runzelte die Stirn. »Um die müssen wir uns kümmern, noch bevor wir am Fleischmarkt ankommen«, sagte Lanlion ernst.

Ahren nickte und überdachte ihre Optionen. Dass die Verfolger ihnen bereits nach wenigen Hundert Schritt auf den Fersen waren, konnte nur bedeuten, dass sie wussten, wo die Gefährten Unterkunft gefunden hatten. Und das wiederum hieß, dass die drei Meuchler auf dem Dach glaubten, in der Höhle wären nur ein Sklavenkind, ein gefangener Grande und eine Bardin zurückgeblieben. Falls Ahren und die anderen die drei einfach abschüttelten, könnte es sein, dass die zur Höhle zurückkehrten und versuchten, Jelninolan und die anderen gefangen zu nehmen – oder Schlimmeres. Die beiden Alten würden sich zwar zu wehren wissen, dabei aber sicherlich Magie einsetzen müssen und wenn die mörderischen Magier dieser Stadt erst einmal Kenntnis von Uldini und Jelninolan hätten, wäre die Spirale der Gewalt nicht mehr aufzuhalten. Also blieb nur eine Option.

»Khara«, flüsterte er nach hinten. »Uns folgen drei Meuchler des Roten Flusses. Die müssen wir loswerden.«

»Muai erledigt das«, sagte die Schwertmeisterin nach einer kurzen Pause.

Jetzt drehte Ahren sich suchend um. »Wird sie das hinbekommen?«, fragte er leise. Von der Großkatze war nichts zu sehen.

»Es sind nur drei«, sagte Khara leichthin. »Geh einfach weiter.«

Ahren drehte sich wieder nach vorne und die Gruppe schlich mehrere Hundert Schritt durch die Dunkelheit, ohne dass der Waldläufer etwas hörte. Dann ertönte plötzlich ein Schrei, dann ein Fauchen, dann noch ein Schrei und schließlich ein dritter. Ein Dutzend Herzschläge später gesellte Muai sich wieder zu ihnen. Ihr Maul war blutverschmiert.

»Brave Katze«, sagte Trogadon grinsend, und Muais Laune war anscheinend gut genug, dass sie dem Zwerg nur ein halbherziges Fauchen schenkte.

Ich fühle mich so nutzlos, jammerte Culhen, und Ahren musste lächeln. Seinen Freund wurmten die Lorbeeren, die Muai eingeheimst hatte. Der Wettbewerb zwischen den beiden Vertrautentieren würde wohl ewig anhalten.

Eigentlich sollte Ahren Mitgefühl mit den drei Leichen empfinden, die keine Chance gegen eine magisch geschrumpfte Tigerin gehabt hatten, doch wer sein Geld mit dem Töten Ahnungsloser verdiente, beschwerte sich besser nicht, wenn ihm dasselbe Schicksal widerfuhr.

»Jetzt, wo die Verfolger aus dem Weg sind, was hältst du davon, wenn wir zwei über die Dächer weitergehen?«, fragte Falk, der diesmal seinen Bogen mitgenommen hatte. Ihr nächtliches Werk verlangte mehr nach einem Pfeil aus dem Dunkel, denn einem breiten Schild in vorderster Front.

»Gute Idee«, sagte Ahren. »Hakanu, du kommst auch mit. Du hast heute bewiesen, dass dein Wurfarm kräftig und dein Auge vortrefflich ist.«

Der Knabe strahlte über das ganze Gesicht. »Danke, Meister«, jubelte er beinahe. »Uldini hat mir gezeigt, wie ich mit meiner Magie die Flugbahn des Wurfes stabil halten und die Wucht des Speeres erhöhen kann.«

»Dachte ich's mir doch, dass bei dem Treffer heute Morgen nicht alles mit rechten Dingen zuging«, murmelte Trogadon. »Dass alle Magier immer schummeln müssen.«

»Bitte nenne Hakanu nicht einen Magier«, sagte Ahren mit übertrieben betrübter Miene. »Sein Kopf ist von dem einen Lob schon genug angeschwollen.« Zufrieden nahm er zur Kenntnis, wie der Dämpfer seinen Schützling auf den Boden der Tatsachen zurückholte, und zog sich auf das nächste Dach hinauf. Sie mussten bei der vor ihnen liegenden Befreiung der Sklaven hoch konzentriert sein und ein zu stolzer Hakanu könnte sowohl sich und die ganze Gruppe als auch die Sklaven gefährden.

Dank der Totensicht erkannte Ahren Dutzende Gestalten auf den umliegenden Dächern, die alle ihrer Wege gingen und einander ebenso mieden wie die pirschenden Gefährten. Wo durch Zufall doch eine Begegnung der Schleichenden auf den Dächern stattfand, sah Ahren gemurmelte Begrüßungen, ab und zu böse Blicke und zweimal gezogene Waffen, die zu einem raschen, tödlichen Kampf führten. Eine Reise durch Gol-Konar konnte einem zu jeder Zeit das Leben kosten. Diese bittere Wahrheit ließ Ahren schaudern.

»Lotst uns, so gut es geht«, flüsterte Lanlion nach oben. »Je mehr Fackel- und Laternenträgern wir ausweichen, umso besser.«

Ahren bat Falk mit einem Blick, die Führung zu übernehmen, und während sein ehemaliger Meister ihren Kurs festlegte, behielten Ahren und Hakanu gemeinsam ihre Flanken und die Dächer hinter ihnen im Auge. In einem ruhigen Moment nutzte der Waldläufer die Gelegenheit, um Hakanu anzusprechen.

»Du hast heute das erste Mal von Angesicht zu Angesicht getötet, habe ich recht?«, fragte er leise.

Hakanu kniff die Lippen zusammen und nickte. »Er war ein Feind«, sagte der Lehrling knapp. »Er musste sterben.«

»Ja«, antwortete Ahren bedächtig. »Leider musste er das wirklich, sonst hätte er einen von uns getötet. Aber das bedeutet weder, dass es richtig, noch dass es leicht ist, jemandem das Leben zu nehmen. Es war eine Notwendigkeit, geboren aus der Tatsache, dass wir sie nicht umgehen oder einschüchtern konnten.«

Hakanu sah Ahren verwirrt an. »Und was machen wir dann heute Nacht?«, fragte er. »Wir bewegen uns auf einen Kampf zu, der gewiss Tote fordern wird. Einen Kampf, den *wir* anzetteln werden.«

Ahren seufzte. Hakanu durchlief in Windeseile jene harten Lektionen, für die der Waldläufer Jahre Zeit gehabt hatte. »Wir sind hier, weil wir bereit sind, die Schuld dieser zu erwartenden Tode auf uns zu nehmen, um Unschuldige aus ihrer Sklaverei zu befreien«, sagte er schließlich. »Falk, Khara, die anderen und ich … wir wissen, was es heißt, zu töten und welche Last damit einhergeht. Du beginnst erst, sie zu erahnen.«

»Mir geht es gut«, sagte Hakanu mit störrisch vorgerecktem Kinn.

»Sag mir das noch mal, sobald dich die Gesichter der Toten in deinen Träumen heimsuchen«, antwortete Ahren traurig. »Das wird unwillkürlich geschehen.«

»Dann werden mir hoffentlich die Erinnerungen an jene beistehen, die wir heute Nacht retten«, sagte Hakanu zuversichtlich, und Ahren nickte stumm. Sein Schützling glaubte, für sich eine Antwort gefunden zu haben. Der junge Meister betete, dass sie Hakanu dabei helfen würde, seinen inneren Frieden zu bewahren.

»Brücke voraus«, sagte Falk.

»Und?«, fragte Trogadon unwirsch. »Das wäre dann die Zwanzigste, seit wir aufgebrochen sind.«

»Ich meine die Brücke zum Zentrum, du Tor«, grollte Falk. »Sie wird erneut von Männern und Frauen mit Fackeln bewacht.«

»Der Rote Fluss?«, fragte Ahren und schloss zu Falk auf.

Der alte Mann schüttelte den Kopf. »Sieht für mich nach Entbehrlichen aus. Vielleicht der Versuch Reiks, nach dem Massaker heute früh ein Zeichen der Ordnung zu setzen.«

»Ordnung? In dieser Stadt?«, fragte Khara ungläubig. »Gol-Konar ist das Chaos in Reinform.«

Ahren kniff die Augen zusammen. Die Fackeln der Entbehrlichen blendeten ihn aufgrund der Totensicht. Dann stutzte er. »Haben die etwa einen ausgewachsenen Tausendnadler dabei?«, fragte er erstaunt. »Da, die dritte Frau von links. Die führt doch ein Dunkelwesen an einer Leine!«

Falk starrte auf die Stelle und Hakanu gesellte sich zu ihnen. »Das ist einfach nicht möglich«, sagte der alte Paladin entschieden.

Muai sprang das Dach hinauf, ihre achatfarbenen Augen auf die Brücke gerichtet.

»Ahren hat recht«, ertönte Kharas Stimme von unten. »Auch Muai sieht zweifelsfrei einen Tausendnadler. Und nicht nur das. Sein Halsband ist mit Zauberzeichen übersät.«

»Ein Bannkragen«, sagte Falk kopfschüttelnd. »Sehr selten und sehr unzuverlässig.«

»Soll das heißen, diese Irren halten Dunkelwesen als Haustiere?«, fragte Trogadon skeptisch.

»Wenn du ein Wesen, das deinen Befehlen nur widerwillig gehorcht und das sich beim kleinsten Fehler gegen dich wendet, als Haustier bezeichnen willst, dann ja«, erklärte Falk geistesabwesend.

»Klingt wie ein normaler Tag mit Culhen«, witzelte Ahren gegen die sich aufbauende Nervosität der Gruppe an.

Sehr komisch, beschwerte sich der Wolf. *Dann kannst du ja in Zukunft einen echten Blutwolf reiten und ich mache es mir in einem Wald voller fettem Wild gemütlich.*

»Es gab bisher keine zehn Bannkragen in ganz Jorath, die funktionierten. Warum sollte Reik einen davon für den Wachdienst auf einer Brücke verschwenden?«, fragte Falk mit verkniffener Miene. »Es sei denn, er hat einen Magier zu Diensten, der mehr als üblich von ihnen herstellen kann.«

»Das würde seine breite Machtbasis erklären«, führte Ahren den Gedanken fort. »Und auch die Hinweise auf Dunkelwesen, die wir seit unserer Ankunft aufgeschnappt haben. Mit Dienern des Widersachers an seiner Seite wird Reik so schnell keiner herausfordern.«

»Zumal er es versteht, den Interessen der einflussreichsten Fraktionen nicht zuwiderzuhandeln«, fügte Khara hinzu. »Denkt an das, was die Wirtin der *Fünfzig Sünden* gesagt hat. Alle profitieren von seiner Herrschaft.«

»Das wage ich zu bezweifeln«, ertönte Trogadons Stimme. »In einer derart korrupten Stadt kann es nicht nur Gewinner geben.«

»Das hilft uns jetzt auch nicht weiter«, wandte Lanlion ein. »Falk, Ahren, wie gehen wir vor?«

Ahren sah Hakanu an. »Was sagst du?«, fragte er ihn. »Wie geht man am besten mit einem ausgewachsenen Tausendnadler um?«

Hakanu betrachtete das Wesen aus der Entfernung. »Er sieht gut, riecht sehr gut, hört jedoch schlecht, weil das Nadelfell seine Ohren verdeckt«, dachte er laut nach. »Wenn wir uns frontal nähern, könnte der Tausendnadler uns direkt beschießen, was tödlich enden könnte. Wenn wir ihn aus der Ferne mit einem Pfeil oder Speer unschädlich machen, sind die Wachen gewarnt …« Er sah Ahren mit einer Mischung aus Stolz und Unsicherheit in den Augen an. »Also denke ich … wir schwimmen durch den Kanal?«

»Solide durchdacht«, sagte Ahren und deutete auf die Straße hinab. »Allerdings haben wir einen Zwerg dabei. Und die schwimmen so gut wie ein durchschnittlicher Stein.«

»Das stimmt nicht«, sagte Trogadon trocken. »Steine schwimmen besser als wir. Es gibt da eine bestimmte Art von Fels, die …«

»Nicht jetzt«, sagte Khara amüsiert zu dem Schmied. »Wenn schwimmen ausscheidet, welche Möglichkeiten bleiben uns dann?«

»Rudern«, sagte Falk, und Ahren sah den alten Mann überrascht an.

»Du denkst an eines der Schmugglerboote?«, fragte Ahren.

Falk nickte. »Wir suchen uns stromaufwärts eine dieser Nussschalen, die in den Kanälen herumdümpeln, und lassen uns mucksmäuschenstill von der Strömung unter der Brücke entlangtreiben. Dann steuern wir das gegenüberliegende Ufer des Kanals an, sobald wir eine Leiter oder Treppe sehen, die auf den Steg führt.«

»Oder wir suchen uns einfach eine andere Brücke«, sagte Trogadon nervös. »Ich vertraue diesen perfekten Zwergenkörper nur ungern einer undichten Ansammlung fauliger, morscher Bretter an, in denen die Halsabschneider dieser Stadt ihren ruchlosen Geschäften nachgehen.«

»Der Umweg wäre beträchtlich«, sagte Lanlion. »Die Wahrscheinlichkeit, ein zweites Mal auf Schergen des Roten Flusses zu treffen, würde rapide steigen.«

»Schon gut, schon gut«, knurrte Trogadon. »Suchen wir uns einfach ein Boot, um darin herumzufahren und anschließend zu ertrinken.«

Ahren und Khara führten die Gefährten nach Norden, der trägen Strömung des Hauptkanals entgegen, der das Zentrum umschloss, und schon bald sahen sie eines der Flussgefährte, welches nachlässig an einer schäbigen Leiter festgebunden worden war. Das Boot war länglich und extrem schmal, sodass sie alle hintereinander sitzen mussten, während der hinterste von ihnen auf einem kleinen Podest im Heck stehen und das Boot staken würde. Ahren sah an dem schäbigen Ding mehr Pech als Holz und musste Trogadon zustimmen. Hiermit tagtäglich die Kanäle zu befahren, bedeutete, das Schicksal herauszufordern. Andererseits galt das auch für jeden anderen Tag, den man in Gol-Konar verbrachte, egal, auf welche Weise man die Stadt durchquerte.

Und wieder denkt niemand an den Wolf, grummelte Culhen sauertöpfisch. *Passen wir da wirklich alle rein?*

Das wird schon, antwortete Ahren mit mehr Zuversicht, als er tatsächlich empfand.

Falk musste den Blick seines ehemaligen Lehrlings gesehen haben, denn er deutete auf Culhen und sagte: »Also gut, der unheimliche Blutwolf springt zuerst hinein. Wenn das Boot ihn aushält, dann auch uns andere.«

Oh toll, ich bin der Versuchswolf, krittelte Culhen, sprang dann aber, ohne zu zögern, in die Mitte des schlanken Bootes. Das Holz knarzte, die Planken bogen sich und Wasser spritzte empor, als ihr auserkorenes Beförderungsmittel schwankte wie ein Blatt im Wind, aber es blieb über Wasser und der sich hinkauernde Culhen ebenso.

»Immer noch drei Handbreit zwischen dem Wasser und der Oberkante des Bootes«, sagte Falk zufrieden. »Solange wir an dem Ding nicht wackeln, wenn wir drin sitzen, sollte es nicht volllaufen.«

»Sollte?«, fragte Trogadon mulmig. »Das ist genau das, was ich gerne hören möchte.«

»Rein da«, sagte Falk gereizt. »Oder dreh um und leiste Uldini, Jelninolan und Salman Gesellschaft.«

»Ihr werdet meine Armbrust und meinen Hammer brauchen«, sagte Trogadon knurrig und hopste ungelenk in das Boot, das daraufhin wieder zu schaukeln begann.

»Jetzt wir anderen«, kommandierte Falk. »Schön vorsichtig und nacheinander, bitte.«

»Und achtet darauf, dass das Gewicht ordentlich verteilt ist«, fügte Khara hinzu.

»Culhen liegt in der Mitte«, sagte Ahren trocken. »Damit ist der dickste Brocken bereits perfekt platziert.«

Der kräftigste Brocken, meinst du wohl, kam die pikierte Antwort. *Oder der mutigste. Oder der schönste.*

Fast alle waren an Bord, als Muai auf Culhens Rücken sprang und das Boot ein weiteres Stück gen Wasserlinie absackte. »Oje«, ertönte Trogadons Stimme von vorne. »Jetzt sind es nur noch zwei Fingerbreit, bis das Boot vollläuft.«

»Bewegt euch nicht und seid leise«, sagte Falk. »Ich knote das Halteseil auf, dann lassen wir uns von der Strömung treiben.«

Ahren blickte kritisch zum nachtschwarzen Himmel empor. Schwere Wolken waren hinter der alles verzerrenden Schicht aus Sprühnebel zu erkennen, die der Schwarze Umhang über Gol-Konar ausbreitete. Ohne Lanlions Zauber hätte er hier im Kanal nicht die

Hand vor Augen sehen können. Solange keine der Wachen auf der Brücke eine Fackel über die Brüstung hielt und hinabsah, wären sie sicher. »Alles hängt davon ab, dass wir nicht gehört werden«, wisperte er in die Runde.

»Wir haben es verstanden«, grummelte Trogadon. »Können wir diesen netten Bootsausflug jetzt *bitte* endlich hinter uns bringen?« Der Schmied zeigte erstaunlich viele Nerven, und Ahren war sich sicher, dass dies auch mit Jelninolan zu tun hatte, die sie zusammen mit Uldini und Salman zurückgelassen hatten.

»Es geht los«, mahnte Falk und löste das Seil, welches das Boot an der Leiter festhielt. Sofort trug die Strömung das Gefährt mit sich, und schnell schwappten immer wieder kleine Mengen Wasser über die Kante der tief im Fluss liegenden Nussschale. Es reichte eine kleine Bewegung Ahrens oder einer seiner Freunde, und schon schaukelte das Boot stark genug, dass sich dessen Rumpf weiter füllte.

Mein Bauchfell ist schon ganz nass und Muai krallt sich panisch in meinen Rücken, maulte Culhen nervös. *Und da schwimmen Dinge im Wasser. Das war eine ganz blöde Idee.*

Ahren schielte langsam und vorsichtig über den Bootsrand in die Tiefen des Kanals hinab – und tatsächlich, weit unten, nahe dem Grund, sah er dank der Totensicht lang gezogene Umrisse mit pilzförmigen Köpfen. *Quallen!*, dachte er erschrocken. *Wenn wir Pech haben, sind das Halsnesseln!*

Diese Dunkelwesen glichen großen Quallen, die ihre Tentakel gezielt um die Hälse ihrer Beute wickelten, um sie mit einem lähmenden Gift zu ertränken und sich danach von ihnen zu ernähren.

Wann haben wir denn jemals Glück, wenn es um solche Dinge geht?, murrte Culhen.

Ahren wandte sich indes um, suchte Falks Blick und deutete dann abwärts, woraufhin der alte Paladin sich ebenfalls über den Rand des Bootes beugte und ins Wasser starrte. Die Grimasse, die Falk daraufhin zog, verhieß nichts Gutes.

Vielleicht wäre der Umweg doch die bessere Wahl gewesen. Doch nun war es zu spät für eine Umkehr, denn die Brücke kam bereits in Sicht. Die Fackeln der Wachen wirkten auf diese kurze Entfernung wie gleißende Sterne auf Ahrens Augen und er musste den Kopf abwenden. Als sie noch näher heranglitten, begann Ahren unwillkürlich, den Atem anzuhalten. Keiner an Bord regte sich mehr. Durch das Echo der Brücke und des Kanals waren Gesprächsfetzen der nichts ahnenden Wachen zu vernehmen, während sie langsam, aber sicher auf den steinernen Bogen zuglitten.

»… hat dieser Blutleere doch tatsächlich seine Diener mit dem Blut der Toten wiederbelebt«, erzählte eine Frau mit vom übermäßigen Trinken kratziger Stimme lebhaft.

»Du solltest nicht alles glauben, was du in den *Fünfzig Sünden* zu hören bekommst«, spottete eine tiefe Männerstimme. »Dann hättest du auch nicht versucht, schnelles Gold beim Würfeln zu verdienen, bloß weil dir jemand zugeflüstert hat, dass da nur blutige Anfänger beisammensitzen.«

Die Frau stöhnte unwillig. »Nur ein guter Wurf und ich hätte mich aus diesem Elend hier freikaufen können«, verteidigte sie sich. »Drei Jahre schon als Entbehrliche und kein Ende in Sicht. Reik hat die Preise für unsere Freiheit einfach zu hoch angesetzt.«

»Still«, ertönte eine andere Stimme, der Klangfarbe nach die einer älteren Frau. »Ohne Reik hätte man dir damals die Kehle durchgeschnitten. Also wirklich, gepanschten Wein zu verkaufen, der süchtig macht …«

Ahren sah durch zusammengekniffene Augen, wie über ihm ein Kopf mit einem strengen Haarknoten über der Brüstung der Brücke erschien und nach unten sah. Sein Herz hämmerte wie wild und er wagte es nicht, sich zu rühren. Direkt vor ihm packte Hakanu seinen Wurfspeer fester, und Ahren betete, dass der Junge jetzt keine übereilte Entscheidung traf. Dann hörte Ahren ein Spuckgeräusch und der Kopf verschwand wieder hinter der Brüstung. Kaum, dass sie unter der Brücke verschwunden waren, machte Trogadon eine unflätige Geste aufwärts und wischte sich sauber.

»Weniger Tratsch«, hallte nun eine neue Stimme zu ihnen herab von einem Mann, der das Befehlen gewohnt war. »Seid froh, dass Reik überhaupt noch Entbehrliche benötigt und uns nicht durch Dunkelwesen mit Bannkragen ersetzt«, sagte der Sprecher. »Ihr wisst von den Gerüchten aus dem Palast …«

Ein lautes Kratzen erfüllte die Luft, als die Strömung das Boot an dem Mittelpfeiler der Brücke entlang schrammen ließ, der die gesamte Breite des Bauwerks einnahm.

Ahren zuckte zusammen. Unter keinen Umständen konnte dieses Geräusch überhört worden sein!

»Was war das?«, fragte die unglückliche Würfelspielerin, während Ahren und seine Freunde sich ratlos ansahen. Die Hälfte der Strecke zur anderen Seite der Brücke hatten sie bereits passiert. Bald würden sie wieder in Sichtweite der Wachen auftauchen.

»Vielleicht eine der Leichen von heute früh, die die Halsnesseln freigegeben haben«, ertönte die gelangweilte Stimme des Mannes, der vorhin über die Frau gespottet hatte. Falk bedeutete indes allen, ihre Hände in die nasse Oberfläche des Brückenpfeilers zu krallen. »Wenn sie alles rausgesaugt haben, was sie brauchen, lassen sie ihre Opfer los. Die sind dann hart wie ein Brett, aber schwimmen aufm Wasser wie Sch–«

»Ruhe!«, brüllte der Wachhabende. »Seht gefälligst nach.«

Ahren griff, so kräftig er konnte, in den unregelmäßigen Stein, der glücklicherweise breite Fugen aufwies, rutschte aber beim ersten Mal an den schleimigen Algen ab. Die anderen kämpften mit ähnlichen Problemen, und sogar Culhen versuchte sich irgendwie in dem Stein zu verbeißen.

Durch die heftigen Bewegungen der Gruppe floss noch mehr Wasser in ihr Boot und wenn sie nicht bald Halt fanden, wären die Wachen über ihnen das geringste Problem. Schließlich stieß Ahren seine Klinge in eine besonders breite, ausgewaschene Fuge und Khara suchte hastig nach einer zweiten geeigneten Stelle, um seine Taktik mit ihren beiden Waffen nachzuahmen. Falk benutzte daraufhin einen Dolch und Trogadon gar einen Bolzen seiner Armbrust.

Das Boot kam schließlich zum Stehen, und als der Fackelschein auf beiden Seiten der Brücke über das Wasser tanzte, trennten sie keine zwei Schritt davon, die Deckung des über ihnen gespannten Steinbogens zu verlassen, der sie vor feindlichen Blicken verbarg. Die lauten Stimmen der Wachen riefen wild durcheinander und dazwischen war das Schnüffeln des Tausendnadlers zu hören. Ahren betete zu den Göttern, dass das Dunkelwesen ihre Witterung nicht aufnahm und sie verriet. Vor lauter Furcht hörte er das Blut in seinen Ohren pochen und er wagte es nicht einmal, zu atmen. Selbst Culhen war angst und bange, konnten ihm seine Kraft und Größe in dieser verzwickten Lage keine guten Dienste leisten.

Die Strömung zerrte weiter unbarmherzig an dem Boot und Ahrens Hände verkrampften sich schmerzhaft, während er unablässig seine Windklinge in die Fuge drückte, um das Boot in Position zu halten. Khara, Falk und Trogadon mühten sich ebenfalls nach Kräften ab und Hakanu und Lanlion nutzten ihre Waffen, um die Schiffswand eine halbe Handbreit vom Pfeiler entfernt zu halten, damit das Holz nicht noch mal lautstark über den Stein kratzte.

Nach einer langen Weile ertönte über ihnen endlich ein heiß ersehnter Ruf. »Wieder auf Position«, bellte der Anführer. »Haltet ein Auge auf die Dächer gerichtet! Vielleicht war das ein Ablenkungsmanöver.«

»Schön wär's«, zischte Trogadon und erntete dafür böse Blicke von Ahren und den anderen. Dann stießen Hakanu und Lanlion sie von dem Pfeiler ab, während die anderen ihre Waffen aus den Fugen der Brücke zogen und wieder einsteckten. Lautlos massierte Ahren seine Schwerthand. Als sie wieder im Freien waren, verharrte er in der Bewegung. Gnädige Dunkelheit lag wie eine schwarze Decke auf dem Wasser, das sie forttrug, während über ihren Köpfen die Fackeln hin und her geschwenkt wurden, um einen möglichen, von den Dächern aus geführten Hinterhalt kommen zu sehen.

»Bin ich plötzlich froh über den Verfolgungswahn, der jeden in dieser Stadt befällt, der länger als drei Herzschläge in ihr wandelt«, sagte Falk leise, als sie einige Dutzend Schritt von der Brücke entfernt an einem modrigen Steg anlegten, der über eine mehrfach geflickte Rampe auf einen schmalen Steg hinaufführte. »Wir planschen im Wasser und die recken ahnungslos die Hälse gen Himmel.«

»Eigentlich eine wertvolle Lektion«, flüstere Ahren Hakanu zu. »Wenn du deine Ängste die Oberhand gewinnen lässt, können diese deinen Feinden in die Hände spielen.« Der Junge sah seinen Meister verständnislos an. Es war, als würde das potenzielle Vorhandensein von übermäßiger Angst im Verstand des Jungen keinen Platz finden. Ahren klopfte ihm freundlich auf die Schulter. Die Götter hatten Hakanu wahrlich furchtlos erschaffen.

Irgendwann wird er wissen, was du meinst, tröstete ihn Culhen und schüttelte sich, als Muai von seinem Rücken auf den Steg sprang. Sofort lief wieder Wasser ins Boot.

»He da, du zu groß geratener Wandteppich«, schimpfte Trogadon, der gerade aussteigen wollte. »Wegen dir falle ich noch ins Wasser, obwohl der rettende Steg so nah ist.«

»Still«, mahnte Falk. »Auch in diesem Teil der Stadt lungern genug hungrige Augen in der Nacht herum, die unsere Ankunft interessant finden könnten.« Dabei deutete er auf einige Gestalten, die verschreckt auf den umliegenden Dächern in Deckung gingen, als Falk trotz der Dunkelheit präzise zu ihnen hinüber zeigte. Missmutig kletterte Trogadon aus dem Boot und schoss dann beiläufig einen Bolzen auf einen der langsameren Umrisse ab. Das Geschoss traf den Unglücklichen an der rechten Schulter, woraufhin die schemenhafte Gestalt mit einem unterdrückten Aufschrei davonhuschte.

»Ganz recht, wir sehen euch«, brüllte er laut. »Also trollt euch besser!« Keine sechs Herzschläge später lagen die Dächer verlassen da.

»Das ist also deine Art, still und heimlich vorzugehen?«, wies Ahren den Schmied verärgert zurecht und stieg langsam aus. Dann packte er Trogadons Hand und half dem Zwerg auf den Steg.

»Endlich«, sagte dieser mit einem erleichterten Aufatmen. »Und was diese Tunichtgute angeht: Jetzt, wo klar ist, dass wir nicht lange fackeln, werden sie uns nicht folgen. Und das bedeutet, dass wir keine Zeugen haben, bei dem, was wir gleich tun werden.«

Ahren kniff die Lippen zusammen. Daran hatte er nicht gedacht. »Danke«, sagte er aufrichtig.

»Gern geschehen«, erwiderte Trogadon großzügig. »Und ich muss gestehen, ein Warnschuss hätte es bestimmt auch getan. Aber diese Stadt und das ganze Wasser machen mich reizbar.« Mittlerweile waren alle bis auf Culhen ausgestiegen und hinauf auf den Steg geklettert. Der Wolf starrte auf das morsche Holz des mickrigen Piers und bereitete sich auf einen Sprung vor.

Das wird nicht sehr elegant aussehen, warnte er und stieß sich mit aller Kraft in dem kleinen Boot ab. Holz knirschte, Planken brachen und Taue rissen, als der Wolf auf dem Pier aufkam und direkt weitersprang, um sich auf der steinernen Landungsbrücke in Sicherheit zu bringen.

»Na toll«, sagte Falk griesgrämig und deutete in den Kanal hinab. »Dein Wolf hat sowohl unser Boot als auch den Pier zertrümmert. Der verfressene Kerl wiegt einfach zu viel.«

Unverschämtheit, schmollte Culhen, in dessen Geist Ahren einen leisen Stolz auf sein unfreiwilliges Vernichtungswerk wahrnahm. *Ich wette, Selsena hätte es auch nicht besser geschafft.*

»Momentan ist er *sein* Wolf«, sagte Ahren mit einem Lächeln auf den Lippen und zeigte auf Lanlion. »Und zu dem bösartigen Dunkelwesen eines Blutleeren passen so ein paar willkürliche Akte der Zerstörung doch ganz gut.«

»Ach, so ist das«, machte Lanlion bei der Frotzelei mit. »Erst verziehst du dein Vertrautentier und jetzt bin ich auf einmal schuld.«

Ahren bemerkte Hakanus befremdliche Miene und zwinkerte seinem Lehrling verschwörerisch zu. »Je dunkler der Ort, umso heller müssen unsere Gemüter scheinen.« Er zeigte auf Trogadon. »Oder wir fangen an, mit Bolzen um uns zu schießen.« Der Schmied zeigte Ahren mit einer Handbewegung, was er von dessen Scherz hielt, grinste aber dabei.

»Höre besser auf deinen Meister«, sagte Khara leise. »Ich bin in einer Kampfarena aufgewachsen. Wenn man um jedes Lachen ringen muss, lernt man es umso mehr zu schätzen.«

»Genug der spontanen Lektionen«, raunte Falk. »Wir sind nicht mehr weit vom Fleischmarkt entfernt und sollten die Einsamkeit nutzen, die Trogadons Bolzen uns verschafft hat.«

Sofort wurden die Gefährten wieder ernst und huschten die letzten Häuser entlang, bis zu dem von Kanälen gesäumten Loch, das in der Nacht noch finsterer und trostloser aussah. Ahren konnte leises Weinen hören und sein Herz verhärtete sich in seiner Brust. Dieser Ort gehörte ausgelöscht, ohne Wenn und Aber. Er zog *Fisiniell* aus dem Lederüberwurf, in dem er den Bogen diskret umhertrug und legte auch seinen Köcher um.

»Lasst uns, solange es geht, leise und unentdeckt bleiben«, sagte er in die Runde. »Sollte ein offener Kampf ausbrechen, haben wir wenig Zeit, bevor sich immer mehr Halsabschneider einmischen, ob nun um den Sklavenhändlern zu helfen oder aus purem Opportunismus. Außerdem werden wir die Sklaven im Schlepptau haben. Sie werden entkräftet und verängstigt sein und somit leichte Ziele.«

»Die Sklaven überlasst mir«, sagte Lanlion leise. »Ich bringe sie im Mantel meines Nebels den Steilen Abstieg hinauf.«

Ahren nickte und schob sich von Süden her an das Loch heran, in dem die Sklaven in ihren Käfigen kauerten, weinten, schliefen. Noch ahnten sie nicht, dass Rettung nahte, und Ahren schob jedwede Skrupel über den nun beginnenden Hinterhalt beiseite. Entweder sie handelten schnell und lautlos, oder diese Menschen würden den Preis für ihr Versagen bezahlen. Falk hielt seinen Bogen gespannt und stand auf der gegenüberliegenden Seite des Loches, Trogadon mit seiner Armbrust im Westen. Im Osten legte Hakanu angespannt die Finger um seinen Speer und Ahren konnte die Aufregung seines Schützlings regelrecht spüren. Sollte der Knabe Zweifel an ihren Methoden haben, so wurden diese durch die Aussicht auf eine Heldentat jedenfalls gründlich überdeckt.

»Sobald der erste Pfeil fliegt, stürmen Muai und ich das Loch über die beiden breitesten Stege«, sagte Khara neben ihm und gab ihm flüchtig einen Kuss auf die Wange. Ein fieberhafter Ausdruck lag in ihren Augen. Sie konnte es ebenso wenig erwarten, die Sklaven zu befreien wie er. »Lanlion und Culhen als unsere Schwergewichte sichern unseren Rückzug.«

Ahren leckte sich nervös über die Lippen und sah zum Himmel empor. Noch hielten die Sturmwolken den Mond gefangen und spielten ihnen damit in die Hände. Blind gegenüber allem außerhalb des Scheins der einzigen Fackel, die am Boden des Fleischmarktes brannte, würden die drei Wachen, die vor den Zelten standen, nicht einmal die Umrisse ihrer Angreifer sehen können. Ahren wies jedem der drei wartenden Fernkämpfer eine Wache zu und deutete dann auf sich, auf einen Pfeil und dann auf die Fackel. Anschließend deutete er nochmals auf sich, machte eine kleine Pause und dann auf Trogadon, Falk und Hakanu. Alle drei nickten verstehend. Er würde zuerst die Fackel mit einem Pfeil löschen, dann würden seine drei Freunde simultan angreifen.

Ahren glitt ins Pelneng. Dort atmete er tief durch und visierte die Fackel an, die flackerndes Licht auf die Wände und Käfige ringsum warf. Dann ließ er *Fisiniell* singen und zog im selben Moment bereits das nächste Projektil aus dem Köcher. Die Fackel unter ihm zersplitterte durch die Kraft des metallenen Pfeils in winzige Trümmer und glimmende Pechtropfen, als auch schon der Knall von Trogadons Armbrust, das Sirren von Falks Pfeil und das Rauschen von Hakanus Wurfspeer ertönte. Drei knirschende Geräusche erfüllten die Nacht und ebenso viele Körper fielen zu Boden. Falk und Trogadon machten sich erneut schussbereit und Hakanu ließ seinen blutigen Speer zurück in seine wartend ausgestreckte Hand schweben. Fragende Rufe wurden in den drei Zelten am Grund des Fleischmarktes laut, und kaum wurden die Stoffbahnen am Eingang zurückgeschlagen, ließen die vier Gefährten erneut ihre tödlichen Projektile auf die verwirrten Wachen und Händler niedergehen.

Khara und Muai huschten in der Zwischenzeit leise wie Geister die Stege hinab, während Lanlion und Culhen die Umgebung auf erste Anzeichen möglicher Unterstützung oder bewaffneter Störenfriede absuchten. Unbarmherzig zielte Ahren auf eine soeben entzündete Laterne im mittleren Zelt und schoss. Als zuerst das eiserne Gehäuse barst und dann das brennende Öl durch den Raum spritzte, ertönten Schreie sowohl von verängstigten Sklaven als auch von jenen Schurken, die in den Zelten ihrem jähen Ende entgegensahen. Verwirrte Wachen fielen unter Pfeil, Bolzen und Speer. Dann waren Muai und Khara auf dem Grund angekommen und keine zehn Herzschläge später wurde es still am Boden des Fleischmarktes, während die ersten Gefangenen angsterfüllte Schreie gegen hoffnungsvolles Flehen eintauschten.

Plötzlich regte sich etwas in den Schatten eines der zerstörten Zelte, und Ahren traute seinen Augen nicht, als ein Nebelpanther unter dem Tuch hervorkroch und ihn ansah. Wo kam denn das Dunkelwesen plötzlich her? Der Waldläufer stieß eine Warnung aus und legte seinen Bogen an, aber die Nebelkatze war bereits mit den Schatten verschmolzen. Während Khara und Muai sich noch suchend am Boden des Fleischmarktes umsahen, hörte Ahren hinter sich ein Knurren und wirbelte herum.

»Meister, Achtung!«, schrie Hakanu, als das Dunkelwesen sich gegen den überrumpelten Ahren warf und ihn einen Schritt rückwärts taumeln ließ – geradewegs über die Kante der Grube. Zähne und

Klauen kratzten über die Rüstung unter seiner Kleidung, als das schwere Wesen fauchend mit ihm in die Tiefe stürzte. Ahren tastete hektisch mit einer Hand nach seinem Messer, während er mit der anderen irgendwo Halt zu finden versuchte. Er hörte seine Freunde entsetzt aufschreien, war doch keiner von ihnen in der Lage, ihm in dieser Situation zu helfen.

Krachend prallte er im nächsten Moment gegen die Kante eines der Holzpfade, die hinab in die Tiefe führten, und überschlug sich in der Luft, während ihm das Messer durch den Zusammenstoß aus der Hand geprellt wurde. Der Nebelpanther versuchte indes, von Ahren fortzugelangen, je näher der harte Felsboden kam. Mit einem grimmigen Lächeln hielt der Waldläufer das Tier fest, damit es dem Aufprall nicht entkommen konnte, und drehte sich selbst so, dass er auf dem Dunkelwesen landete. Ein hässliches Knirschen wurde einen Herzschlag später von einem lauten Scheppern überlagert, als erst die Nebelkatze auf dem Stein und dann Ahren auf dem Nebelpanther landete.

Der Aufschlag ging dem Waldläufer trotz Rüstung und der Bestie, deren massiger Körper die Wucht abgemildert hatte, durch Mark und Bein.

»Ahren!«, rief Khara besorgt und wälzte ihn von dem zerschmetterten Dunkelwesen herunter. »Geht es dir gut?«

»Frag mich in einem Mond noch mal«, antwortete er stöhnend und tastete über seine Brust und Beine. »Alles noch dran«, versicherte er und kam schließlich mit Kharas Hilfe unsicher auf die Beine. »Aber bei den Göttern, wie kam ein Nebelpanther in eines der Sklavenhändlerzelte?«

»Er trägt einen Bannkragen«, sagte Khara und deutete auf das blutbefleckte Lederband um den Hals der Kreatur. »Anscheinend gehörte er einem der Händler.« Die Worte der Schwertmeisterin klangen eher nach einer Frage denn nach einer Feststellung.

Wir müssen hier weg, gab Culhen zu bedenken. *Weder der Kampf mit den Wachen noch dein unfreiwilliger Aufprall war besonders leise.*

Durch Culhens Nase konnte Ahren die Todesangst der Sklaven riechen, die in ihren Zellen saßen und nun hilflos darauf warteten, was als Nächstes geschah. Er schottete sich gegen die Gerüche ab, die vom ungleichen Schlachtfeld in seine Nase stiegen, das er und seine Freunde so heimtückisch eröffnet und kaltblütig wieder befriedet hatten, und verdrängte die Frage nach der Herkunft des Nebelpanthers, bis sie in Sicherheit waren.

Während Khara nach und nach die großen Käfige mit den Schlüsseln aufschloss, die sie den Sklavenhändlern abgenommen hatten, stieg Ahren zum Rand der Grube empor, wobei er den bleichen Gesichtern hinter den Gitterstäben in der Kaisersprache zuraunte, dass sie frei wären. Sofort begannen jene, die bereits befreit worden waren, die Holzstege emporzuströmen, und Ahren hatte alle Mühe, sie davon abzuhalten, ziellos in die Gassen Gol-Konars zu flüchten. Er bedeutete ihnen, sich im oberen Teil des Fleischmarktes zu sammeln und blieb selbst am Rande des runden Loches stehen, um sich einen Überblick zu verschaffen. Dabei blickte er forschend zu Hakanu hinüber, der nachdenklich seinen Speer in Händen drehte, einen Ausdruck auf dem Gesicht, als hätte man ihm ein kostbares Stück Unschuld geraubt. Meister und Lehrling sahen sich an und Ahren nickte einmal, unendlich langsam in unausgesprochenem Verstehen. Dies würde kein Heldenwerk werden, keine Sage, würdig für einen Barden. Nur eine Notwendigkeit, geboren aus der Überzeugung, dass Sklaverei niemals geduldet werden durfte und jene, die sich für dieses Handwerk entschieden, keinerlei Schonung zu erwarten hatten.

Khara huschte noch immer an den großen Käfigen entlang und befreite auch die letzten Sklaven. Die ungläubigen Rufe wurden immer lauter, bis Khara sie in ihrer Muttersprache mit drängendem Ton beantwortete. Dankbar schluchzende Seeleute in zerrissener, verschmutzter Kleidung stolperten hinaus ins Dunkel, ihrer jäh gewonnenen Freiheit entgegen, und folgten Khara wie eine Schar verängstigter Kinder zu jenen Gefangenen, die bereits am oberen Rand des Fleischmarktes ungeduldig flüsternd warteten. Ahren musterte den Strom der befreiten Sklaven mit Genugtuung im Blick, als die ersten fragenden Rufe ringsum in den Häusern laut wurden und Ahren Lanlion hektisch ansah.

Der trat daraufhin an den Rand des Loches und flüsterte Khara zu: »Sie sollen sich an den Händen halten und unter gar keinen Umständen loslassen. Sag ihnen, der Nebel ist ihr Freund und wird sie sicher aus der Stadt bringen.«

Während die Schwertmeisterin übersetzte und die gut drei Dutzend vollkommen von ihren Gefühlen überwältigten Sklaven mühsam dazu brachte, Lanlions Anweisungen zu folgen, floss unter dem Umhang des Blutleeren jener dichte Nebel hervor, der sie schon auf der Brücke eingehüllt hatte. Diesmal kroch das wallende Grau jedoch auf die verunsichert dreinschauenden Sklaven zu und verdeckte sie, bevor sie vor dem Phänomen zurückweichen konnten. Ahren konnte gerade noch einen Blick auf das verwundert verzogene Gesicht des nun befreiten Schiffsjungen werfen, bevor dieser vom Bann des Blutleeren verschlungen wurde. Dann trat Lanlion einen Schritt in seinen Zauber hinein und war umgehend verborgen, selbst vor der Totensicht.

»Ich werde sie den Steilen Abstieg hinaufbringen«, sagte er und wieder klang seine Stimme, als käme sie von überall und nirgendwo zugleich, begleitet vom furchtsamen und ungläubigen Flüstern der Sklaven. »Kehrt ihr indes zu Kanthasars Unterschlupf zurück, ich werde nachkommen. Oh, und ihr solltet euch beeilen, denn meine Kräfte schwinden und eure Augen werden euch bald wieder wie Sterbliche sehen lassen. Ich muss mich auf den Nebel konzentrieren.«

»Was ist mit den Entbehrlichen, die am Abstieg Wache halten?«, fragte Ahren, bekam aber keine Antwort. Lanlion und die befreiten Sklaven glitten bereits in der Nebelbank davon, und der Waldläufer hoffte, dass Lanlions Lösung für die Entbehrlichen nicht allzu blutig ausfallen würde. Diese Reise würde der bleiche Paladin allein unternehmen, auch auf die Gefahr hin, dass er erneut dem Sirenengesang von Menschenblut erlag und Ahren ihm nicht würde beistehen können.

»Wir sollten uns auf den Rückweg machen«, sagte Khara, deren Augen vor stillem Triumph geradezu leuchteten. »Muai sagt, dass sie Bewegungen in den nahen Häusern wahrnimmt.«

Ich höre mindestens ein Dutzend Personen, die sich bereit machen, nach dem Rechten zu sehen, gab Culhen der Schwertmeisterin recht.

»Nichts wie weg«, rief Ahren und sah sich hektisch um. Plötzlich stellte sich ihm die Frage, auf welchem Weg genau sie zu Jelninolan und den anderen zurückkehren wollten, da die Brücke, die den direktesten Rückweg versprach, noch immer von den Schergen des Roten Flusses bewacht wurde. Da ertönte hinter ihm ein lautes Krachen, und als er herumwirbelte, sah er Trogadon, der mit grimmigem Blick und entschlossener Miene seinen Hammer wieder und wieder auf eine Steinplatte am Rand des Fleischmarktes niedergehen ließ.

»Was tust du …?«, fragte Falk, bevor der Hammer die graue Oberfläche durchbrach und ein lautes Bersten von Holz ertönte.

»Ich sorge für Ablenkung«, sagte Trogadon voller Genugtuung und seine Worte gingen beinahe unter im Krachen und Knacken überlasteter Bohlen. »Wir sollten hier weg, das wird gleich sehr ungemütlich werden.« Die schmalen Kanäle links und rechts des Fleischmarktes gerieten in Bewegung und bildeten erste gurgelnde Strudel.

Ahren begriff, was der Schmied angerichtet hatte. »Weg hier!«, rief er mit noch mehr Nachdruck und führte die Gruppe auf die nächstgelegene Brücke zu und damit nach Westen, in Richtung des fernen Hafens. »Hier bricht sich gleich das Wasser Bahn.« Als hätten die Fluten nur auf Ahrens Worte gewartet, quollen sie gurgelnd aus den Käfigen des Fleischmarktes hervor, in denen sich vorhin noch die armen Seelen befunden hatten, die nun mit etwas Glück in Lanlions Obhut in ein besseres Leben flüchteten.

»Eine kleine Vorwarnung wäre nett gewesen«, knurrte Falk, als die Gefährten Ahren hinterher flüchteten, welcher sie, so gut es ihm seine Orientierung gestattete, nach Westen führte.

»Du weißt, dass das die falsche Richtung ist, oder?«, fragte Khara ihn, während sie neben ihm herlief. Hinter ihnen wurden die ersten Alarmrufe laut und ein flüchtiger Schulterblick offenbarte Ahren, dass bewaffnete Gestalten aus den anliegenden Häusern am Fleischmarkt strömten und sich wild im Schein von Fackeln und Laternen umsahen, nicht ohne sich dabei auch gegenseitig misstrauisch zu beäugen. Gleichzeitig füllten die entfesselten Fluten das dunkle Loch, das so viel menschliches Elend gesehen hatte, in Windeseile auf, so als wollten die Elemente selbst diesen Schandfleck menschlicher Abgründe von Joraths Antlitz tilgen. Ahren konnte trotz ihrer wilden Flucht nicht anders, als grimmig zu lächeln. Sofort spiegelte sich seine Mimik in einer wilden Grimasse jugendlichen Überschwangs in Hakanus Gesicht, der aussah, als hätte er soeben erfolgreich einen Drachen niedergerungen.

»Nach Norden können wir momentan nicht und im Osten bringt Lanlion die befreiten Sklaven in Sicherheit«, erklärte Ahren die Wahl seiner Fluchtroute. »Also sollten wir unser Glück im Westen versuchen, um eventuelle Verfolger von Lanlion abzulenken, aber ohne in die entgegengesetzte Richtung von Kanthasars Unterschlupf zu laufen.«

»Der Hafen ist ein raues Pflaster«, warnte Falk. »Dort beäugen die Piraten dieser Stadt nicht nur einander, sondern vor allem jeden Eindringling, der Ärger bedeuten könnte.«

»Gibt es in Gol-Konar denn nicht einen ruhigen Fleck, an dem man nicht in Lebensgefahr schwebt?«, fragte Hakanu ungläubig.

»Der Friedhof, denke ich«, witzelte Trogadon. »Wenn sie denn einen hätten.«

Ahren riskierte einen weiteren Schulterblick und sah, dass die Halunken auf den Stegen rund um den Fleischmarkt ratlos hin und her liefen, dabei ihre Fackeln, Laternen und Waffen schwenkten und einander mit derben Flüchen belegten. Der komplette Platz mit dem Schandloch war nun von Wasser bedeckt, sodass es schien, als wären die beiden ursprünglich nebeneinanderher fließenden Kanäle in einem Akt der Zweisamkeit zu einem breiten, unruhig daliegenden See verschmolzen. »Verrätst du uns, wie du das angestellt hast?«, fragte der Paladin Trogadon und deutete mit dem Daumen über die Schulter auf das Vernichtungswerk des Schmieds.

Der zuckte lässig mit den Achseln. »Ich hatte bei Tage schon die Konstruktion studiert, mit der dieses Gesindel die Sklaven bei einem Fluchtversuch ersäufen würden – du weißt schon, nur für den Fall.« Der Zwerg unterbrach sich mit einem Augenzwinkern. »Es stellte sich heraus, dass sie mit dem Klappensystem, das das Wasser zurückhält, ganz schon schlampig gearbeitet haben. Es gab da einen Stützbalken, den ich am hinteren Ende eines der obersten Käfige habe sehen können, der unerlässlich für den Halt der Schleusen war.« Trogadon strich sich zufrieden über den Bart. »Kaum hatte ich den zertrümmert, brach der Rest des Machwerks mieser Handwerkskunst in sich zusammen.« Ein wildes Grinsen stahl sich auf Trogadons Gesicht. »Es wird viel Gold und noch mehr Monde brauchen, bis sie den Schaden repariert haben.«

»Gut«, sagte Ahren und schlug seinem Freund im Lauf auf die Schulter. »Zumindest vorerst haben wir dem Sklavenhandel in Gol-Konar einen empfindlichen Schlag verpasst.«

Muai grollte und Khara blinzelte daraufhin. »Sie sagt, ihre Totensicht wird schwächer, und ich glaube, bei mir versagt der Zauber auch langsam.«

Ahren konzentrierte sich auf eine ferne Brücke und stellte fest, dass ihre Umrisse nach und nach in der Dunkelheit verschwanden, als wenn die Nacht ihr Recht auf verborgene Geheimnisse zurückforderte. »Lanlion hatte uns gewarnt«, murmelte er und blickte sich noch einmal gründlich um. »Orientiert euch«, sagte er leise. »Sieht irgendwer eine Möglichkeit, wo wir untertauchen können?«

Ich rieche was, sagte Culhen daraufhin, die Nase hoch erhoben. *Und zwar den unverwechselbaren Geruch einer schäbigen Taverne, in deren fauligem Stroh all das zu finden ist, was Gäste mit zweifelhafter Moral während eines Abends der Zecherei von sich geben.*

Klingt perfekt, antwortete Ahren erleichtert. *Wenn wir ruppig genug auftreten, können wir dort vielleicht die Nacht aussitzen, ohne in einen Kampf zu geraten.* Er wusste, dass er nach einem Strohhalm griff, und sein Freund war gnädig genug, ihn nicht darauf hinzuweisen. »Culhen hat vielleicht einen Ort gefunden«, sagte er nur, und so folgten alle dem nervös schnüffelnden Wolf.

Ich rieche da auch Blut, vermeldete Culhen, als sie durch einen breiten, hölzernen Torbogen schritten, der zwei windschiefe Bretterbuden davon abhielt, aufeinander zu krachen. Gelächter, dem jede Form von Empathie fehlte, erscholl von links, als Ahren und seine Freunde unter dem fauligen Holz heraustraten, und sofort bereute der Waldläufer seinen Entschluss, Culhens Nase gefolgt zu sein. Sprudelnd und gurgelnd floss ein kleiner, mit Abfällen verseuchter Kanal auf ein senkrechtes Gitter zu, das wohl als baufällige Bootssperre diente. Es hing krumm und schief im Wasser, füllte den Kanal dabei auf seiner gesamten Breite aus und hielt den Wassermassen, die zwischen seinen verrosteten Stäben hindurchrauschten, mehr schlecht als recht stand. Über dem Gitter befand sich ein Gebäude, das wohl mal eine Art Wachhaus gewesen sein musste, und das aufgrund seiner vielen hölzernen Anbauten aussah wie ein verkrüppelter Baum, an dem klumpige, deformierte Pilze aus notdürftig zusammengezimmertem Holz wuchsen. Flackerndes Licht talgiger Fackeln drang durch die vielen Ritzen des Bauwerks, wo auch die Vielzahl an Geräuschen der anwesenden Gäste seinen

Ursprung hatte: das grausige Lachen, die einfallsreichen Flüche, das unkontrollierte Lallen, das schräge Singen und das unterschwellige Weinen.

»Klingt wie eine betrunkene Bardentruppe aus Zwergen, denen man die Bärte über den Lippen verknotet hat«, kommentierte Trogadon die Kakofonie aus dem Inneren der Taverne. »Unter anderen Umständen wäre ich regelrecht neugierig.«

»Keine Zeit zu zögern«, sagte Khara. »Muai sieht noch genug, um zu erkennen, dass wir nachdenkliche Blicke von den Halsabschneidern, die auf den Dächern umherstreifen, auf uns ziehen.«

»Falk, geh du vor«, sagte Ahren. »Und nimm Khara an deine Seite. Ihr seht von uns noch am gefährlichsten aus.«

»Du weißt auch immer, was du deiner Angetrauten sagen musst, du alter Charmeur«, sagte Khara mit einem übertriebenen Augenzwinkern und rückte ihre Waffen zurecht. Dann trat sie neben Falk, der ohne ein weiteres Wort auf ein Loch in der Wand zuhielt, vor dem ein Eisländer stand, der mehrere rote Striemen im Bart aufwies und die näherkommende Gruppe misstrauisch beäugte.

»Ihr gehört zu keinem der Schiffe«, sagte er statt einer Begrüßung und stellte sich Falk und Khara in den Weg. »Dann habt ihr hier drinnen nichts verloren.« Ahren sah, dass auf einem Schild über der Tür das dilettantisch gemalte Bild eines Schiffswracks zu sehen war, das halb im Wasser lag, darüber der Schriftzug: *Leichthe Bäute*. Die Kunst des Schreibens wurde hier offensichtlich nicht hochgeschätzt.

»Wir brauchen ein Schiff, das uns von hier wegbringt, und jemanden, der zwischen den Hauern navigieren kann«, schnarrte Falk den Kerl an, der einen Kopf größer und zwei Handbreit muskulöser war als der alte Mann. »Wir benötigen bald 'ne Möglichkeit, abzuhauen.« Ahrens Mentor schleifte die Worte so gekonnt, wie der nächstbeste Hafenarbeiter es tun würde, und der Eisländer legte nachdenklich den Kopf schief.

»Na gut«, sagte er. »Aber das Viehzeuch bleibt draußen.« Dabei deutete er auf Culhen, Muai und Kamaluq. Ahren musste den Mann für seinen Mut bewundern, angesichts eines Blutwolfes die Ruhe zu bewahren. »Da drinne sind schon genug Tierchen und die teilen nicht gern.«

Ahren tauschte einen unsicheren Blick mit Trogadon. Was meinte der Mann damit?

Culhen reagierte seiner Rolle entsprechend mit einem Knurren, setzte sich dann aber dicht neben den Eisländer und starrte den Mann unverwandt an. Muai ließ sich indes am Rand des Kanals nieder und kratzte vielsagend mit ihren Krallen über den feuchten Stein, dem sie tiefe Furchen zufügte, während sie ihre achatfarbenen Augen auf den nun zu schwitzen beginnenden Türsteher richtete. Kamaluq hingegen knabberte hingebungsvoll an einem alten Lederschuh, den er geschickt mit der Schnauze aus den Fluten des vermüllten Kanals gefischt hatte. Falk und Khara schoben sich an dem eingeschüchterten Mann vorbei, und kaum war Ahren ihnen gefolgt, als der Waldläufer eine Hand auf seiner Schulter spürte. Der Türsteher wirbelte ihn herum und sah ihm forschend in die Augen, während er Ahrens Kapuze abstreifte.

»Wen haste denn totgemacht, dass de die Streifen da trächst?«, fragte er mit zusammengekniffenen Augen. »Bist noch ein bisschen jung für so viel Schulden.«

Ahren wollte schon eine Erklärung stammeln, als er sich eines Besseren besann. »Hab Leute aufgeschlitzt, die mir blöde Fragen gestellt haben«, raunte er und legte seine Finger an den Dolch. »So hat der Wolf immer was zu fressen.«

Immer was zu fressen?, echote Culhen. *Dass ich nicht lache. Ich bin ja nur noch Haut und Knochen!*

Ahren ignorierte seinen Freund und sah stattdessen dem Eisländer fest in die Augen. Der wirkte für ein, zwei Herzschläge, als wolle er Ahrens Antwort mit Gewalt begegnen, aber als Culhen hörbar knurrte, entspannten sich seine Fäuste wieder.

»Dann geh mal rein, aber schau, dass du möglichst schnell wieder aus Gol-Konar verschwindest«, sagte der Mann mürrisch. »Diese Stadt ist nich gut zu Leuten wie uns.« Die letzten Worte klangen wie eine ernst gemeinte Warnung, und Ahren sah für einen kurzen Moment einen tiefen Schmerz in den Augen des anderen aufblitzen. Dann ließ er Ahrens Schulter los und finstere Grobschlächtigkeit senkte sich wieder wie ein Mantel über den kurzen Einblick in die Seele des Eisländers.

Der Waldläufer nickte mit neutraler Miene und verschwand dann im Inneren der Kaschemme, um den Anschluss an seine Gefährten nicht zu verlieren. Kaum, dass er einen Schritt in den niedrigen, langgestreckten Raum gesetzt hatte, schlug ihm ein bestialischer Gestank entgegen, und er begann so flach zu atmen, wie es ihm möglich war. Unter den mehrfach ausgebesserten Tischen, den schiefen, reparaturbedürftigen Stühlen und den trampelnden Füßen der lauten, betrunkenen Gäste bedeckte stinkender Morast den Boden, der vor Monden einmal frisches Stroh gewesen sein mochte. Andere, nicht weniger unangenehme Gerüche, vermischten sich mit dem vom Boden aufsteigenden Gestank, und Ahren vermutete, dass die Hälfte der Anwesenden nur deshalb so viel trank, um es hier drinnen aushalten zu können. Beleidigungen und unflätige Bemerkungen flogen in einem Mischmasch mehrerer Sprachen durch den Raum, und Ahren erkannte sofort, dass hier Mitglieder aus rund einem halben Dutzend Schiffsbesatzungen herumlungerten und einander mit Schmähungen überzogen, die nicht selten von Handgreiflichkeiten begleitet wurden.

Falk und die anderen hatten sich einen winzigen, wackeligen Ecktisch gesichert, von wo aus sie ihn zu sich herüber winkten. Dabei sah Khara warnend zur anderen Seite des langen Raumes und Ahrens Blick irrlichterte für einen halben Herzschlag in die entsprechende Richtung, ohne dass er seinen Kopf drehte. Beinahe hätte er in seiner Bewegung innegehalten, doch er stampfte scheinbar unbeirrt mit gesenktem Kopf zu seinen Freunden hinüber. Weit entfernt, an einem großen, ausladenden Tisch, der sogar noch alle Beine hatte und kaum beschädigt aussah, saß ein Gruppe Piraten um eine Gestalt herum, die eine opulent bestickte Seemannsweste und einen ausladenden Kapitänshut trug und neben der zwei angeleinte Dunkelwesen saßen!

Schmerzeber!, schoss es Ahren durch den Kopf, als er die breitköpfigen, an ein Wildschwein erinnernden Wesen sah, an deren Häuptern seitlich vier geschwungene Hauer saßen, die wie kurze Speere nach vorne ragten. Ebenso viele rote Augen starrten bösartig in den Raum, das borstige Fell war von einem schmutzigen Grau-Grün. Beide trugen breite Halsbänder, auf denen Zauberzeichen wie glimmende Kohlen glühten.

Deswegen ist Muai auf einmal so unruhig, sagte Culhen, der ebenfalls nervös wurde, als er die beiden Dunkelwesen durch Ahrens Augen erblickte. *Sollen wir reinkommen?*

Nicht, bevor die Lage ernst wird, antwortete Ahren. *Noch ignorieren sie uns. Ich denke, die Bannkragen machen aus ihnen bessere Haustiere.*

Ahren wollte sich gerade zu den anderen setzen, als er auf einmal an der Schulter gepackt wurde. Ein untersetzter Eisländer mit einem roten Streifen auf dem schütteren Kinnbart starrte ihn aus glasigen Augen an.

»Ichkenndichdoch«, nuschelte er schwer blinzelnd.

Ein Schock durchfuhr den Waldläufer. Wenn sie hier in dieser Spelunke enttarnt wurden, mitten im Herzen Gol-Konars und ohne magische Unterstützung ... »Du musst dich irren«, sagte Ahren mit kalter Stimme. »Und jetzt lass mich los, oder du verlierst ein paar Finger.«

»Hab dich schon gesehen«, sprach der Eisländer weiter. Der Zorn, der in seinen Augen aufglomm, nahm auch seinen Worten die Undeutlichkeit. »Auf einem Steckbrief, wenn ich mich recht entsinne.«

Ahrens Augen zuckten nach links und rechts. Noch hatte keiner der umstehenden, grölenden Gäste ihre Unterhaltung bemerkt. Er handelte, ohne lange nachzudenken. »Was hast du über meine Mutter gesagt?«, brüllte er so laut, dass die halbe Taverne sich zu ihm umdrehte. Dann schmetterte er seine Faust gegen den Hals des überraschten Piraten, bevor der ein Wort erwidern konnte, und während dieser röchelnd zur Seite schwankte, setzte Ahren einen Schwinger gegen dessen rechte Schläfe nach. Der untersetzte Eisländer blieb noch einen Moment mit verdutzter Miene stehen, dann ging der Mann zu Boden und blieb im schlammigen Stroh liegen.

Gelächter und hämische Bemerkungen flogen durch den Raum, und als der Paladin sich zu seinen Freunden gesellte, sah er das eine oder andere beifällige Nicken aus den Reihen der hart gesottenen Männer und Frauen im Raum. Noch während er sich setzte, verflog das Interesse an ihm bereits und der Paladin wagte es endlich, erleichtert durchzuatmen.

»Was war das da grade?«, fragte Falk gereizt.

»Oh, Meister«, hauchte Hakanu dazwischen und ahmte Ahrens Bewegungen während des Kampfes nach. »Das war einfach großartig!«

»Ruhig«, raunte der Waldläufer seinem Schützling zu. »Denk an deine Rolle.« Während Hakanu erfolglos versuchte, seine Begeisterung zu verbergen, drehte sich Ahren Falk zu. »Dieser Kerl hat mich erkannt.« Er machte eine bedeutungsschwangere Pause. »Von einem Steckbrief.«

Falk fluchte herzhaft und auch Trogadon murmelte unschöne Wort in seinen Bart. »Wir sollten sofort gehen«, sagte der alte Paladin und wollte sich erheben, doch Khara legte ihm eine Hand auf den Arm.

»Der steht so schnell nicht wieder auf«, sagte sie und deutete auf den Mann, dessen Kopf halb im besudelten Stroh vergrabenen dalag und lautstark vor sich hin schnarchte. »Und so betrunken, wie der ist, erinnert er sich morgen nicht mehr an A– … Aki.« Dass Khara Ahrens richtigen Namen nicht in den Mund nahm, zeigte, dass die Schwertmeisterin ebenso auf der Hut war wie der Rest der Gruppe, aber in einem gab ihr der Waldläufer recht: Der betrunkene Bursche würde wahrscheinlich bis in den späten Tag hinein genau dort liegenbleiben, wo er gerade mithilfe von Ahrens Fäusten seinen Rausch ausschlief.

»Was darfs ’n sein?«, schnarrte eine Schankmagd, die mindestens schon fünfzig Sommer und sämtliche Gräuel gesehen hatte, die dieser spezielle Ort zu bieten hatte. Ihre Kleidung war beinahe so besudelt wie der Boden, und Ahren entdeckte Geschwüre auf den Armen der Frau, vor denen er innerlich zurückzuckte.

»Wein«, bellte Falk die Bedienung an. »Und zwar schnell!« Anscheinend traf er genau den richtigen Ton, denn sie nickte, ohne eine Miene zu verziehen. Dann holte der alte Paladin eine Goldmünze aus seiner Tasche, und ihre Augen begannen zu leuchten. »Und zwar in sauberen Bechern«, fügte er hinzu und schnippte die Münze zu ihr hinüber.

»Ich beginne langsam zu erahnen, wo und wie du deine düsteren Tage als Söldner und Säufer verlebt hast«, sagte Trogadon beeindruckt, als die Frau mit den erloschenen Augen fortschlurfte. »Du fügst dich hier nahtlos ein.«

Falk schnaubte. »Glaub mir, das ist mit Abstand die widerlichste Spelunke, die ich je gesehen habe«, raunte er leidenschaftlich. »Und ich fürchte, in Gol-Konar gibt es Dutzende davon.«

»Wie ist der Plan?«, fragte Hakanu neugierig. »Suchen wir hier wirklich nach einem Piraten, der uns aus der Stadt bringen wird, sobald wir … erledigt haben, weswegen wir hergekommen sind?« Zufrieden bemerkte Ahren, dass sein Lehrling auf seine Worte achtete, auch wenn ihm die Begeisterung des Jungen bei der Aussicht auf eine mögliche

Fahrt auf einem Piratenschiff missfiel.

»Wir warten den Morgen ab und kehren dann zu den anderen zurück«, sagte Falk mit einem Kopfschütteln. »Ehrlich gesagt möchte ich hier keinerlei Handel abschließen. Ich bin sicher, Kanthasar wird einen vertrauenswürdigen Kapitän finden, der uns wegbringen kann, um uns weiter südlich im Ewigen Reich abzusetzen.«

»Oder wir erregen kein Aufsehen bei der Befreiung von Palnah und schleichen uns einfach über den Steilen Abstieg raus«, warf Trogadon ein.

Ahren bezweifelte, dass sie Salmans Frau vollkommen unbemerkt aus dem Blutroten Palast befreien konnten, ihm gefiel jedoch die Vorstellung, dass es ihnen gelingen könnte, wie eine Gruppe Meisterdiebe nach getaner Arbeit unentdeckt davonzuschleichen. »Das können wir später bereden«, warf er ein. »Erst mal müssen wir die Nacht in dieser Spelunke überstehen.« Dabei sah er verstohlen zu dem Piratenkapitän mit den beiden Schmerzebern hinüber. »Ich glaube mehr und mehr, dass die Angst der Bewohner Gol-Konars vor unserem Blutwolf daher rührt, dass er keinen Bannkragen trägt. Es scheint, als wären diese gebundenen Dunkelwesen hier kein allzu ungewöhnlicher Anblick. Denkt nur an den Tausendnadler auf der Brücke oder den Nebelpanther im Fleischmarkt.«

»Palnah hin oder her, wir müssen mehr darüber erfahren«, sagte Falk leise und in ernstem Ton. »Falls Reik tatsächlich einen Magier beschäftigt, der diese Kragen zu Dutzenden anfertigt, entsteht hier still und heimlich eine unberechenbare Armee im Hinterhof des Grünen Meeres und des Ewigen Reiches, mit der er nach Belieben Unheil anrichten kann, während wir die Obsidianfeste in Schach zu halten versuchen.«

»Hat noch jemand das Gefühl, diese Stadt ist ein Strudel, der einen unaufhaltsam in seine Tiefen hinabzieht?«, fragte Khara resigniert in die Runde. »Wir kamen wegen einer Frau, und nun haben wir«, ihre Stimme wurde deutlich leiser, »den Fleischmarkt zerstört und reden darüber, diesem Reik Silbermantel die Stirn zu bieten.«

»Bist du dagegen?«, fragte Ahren rhetorisch und lächelte seine Liebste an, die ihm die offensichtliche Antwort schuldig blieb.

Falk hieb verstohlen mit der Faust auf den Tisch. »Verdammt, ich wusste, dass das passiert«, murrte er. »Man kann nicht reinen Herzens einen Ort wie die Stadt der Schurken aufsuchen, ohne dass man sich von Problem zu Problem hetzen lässt.«

»Wir müssen sowieso in den Blutroten Palast«, sagte Trogadon mit einem Achselzucken. »Was ist schon dabei, wenn wir bei der Gelegenheit diesem Magier mit den Bannkragen einen Besuch abstatten und seine Vorräte verbrennen oder dafür sorgen, dass er nie wieder einen solchen herstellen kann.«

»Klingt ganz schön endgültig«, sagte Ahren. »Wir sind keine Attentäter.«

»Sag das den Leichen der Händler, die die Wassermassen bereits aus dem Fleischmarkt gespült haben«, sagte der Zwerg mit verschlossener Miene, und für eine Weile schwiegen alle am Tisch.

Nach einer kleinen Ewigkeit kehrte die Bedienung zurück und stellte ihnen einen Weinkrug und fünf Becher auf den Tisch. Sauber waren diese zwar nicht zu nennen, aber im Gegensatz zu dem, was Ahren an den anderen Tischen sah, waren sie wie aus feinstem hochpoliertem Kristall.

Trogadon schenkte allen ein, und Ahren widersprach nicht, als auch Hakanu etwas vom Wein abbekam. Das, was der Junge heute Nacht erlebt hatte, war schlimmer als ein Schluck miesen Alkohols. Wortlos stießen sie an, und Ahren sammelte seine Gedanken.

»Auf die siebenunddreißig Seelen, die wir heute retten konnten«, sagte er schließlich und hob noch einmal seinen Becher. Die anderen folgten seinem Beispiel und die nächsten Schlucke des scheußlichen Gesöffs kamen Ahren wie süßer Nektar vor.

»Du hast sie ernsthaft gezählt?«, fragte Trogadon mit einem leichten Lächeln.

Ahren zuckte die Achseln. »Es fällt mir leicht, mich an die Verluste und dunklen Taten meiner Reise zu erinnern. Also ja, ich habe diese Sklaven gezählt, um mich in schweren Momenten daran zu erinnern, warum wir tun, was wir tun.«

Ein sehr schöner Gedanke, lobte ihn Culhen, der noch immer den Eisländer vor der Tür mit seinem stechenden Blick drangsalierte und sich diebisch darüber freute, dass der Kerl immer nervöser wurde. Muai machte bei dem kleinen Spielchen mit, indem sie sich auf Katzenart immer näher an den Türsteher heranschlich, fingerbreit um fingerbreit, eine ausgestreckte Kralle nach der anderen.

Ahren und Khara tauschten ein Lächeln aus, das dem Paladin verriet, dass auch Khara die Verspieltheit genoss, die ihre Vertrautentiere sich in dieser beklemmenden Stadt bewahrt hatten. »Also was meint ihr?«, fragte er schließlich in die Runde. »Sitzen wir bis zum Morgengrauen rum und trinken üblen Wein oder versuchen wir, aus diesem Kerl mit der prunkvollen Weste herauszubekommen, wo und wie er an die Bannkragen gekommen ist?«

»Ich hätte da eine Idee«, sagte Trogadon. »Aber die hängt davon ab, ob sich Lanlions Anwesenheit in Gol-Konar schon bis an diesen Ort herumgesprochen hat.«

»Davon würde ich ausgehen«, sagte Falk nachdrücklich. »Spätestens seit unserem Zusammenprall mit den Schergen vom Roten Fluss auf der Brücke. Dort gab es Dutzende Zeugen.«

»Dann drückt mir die Daumen«, sagte der Zwerg grimmig und glitt hinter dem Tisch hervor. Hakanu wollte ihm folgen, aber Ahren hielt ihn mit einer Geste zurück.

»Lass ihn machen«, raunte er. »Wenn er uns hätte dabeihaben wollen, dann hätte er das gesagt.«

Hakanu nickte, dann bekam er auf einmal einen glasigen Blick und schüttelte benommen den Kopf.

»Vielleicht war der Wein doch keine so gute Idee«, murmelte Khara und runzelte die Stirn, während sie den Jungen besorgt ansah. »Wird dir vielleicht schlecht?«, fragte sie ihn.

»Ja … Nein … Ich weiß nicht«, stammelte er. »Meine Sicht ist seltsam verschwommen. Ich … ich glaube, ich sehe den Türsteher vor mir. Er schaut böse auf mich herunter.« Der Lehrling verzog das Gesicht. »Und es stinkt auf einmal noch viel schlimmer als ohnehin schon.«

Ahren durchfuhr ein Verdacht und er glitt in Culhens Sinne. Der kleine Fuchs hatte dem Türsteher verspielt in den Stiefel gebissen und der überlegte anscheinend gerade, ob er das junge Tier treten sollte oder nicht. Das Grollen aus den Kehlen Culhens und Muais gab dem Mann den unmissverständlichen Rat, von dieser herzlosen Tat besser Abstand zu nehmen. Im Wissen, dass die beiden auf den Kleinen aufpassen würden, konzentrierte sich Ahren wieder auf seinen Schützling. »Ich gratuliere«, sagte er. »Du hast das erste Mal die Sinne Kamaluqs benutzt.«

Hakanu blinzelte heftig. »Das ist verwirrend.« Dann stand er hastig auf. »Ich muss zu ihm.«

»Setz dich«, sagte Khara lächelnd. »Es passen beinahe zweitausend Stein Muskeln, Krallen und schlechte Laune auf deinen Fuchs auf. Culhen und Muai tun beinahe so, als wäre Kamaluq deren gemeinsamer Welpe.«

Ein Welpe? Mit Muai? Ist mir schlecht, kommentierte der Wolf das Gesagte, und an Kharas amüsiert zuckenden Mundwinkeln erkannte Ahren, dass ihre Tigerin wohl ähnlich passende Worte für diesen Vergleich gefunden hatte.

Hakanu setzte sich wieder und wirkte ein wenig verloren, also beschloss Ahren, die Gelegenheit zu nutzen, ihm etwas beizubringen. »Schließe deine Augen und konzentriere dich auf Kamaluq«, riet er ihm. »Es ist leichter, wenn du am Anfang nur eine Perspektive betrachtest, bevor du dich an der Doppelsicht versuchst.«

Der Lehrling nickte und senkte die Augenlider. Kurz drauf begann er zu lächeln und seinen Kopf leicht hin und her zu wiegen.

»Doppelsicht?«, fragte Khara neugierig.

Ahren zuckte mit den Achseln. »Ein ebenso guter Name wie jeder andere«, sagte er leichthin. »Und ich denke, es beschreibt das Phänomen recht gut, oder?«

»Obacht«, warnte sie Falk und deutete auf Trogadon, der sich langsam und gemächlich durch die Menge an den Kerl mit der bestickten Weste herangekämpft hatte, indem er seine geringe Größe und harten Ellbogen eingesetzt hatte. »Gleich muss er unseren Freund bemerken.«

Ahren richtete seine Aufmerksamkeit auf den Schmied, der lässig seinen Hammer über der Schulter trug und jeden in Grund und Boden starrte, der ihm eine üble Bemerkung zurief. Dabei strahlte Trogadon eine solch rohe Gewaltbereitschaft aus, dass er bisher unbehelligt geblieben war, was in dieser rabiaten Umgebung ein kleines Kunststück darstellte.

Gerade fiel der Blick des Mannes in der auffälligen Weste auf den Zwerg, und Ahren schaute sich den Fremden genauer an. Lange, schwarze, fettige Locken umrahmten ein fülliges Gesicht. Dunkle Augen, die Trogadon stechend durchbohrten, rangen mit der scharfen, leicht schiefen Nase um die Aufmerksamkeit des Betrachters. Dazu ein dünner, blasser Mund, der von einem übertrieben langen Schnurrbart geziert wurde, welcher in unordentlichen Zöpfen endete, die unterschiedlich lang waren.

Einem gelangweilten König in seinem zugigen Thronsaal gleich hob der finster dreinblickende Mann eine Hand und deutete auf Trogadon, wobei Ahren eine Reihe von Ringen an den Fingern des Kapitäns bemerkte, die alle den Glanz von poliertem Stahl aufwiesen und mehr an eine Panzerung denn an Schmuck erinnerten. Ahren konnte nicht verstehen, was der Mann sagte, aber Körpersprache und Mimik waren eindeutig: Trogadon war nicht willkommen.

Die Lakaien des Fremden erhoben sich von ihren Stühlen, ein Schutzwall aus Muskeln und Waffen. Auch die beiden Schmerzeber erhoben sich dumpf grunzend, die kleinen, bösartig funkelnden Augen auf den Schmied gerichtet. Hauer wurden angriffslustig geschwenkt, und Ahren hoffte, dass sein Freund wusste, was er da tat. Es wurde merklich leiser in der Kaschemme, als ein Großteil der Gäste mit erwartungsvollen Gesichtern den Piratenkapitän und den Zwerg belauschten.

»Du«, sagte Trogadon laut genug, dass seine Stimme bis zu Ahren und den anderen Gefährten durchdrang. »Mein Meister will wissen, woher du diese Halskragen hast.« Dabei deutete er mit seinem Hammer auf einen der Schmerzeber, ohne sich von dem Gebaren der Dunkelwesen einschüchtern zu lassen. Schlagartig wurde es noch ruhiger in der Kaschemme. Es war jene Art von Stille, wie sie oft vor einem gewaltigen Unwetter zu spüren war. Lauernd. Drückend. Die Verheißung großen Unheils mit sich tragend.

»Wer verdammt bist du?«, schnarrte der Mann mit einem ungläubigen Blinzeln unter seinem Kapitänshut hervor. »Und warum sollte ich dich nicht hier und jetzt in Stücke reißen lassen?« Die Stille in Raum nahm eine neue Qualität an. Ahren konnte die Vorfreude der Umstehenden auf ein Scharmützel regelrecht spüren.

»Weil mein Meister mit dir noch viel Schlimmeres anstellt«, sagte Trogadon mit einem Achselzucken. »So wie heute Morgen, als ihm die

Schergen des Roten Flusses im Wege standen.« Dabei deutete er weiter mit seinem Hammer auf den Kragen des Schmerzebers. Der Schmied hielt die große Waffe mit nur einer Hand seelenruhig ausgereckt. Der schwere Kopf der Waffe zitterte nicht mal ein kleines bisschen.

Ahren bewunderte den Mut seines Freundes, auch wenn der mit ihrer aller Leben spielte. Denn eines war klar: Sollte Trogadon angegriffen werden, würden Ahren und die restlichen Gefährten ihm mit allen ihnen zur Verfügung stehenden Mitteln zu Hilfe eilen.

Einer der Helfershelfer des Fremden beugte sich zu seinem Herrn hinunter und flüsterte ihm etwas ins Ohr. Die Augen des beleibten Mannes verengten sich und er senkte seine rechte Hand, die Finger waagerecht ausgestreckt. Die beiden Schmerzeber setzten sich hin wie dressierte Hunde. Die Schläger des Mannes entspannten sich sichtlich und lümmelten sich wieder auf ihre Stühle. Die erwartungsvolle Stille in der Schenke wurde durch halb enttäuschtes, halb fragendes Gemurmel unterbrochen. Immerhin – für den Augenblick kamen die Anwesenden nicht auf die Idee, jene Gewalt selbst anzuzetteln, um die ihre düsteren Herzen betrogen worden waren.

»Die Bannkragen sind ein Geschenk des Herrn der Stadt gewesen«, sagte der Fremde schließlich in einem Tonfall, als würde ihm jede Silbe große Selbstbeherrschung abverlangen. »Reik Silbermantel gab mir diese zwei, da ich während des letzten Mondes mehr Schiffe kaperte als jeder andere Kapitän.« Ein böses Grinsen stahl sich auf seine Lippen. »Du siehst, es gehört mehr als sinnloses Morden dazu, sich diese Kragen von seinem Magier Askadar zu verdienen. Den Roten Fluss auszutrocknen, wird Reik nicht sehr erfreuen. Weniger Attentäter bedeuten weniger Einnahmen.«

»Mein Meister will mit diesem Reik reden«, sagte Trogadon unbeeindruckt. »Wie kann er Kontakt zu ihm aufnehmen?«

Der Fremde lachte. »Ein Tribut hat schon immer geholfen«, sagte der Mann, und ringsum setzte gehässiges Lachen ein. »Zwei, drei Kisten Gold sollten reichen.«

»In Ordnung«, erwiderte Trogadon und legte seinen Hammer wieder auf seine Schulter. »Danke für deine Hilfe.« Dann drehte er sich um und ging fort, als hätte er den Kapitän nur nach dem Weg zum nächsten Abort gefragt.

»Warte!«, bellte der Seebär, und Ahren versteifte sich, bereit, einzugreifen, sollte die Situation aus den Fugen geraten. Die anderen Gäste verlagerten begierig ihr Körpergewicht nach vorne, in der neuerlichen Erwartung eines blutigen Konfliktes. »Wozu das Interesse an den Bannkragen?«, fragte er lauernd. »Dafür braucht man doch ein Dunkelwesen. Sind die Gerüchte, die über Eure Gruppe kursieren etwa wahr?« Eine weitere, wildere Welle der Enttäuschung darüber, dass noch immer geredet und nicht gekämpft wurde, ging durch die Menge. Ihre Gier nach Gewalt wurde von Moment zu Moment größer.

Trogadon nickte, ohne sich umzudrehen, und zwinkerte dann kaum merklich Ahren zu. »Ich bin so froh, dass du fragst«, sagte er in unheilvollem Ton. Dann stieß er einen lauten Pfiff aus.

Dein Auftritt, mein Großer, sandte Ahren Culhen zu.

Während Kamaluq aus wissbegierigen Augen dabei zuschaute, wie die Großkatze den Menschen in Schach hielt, sprang der vermeintliche Blutwolf durch den Eingang der Kaschemme. Culhens dunkle Gestalt glitt durch den Türrahmen, sein Kopf ragte beinahe bis zur niedrigen Decke. Mit einem leisen Knurren, das in den Knochen der Anwesenden vibrierte, schlich er durch den Raum. Jede seiner Pfoten verursachte ein gut hörbares Kratzen auf den Steinen unter dem gammeligen Stroh.

Das hast du geübt, oder?, fragte Ahren seinen Freund amüsiert über ihre geistige Verbindung hinweg.

Ein wenig, gab Culhen zu. *Aber ich werde mir gleich dringend die Pfoten waschen müssen*, fügte er einen Herzschlag später angeekelt hinzu.

Die Menge reagierte mit einer kollektiven Rückwärtsbewegung, die Ahren schon in den *Fünfzig Sünden* hatte bestaunen können. Im Gegensatz zu der damaligen Situation fiel ihm jedoch auf, dass die besorgten Blicke dem Hals des Wolfes galten, an dem sich kein Bannkragen, sondern nur der als gewöhnliches Stahlband getarnte Tiersegen befand. Die Gewaltbereitschaft im Raum wich schlagartig dem Geruch von Angst und purem Selbsterhaltungstrieb. Trogadon ging zu Culhen hinüber und tätschelte ihm den Kopf. Der Wolf grollte daraufhin laut und schnappte nach den Fingern des Schmieds, ohne diese jedoch zu erwischen.

Übertreib es nicht, mahnte Ahren. *Wenn du Trogadon wirklich beißt, macht er dir ein paar unbequeme Dellen in deine Rüstung.*

»Mein Meister beherrscht dieses Vieh hier mithilfe seines dunklen Willens«, sagte Trogadon. »Doch das macht ihn immer sehr … durstig. Er sucht nach Mitteln und Wegen, um die Opferzahl in dieser schönen Stadt so gering wie möglich zu halten.«

»Ich verstehe«, sagte der Kapitän und scheuchte Trogadon mit einem Handwendeln fort, eine letzte verzweifelte Geste, um seine Souveränität aufrechtzuerhalten. »Dann wünsche ich deinem Meister viel Glück bei seinen Bemühungen.« Jede Silbe troff geradezu vor Gift.

Trogadon tat so, als würde er einer inneren Stimme lauschen. »Mein Meister dankt dir für deine Mühen«, sagte er dann lächelnd. Ein Raunen ging durch die Kaschemme.

»Er … er kann uns hören?«, fragte der Fremde und leckte sich die schweißnassen Lippen.

»Es ist Nacht«, sagte Trogadon ominös. »Wo die Dunkelheit wohnt, ist mein Meister niemals fern.« Dann schlenderte er durch die Menge zu Ahren und den anderen zurück. Man hätte in der Stille eine Münze fallen hören können.

»Ganz schön dick aufgetragen«, murmelte Falk, als Unruhe einsetzte, da die eine Hälfte der Gäste die Kaschemme verließ, während die andere zusätzliche Fackeln entzündete, um sich besser gegen die Dunkelheit der Nacht und den angeblich darin lauernden Blutleeren wehren zu können. »Du hast aus Lanlion ein echtes Schreckgespenst gemacht.«

»Das wird uns schon nicht schaden«, sagte Trogadon leise. »Ich ärgere mich viel mehr, dass wir kaum Neues erfahren haben.«

»Das würde ich so nicht sagen«, widersprach Khara. »Wir wissen nun, dass Bannkragen nur an loyale oder zumindest höchst nützliche Einwohner Gol-Konars vergeben werden.«

»Und wir haben den Namen des Mannes erfahren, der sie fertigt«, fügte Ahren hinzu. »Askadar. Der Hofmagier, von dem wir schon früher hörten.«

»Klingt nach einem klassischen Namen aus Kap Verstaad«, sagte Falk. »Mich würde es nicht wundern, wenn Salman oder vielleicht auch Kanthasar etwas über diesen Askadar weiß.«

»Gute Idee. Fragen wir sie, sobald wir zurück sind«, sagte Trogadon. »Aber jetzt hätte ich gerne noch etwas von diesem schrecklichen Wein. Nach meinem kleinen Auftritt schlottern mir ganz schön die Knie.«

Und so saßen die Gefährten bis zum Morgengrauen beisammen, beäugten das Kommen und Gehen in der Kaschemme und waren sich der misstrauischen Blicke bewusst, die weniger ihnen, als ihrem unheimlichen Meister und seinem geknechteten Blutwolf galten, der ein stummes Zeichen dafür war, dass sein dunkler Herr in den nahen Schatten Gol-Konars auf sein nächstes Opfer lauerte.

Niemand wagte es, die Gefährten anzugreifen oder auch nur anzusprechen, und als die Sonne zögerlich die ersten tastenden Strahlen auf den Stein der Klamm warf, machten sich Ahren und seine Freunde auf, um zu Jelninolan, Uldini, Salman und hoffentlich auch Lanlion zurückzukehren.

15. Kapitel

»Endlich«, fauchte Uldini, kaum dass sie die Kammer betraten, in der die beiden Alten und der Grande die gesamte Nacht hindurch auf sie gewartet hatten. »Wir dachten schon, es wäre wer weiß was passiert.«

»Wir konnten nicht sofort zurück«, erklärte Ahren, der in dem vorwurfsvollen Ton des Erzmagus echte Sorge heraushörte. Er löste sich sanft von Jelninolan, die jeden Einzelnen von ihnen herzlich umarmt hatte, bis sie vor Trogadon stehen blieb und ihm liebevoll am Bart zog.

»Wo ist euer bleicher Freund?«, fragte Salman neugierig in die Runde. Ahren sah an den dunklen Ringen unter den Augen des Granden, dass auch er sich um den Ausgang ihrer kleinen Befreiungsaktion gesorgt hatte, wenn auch aus egoistischen Gründen.

»Der führt die Sklaven aus der Stadt«, sagte Khara und zog ihre Stiefel aus, um sich auf ihr Feldbett zu legen. »Habt ihr schon etwas Neues von Kanthasar erfahren, wie wir in den Blutroten Palast gelangen könnten?«

Uldini schüttelte den Kopf. »Er kam vorhin herein und sagte, er hätte da eine Idee, aber genauer wurde er nicht. Anscheinend müssen wir uns noch ein wenig gedulden.«

»Dann erzählen wir euch am besten unsere Neuigkeiten und legen uns anschließend hin«, sagte Falk. Schnell umriss er den Angriff auf den Fleischmarkt und ihre Entdeckung, dass die Bannkragen als Belohnung fungierten, welche Reik und dessen Hofmagier Askadar an besonders loyale und erfolgreiche Schergen verteilten. Sowohl Uldini als auch Jelninolan waren von den Ausführungen des alten Paladins zutiefst beunruhigt und verfielen, sobald dieser seinen Bericht beendet hatte, in grüblerisches Schweigen.

»Was du da beschreibst, ich eigentlich unmöglich«, sagte Uldini schließlich. »Die wenigen Bannkragen, die jemals funktionierten, mussten beständig durch die Magie ihres Erschaffers aufrechterhalten werden. Sobald er schlief, kehrten die Dunkelwesen fast gänzlich in ihr normales Verhalten zurück und mussten in Käfigen gehalten werden. Und jetzt sagst du mir, dass diese Artefakte an Nichtmagier verschenkt werden, die damit mühelos ihre Dunkelwesen unter Kontrolle halten?«

»Das sind furchtbare Nachrichten«, sagte Jelninolan. »Man stelle sich vor, was eine Hundertschaft derart ausgestatteter Häscher ausrichten könnte.«

»Lieber nicht«, erwiderte Trogadon düster. »Besser, wir machen diesen Magier vorher einen Kopf kürzer und die Gefahr ist gebannt.«

Ahren starrte den Zwerg verdutzt an und war damit nicht allein.

»Was schaut ihr so?«, meinte der Schmied verteidigend. »Ihr glaubt doch nicht, dass dieser Askadar aufhört, Bannkragen herzustellen, weil wir ihn freundlich bei einem Tässchen Tee darum bitten, oder?«

Das darauffolgende Schweigen war Antwort genug.

»Ich könnte versuchen, ihn zu bestechen«, sagte Uldini nachdenklich. »Askadar muss sehr mächtig sein, wahrscheinlich mächtig genug, um irgendwann zu einem Alten werden zu können. Wenn ich ihm anbiete, seine Forschungen fernab Gol-Konars weiterzuführen«, er unterbrach sich und sah um Zuspruch heischend in die Runde, »dann könnte er viel Gutes leisten. Ein Regiment aus Finsterbären, das uns beim Sturmangriff auf die Obsidianfeste hilft, klingt doch sehr gut in meinen Ohren.«

»Wir wären Sklavenhalter, nichts weiter«, widersprach Jelninolan vehement. »Statt des Widersachers würden wir seine gequälten Diener unterjochen, damit sie für uns Blut vergießen und sterben, wie es uns gefällt.«

»Da hat sie nicht ganz unrecht«, sagte Falk und rieb sich über den Bart. »Ich für meinen Teil will meiner kleinen Tochter später nicht erklären, mit welch grausamen Mitteln wir den Krieg gewonnen haben, und mich dabei in Grund und Boden schämen.«

»Die Vaterschaft macht dich weich«, fauchte Uldini erbost und verschränkte die Arme vor der Brust.

»Danke«, erwiderte der alte Paladin unbeeindruckt.

»Und wenn wir ihn mit Versprechen von Ruhm und Gold hier weglocken?«, fragte Ahren. »Die Aussicht darauf, später zu den Alten zu gehören, und das Angebot, ein angenehmes Leben ohne Sorgen zu führen, sollte auf jeden Magier verlockend wirken.«

»Ich weiß nicht«, antwortete Khara zweifelnd. »Wenn es ihm um Gold gegangen wäre, hätte er seine Dienste reichen Adligen in Kap Verstaad anbieten können, die Unsummen für ein exotisches Haustier ausgeben würden, um auf einer der extraordinären Feiern damit anzugeben. Ich denke, er hat sich einen Ort gesucht, an dem er seine Forschungen fernab jedweder Moral in Ruhe fortführen konnte.«

»Ihr zeichnet da ein sehr düsteres Bild von diesem Askadar«, warf Salman ein. »Vielleicht wäre eine endgültige Lösung in dieser Angelegenheit ein Segen für ganz Jorath.«

»Ein Zyniker als Grande. Wie überaus originell«, murrte Uldini sarkastisch.

Salman zuckte zusammen und blieb still.

»Erst mal müssen wir zu diesem Askadar gelangen, dann können wir ihm immer noch das süße Leben fernab Gol-Konars anbieten«, sagte Hakanu leidenschaftlich in die Runde. »Wenn er ablehnt, dann hatte er seine Chance.«

»Ich vergesse immer wieder, wie kompromisslos das Reitervolk sein kann«, murmelte Falk. »Dein Lehrling hat recht. Bieten wir ihm die Hand in Frieden und führen raschen Krieg, wenn er ablehnt.«

Für Ahren klang das ein wenig nach Erpressung. Aber sollte sich dieser Askadar wirklich dazu entscheiden, die Stadt der Schurken mit einer Horde versklavter Dunkelwesen auszustatten, wäre er eine Gefahr für sämtliche Reiche Joraths, die mit allen Mitteln gebannt werden musste. Also nickte er. »Gol-Konar ist auch so schon gefährlich genug. Wir tun alles, was wir müssen, um zu verhindern, dass hier eine Armee aus Dunkelwesen entsteht«, sagte er knapp.

»Schön«, seufzte Uldini. »Dann sind wir uns ja einig, dass wir Reik nicht nur seine Gefangene, sondern auch seinen Lieblingsmagier abzuluchsen versuchen. Und wie genau stellen wir das an?«

Ahren gähnte ausgiebig. »Die Nacht war lang. Vielleicht findet Kanthasar bald eine Antwort auf diese Frage. Warum nutzen wir nicht die Zeit, bis er zurückkommt, um uns etwas auszuruhen?«, fragte er in die Runde und sah dann die beiden Alten an. »Oder wollt ihr mir erzählen, dass ihr nicht auch noch eine Runde Zauberschlaf nach der gestrigen Heilmagie gebrauchen könnt? Ich sehe euch doch an, dass ihr euch zusammenreißt.« Uldini und Jelninolan blickten beide ertappt drein. »Dann sammeln wir unsere Kräfte«, sagte er müde, »und hoffen, dass sich Lanlion blicken lässt, bevor wir weitere Schritte unternehmen.«

Ich sage dir Bescheid, sobald er auftaucht, bot Culhen an, der sich bereits im Vorraum mit Muai und Kamaluq zu einem Fellknäuel zusammengerollt hatte.

»Hakanu«, sagte Ahren streng, als er sah, dass der Junge mit glasigem Blick vor sich hin stierte. »Zu üben ist gut und richtig, aber du musst auch lernen, deine Kräfte einzuteilen. Wir wissen nicht, wann wir das nächste Mal in Gefahr geraten. Wenn du dann zu erschöpft bist, weil du die ganze Zeit in Kamaluqs Verstand verbracht hast, werden dir Fehler unterlaufen, die tödlich enden können.«

Sein Schützling machte protestierend den Mund auf, doch Ahren sah ihn finster an. »Ja, Meister«, kam die widerwillige Antwort, und der Waldläufer nickte zufrieden.

»Ihr habt noch euer ganzes Leben zusammen«, fügte er versöhnlich hinzu, als der Junge sich hinlegte. »Meine Aufgabe ist es nun mal, dafür zu sorgen, dass es ein langes Leben wird.«

»Ich bin aber gar nicht müde«, nuschelte der Knabe undeutlich, als er seinen Kopf auf das Feldbett gelegt hatte. »Ich werde sicher kein Auge zu …« Der Rest des Satzes verlor sich in einem leisen Schnarchen.

Ahren sah Jelninolan neugierig an, doch die hob unschuldig ihre Hände.

»Schau mich nicht so an«, sagte sie lachend. »Die einzige Magie, die hier wirkt, ist die Natur eines jugendlichen Verstandes. Bei all dem, was er seit gestern Morgen erlebt hat, muss sein Verstand den Schlaf dringend herbeigesehnt haben, auch wenn er es selbst nicht wahrhaben wollte. Erinnere dich an deine erste Zeit auf Reisen. Du hast so oft wie ein Stein geschlafen, dass selbst Trogadon neidisch wurde.«

»Ein gesunder Schlaf macht einen geschmeidigen Bart«, sagte der Schmied weise. »Die anderen Zwerge wissen gar nicht, was sie mit ihrer Starre alles verpassen.«

Khara gähnte herzhaft und wedelte herrisch mit einer Hand. »Genug von Schlaf geredet«, sagte sie. »Mein Kopf ist schwer genug, um meine Sorgen zu erdrücken. Das will ich ausnutzen.«

Ahren konnte seiner Liebsten nur beipflichten und kuschelte sich an sie, während Falk das Licht löschte. Es bedurfte nur eines einzigen gedanklichen Durchgangs ihrer bevorstehenden Sorgen und schon war der junge Paladin eingeschlafen.

Lanlion ist eingetroffen.

Die geistige Nachricht Culhens riss Ahren aus seinem Schlaf, der sich wie Sirup an ihn zu klammern schien. Die Augen wollten sich nicht öffnen, die Arme sich nicht heben.

Wie geht es ihm?, fragte Ahren.

Er zittert und ist noch blasser als sonst, sagte der Wolf. *Er hat sich zu uns gelegt und wärmt sich auf.* Culhens Sorge war nicht zu ignorieren. *Ich glaube, Lanlion hat zu wenig getrunken. Aber er wirkt zufrieden.*

Ahren überlegte zwar, seinen Freund aufzusuchen, doch der Schlaf zog ihn wieder in seine gierigen Arme. Anscheinend hatte der Blutleere seinen dunklen Gelüsten auf seiner Rettungsmission widerstanden und war mit sich im Reinen. Das war mehr, als der Rest der Bevölkerung dieser Stadt von sich behaupten konnte.

Als Ahren erneut erwachte, saß Lanlion bereits auf seinem Lager, die dünnen Finger um den Lederschlauch gekrallt, in dem sich das Wasser des *Onasthil* befand. Khara und die anderen verteilten gerade wortlos die kalten Reste ihres gestrigen Abendessens untereinander, und Ahren griff dankbar zu, nachdem er sich aufgesetzt hatte.

»Du siehst aus, wie ich mich fühle«, sagte Uldini kritisch zu dem bleichen Paladin.

»Es war viel Magie notwendig, um die befreiten Sklaven den gesamten Steilen Abstieg über verborgen zu halten«, sagte er. »Und noch mehr, damit die pflichtschuldig auf ihren Posten schnarchenden Entbehrlichen am Stall und am Ende der Klamm nicht aufwachten.«

»Willst du vielleicht … etwas Stärkeres trinken?«, fragte Falk vorsichtig. »Sollen wir zu den *Fünfzig Sünden* gehen?«

»NEIN!«, rief Lanlion hastig. »Nein«, wiederholte er dann beherrschter und strich mit einer Hand über den Trinkschlauch, den er zittrig in der anderen hielt. »Es geht mir gut, solange ich das Wasser habe.«

Jelninolan runzelte die Stirn, sagte aber nichts, und als Uldini den Mund öffnete, schüttelte sie ihm gegenüber stumm den Kopf. Dann legte sie ihre Hände auf die des verfluchten Paladins und murmelte leise etwas vor sich hin. Das Wasser des *Onasthil* begann im Trinkschlauch zu blubbern und zufrieden seufzend zog die Elfe ihre Hände wieder fort.

»Jetzt sollte es dir besser bekommen«, sagte sie zuversichtlich, und Lanlion starrte beklommen auf das Behältnis zwischen seinen Fingern hinab. »Nur zu«, sagte die Priesterin mit einem auffordernden Lächeln. »Probiere es.«

Lanlion hob den Schlauch an seine Lippen, und halb erwartete Ahren, dass Jelninolan das Wasser in Blut verwandelt hatte, aber was auch immer sie getan hatte, aus dem Leder floss nur klares Nass hervor.

Der Blutleere leckte sich die Lippen, als er einen kleinen Schluck getrunken hatte, und blinzelte verwirrt. Seine Haut behielt ihre alabasterfarbene Beschaffenheit bei, aber seine Augenringe waren augenblicklich fort und seine Wangen wirkten weniger eingefallen. »Was hast du getan?«, fragte er verwundert.

»Ja«, echote Uldini beunruhigt. »Was genau hast du getan und warum pfuschst du überhaupt mit einem hungrigen Blutleeren herum?«

»Nur ein Stärkungszauber«, sagte sie lächelnd zu Lanlion, den grummeligen Uldini ignorierend. »Er wirkt bei dir besser, wenn du durstig bist.«

»Also ohne, dass das Blut anderer in mir den Zauber stört«, sagte Lanlion direkt.

Jelninolan nickte. »Der Zauber wird deinen Zustand stabilisieren, solange du keine Magie wirkst. Ich habe dir nur etwas Zeit erkauft, bis dein Körper wieder nach Blut verlangt.«

»Ein wahrhaft königliches Geschenk«, sagte Lanlion und neigte dankbar sein Haupt.

»Es ist der *Onasthil*, der dies ermöglicht«, sagte Jelninolan sanft. »Er wird nicht umsonst der Teich des Lebens genannt.«

Ahren sah, dass die Hände seines bleichen Freundes aufgehört hatten zu zittern und er annähernd wieder wie er selbst wirkte.

Kanthasar kommt, warnte ihn in diesem Moment Culhen, und auch Khara versteifte sich neben ihm.

»Wir bekommen Besuch«, sagte Khara, und schnell schlüpften alle wieder in ihre Rollen als abgebrühte Söldner.

Es klopfte an der Tür und der alte Pirat schob sich umgehend in den Raum, während er sich neugierig umsah, so als würde er sie gerne bei einem pikanten Geheimnis ertappen. »Ihr seid wach, das ist gut«, sagte er fröhlich, doch seine Augen verrieten Enttäuschung. »Ich habe Informationen für Euch. Informationen, die einen hohen Preis wert sind.« Dabei rieb er sich voller Vorfreude die Hände.

»Ihr habt bereits mehr als genug Gold bekommen«, sagte Lanlion mit seiner Grabesstimme. »Führt mich nicht in Versuchung.«

Kanthasar legte den Kopf schief und ließ ihn dann wackeln. »Ich will kein Gold«, sagte er listig. »Ich will Geschichten. Eure Geschichten. Das war der Handel, als ich Euch hier Unterschlupf gewährte.« Ein seltsamer Hunger lag plötzlich in den Augen des alten Seebären. »Erzählt mir von der Welt«, sagte er sehnsüchtig. »Erzählt mir von Eurem Leben.«

Ahrens Herz verkrampfte sich, als er die Einsamkeit aus dem Flehen Kanthasars heraushörte.

»Nun«, sagte Falk und kratzte sich nachdenklich über den Bart. »Habt Ihr schon einmal von der Belagerung von Althusen gehört?«, fragte er und seine Stimme nahm die Sprachmelodie eines fahrenden Spielmannes an. »Sie dauerte zehn Jahre und drei unterschiedliche Fürsten herrschten im Schloss dieser unglücklichen Stadt, bis das Blutvergießen schließlich ein Ende nahm.«

Kanthasar verzog ungnädig das Gesicht. »Bah«, machte er. »Das ist doch ein alter Hut. Diese Geschichte gibt es in so vielen Varianten, dass man meinen könnte, es existierten gut und gerne fünfzehn Althusens.«

»Wie wäre es dann mit einer Geschichte aus Kap Verstaad?«, fragte Salman, dem Ahren seine Ungeduld an den wippenden Füßen und verkrampften Händen ansah. Nun, da die mögliche Rettung Palnahs zum Greifen nahe war, wirkte der Grande viel weniger lethargisch als die Tage zuvor. »Vom Segelrennen im Grünen Jahr, als die Algen so dicht waren, dass man über das Wasser hätte laufen können, oder von der Schleimigen Plage, als man vor lauter Halsnesseln keinen Schritt weit gen Meeresgrund sehen konnte?« Kanthasar wirkte wenig interessiert und so sprach der Grande weiter. »Oder vom Großen Beben, das einen gesamten Palast verschluckte?« Wieder keine Reaktion.

»Kap Verstaad sammelt wohl Naturkatastrophen«, unkte Trogadon.

»Zuviel unkontrollierte Magie auf zu kleinem Raum«, sagte Jelninolan und fügte dann, um ihre Rolle als Bardin nicht zu gefährden, schnell hinzu: »Habe ich von einem Zauberer gehört.«

Kanthasars Augen blitzten auf und er deutete auf die Priesterin. »Dachte ich's mir doch, dass ich den Akzent des Immergrüns herausgehört habe«, sagte er triumphierend.

»Ich habe definitiv *keinen* Akzent«, antwortete Jelninolan pikiert.

»Wenn man weiß, worauf man beim Hinhören achten muss, schon«, sagte Kanthasar listig. »Ich habe in meinem Leben schon ein paar Elfen reden hören.« Er verschränkte die Arme vor der Brust. »Wenn ich mich irre, nehmt dieses Stirnband ab und zeigt mir Eure menschlichen Ohren. Dann gebe ich Euch die gewünschten Informationen über den Blutroten Palast sofort.«

Jelninolan blickte hilfesuchend in die Runde, und Trogadon glitt vor den einzigen Ausgang. Seine Hände ruhten auf seinem Hammer, den er vor sich auf den Boden pflanzte.

Ahren überlegte fieberhaft, wie er sie aus dieser Zwickmühle herausreden konnte, und hoffte, dass sie den alten Piraten nicht würden gefangen nehmen müssen. Diese Stadt hatte Ahren bereits genug Menschlichkeit gekostet, da wollte er nicht noch Menschenraub mit auf die Liste setzen. »Besteht Ihr wirklich darauf?«, fragte er beinahe flehend.

»Ach, Junge«, sagte Kanthasar mit einem zufriedenen Lächeln. »Für einen Blutschuldner bist du viel zu nett.« Er deutete auf Khara und Jelninolan. »Und diese beiden fühlen sich in eurer Gegenwart zu wohl, selbst wenn ihr ihnen sehr nahekommt. Ihr seid keine Söldnertruppe oder ich bin die Ewige Kaiserin.«

Muais empörtes Fauchen war noch durch die geschlossene Tür zu hören.

»Prima. Und was tun wir jetzt?«, fragte Uldini Falk bissig, der zur Antwort abgrundtief seufzte.

»Ich wusste, wir würden diese Scharade nicht lange aufrechthalten können«, sagte der grauhaarige Paladin. »Besser, wir fesseln ihn.«

Kanthasar hob beschwichtigend die Hände. »Immer schön langsam«, sagte der verkrüppelte Seebär. »Ihr wollt doch keinen hilflosen, alten Mann gefangen nehmen, oder? Das wäre etwas, das nur herzlose Söldner tun würden.«

»Oder sehr verzweifelte Menschen, die wegen eines auf sie ausgesetzten Kopfgeldes nicht erkannt werden wollen«, sagte Trogadon entschieden zu dem Piraten und wandte sich dann an Ahren. »Wenn dieser Kerl mit seinem losen Mundwerk Jelninolan gefährdet …«

Uldini stöhnte und Kanthasar riss die Augen auf. »*Die* Jelninolan?«, fragte er atemlos. »Die als erste Elfe die Namenlose Wüste durchquert hat und die Sturmweberei wiedererweckte?«

»Da kennt sich aber jemand gut aus«, sagte Lanlion erstaunt.

Die Priesterin zog sich indes das Stirnband vom Kopf und schüttelte ihre Haare aus. »Ich war nicht die erste Elfe, die die Wüste meisterte«, sagte sie gelassen. »Wir fanden ein Wüstenvolk, in dessen Adern noch immer Spuren elfischen Bluts kreist.«

»Nicht, mein Herz!«, rief Trogadon.

»Lass gut sein«, sagte sie und schenkte dem selig dreinblickenden Kanthasar ein gütiges Lächeln. »Wenn dieser Mann Geschichten haben will, dann soll er sie bekommen. Und zwar an jedem Abend, an dem er uns nicht verrät, sagen wir drei Stück?«

Kanthasar sank beinahe auf die Knie vor Freude, seine Augen glänzten vor Glück und ungeweinten Tränen. »Schenkt mir Sagen aus fernen Ländern und beschreibt mir Wunder, die Normalsterbliche nie erblicken«, bettelte er wie ein Verhungernder, dem man einen saftigen Braten vor die Nase hielt. »In dieser Stadt gibt es nur Schrecken und Blut und Verrat und davon gab es in meinem Leben bereits mehr als genug.«

Ahren spürte Mitleid mit dem alten Mann in sich aufsteigen, der so verzweifelt an Jelninolans Lippen hing, als würde sein Seelenheil davon abhängen. Und vielleicht war dem sogar so. »Gebt Ihr uns nun die Informationen, die Ihr aufgetan habt?«, fragte er Kanthasar.

»Was?«, fragte der verträumt und zögerte einen Moment.

»Sagt ihm, was er wissen will, und ich erzähle Euch von Iorn und seinen zahmen Schmetterlingen«, sagte Jelninolan schmeichlerisch zu dem alten Seebären. »Er lebte zu einer Zeit, als der Widersacher noch nicht ins Dunkel gefallen war.«

Kanthasar stieß ein kindliches Wimmern aus und wandte Ahren mit merklicher Willensanstrengung seinen Kopf zu. »Geht zu dem blassen Gebäude zwei Brücken nördlich des Blutroten Palastes«, sagte er. »Dort werdet Ihr jemanden treffen, der Euch Zugang verschaffen kann.«

»Einfach so?«, fragte Ahren ungläubig und Kanthasar lachte bitter.

»Hier? In Gol-Konar?«, fragte er zynisch. »Sicher nicht. Es wird ein Preis genannt werden und diesen werdet Ihr zahlen müssen. Mehr weiß ich nicht.«

»Wenn das eine Falle ist …«, begann Falk drohend.

»… dann würde ich nur drei Geschichten zu hören bekommen und mein Herz würde mir vor Reue in der Brust verdorren«, sagte der alte Seebär leidenschaftlich. »Ihr habt bekommen, was Ihr wollt, nun gebt mir, was ich begehre.«

Trogadon sah zweifelnd zu Jelninolan hinüber, die ihm beschwichtigend zunickte. »Uldini und ich bleiben mit Salman hier. Wir zwei müssen uns sowieso ausruhen«, sagte sie.

Der ehemalige Pirat sah die knabenhafte Gestalt an, während sich seinem ungläubig geöffneten Mund ein unverständliches Stammeln entrang.

»Ja, ich weiß«, grantelte der Oberste der Alten in Richtung ihres fassungslosen Gastgebers. »Man kommt nicht sofort drauf.« Er zupfte an seiner verschlissenen Kleidung herum. »Nicht gerade eine schwarze Robe mit Goldrändern. Und die Blitze zwischen den Fingern fehlen auch.«

»Gebt nicht alle unsere Namen auf einmal preis«, sagte Lanlion mit einem nachdenklichen, traurigen Lächeln, während er Kanthasar ansah. »Auch wenn es ein schöner Tod wäre, wir wollen doch nicht, dass sein Herz vor lauter Glück zu schlagen aufhört.«

»Wir müssen aus dieser Stadt raus«, murmelte Trogadon, dem der alte Pirat nicht geheuer zu sein schien. »Wer hier zu lange lebt, wird zu einem Monster oder verrückt.«

»Oder beides«, flüsterte Khara Ahren zu, und der konnte sich eines Schauers nicht erwehren.

Die Sonne hatte sich schon wieder aus der Klamm zurückgezogen und überließ den tiefen Schatten das Feld, die sich gierig zwischen den Häusern, in tiefen Kanälen und hinter gedrungenen Schornsteinen einnisteten, um all jenen ein Zuhause zu bieten, die das Sonnenlicht scheuten. Lanlion ging schnellen Schrittes mit Culhen vorneweg, Ahren und seine Freunde eilten ihm hinterher. Die Hände hatten sie an die Waffen gelegt und die Mienen zu brutalen Masken verzogen. Immer wieder hasteten Halunken und Halsabschneider davon, wenn sie die kleine Gruppe kommen sahen, und Ahren erkannte panische Angst in den Augen der meisten und berechnende Vorsicht in den Mienen der übrigen.

»Wir haben wohl einen geradezu mörderischen Ruf erlangt«, sagte Trogadon selbstzufrieden. »Die Hälfte von denen würde sich einnässen, wenn wir unsere Waffen zögen.«

»Bis ihnen auffiele, dass sie zu hundert sind und wir nicht«, raunte Lanlion und beschleunigte noch mal seinen Schritt. »So mancher gefürchtete Herrscher musste einsehen, dass auch die einfache Mistgabel eines wütenden Bauern ausreicht, um einen Monarchen zu durchbohren. Lassen wir also nicht zu, dass sie sich zusammenrotten.«

»Seht ihr eine Spur von den Schergen des Roten Flusses?«, fragte Khara nervös. »Die wirkten gestern nicht so, als würden sie lockerlassen. Und die drei Toten auf dem Dach haben dessen Laune sicher nicht gebessert.« Muai grollte leise und Khara streichelte ihr den Kopf. »Du hast nichts falsch gemacht«, murmelte sie gedankenverloren. »Die drei mussten aufgehalten werden.«

»Keiner von ihnen zu sehen«, sagte Ahren, der sich seine Sinne mit Culhen teilte. Der Wolf hielt die Nase witternd in den auffrischenden Wind, der heute wieder stetig von der See her blies und den Sprühnebel des Schwarzen Umhangs gegen die Steine der Klamm drückte, sodass die Luft verhältnismäßig trocken war.

»Da vorne kommt eine der vier Hauptbrücken in Sicht«, sagte Lanlion angespannt.

Trogadon stieß einen anerkennenden Pfiff aus. »Dort beginnt wohl das wohlhabende Viertel dieser Stadt.«

»Das Palastviertel. Es bildete schon immer den reichsten Teil der Stadt – auch wenn es sich seit meinem letzten Besuch ganz schön verändert hat«, brummte Falk und deutete auf die drei- oder gar vierstöckigen Gebäude, die sich zwischen akkurat gemauerten Kanälen erhoben. »Irgendwo muss das ganze Gold ja landen.«

Ahren sah ausschließlich Häuser aus glattem Stein und keine der improvisierten Bretterverschläge, die sonst überall in Gol-Konar zu finden waren. Es gab sogar in regelmäßigen Abständen Fackelhalter an den Häuserwänden, auch wenn sie momentan leer waren. Anscheinend waren die Besitzer in diesem Viertel mächtig genug, sich nicht wie der Rest der Stadt im Dunkeln verstecken zu müssen, während sie ihre zwielichtigen Geschäfte abwickelten.

»Seht ihr das?«, fragte Khara in die Runde. »Die Architektur in diesem Viertel ist vollkommen anders. Die Häuser stehen zu weit auseinander, als dass der Weg über die Dächer als alternative Route dienen könnte.«

»Und sie haben keine verwinkelten Ecken oder Erker«, sagte Trogadon, der sein Auge von links nach rechts und wieder zurückschweifen ließ. »Sieht beinahe aus wie in einer respektablen Stadt.«

»Wir sollten uns nicht so leicht täuschen lassen«, warnte Ahren seine Freunde. »Wer hier lebt, hat auf jeden Fall Blut an den Händen, ungeachtet dessen wie sauber und ordentlich das Viertel auch wirken mag.«

»Und hier finden wir also jemanden, der uns hilft, in den Blutroten Palast zu gelangen?«, fragte Hakanu ungläubig. »Warum sollte jemand derart Reiches so etwas tun?«

»Beispielsweise, um noch reicher zu werden«, sagte Ahren. »Oder mächtiger. Oder beides.«

»Auf jeden Fall müssen wir aufpassen, was wir sagen«, warf Lanlion ein. »Wir haben bereits den Roten Fluss zum Feind. Eine weitere mächtige Person, die uns nachstellt, könnte unsere Bemühungen zum Scheitern verurteilen.«

Die Gefährten gingen langsam auf die breite und erstaunlich saubere Brücke zu, die aus solidem, grauem Stein erbaut worden war, und schnell bemerkte Ahren die Schläger, die an fast jedem Hauseingang im Palastviertel standen. Harte Gesichter beobachteten sie bei jedem Schritt, den sie taten, und oft hielten die in Leder oder Kettenhemd gerüsteten Hauswachen ihre Waffen in Händen, bereit, sie bei jedem noch so kleinen Fehltritt gegen sie einzusetzen. Zu zweit, viert oder sogar sechst standen sie beisammen und beäugten abwechselnd Ahren und seine Freunde sowie einander.

»Als ob man zwischen einem Dutzend verfeindeter Armeen hindurch marschiert«, sagte Hakanu beklommen und sah sich immer wieder wachsam um. Ahren konnte nicht anders, als sich über die zarten Anzeichen der Vorsicht zu freuen, die in seinem Lehrling zu keimen begannen.

Trogadon blickte zwischen den Häusern immer wieder links und rechts die kleinen, präzise eingefassten Kanäle entlang, auf denen deutlich robustere, breitere Boote an sorgfältig instandgehaltenen Piers lagen. »Dieses Viertel ist ausgesprochen klein«, sagte der Zwerg nach einer Weile. »Ich schätze, hier stehen keine sechzig Häuser.«

Ahren folgte den Blicken des Schmieds und erkannte, was sein stämmiger Freund meinte. Der Wohlstand des Palastviertels verlor sich nach wenigen Hundert Schritt wieder im üblichen verwahrlosten Chaos, das die übrige Stadt im Griff hielt. »Ob das hier die Zukunft ist, die sich Reik Silbermantel für Gol-Konar wünscht?«, fragte er laut in die Runde. »Vielleicht ist er ja sogar vernünftig genug, dass wir mit ihm verhandeln können.«

»Dein Idealismus in allen Ehren, aber das halte ich für unwahrscheinlich«, sagte Falk. »Vergiss nicht, dass auf seine Bestrebungen hin unsere Nachschublinien zu Wasser gezielt angegriffen werden und er Dunkelwesen in seine Dienste zwingen lässt. Im besten Fall ist er ein ruchloser Opportunist, im schlimmsten Fall hat er einen Verbündeten – und der sitzt in der Obsidianfeste. Trauen würde ich ihm in beiden Fällen nicht.«

»Wir sind da«, sagte Khara und deutete auf ein Haus, erbaut aus einem hellen Stein, das mit seiner makellosen Fassade selbst die übrigen Gebäude erblassen ließ. Dabei sah Ahren keinerlei Schnörkel oder Verspieltheiten an den sauber zusammengefügten Steinwänden, die gut zehn Schritt weit in den Himmel ragten. Das Haus war quadratisch, hatte eine Kantenlänge von gut zwei Dutzend Schritt und war umgeben von einem schmalen Kanal, sodass es nur über eine eigens angelegte Brücke betreten werden konnte, die aus demselben hellen Stein erbaut worden war. Ahren sah keinerlei Wachen, dafür hier und dort strategisch platzierte schmale, senkrechte Öffnungen in der Fassade.

»Schießscharten«, sagte er leise und bedeutete seinem Lehrling, sich die Verteidigungsmaßnahmen anzusehen. »Siehst du diese Anordnung? So können die Wachen jeden, der über diese Brücke will, aus mehreren Winkeln unter Beschuss nehmen.«

Hakanu nickte und Kamaluq drückte sich ängstlich japsend an dessen rechtes Bein. »Wenn wir da hinübergehen …«, begann der Knabe zögerlich.

»… dann sind wir der Gnade des Hausherrn in Gänze ausgeliefert«, sagte Falk. »Mein Schild wird uns nicht alle schützen können.«

»Wenn wir wie brav aufgereihte Zielscheiben auf dieser schmalen Brücke stehen, wird uns auch mein Nebel nicht ausreichend Deckung bieten«, fügte Lanlion hinzu.

»Wie wahrscheinlich ist es eigentlich, dass Kanthasar uns nicht in eine Falle lockt?«, fragte Khara nach.

Ahren dachte an den sehnsüchtigen Blick in den Augen des alten Piraten, als Jelninolan ihm ihre Geschichten aus ferner Vergangenheit versprochen hatte. »Ich denke nicht, dass er das tut, im Gegenteil, er hätte uns gewarnt, denn solange sein Durst nach Erzählungen nicht gestillt ist, wird er nicht riskieren wollen, dass wir als Fischfutter enden.«

»Armer Tropf«, sagte Trogadon mitleidig. »Hat sich am düstersten Ort verkrochen, der je von Menschen erschaffen wurde, und will doch nur von der Schönheit der Welt hören.«

»Vergiss nicht, warum er hier gelandet ist«, sagte Falk ernst. »Seine Vergangenheit war zweifelsohne von Gier und Gewalt geprägt. Erst jetzt, nachdem er sich in seinem kleinen Loch häuslich eingerichtet hat, merkt er, dass im Leben mehr zählt als schnell verdientes Gold.«

»Sollten wir von hier aus nicht den Blutroten Palast sehen können?«, fragte Hakanu und reckte den Hals. »Da vorne beginnt bereits die Steilwand der Klamm, doch ich erblicke nirgends ein Gebäude, das man als Palast bezeichnen könnte.«

Falk lachte leise in sich hinein und streckte dann den Finger gen Süden aus, einen gut zwanzig Schritt breiten, aus mächtigen Steinen errichteten Kanal entlang. »Du siehst, aber erkennst nicht«, sagte der alte Mann und deutete dabei auf den Fuß der Steilwand.

Ahren riss überrascht die Augen auf, als er dort einen recht unscheinbaren Torbogen erblickte, der aus rotem Granit erbaut worden war und ins Gestein der Klamm hineinführte. Es waren weder Fackeln noch Wachen zu sehen. Nur jenes Halbrund gemauerter Steine. »Wie ein Kerkereingang«, hauchte er und kämpfte gegen einen Schauer an.

»Oder eine Bergfeste«, sagte Trogadon anerkennend. »Demnach ist der Blutrote Palast nur ein schillernder Name für eine Festung.«

Falk nickte. »Deswegen ist es auch so schwer, dort hineinzugelangen«, sagte er. »Es gibt nur einen Eingang, hinter dem sich ein befestigter Korridor befindet. Dieser wird auf seiner gesamten Länge mit massiven Fallgittern gesichert, welche wiederum von einer Vielzahl hoch gerüsteter Schergen bewacht werden. Der Blutrote Palast wurde nie durch schiere Gewalt, sondern immer mittels List und Intrigen eingenommen.«

»Kein Wunder, dass hier jeder an die Spitze will«, sagte Khara. »Wer sich da drinnen erst mal eingenistet hat, ist so gut wie nicht wieder zu entthronen.«

»Plötzlich sieht diese schwer bewachte schmale Brücke wesentlich einladender aus, findet ihr nicht?«, scherzte Trogadon und deutete auf das helle Haus.

Ahrens Kiefer mahlten, als er kurz ihre Optionen überdachte. »Versuchen wir unser Glück lieber hier«, sagte er und zeigte auf das Bauwerk mit den Schießscharten. »Aber es sollten vielleicht nicht alle von uns auf die Brücke gehen, um zu verhandeln.«

»Dann Lanlion und ich«, sagte Falk.

»Das macht Sinn«, gab ihm der Blutleere recht. »Mein Ruf eilt mir voraus, und dass ich einen Schildträger auf diese exponiert daliegende Brücke mitnehme, lässt mich hoffentlich eher klug denn schwach erscheinen.«

Ahren nickte zögerlich und blieb mit Khara, Trogadon, Hakanu und den drei Vertrautentieren zurück, während Lanlion und Falk sich daran machten, die schmale Brücke zu überqueren.

Mir gefällt das nicht, meldete sich Culhen in Ahrens Verstand. Die Hilflosigkeit des Wolfes vermischte sich mit den eigenen Sorgen des Waldläufers und beide sahen einander verstohlen an. Ahren hätte gerne seine Hand in das Fell des Wolfes gekrallt, doch dies gestattete ihre

Tarnung nicht. Auch Kharas Körpersprache verriet ihre Anspannung, während Muai unverwandt die beiden Gefährten auf der Brücke anstarrte und Trogadon sich leise Flüche in den Bart murmelte. Hakanus Hände umfassten dessen Speer und Ahren erkannte, dass sein Lehrling die Schießscharten genauestens im Blick behielt. Kamaluq saß zu Füßen des Knaben und fiepte vor lauter Anspannung leise vor sich hin.

Falk und Lanlion hatten die Mitte der Brücke erreicht, als Ahren das erste Mal eine schwache Bewegung hinter einer der Schießscharten wahrnahm und hastig *Fisiniell* von seinem Rücken holte, ohne den Bogen aus seinem verbergenden Tuch auszuschlagen. Sollten Falk und Lanlion gleich beschossen werden, könnte Ahren ein oder zwei der verschanzten Schützen ausschalten, auch wenn seine Tarnung als unbekannter Blutschuldner danach schwerlich aufrechtzuerhalten wäre. Trogadon hatte da weniger Probleme und daher seine Armbrust bereits im Anschlag.

Ich höre Geräusche aus dem Inneren, verkündete Culhen nervös, und Ahren machte sich bereit, *Fisiniell* in Windeseile hervorzuziehen.

Lanlion und Falk waren noch gute drei Schritt von der Eingangstür aus hellem Holz entfernt, als die beiden Flügel der Pforte plötzlich nach außen aufschwangen und eine Gestalt preisgaben, deren Anblick Ahren verblüfft innehalten ließ. Anstelle von bewaffneten Schlägern stand dort ein in ein langes, weißes Gewand gekleidetes Mädchen von vielleicht vierzehn Wintern, dessen Hände einander in einer friedfertigen Geste umschlossen und das nun vor Falk und Lanlion trat. Es sagte einige Worte zu den stocksteif dastehenden Männern und drehte sich dann um, um wieder im Haus zu verschwinden. Falk und Lanlion sahen sich einen Moment zögerlich an, dann winkte der bleiche Paladin Ahren und den anderen zu, ihnen zu folgen.

»Scheint, als ob die Gefahr, in einen Bolzenhagel zu rennen, für den Moment gebannt ist«, sagte Trogadon und ließ seine Armbrust sinken. Überzeugt klang er dabei jedoch ganz und gar nicht.

»Hinterher«, raunte Ahren. »Wir sind unerschrockene Söldner, die einem Blutleeren folgen, keine verängstigten Göttertagsschüler.« Noch während er sprach, schritt er voran, Hakanu folgte seinem Meister mit übertrieben geschwellter Brust.

So viel zu wachsender Vorsicht, kommentierte Culhen den Enthusiasmus des Knaben. Kamaluq hingegen verschwand mit einem kleinen Lichtblitz und folgte seinem Paladin als flimmernder Umriss.

Nach und nach überquerten alle Gefährten die Brücke, wobei Ahren es sich nicht nehmen ließ, die Schießscharten weiter im Auge zu behalten. Dünner Stoff in der Farbe der Fassade hing nun auf der Innenseite der Schlitze und verwehrte so einen Blick in die oberen Stockwerke des Gebäudes.

Zumindest können uns so auch die Schützen nicht sehen, beruhigte sich Ahren selbst und konzentrierte sich auf seine beiden Freunde und das fremde Mädchen, das in einem großen Empfangsraum zum Stehen gekommen waren. Der Raum war bis auf eine tragende Säule in der Mitte vollkommen leer, wodurch er kalt und regelrecht abweisend wirkte. Das Mädchen in seiner weißen Robe erschien beinahe wie ein Geist, und als Ahren es neugierig musterte, sah er eine Lebenserfahrung im Blick der Fremden, die dort nicht hätte sein dürfen.

»Bitte schließt die Tür«, sagte das Mädchen, als Trogadon als letzter hindurchmarschiert war. »Aus Rücksicht auf Euren Ruf haben wir auf Wachen im Vorraum verzichtet, wollen aber nicht, dass nach Euch eventuelle Feinde das Fahle Haus betreten.«

Als der Name dieses herrschaftlichen Anwesens fiel, sah Ahren Falk fragend an, ob er vielleicht mehr über das Fahle Haus wusste, doch der schüttelte kaum merklich den Kopf. Der Fremden war dieser verstohlene Austausch nicht entgangen. Sie lächelte, aber es war ein sprödes Lächeln, das die Augen nicht erreichte, so als hätte sie die urtümliche Freude verlernt, die jedem jungen Menschen zu eigen ist.

»Ist das der Name dieses Gebäudes?«, fragte Hakanu, der das Mädchen ohne jede Scheu ansprach.

Sie lächelte wieder, diesmal hatte ihre Mimik etwas Geheimnisvolles. »Es ist der Name für alles«, sagte sie nur und ging dann auf die einzige andere Tür des Raumes zu, die ebenso wie die Eingangstür aus weißem Holz bestand. Das Mädchen öffnete sie, und dahinter erkannte Ahren einen identischen Gang kreuzte. Auch dort war alles in Weiß gehalten, der blasse Stein war allgegenwärtig, nichts verdeckte ihn, weder Teppiche, Gemälde noch das winzigste bisschen Schmutz.

»Ich weiß nicht, wie es euch geht, aber ich finde dieses Haus unheimlich«, sagte Trogadon. »Nirgendwo sollte es so sauber sein.«

»*Das* ist es, was dich hier stört?«, fragte Khara kopfschüttelnd und fuhr dann flüsternd fort: »Dieses Mädchen … sie könnte mit ihrem Gebaren geradewegs aus der Guitu-Arena stammen.«

»Du warst damals nicht so höflich«, versuchte sich Ahren an einem gemurmelten Scherz. »Ich erinnere mich an jede Menge Ohrfeigen.«

»Und ich habe noch immer welche für dich auf Lager, falls du es darauf anlegst«, erwiderte sie mit einem schwachen Grinsen.

Lanlion hatte sich indes seiner Rolle entsprechend wieder an die Spitze der Gefährten gesetzt und führte Ahren und die anderen hinter dem weiß gekleideten Mädchen her, über die Kreuzung hinaus und auf die gegenüberliegende Doppeltüre zu. Ahren riskierte einen kurzen Seitenblick nach links und rechts die beiden Gänge entlang, sah aber nichts als weiße Korridore mit weißen Türen an deren Enden. *Das Fahle Haus*, dachte er. *Jemand betreibt großen Aufwand, dem Namen gerecht zu werden.*

Die Farbe ist nicht alles, sagte Culhen schnüffelnd. *Hier riecht es auch nach nichts. Von euch abgesehen, kann ich niemanden wittern. Nicht mal sie. Als ob sie sich jeden Tag mit Erdpaste einreiben würde.*

Ahren fiel sein Vergleich des Mädchens mit einem Gespenst wieder ein und ihm wurde mulmig zumute. Ging hier vielleicht nicht alles mit rechten Dingen zu? Wie sehr wünschte er sich in diesem Moment die Kenntnisse von Uldini oder Jelninolan herbei. Er versuchte, Augenkontakt mit Lanlion herzustellen, der ebenfalls über großes magisches Wissen verfügte, doch der Blutleere schritt selbstbewusst und ohne zu zögern hinter der Fremden her auf die Doppeltür zu, die diese gerade aufstieß. Lautlos glitten die beiden hölzernen Flügel auseinander und offenbarten einen Raum, in dem ebenfalls jegliche Farbe zu fehlen schien.

»Also langsam wird das langweilig«, murrte Trogadon und spielte dabei nervös mit seinem Hammer.

Ahren machte eine beruhigende Handbewegung, dann entdeckte er eine weitere weißberobte Person. Sie saß in der Mitte des Raumes mit dem Rücken zu ihnen auf einem Stuhl, der mit sechs anderen um einen ovalen Tisch gruppiert worden war. Die Regale an den Wänden, der Kronleuchter, in dem kleine Kerzen brannten, der opulente Teppich, der unter dem Tisch lag: alles war weiß. Fahl.

Khara sog scharf die Luft ein, als die Person sich zu ihnen umdrehte und sich als Frau mittleren Alters entpuppte. Tiefenstahl glitzerte im Inneren der tief ins Gesicht gezogenen Kapuze, eine Meisternadel, die, halb verborgen von der Kleidung, von den Kampfkünsten der Fremden kündete, die sich mit einer eleganten, fließenden Bewegung erhob. Etwas an der Körpersprache der Fremden machte Ahren nervös, denn er glaubte, sie wiederzuerkennen, konnte aber nicht genau sagen, warum oder woher.

»Vorsicht«, wisperte Khara. »Diese Frau ist hochgefährlich.«

»Nicht für Euch«, antwortete die Fremde mit einer angenehm tiefen Altstimme. »Wenn ich Euch Leid zufügen wollte, dann hätte ich dies schon lange getan, noch bevor Kanthasar bestimmte Fragen gestellt und Antworten bekommen hat, wegen denen ihr nun vor mir steht.« Dann deutete sie auf den Tisch, auf dem filigrane Tassen und eine runde Kanne standen. »Tee?«, fragte sie lächelnd, obwohl ihre Stimme suggerierte, dass ein Nein nicht infrage kam.

»Gern«, sagte Lanlion glatt. »Auch wenn ich Stärkeres bevorzuge.« Dabei lächelte er sein Raubtiergrinsen.

Ahren war erstaunt, dass ihre Gastgeberin auf den Blutleeren mit nicht mehr als einem Augenbrauenzucken reagierte.

Sie hob einen Finger, und um Ahren und seine Freunde herum erwachten die Wände plötzlich zum Leben, als mehrere Männer und Frauen aus geschickt getarnten Wandnischen traten, die mittels kunstfertiger Vorhänge derart verschleiert worden waren, dass sie als Teil der Wand wahrgenommen wurden, solange man sie nicht bewegte. Sehr dünne, lange Dolche blitzten für einen Moment in den Händen der wie ihre Gastgeberin gekleideten Gestalten auf, dann traten diese wieder zurück hinter die Vorhänge, sodass nur die Erinnerung an ihre mörderische Präsenz im Raum verblieb.

»So«, sagte sie lächelnd. »Ihr habt Eure Zähne gezeigt und ich die meinen. Wollen wir uns nun setzen?« Dabei nahm sie selbst Platz, und Ahren und den anderen blieb kaum etwas anderes übrig, als sich ebenfalls auf den Stühlen niederzulassen. Das Wissen, dass in jeder der vier Wände Männer und Frauen mit stoßbereit gehaltenen Dolchen lauerten, machte ihn unruhig, zumal dies bedeutete, dass jeder der Gefährten zwei oder drei potenzielle Angreifer im Rücken hatte, falls dieses

Treffen eine üble Wendung nahm.

»Kanthasar sagte uns, Ihr könntet uns bei einem Anliegen helfen«, begann Lanlion, aber wieder hob die Frau einen Finger, diesmal jedoch nur, um den Blutleeren zu unterbrechen.

»Wie unhöflich«, sagte sie, noch immer lächelnd. »Wir sollten uns erst einmal vorstellen.« Sie zog ihre Kapuze ab, woraufhin ein fein geschnittenes Gesicht von vielleicht vierzig Wintern zum Vorschein kam, das sie als Frau aus dem Ewigen Reich zu erkennen gab. Ihre Haare und Augenbrauen waren ebenfalls bleich, fast so, als hätten tausend Schrecken dieser Welt ihr die Farbe entzogen. »Ich bin Dahl-Rhi, Herrin des Fahlen Hauses und Anführerin der zweitmächtigsten Fraktion Gol-Konars.« Eine winzige Pause folgte, während der sie Lanlion mit blassblauen Augen taxierte. »Und wer seid Ihr?« Die Frage war harmlos gestellt, aber mit einem subtilen Unterton, der den Worten eine unheilschwangere Bedeutung verlieh.

Ahnte sie, wer sie waren?

Ahren bemühte sich, äußerlich ruhig zu bleiben, indem er kurzzeitig ins Pelneng glitt. Plötzlich dankte er den Göttern für seinen ach so mutigen Lehrling, der vollkommen ungerührt dasaß und wahrscheinlich nicht einmal daran dachte, dass ihr Heldenepos hier innerhalb eines Wimpernschlags enden könnte, indem diese Frau erneut ihren Finger hob und eine Flut berobter Angreifer mit spitzen Dolchen über sie herfielen.

»Ich bin Larion«, sagte Lanlion und nutzte seinen Tarnnamen. Sie alle hatten Namen gewählt, die so ähnlich wie ihre echten klangen, damit sie reagierten, wenn man sie damit ansprach. »Ich führe diese Schar von Söldnern an. Sie sind an mich gebunden.«

»Sind sie das?«, fragte Dahl-Rhi mit einer hochgezogenen Augenbraue. »Nun«, sie machte wieder eine kleine Pause, »wenn Ihr das sagt, dann muss es wohl stimmen.«

»Was genau ist das Fahle Haus und wer oder was seid Ihr?«, fragte Lanlion.

Ahren hörte echte Neugier in der Stimme seines Freundes heraus. Während er zuhörte, nippte der Waldläufer an seinem Tee und musste zugeben, dass dieser von exzellenter Qualität war. Er schmeckte nach einer Vielzahl von Kräutern, die er in dieser Zusammensetzung noch nie gekostet hatte. Ein verstohlener Blick zu Khara sagte ihm, dass sie das Aroma ebenso sehr schätzte wie er.

»Wir sind eine Ansammlung von Menschen aus ganz Jorath, die … sich auf die bezahlte Neuordnung von Machtverhältnissen spezialisiert haben«, sagte sie.

Falk regte sich. »Also seid Ihr Meuchler«, knurrte er.

»So ein unelegantes Wort, welches Euer … Söldner da in den Raum wirft«, sagte Dahl-Rhi an Lanlion gewandt. »Ich bevorzuge es, nicht mit gewöhnlichen Attentätern verglichen zu werden, da das Fahle Haus gewisse Standards in Ehren hält, die uns von Halsabschneidern wie dem Roten Fluss unterscheiden. Vielleicht ist seine Gilde deswegen erfolgreicher als die meine, doch diesen Preis bin ich gerne bereit zu zahlen.«

»Mord ist Mord«, sagte Lanlion ohne Wertung in der Stimme. »Welchen Unterschied macht es, wenn Ihr gegen Bezahlung ein Leben nehmt?«

»Ah«, sagte Dahl-Rhi und legte ihre langen, schlanken Finger aneinander. »Wenn ein Fürst einem seiner Bauern befiehlt, gegen seinen Nachbarn zu Felde zu ziehen, weil der zufällig einem anderen Herrn dient und die beiden Adligen in Fehde geraten sind, ist das dann kein Mord? Und wenn es hundert Bauern tun? Wie nennt man es dann?«

»Die Ordnung der Dinge«, antwortete Lanlion nach einer Weile, als klar wurde, dass Dahl-Rhi sonst nicht weiterreden würde.

»Hmm«, machte sie, und Ahren konnte nicht erkennen, ob sie dem bleichen Paladin zustimmte oder von seiner Antwort enttäuscht war. »Und wenn diese beiden Adligen nun wegen etwas so Belanglosem streiten, wie, wer auf der letzten Jagd den größeren Hirsch erlegt hat? Und aus ihrem Streitgespräch eine Fehde entsteht, die Dutzende Tote fordert. Ist das immer noch Ordnung? Oder Chaos, das bereinigt werden will, und zwar heimlich, still und leise.«

»Ihr seht Euch also als Friedensstifterin«, sagte Khara kühl. »Und doch seid Ihr nur ein bezahlter Lakai, wenn Ihr Gold annehmt, um den Willen eines anderen gewaltsam durchzusetzen. Es gibt keine gerechtfertigten Morde.«

»Hmm«, machte die Frau wieder und nippte an ihrem Tee. »Was wohl die Nachtsoldaten der Ewigen Kaiserin von dieser Einstellung halten würden?«, fragte sie und sah Ahren direkt in die Augen. Der zuckte unwillkürlich zusammen und wich ihrem Blick aus. Erkannte sie in ihm die Spuren jener Ausbildung, die Ahren so schmerzlich zu vergessen suchte?

»Wozu diese Spielchen?«, fragte Khara gereizt, die immer wieder auf die Meisternadel im Haar der Frau schielte, die diese richtig herum trug. »Sagt endlich, ob Ihr uns helfen könnt oder wir unser Glück woanders versuchen müssen.«

Dahl-Rhi lächelte Khara wissend an, ihre Augen für einen Moment auf die umgedrehte Meisternadel der Schwertkämpferin gerichtet. »Zuerst muss ich sorgfältig abwägen, ob Eure bunte Truppe exotischer Kämpfer meiner Hilfe würdig ist«, sagte sie freundlich. »Wenn ich Euch meine Unterstützung gewähre und Ihr versagt, dann könnte dies meine Beteiligung aufdecken.« Sie nippte an ihrem Tee, bevor sie weitersprach. »Und das könnte sich als sehr unerfreulich für das Fahle Haus erweisen. Reik ist ein rachsüchtiger Mann.«

Lanlion verzog die Mundwinkel zu einer nahezu verächtlichen Miene. »Ich verstehe«, sagte er kühl. »Ihr wollt zuerst eine Gegenleistung für Eure Hilfe. Eine, die zeigt, dass wir es auch wert sind.«

»Ihr missversteht und unterschätzt mich«, erwiderte Dahl-Rhi gelassen. »Weder will ich Euer Gold noch dass Ihr einen Auftrag des Fahlen Hauses übernehmt. Es geht mir lediglich darum, herauszufinden, wie viel an Euch allen Lug und Trug ist. Sind es nur Eure Namen? Oder auch Eure vermeintlichen Fähigkeiten, ob nun im Kampf oder mittels eines gewissen magischen Nebels?«

Ahren rutschte nervös auf seinem Stuhl herum, aber im Vergleich zum entsetzt aussehenden Hakanu war er praktisch die Ruhe selbst. Sein Lehrling erfasste offenbar mit einem Schlag, dass die Meuchlerin ihnen ihre Tarnung nicht abkaufte. Der junge Meister konnte regelrecht sehen, wie die Traumvorstellung seines Schützlings von der listigen Heldentruppe, die eine Attentäterin an der Nase herumführte, in tausend Scherben zerbrach. Er konnte einem fast leidtun.

Heb dir das für später auf, kommentierte Culhen Ahrens Gedanken. Der Kopf des Wolfes zuckte ruckartig von links nach rechts und wieder zurück. *Die Anspannung der Wächter ist derart in die Höhe geschnellt, dass ich sie nun riechen kann.*

Ahren tauschte einen Blick mit Khara, die der grollenden Muai beruhigend eine Hand auf den Kopf legte.

Lanlion bemühte sich indes um eine beschwichtigende Miene. »Wenn Euch weder nach Gold noch nach einem Mord gelüstet, wie können wir dann unseren Wert beweisen?«, fragte er gelassen.

Dahl-Rhi sah zu dem Mädchen hinüber, das sie hergeführt hatte und nun still und absolut regungslos in einer Ecke des großen Raumes stand. Wie Ahren mit einem Schaudern erkannte, erinnerte sie ihn an eine Nachtsoldatin auf Wachdienst. Hatte Dahl-Rhi etwa ihre eigene Armee aus folgsamen Mördern erschaffen? Und durften sie sich mit einer solchen Frau einlassen?

Der Blick ihrer Herrin ließ das Mädchen umgehend neben Dahl-Rhi treten. »Ist genügend Zeit vergangen?«, fragte die Anführerin des Fahlen Hauses.

»Ja, Herrin«, kam die sanfte Antwort.

»Gut«, sagte die Meuchlerin erleichtert und sah dann Lanlion an. »Ihr und Eure Söldner könnt nun gehen«, sagte sie zu Ahrens Überraschung.

Lanlion erhob sich, und Ahren und die anderen folgten seinem Beispiel. »Was ist mit Eurer Hilfe?«, fragte der Blutleere.

»Solltet Ihr siegreich sein, ist Euch meine Unterstützung gewiss«, sagte sie.

»Siegreich wobei?«, fragte Khara misstrauisch und griff nach ihren Waffen, die Augen auf die Vorhänge gerichtet, hinter denen die Meuchler lauerten.

Dahl-Rhi hob beschwichtigend eine Hand. »Euer Kampf wartet nicht hier auf Euch, Schwertmeisterin«, sagte sie gelassen. »Er wird Euch gerade bereitet, während Ihr bei mir seid. Es war ohnehin unvermeidlich.«

»Was soll das heißen?«, fragte Trogadon, dessen Miene deutlich machte, dass sein Geduldsfaden gerissen war.

»Dass Ihr in Gol-Konar einen Feind ignoriert habt«, sagte Dahl-Rhi ernst. »Und dass es Konsequenzen hat, wenn man seine Feinde am Leben lässt.« Sie legte den Kopf schief. Ein wissendes Lächeln lag auf ihren Lippen. »Habt Ihr nicht einen Teil Eurer Gruppe zurückgelassen?«

Ahren wurde im selben Moment heiß und kalt. Jelninolan, Uldini und Salman! Sie waren in Kanthasars Höhle, und wenn er die rätselhafte Meuchlerin richtig verstand, dann waren die drei in Gefahr!

»Wir sollten gehen«, sagte er drängend und keine drei Herzschläge später rannten die Gefährten gemeinsam aus dem Raum, die lächelnde Attentäterin hinter sich zurücklassend. Die Eingangstür stand bereits sperrangelweit offen, ihre überstürzte Abreise war offenbar erwartet worden.

»Schneller, schneller!«, drängte Trogadon hinter ihm. »Ich schwöre bei den Dreien, wenn Jelninolan etwas passiert ist, wird kein Schurke dieser Welt mich davon abhalten, diese Stadt zu schleifen, bis kein Stein mehr von seiner erbärmlichen Existenz kündet.«

Kaum waren sie über die Schwelle des Fahlen Hauses getreten, als die Tür hinter ihnen lautlos zuschwang. Ahren war sich nicht sicher, aber während er und seine Freunde über die Brücke rannten, die Augen auf die gen Norden führenden Kanäle gerichtet, glaubte er, hinter sich ein leises, beinahe traurig anmutendes Lachen zu vernehmen.

16. Kapitel

Schneller, verdammt!«, drängelte Trogadon, der so geschwind rannte, wie es ihm seine gedrungene Statur erlaubte. Wann immer der Waldläufer mit seinen Freunden Blickkontakt herstellte, während sie durch Gol-Konar stürmten, als wäre eine Horde Dunkelwesen hinter ihnen her, sah er dieselbe tiefsitzende Besorgnis, die auch ihn quälte. Was könnte Jelninolan, Uldini und Salman in ihrer Abwesenheit zugestoßen sein? Waren die Anspielungen der Herrin des Fahlen Hauses nur ein grausames Spiel gewesen oder doch eine gut gemeinte Warnung? Konnten Ahren und die anderen Schlimmeres verhindern?

Soll ich mit Muai vorauseilen?, schlug Culhen vor.

Nein, sagte Ahren nach kurzem Abwägen. *Dieser Ort ist zu gefährlich. Schon jetzt folgen uns einige Halunken, die auf schnelle Beute hoffen.*

»Unsere auffällige Hast lockt die ersten Schmeißfliegen an«, knurrte Falk und deutete auf ihre Verfolger. »Ihr Götter, ich *hasse* diese Stadt.«

Khara wirbelte auf dem Absatz herum und zog in der gleichen Bewegung ihre Klingen hervor. Dann wob sie einen Kokon aus Stahl um sich, während sie auf die zurückweichenden Halsabschneider zuging. Sofort drückten sich die Verfolger in enge Gassen und tiefe Hauseingänge, einige sprangen hinunter auf schützende Anlegestellen oder wechselten in angetäute Boote, um sie zu Wasser zu verfolgen.

»Ein Tropfen auf dem heißen Stein«, sagte die Schwermeisterin angewidert und steckte ihre Waffen fort, während sie zur Gruppe aufschloss. »Als wollte man einen Klumpen Unrat mit einem Sieb auffangen.«

»Wenn sie verletzt sind …«, jammerte Trogadon erneut.

»Spare deine Kräfte«, sagte Falk streng. »Sorgen lähmen dich wie ein schleichendes Gift. Konzentriere dich auf das, was du in diesem Augenblick tun kannst.«

Der Schmied beschleunigte seinen Lauf, und Ahren bewegte sich neben Hakanu, dessen Augen geradezu glühten vor Leidenschaft und rechtschaffener Empörung. »Konzentriere dich«, befahl er seinem Lehrling. »Wut kann schlimmer sein als Sorge«, erweiterte er Falks Ratschlag. »Wenn man sie nicht zu nutzen weiß, ist sie wie ein rotes Tuch, das du dir selbst um den Kopf legst, um dich zu ersticken. Fokussiere dich auf die Gefühle hinter der Wut.«

»Meister?«, fragte Hakanu verwirrt, der bei ihrem Tempo dank seines Trainings erstaunlich gut mithielt und bislang keinerlei Ermüdung zeigte.

»Warum bist du wütend?«, fragte Ahren im Rhythmus seiner Atemzüge.

»Weil wir glauben, dass jemand Jelninolan oder Uldini etwas angetan hat«, sagte Hakanu.

Trogadon schnaubte, als er das hörte, und seine kurzen Beine trommelten regelrecht auf den Stein, als er seinen Spurt ein weiteres Mal beschleunigte.

»Richtig«, sagte Ahren. »Aber warum bist du wütend? Es wird in dieser Stadt ständig Unrecht verübt.«

»Weil ich sie mag und sie meine Freunde sind«, sagte Hakanu, und als Ahren ihm zunickte und erwartungsvoll anblickte, fügte er hinzu: »Weil ich will, dass es ihnen gutgeht.«

»Jetzt hast du deine Antwort«, sagte Ahren zufrieden. »Zorn und Hass zu empfinden, ist leicht. Dummköpfe nutzen diese Gefühle nur zu häufig, um sich mächtig und überlegen zu fühlen. Sie können wie ein Rausch sein, den man nie mehr missen möchte. Doch wenn du dich auf deine Zuneigung zu deinen Freunden konzentrierst, dann wirst du tun, was für Jelninolan und Uldini das Beste ist, und nicht, was dein Bedürfnis nach Vergeltung oder Bestrafung verlangt.«

»Weniger reden, mehr rennen«, blaffte Trogadon von vorne, und Ahren beschloss, dass er seinem Lehrling fürs Erste genug Ratschläge gegeben hatte, um ihn eine Weile zu beschäftigen.

»Hauptbrücke voraus«, sagte Lanlion. Die erste, im Norden des Palastviertels, hatten sie noch ohne Hindernisse passiert, aber die zweite, die das Zentrum der Stadt vom Niemandsviertel trennte, wurde von einer kleinen Menschenmenge blockiert, die eine blutige Auseinandersetzung zwischen mehreren Bewaffneten umringte, die anscheinend zu verfeindeten Fraktionen innerhalb Gol-Konars gehörten.

Trogadon fluchte und nahm seinen Hammer von der Schulter, bereit, sich gewaltsam einen Weg zu bahnen, aber Culhen war schneller. Der vermeintliche Blutwolf ließ ein Heulen ertönen, das noch im

Grünen Meer zu hören sein musste, und rannte mit gefletschten Zähnen auf die überraschte Menge zu, die umgehend Platz machte und das Tier passieren ließ. Muai sprang fauchend, grollend und um sich schlagend hinterdrein. Ahren kannte die Tigerin gut genug, um zu wissen, wie sehr es das eitle Tier störte, dass schon wieder der Wolf den Großteil des Schreckens verbreitete.

Ahren und seine Freunde stießen in die von ihren Vertrautentieren geschlagene Bresche und rannten schnurstracks zwischen der Meute und den verunsicherten Kontrahenten auf der Brücke hindurch, die mit ihrem Kampf innegehalten hatten, als Culhen plötzlich aufgetaucht war. Sie hatten es beinahe geschafft, als Hakanu hinter Ahren aufschrie und der Waldläufer herumwirbelte. Einer der bewaffneten Schurken hatte dem Lehrling einen gemeinen Schnitt versetzt, als dieser an ihm vorbeigelaufen war, und sein fieses Grinsen zeigte, dass diese Tat ein reiner Akt der Bosheit gewesen war. Ahren hätte den Kerl mit *Sonne* am liebsten aufgespießt, aber er erinnerte sich an seine eigene Lektion und lief weiter, als er sah, dass Hakanu nicht aus dem Tritt geriet. Weder ihnen noch ihren Freunden in Kanthasars Unterschlupf wäre damit gedient, wenn er hier und jetzt einen Kampf vom Zaun brach. Also ließ er sich neben den leicht humpelnden Hakanu zurückfallen und sah ihn fragend an.

»Es geht schon, Meister«, sagte der Knabe zwischen zusammengebissenen Zähnen hindurch. »Nur ich frage mich mittlerweile ernsthaft, warum mein leiblicher Vater nicht auch eine so schöne Rüstung wie Eure hat anfertigen lassen, statt einer einfachen Brustplatte.«

Ahren klopfte seinem Lehrling im Laufen auf die Schulter und musste das furchtlose Wesen Hakanus einmal mehr als Segen bewerten. Der Junge war robust und zäh wie Leder. Falk hatte im ersten Jahr von Ahrens Ausbildung bestimmt nie so über seinen damaligen Lehrling gedacht.

Dann drehte sich Hakanu mitten im Lauf herum und warf seinen Speer zurück auf die Brücke, sodass die Waffe den rechten Arm des Halunken durchbohrte, der ihn verletzt hatte. Schreiend taumelte der Mann zur Seite, und der Lehrling ließ den Speer wieder in seine Hand zurückgleiten, bevor er sich umdrehte und weiterlief.

Ahren seufzte tief. »Ach, Hakanu«, sagte er enttäuscht.

»Was?«, fragte der Junge mit einer Miene, in der gespielte Unschuld und tiefe Genugtuung miteinander um ein möglichst demütig wirkendes Gesicht rangen – und dabei gründlich versagten. »Die Wunde wird ihn lehren, nicht noch mal so schändlich zu handeln, und mein Wurf hat uns nicht aufgehalten und so keinem unserer Freunde geschadet.«

Ahren dachte an die Beschwerden Falks über Ahrens erste Ausbildungsjahre. Ein derartiges Verhalten wie Hakanu an den Tag legte, hatte der alte Mann damals nicht erdulden müssen.

Ich rieche Rauch, meldete sich Culhen und jegliche Gedanken, die nicht um Jelninolan, Uldini und Salman kreisten, waren fortgewischt.

Kommt er von Norden?, fragte Ahren besorgt.

Ich fürchte, ja, kam die niederschmetternde Antwort.

Ahren reckte den Hals, um die in der Ferne aufragende nördliche Steilwand der Klamm besser sehen zu können, aber sie waren noch zu weit entfernt, um etwas erkennen zu können. Also lief er schweigend weiter, bis endlich der Eingang zu Kanthasars Behausung als kleiner schwarzer Fleck sichtbar wurde.

»Wir kommen zu spät«, sagte Khara erschüttert. »Muai sieht Rauch aus dem Eingang quellen.« Keiner sagte dazu ein Wort, stattdessen erhöhten sie ihr Tempo.

Trogadon war trotz seiner Statur der Erste am Eingang und warf sich, ohne zu zögern, durch die zerschmetterte Tür, die zur Vorhöhle führte.

»JELNINOLAN!«, brüllte er markerschütternd und hustete sofort ob des öligen Rauches, der durch das zerstörte Holz nach draußen drang.

Ahrens Herz krampfte sich zusammen, als er keine Antwort hörte. Hastig band er sich ein Halstuch vor den Mund und folgte dem tiefer in die Höhle eindringenden keuchenden Zwerg. Als er ihn erreichte, drückte er dem Schmied ein eigenes Tuch in die Hand. »Hier«, sagte er. »Du hilfst ihr nicht, wenn du auf dem Weg zu ihr umkippst.«

»Wir sind zu spät«, sagte Trogadon bitter durch den Atemschutz hindurch und deutete in den Rauch. »Hör nur. Es ist totenstill. Was immer hier passiert ist, es ist bereits vor einer ganzen Weile geschehen.«

»Lasst mich vorgehen«, bot sich Lanlion an und schob sich an den beiden vorbei. »Meine Lungen vermögen dem Rauch besser zu widerstehen und die Dunkelheit behindert meine Sicht nicht.« Ohne eine Antwort abzuwarten, verschwand der Blutleere mit wallendem Umhang im wallenden Rauch wie eine Albtraumgestalt, die an jenen finsteren Ort zurückgekehrte, dem sie entstiegen war.

Ahren zog Trogadon ein paar Schritte gen Ausgang, wo das Atmen leichter fiel und Khara und die anderen warteten. Dabei richtete er seinen Blick auf die Decke der Vorhöhle und stutzte. »Wer auch immer hier war, hatte Angst vor Kanthasars Schutzzauber.« Er deutete zu der durch die große Hitze verformten Decke hinauf, die mittels mächtiger Magie ihrer vermeintlichen Zauberzeichen beraubt worden war.

»Vielleicht hätten wir ihn doch über unsere Aufgabe hier aufklären sollen«, sagte Khara in die Stille hinein.

»Was hätte das geändert, außer, ihn in Angst zu versetzen?«, antwortete Falk mit dumpfer Stimme, seine Augen fixierten den Korridor ins Innere der Höhle, aus dem noch immer Rauch hervorquoll.

Bevor jemand antworten konnte, tauchte Lanlion aus dem Rauch auf, eine bleiche Gestalt in Schwarz und Rot, die ein kleines blutbeflecktes Bündel in Händen hielt. »Jelninolan …«, keuchte Trogadon.

»… ist nicht hier«, sagte Lanlion beruhigend. »Genauso wenig wie Uldini und Salman.« Dann hob er das Bündel in seinen Händen. »Genaugenommen …«, begann er.

»Her damit«, knurrte der Zwerg und griff nach dem blutverschmierten Tuch. Seine Schultern verkrampften sich vor Angst, als er einen Blick auf den Gegenstand warf, der darin eingeschlagen war. »Der ist nicht von ihr«, sagte er und entspannte sich sichtlich. »Und auch nicht von Uldini.«

Ahren wollte nach dem Tuch greifen, aber Lanlion schüttelte den Kopf. »Dich erwartet kein schöner Anblick«, sagte er und drängte sie hinaus aus dem Rauch ins Freie. »Dort eingewickelt findet sich der kleine Finger eines erwachsenen Mannes, der von Salman, schätze ich.«

»Was ist mit Kanthasar?«, fragte Khara grimmig.

Lanlion schüttelte bedauernd den Kopf. »Seine Wohnstatt war zwar gegen Zerstörung und Einbruch gefeit, aber an den Rauch hat er nicht gedacht. Ich konnte mit meinen Sinnen durch die von innen verrammelte Tür weder einen Herzschlag hören noch einen Atemzug vernehmen.«

Ahren verspürte einen leisen Stich ob des Verlustes. Der alte Pirat mochte früher ein ruchloses Leben geführt haben, ihnen gegenüber war er jedoch gerecht gewesen. Seine geradezu kindliche Begeisterung für Geschichten und Sagen hatte ihn umso menschlicher gemacht. »Er war keine Bedrohung«, sagte er wütend. »Warum ihn in seinem eigenen Heim ausräuchern?«

Trogadon hielt den blutigen Fetzen mit der grausigen Trophäe darin hoch. »Hier steht etwas geschrieben, und zwar mit Blut: *Vielleicht folgt ihr meiner Einladung nun …*« Der Zwerg atmete einmal durch. »Anscheinend war Kanthasars Tod eine Warnung, dass es nicht bei einem Finger bleibt, wenn wir nicht spuren.«

»Was will der Rote Fluss nur von uns, dass er derartige Maßnahmen ergreift?«, fragte Hakanu an Ahren gewandt.

Der Waldläufer zuckte mit den Achseln. »Vielleicht wollte er ursprünglich nur der neuen Söldnertruppe in der Stadt auf den Zahn fühlen und will nun Rache für die Opfer, die wir in seinen Reihen hinterlassen haben«, sagte er mit mühsamer Beherrschung.

»Keine Rache, sonst hätte hier mehr als eine Leiche gelegen«, sagte Falk entschieden. »Wenn Jelninolan, Uldini und Salman verschleppt wurden, dann aus geschäftlichen Gründen. Entführung ist in Gol-Konar ein beliebtes Mittel der Verhandlungsführung.«

»In einer Stadt voller Kopfgeldjäger macht das Sinn«, presste Ahren zwischen zusammengebissenen Zähnen hervor. »Also, was nun? Kaufen wir die drei frei?«

»Uldini hatte fast all unser Gold«, sagte Lanlion. »Und unsere Bündel sind ebenfalls fort. Wenn sie nur auf schnellen Gewinn aus waren, haben sie den bereits erzielt.«

»Keine Verhandlungen«, grollte Trogadon und drehte dabei unablässig seinen Hammer in den Händen. »Ich werde heute ein paar Köpfe neu zurechtschmieden.«

»Sehr anschaulich«, sagte Falk. »Aber ich gebe Trogadon recht. Die Wahrscheinlichkeit ist gegeben, dass die drei ein Köder sind. Oder der Rote Fluss uns mit Geiseln in der Hinterhand beliebig lange erpressen will. Wir haben größere Chancen, wenn wir sie kalt erwischen und unsere beiden Alten und Salman umgehend befreien.«

»Wo sollen wir sie suchen, Meister?«, warf Hakanu verwirrt ein.

Ahren tätschelte Culhen den Kopf und lächelte düster. »Wir haben einen Wolf und die haben Salman den Finger abgeschnitten. Culhen kann dieser Fährte frischen Blutes durch die ganze Stadt folgen.«

Ich bin dir schon voraus, sagte sein Freund voller Tatendrang, die Nase dicht über dem Boden. *Sie sind dort entlang.* Dann rannte das Tier gen Westen, immer der Klamm folgend.

»Augen auf und Waffen gezückt«, instruierte sie Falk. »Wenn wir am Ziel sind, müssen wir rasch und entschlossen vorgehen. Uldini und Jelninolan haben offensichtlich bei ihrer Gefangennahme auf Zauberei verzichtet, oder wir würden hier überall die Leichen verdutzt dreinblickender Magier vorfinden, also ist ihre Identität als Alte noch immer verborgen.

Ahrens Adern fühlten sich an, als würde flüssiges Feuer in ihnen wüten, und als er zusammen mit seinen Freunden nach Westen lief, kam ihm Ratschlag an Hakanu über die Wut und deren Überwindung in den Sinn. Hoffentlich würde seinem Schützling nicht auffallen, dass sein Meister vorhatte, seine eigene Lektion in den Wind zu schlagen. Gol-Konar gierte seit ihrer Ankunft nach ihrem Blut.

Nun sollte es Blut bekommen.

Culhens feine Nase führte sie problemlos über Stege und Brücken, durch enge Gassen und finstere Durchgänge. Ob es der Ruf war, den Lanlion sich in Gol-Konar aufgebaut hatte oder die Blicke der Gefährten, die jedem, der sich ihnen in den Weg stellte, rohe Gewalt versprachen, in jedem Fall suchten sämtliche Passanten, denen sie begegneten, hastig das Weite.

Hier, sagte Culhen schließlich und schnüffelte an einem verdächtigen roten Fleck auf dem Boden. *Das ist frisches Blut von Salman.*

Ein Knirschen ertönte, das Ahren erst nach einem Herzschlag zu Trogadons Zähnen zurückverfolgen konnte. Der Schmied sah auf die rote Flüssigkeit hinab und es lag Mord in seinem Blick. »Das ist Salmans Blut«, flüsterte Ahren leise. Der Zwerg nickte, aber seine Kiefer mahlten ohne Unterlass. Die Muskeln um Trogadons Kinns traten wie Seilstränge unter seiner Haut hervor und die Finger um seinen Hammer waren weiß, so fest packte er den Griff.

Wir sind nah, ergänzte Culhen, der seine Nase in den Wind hielt, als die Gefährten sich um den winzigen roten Fleck auf dem Stein sammelten. *Hier irgendwo müssen unsere Freunde sein.*

»Frag bitte Muai, ob sie etwas Außergewöhnliches erspähen kann«, bat Ahren Khara und blickte sich dabei wachsam um. Sie befanden sich irgendwo am Rand des Niemandsviertels, kurz vor der Grenze zum Hafenviertel, und waren dabei keine vier Steinwürfe von der Wand der Klamm entfernt. Hier standen viele Holzhäuser in mehr oder minder provisorischem Zustand. Anscheinend schätzte der Rote Fluss trotz seines Erfolges eine andere Art von Nachbarschaft als die Herrin des Fahlen Hauses. Dunkle Winkel und verborgene Ecken waren hier zahlreich und ein Hinterhalt konnte alle paar Schritt auf sie lauern.

Muai sprang grazil auf ein niedriges Dach und von dort aus höher und höher die aneinandergereihten Bauwerke der Umgebung hinauf, bis sie mit den Schatten der Stadt verschmolz. Einige Dutzend Herzschläge später hörten sie ein leises Grollen in der Ferne. Khara kicherte böse, und dann sah Ahren einen humpelnden Schatten über die Dächer davoneilen.

»Da wollte doch wirklich jemand Muai überraschen«, flüsterte Khara, bevor sie wieder ernst wurde. »Ein Stück weiter südlich gibt es einen schmalen Durchgang, der zwar so aussieht, als ob er zum dahinterliegenden Kanal führt, doch wenn man von der anderen Seite der Häuser auf diese Stelle schaut, ist nur eine gemauerte Wand zu sehen.«

»Ein getarnter Eingang«, sagte Falk. »Genau das, was man von einer Meuchlerzunft erwarten würde.«

»Zumindest kein sauberes weißes Haus«, sagte Lanlion. »Entweder ist dieser Rote Fluss ein Freund von altgedienten Methoden oder dieser Eingang ist eine List.«

Trogadon stampfte los, auf die Häuser im Süden zu. »Das ist mir einerlei«, sagte er. »Man kann jede Falle aufbrechen.«

»Ruhig«, ermahnte ihn Falk und stellte sich dem Zwerg in den Weg. »Im Idealfall können wir Jelninolan und Uldini vorwarnen, dass wir kommen, um sie zu retten.«

Trogadon sah für einen Moment so aus, als wollte er stur durch Falk hindurchlaufen, aber dann nickte er mechanisch, so als müsse er sich zu der Bewegung zwingen. »Was schlägst du vor?«, fragte er gepresst. »Und rede schnell oder ich und mein Hammer sorgen dafür, dass meine Jelninolan vorgewarnt wird, indem sie hört, wie ich Schädel und Mauern auf dem Weg zu ihr zerbreche.«

Ahren sah Falk alarmiert an, aber der alte Paladin hob beschwichtigend die Hände. »Ich habe eine Idee«, sagte er rasch und deutete auf Hakanu und Kamaluq. »Es wird Zeit für eine ganz besondere Heldentat.«

»Also ich weiß nicht ...«, begann Ahren zweifelnd, als er Falks Plan gelauscht hatte, während sie sich vorsichtig Muais Entdeckung genähert hatten, um den Durchgang aus einer nahen Gasse heraus zu beobachten. Culhens scharfe Nase hatte bestätigt, dass zumindest Salman in den schmalen Durchlass geschafft worden war. In dem kurzen Tunnel waren Lichtschächte in der Decke platziert worden, die die Helligkeit so geschickt hindurch warfen, dass sie die Illusion erzeugten, als würde er an dessen Ende wieder ins Freie führen.

»Wir machen das schon, Meister«, sagte Hakanu mit stolzgeschwellter Brust. »Kamaluq ist klug und leise. Wenn ich in Gedanken bei ihm bleibe, wird er ganz bestimmt auf mich hören.« Während der Knabe sprach, kostete der Fuchs von einer schimmeligen Wurst im Rinnstein und nieste dann laut.

Der Kleine ist noch nicht so weit, mischte Culhen sich ein.

Ahren wusste nicht, ob sein Freund den Lehrling oder seinen Fuchs meinte. Der Waldläufer linste verstohlen aus der dunklen Gasse, in die sie sich quetschten, zu dem knapp vierzig Schritt entfernten Durchlass hinüber, vor dem drei Halunken herumlungerten, die ihre roten Hosen nur nachlässig unter ihren Umhängen verbargen und das Gehabe von Schlägern an den Tag legten, die glaubten, ihnen gehöre die ganze Welt.

»Ich weiß nicht, ob ich Jelninolans Wohl diesen beiden Grünschnäbeln anvertrauen möchte«, grollte Trogadon.

»Vergiss nicht, wir gehen davon aus, dass der Rote Fluss Jelninolan, Uldini und Salman als Geiseln hält«, sagte Lanlion diplomatisch. »Gelingt Falks Plan, wissen wir, wo unsere drei Gefährten gefangen gehalten werden, ob sie bei Bewusstsein oder verletzt sind und von wie vielen Wachen sie in Schach gehalten werden. Misslingt er, haben wir zumindest eine Ablenkung geschaffen, die uns dabei hilft, schneller und leiser mit sämtlichen Hindernissen auf unserem Weg zu unseren Freunden fertig zu werden. So oder so steigen unsere Chancen, alle drei lebend da raus zu holen.«

Ahren bemerkte, dass die Geduld des Zwerges kurz davor war, zu versiegen, und das gab den Ausschlag. »Also schön«, sagte er kopfschüttelnd. »Bevor wir grobschlächtig den Eingang stürmen und das Wohl der Geiseln gefährden, versuchen wir unser Glück lieber mit Kamaluq.«

Hakanu sah Ahren mit strahlenden Augen an und rief den Fuchs leise zu sich, der ein zweites Mal sein Glück an der verschimmelten Wurst probiert hatte. »Ihr werdet es nicht bereuen, Meister«, sagte er.

»Zu spät«, murmelte Ahren trocken, aber so leise, dass nur Khara ihn hören konnte, woraufhin sie ihm mahnend einen Ellbogen in die Seite stieß.

»Muai hat noch zwei Schurken mit roten Hosen zwischen den Häusern ein Stück im Westen und vier weitere im Osten gesichtet«, sagte sie und deutete himmelwärts, wo die Tigerin unentdeckt über die flachen Häuser schlich. »Dazu noch mehrere Wachen auf den Dächern.«

»Dieser Durchgang wird also auch aus der Ferne bewacht«, sagte Falk. »Die drei da vorne am Eingang sind nur die offensichtliche Abschreckung.«

»Hatten wir Glück, dass wir bisher noch nicht bemerkt wurden, oder will man uns täuschen?«, gab Lanlion zu bedenken.

»Finden wir es heraus«, sagte Falk und sah Hakanu auffordernd an, der Kamaluq mit beiden Händen davon abhielt, wieder zu der Wurst hinüberzustromern.

»Kamaluq, mein Braver«, sagte der Lehrling mit sanfter Stimme, und der Fuchs sah seinen Paladin umgehend aus treuen Augen an. Hakanu legte dem Tier seine Fingerspitzen links und rechts auf die Wangen und kraulte ihm sanft das Fell. »Wir machen jetzt einen Ausflug«, sagte der Lehrling langsam. »Du in deinem Schimmerfell und ich in deinem Kopf, in Ordnung?«

Der Fuchs fiepte leise, und Ahren dachte schon, der Kleine wäre überfordert, doch da verschwand er in einem beträchtlichen Lichtblitz und einen Herzschlag später verriet nur noch ein leichtes Luftflimmern seinen Standort.

Das ist mein Junge, sagte Culhen stolz. *Sein Licht ist auch schon viel kräftiger geworden.*

»Muai sagt, der Blitz blieb unbemerkt«, verkündete Khara.

»Oder die Wachen hatten Anweisung, ihn nicht zu bemerken«, unkte Trogadon gereizt. »Wir sollten –«, er machte einen Schritt auf den Ausgang der Gasse zu.

»Wir sollten Kamaluq und Hakanu eine Chance geben«, sagte Ahren streng und hielt Trogadon am Kragen zurück. »Und uns auf einen möglichen Ansturm auf den Eingang vorbereiten, sollte etwas schief laufen.« Dann ließ er den Zwerg wieder los und zog seine Waffe, um ihm zu zeigen, dass er durchaus bereit war, den Unterschlupf zu stürmen, sollte Kamaluqs Spähmanöver misslingen.

Trogadon brummte ungehalten, blieb aber, wo er war. »Sputet euch«, war alles, was er zu dem Lehrling und seinem Fuchs sagte.

Hakanu nickte und schloss die Augen, seine Hände ließen das nun kaum sichtbare Fell des Fuchses los. »Geh los, mein Braver. Ich werde dir unterwegs sagen, was zu tun ist.«

»Hatte er nicht erwähnt, dass Kamaluq ihn noch immer nicht richtig versteht?«, flüsterte Khara, beide Waffen in den Händen.

»Die Aufgabe ist nicht so schwer und Hakanu bleibt die ganze Zeit in Kamaluqs Verstand«, erwiderte Ahren und merkte, dass er sich mit diesen Worten selbst zu beruhigen versuchte.

»Du wirst uns schön beschreiben, was dein Fuchs sieht«, sagte Trogadon ungehalten zu Hakanu, und der nickte, die Augen noch immer geschlossen.

»Weiter, mein Braver«, flüsterte er, obwohl der Fuchs ihn nicht mehr hören konnte.

Ahren sah verstohlen aus der Gasse hinaus, konnte den Schimmerfuchs jedoch nicht mehr erkennen.

»Muai sagt, er nähert sich dem Eingang«, wisperte Khara angespannt. Sie runzelte die Stirn. »Jetzt kann sie ihn auch nicht mehr erkennen.«

»Kamaluq pirscht nun langsam über den Boden«, erklärte Hakanu mit abwesend klingender Stimme, die Augen weiterhin fest geschlossen. »Dadurch ist seine Tarnung noch mal deutlich effektiver.«

Trogadon öffnete mit ungeduldiger Miene den Mund, aber Ahren bedeutete ihm mit einer herrischen Geste, zu schweigen. Die Augen des Zwerges wurden zu schmalen Schlitzen, doch er fügte sich. Noch.

»Kamaluq ist jetzt an dem getarnten Eingang angekommen«, fuhr der Lehrling fort. Er lächelte sanft. »Er sagt, die drei Schläger stinken komisch.«

»Was kann das bedeuten?«, dachte Falk laut.

»Wie reagieren die Wachen?«, erkundigte sich Ahren bei Khara. »Haben sie etwas bemerkt?«

»Muai sagt, einer von ihnen sieht sich am Boden um«, kam die angespannte Antwort.

»Ich wusste es«, murrte Trogadon und trat auf das Ende der Gasse zu. »Wir verschwenden hier nur unsere Zeit.«

Auch Culhen schien drauf und dran, einen Sturmangriff zu wagen, um den Fuchs zu retten.

»Sei still, mein Bester«, flüsterte Hakanu, der anscheinend so tief in den Sinnen seines Fuchses versunken war, dass er nicht mitbekam, was in der Gasse passierte. »Einer der drei tastet nach Kamaluq auf dem Boden herum«, sagte er beunruhigt. »Seine Hände kommen näher.«

Ahren umfasste *Sonne* und war kurz davor, zuzugeben, dass ihr Plan gescheitert war. Er nickte dem ungeduldigen Trogadon zu, und sowohl Falk als auch Khara machten sich ebenfalls zu einem Sturmlauf bereit, als Hakanu murmelte: »Der Kerl hatte nur seine Tabakdose verloren.« Dann lachte der Lehrling verhalten. »Kamaluq beschwert sich noch immer über den Geruch, ist nun aber an ihnen vorbei in einem Tunnel.«

Erleichtert atmete Ahren auf und Trogadon blieb unschlüssig stehen, keinen Schritt vom Ausgang der Gasse entfernt, in der sie sich versteckten. »Was sieht er?«, fragte der Waldläufer drängend und wiederholte die Frage flüsternd, bis sein Lehrling sie endlich wahrnahm.

»Kamaluq läuft durch einen langen Gang, der sich kaum merklich nach rechts unten neigt«, berichtete Hakanu abwesend. »Die Lichtschächte, die wir in der Decke haben erkennen können, liegen nun hinter ihm und selbst er kann kaum mehr etwas sehen.« Der Lehrling verzog das Gesicht. »Iiih! Es beginnt, furchtbar widerlich zu stinken.«

Ahren musste trotz seiner Anspannung unwillkürlich lächeln. Anscheinend hatte Hakanu gerade den Geruchssinn seines Freundes gemeistert und das bei einer äußerst miserabel riechenden Gelegenheit. »Du kannst seine Nase ignorieren«, riet ihm der junge Meister. »Konzentriere dich nur auf die Augen Kamaluqs.«

Das weiterhin angewidert verzogene Gesicht seines Schützlings verriet Ahren, dass dieser ihn entweder nicht hören oder sich nicht von Kamaluqs Geruchssinn lösen konnte. »Nein!«, sagte Hakanu streng. »Böser Fuchs! Das kann man nicht fressen. Geh weiter. Geh weiter!«

Trogadon entrang sich daraufhin ein frustriertes Stöhnen, und Ahren sah ihn bittend an. »Kamaluq ist im Tunnel und liefert uns wertvolle Informationen«, sagte er mit einem Hauch Stahl in der Stimme zu dem Zwerg. »Jeder Schritt bringt ihn Jelninolan und den anderen näher. Hab Vertrauen.«

Der Schmied nickte, sein Gesicht war vor Unzufriedenheit verzogen wie eine knorrige Wurzel. Ahren erkannte, wie sehr ihre kleine Gruppe voneinander abhängig geworden war, sowohl was ihre Fähigkeiten als auch was ihr Naturell anging. Jelninolan konnte jeden von ihnen mit einigen wohl gesetzten Worten beschwichtigen und Uldinis bissige Kommentare hätten Trogadon ebenfalls zur Räson gebracht.

Ahrens Blick glitt zu Lanlion, dem er am ehesten zugetraut hätte, die Rolle der beiden auszufüllen, aber der bleiche Paladin kämpfte sichtlich mit den Auswirkungen seines freiwilligen Nahrungsentzugs und verhielt sich noch passiver als sonst.

»Endlich«, ließ Hakanu sich vernehmen. »Braver Fuchs. Immer weiter gehen.« Er machte eine kurze Pause. »Der Geruch wird schlimmer. Kamaluq passiert nun ein rundes Becken von vielleicht zehn Schritt Durchmesser, in dem Abwasser schwimmt.« Der Lehrling würgte kurz. »Anscheinend wurde es absichtlich angestaut. Ich sehe mächtige geschlossene Schleusentore, hinter denen Kamaluq schwach eine große Menge Wasser fließen hört.«

»Ein natürlicher Schutzwall«, sagte Falk bewundernd. »Wenn sich jemand doch mal durch Zufall in den Tunnel verirrt, wird ihn der Anblick eines schnöden Abwasserlochs und der widerliche Gestank wieder verscheuchen. Der Rote Fluss ist klüger, als ich ihm zugetraut habe.«

»Verwechsele die Direktheit seines bisherigen Vorgehens gegen uns nicht mit Dummheit«, brummte Trogadon. »Viele Feinde der Zwerge machten im Laufe der Jahrtausende denselben Fehler. Dieser Kerl ist nicht umsonst ein mächtiger Mann in dieser Stadt.« Ahren konnte erkennen, dass die Nervosität seines gedrungenen Freundes mit jedem seiner Worte weiterwuchs.

»Unser Feind ist allerdings auch arrogant, und das können wir ausnutzen«, sagte Khara.

»Übertriebener Stolz scheint weit verbreitet in dieser Stadt zu sein«, fügte Lanlion hinzu. »Als ob seine Einwohner ihr ruchloses Leben mit aller Macht rechtfertigen wollten.«

»Auf der anderen Seite des Beckens führt ein kurzer Tunnel weiter«, sagte Hakanu angespannt. »An dessen hinterem Ende hängen mehrere schwere Öltücher von der Decke, die wohl den Geruch draußen halten sollen. Kamaluq versucht, sich unter ihnen hindurchzuquetschen.«

Er soll bloß vorsichtig sein, sagte Culhen aufgewühlt. *Wenn die Bewegung der Tücher bemerkt wird …*

»Geschafft«, sagte Hakanu erleichtert und kniff seine geschlossenen Augen noch fester zusammen. »Ist das jetzt plötzlich hell.« Der Lehrling sammelte sich einen Moment, bevor er fortfuhr. »Hinter den Vorhängen befindet sich ein großer, runder Raum. Dort sitzen vier Wachen und würfeln an einem Tisch miteinander. Zwei Türen führen weg, eine nach links, die andere nach rechts.« Hakanu schnüffelte, als wäre er selbst ein Tier. »Die Luft hier drinnen ist viel besser. Die Wachen verbrennen Kräuter in kleinen Schalen. Es riecht bissig, aber nicht so schlimm wie die künstliche Kloake.«

»Daher der Geruch der drei Wachen vor dem Eingang«, murmelte Falk. »Sie müssen vorher zum Wachdienst in der Kammer eingeteilt gewesen sein.«

»Wetten, die Wachen stehen in der Nahrungskette der Meuchler ganz unten?«, sagte Khara. »Kein gestandener Auftragsmörder würde freiwillig einen Haufen Unrat bewachen, selbst dann nicht, wenn der zufällig auch der Eingang zur Gilde ist.«

»Umso besser«, sagte Trogadon und wog seinen Hammer in den Händen. »Je unerfahrener sie sind, umso schneller fallen sie.«

Hakanu öffnete seine Augen einen Spalt. »Kamaluq wird langsam müde. Er muss bald wieder sichtbar werden. Soll ich nach links oder nach rechts gehen?«, fragte er.

»Stehen die Türen denn offen?«, erkundigte sich Ahren, und sein Lehrling stöhnte.

»Nein«, sagte Hakanu. »Daran habe ich gar nicht gedacht.«

»Eine Sackgasse«, knurrte Trogadon. »Wir sollten mit dem Wissen, das wir erhalten haben, losschlagen.«

Ahren überlegte fieberhaft. »Warten wir eine Weile, ob sich eine der Türen öffnet. Wenn Kamaluq vorher zu müde wird, soll er sich zurückziehen.«

Aber, was wenn …, begann Culhen, und Ahren legte ihm beruhigend eine Hand auf den Nasenrücken.

Hab Vertrauen, sagte der Paladin. *Das beständige Grübeln ist doch meine Aufgabe, schon vergessen?*

So ein Welpe ist ganz schön anstrengend, gab Culhen genervt zurück. *Vielleicht ist es ja doch ganz gut, dass ich bisher keine passende Wölfin getroffen habe.*

Ahren amüsierte sich über Culhens Vaterschaftsanwandlungen, schob diese Diskussion jedoch für ein andermal beiseite, als Hakanu sich regte.

»Die rechte Tür geht auf«, sagte er. »Ein Kerl mit einem rostigen Tablett voller Essen kommt herein.« Hakanu verzog das Gesicht. »Schimmeliges Brot und sehniges Fleisch. Die essen da genauso schlecht, wie sie hausen. Ich lasse Kamaluq jetzt durch die Tür schleichen.«

»Moment«, warf Khara plötzlich ein. »Das ist bestimmt keine Verpflegung für die Wachen, damit könnte selbst der Rote Fluss seine Leute nicht bei Laune halten. Das klingt nach Fraß für Gefangene.«

»Bist du sicher?«, fragte Falk. »Wir haben nur den einen Versuch.«

Khara schnaubte. »Als ob ich mich mit solchen Dingen nicht auskenne«, sagte sie und warf dem alten Mann einen ernsten Blick zu.

»Folge dem Essen«, sagte Ahren zu Hakanu und der nickte.

»Nichts leichter als das«, ließ sein Schützling sich vernehmen. »Kamaluq hat bereits ein Auge auf das Fleisch geworfen.« Der Lehrling wirkte peinlich berührt. »Kamaluq ist nicht sehr wählerisch, wenn es ums Fressen geht.«

»Sei froh«, warf Ahren mit einem kurzen Blick auf Culhen ein.

Ach, das bringen wir ihm noch bei, erwiderte der Wolf großspurig. *Wir wollen doch nicht, dass der Kleine sich mit weniger als dem Besten zufriedengibt. Anständige Nahrung ist wichtig oder er wird nie so groß wie Muai und ich.*

»Der Mann mit dem Essen geht nun durch die linke Tür«, berichtete Hakanu. »Kamaluq folgt ihm.« Der Junge zuckte erschrocken zusammen. »Beinahe hätte ihn die Tür erwischt. Er ist jetzt mit dem Mann in einem düsteren Korridor, an beiden Seiten sind vergitterte Zellen eingelassen. Am Ende sehe ich eine Fackel. Eine Frau sitzt mit einer geladenen Armbrust auf einem Schemel.« Hakanu zog scharf die Luft ein. »Sie zielt in eine der Zellen auf der linken Seite der Wand. Hinter den Gitterstäben sehe ich Jelninolan und Uldini.«

»Was ist mit Salman?«, fragte Ahren mulmig.

»Der ist auch da«, sagte Hakanu angespannt. »Er riecht nach Blut. Jelninolan schirmt ihn mit ihrem Körper vor der Armbrustschützin ab.«

Als Trogadon das hörte, versteifte er sich und sein Hammer sank zu Boden. »Wenn wir gestürmt hätten …«, begann er.

»Aber das haben wir nicht«, beruhigte ihn Khara.

»Was soll ich tun?«, fragte Hakanu. »Kamaluq beklagt sich bereits und ich kann spüren, dass er sehr erschöpft ist. Bald wird er sichtbar, ob er will oder nicht.«

»Sag ihm, er soll warten, bis der Mann mit dem Tablett weg ist«, sagte Ahren sofort. Dabei bedeutete er den anderen, sich bereit zu machen, aus der Gasse zu rennen. Khara zeigte nach oben, und der Waldläufer sah einen Schatten, der über die Dächer huschte. Muai würde sich um die Späher über ihnen kümmern.

»Der Mann mit dem Tablett ist jetzt wieder draußen«, sagte Hakanu nervös. »Die Tür ist geschlossen und Kamaluq ist mit der Schützin und unseren Freunden allein. Und eingesperrt.«

Ahren bemerkte, dass sein Lehrling durchaus in der Lage war, Angst zu empfinden – nur nicht, wenn es um ihn selbst ging. »Kamaluq soll ein Geräusch machen«, sagte der junge Meister. »Nichts Bedrohliches, gerade laut genug, damit die Schützin ihre Waffe herumschwenkt.«

Hakanu riss die Augen auf und starrte ihn ungläubig an. »Aber –«, begann er.

AHREN, NEIN!, donnerte Culhens Stimme in seinem Kopf und

übertönte damit alles, was der Lehrling zu seinem Vorschlag zu sagen hatte. *Du wirst den Kleinen keiner solchen Gefahr aussetzen!*

»Kamaluq soll sich nach dem Geräusch sofort wegbewegen«, erklärte er geduldig, sowohl seinem Schützling als auch dem aufgebrachten Wolf. »Dann soll er seinen Lichtblitz benutzen, um die Frau zu blenden, und zu Jelninolan und Uldini huschen. Die werden ihn beschützen.«

»Ganz schön riskanter Plan«, brummte Falk. »Du verlangst viel von einem Welpen.«

»Er hat recht«, meldete sich Lanlion zu Wort. »Hättest du einen jungen Culhen ein derartiges Wagnis eingehen lassen?«

»Oh ja«, sagte Ahren. »Im Weinenden Tal hat er noch viel Größeres geleistet und da war er nur ein Wolf.«

Pah, machte Culhen und schnaubte. *Von wegen, nur ein Wolf.*

»Was denkst du?«, fragte Ahren seinen Lehrling. »Kann Kamaluq das hinbekommen?«

Hakanu biss sich auf die Lippe und sah so unentschlossen aus wie selten. »Ja«, sagte er schließlich und nickte zaghaft. »Im Endeffekt soll er sich ja hinter Jelninolan und Uldini verstecken. *Das* kann er gut.«

»Der Teil, der davor kommt, macht mir Sorgen«, sagte Falk leise. »Wenn dem jungen Fuchs die Nerven durchgehen, flüchtet er vielleicht nicht rechtzeitig. Sein Verstand steht noch an der Grenze zwischen instinktivem Handeln und echtem Bewusstsein. Wenn er Pech hat, behindern sich diese beiden Hälften seines Wesens in einem Moment großer Gefahr gegenseitig.«

»Bleib ganz dicht bei ihm«, sagte Ahren zu Hakanu. »Halte ihn in Gedanken eng an deinen Geist gepresst, dann kann er dich gut hören und hoffentlich auch verstehen. Gib ihm kurze Kommandos, verwirre ihn nicht mit langen Sätzen, dafür ist er noch zu jung.«

Die Augen des Lehrlings waren vor Nervosität weit aufgerissen, und Ahren legte ihm eine Hand auf die Schulter.

»Das wird die erste Heldentat deines Fuchses«, sagte er mit einem angespannten Lächeln.

Hakanu nickte fahrig.

»Bereit?«

Der Junge schloss zur Antwort die Augen und wisperte: »Kamaluq, mach Laut.« Ein Zucken durchlief den Knaben. »Kamaluq, zur Seite!«, zischte er und wurde dann ganz bleich. »Sie hat geschossen, sie hat wirklich geschossen!«

Ich werde dir richtig böse sein, wenn der Kleine was abbekommen hat, grollte Culhen in Ahrens Kopf, und Muai fauchte einschüchternd über den Dächern des Viertels. Irgendwo schrie ein unglücklicher Halunke, der die Wut der Tigerin zu spüren bekam.

»Hakanu!«, drängte Trogadon den Lehrling. »Auf wen hat sie geschossen?«

Ahren sah Falk erschrocken an. Die Frage war berechtigt. Hakanu zitterte wie Espenlaub und sagte nichts weiter. Ein, zwei, drei endlose Herzschläge vergingen. »Verfehlt«, flüsterte er dann. »Sie hat Kamaluq verfehlt.«

Alle Gefährten in der Gasse atmeten durch, während der Junge weitersprach. »Auftauchen, jetzt!«, befahl er dem Fuchs und lächelte dann. »Guter Junge. Und jetzt schnell zu der netten Frau, die immer so schön singt.«

»Muai sagt, die Wachen vor dem getarnten Durchgang drehen sich in Richtung Tunnel um«, warnte sie Khara. »Ich glaube, da drinnen ruft jemand um Hilfe.«

Ahren schüttelte Hakanu sanft. »Was geht da vor?«, fragte er. »Können wir stürmen?«

Sein Schützling riss die Augen auf und nickte. Behände sprang er auf die Beine, kaum dass Ahren seine Finger weggenommen hatte. »Uldini hat mit seiner Kugel eine Art Schild um die Zelle erschaffen. Er hat Kamaluq gesagt, wir sollen uns beeilen.«

Falk runzelte die Stirn. »Hoffentlich hat Uldini seinen Zauber getarnt, oder hier wimmelt es gleich vor gierigen Kampfmagiern.«

»Ist Kamaluq bei ihnen?«, fragte Ahren, während er sich hinter Trogadon für einen Sturmlauf in Stellung brachte.

»Ja, er knabbert an Salmans Schuhen«, sagte Hakanu grinsend. Dann wurde er ernst. »Aber die Frau mit der Armbrust schreit nach Verstärkung.«

Trogadon linste um die Ecke der Gasse und grinste böse. »Perfekt«, sagte er. »Die Wachen schauen immer noch in den Durchgang hinein und fragen sich, ob sie nachsehen sollen.«

Falk nickte, seine Miene kalt wie Eisen. »Ahren, Hakanu«, rief er leise. »Ich nehme den links, der Junge den in der Mitte und du den Kerl rechts.« Dann hob er seinen Bogen und trat aus der Gasse hinaus. Ein Gefühl von Vertrautheit durchströmte Ahren, als er mit seinem Lehrling und seinem Meister zusammen auf die drei Schurken zielte. Wie eine morbide Generationenkette der Gewalt ließ erst der alte Paladin seinen Bogen singen, dann ertönte Ahrens *Fisiniell* und schließlich das Pfeifen von Hakanus Speer. Drei Körper fielen zu Boden und rührten sich nicht mehr.

»Los!«, rief Trogadon, und gemeinsam rannten sie auf den Durchgang zu. Links und rechts von ihnen ertönten überraschte Rufe der fernen Wachen, aber da waren die Freunde bereits durch den Torbogen verschwunden.

»Schön eng hier«, sagte Falk, lehnte seinen Bogen gegen die Wand und zog seinen Schild vom Rücken. »Sollte Verstärkung vom Kanal her eintreffen, kann mich hier immer nur einer auf einmal angreifen. Ihr holt unsere Freunde da raus, ich halte uns so lange den Rücken frei.«

»Sei vorsichtig«, sagte Ahren. »Es sind immer noch Meuchler.«

»Solange ihr keinen in meinen Rücken geraten lasst, sollte ich zurechtkommen«, erwiderte Falk gereizt. »Und jetzt geht, ich muss mich konzentrieren. Da kommen schon die ersten.«

Ahren rannte weiter in den Durchgang, an den trügerischen Lichtschächten vorbei und dann, im wahrsten Sinne des Wortes, immer seiner Nase nach. Der Gestank der Kloake war nicht zu ignorieren und alle mussten würgen, als sie sich der widerlichen Brühe näherten. »Licht«, keuchte Ahren. »Wir brauchen hier Licht.«

»Nein«, widersprach Trogadon sofort. »Ich kenne die Art von Luft. Wenn wir hier auch nur Funken schlagen, könnten sich die fauligen Gase entzünden. Es wäre nur ein kurzes Auflodern der Dämpfe, das aber ausreichen würde, um uns schwer zu verletzen oder gar zu töten.«

»Das ist Absicht«, sagte Khara schwach vor Übelkeit und würgte erneut. »Ich beginne, Respekt vor dem Roten Fluss zu empfinden.«

»Wir können uns rechts an der Wand entlangtasten«, instruierte sie Hakanu. »Der Rand um das Becken bildet ein Halbrund, das an dem Bassin entlangführt. Wenn die Wand unter Euren Fingern zurückweicht, seid Ihr an dem Korridor, in dem das Öltuch den Weg verdeckt.«

»Gut aufgepasst«, lobte Ahren ihn und flüsterte dann: »Das heißt, ab jetzt sind wir still. Vielleicht können wir die vier auf der anderen Seite der Vorhänge überraschen.« Er hatte *Fisiniell* bereits weggesteckt und zog nun *Sonne*, während er mit der rechten Hand an der mit schleimigen Algen bewachsenen Wand entlangstrich und möglichst flach atmete, um sich nicht übergeben zu müssen. Culhen litt zwar ungewöhnlich leise vor sich hin, aber der Gestank quälte die empfindliche Nase des Wolfes wie glühende Zangen. Hinter sich hörte er Khara leise keuchen und dahinter Lanlion, der von seinen Schritten abgesehen, still wie ein Grab war. Endlich ertasteten Ahrens Finger keine Wand mehr und er trat vorsichtig nach rechts in den Korridor, von dem er wusste, dass er hier sein musste. Gedämpfte Rufe drangen an sein Ohr, einige verwirrt, andere wütend.

Das Tuch muss dicht vor uns sein, dachte er und streckte seine rechte Hand aus, *Sonne* eng an seinen Körper gedrückt.

Mach schnell, drängte Culhen. *Ich bekomme hier zu wenig zu fressen, als dass ich das bisschen wieder von mir geben möchte.*

Ahrens Fingerspitzen berührten schließlich groben Stoff und er hielt inne. »Halt«, wisperte er kaum hörbar. »Wir sind da.«

»Auf drei«, flüsterte Trogadon von hinten.

»Und denkt daran, die Augen zuzukneifen«, warnte Khara leise. »Oder das Licht wird euch blenden.«

»Das tut es doch immer«, murmelte Lanlion mit einem Seufzen.

Ahren glitt ins Pelneng und schloss seine Augen zu schmalen Schlitzen. Dann ließ er *Sonne* einmal blitzschnell vor sich durch die Luft gleiten und das zerteilte Öltuch fiel zu Boden.

Fünf Wachen standen im Inneren des runden Raumes, der bis auf einen schiefen Tisch und ein paar klapprige Stühle leer war. Vier der Meuchler starrten zu der geöffneten linken Tür, doch ein untersetzter Schurke deutete in Ahrens Richtung und schrie laut auf. Noch während der Waldläufer seinen ersten Schritt vorwärts tat, hatte der Kerl, der ihn entdeckt hatte, ein krumm geschmiedetes Kurzschwert in der Hand und glitt elegant auf ihn zu. Der Mann war sicherlich kein Anfänger im Umgang mit der Klinge.

Grimmig trat Ahren dem Schergen entgegen, wobei er darauf achtete, den Weg für seine Freunde freizumachen. Die anderen vier Männer und Frauen hatten mittlerweile ihre Waffen auf die Eindringlinge gerichtet, und Ahren erkannte, dass dies ein Kampf auf engstem Raum werden würde. Zehn Kämpfer und ein Riesenwolf gingen in einer Kammer aufeinander los, die kaum genug Platz für acht Kontrahenten bot. Ahren wurde daran erinnert, dass diese Enge eine perfekte Voraussetzung für Dolche und andere Nahkampfwaffen bot, als sein Gegenüber das Getümmel ausnutzte, um dicht vor Ahren geschickte Hiebe und Stiche anzusetzen. Ahren parierte mehr mit den Unterarmschienen seiner Bänderrüstung als mit *Sonne* und als die rechte Tür aufschwang und er laute Alarmrufe hörte sowie geladene Armbrüste erspähte, fluchte er leise. Der Rote Fluss schickte Verstärkung.

Oh, nein!, sagte Culhen entschieden, dann rammte der Wolf Ahrens Angreifer mit seiner puren Masse beiseite und warf sich in derselben Bewegung gegen die Tür. Die krachte wieder zu und einen halben Herzschlag später ertönte das Geräusch von einem halben Dutzend Bolzen, die sich in dickes Holz bohrten. Ahren nutzte die Gunst der Stunde und hieb dem von Culhen umgeschubsten Meuchler vor ihm den Knauf von *Sonne* in einer kurzen Aufwärtsbewegung unser dessen Kinn. Der Mann rollte die Augen in den Kopf und klappte wie vom Blitz getroffen in sich zusammen.

»Danke«, sagte er atemlos zu dem Wolf, der mit seinem Körper die Tür geschlossen hielt. Auf der anderen Seite trommelten viele Fäuste wütend gegen das Holz, gefolgt von zahlreichen schillernden Verwünschungen und mindestens einem Mann, der in einer fremden Sprache einen Bannzauber intonierte. Beunruhigt vernahm Ahren auch das Knurren von Rudelbeißern hinter dem schweren Holz. Anscheinend verfügte der Rote Fluss über eine Leibwache und mit Bannkragen versehene Dunkelwesen.

Ich bleibe erst mal hier, sagte Culhen und schnappte nach einem Kontrahenten, der vor Kharas wirbelnden Klingen zurückwich. Die Kiefer des Tieres schlossen sich um den Hals des Unglücklichen. Ein Meuchler weniger würde in Zukunft Jorath unsicher machen. *Sogar im Sitzen kämpfe ich effektiver als du*, neckte er Ahren.

Der wirbelte herum, um seinem Freunden zu helfen, und stutzte.

Khara hatte mit einem der Schurken kurzen Prozess gemacht, Trogadons blutverschmierter Hammer kündete beredt vom Schicksal eines weiteren, und noch einer kauerte sich schwer verletzt und wimmernd unter den Tisch, die furchterfüllten Augen panisch auf Lanlion gerichtet, der seinen Zweihänder offensichtlich noch nicht eingesetzt hatte, sondern sich stattdessen in einem inneren Kampf gefangen beständig die Lippen leckte. Ahren sog tief die Luft ein und verstand. Hier war viel Blut vergossen worden, dessen metallischer Geruch selbst den Gestank der Kloake verdrängte.

»Sind alle wohlauf?«, fragte Ahren in die Runde, den Blick auf den mit sich ringenden Lanlion fixiert.

»Ja … danke«, murmelte der Blutleere wie in Trance.

»Nur ein Kratzer«, sagte Trogadon und zeigte auf einen Dolch, der in seiner rechten Hüfte steckte. »Zwickt vielleicht ein bisschen beim Gehen.«

»Moment«, unterbrach Khara die Anwesenden. »Ich sehe hier nur vier Wachen. Es waren jedoch fünf im Raum, als wir eintraten.«

Trogadon sah durch die linke Tür. »Also hier ist keiner«, sagte er und grinste dann. »Nur eine von einem Zauber außer Gefecht gesetzte Armbrustschützin und die wunderschönste Elfe der Welt.«

»Schmeichler«, hörte Ahren Jelninolans Stimme.

»Schön, wie du uns andere ignorierst«, rief Uldini ächzend dazwischen. »Ist es sicher da draußen? Kann ich endlich diesen unglaublich kräftezehrenden Bannzauber fallen lassen?«

Ahrens Augen glitten durch den Raum. Die Freude über die Wiedervereinigung mit seinen Freunden verblasste, als er einen Blick mit Khara tauschte. Wenn eine Wache fehlte …

Solange ihr keinen in meinen Rücken geraten lasst, sollte ich zurechtkommen. Das waren Falks Worte gewesen.

Mit einem lauten Fluchen warf Ahren sich in die Dunkelheit, dem Meuchler hinterher, der in diesem Moment auf den ahnungslosen Falk zu schlich.

Sonne vor sich herschwingend glitt Ahren so lautlos wie möglich über den glatten Stein, der den Rand des Bassins bildete. Die Klinge fing das wenige Licht aus dem Raum hinter ihm ein und reflektierte es dergestalt, dass Ahren die Konturen des Weges erahnen konnte, auf dem er entlanglief. Dies war nicht das erste Mal, dass seine Waffe mit Licht oder Sonnenmagie seltsame Muster erschuf, und wieder mal nahm Ahren sich vor, Uldini in einem ruhigen Moment darauf anzusprechen. Vor sich hörte er Kampfeslärm, aber es war das ehrliche Klirren von Schwertern und das dumpfe Hallen eines benutzten Schildes, das vom Eingang des Tunnels herüberhallte, und nicht das erstickt klingende Geröchel eines hinterhältig erdolchten Opfers. Bilder von Feuer-im-Blicks Tod rasten durch Ahrens Geist und der Gedanke, Falk auf dieselbe Weise zu verlieren, brachte ihn beinahe um den Verstand. Hinter sich hörte er noch jemanden schleichen, wahrscheinlich Khara, aber er hatte keine Zeit, sich umzusehen, und vertraute darauf, dass seine Freunde aufpassen würden, dass nicht plötzlich *er* einen Meuchler im Rücken hatte.

Ich halte hier im Alleingang sämtliche Verstärkung auf, versicherte Culhen ihm selbstzufrieden, der noch immer mit seinem schweren Körper die Tür im Wachraum blockierte. *Rette du Falk und lass uns hier nur machen.*

Die Ruhe des Wolfes riss Ahren vom Rande seiner Panik zurück und er schlich weiter. Die Kampfgeräusche Falks waren bereits viel näher, und dann sah Ahren den Umriss einer dünnen, kapuzenbewehrten Gestalt, die durch die schmalen Streifen aus Tageslicht glitt, welche die Lichtschächte in den engen Durchgang gelangen ließen. Der Meuchler hatte ein langes, schlankes Messer in der Hand und war nur noch zwei Schritt von Falk entfernt. Der alte Paladin rang gerade mit einem ausgesprochen großen Schurken, welcher seinen zweihändigen Dreschflegel geschickt durch den Gang peitschen ließ.

Binnen eines Herzschlages überdachte Ahren seine Optionen: Falk zu warnen, könnte ihn töten, denn ein glücklicher Treffer des Kolosses würde die Knochen Falks brechen wie trockene Zweige. Andererseits würde Ahren nicht schnell genug an den Meuchler herankommen, bevor der seinen Dolch einsetzen konnte …

Er entschied sich schließlich für eine andere Vorgehensweise. Mit einem Stöhnen warf Ahren *Sonne* mit aller Kraft und beobachtete, wie sie durch die Strahlen der Lichtschächte glitt, deren Helligkeit sie geradezu in sich aufzusaugen schien … und dann harmlos mit dem Griff voran in den Rücken des Meuchlers prallte, der daraufhin auf Falk zu stolperte.

Versagt!, ging es Ahren entsetzt durch den Kopf, als die Waffe des Schurken sich zum Todesstoß hob. *Schon wieder!*

Er wollte den Mund zu einem Warnruf öffnen, in der schwachen Hoffnung, dass Falk das Schicksal irgendwie übertölpeln konnte, als hinter ihm ein Schrei ertönte.

»Meister, runter!«, erklang Hakanus Stimme, und Ahren ließ sich, ohne zu überlegen, fallen. Über ihm zischte Tiefenstahl durch die Luft, schnell und tödlich. Der Speer fand sein Ziel, und von einem auf den anderen Moment war die Gefahr gebannt. Falk war zwar überrascht von dem Tumult in seinem Rücken, aber sein riesiger Gegner mit dem Dreschflegel ebenso. Daher sah keiner von ihnen Muai kommen, die dem feindlichen Koloss mit Zähnen und Klauen bewies, wie wenig die Größe eines Wesens über seine Gefährlichkeit aussagte.

Falk sah zuerst vor, dann hinter sich und kratzte sich am Kopf. »Da weiß ich gar nicht, wem ich zuerst danken soll«, brummte er verlegen. »Also lasse ich es besser ganz.«

»Gut gemacht«, lobte Ahren seinen Lehrling, während er sich aufrappelte. »Es war also doch kein Fehler, dich mitzunehmen.«

»Danke, Meister«, erwiderte Hakanu mit einem breiten Grinsen und stolz geschwellter Brust.

»Nicht übermütig werden«, warnte Ahren ihn, doch er sah, dass seine Worte an Hakanus Ego abprallten wie Pfeile an einem Burgwall.

»Wo sind die anderen?«, fragte Falk. »Sind alle in Sicherheit?«

»Als ich ihn das letzte Mal sah, spielte Trogadon sehr überzeugend eine Dolchscheide, aber davon abgesehen, waren alle wohlauf«, sagte Ahren und hob *Sonne* auf. Dann öffnete er sich für Culhens Sinne und erkannte, dass Trogadon die Tür, die der Wolf versperrte, mit Eisenkeilen blockierte, welche der Schmied seinem großen Rucksack entnommen haben musste. Das zufriedene Summen des Zwerges war nicht zu überhören. Lanlion stützte Salman, der anscheinend nicht aus eigener Kraft stehen konnte, und als Trogadon fertig war, verließen alle Gefährten den Wachraum und begannen, in Richtung Ausgang zu laufen. Ein lautes Rufen, Hämmern und Knurren war jenseits der verbarrikadierten Tür zu hören und Ahren verstand sogar, dass eine befehlsgewohnte Stimme etwas von nichtsnutzigen Magiern schrie, die nicht einmal eine Holztür aufbekamen.

Falk trat indes einige Schritte in den Gang und rümpfte die Nase. »Wenn unsere Anwesenheit da drinnen nicht mehr von Nöten ist, dann können wir auch hier draußen warten, oder?« Dabei hielt er sich die Nase zu.

»Guter Gedanke«, sagte Ahren grinsend, der durch Culhens Augen sah, dass der Rückzug seiner Freunde ohne Störungen vonstattenging. »Bewachen wir einfach den Ausgang.«

Es dauerte länger als erwartet, bis die restlichen Gefährten bei ihnen waren, und Ahren umarmte jeden von ihnen stumm, selbst Salman. Dessen linke Hand zierte ein blutiger Verband, und Ahren erinnerte sich an den Preis, den der Grande dafür hatte zahlen müssen, dass sie die mächtigeren Einwohner Gol-Konars unterschätzt hatten.

»Sollen wir wirklich einfach so gehen?«, fragte Ahren in die Runde, als alle sich am Ausgang versammelt hatten und der aufgeregte Kamaluq stolz um Hakanus Beine herumsprang. »Wer sagt, dass der Rote Fluss uns nicht noch mehr seiner Leute auf den Hals hetzt?«

»Ich kümmere mich darum«, sagte der Zwerg grimmig, der in seinem Rucksack herumkramte.

»Du gegen wer weiß wie viele?«, fragte Jelninolan und legte dem Schmied eine Hand auf den Arm. »Es geht mir gut, du musst meinetwegen nicht …«

»Aha«, sagte Trogadon und zog ein kleines Tonröhrchen hervor. »Wusste ich doch, dass ich davon etwas dabeihabe.«

»Ich gratuliere«, sagte Uldini bissig. »Willst die die Meuchler damit vielleicht verhauen?«

Der Zwerg sah Uldini listig von der Seite an und trat dann in den Durchgang. »Ich bin sofort wieder da«, sagte er. »Bereitet euch darauf vor, wegzulaufen.«

»Was, bei den Dreien, hat er nur vor?«, schimpfte Falk.

Ahren wurde mulmig. »Er wird doch nicht diese Tür wieder öffnen?«

Ein lauter Knall erklang, der von einem grellen Feuerblitz im Dunkeln des Durchgangs begleitet wurde.

»Trogadon!«, rief Jelninolan besorgt, aber da sah Ahren schon den Umriss des Zwerges, der regelrecht vor dem sich hinter ihm rasend schnell ausbreitenden Feuer davonlief.

»Weg! WEG!«, schrie der Schmied und wedelte mit den Armen. »Ich habe die Wirkung etwas unterschätzt.«

Ahren und die anderen sprinteten durch den Torbogen zurück, als ein zweiter, viel lauterer Knall ertönte und Trogadon regelrecht von den Füßen gehoben und in ihre Richtung geschleudert wurde. Während die restlichen Gefährten der Druckwelle entkamen, indem sie sich links und rechts des Durchlasses in Sicherheit brachten, flog Trogadon aus dem engen Korridor hervor, als wäre die Öffnung der Schlund eines Drachen, der sich dachte, dass ihm heute doch nicht nach verkohltem Zwerg sei, und ihn in hohem Bogen ausspie. Mit einem lauten Ruf wurde Trogadon an ihnen vorbei in den Kanal geschleudert, was Ahrens Herz erneut rasen ließ.

»Trogadon!«, riefen er und Jelninolan zeitgleich und reckten die Hälse auf der Suche nach ihrem Freund.

»Ich werde nie wieder behaupten, diese Boote wären nicht praktisch«, ertönte die Stimme des Schmieds, und dann entdeckte Ahren seinen Freund, wie dieser halb im Wasser, halb über der Kante einer kleinen Nussschale hing und zu ihnen heraufstarrte. »Am besten kommt ihr hier runter«, sagte Trogadon. »Das Feuer wird sich ein ganzes Stück weit ausbreiten.«

»Feuer?«, fragte Uldini. »Was für ein Feuer?«

Das war der Moment, als der dritte Knall aus dem Gang zu hören war, der Ahrens Ohren so laut klingeln ließ, dass er die Flüche seiner Freunde nur noch erahnen konnte, als diese zu Trogadon ins Boot hasteten und sich vor den Flammen in Sicherheit brachten.

17. Kapitel

Dicker Rauch quoll aus den in Flammen stehenden Gebäuden, die dem Unterschlupf der Meuchlergilde am nächsten waren, während Dutzende ihrer zwielichtigen Bewohner aus den Türen hervorströmten, glitzernde Wertgegenstände eng an die Brust gepresst. Ebenso so viele Plünderer strömten an ihnen vorbei ins Innere der todgeweihten Häuser, um mitzunehmen, was die Bewohner in ihrer Panik zurückgelassen hatten.

Voller Abscheu beobachtete Ahren vom durch die Dunkelheit gleitenden Boot aus, dass kein einziger der im Rauch undeutlich erkennbaren Schemen auf die Idee kam, dem anderen zu helfen oder gar die Flammen zu bändigen. Wer nicht plünderte, gaffte mit hohlem Blick und einem unmoralischen Grinsen auf den Lippen auf das Elend der anderen herab.

»Absolut widerlich«, sagte Trogadon und spie ins Wasser, während er die Schaulustigen beäugte, an denen sie auf dem Kanal vorbeizogen. »Wie diese Stadt bisher überlebt hat, ist mir unbegreiflich.«

»Sieh hin«, sagte Falk und deutete auf die Brücke, die ihr Boot gerade passiert hatte. Auf ihr hatte sich eine Menschentraube gebildet, die Eimer um Eimer Wasser aus dem Kanal hob. Nicht, um die brennenden Gebäude zu löschen, sondern um ihre eigenen zu benetzen und vor Funkenflug zu schützen. »Der Schwarze Umhang war schon immer die Rettungsleine Gol-Konars. Reik hat die Verteilung des Wassers durch die Kanäle vervielfacht, sodass es allgegenwärtig ist und sich Feuer nicht mehr rasend schnell ausbreiten kann. Trogadons kleine Zündelei hat gut und gerne zehn Häuser zerstört, aber alle Gebäude jenseits der nächstgelegenen Kanäle werden verschont bleiben.«

»Das war keine Absicht«, murrte der Zwerg und starrte stur geradeaus.

»Was wolltest du denn tun, mein Lieber?«, fragte Jelninolan, die müde und erschöpft aussah. Sie hatte Salmans Wunde verschlossen, und die Heimlichkeit ihres Tuns hatte sie viel Kraft gekostet.

»Es war nur ein harmloses Mittelchen, das wir Schmiede nutzen, um die Intensität unserer Feuer zu erhöhen«, verteidigte sich Trogadon, ohne einen von ihnen anzusehen. »Es sollte lediglich den Roten Fluss ausräuchern.« Er zuckte mit den Schultern, seine Stimme klang ratlos. »Irgendetwas in dieser Jauchegrube muss mit dem Pulver in meinem Tonröhrchen reagiert haben.«

»Offensichtlich«, sagte Lanlion mit lebhaftem Blick. »Die Aneinanderreihung von Explosionen lässt auf eine kaskadierende –«

»Nicht jetzt, Lanlion«, unterbrach Uldini den Blutleeren. »Dein Gespür für den richtigen Zeitpunkt für gelehrte Gespräche ist immer noch sehr unterentwickelt.«

Ahren zog sich das Öltuch enger um den Körper und lugte unter den Rändern nach oben auf die Stege. Sie alle hatten die in dem Boot befindlichen Lagen aus schwerem Stoff genutzt, um sich so gut es ging zu verhüllen, sodass sie wie ein Boot voller Flüchtlinge aussahen, die dem Brand über den Kanal zu entkommen suchten. Lanlions Ruf wäre vielleicht gewachsen, wenn man ihn mit einem komplett zerstörten Häuserblock in Verbindung brachte, aber dies galt ebenso für die Zahl ihrer Feinde. Und die hatten sie gerade erst um einen reduziert.

Trogadons radikale Lösung hatte dafür gesorgt, dass der Rote Fluss mit Sicherheit nicht mehr existierte und Ahren vermutete, dass die defensive Haltung seines Freundes auch in Teilen dessen schlechtem Gewissen geschuldet war. Ob nun aufgrund der ausgelöschten Leben oder weil Trogadon sich eben nicht für seine Tat schämte, konnte Ahren nicht sagen.

»Kommt nur mir das so vor, oder müssen wir mit jedem Tag, den wir in dieser Stadt verbringen, zu immer düsteren Methoden greifen?«, fragte Khara leise, die sich von hinten an ihn schmiegte.

»Ich würde gerne sagen, dass ihre Bewohner uns dazu zwingen, doch das wäre zu leichtfertig«, erwiderte der Paladin nachdenklich. »Wir hätten uns nie auf dieses Spiel von Gewalt und Gegengewalt einlassen dürfen.«

»Getan ist getan«, warf Falk ein und stakte weiter. »Wir können nur versuchen, es beim nächsten Mal besser zu machen.«

»Beim nächsten Mal?«, fragte Jelninolan und verzog traurig das Gesicht.

Der alte Mann deutete nach Süden, in Richtung des Blutroten Palastes. »Vergiss nicht, warum wir hier sind«, sagte er leise. »Wir könnten von Glück reden, wenn wir mit einem hübschen Großbrand aus unserem Aufeinandertreffen mit Reik und seinen Schergen herauskämen.«

Jelninolan stöhnte, und eine Weile sagte keiner von ihnen etwas, während Falk sie immer weiter von dem lodernden Brand hinter ihnen wegsteuerte, der die Häuser vor ihnen in flackernde, wilde Schatten tauchte, die unzählige feindliche Augenpaare zu beherbergen schienen.

***

Mit einer Mischung aus Aufregung und Vorfreude erfuhr Schatten vom feurigen Ende der größten Meuchlergilde der Stadt. Der Rote Fluss hatte die Konfrontation mit den Neuankömmlingen nicht überlebt, während diese keinerlei Verluste zu beklagen hatten. Zusammen mit der Schilderung ihres Erscheinungsbildes, das im Blutroten Palast in aller Munde war, war Schatten sich nun im Klaren darüber, wer da die Stadt der Schurken mit ihrer Anwesenheit beehrte. Sein Verstand vibrierte regelrecht vor Tatendrang.

Die Paladine waren hier!

Wenn er doch nur einen direkteren Einfluss auf den Verstand seines jetzigen Trägers nehmen könnte! Dann wäre das Ende der Paladine bereits besiegelt!

Schnell zwang er sich zur Ruhe und begann, alle Informationen rund um diese »Söldner« neu zu ordnen und zu bewerten. Sie hatten Fragen gestellt, so viel wusste er. Fragen, deren Antworten die nichts ahnenden Paladine und ihre Helfershelfer zwangsläufig hierherbringen würden, in das Herz von Schattens Netz aus Lügen und falschen Versprechungen.

Er musste nichts weiter tun, als abzuwarten.

***

»Wohin nun?«, fragte Falk nach einer Weile.

Ihr Boot trieb inmitten eines schmalen Kanals. Die Nacht war nicht mehr fern, und Ahren glaubte, dass sie sich irgendwo südlich des

Zentrums befinden mussten. *In der Nähe des zerstörten Fleischmarktes*, ging es ihm durch den Kopf.

Erst die Sklavenhalter, dann Kanthasar und jetzt der Rote Fluss. Wir geben uns wirklich alle Mühe, unsere Wege mit den Geistern Verstorbener zu pflastern, sagte Culhen missmutig, der unter einem Öltuch in der Mitte des Bootes kauerte und sich nicht rühren durfte, um unentdeckt zu bleiben.

Ihnen kamen nun immer öfter Boote entgegen, von kleinsten Nussschalen bis hin zu großen Barken, die beinahe die Hälfte der Kanalbreite für sich beanspruchten. Zwar wurden harte Blicke ausgetauscht, wann immer man sich passierte, doch bisher war noch niemand auf die Idee gekommen, Ahren und seine Freunde genauer unter die Lupe zu nehmen. Dass Trogadon seine schwere Armbrust geladen hatte und auf seinem Schoß platziert zur Schau stellte, erstickte die Neugier der meisten Schurken im Keim.

»Die Höhle Kanthasars scheidet aus«, sagte Ahren nachdenklich. »Auch wenn das Feuer mittlerweile erloschen sein wird, wäre es zu gefährlich, dort zu rasten. Die Aasgeier der Stadt werden die Habseligkeiten des Piraten an sich reißen, noch während wir hier sprechen.«

»Ein ganzes Leben und dessen Vermächtnis ausgelöscht in nur einem Tag«, sagte Hakanu nachdenklich, der Kamaluq ganz fest an sich drückte.

Ahren fiel erst jetzt auf, wie still sein Schützling seit der Rettung der Gefährten war. Der Knabe hatte Salman beim Einsteigen ins Boot geholfen und den Granden mit einem breiten Öltuch zugedeckt. Der feiste Händler selbst schien unter Schock zu stehen und streichelte immer wieder über den Stumpf, wo einmal der kleine Finger seiner linken Hand gewesen war. Ahren tauschte einen raschen Blick mit Jelninolan aus und deutete mit einem Rucken seines Kinns verstohlen auf den Knaben und auf Salman. Die Elfe runzelte die Stirn und schüttelte sanft den Kopf. Anscheinend war jetzt nicht die Zeit, frische Wunden wieder aufzureißen, und so ließ der Waldläufer die beiden fürs Erste vor sich hinbrüten.

»Ich schlage vor, wir gehen zum Fahlen Haus«, verkündete Khara mit harter Stimme. »Diese Dahl-Rhi wusste, was der Rote Fluss vorhatte, und hat uns gerade lange genug hingehalten, damit dessen Geiselnahme gelingen konnte.«

»Keine schlechte Idee«, sagte Falk nach einem Moment des Nachdenkens. »Sie sagte, sie würde uns helfen, wenn wir siegreich seien.«

»Wer ist diese Frau und woher wusste sie, dass der Rote Fluss Kanthasars Höhle stürmen würde?«, fragte Jelninolan verwirrt.

»Wir bringen euch besser auf den neuesten Stand«, sagte Ahren und schilderte die Vorkommnisse, seit sie die drei Gefährten in Kanthasars Höhle zurückgelassen hatten.

»Das klingt nach einem durch und durch perfiden Plan«, sagte Uldini. Ahren entging der bewundernde Unterton in der Stimme des Erzmagus nicht. »Sie wusste, dass der Rote Fluss gegen uns vorgehen würde und dass ihr gezwungen sein würdet, auf seinen Überfall zu reagieren. Ohne eine einzige Drohung oder Waffengewalt hat sie eine ihr unbekannte Söldnertruppe dazu benutzt, ihre Konkurrenz aus dem Weg zu räumen.«

»Etwas weniger Enthusiasmus in deinen Worten wäre schön«, knurrte Trogadon. »Wer sagt uns, dass sie wusste, dass Jelninolan und die anderen entführt wurden? Vielleicht rechnete sie auch mit deren Tod und damit, dass wir einen Rachefeldzug starten würden.«

Uldini zuckte mit den Achseln. »Das kann niemand außer ihr selbst uns sagen – und dennoch … an eurer Stelle würde ich ihr keine ihrer Antworten glauben. Für sie ist offenbar nur das Ergebnis entscheidend, und zwar die Auslöschung des Roten Flusses.«

»Und bei so einer Person sollen wir Unterschlupf suchen?«, fragte Jelninolan und schüttelte den Kopf. »Außerhalb dieser Stadt würden wir eine Meuchlerin wie sie als Feind betrachten.«

»Es ist nicht so, als würden unsere Verbündeten Schlange stehen«, sagte Lanlion bedächtig. »Wenn man sich schon neben einer Viper schlafen legen muss, dann lieber neben einer, deren Gift man bereits kennt.«

»Sehr schön ausgedrückt«, sagte Uldini und rutschte auf seiner Sitzbank im Heck hin und her. »Ich muss zugeben, ich bin neugierig darauf, diese Frau kennenzulernen.«

»Ein Grund mehr, in die andere Richtung zu steuern«, murmelte Ahren, dem die Vorstellung, einer so geschickten Intrigenspinnerin erneut ins Netz zu springen, überhaupt nicht behagte. Leider waren ihre Möglichkeiten ebenso erschöpft, wie er sich gerade fühlte. Lanlions

Söldnertruppe war bekannt wie ein bunter Hund und ohne Kanthasar und dessen angebliche Zauberzeichen zum Schutz vor unerwünschten Eindringlingen war jede Rast, die sie irgendwo unternahmen, reines Glücksspiel. Sie wussten nicht, ob der Brand in der Gilde des Roten Flusses mit ihnen in Verbindung gebracht werden würde und inwieweit sie sich neue Feinde gemacht hatten. Kanthasar hätte es ihnen sagen können, aber der war tot, verschlungen von der Bosheit und unersättlichen Gier Gol-Konars. Sie brauchten jemanden, der sich sowohl für sie auf den Straßen umhören konnte, als auch sie in den Blutroten Palast bringen konnte. Die Herrin des Fahlen Hauses vermochte beides und das schmeckte Ahren ganz und gar nicht.

Sieh es mal so, tröstete ihn Culhen in seinen Gedanken. *Wir haben heute bereits eine Meuchlergilde ausgelöscht. Zur Not zerschlagen wir eine weitere, bevor sich die Nacht dem Ende entgegen neigt.*

Ahren schnaubte unwillig. *Jetzt ist es offiziell*, erwiderte er düster. *Du hast zu viel Zeit mit Hakanu und seinen Träumen von Heldentaten verbracht.*

Von der Wasserlinie des Kanals aus betrachtet, wirkte das Fahle Haus viel höher und eindrucksvoller, als Ahren den bleichen Bau in Erinnerung behalten hatte. Falk lenkte ihr Boot an einen winzigen, gut verborgenen Steg heran, der direkt unter der schmalen Brücke lag, die sie an diesem Morgen überquert hatten.

»Selbst hier ist das Holz weiß«, sagte Lanlion kopfschüttelnd. »Ich frage mich, wie sie die Algen von dem Steg fernhalten.«

»Mit viel Disziplin und harter Arbeit«, erklang eine Frauenstimme, und alle wirbelten in Richtung der Sprecherin herum, die Hände instinktiv an den Waffen.

Dahl-Rhi stand auf dem Steg, halb verborgen durch eine Geheimtür im Stein, welche Ahren bisher nicht bemerkt hatte. Die Frau im Kapuzenkleid hob einen Finger, eine Geste, die Beschwichtigung und Warnung zugleich war. »Bitte keine Waffen«, sagte sie lächelnd und deutete auf das Wasser des Kanals. »Oder sie werden ihre auch ziehen.«

Ahren blickte verunsichert in die trüben Fluten und zuckte zusammen. Mehrere Schemen mit Dolchen in ledernen Brustscheiden waren knapp unterhalb der Wasseroberfläche zu erkennen. Sie hielten sich am Rumpf des Bootes fest und sahen von dort geduldig lauernd zu ihnen herauf. »Keine hastigen Bewegungen«, sagte er leise. »Wir waren ja eh nur zum Reden hergekommen.«

»Ich sage, wir bleiben ein Weilchen hier sitzen und warten, bis diesen wasserverliebten Kehlenschlitzern die Puste ausgeht«, sagte Trogadon mürrisch. »Wenn sie erst mal nach Luft schnappend auftauchen, sind sie viel leichter zu treffen.«

»Wir steigen jetzt aus«, sagte Khara laut und in einem förmlichen Ton, den Ahren nur zu gut aus dem Ewigen Reich kannte. »Können wir davon ausgehen, dass wir Eure Gäste sein werden, Dahl-Rhi, Oberhaupt und Herrin des Fahlen Hauses?«

Dahl-Rhi zögerte kaum merklich. Es war das erste Mal, dass Ahren eine leichte Unsicherheit an der Haltung der Frau wahrnahm. »Selbstverständlich«, sagte die Meuchlerin schließlich. »Seid willkommen im Namen meines Hauses.«

Khara nickte und trat auf den Steg. »Solange wir uns benehmen, wird sie es auch tun«, sagte die Schwertmeisterin bestimmt, und Ahren hatte den Eindruck, dass sie ebenso zu Dahl-Rhi sprach wie zu ihnen.

»Hoffen wir, dass die Götter deinen Worten lauschen«, unkte Falk und hievte sich aus dem Boot.

Ahren sprang ebenfalls auf den blitzsauberen Steg und half nach und nach, alle seine Freunde und zu guter Letzt Salman aus dem Gefährt zu schaffen. Die tauchenden Meuchler beobachteten sie unterdessen regungslos aus dem Wasser heraus, und wenn sie Atemnot verspürten, ließen sie es sich nicht anmerken.

»Wollen wir hineingehen?«, fragte Dahl-Rhi charmant und deutete auf den Gang, der sich hinter ihr erstreckte und nach wenigen Schritten in eine sich aufwärts windende Treppe überging. »Ich denke, es redet sich besser bei einem Tee.«

Ahren und seine Freunde saßen wieder in jenem großen Raum, in dem die Herrin des Fahlen Hauses sie schon am Morgen empfangen hatte. Ob hinter den verborgenen Vorhängen noch immer reglose Wachen standen, konnte der Waldläufer nicht sagen, denn Culhen konnte sie weder riechen noch hören.

Uldinis Neugier auf Dahl-Rhi war einer taxierenden Unruhe gewichen, und da er als vermeintlicher Sklavenbursche eh nicht mitreden durfte, saß er mit finsterer Miene da und sah sich argwöhnisch um. Jelninolan hingegen wirkte regelrecht entrückt, was auf die Nachwirkungen der von ihr gewirkten Heilzauber zurückzuführen war, die sie ohne *Mirilans* Hilfe hatte bewerkstelligen müssen. Auf dem Weg zum Fahlen Haus hatte sie sowohl Trogadons Hüfte als auch jene Blessuren geheilt, die im Laufe des Tages bei ihnen allen hinzugekommen waren.

Salman hatte sich noch nicht von seinem Schock erholt und saß teilnahmslos auf seinem Stuhl, während der Rest der Gruppe gemeinsam mit Ahren die Vorhänge im Auge behielt. Khara hatte wie selbstverständlich die Gesprächsführung an sich gezogen, und Ahren ahnte, dass dies etwas mit der Herkunft der beiden Frauen zu tun hatte.

»Ihr habt uns in eine Falle laufen lassen«, sagte Khara geradeheraus und nippte mit einer seltsam förmlichen Bewegung an ihrem Tee.

»Unwahr«, sagte Dahl-Rhi und nahm ebenso zeremoniell einen Schluck. »Die Falle war bereits zugeschnappt. Ich habe lediglich dafür gesorgt, dass Ihr Eure Gefährten erst im Schlupfloch des Roten Flusses auffindet und sie nicht bereits auf halbem Weg dahin einholt.«

»Und habt mit dieser Verzögerung ihr Leben riskiert«, sagte Khara. Wieder ein Schluck.

»Der Rote Fluss wollte etwas von Euch«, sagte die Herrin des Fahlen Hauses. »Daher war mir klar, dass er ein Druckmittel benötigte. Der Tod einer Eurer Freunde war recht unwahrscheinlich.« Die Augen der in weiß gekleideten Frau verengten sich kaum merklich, während sie ihre Tasse an ihre Lippen führte.

Khara schwieg, anscheinend dachte sie über ihre nächsten Worte nach.

Ahren nutzte die Gelegenheit, um sich zu Falk hinüberzubeugen. »Was hat das mit dem Tee auf sich?«, fragte er wispernd.

Falk verzog abschätzig sein Gesicht. »Das ist ›Der Trunk befreundeter Feinde‹«, sagte er leise. »Dabei unterhalten sich zwei Parteien während einer Teezeremonie über einen Konflikt, der sie entweder zu Freunden oder Feinden machen wird. Nach jeder Aussage muss aus der eigenen Tasse getrunken werden. Ist eine der Tassen leer, enden die Verhandlungen und eine Entscheidung wird getroffen: Kann man dem Gegenüber vertrauen oder sollte man ihn besser angreifen?« Falk schüttelte mit wenig überzeugter Miene den Kopf. »Dies zwingt die

Teilnehmer dazu, sich jedes Wort gut zu überlegen, da die Zeit für Verhandlung knapp bemessen ist.« Er brummte unzufrieden. »In den Rittermarschen klären wir so was bei einem Lanzengang oder einem Saufgelage. Beides finde ich stilvoller und ehrlicher als dieses Geklimper mit winzigen Tassen.«

Ahren unterdrückte ein Schmunzeln und richtete seine Aufmerksamkeit auf Khara, die ihren Tee vors Gesicht hob und sich auf ihre nächste Aussage vorbereitete.

»Ihr wolltet durch uns den Tod des Roten Flusses herbeiführen«, sagte die Schwertmeisterin. »Warum?« Ihr Nippen war kurz, kaum wahrnehmbar.

»Weil er Eure Hilfe ersuchen wollte, um mich und die meinen zu töten«, sagte Dahl-Rhi offen. »Daher seine gestrige Einladung an Euch auf der Brücke. Grobschlächtig, wie er war, hat er nicht so höflich gefragt, wie ich es tat. Dies war sein Untergang.« Sie nahm einen großen Schluck, und Ahrens Augen wurden groß vor Sorge. Das Gespräch näherte sich dem Ende. Aus den Augenwinkeln sah er, wie Hakanu und Trogadon unruhig mit den Waffen in ihren Händen spielten, und schüttelte beinahe unmerklich den Kopf. Es galt, einen kühlen Kopf zu bewahren, selbst wenn Khara sich entscheiden sollte, der Frau mit dem weißen Kapuzenumhang nicht zu trauen.

»Wir waren Euch demnach eine große Hilfe«, sagte Khara bestimmt. »Ihr schuldet uns Dank und Unterstützung.« Nur der Hauch einer Frage schwang in den Worten der Schwertmeisterin mit. Dann hob sie die Tasse an ihre Lippen und trank den verbliebenen Tee in einem Zug aus.

Dahl-Rhis Augen weiteten sich vor Erstaunen, doch im nächsten Moment spielte ein feines Lächeln um die Mundwinkel der Herrin des Fahlen Hauses. Ahren hatte genug von dieser Zeremonie verstanden, dass die Antwort der Meuchlerin darüber entscheiden würde, ob in den kommenden Augenblicken entweder eine brüchige Freundschaft geschmiedet oder aber rohe Gewalt herrschen würde. Ahrens Hand wanderte unmerklich langsam zum Griff seiner Windklinge, und an Kharas Blick erkannte er, dass seine Liebste ins Pelneng glitt und jene Ruhe umarmte, die einem harten Kampf vorausging.

Die Meuchler in der Nordostecke übernehme ich, sagte Culhen und drehte seinen Kopf wie beiläufig in Richtung der drei Vorhänge, hinter denen seine ausgewählten Ziele verborgen lagen. Muai drehte ihren Körper indes in einer verspielt anmutenden, katzenartigen Bewegung um die eigene Achse, aber für den Waldläufer war klar, dass die Tigerin sich in Position für einen tödlichen Sprung in den nordwestlichen Teil des Raumes begab. Hakanu suchte unauffälligen Augenkontakt mit Ahren, dabei ließ die verzerrte Miene des Lehrlings seine Anspannung offen zutage treten.

Dahl-Rhi öffnete, noch immer lächelnd, den Mund, und Ahren sah, wie Falk sich einen Fingerbreit vorbeugte, gerade genug, um seinen Körperschwerpunkt so weit zu verlagern, dass er schnell aufspringen konnte. Lanlions ausdrucksloses Gesicht glich dem einer Statue, während der Blutleere sich unendlich langsam vor den bibbernden Salman schob, der versuchte, seinen opulenten Körper so klein wie möglich zu machen. Nur Jelninolan summte leise vor sich hin und schien der drohenden Gefahr keinerlei Aufmerksamkeit zu schenken. Leder knarzte, und die Finger Hakanus und Trogadons umfassten ihre Waffen fester, als Dahl-Rhi schließlich Luft holte und zum Reden ansetzte.

»Ich widerspreche«, sagte sie – und Ahrens Blut gefror zu Wasser.

Um sie herum öffneten sich flüsterleise weiße Vorhänge und fahle Meuchler traten hinter ihnen hervor. Ahren griff grimmig nach seiner Waffe, bereit sie, ohne zu zögern, zu ziehen.

»Ich schulde Euch nicht nur Dank und Unterstützung. Ich schulde Euch mein Leben und das der Bewohner des Fahlen Hauses.« Dann trank sie ihren Tee aus und stellte die Tasse vor sich auf den Tisch. Ihren Kopf neigte sie in einer Geste graziler Demut gerade weit genug, dass die Bewegung als Respektsbekundung erkannt werden konnte, die augenblicklich von den Meuchlern ringsum gespiegelt wurde.

Ahren riss geradezu seine Finger vom Griff seiner Waffe und bedeutete Hakanu mit der anderen Hand, den Speer zu senken, den dieser bereits halb erhoben hatte. Wie eine Welle der Entspannung ließen Ahrens Gefährten von ihren kriegerischen Vorbereitungen ab, und Salman entfuhr ein erleichtertes »Den Göttern sei Dank!«

»Der Tee ist wirklich vorzüglich«, lobte Jelninolan ihre Gastgeberin mit vollkommen entspannter Miene. Das unschuldige Kompliment der Elfe ließ die Herrin des Fahlen Hauses aufrichtig lächeln.

»Sie steht noch unter Schock von der Entführung«, versuchte Lanlion das Verhalten der Alten zu erklären. »Jetzt, wo wir offensichtlich Freunde sind, würden wir uns über einen sicheren Rückzugsort freuen. Es war ein langer Tag für uns alle.«

Dahl-Rhi sah den Blutleeren mit hochgezogener Augenbraue an, die Ahren klarmachte, dass sie Lanlion in seiner Rolle als Söldnerhauptmann kein Wort mehr glaubte. »Natürlich«, sagte sie dennoch glatt und hob wieder einen Finger. Das Mädchen, das sie am Morgen bereits in Dahl-Rhis Kammer eskortiert hatte, glitt neben ihre Herrin, die daraufhin sagte: »Sha-sha wird Euch zu Eurem Gästezimmer bringen – bitte verlasst es nicht, ohne dies anzukündigen. Das Fahle Haus ist kein Ort, an dem sich Fremde frei bewegen dürfen. Solltet Ihr irgendwo anders, als in Eurem Raum angetroffen werden, muss ich Euch … umquartieren.« Dabei sah sie Khara eindringlich an, die einmal bestätigend nickte.

»Was ist mit Eurer Hilfe?«, warf Falk ein. »Wir müssen noch immer in den Blutroten Palast.«

»Morgen ist auch noch ein Tag«, sagte Dahl-Rhi gelassen. »Die Festung, in der momentan Reik Silbermantel herrscht, ist gut gesichert und nahezu uneinnehmbar. Sollte Euer Eindringen bemerkt werden, kommt dies einem Todesurteil für alle Beteiligten gleich.« Sie neigte den Kopf in Richtung Khara. »Daher verfolge ich eine Idee, die das Risiko für Euch – und vor allem für mich – minimiert.«

Khara erhob sich und Ahren und der Rest der Gruppe stand ebenfalls auf. »Darf ich erfahren, was Euch vorschwebt?«, fragte Khara.

Die Herrin des Fahlen Hauses schüttelte den Kopf, ihre Miene war für Ahren unlesbar. »Morgen«, sagte die Meuchlerin bestimmt. »Sollte mein Ansatz Früchte tragen, werden einige Tage ins Land ziehen, bevor Ihr einen Fuß in den Palast setzen werdet.«

Salman stöhnte bei diesen Worten auf und Ahren sah ihn scharf an. Ihre Tarnung war bereits löchriger als Hjalgarer Käse und wenn jetzt noch ihr vermeintlicher Gefangener anfing, sich zu beschweren, dürfte die Illusion ihrer Söldnertruppe vollends schwinden.

»Gebt Ihr Zeit bis morgen, Herr«, warf Ahren schnell in Richtung Lanlion ein. »So könnt Ihr heute Nacht noch speisen und Euch stärken.«

Dahl-Rhis Augen richteten sich mit der Intensität zweier Sturmlaternen auf ihn und ein nachdenklicher Zug schlich sich in ihre Mimik. »Ich überlasse Euch nun Sha-shas fähigen Händen«, sagte sie. »Es gilt, viele Fäden zu ziehen, jetzt, da mein größter Konkurrent ein feuriges Grab gefunden hat.«

Während Ahren zusammen mit seinen Freunden der schweigenden Dienerin Sha-sha aus dem Raum folgte, sah er noch einmal über seine Schulter zurück. Dahl-Rhi stand da, ebenso regungslos wie die Wachen an den Wänden, und ihr Blick traf den seinen für einen kurzen Moment. Die Frau machte eine Geste, knapp und kaum wahrnehmbar, und Ahrens Hände reagierten mit derselben Bewegung, so als hätten sie ein Eigenleben entwickelt. Die Herrin des Fahlen Hauses nickte ihm verstohlen zu, und der verwirrte Waldläufer verließ hastig den Raum. Er hatte die Geste erkannt, die sie ausgetauscht hatten.

Nur Nachtsoldaten des Ewigen Reiches nutzten sie als Gruß. Wenn sie unerkannt bleiben wollten.

»Sie hat *was* getan?«, fragte Uldini, der ihre neugewonnene Privatsphäre nutzte, um aufgebracht durch den großen Raum zu schweben, in den Sha-sha sie geleitet hatte. Auch hier fand sich überall jene geisterhafte Blässe wieder, die das gesamte Haus dominierte. Die schmalen Betten, die Tische, sogar der Nachttopf und die Laterne: Alles war in Weiß gehalten.

»Bist du dir sicher?«, fragte Khara grübelnd.

Ahren nickte entschieden. »Es gibt keinen Zweifel. Diese Frau ist oder war eine Nachtsoldatin.«

»Du weißt, dass das unmöglich ist«, sagte Falk kopfschüttelnd. »Nachtsoldaten besitzen nur noch den Schatten einer eigenen Persönlichkeit. Bei dieser Frau ist eher das Gegenteil der Fall. Sie agiert wie eine Herrscherin.«

»Und wenn sie die Ausbildung nicht zu Ende absolviert hat, sondern geflohen ist, so wie Ihr, Meister?«, fragte Hakanu, der mit dem müde aussehenden Kamaluq schmuste, als gäbe es kein Morgen. Ahren war sich sicher, dass, seitdem der Fuchs das Ziel der Armbrustschützin im Unterschlupf des Roten Flusses geworden war, sein Lehrling dem Tier nicht einen Herzschlag Ruhe gegönnt hatte.

Dahl-Rhi ist mir unheimlich, sagte Culhen, der sich in aller Seelenruhe aus den vorhandenen Kissen einen Schlafplatz baute, indem er diese mit seinem Maul von den Lagerstätten entfernte und in einer Ecke des Raumes stapelte. *Und sollte sie wirklich eine wie auch immer geartete Nachtsoldatin sein, macht sie das zu einer sehr gefährlichen Verbündeten.*

Ich vertraue Kharas Einschätzung, dass von Dahl-Rhi momentan keine Bedrohung ausgeht, erwiderte Ahren nachdenklich. *Und das solltest du auch tun.* Die Antwort des Tieres bestand darin, dass es sich mit einem Schnauben auf dem Kissenberg niederließ.

»He da«, sagte Trogadon entrüstet. »Die sind für uns gedacht.«

Culhen schloss demonstrativ die Augen und Muai legte sich zu ihm, die Krallen in mehrere der Kissen geschlagen, als wären diese ihre Beute. Japsend sprang Kamaluq zu den beiden und rollte sich zwischen ihnen zusammen.

»Eine große glückliche, pelzige Familie«, sagte Jelninolan bei diesem Anblick, die noch immer leicht neben sich stand.

»Diese geistigen Nachwirkungen eurer Magie habe ich nicht vermisst«, brummte Falk und ließ sich auf einen der soliden Holzstühle sinken. »Ich bin froh, wenn ihr eure Foki wieder benutzen könnt.«

»Können wir noch mal auf die potenzielle Nachtsoldatin zurückkommen, in deren Haus voller Meuchler wir gerade Zuflucht gefunden haben?«, fragte Trogadon ungeduldig.

»Macht es einen Unterschied, wie sie ihr blutiges Handwerk erlernt hat?«, fragte Lanlion bedächtig. »Nachtsoldaten sind auch nur Meuchler mit einem hübsch klingenden Namen und einer sehr strengen Herrin.« Er sah Khara entschuldigend an. »Nichts für ungut. Du weißt, wie Quin-Wa sein kann.«

»Da hat er recht«, sagte Ahren. »Auf welche Art sie ihr blutiges Handwerk erlernt hat, ist eigentlich unerheblich. Entscheidend ist, dass sie sich dazu entschlossen hat, es als freie Frau weiter auszuüben.«

»Unsere Verbündeten werden immer zweifelhafter«, sagte Falk und rieb sich dabei müde mit einer Hand über den Nacken.

»Dahl-Rhi ist keine Verbündete«, korrigierte ihn Uldini umgehend. »Unsere Interessen decken sich und nun tut sie uns einen Gefallen. Wir sind nur Reisende in finsterer Nacht, die zufällig in dieselbe Richtung laufen.«

»Wie ermutigend«, sagte Trogadon trocken. »Es stellt sich also nicht die Frage, ob, sondern wann sie uns einen Dolch in den Rücken rammt.«

»Wir haben keine Optionen«, warf Salman ein, der sich in dem abgeschiedenen Zimmer langsam aus seinem Schockzustand löste. Ahren sah, dass der Grande sich immer wieder die Stelle massierte, an der heute Morgen noch sein Finger gewesen war. »Ich zumindest kenne keinen anderen Weg in den Blutroten Palast.« Salman rang die Hände. »Und Palnah wartet jetzt schon so lange auf ihre Rettung.«

»Mir gefällt das nicht«, sagte Khara. »Diese Frau kauft uns unsere Geschichte von der Söldnertruppe schon lange nicht mehr ab. Wenn sie es denn je getan hat.« Die Schwertmeisterin sah Ahren direkt an. »Und welcher abtrünnige Bürger des Ewigen Reiches nutzt an diesem Ort ›Den Trunk befreundeter Feinde‹, um eine Verhandlung zu führen?«

»Dieselbe Person, die eine ungesunde Vorliebe für eine weiße Einrichtung hat?«, fragte Trogadon bissig. »Vielleicht gehört es ja zu einer grundlegenden Voraussetzung für jedweden Anführer von Meuchlern, ein eigenwilliges Verhalten an den Tag zu legen. Die gewaltsamen Kommunikationsversuche des Roten Flusses wirkten auf mich auch nicht normal, und den haben wir noch nicht mal zu Gesicht bekommen.«

»Ob er wirklich in dem Feuer umgekommen ist?«, fragte Falk. »Nicht dass er doch entkommen ist und uns nun bei nächster Gelegenheit in den Rücken fällt.«

»Dahl-Rhi scheint keine Person zu sein, die so etwas dem Zufall überlässt«, sagte Ahren. »Wenn sie sagt, dass er tot ist, dann ist er tot.«

»Gestorben in dem Loch, in dem er sich verschanzte«, sagte Lanlion.

»Lass dir das eine Lehre sein, Hakanu«, sagte Ahren geistesabwesend. »Lass dich nie von deiner Angst um dein Leben in eine Ecke drängen oder sie wird dich ebenso zuverlässig umbringen wie ein Schwert im Bauch.« Der Waldläufer bemerkte, wie sein Schützling ihn verständnislos anblickte, und Ahren winkte frustriert ab. »Vergiss es«, murmelte er. Alle Lektionen über Furcht waren bei Hakanu vergeudete Liebesmüh und so strich Ahren diese gedanklich von seiner Liste wertvoller Ratschläge. Bevor der Lehrling sich aus Angst verkroch, würde der Widersacher alle Paladine zu einem Plauderstündchen bei Gebäck und Tee einladen.

Wo du gerade an Essen denkst, unterbrach Culhen seine Grübelei. *Hier sind ein paar Tiere, die wirklich, wirklich hungrig sind.*

Ahren ging zu der einzigen Tür der Gästekammer hinüber und öffnete sie. Davor standen sechs Männer und Frauen in weißen Kapuzenroben, die ihn höflich, aber wachsam anschauten. »Etwas zu essen, bitte«, sagte er und riskierte dabei einen schnellen Blick den schmalen Gang entlang, den sie hergekommen waren. An der Ecke zum Hauptgang, knapp fünf Schritt entfernt, sah er die Schatten von mindestens vier weiteren Meuchlern, die Wache hielten. Zusammen mit den schmalen Schießscharten, die überall im Fahlen Haus die Fenster ersetzten, würden sie nur mittels eines gefahrvollen Kampfes gegen eine Übermacht von Meuchlern aus dem Fahlen Haus fliehen können, sollte Dahl-Rhi sie hintergehen.

»Und Bier«, rief Trogadon von hinten. »Und zwar jede Menge. Zur Not tut es auch Wein.«

»Und einen Waschzuber«, rief Jelninolan mit abwesend klingender Stimme. »Und etwas parfümierte Seife. Oh, und frage die Herbergsdame, ob sie uns ein paar Blumen auf das Zimmer stellen lassen kann.« Die Elfe seufzte lang und laut. »Ich *liebe* Blumen.«

Einer der Meuchler zog fragend eine Augenbraue hoch und sah Ahren skeptisch an.

»Entschuldigung«, murmelte er und zog seinen Kopf ins Zimmer zurück. »Das ist der Schock«, warf er noch hinterher und schloss schnell die Tür. Dann drehte er sich zu seinen Freunden um, die alle Jelninolan anstarrten, die Mienen eingefroren zwischen perplex und belustigt.

»Oh, ich will es sein, die ihr Morgen erzählt, wie sie einen Haufen Mörder um frische Blumen gebeten hat«, sagte Uldini und rieb sich die Hände. »Das kann ich ihr noch jahrzehntelang unter die Nase reiben«, freute er sich.

»Warum leidest du eigentlich nicht unter den Nachwirkungen des Bannschildes, den du erschaffen musstest?«, fragte Trogadon den feixenden Alten mit düsterer Miene.

»Ich habe vorgesorgt«, sagte die kindliche Gestalt selbstzufrieden. »Hier und da habe ich den einen oder anderen Tropfen Magie in *Flammenstern* gespeichert, um im Notfall eine kleine Reserve zu haben. So konnte ich mit diesem Vorrat den Zauber sprechen und meine ganze natürliche Kraft auf die Tarnung des Bannschilds konzentrieren. Was meint ihr, warum ich so gesellig bin? Das sind die Nachwirkungen der Zauberei.«

»Gesellig?«, fragte Falk erstaunt. »Das nennst du wirklich –?« Er unterbrach sich und zuckte die Achseln. »Egal. Genießen wir den freundlichen Uldini, solange er unter uns weilt.«

Falls der Magus den Sarkasmus aus Falks Stimme heraushörte, ging er zumindest nicht darauf ein.

»Und was tun wir nun wegen Dahl-Rhi?«, beharrte Khara.

»Abwarten«, sagte Lanlion bedächtig. »Wir sind uns der Gefahr bewusst, die sie für uns darstellt. Aber solange sich uns keine andere Möglichkeit bietet, in den Blutroten Palast zu gelangen, machen wir besser gute Miene zum bösen Spiel.«

Khara verschränkte die Arme vor der Brust, sichtlich unzufrieden mit der Sackgasse, in der sie steckten. Ahren nahm sie in den Arm, drückte sie fest an sich und hoffte, dass sie keinen weiteren Fehler machten mit möglicherweise tödlichen Konsequenzen.

Ahren war hundemüde. Die Nacht war bereits lange angebrochen, als er und die anderen satt und sauber auf ihren Lagern ruhten. Die Lider mochten schwer sein, doch der Schlaf wollte sich nicht einstellen. Zu viele Probleme schossen ihm durch den Kopf, und als er Lanlion an einer der schmalen Schießscharten erblickte, die ihnen Mondlicht und Frischluft gewährten, gesellte er sich zu ihm.

»Wie geht es dir?«, fragte er leise.

»Besser«, sagte Lanlion. »Das Schweineblut, das mir die Diener brachten, hat mich ausreichend genährt.« Er deutete auf die vollgefressen daliegenden Vertrautentiere. »Und um den Rest der vier Schweine haben sich ja die Nimmersatten da drüben gekümmert.«

Ahren lächelte. Er musste zugeben, dass die Verpflegung ausgezeichnet gewesen war. Jeder von ihnen hatte tüchtig zugelangt, nachdem Uldini mit einem winzigen Zauber sichergestellt hatte, dass kein

Gift im Essen oder im Wein war. »Also hast du dein Gleichgewicht wiedergefunden?«, hakte der Waldläufer nach.

Lanlion nickte, sein bleiches Gesicht wirkte, als wäre er mit sich im Reinen. »Der Drang nach … anderer Nahrung ist für den Moment verklungen«, sagte er und legte Ahren eine Hand auf die Schulter. »Danke, dass du auf der Brücke für mich dagewesen bist.«

Ahren hob abwehrend eine Hand. »Ich denke, da gibt es Drei andere, denen du eher zu Dank verpflichtet bist«, sagte er leise.

Der Blutleere nickte und starrte wieder in die Nacht hinaus, woraufhin Ahren sich diskret zurückzog. Lanlion würde wohl auf ewig mit seiner Entscheidung und den Konsequenzen seines Fluches hadern, aber zumindest tanzte er nicht mehr an jenem Abgrund, der ihn in Windeseile verschlingen könnte. Also schlenderte Ahren zu dem bereits schlafenden Hakanu hinüber, dessen Gesicht ein leichtes Lächeln zeichnete. Wenn ihn die Ereignisse der letzten Tage emotional mitgenommen hatten, so gab es dafür keinen Hinweis.

»Er ist sehr tapfer«, sagte Khara leise, die unbemerkt neben ihn getreten war.

»Meinst du?«, murmelte er zweifelnd.

Die Schwertmeisterin nickte. »Hakanus Mut entspringt einem robusten Verstand«, sagte sie bedächtig. Dann beugte sie sich zu Ahren herüber. »Und unter uns gesagt, ich glaube, dein Lehrling ist nicht so helle, wie du gerne glauben möchtest. Dadurch schüttelt er jedoch gewisse Erlebnisse leichter ab, als du.«

Ahren verzog unwillig das Gesicht. Einerseits freute es ihn, wenn Hakanu nicht mit so vielen Dämonen ringen musste wie sein Meister, andererseits gefiel ihm die Vorstellung nicht, einen weniger klugen Lehrling unter seinen Fittichen zu haben.

Dann stell dir erst mal vor, wie sich ein Vertrautentier mit einem dummen Paladin fühlt, sagte Culhen schlaftrunken, während er sich auf die andere Seite des Kissenberges wälzte, was Muai ein protestierendes Grollen entlockte.

Um deinetwillen hoffe ich, du meinst Kamaluq und nicht dich, drohte ihm Ahren ungehalten.

Wenn du nicht erkennst, wen ich meine, hast du meine Aussage bereits bewiesen, sagte der Wolf zufrieden und schlief dann wieder ein.

»Vielleicht braucht er nur mehr Zeit«, sagte Ahren mit einem Blick auf Hakanu. »Um Kamaluq hat er sich heute jedenfalls Sorgen gemacht, also wird nicht jede Emotion, die er empfindet, von seinem Mut und seiner Sehnsucht nach Heldentaten verdrängt.«

Khara hakte sich bei ihm unter. »Ich hatte wirklich gehofft, die Herrin des Fahlen Hauses hätte mehr als ein Gästezimmer«, sagte sie seufzend. »Wir waren kaum allein, seit wir den Bund geschlossen haben. Du hattest die ganze Zeit alle Hände voll mit deinem Lehrling zu tun.«

Ahren überraschte der Themenwechsel derart, dass er einige Atemzüge schwieg, um seine Gedanken zu sortieren. »Wenn wir erst auf der *Königin der Wellen* Richtung Süden segeln, veranlasse ich, dass wir eine eigene Kabine bekommen«, sagte er feierlich.

Khara kicherte leise. »Ein schöner Gedanke.«

»Davon kann man an diesem Ort nicht genug haben«, sagte Ahren ernst. »Gegen Gol-Konar wirkt der Wutwald wie eine lichtdurchflutete Wiese voller Hoppelhäschen. Es ist schwer zu glauben, dass Menschen sich gegenseitig derart schaden, dass sie eine Stadt voller Mord und Gier erschaffen.«

»Hoppelhäschen?«, fragte Khara schmunzelnd.

»Du weißt, was ich meine«, brummte Ahren, löste sich von Khara und ließ sich auf seine Schlafstatt sinken. Dann klopfte er mit der flachen Hand auf das weiße Leinen. »Willst du mit mir von glücklicheren Tagen träumen?«, fragte er sie lächelnd.

Khara legte einen Finger auf ihre Wange, als müsse sie erst darüber nachgrübeln. »Warum nicht«, sagte sie großzügig. »Aber nur, wenn in diesen Träumen keine Hoppelhäschen vorkommen«, feixte sie.

»Das bekomme ich noch lange zu hören, oder?«, fragte Ahren stöhnend und legte sich hin.

»Nein«, sagte Khara mit einem Grinsen und schmiegte sich an ihn. »Ich bin sicher, du sagst schon bald etwas anderes Amüsantes, mit dem ich dich aufziehen kann.«

Ahren schloss die Augen und hielt seine Liebste so fest, als versuche ein Sturm, sie ihm zu entreißen. Er verstand nun, was Gol-Konar so finster machte. An diesem amoralischen Ort starb auf Dauer jede noch so innige Liebe. Während er einschlief, verspürte er plötzlich nichts als Mitleid für die Bewohner dieser Stadt voller Schurken.

Am Morgen zeigte sich die gesetzlose Hafenstadt von einer Seite, die Ahren bisher noch nie gesehen hatte. Ungläubig starrte er durch die Schießscharten hinaus in den beginnenden Tag und sah nichts als dunkles Grau. Beinahe hätte er geglaubt, die Stadt würde brennen, aber dann erkannte er, dass dort draußen ein Nebel wallte, der so dick war, dass man ihn hätte schneiden können.

»Ein Dolchtag«, sagte Falk, der neben ihn getreten war und nur einen kurzen Blick auf die sich bauschenden Massen geworfen hatte. »Dieses Wetter kommt im Herbst häufiger vor, wenn der Wind nicht vom Meer bläst.«

»Warum heißt es denn Dolchtag?«, fragte Hakanu neugierig in die Betriebsamkeit hinein, während sich ein jeder für den beginnenden Tag vorbereitete. »Nebeltag wäre doch viel passender.«

»Weil man sich bei diesen Sichtverhältnissen unbemerkt an sein Opfer heranschleichen kann«, sagte Falk und machte mit der Hand eine Stichbewegung.

»Oh«, machte Hakanu und starrte dann auf seinen langen Speer. »Können wir heute vielleicht besser im Haus bleiben, Meister?«

»Na also«, sagte Uldini bissig. »Wer sagt denn, dass dein Lehrling gar nichts kapiert?«

»Niemand sagt das«, wies Ahren den Erzmagus zurecht und schaute abermals hinaus in den Nebel. »Außerdem hat Hakanu recht. Da rauszugehen, wäre äußerst töricht.«

»Ich finde das Wetter ganz angenehm«, sagte Lanlion. »Irgendwie … heimelig.« Ahren war sich nicht sicher, ob der Blutleere scherzte oder die Wahrheit sprach.

Dann klopfte es an der Tür und die höfliche Stimme Sha-shas ertönte. »Die Herrin wünscht, mit Euch zu frühstücken. Kann ich hereinkommen?« Ohne auf eine Antwort zu warten, öffnete sie die Tür und trat ein, eine Vase voller Wildblüten im Arm. Sie stellte sie auf den Tisch und nickte Jelninolan huldvoll zu.

Die Elfe blinzelte irritiert und sah dann in die amüsierten Gesichter ringsum. »Sehr hübsch«, sagte sie steif. »Vielen Dank.«

Als Sha-sha daraufhin den Raum verließ, um sie zu ihrer Herrin zu geleiten, versprachen Jelninolans Blicke jedem eine unangenehme Erfahrung, der die Blumen auch nur zu erwähnen wagte.

Irgendwie hatte Ahren ein opulentes Frühstück erwartet, mit ausladenden Platten voller exotischer Speisen, eine große Demonstration des Reichtums und der Macht des Fahlen Hauses. Stattdessen gab es Käse und gepökelte Wurst, ein frisches Brot, das sich alle teilten, und dazu selbstverständlich Tee. Dahl-Rhis asketischer Lebensstil erinnerte Ahren an seine Ausbildung zum Nachtsoldaten, und er musste einen Schauer unterdrücken. Die Frau wirkte so ruhig und gelassen wie immer, und der Waldläufer fragte sich, ob sie sich dauerhaft im Pelneng aufhielt oder noch immer Traumblüte zu sich nehmen musste, um so entspannt zu bleiben, weil sie – so wie alle Nachtsoldaten – davon abhängig war. Aber wie behielt sie dann einen so wachen Verstand?

Wenigstens ist sie großzügig, sagte Culhen, der auf einem halben Schwein herumkaute, während Muai die andere Hälfte verschlang. Die Tigerin war zwar geschrumpft, doch ihr Körper benötigte genauso viel Nahrung wie sonst auch. *Ich sage, wir geben ihr eine Chance.*

Ahren seufzte und Khara sah ihn fragend an. Der Waldläufer deutete auf den fressenden Wolf. »Er wurde bestochen«, sagte er leise. »Wollen wir hoffen, dass der Widersacher ihm niemals einen größeren Fleischberg anbietet, als ich ihm geben kann.«

Culhen wuffte empört. *Also das war nicht nett*, beschwerte er sich, bevor er ungeniert weiterfraß. *Zumal ich ihn in zwei Teile beißen würde, bevor er mir ein Angebot machen könnte.*

»Still«, raunte Falk in die Runde, als die laufende Unterhaltung zwischen Dahl-Rhi und Lanlion abebbte. Der Blutleere spielte seit ihrer Ankunft in der Kammer wieder den kalten Söldner und verwickelte die Herrin des Fahlen Hauses in mehr oder minder belanglose Gespräche, damit Dahl-Rhi nicht auf die Idee kam, die restlichen Gefährten auszufragen.

Ahren war sich sicher, die Mühe war vergebens. »Wir sind nicht die, für die wir uns ausgeben, wisst Ihr?«, sagte er unvermittelt zu Dahl-Rhi, als diese erneut mit einem nachdenklichen Blick ihre Gäste taxierte. Es wurde totenstill am Tisch.

»Willst du wirklich …«, begann Falk, aber Ahren hob nur abwiegelnd eine Hand.

»Ist schon gut«, sagte er und schaute der lächelnden Dahl-Rhi dabei in die Augen. »Sie weiß, dass wir keine gewöhnlichen Söldner sind.«

»Wie erfrischend ehrlich«, sagte die Herrin des Fahlen Hauses. »Und wollt Ihr mir verraten, wer Ihr wirklich seid?«

»Nein«, antwortete Ahren entschieden. »Für Euch ist nur von Belang, dass wir etwas im Palast erledigen müssen.«

Die Meuchlerin schürzte die Lippen, während Ahren die finsteren Blicke Uldinis und Falks ignorierte. Ihm machte vielmehr das strahlende Lächeln Hakanus Sorgen. Nicht dass sein Lehrling vor lauter Heldenmut damit herausplatzte, was ihre Aufgabe war. Ahren fixierte ihn mit seinem Blick, bevor er sich wieder Dahl-Rhi zuwandte.

»Also habt Ihr in Eurer Gruppe das Sagen?«, fragte die Frau Ahren und aß ein winziges Stück Käse, als er nicht antwortete. »Ich hätte ja eher den alten Mann oder die Schwertmeisterin im Verdacht gehabt.« Sie wandte ihren Kopf für einen Moment in Richtung Khara. »Ihr könnt Eure Nadel ruhig richten, meine Gute«, sagte sie. »Das Schicksal einer abtrünnigen Meisterin nimmt Euch sowieso keiner ab, der über zwei gesunde Augen und einen klaren Verstand verfügt.«

Khara seufzte erleichtert und richtete ihre Meisternadel wieder kerzengerade auf.

»Wir wechseln uns ab«, beantwortete Falk die Frage der Meuchlerin trocken. »Fast jeder hier darf mal sagen, wo es langgeht.«

»Ungewöhnlich«, sagte die Frau und ihre Augen nahmen einen lauernden Zug an. »Ich nehme an, ich bin nicht Teil Eures Auftrages?«

»Wenn es so wäre, würden wir Euch dies wohl kaum verraten«, erwiderte Khara mit einem dünnen Lächeln. »Aber dann hätten wir letzte Nacht sicher nicht so fügsam in Euren weichen Betten geschlafen.«

Dahl-Rhi lachte. »Ihr seid Entbehrungen gewöhnt, sonst würdet Ihr meine Schlafstätten nicht als weich empfinden«, sagte sie. »Äußerst interessant.«

So wie Dahl-Rhi aus allem, was sie sagten – oder nicht sagten –, die richtigen Schlüsse zog, war es nur eine Frage der Zeit, bis sie herausfand, wer Ahren und seine Freunde wirklich waren, erkannte der Waldläufer alarmiert.

»Was ist mit dem Weg in den Blutroten Palast?«, meldete sich da plötzlich Salman zu Wort. »Habt Ihr einen gefunden?« Die Dringlichkeit in seiner Stimme war für Ahren herzerweichend, schien Dahl-Rhi aber nicht zu kümmern.

Sie sah den Granden genauer an. »Ich habe schon von Euch gehört«, sagte die Meuchlerin, und Ahrens Puls beschleunigte sich. »Es gab vor Kurzem einen Zwischenfall mit einem Granden …«

»Das war ich«, sagte Salman sofort. »Doch diesmal habe ich außergewöhnliche Leute bei mir, die mir helfen werden.«

Ahrens Blick zuckte zu Falk und den anderen hinüber. Was ging hier vor sich?

»Nun, ich habe jedenfalls gute Nachrichten«, sagte Dahl-Rhi, die scheinbar plötzlich das Interesse an ihnen verlor. »Es hat mich ein kleines Vermögen gekostet, aber Ihr werdet einen … Bekannten auf den Schemenball begleiten, als Teil seiner Leibwache – ausgenommen der Tiere, natürlich.« Ihre Miene wirkte mit einem Mal missbilligend. »Ihr solltet diesem Granden das Doppelte von dem abnehmen, was er Euch versprochen hat«, sagte sie mahnend. »Das Objekt der Begierde dieses Mannes gehört bereits einem anderen.«

»Menschen gehören anderen Menschen nicht«, zischte Khara kalt.

Dahl-Rhi neigte kurz anerkennend das Haupt. »Sehr nobel gesagt. Aber ich bin sicher, Reik wird Euch da nicht zustimmen, wenn ich den Zweck Eures Hierseins richtig deute.«

»Ist das ein Problem?«, fragte Falk leise. Die Anspannung Ahrens und der anderen nahm schlagartig zu, als sich die darauffolgende Stille in die Länge zog.

»Nein«, antwortete Dahl-Rhi schließlich. »Ob Ihr nun Spione aus dem Ewigen Reich oder den Sonnenebenen seid oder doch nur hoch bezahlte Söldner, die für einen Granden seine Tagträume wahr werden lassen sollen, geht mich nichts an.« Sie tat so, als würde sie Staub von ihren Händen klopfen. »Euer Vorhaben wird Wellen schlagen, aber sie werden am Fahlen Haus vorbeigleiten.« Sie lächelte nun wieder. »Und da ich eine Vorstellung davon habe, was im Palast geschehen wird, kann ich mich darauf vorbereiten.«

Ahren gefiel die Doppeldeutigkeit in der Aussage der Meuchlerin nicht. *Wenn wir nur eine andere Wahl hätten …*, dachte er unzufrieden.

Suchen wir eine, antwortete Culhen. *Du hast sie doch gehört. Muai, Kamaluq und ich dürfen ohnehin nicht mit!*

Ahren erinnerte sich an den roten Torbogen in der Steinwand, der in den Blutroten Palast führte. Nur eine ausgeklügelte List oder eine meisterhaft ausgebildete Armee könnte sie dort hineinbringen. Und eine Armee hatten sie leider gerade nicht zur Hand.

»Wozu dient dieser Schemenball?«, fragte Trogadon misstrauisch. »Und warum sollten wir solange warten?«

»Weil Reik Silbermantel nur an diesem einen Abend die Mächtigsten der Stadt in seinem Palast empfängt«, sagte sie. »Es werden über hundert Gäste anwesend sein und noch mal so viele Leibdiener und -wachen. Der einzige Weg, Euch in den Blutroten Palast zu schmuggeln, wird dieser Abend sein.«

»Und was verbirgt sich hinter dem Namen des Balls?«, fragte Hakanu, der zu Ahrens Entsetzen jede Scheu vor der Herrin des Fahlen Hauses verlor.

Die Meuchlerin lächelte ihn warm an, und dem Lehrling trat ein betörtes Grinsen auf die Lippen, das Ahren innerlich aufstöhnen ließ. »Weil alle Gäste nur Schemen in der Nacht sein werden«, sagte sie rätselhaft.

»Erklärt das bitte etwas genauer«, forderte Lanlion, und Ahren nutzte die Ablenkung, um Hakanu gegen das Schienbein zu treten, damit dieser aufhörte, die Meuchlerin anzuhimmeln.

»Einmal pro Jahr wird der Schemenball abgehalten, um die Machtordnung in der Stadt neu zu verhandeln«, erläuterte Dahl-Rhi. »Alte Allianzen werden dort zerbrochen oder erneuert, Pakte geschmiedet, die hinterher verraten werden … Eigentlich ist es stets ein Riesenspaß, wenn man weiß, wie man dieses tödliche Spiel zu spielen hat.«

»Das klingt ungewohnt gesittet für eine Stadt voller Schurken«, sagte Falk skeptisch.

»Oh, die Absprachen sind meist nicht die Worte wert, mit denen sie ausgesprochen werden«, versicherte ihnen Dahl-Rhi. »Aber zu sehen, wer mit wem spricht, kann einem weisen Beobachter zeigen, wo Ungemach aufzuziehen droht.«

»Wie die Wolken am Horizont bei einem Gewitter«, sagte Ahren.

»Genau«, sagte die Meuchlerin nickend. »Die meisten Gäste glauben, der Schemenball böte eine Gelegenheit, um Reik aus dem Palast zu entfernen, indem man sich gegen ihn verbündet.« Sie machte eine Pause und verzog dabei abschätzig den Mund. »Dabei zeigen sie ihm nur, wer ambitioniert, wer gefährlich und wer beides auf einmal ist.

Diejenigen sterben in den Wochen nach dem Ball als Erste.«

»Warum geht dann überhaupt jemand hin?«, fragte Trogadon und kratzte sich am Kopf.

»Weil es sich niemand von Bedeutung leisten kann, nicht hinzugehen«, antwortete Dahl-Rhi. »Schließlich nehmen alle Konkurrenten an dem Ball teil und hecken dort vielleicht eben jenen Plan aus, der die zum Ziel hat, die fernbleiben und keine eigenen Intrigen schmieden.«

»Und weil jeder Gast glaubt, er sei der Schlaueste im Raum und würde als Sieger aus den Verhandlungen hervorgehen«, sagte Jelninolan traurig. »Ein grausamer Tanz aus Gier, Misstrauen und Verrat.«

»Sehr gut zusammengefasst«, lobte die Herrin des Fahlen Hauses die Elfe. »Reik hat den Schemenball direkt nach seinem Einzug in den Blutroten Palast eingeführt. Seitdem ist er sein wichtigstes Instrument zum Machterhalt, und kaum einer versteht, warum dies so ist.«

»Könntet Ihr die anderen Mächtigen dieser Stadt nicht warnen?«, fragte Ahren neugierig.

Dahl-Rhi lachte amüsiert. »Warum sollte ich? Zum einen schwächt jeder Schemenball meine Feinde in der Stadt, ohne dass ich etwas dafür tun muss, zum anderen beschert er mir in den Folgetagen stets lukrative Aufträge für mein Haus, wenn jemand aus Angst vor einer möglichen Allianz das Gleichgewicht zu seinen Gunsten verschieben möchte.«

Ahren verzog angewidert das Gesicht. Kein Wunder, dass das Fahle Haus derart mächtig war. Seine Anführerin verfügte über einen scharfen Verstand und keinerlei Skrupel. Je mehr der Paladin von ihr erfuhr, umso sicherer war er sich: Diese Frau hatte in jedem Fall die Lektionen der Nachtsoldaten erlernt. Jetzt stellte sich nur noch die Frage, wie sie sich vom Joch dieses Daseins als willenlose Attentäterin befreit hatte.

»So schlecht klingt der Plan doch gar nicht«, sagte Falk nachdenklich. »Viele Gäste verteilt auf kleine Gruppen, die vertrauliche Gespräche führen … Reiks Wachen werden kaum gleichzeitig alles im Blick behalten können, sodass wir leichter durch die Maschen ihres Netzes schlüpfen könnten.«

»Es wird leichter und zugleich schwieriger, als ihr denkt«, sagte Dahl-Rhi, und Ahren wappnete sich innerlich vor schlechten Neuigkeiten.

»Was meint ihr?«, fragte Khara, als die Frau nicht ohne Aufforderung weitersprach.

»Alle werden maskiert sein«, erklärte die Meuchlerin. »Jeder Einzelne wird derart verfremdet sein, dass man nie genau weiß, mit wem man gerade spricht. Ein Teil jener trügerischen Sicherheit, die Reik so vortrefflich vorzugaukeln versteht.« Die Frau schnaubte abfällig. »Ich erkenne die meisten Gäste an ihrem Gang und die verstecken sich hinter kindischen Kapuzen und albernen Stoffmasken.«

»Zumindest wird man auch uns maskiert nicht sofort erkennen«, sagte Falk achselzuckend. »Das ist ein Vorteil.«

»Kommen wir zu dem Punkt, der Euch nicht schmecken wird«, sagte Dahl-Rhi gelassen. »Waffen sind nicht erlaubt. Auf dem Schemenball wird es nicht einmal ein Käsemesser geben.« Die Augen der Meuchlerin schweiften zur Decke, als hingen dort Bilder aus ferner Vergangenheit. »Diesen Fehler hat Reik nach seinem ersten Schemenball nicht wiederholt. Was für ein Spaß das war! Wie Fische in einem Weinfass zu angeln.«

»Auf keinen Fall«, sagte Falk sofort. »Ohne Waffen und ohne Tiere werden wir nahezu wehrlos sein, sollte etwas schiefgehen.«

»Es gibt nur diese eine Möglichkeit, hineinzugelangen«, sagte Dahl-Rhi achselzuckend. »Ergreift sie oder gebt auf und verlasst die Stadt.«

Ahren sah seine Freunde der Reihe nach an und erkannte in ihren Augen, dass sie ähnlich dachten, wie er: Sie würden sich mit gefesselten Händen und verbundenen Augen unter ein Rudel hungriger Löwen mischen oder Palnah ihrem Schicksal überlassen müssen. Außerdem mussten sie sich auf die eine oder andere Weise um den Magier Askadar kümmern, damit dieser keine weiteren Bannkragen mehr herstellen konnte.

»Also gut«, brummte Ahren unwillig mit verkniffener Miene. »Wir haben nur diese eine Chance, also nutzen wir sie.«

»Oh, Ihr Götter, bitte nicht«, ließ Trogadon sich vernehmen. »Ich hasse Bälle!«

18. Kapitel

Auch wenn Palnahs fortwährende Gefangenschaft stets an ihm nagte, musste Ahren doch zugeben, dass die nächsten Tage des Nichtstuns sowohl ihm als auch seinen Gefährten überaus guttaten.

Salman schien sich ebenfalls zu fangen, blieb jedoch ein stiller Zuschauer bei allem, was sie taten, so als ob er fürchtete, einen weiteren Finger zu verlieren, wenn er sich zu weit aus seinem Schneckenhaus hervorwagte. Sie verließen zu keinem Zeitpunkt das Fahle Haus, und das Wissen um die relative Sicherheit, die sie hier genossen, verschaffte ihnen allen die nötige Gelegenheit zum Durchatmen.

In einer Geste weiser Voraussicht hatte Dahl-Rhi ihnen Zutritt zu einem Übungsraum gewährt, der sich tief unter dem Fahlen Haus befand. Anscheinend erstreckten sich die Räumlichkeiten der Meuchlergilde weit über das Offensichtliche hinaus, und Ahren fasste dies als Warnung auf, die Schergen Dahl-Rhis niemals zu unterschätzen.

Uldini und Jelninolan schliefen unter den wachsamen Augen Culhens und Muais die Nachwirkungen ihrer Zauberei aus, während Kamaluq überall und nirgendwo war, da der kleine Fuchs Gefallen daran fand, seine Fähigkeiten zu erproben, und immer wieder mit einem Lichtblitz auftauchte oder verschwand. Die Meuchler des Fahlen Hauses schienen den Schimmerfuchs als eine Art Glücksbringer zu betrachten und steckten ihm Leckereien zu oder herzten das Tier zu Ahrens Erstaunen sogar. Er hegte den leisen Verdacht, dass sie hofften, Kamaluqs Zuneigung für sich zu gewinnen und ihn so von Hakanu fortzulocken. Ein dressierter Schimmerfuchs wäre für jeden Meuchler ein nützliches Werkzeug. Glücklicherweise ahnten sie nicht, dass der Fuchs mehr wahr als ein exotisches Haustier, sonst wären sie wohl weniger nachsichtig mit ihm umgegangen.

Falk, Khara, Trogadon, Lanlion und auch Hakanu rackerten sich indes von morgens bis abends in dem großen Trainingsraum ab, um die Aufregung der letzten Tage zu verarbeiten und sich auf die kommende Befreiungsaktion vorzubereiten. Wie sehr sie den Raum auch mit Schweiß – und manchmal sogar Blut – besudelten, jeden Morgen erstrahlte die große Übungskammer von neuem in makellosem Weiß. Selbst die Übungswaffen waren aus bleichem Holz und auch das Stroh auf dem Steinboden des karg eingerichteten Raumes war ungewöhnlich fahl, so als wäre es gebleicht worden, bevor man es ausgestreut hatte.

»Diese übertriebene Vorliebe für die Farbe Weiß ist mir unheimlich«, sagte Trogadon am dritten Tag, als sie gerade gemeinsam eine Verschnaufpause einlegten und kühles Wasser aus einem – wie könnte es anders sein – weißen Krug tranken.

»Ich habe darüber nachgedacht«, sagte Ahren. »Natürlich sind die Erinnerungen sehr verschwommen, aber ich weiß noch, dass es eine Phase während der Ausbildung zum Nachtsoldaten gab, als uns weiße Gewänder gegeben wurden und wir tagelang ohne Nahrung, Wasser oder Kontakt zueinander oder anderen Menschen in einem Raum hocken und über unsere Liebe zur Ewigen Kaiserin nachdenken mussten.« Khara seufzte mitfühlend und nahm Ahrens Hand in die ihre, als er weitersprach. »Vielleicht ist dieser Moment fest in Dahl-Rhis Geist eingebrannt und sie stellt ihn unterbewusst nach.«

»Oder bei ihr ist damals etwas schiefgelaufen und ihr Geist hat sich nie völlig von jener Gehirnwäsche erholt«, sagte Falk und tippte sich an die Schläfe. »Vielleicht wurde sie ja ausgesiebt.«

Ahren schüttelte den Kopf. »Wer versagt, wird getötet«, sagte er, und die Erinnerungen an die furchterfüllten Gesichter jener, die erkannten, dass sie den Anforderungen eines Nachtsoldaten nicht gewachsen waren, machten ihm das Herz schwer. Unbarmherzig waren sie fortgeschleift worden, um nie mehr zurückzukehren. Wenn sie nicht als abschreckendes Beispiel direkt vor den Augen der angehenden Nachtsoldaten hingerichtet worden waren.

»Wir sollten uns weniger Sorgen um Dahl-Rhis Vergangenheit, als vielmehr um unsere Zukunft machen«, warf Khara warnend ein. »Ich werde aus dieser Frau nicht schlau. Wer sagt uns, dass sie uns hier nicht festhält, während sie Reik unsere Köpfe zum Höchstpreis feilbietet. Zumal sie weiß, dass wir Palnah befreien wollen.«

»Du hast doch gesagt, dass wir ihr vertrauen können?«, erwiderte Falk verblüfft.

»Bedingt vertrauen«, korrigierte ihn die Schwertmeisterin. »Die andere Wahl wäre gewesen, sich in diesem Raum, umstellt von ihren Meuchlern, gegen sie zu wenden und damit die einzige Möglichkeit eines diskreten Weges in den Blutroten Palast zu verlieren.«

»Wo haben wir uns da nur hineinmanövrieren lassen?«, fragte Falk kopfschüttelnd. Er sah zu Salman hinüber, der still auf einer Bank in der Ecke des Raumes saß und immer wieder über seinen Fingerstumpf streichelte. »Habt ihr auch das Gefühl, unser Grande hat die Grenzen seiner Belastbarkeit erreicht?«, murmelte er.

»Zumindest muss er Palnah sehr lieben«, sagte Khara. »Er hat einen hohen Preis gezahlt und sich doch nicht entmutigen lassen.«

»Wie ein echter Held«, warf Hakanu ein und erntete ein allgemeines Augenrollen dafür. »Was denn?«, fragte er schmollend, und Ahren beschloss, seinen Lehrling nach dieser Atempause erneut zum Schwitzen zu bringen, damit er weniger Zeit für Tagträumereien über Heldentaten hatte.

Als Ahren mit den anderen am Abend verschwitzt und müde, aber zufrieden in ihr Zimmer zurückkehrten, fanden sie dort die beiden Alten und die drei Vertrautentiere vor, die allesamt auf einen Berg aus Kleidung starrten, die dem Fiebertraum eines wahnsinnigen Schneiders entsprungen zu sein schien. Ahren sah mit glitzernden Steinchen oder Federn beklebte Ledermasken, die allseits bekannte Dunkelwesen darstellten, weite, mit Zierfäden durchwobene Umhänge, die Körperform und Geschlecht des Trägers zu verbergen vermochten, sowie eine Vielzahl an mit Glöckchen und Schellen versehene Schuhe.

»Was soll das denn sein?«, fragte Khara skeptisch.

»Das ist wohl Kleidung, die den Regeln des Schemenballs entspricht«, sagte Jelninolan wenig enthusiastisch. »Schuhwerk, in dem man nicht schleichen kann, Masken, die alles außer den Mund bedecken, und Umhänge, die den gesamten Körper verschleiern.«

»Für eine Stadt ohne feste Regeln hat dieser blöde Ball aber reichlich davon«, sagte Uldini, der eine schäbige Kutte in Kindergröße hochhielt, die an ein mausgraues Narrenkostüm erinnerte. Er seufzte. »Ich sollte wohl froh sein, dass Dahl-Rhi mich überhaupt mit einem Satz Kleidung bedacht hat.«

Ahren runzelte die Stirn und griff nach einer schwarzen Maske, die die blutrote Spirale eines Blutwolfes auf ihrer mit Pelz besetzten Stirn trug. Falsche dreieckige Ohren ragten oben über den Rand des Leders hinaus. »Ich nehme die hier«, sagte er und deutete damit auf Culhen. »So bist du auf dem Ball wenigstens in Gedanken bei mir.«

Der Wolf schnüffelte an dem Kleiderhaufen und nieste dann lautstark. *Ich bin ganz froh, nicht mitkommen zu dürfen*, sagte er gönnerhaft. *Dieses Zeug müssen schon Dutzende vor euch getragen haben.* Ein erneutes zaghaftes Wittern folgte. *Sei bloß vorsichtig*, mahnte er dann ernst. *Da steckt genug Geruch nach Blut und Tod in dem Stoff, dass selbst Dahl-Rhi ihn nicht hat entfernen können.*

Wexkal war ein unangenehm riechender Mann, der den Kampf gegen die Anzahl seiner Lebensjahre schon lange aufgegeben haben musste. Dünnes graues Haar saß wild wuchernd, fettig und ungekämmt auf seinem altersfleckigen Schädel, seine Nase war eckig und schmal, fast wie der Schnabel eines Geiers. Die blauen Augen jenes Mannes, der sie an diesem Abend in den Blutroten Palast schmuggeln würde, sahen mit einer Mischung aus Neid und Argwohn in die Welt. In diesem Moment bedachte er auch Ahren und seine Gefährten mit jenem Blick, der den Eindruck erweckte, als würden sie ihm etwas Kostbares schulden.

»Egal, was Ihr vorhabt, Ihr wartet damit, bis ich wieder verschwunden bin«, knurrte er in Richtung Lanlion. Dabei richtete er seine Maske, die wohl einst an eine Sichelschrecke erinnert hatte, bevor vor langer Zeit die Hälfte der Verzierungen abgefallen war. Der Umhang, in den er sich hüllte, war fleckig und stank, und Ahren war sich sicher, unter dem grauen Stoff eine Lederrüstung gesehen zu haben, wie sie Soldaten der Sonnenebenen trugen.

»Ein Deserteur«, murmelte Falk leise in Ahrens Richtung, der daraufhin nickte.

»Ich weiß nicht, ob ich dieser Stadt den Vorzug über einen Krieg geben würde«, antwortete der Waldläufer leise. »Ich frage mich, ob dieser Wexkal wirklich glaubt, mit seiner Fahnenflucht sein Los gebessert zu haben.«

»Was wir tun und wann wir es tun, ist unsere Sache«, sagte Lanlion indes in seiner Rolle als Söldnerhauptmann zu dem gebeugten Mann, der sie als sein Gefolge mit in den Blutroten Palast nehmen würde. Dahl-Rhi hatte ihn mit Abscheu in der Stimme vorgestellt und klargemacht, dass Wexkal so zuverlässig war, wie man es von jemandem aus Gol-Konar nur erwarten könnte.

»Ihr wartet«, fauchte Wexkal zurück. »Das war die Bedingung, die ich der Herrin des Fahlen Hauses stellte! Was bringt mir ein dicker Beutel voll Gold und eine Passage hinaus aus diesem Drecksloch, wenn Ihr mich mit in den Abgrund reißt? Ich bürge schließlich für Euch, und was auch immer Ihr dort drinnen vorhabt, es wird nichts Gutes sein. Ich will nicht mit einem Messer in der Leber enden, weil Ihr nicht warten konntet, bis ich wieder verschwunden war.«

»Dann geht rasch«, sagte Ahren, dem die raspelige Stimme des Mannes zunehmend an den Nerven zerrte. Er fühlte sich ohnehin schon verwundbar ohne Culhen und seine Waffen.

»Oh, das werde ich«, sagte der Halsabschneider. »Seit fünf Sommern will ich raus aus dieser Stadt und Ihr seid meine Chance. Als Dahl-Rhi mir die Erfüllung meiner Träume anbot, war mir klar, dass sie dafür mit meinem Leben spielen würde.« Er kniff die Augen zusammen, als versuchte er, hinter die Masken der Gefährten zu blicken. Dann spie er aus und gab sein Unterfangen auf. »Ich war mal einer der Großen in dieser Stadt, wisst Ihr? Es brauchte nur einen Fehler und mein Einfluss ging in Schall und Rauch auf«, murmelte er vor sich hin, während er sie in Richtung des Blutroten Palastes führte.

Ihr Treffen war in einer Gasse weit entfernt des Fahlen Hauses erfolgt, verschleiert durch eine Vielzahl von Schleichwegen, auf denen Sha-sha sie durch die Stadt geführt hatte. Das Mädchen hatte gewöhnliche Kleidung getragen und Ahren damit im ersten Moment überrascht. Offensichtlich war die Gewohnheit, Weiß zu tragen, keine Doktrin, die nicht der Nützlichkeit zuliebe gebeugt werden konnte. Dahl-Rhi war äußerst erpicht darauf, dass ihre Beteiligung an diesem Unterfangen verborgen blieb. Ob sie scheitern oder Erfolg haben würden, der gebrochen wirkende Mann vor ihnen war der Sündenbock, der sie in den Palast gebracht hatte. Ahren konnte die Nervösität des Mannes also durchaus nachvollziehen.

Frag mich mal, murrte Culhen, der noch immer schwach in Ahrens Kopf zu hören war. *Du hast mich in einem Haus voller Meuchler gelassen.*

Ahren erkannte, dass der Wolf seine Augen geschlossen hatte und sich ganz auf ihre Verbindung konzentrierte, um so lange wie möglich mitzubekommen, was hier draußen vor sich ging.

Das Palastviertel kam in Sicht. Diesmal betraten Ahren und seine Freunde es von Westen her. Über eine breite Brücke ging es hinweg, auf der Wache stehende Entbehrliche sie kritisch beäugten, dann reisten sie mittels eines geräumigen, sauberen Bootes das restliche Stück bis zum Blutroten Palast. Wexkal hielt die ganze Zeit über ein kleines lädiertes Amulett in den Händen, das einer schwarzen Sonne mit stilisierten Lichtstrahlen glich. Sie musste einmal sechs Zacken besessen haben, aber davon war nur noch eine übrig.

An der Anlegestelle, die gut fünfzig Schritt von dem rot gemauerten Torbogen entfernt war, der in die Klamm führte, hielt Wexkal den argwöhnisch schauenden Wachen sein Amulett wie einen Schutzschild entgegen, kaum dass er dem Boot entstiegen war. Dies waren keine Entbehrlichen, sondern in dunkelrote Kettenhemden gehüllte Gestalten mit gefährlich aussehenden Spießen in den Händen, die unterhalb des Stichblattes einen grausam gekrümmten Widerhaken besaßen.

Ahren kniff die Augen zusammen. Solche Waffen verletzten zweimal: zuerst beim Eindringen und ein zweites Mal, wenn der Widerhaken gewaltsam aus der Wunde herausgerissen wurde.

Wexkal trat zwischen die knapp eineinhalb Dutzend Männer und Frauen, die auf gemeine Art lachten und den ältlichen Halunken herumstießen.

»Dein Schwarzes Glück ist bald aufgebraucht, du knorriges Stück Treibgut«, höhnte einer und gab Wexkal sein Amulett zurück. »Bist du sicher, dass du deinen letzten Zackenstrahl für einen Ball verschwenden willst, auf dem keiner mit dir reden wird?«

»Ich danke dir für deine Sorge, Jalko«, sagte Wexkal mit einem Anflug von Würde, die Ahren dem Mann gar nicht zugetraut hätte. »Aber da du nicht mehr für meine Sicherheit sorgst, wie du es jahrelang tatest, soll mein Wohlergehen nicht länger deine Sorge sein.«

Der Mann zuckte die Achseln. »Ich folge dem Gold, Wexkal«, sagte er schlicht. »So wie du und jede andere Seele in dieser Klamm.« Dann winkte er seinen alten Herren durch, die Augen auf Ahren und die anderen gerichtet. »Wie kannst du dir ein solches Gefolge leisten?«, fragte er nachdenklich. »Bis auf die halbe Portion da«, er zeigte auf Uldini, »müssten diese Söldner samt und sonders zu teuer für dich sein.«

»Wir begleichen eine Schuld«, sagte Lanlion kühl, dessen Gesicht hinter der perlenbesetzten Maske eines Fahlfrosches verborgen war. Der bleiche Teint des Blutleeren verlieh der Verkleidung etwas Authentisches, Unheimliches. »Nach dem heutigen Abend gehen wir wieder getrennte Wege.«

»Geborgte Söldner und nur noch einen Strahl übrig?«, lachte eine kräftig gebaute Frau unter den Wachen rau. »Den alten Wexkal sehen wir wohl morgen ein letztes Mal wieder: Wenn er mit dem Gesicht im Wasser und Halsnesseln im Genick an uns vorbei durch die Kanäle Gol-Konars treibt.«

Der Halunke tat so, als würde er das nachfolgende Gelächter nicht hören, und ging schnurstracks auf den Torbogen zu, der für Ahren wie der gierig geöffnete Schlund eines Riesen aussah, der darauf wartete, dass ahnungslose Tölpel in ihn hinein wanderten.

»Ihr seid hier wohl nicht mehr wohlgelitten«, warf Jelninolan leise ein. »Es klingt, als würde Dahl-Rhis Angebot Euch das Leben retten.«

Wexkal blieb stumm, ein fahriges Nicken war seine einzige Antwort. Er streichelte noch immer das Amulett zwischen seinen Fingern.

»Was hat es damit auf sich, Meister?«, wisperte Hakanu Ahren zu, und der sah seinerseits zu Salman hinüber und deutete dann auf das Amulett. Der Grande war nach einem erbitterten Streit mit ihnen gekommen, in dem es darum ging, dass er so wehrlos war wie ein Neugeborenes und sie bei ihrer Aufgabe nur behindern würde. Aber der Händler war stur geblieben und hatte sogar damit gedroht, der Herrin des Fahlen Hauses ihre wahre Identität zu verraten, wenn sie ihn nicht mitnahmen. Salman bestand darauf, dass er bei der Rettung Palnahs anwesend sein musste, um sicherzugehen, dass Ahren und die anderen die Frau nicht unnötig in Gefahr brachten.

»Diese Sonnen nennt man das Schwarze Glück«, sagte der Grande zur Antwort. »Sie können vom aktuellen Anführer Gol-Konars vergeben werden und sind so etwas wie ein Zahlungsmittel. Der Träger eines solchen Sonnenamulettes kann für die Hergabe eines Strahls, den er dafür abbricht, einen Gefallen einfordern. Derjenige, der den Strahl erhält, kann im Gegenzug eine Bezahlung vom Herrscher verlangen.«

Der Grande verzog das Gesicht. »Die Schwarzen Sonnen sind praktisch die einzige, wenn auch primitive, Form eines Vertrages, der hier Gültigkeit hat.«

Sie hatten inzwischen den Torbogen erreicht und Ahrens Nervosität wuchs. An diesem Abend würden sie endlich Palnah befreien und dieser Stadt hoffentlich ein für alle Mal den Rücken kehren. Er runzelte die Stirn, als er vor sich im Tunnel des Palasteingangs Wachen mit Fackeln erblickte, neben denen zwei Nebelkatzen wie zahme Schoßhunde kauerten. Auf keinen Fall durfte er ihre zweite Aufgabe aus den Augen verlieren. Sie mussten das Geheimnis um Askadar und seine Bannkragen lüften oder Gol-Konar würde sich schnell von einem großen Ärgernis in eine massive Bedrohung verwandeln.

Um sich von seinen Ängsten abzulenken, betrachtete Ahren ihre Umgebung genauer, als sie den Zugang zum Blutroten Palast betraten. Direkt hinter dem roten Torbogen begann ein grauer, unscheinbarer Tunnel, der die Ausmaße des Einlasses beibehielt, aber von seiner Größe abgesehen keinerlei Besonderheiten aufwies. Glatter, grauer Stein führte immer weiter geradeaus, schnurstracks auf die wartenden Wachen und ihre Dunkelwesen zu.

»Fallgitter«, raunte Trogadon und deutete zur Decke des Tunnels hinauf. Ahren entdeckte schmale Fugen, verborgen in den tiefen Schatten des Tunnels. »Gut versteckt«, fuhr der Schmied verschwörerisch fort. »Nach Zwergenart. Doch hier sind Geheimnisse unseres Volkes offensichtlich in unwürdige Hände gefallen.«

Ahren nickte mitfühlend. Das kleine Volk war stolz darauf, dass es keine Verräter in den eigenen Reihen kannte. Anscheinend hatten die gut bezahlten zwergischen Handwerker, die diese Tunnel errichtet hatten, in ihrem Tun keinerlei Ruchlosigkeit erkennen wollen.

Culhen, hörst du mich noch?, fragte er und tastete nach der Präsenz des Wolfes. Nur ein schwaches fragendes Ziehen in seinem Hinterkopf war die Antwort – und dann verschwand auch das.

Die Wachen winkten sie vorbei, nachdem sie Wexkal seinen letzten Strahl abgenommen hatten. Misstrauische Blicke glitten über Ahren und seine Freunde, die dem Halunken tiefer in den Fels folgten. Die Nebelkatzen schnüffelten argwöhnisch in ihre Richtung, beließen es aber bei angelegten Ohren und einem bedrohlichen Fauchen.

Ahren tauschte einen besorgten Blick mit Khara und atmete durch. Nun gab es kein Zurück mehr. Der Schemenball lag vor ihnen und sie hatten nur ihren Verstand und ihren Mut, um Reik Silbermantel an einem einzigen Abend eine Sklavin und seinen Hofmagier zu rauben.

»Ist das unheimlich«, murmelte Trogadon unter seiner Maske aus Finsterbärenfell. Zusammen mit seinem Bart sah der Zwerg aus wie ein grausiges Mischwesen, das nur aus Haaren zu bestehen schien.

Ahren konnte seinem Freund nur recht geben. Der Tunnel hatte sich nach gut einhundert Schritt und mehreren verborgenen Fallgittern samt Wachposten in eine Reihe von Kavernen erweitert, die eher nach natürlichen Höhlen als erbauten Räumen aussahen. Stalaktiten und Stalagmiten wuchsen aus Boden und Decke des unbehauenen Steins, der im Laufe der Jahrhunderte durch die Stiefel unzähliger Bewohner und ihrer Gäste glattpoliert worden war. Überall standen maskierte und verhüllte Gruppen im Schein weniger Fackeln beisammen und flüsterten verschwörerisch im Schlagschatten der säulenartigen Tropfsteine. Hier und da waren Tümpel und sogar ganze Teiche zu sehen, die von winzigen Bächen gespeist wurden, die sich an den Wänden aus einer Myriade an Rinnsälen aus Sickerwasser zusammenschlossen. Ab und an waren Sitzgelegenheiten aus grobem Stein platziert worden und die glatten Rampen, die sich teils chaotisch durch die Höhle zogen und verschiedene Durchgänge in andere Kammern miteinander verbanden, wurden mit teerbeschichteten Geländern aus dunklem Holz gesichert.

»Hier wurde eine Reihe von Kavernen durch möglichst simple Tunnel miteinander verbunden, ohne sich sonderliche Mühe zu geben«, raunte Falk.

»Es ist nicht nur die Umgebung, sondern es sind auch die anwesenden Gäste, die mir eine Gänsehaut bescheren«, sagte Khara beklommen. Die Schwertmeisterin hatte sich für eine simple Maske aus weißem Ton entschieden, die keinerlei Gesichtszüge aufwies und Khara in einen weißgewandeten Geist verwandelte, der sich nahtlos in den Reigen der unheimlichen Besucher einfügte, die wie eine Horde aus Albtraumgestalten miteinander tuschelten und flüsterten. Die Höhlen warfen all diese Laute als vielfach verzerrtes Echo zurück und über allem ertönte die schwermütig getragene Melodie mehrerer Fiedeln in dunklen Tönen, die wie die fernen Laute eines in den Tiefen Joraths gefangenen Wesens aus vergessenen Zeiten klangen.

»Ich denke, die erste Prüfung auf dem Schemenball besteht darin, die Nerven zu behalten«, sagte Ahren kopfschüttelnd. »Reik will offensichtlich eine Atmosphäre der Anspannung erschaffen.«

»Wer Angst hat, macht Fehler«, sagte Wexkal, der sich unbehaglich umsah. »Und der Schemenball ist nur dazu da, dass Reiks Feinde Fehler machen. Das weiß ich jetzt.« Er sah Ahren direkt in die Augen. »Lernt von einem alten Mann, der glaubte, nach den Sternen greifen zu können: Reik benötigt nur einen einzigen Fehltritt Eurerseits, um Euch zu besiegen.« Dann verschwand er ohne ein weiteres Wort in Richtung Ausgang und ließ die Gefährten mit Salman allein zurück.

»Also gut«, sagte Uldini möglichst diskret. »Wir teilen uns auf wie besprochen.«

»Ich halte das immer noch für keine gute Idee«, sagte Lanlion bestimmt.

»Dieser Ball ist unsere einzige Chance. Wenn wir sowohl Palnah als auch Askadar finden wollen, dann müssen wir uns aufteilen. Schließlich müssen wir zuerst herausfinden, wo sie sind, wie gut sie gesichert sind, und *dann* einen Plan schmieden. Diese Nacht wird nicht ewig währen.«

»Und es könnte auffliegen, dass Wexkal wieder fort ist«, sagte Jelninolan. »Dann könnte die Frage aufkommen, was wir hier noch verloren haben.«

»Wir wärmen diese Diskussion nicht noch einmal auf«, sagte Ahren knapp. »Uldini, Khara, Hakanu und ich suchen Askadar, der Rest versucht Palnah zu finden.«

Salman nickte mit einem sehnsüchtigen Glanz in den Augen.

»Keine Gefühlsausbrüche, wenn Ihr sie seht«, ermahnte ihn Uldini leise. »Versucht nicht, ihre Aufmerksamkeit zu erregen oder etwas Dummes zu tun. Ich will nicht, dass sie oder Ihr uns verratet.«

»Am besten, wir drehen jeweils eine Runde durch die Höhlen und treffen uns dann wieder hier«, schlug Jelninolan vor, und als Ahren nickte, ging sie mit Trogadon, Falk, Lanlion und dem Granden los. Sie hielt auf eine der südlich gelegenen Höhlen zu, aus der die Musik herüberschallte.

Ahren sah sich kurz um und ging dann nach Norden. Dort gab es nur wenige Durchgänge, die allesamt von Wachen blockiert und den Gästen nicht zugänglich waren.

»Sicher, dass du dort anfangen willst?«, fragte Khara flüsternd.

»Wir laufen am Rand der Feier entlang«, sagte Ahren. »Ich will wissen, wie weitläufig diese Höhlen sind und wie gut die Passagen bewacht werden, die in jenen Teil dieses merkwürdigen Palastes führen, der für die Gäste gesperrt ist.« Dann schritt er los und hielt sich dabei gerade so weit von den Wächtern in den versperrten Durchgängen entfernt, dass diese ihm und seinen Freunden für den Moment nicht mehr als einen flüchtigen Blick schenkten.

»Tu so, als würdest du unter den anwesenden Gästen nach einer speziellen Person suchen«, raunte ihm Uldini zu. »Dann sollte es weniger auffallen, dass wir nirgends stehen bleiben und keine Ränke schmieden.«

Ahren folgte dem Rat des Alten und steuerte nacheinander die kleinen Gruppen aus verkleideten Halsabschneidern an, um abzudrehen, sobald er all ihre Masken erblickt hatte. Dabei schnappte er immer wieder Gesprächsfetzen auf, in denen es um Raubzüge, Vergeltung, Diebesgut oder Mord ging. Auf dem Schemenball wurden die Grenzen der Macht in Gol-Konar wahrhaftig neu verhandelt und dazu war den Teilnehmern jedes Mittel recht. Ahrens Respekt vor Reik Silbermantel wuchs, weil er es geschafft hatte, dieses Hornissennest derart lange zu bändigen. Sie täten gut daran, den Herrscher Gol-Konars nicht zu unterschätzen.

Plötzlich trat eine unter ihrem Umhang schmächtig wirkende Gestalt an Khara heran und raunte ihr mit einer weiblichen, recht jungen Stimme zu: »Dritte Gasse nördlich des letzten Treffens, kurz vor Morgengrauen. Hentwahl wird einen blauen Umhang tragen. Lasst es wie einen Unfall aussehen. Am besten ersäuft Ihr ihn im Kanal.«

Khara sah die Fremde an, die Verwirrung war ihr trotz der Maske an den Augen abzulesen. »Wie bitte?«, fragte die Schwertmeisterin.

Ihr Gegenüber zuckte zusammen, als wäre sie geschlagen worden. »Nichts«, stammelte sie. »Eine Verwechslung.« Dann verschwand die Fremde hastig in der Menge und ließ eine ratlose Khara zurück.

»Diese Masken sorgen wohl für das ein oder andere Missgeschick aufgrund von Missverständnissen«, sagte Ahren grimmig.

»Könnten wir das nicht ausnutzen, Meister?«, fragte Hakanu leise. »Wenn wir uns dumm stellen, könnten wir vielleicht nach Palnah oder Askadar fragen, ohne Verdacht zu erregen.«

»Nur wie?«, fragte Uldini. »Die Idee ist nicht schlecht, erfordert jedoch einiges an Fingerspitzengefühl.«

Ahren überlegte und sah sich um. Er schätzte die Anzahl der Gäste in diesem Raum auf einhundert, und viele von ihnen konnten Askadar oder Palnah sein. Von der Sklavin wussten sie nur, dass sie hochgewachsen war, tiefgebräunte Haut sowie braune Haare hatte. Vor ihrem Aufbruch hatte ihnen Dahl-Rhi auf Nachfrage erzählt, dass der Hofmagier den sonnengeküssten Teint der südlichen Sonnenebenen aufwies, sehr groß war und einen kurzen, schwarzen Backenbart trug.

Doch aufgrund der Umhänge und Masken erwiesen sich diese Beschreibungen als weniger hilfreich, als Ahren erhofft hatte. Als er sah, dass eine der Wachen, ein grimmig aussehender Mann von mehr als fünfzig Sommern, sie misstrauisch musterte, wie sie unschlüssig im Raum herumschauten, beschloss er spontan, ein Wagnis einzugehen. Forsch schritt er auf den Mann zu, dessen Kameraden nun auch auf Ahren aufmerksam wurden. Der Waldläufer beschleunigte seinen Schritt noch weiter und fuhr dann die Wache vor ihm in rauem Ton an, bevor diese reagieren konnte.

»Du da«, maulte er grob. »Ich habe eine Nachricht für Askadar. Wo lungert der Kerl rum? Ich kann ihn nirgends sehen.«

Die Wachen sahen sich an und lachten böse. »Das ist der Sinn des Schemenballs«, meinte der Angesprochene voller Häme in der Stimme. In seinem Gesicht dominierte eine schief zusammengewachsene Nase, die in der Vergangenheit wohl mehrfach gebrochen worden war. »Geh und such ihn gefälligst selbst.«

Ahren hatte mit dieser Reaktion gerechnet. Er schnippte dem Mann ein Goldstück zu und wog dann schweigend vier weitere gut sichtbar in den Händen. Die Wache kniff die Lippen zusammen und schien von Ahrens Art derart verärgert zu sein, dass sie keine Antwort gab.

»Askadar ist nicht anwesend«, sagte eine Wache neben dem Angesprochenen, die gierig auf Ahrens Münzen starrte.

»Schnauze«, blaffte der erste seinen Kameraden an.

»Ach was«, meckerte der zweite herablassend. »Du willst nur das Gold für dich.« Dabei streckte er Ahren vielsagend die Hand entgegen.

Der ließ zwei der Münzen in die offene Handfläche der redseligen Wache fallen. »Den Rest gibt es, wenn du heute noch ein Treffen mit Askadar arrangieren kannst«, raunte er.

Jetzt sahen sich die vier Wachen verunsichert an, und Ahren spürte, dass er mit seiner Bitte eine Grenze überschritten hatte, deren Erfüllung deutlich mehr als vier Goldmünzen erfordern würde. Also leerte er seinen Geldbeutel aus und versechsfachte sein Angebot.

»Wir sind unbewaffnet«, sagte er schmeichlerisch. »Welche Gefahr können wir schon bedeuten? Wir wollen dem Magier nur ein Geschäftsangebot unterbreiten. Unser Herr ist an einem dieser Bannkragen interessiert.«

Die Wachen entspannten sich nach und nach, die Augen beständig auf das Gold gerichtet. »Es kann ja nicht schaden, wenn sie ihn kurz sprechen«, sagte derjenige zu seinen Kameraden, der bereits zwei Münzen angenommen hatte. »Im schlimmsten Fall wirft er einen Bannzauber nach ihnen und wir plündern ihre Überreste.«

Hakanu schnappte protestierend nach Luft und die Männer lachten über die Reaktion des Jungen. Sie musste glauben, der verkleidete Knabe hätte Angst, doch Ahren wusste es besser. Sein Schützling empörte sich über die Grausamkeit der Wachen und überlegte wahrscheinlich gerade, ob er sie einzeln oder alle auf einmal angreifen und in einem heldenhaften Faustkampf zu Boden ringen sollte.

»Ruhig«, murmelte er seinem Lehrling zu und wandte sich dann wieder an die vier Wachen. »Also, was darf es sein?«, fragte er. »Wollt ihr euch schnelles Gold verdienen, oder soll ich lieber die Wachen an dem Durchgang dort drüben um Hilfe bitten?« Dabei deutete er auf einen Vierertrupp von Wächtern, die gelangweilt einige Schritt weiter westlich an einem dunkel daliegenden Torbogen herumstanden.

Neben der vorherrschenden Gier trat Missgunst in die Augen der Wachleute und nach einigen Herzschlägen nickten sie stumm. Ahren gratulierte sich im Stillen für seinen Spielzug. Er lernte langsam, mit den Bewohnern Gol-Konars umzugehen: Wenn die Aussicht auf den persönlichen Vorteil nicht ausreichte, dann half der Hinweis darauf, dass jemand anderes diesen Vorteil erringen könnte.

Die vier Wachen tuschelten kurz miteinander, dann nahmen zwei von ihnen Uldini und Hakanu mit je einer Hand in einen festen Nackengriff, die andere an den Griffen ihrer Dolche, während sie ihre Spieße unbeachtet an die Wand des Korridors lehnten. Die beiden anderen Wächter ließen sich sofort von Ahren bezahlen und würden wohl die Abwesenheit ihrer Kameraden kaschieren.

»Keine Spielchen, keine dummen Ideen«, warnte die Wache mit der schiefen Nase und schüttelte Uldini vielsagend, sodass dessen Zähne klapperten. »Sonst stechen wir die Kleinen ab und machen dann mit euch weiter.«

Ahren nickte und ging mit Khara hinter den vieren her, die mit ihnen in den Tiefen des Korridors verschwanden, wobei er hoffte, dass keiner der beiden Wachen die Blicke Hakanus und Uldinis sah. Der Alte kochte vor Wut über die Behandlung seiner Person, während Hakanu bei dem Wort »Kleiner« dreingeschaut hatte, als wolle er im nächsten Moment auf den Sprecher losgehen. Ob es nun Ahrens endlose Warnungen vor ihrem Aufbruch, das Fehlen von Hakanus Waffe oder die Kraft der Hand in seinem Nacken war, jedenfalls blieb der Lehrling fügsam – und dafür dankte Ahren den Göttern still.

Schweigend schritt die Truppe durch einen geraden feuchten Tunnel. Nach und nach versank das ferne Gemurmel der Gäste und das schaurige Spiel der Fiedeln in einer alles erdrückenden Stille. Ahren lockerte unauffällig seine Schultern und sah aus den Augenwinkeln, wie Khara dasselbe tat. Vielleicht würden sie in wenigen Augenblicken die Gelegenheit bekommen, Askadar unschädlich zu machen, und sie hatten nichts als ihre Fäuste zur Verfügung. Der Paladin vermisste seine Waffen schmerzlich, aber noch mehr wünschte er sich Culhen her, der aus den beiden Wachen vor ihnen Kleinholz gemacht hätte, bevor einer von ihnen »Fressnapf« hätte sagen können.

***

Culhens Unruhe ließ proportional zu seinem steigenden Sättigungsgrad nach.

Sha-sha hatte ihm, Kamaluq und Muai ein wahres Festessen aus gebratenem Schwein vorgesetzt, kaum dass die Meuchler vor der Tür des Gästezimmers ihr flüsternd von den nervös im Raum auf und ab laufenden Tieren berichtet hatten. Culhen hatte ein markantes Heulen hintendran gesetzt, als er das Gespräch belauscht hatte, und gratulierte sich nun selbst, da er sich durch eine königliche Portion Braten fraß.

Vielleicht war es ja doch nicht so übel, die anderen die harte Arbeit erledigen zu lassen.

***

Falk schob sich neben Lanlion durch die Menge und schuf so einen Weg für Trogadon und Salman. Jelninolan war ihnen immer ein paar Schritt voraus und hielt schnurstracks auf den Ursprung der Musik zu.

»Langsamer«, raunte Falk besorgt, und als die Elfe sich zu ihm umdrehte, deutete sie auf die tiefen Schatten, welche überall in der Höhle zu finden waren und viele der anwesenden Schurken verbargen, während sich zwei bis drei Dutzend andere zwielichtige Gäste huschend durch das flackernde Fackellicht in der Kaverne bewegten. »Wir sollten zusammenbleiben«, sagte der Paladin.

Jelninolan nickte und wartete auf die drei restlichen Gefährten. Trogadon wirkte ausgesprochen beunruhigt, seine Hände griffen immer wieder unbewusst nach seinem fehlenden Hammer.

»Ich schlage vor, wir starten bei den Musikern«, sagte Jelninolan leise. »Auf jedem Ball ist der Tanz das Zentrum.«

»Ich denke nicht, dass dies solch eine Art Ball ist«, warf Lanlion ein und deutete durch einen kurzen Tunnel in die nächstgelegene Höhle.

Jelninolan versteifte sich, und als Falk einen Blick riskierte, verstand er sofort, warum. Der Boden war halb überflutet und nur an den Rändern begehbar. Dort tummelten sich allerlei Maskierte und lauschten den Klängen der Fiedeln, die von drei Gestalten gespielt wurden, die in der Mitte des Raumes, in rostige Käfige gesperrt, über dem Wasser hingen. Die Wangen eingefallen, die Kleidung in Fetzen und die Augen leer. Falk hatte den grausigen Verdacht, dass diese drei Musiker schon sehr lange dort vor sich hin vegetierten. Jelninolans Kiefermuskulatur spannte sich an, und Falk packte die Elfe schnell am Arm. »Bitte ahme jetzt nicht Hakanu nach, in Ordnung?«, flüsterte er.

»Aber –«, sagte Jelninolan und wurde von Trogadon unterbrochen.

»Ich breche liebend gerne diese Käfige für dich auf, mein Herz«, murmelte er eindringlich. »Aber dafür brauche ich meinen Hammer.«

»Ich frage mich, was sie verbrochen haben?«, murmelte Lanlion halblaut.

»Das wisst Ihr nicht?«, kam die Antwort eines weiblichen Gastes, die nahe genug an dem Blutleeren stand, um seine Frage gehört zu haben. Sie trug die zottelige Maske eines Hakenbisons, die so gar nicht zu ihrer dürren Gestalt unter ihrem weißen Umhang passen wollte. »Diese drei waren die Spielleute auf dem letzten Schemenball. Allerdings waren sie ebenfalls gedungene Mörder. Sie wollten Reik mit den Saiten ihrer Fiedeln erdrosseln und es wäre ihnen beinahe gelungen.« Die Frau lachte hämisch. »Beinahe ist allerdings eins der Wörter, die in Gol-Konar den Unterschied zwischen einem leeren Thron und einem kurzen Leben in Gefangenschaft machen.«

Lanlion nickte der Frau zu und bedeutete den Gefährten, weiterzugehen. »Demnach setzt Reik nicht nur Honigworte und Heimlichkeit ein«, flüsterte der Blutleere. »Demonstrative Bestrafung ist ihm auch nicht fremd.«

»Schauen wir in den anderen Höhlen nach«, sagte Jelninolan traurig. »Ich hätte nie erwartet, mal einen Ort zu besuchen, an dem selbst die Spielleute nur ein Haufen Kehlenschlitzer sind.«

***

Die beiden Wachen führten Ahren und seine drei Gefährten durch eine weitere Höhle, die zum privaten Teil des Palastes gehören musste. Hier waren die Stalaktiten und Stalagmiten ebenso sorgfältig behauen worden wie die Böden, Wände und Decken des grauen Steins. Jemand hatte Muster in die Tropfsteine gemeißelt, Teppiche ausgelegt und sogar ein großes Gemälde an der Wand angebracht, das eine atemberaubend schöne Frau in einem silbernen Gewand zeigte.

»Hier entlang«, schnarrte eine der Wachen und schüttelte Uldini erneut, um seinen Worten Nachdruck zu verleihen. Dabei bewegte er sich auf einen kurzen Gang zu, der vor einer eisenbeschlagenen Tür endete.

Dies war die erste Tür, die Ahren im Palast zu sehen bekam. In die

Oberfläche des dunklen Holzes waren verschnörkelte Zeichen geätzt worden und Ahren sah fragend zu Uldini hinüber, als die beiden Wachen sich leise darüber stritten, wer von ihnen klopfen sollte. Der Alte nickte und wackelte mit den Augenbrauen, während er mit den Fingern eine Explosion andeutete. Anscheinend waren dies echte Zauberzeichen und keine Scharlatanerie wie bei Kanthasar.

Schließlich hämmerte der Wachmann, der Uldini gefangen hielt, mit seiner Faust gegen die Tür, sorgsam darauf achtend, dass er keine der magischen Linien berührte. Ahren bemerkte Schweißperlen auf der Stirn des grobschlächtigen Mannes.

»Meister Askadar«, rief er. »Hier sind Bittsteller, die Euch sprechen möchten.«

Ahren lauschte, ob er etwas hinter der Tür hören konnte, aber es drang kein Laut zu ihnen hervor.

»Ist er vielleicht nicht da?«, fragte die zweite Wache nervös und sah zu Ahren hinüber. »Wir haben Euch nie versprochen, dass er Euch anhören wird«, begann er, als fürchte er, Ahren könne ihm das versprochene Gold verwehren wollen.

In dem Moment schwang die Tür auf, und Ahren zuckte unwillkürlich zusammen, während Khara ein wenig in die Knie ging, die Hände kampfbereit erhoben. Hakanu keuchte überrascht auf. Vor ihnen stand ein über zwei Schritt großer Mann, dessen lange Arme und Beine nicht so recht zu seinem Körper zu passen schienen. Der schmale, ovale Kopf war kahl, die Augenbrauen grau und buschig. Ein spärlicher Backenbart und tiefsitzende, stechende Augen dominierten das finster dreinblickende Gesicht. Die wallende, nachtblaue Robe des Mannes verbarg seine Füße zur Gänze. Mit einer eigenartig huschenden Bewegung glitt er zur Seite und deutete mit langen knochigen Fingern in die Kammer hinein, die etwa zehn mal fünfzehn Schritt maß.

»Bittsteller sind auf dem Schemenball wohl kaum zu vermeiden«, sagte er mit einer Stimme, die viel zu tief für seine schmächtige Brust klang. »Führt sie hinein, ich will nicht, dass eines meiner Haustiere fortläuft.«

Ahren trat zusammen mit den anderen ein und erkannte eine Reihe von Käfigen, die größtenteils offen standen. In und vor ihnen schliefen, fraßen und grollten verschiedenartige Dunkelwesen. Nebelkatzen balgten mit Schmerzebern, Tausendnadler fraßen aus demselben riesigen Napf wie drei Schwarmkrallen. Alle trugen Bannkragen verschiedener Größen und aus unterschiedlichen Materialien, von Leder, über Kettenglieder bis hin zu etwas, das wie aneinandergereihte Knochenfragmente aussah.

Plötzlich wurde Ahren schmerzlich bewusst, wie schutzlos er und seine Freunde in dieser Situation waren. Nur Uldini könnte sich in einem Konflikt seiner Haut erwehren, er würde damit jedoch jeden Magier auf dem Schemenball auf seine Anwesenheit aufmerksam machen. Ahren dachte sich, dass es wohl besser wäre, wenn sie erstmal nur mit dem Zauberkundigen redeten, und atmete tief durch.

»Unser Meister wünscht, Euch einen Vorschlag zu unterbreiten«, sagte er mit einer leichten Verbeugung. »Er wünscht, eines Eurer Halsbänder zu erwer–«

»Bannkragen«, korrigierte der Magier sofort. »Man nennt sie Bannkragen, du Tölpel.« Dann legte er sich einen Finger auf die eingefallene Wange. »Wie viel?«, fragte er ohne Umschweife.

Ahren überschlug schnell, wie viel Gold Uldini wohl noch bei sich trug, und antwortete: »Fünftausend Goldmünzen – oder besser gesagt, deren Gegenwert in Diamanten.«

So souverän sich der Hofmagier auch bisher gegeben hatte, zog er nun doch für einen kurzen Moment die Augenbrauchen bis auf die Stirn herauf. »Eine stolze Summe«, sagte er. »Eine, nach der ihr vier nicht ausseht. Zwei von euch sind nur Kinder.«

Hakanu wand sich im Griff der Wache. Sein Blick bekam jenes innere Feuer, das kaum zu bändigen war und das klarmachte, dass der Junge nicht mehr lange bereit war, den hilflosen Vasallen zu spielen.

»Mein Herr wollte nicht bedrohlich erscheinen und sandte daher uns«, sagte Ahren glatt. »Er ist in den Besitz eines Blutwolfes gelangt und würde daher gerne einen dieser Bannkragen erstehen, um das Biest besser unter Kontrolle zu halten.«

Die Augenbrauen des Magiers bewegten sich abwärts, als er grüblerisch die Stirn runzelte, während sich die Wachen verunsichert anstarrten. Ahren ahnte, dass sie den Hinweis auf den Blutwolf mit jenem angeblichen Meister verknüpfen konnten, in dessen Namen Ahren verhandelte.

»Das muss der Blutleere sein, Herr«, sagte der Mann, der Uldini hielt. »Dieser neue Söldner, der den Roten Fluss versiegen ließ.«

»Interessant«, sagte Askadar und sah sich in dem Raum um. Überall lagen halbfertige Kragen herum und er nahm einen davon zur Hand und ätzte mit einer übelriechenden Tinktur behände einige Zeichen in das schwarze Leder. »Dies hier sollte dem Wolf passen«, sagte er und sah Ahren erwartungsvoll an. Der ließ sich von Uldini mit einer herrischen Geste dessen Goldbeutel aushändigen und fischte drei beachtliche Diamanten daraus hervor.

Askadar schnippte mit den Fingern und plötzlich wurden Ahren von einer unsichtbaren Kraft die drei Diamanten und der Goldbeutel aus der Hand gerissen.

»He!«, beschwerte sich der Paladin laut. »Das war so nicht abgemacht!«

»Ich habe dem Handel mit keinem Wort zugestimmt«, sagte der Magier gelangweilt und warf Ahren den Bannkragen zu. »Seht die Differenz als Bezahlung für euer Leben an. Und nun hinaus mit euch, bevor meine Tiere Hunger bekommen. Dann sind sie trotz Bannkragen nur schwer zu bändigen.« Wie auf ein Kommando drehten sich alle Dunkelwesen in dem Raum zu den Störenfrieden um und fauchten, knurrten und krächzten sie feindselig an.

Hastig verließen die Wachen mit Ahren und den anderen den Raum und schlossen die Tür hinter sich. Hakanu sah seinen Meister fragend an, aber Ahren schüttelte nur abwehrend den Kopf. Sie wussten nun, wo der Hofmagier zu finden war und welche Sicherheitsvorkehrungen er getroffen hatte. Außerdem kannten sie sowohl die Anzahl als auch die Art der ihn beschützenden Dunkelwesen. Ahren sah Hakanu an, dass jegliche Visionen draufgängerischer Heldentaten, die seinem Schützling vorgeschwebt sein mochten, verflogen waren. Selbst ihm war klar, dass unbewaffnet keine von ihnen zum Erfolg führen würde.

Nein, zu diesem abtrünnigen Zauberer würden sie später in der Nacht zurückkehren müssen, und Ahren bezweifelte, dass dieser arrogante Magier friedlich die Stadt mit ihnen verlassen würde. Wenn sie sich das nächste Mal gegenüberstanden, würde es zu einem Kampf kommen.

***

Culhen lag gemütlich auf dem Boden der Gästekammer, die schnarchende Muai neben sich. Mit verklärtem Blick schaute er Kamaluq dabei zu, wie der tapsige Fuchs verspielt durch die Kammer torkelte. Die Pfoten des Jungtieres schienen vollkommen unbeholfen übereinander zu stolpern, weshalb Kamaluq alle zwei Schritte auf die Nase fiel. Ein protestierendes Japsen entrang sich der Kehle des Fuchses, und Culhen horchte auf. Das klang, als fühle der Kleine sich nicht wohl.

Culhen wollte den Kopf heben, um nach Kamaluq zu sehen, aber sein Schädel fühlte sich an, als würde er so viel wie ein Ochsenkarren wiegen. Selbst seine Augenlider wurden immer schwerer. Sie offen zu halten, kam einem puren Akt der Willenskraft gleich. Dann hörte der Wolf ein Flüstern vor der Tür, das nicht für seine Ohren bestimmt war.

»Sind sie endlich eingeschlafen?«, ertönte eine nervöse Stimme.

»Bei der Portion an Schlaftrunk in ihrem Essen?«, fragte eine zweite. »Die pennen bis zum nächsten Schemenball, glaub mir.«

Schlaftrunk?, ging es Culhen durch den Kopf, aber der Gedanke entglitt ihm wie ein schlüpfriger Fisch einem unerfahrenen Bärenjungen.

»Mögen die Götter dich erhören«, sagte der erste. »Die Herrin sagt, es ist bald so weit. Wenn diese Viecher merken, dass ihre Herren nicht zurückkehren …«

Was? Der Schreck fuhr Culhen in die Glieder und verschaffte ihm für einen Moment genug Klarheit, um einen zusammenhängenden Gedanken zu fassen. *Das klingt nach einer Falle! Wir müssen Ahren und die anderen warnen!*

Jedoch blieb es bei diesem guten Vorsatz, denn als Culhen sich erheben wollte, knickten seine Beine unter ihm weg und er fiel mit meinem lauten Plumpsen zu Boden.

Ich komme, Ahren!, rief der Wolf noch und kämpfte gegen die erdrückende Müdigkeit in seinem Inneren an. Durch fast geschlossene Lider sah er, wie sich die Tür der Gästekammer öffnete und zwei weißgekleidete Meuchler den Raum betraten, die Arme voller schwerer Ketten.

»Da siehst du es«, sagte einer der beiden und seine Worte klangen, als hätte Culhen seinen Kopf unter Wasser gehalten. »Diese drei machen uns keinen Ärger.«

Culhen wollte zur Antwort die Zähne fletschen oder knurren oder zumindest blinzeln. Aber da war er bereits eingeschlafen und spürte nicht mal mehr das kalte Eisen geschmiedeter Ketten.

***

Falk verlor allmählich die Geduld, während er sich mit Jelninolan, Salman, Trogadon und Lanlion von Gruppe zu Gruppe vermummter Schurken bewegte und versuchte, nützliche Informationen über Palnah oder Askadar in Erfahrung zu bringen. Er war sich nicht sicher, ob er es sich nur einbildete, aber ihm war, als ob immer mehr Augenpaare an ihnen hängenblieben. Verhielten sie sich zu auffällig? Oder wurde allmählich klar, dass sie sich als Einzige nicht am Ränkeschmieden beteiligten?

Während Falk noch überlegte, was sie tun sollten, schwoll Unruhe in der Menge an wie die tosende Brandung an einer Küste, die einen kommenden Sturm ankündigte. Viele der tuschelnden Gäste strömten auf eine bestimmte Kaverne zu und die Menge trug Falk und die anderen regelrecht mit sich. Durch einen extrem kurzen Tunnel betraten sie eine riesige Höhle, an deren gegenüberliegenden Wand das grobe Relief einer Palastfassade in den Fels gemeißelt worden war. Mehrere Fackeln beleuchteten das Kunstwerk, in dessen oberem Drittel ein herausgearbeiteter Balkon zu sehen war, auf dem ein Mann in schwarzer Lederrüstung und mit einem silbern bestickten Umhang über den Schultern stand und auf das Getümmel herabblickte. Das auffällige Kleidungsstück schien das Licht regelrecht anzuziehen und gleißend auf die sich sammelnden Gäste zurückzuwerfen. Details der Person waren durch diesen Effekt schwer auszumachen. Falk erkannte, dass ein potenzieller Attentäter bei diesem Gefunkel Schwierigkeiten hätte, einen sauberen Schuss zu platzieren. »Wenn das nicht Reik Silbermantel ist, fresse ich einen Besen«, murmelte Falk leise.

»Liebe Freunde«, begann Reik in dem Moment zu reden, die Hände in einer einladenden Geste ausgebreitet. »Werte Schurken, Banditen, Wegelagerer, Plünderer, Piraten und sonstige Halsabschneider. Willkommen!« Die angenehm warme Stimme des Herrschers vermischte sich mit dem zynischen Lachen und Grölen der Versammelten. Es war

Falk, als würden die Bewohner Gol-Konars ihre schwarzen Herzen regelrecht feiern und die Begrüßung ihres Anführers wie einen morbiden Segen empfinden. »Die Welt ist erstarrt«, proklamierte Reik weiter. »Im Süden sitzt seit Jahrhunderten eine Kaiserin auf ihrem kühlen Thron! Im Norden haust das Reitervolk wie schon deren Urahnen zu Zeiten, als die Schöpfung noch jung war.« Es war totenstill in der großen Höhle. Falk sah, wie Reik blitzschnell die Fäuste ballte und sie an seine Brust riss. »Ich sage, die Welt verabscheut diese Starre!«, rief er leidenschaftlich. »Sie sehnt sich nach Wandel! Nach Chaos!« Erste Rufe wurden laut. »Und deswegen gibt es uns! Deswegen wird Gol-Konar immer existieren!« Die Stimme des Mannes wurde zu einem triumphierenden Schrei. »Wir sind das Chaos! Wir sind der Stachel im Fleisch der Stagnation! Wir sind die wahrhaftige Freiheit!«

Zynische Jubelrufe wurden laut, aus denen Falk die Verachtung für den Rest der Welt heraushörte. Oder war es doch Selbsthass?

Reik ließ indes seine Arme sinken, doch sein Mantel bewegte sich unablässig hinter ihm auf und ab wie von einem Sturmwind getragen. »Esst, trinkt, plant und verschwört euch untereinander!«, sagte Reik laut, dem man das Lächeln in der Stimme anhörte. »Stürzt mich, wenn ihr könnt. Nehmt euch diesen wunderschönen Palast! Raubt mir meine wunderschöne Gemahlin! Macht Gol-Konar stolz auf euch!«

Sofort setzte wieder heftiges Getuschel ein, in das Trogadon einstimmte, indem er im Schutz der Gruppe raunte: »Täusche ich mich, oder ist dieser Reik so verrückt wie ein Sack voller Nebelkatzen?«

Falk wollte antworten, als sein Blick auf den Balkon fiel und ihm bei dem Anblick, der sich ihm bot, beinahe die Augen aus dem Kopf purzelten.

***

Hakanu und Uldini durften den Weg zurück ohne liebevollen Nackengriff hinter sich bringen, sodass der Alte immer wieder den Bannkragen zwischen seinen Händen hin und her drehen konnte, wenn die Männer in den roten Kettenhemden nicht hinsahen. Ahren bemerkte, dass der Erzmagus eine immer verwirrtere Miene zur Schau trug, je länger er sich mit dem Zauberwerk Askadars beschäftigte.

»Was ist los?«, raunte Ahren und Khara verwickelte den verdutzten Hakanu schnell in ein lautes Gespräch über den miesen Wein in Gol-Konar, um Ahren und Uldini eine Möglichkeit zum Reden zu gewähren.

»Erinnerst du dich an Askadars Tür?«, fragt Uldini und Ahren nickte. »Darauf befand sich ein perfekt vorbereiteter Bannkreis. Selbst ich hätte Mühe, seinen tödlichen Zauber nicht aus Versehen auszulösen.«

»Ja, und?«, fragte der Paladin leise. »Wir wussten, dass dieser Mann gefährlich ist.«

Uldini deutete verstohlen auf den Bannkragen in seinen Händen. »Genau das ist es ja«, sagte der Alte. »Dagegen ist dieser Bannkragen vollkommener Mist. Wertlos.« Er schnippte gegen eine der Linien auf dem dunklen Leder. »Diese Glyphe sorgt dafür, dass das Halsband magisch erscheint. Aber von diesem Täuschungszauber abgesehen, ist der Rest der Zeichen reines Blendwerk.« Uldini sah Ahren von unten her bedeutungsvoll an. »Und die Aura dieses Bannkragens passt haargenau zu der aller anderen, die ich in seinem Labor und in der Stadt gesehen habe.« Er schüttelte missmutig den Kopf. »Kein Wunder, das ich aus daraus nicht schlau wurde.« Seine Stimme sank zu einem kaum wahrnehmbaren Flüstern herab. »Diese Bannkragen sind reiner Schwindel! Sämtliche Dunkelwesen unterliegen noch immer der Kontrolle des Widersachers.«

Ahren überlief ein eisiger Schauer. »Aber die Einzigen, die Dunkelwesen kontrollieren können, sind …«, begann er elend.

»… Doppler oder Hochfänge«, schloss Uldini den Satz für ihn. »Askadar ist demzufolge ein Diener des Feindes.« Er sah Ahren unverwandt an. »Die Frage ist: Weiß Reik Bescheid oder nicht?«

Ahren war sich nicht sicher, was ihm mehr Bauchschmerzen bereiten würde: Wenn der Herrscher Gol-Konars wissentlich ein Bündnis mit einem Hochfang eingegangen war – oder wenn überall in den Gassen und Häusern Gol-Konars vermeintlich zahme Dunkelwesen nur auf ein Signal Askadars warteten, um Tod und Vernichtung in der Stadt der Schurken zu verbreiten.

***

Schatten hatte lange und still gelauert, wie es nun einmal seine Art war, und endlich wurde seine Geduld belohnt. Erst war es ihm mit Mühe und vielen gemurmelten Ratschlägen gelungen, Askadar als Hofmagier zu etablieren. Dann hatte er Reik Ratschläge zu besonders erfolgreichen Beutezügen eingeimpft und ihn dazu ermuntert, dem Rat des Hochfangs mehr und mehr Beachtung zu schenken. Zu guter Letzt hatte er ihm eingeredet, Askadars Bannkragen an wichtige Unterstützer und ausgewählte Wachen auszuteilen.

Gerade hatte Reik die Nachricht erhalten, dass sich Paladine im Blutroten Palast aufhielten und dass es sich dabei um diesen verfluchten Blutleeren und seine Söldner handelte. Nun konnte Schatten mit seinen Einflüsterungen endlich auf jene Offenbarung reagieren. Da er Reiks Stärken und vor allem seine Schwächen mittlerweile gut genug kannte, war es ihm ein Leichtes, die richtigen Worte zu finden, damit der Herrscher Gol-Konars die Paladine nicht einfach wieder ziehen ließ.

Schatten begann zu wispern und zu drängen, so vorsichtig und subtil, wie er es seit Monden tat. Auch wenn er aus eigener Kraft nicht stark genug war, die Paladine zu töten, so hatte er doch einen guten Boden für deren Untergang bereitet.

Bald würde die Falle zuschnappen und Vater würde sehen, dass es Schatten war, der das prachtvollste seiner Kinder war.

***

Mit dem letzten Schritt des Weges ließen die Wachen umgehend von Ahren und seinen Freunden ab und gesellten sich zu ihren beiden Kumpanen, um halblaut über die Verteilung des Goldes zu streiten, das der Paladin ihnen für diesen kleinen Ausflug gezahlt hatte. Ahren führte seine Freunde von den diskutierenden Wachen fort, denn er traute den vier Halsabschneidern zu, dass sie über die Aufteilung ihrer Beute anfingen, Blut zu vergießen.

»Was tun wir denn jetzt, Meister?«, fragte Hakanu mit großen Augen, als sie einige Schritte in die ungewohnt verlassen wirkende Kaverne getreten waren. Ahren musste seinem Lehrling zugutehalten, dass dieser das Gespräch zwischen ihm und Uldini zwar mitgehört, aber nicht darauf reagiert hatte, bis die Wachen außer Hörweite waren. Auch Kharas Miene wirkte sorgenvoll.

»Zuallererst reden wir nicht *hier* darüber«, sagte Uldini nachdrücklich. »Zuerst finden wir die anderen und suchen uns eine ruhige Ecke, wo uns niemand belauschen kann.« Er deutete auf allgegenwärtigen Schatten der Höhlen. »Davon sollte es ja reichlich geben.«

Hastig schritten sie durch den Blutroten Palast, eine Kaverne nach der anderen inspizierend, bis sie an eine ausgesprochen große Tropfsteinhöhle kamen, an dessen anderem Ende ein beleuchtetes Palastrelief mit einem Balkon zu sehen war, auf dem ein Mann in einem silbernen Umhang und eine elegant gekleidete Frau zu sehen waren. Am Boden der Höhle standen zahlreiche vermummte Gäste beisammen und tuschelten miteinander. Ahren erblickte Falk, Jelninolan, Trogadon und Lanlion, die Salman umringten und den eingeschüchtert aussehenden Granden finster anstarrten.

»Das sieht nicht gut aus«, sagte Khara leise zu Ahren. »Die scheinen richtig wütend zu sein. Was hat Salman nur getan?«

Der Paladin antwortete nicht, da zu viele fremde Ohren mithören konnten, und bahnte ihnen stattdessen einen Weg zwischen den herumstehenden Halsabschneidern hindurch. Währenddessen beobachtete er die Mimik seiner Freunde und versuchte, die Situation besser einzuschätzen. Jelninolan wirkte verärgert, die Augenbrauen dicht zusammengezogen, doch es lag auch Mitleid für Salman in ihrem Blick. Lanlion wirkte eher melancholisch als wütend, während Falk und Trogadon vor Zorn zu brodeln schienen. Die Ader auf Falks Stirn, die Ahren bei mehr als einer Gelegenheit zum Pochen gebracht hatte, war bereits auf mehrere Schritt Entfernung zu sehen. Der einzige Grund, warum Falk sich nicht wutentbrannt die Seele aus dem Leib schrie, konnte nur die Anwesenheit der Schurken sein.

Die letzten Schritt rannte Ahren fast, und kaum dass er den Ring aus Leibern um Salman erreicht hatte, fragte er beunruhigt: »Was ist geschehen?«

»Frag lieber, was *nicht* geschehen ist«, knurrte Trogadon und deutete anklagend auf Salman. »Unser feiner Herr Grande hat nämlich nicht erwähnt, dass Palnah die Gemahlin von Reik Silbermantel ist!« Dabei deutete er auf die Gestalt an Reiks Seite und Ahren sah genauer zu ihr hinauf. Die Fremde entsprach haargenau der Beschreibung von Palnah. Nur dass sie so gar nicht wie eine Sklavin wirkte, sondern viel mehr dem prachtvollen Gemälde gerecht wurde, das Ahren zuvor im Privatbereich des Palastes erblickt hatte.

Ahren blinzelte verwirrt und sah den Granden dann bestürzt an. »Was sagt er da?«, fragte er wie betäubt.

Der feiste Händler rang mit den Händen. »Ich kann das erklären«, begann er mit flehentlicher Stimme.

»Liebe Freunde«, donnerte in dem Moment die Stimme des silbergewandeten Herrschers Gol-Konars durch die Kaverne. »Eine besondere Ehre wird uns zuteil!«

Ahren drehte sich zu dem Balkon um und stellte zu seinem Entsetzen fest, dass Reik ihn und seine Freunde mit einem bösartigen Grinsen ansah.

»Mehrere Streiter der Götter haben sich unter uns gemischt, um uns bei unserem Treiben Gesellschaft zu leisten.«

Bei diesen Worten gefror Ahrens Blut regelrecht zu Eis und das wilde Fluchen Uldinis drang nur als leises Murmeln in seinen Geist, während sein Puls in seinen Ohren rauschte wie ein Wasserfall. Sie waren enttarnt worden!

Ein wildes Gemurmel setzte ein, als plötzlich die Blicke aller Anwesenden dem ausgestreckten Finger Reiks folgten, der geradewegs auf Salman deutete. »Sie haben sich, ganz wie ein paar echte Schurken, dazu verschworen, mein geliebtes Weib Palnah zu entführen.« Dabei deutete er auf die hochgewachsene, schöne Brünette neben sich und fegte jegliche Zweifel hinfort, die Ahren an der Identität der Frau gehabt haben mochte.

Die Stimme des Mannes, der sie gerade sowohl bloßgestellt als auch eines geplanten Verbrechens bezichtigt hatte, klang weder zornig noch aufgebracht. Stattdessen hörte Ahren eine merkwürdige Mischung aus Stolz und Genugtuung aus den Worten des Herrschers heraus, ganz so, als wäre er froh darüber, dass ein Haufen Paladine auch nicht besser war als er. Dieser Gedanke machte Ahren rasend vor Zorn und half ihm, den Schock ihrer Entdeckung zu überwinden. Reik verstand es vortrefflich, die Dinge anders darzustellen, als sie in Wirklichkeit waren.

Die umstehenden Gäste sogen jedes seiner Worte auf wie ein Schwamm, und ein sarkastischer, träger Applaus, untermalt von hämischen Rufen, machte sich unter den Vermummten breit. Gleichzeitig trat ein Dutzend Scharfschützen aus den Schatten der Höhle hervor, die allesamt ihre Armbrüste auf die kleine Gruppe um Salman richteten. Jegliche Ausgänge wurden in Windeseile von Wachen in roten Kettenhemden blockiert, ihre langen Waffen waren drohend in Richtung der Gefährten gereckt.

Ahrens Freunde sahen sich verzweifelt nach einer Fluchtmöglichkeit um, das Entsetzen über die Wendung der Ereignisse stand ihnen ins Gesicht geschrieben.

»Wie konnte das nur geschehen?«, flüstere Khara voll hilfloser Wut in Ahrens Richtung, doch der Waldläufer schüttelte bloß ratlos den Kopf.

»Ich wäre ein schlechter Gastgeber, wenn ich unsere frischgebackenen Halunken nicht persönlich willkommen hieße«, rief Reik in charmantem Ton, den Arm um die Frau an seiner Seite gelegt.

Ahren kniff die Augen zusammen, konnte aber nicht erkennen, was die Frau Reiks empfand, denn sie versteckte ihr Antlitz hinter einem Vorhang aus braunen Haaren, indem sie den Kopf weit nach vorne neigte.

»Vorschläge?«, fragte Khara unsicher, die sich hektisch in der großen Höhle umsah.

»Wir sind umstellt, unbewaffnet, und in der Unterzahl«, sagte Falk leise. »Reik weiß, dass wir keine Gefahr darstellen, und gibt sich entsprechend höflich. Das sollten wir ausnutzen.«

»Es gibt noch eine Alternative«, warf Uldini bedeutungsvoll ein und griff in den Beutel, in dem *Flammenstern* ruhte.

»Nicht«, sagte Jelninolan drängend. »Mir sind das entschieden zu viele Bolzen und Spieße, die da auf uns zeigen. Ein kleiner Fehler unsererseits und es könnte Tote geben.«

»Dann warten wir ab«, sagte Ahren zerknirscht und bedachte Hakanu mit einem strengen Blick. Der schloss seinen Mund, den er bereits zu einem Protestschrei geöffnet hatte.

»Mir gefällt das nicht«, murrte Trogadon. »Mir gefällt das ganz und gar nicht.«

Noch immer machte niemand in der Kaverne Anstalten, sie anzugreifen, und so konzentrierte sich Ahren wieder auf Reik, dem man sein breites Grinsen sogar auf die Entfernung ansah. Vielleicht gab es ja die Möglichkeit, die Situation ohne Blutvergießen zu beenden, indem sie den Konflikt mit Worten versuchten zu lösen und den Herrscher Gol-Konars in ein Gespräch verwickelten. Halb erwartete er für diesen Gedanken einen sarkastischen Kommentar Culhens, aber sein treuer Wolf war leider nicht anwesend und Ahren vermisste ihn nun umso mehr.

»Darf ich die Ehrengäste dieses bescheidenen Balls zu einem Abendessen einladen?«, fragte Reik großmütig und mit einer weit ausholenden Geste. »Ein Herrscher sollte schließlich stets mit gutem Beispiel für seine Bürger vorangehen.«

Während um Ahren herum die Vermummten böse kicherten und tuschelten, hörte er aus den Worten Reiks keinerlei falsche Absicht heraus.

Eine gut verborgene Doppeltür, die von außen wie solider Stein aussah, öffnete sich in der Wand, in die der Balkon eingelassen war, und dahinter sah Ahren neben vier weiteren schwer gepanzerten Wachen sowie warmem Kerzenlicht dicke Teppiche auf dem Boden, glatt gehauene Wände und sorgfältig gezimmerte Möbel.

»Willkommen in meinem Heim ... innerhalb meines Heimes!«, sagte Reik lachend und verschwand mit Palnah vom Balkon, wobei die Laute seiner Belustigung weiter zu ihnen herabhallten und sich zu einem unheimlichen Klang verfärbten, der mehr an das Kreischen eines Wahnsinnigen denken ließ.

Die Wachleute in den Durchgängen machten einen einzigen drohenden Schritt vorwärts, und Ahren bedeutete seinen Freunden, ihm durch die sich mit höhnischen Kommentaren und spöttischen Verbeugungen teilende Menge in die Kammer zu folgen, die sich soeben aufgetan hatte. Reiks Lachen schallte durch die Höhle und mit jedem Herzschlag, den die übertriebene Heiterkeit des Herrschers anhielt, sank Ahrens Mut, dass sie sich lebend aus dieser Festung herausreden konnten.

***

Schatten tobte vor Wut. All sein Flüstern, all sein Drängen war vergeblich. Die Paladine waren hier – in Reichweite –, aber der Mann, in dessen Schatten er sich versteckte, weigerte sich, die Sache zu Ende zu bringen!

Reik war ein nützliches Werkzeug gewesen, aber ebenso stur wie brillant.

Das Kind des Widersachers besann sich zornentbrannt auf seine Stärken und wisperte Reik Worte voll vergiftetem Honig ins Ohr.

***

Die Kammer Reik Silbermantels mutete vollkommen anders an als sein feuchter, kavernenhafter Palast. Die Wände und die hohe Decke waren trocken und gerade, die Teppiche dichtgewebt und sauber, der lange Tisch und das Dutzend Stühle um ihn herum aus sorgsam geöltem, dunklem Holz. Silberplatten voller dampfender Speisen standen bereit wie auch Teller und Besteck aus purem Gold. Der mit nach Sommerwiesen duftende Kerzen bestückte Kronleuchter verteilte gleichermaßen warmes Licht und einen angenehmen Geruch im Raum.

Nachdem die vier in Zwergenstahl gehüllte Wachen die Doppeltüre hinter ihnen geschlossen und sich kampfbereit mit ihren Spießen davor aufgestellt hatten, hätte dieser opulente Raum auch als Rahmen für die Privataudienz eines Fürsten oder Königs in einem beliebigen Reich Joraths genügen können.

»Geschmack hat er«, murmelte Lanlion und sah sich neugierig um. Ahren sah, dass der Blutleere die Augen halb geschlossen hielt und kleine Nebelfäden unter seinem Umhang hervorwaberten. Anscheinend war Lanlion darauf vorbereitet, innerhalb eines Augenblicks seine Magie wirken zu können, sollte es notwendig sein.

Am gegenüberliegenden Ende der vielleicht zehn Schritt langen und sieben Schritt breiten Kammer schwang eine schwere Eichentür auf, die mit silbernen Beschlägen verziert war, und ein überschwänglich grinsender Reik betrat den Raum, die Arme weit ausgestreckt, als wolle er verloren geglaubte Freunde begrüßen. Der hochgewachsene Mann hatte ein offenes, geradezu freundliches Gesicht von ebenmäßiger Schönheit mit hohen Wangenknochen und einem gut gestutzten schwarzen Bart, der Mund und Kinn umrahmte. Seine schwarze Lederrüstung knarrte bei jeder Bewegung und er trug ein schmales Schwert an seinem Gürtel, das verräterisch nach Zwergenstahl aussah.

»Willkommen«, sagte er erneut. »Setzt euch, setzt euch, das Essen wird kalt. Ich habe schon vor Jahren einen Meisterkoch aus den Rittermarschen entführen lassen, damit es in dieser Stadt wenigstens einen Ort gibt, an dem man vorzüglich speisen kann.«

Ahrens Augen verengten sich nur ein winziges bisschen, als er von der Verschleppung hörte, doch Reik entging diese Regung offenbar nicht.

»Na, na, na«, sagte er in väterlichem Tonfall. »Nicht urteilen, bitte. Ich habe nichts getan, was ihr nicht auch versucht hättet.« Er schnippte mit den Fingern, als würde ihm etwas einfallen. »Palnah«, rief er über die Schulter. »Schatz, geselle dich doch bitte zu uns und sag unseren Gästen Hallo. Sie sind extra deinetwegen angereist.« Der Blick des Herrschers wanderte zu dem bebenden Salman hinüber. »Und einige von ihnen bereits mehr als einmal.«

Die Gerufene betrat den Raum, und Ahren konnte das erste Mal einen genauen Blick auf sie werfen. Hüftlanges braunes Haar umspielte ein Gesicht von herber Schönheit. Dichte Augenbrauen ruhten über tiefgrünen Augen, die immer wieder zu Salman hinüberzuckten. Die Herrin des Hauses trug ein schwarzes Kleid aus Samt, aber die Art wie sie sich in dem Stoff bewegte, zeigte Ahren, dass sie diese Kleidung nicht selbst gewählt hatte. Sie knetete ihre Hände vor dem Bauch in einer Geste der Unentschlossenheit. Dabei fiel dem Waldläufer auf, dass jeder ihrer Finger mit Schriftzeichen tätowiert worden war, in denen Ahren glaubte, Zauberzeichen zu erkennen.

»Guten Abend«, sagte Palnah mit einer getragenen Altstimme. Dann sah sie Salman an und ein Lächeln umspielte ihre Mundwinkel, das genauso schnell verging, wie es gekommen war. »Hallo, Trimm.«

19. Kapitel

Moment … was?«, murmelte Ahren benommen, als hätte ihm jemand gegen den Kopf getreten. Er sah zu dem Granden hinüber. »Wieso Trimm?«

»Das ist nicht Trimm«, sagte Falk entschieden. »Das muss eine Verwechslung sein. Trimm ist kleiner als dieser Mann hier, und zwar deutlich. Außerdem hat Trimm blauschwarzes Haar, Salmans Bart jedoch ist braun. Von der Figur will ich gar nicht erst reden.«

»Genau«, sagte Salman nervös. »Diese Frau muss mich verwechseln. Ich habe sie noch nie in meinem Leben gesehen.«

»Also bitte, seinen Gastgeber zu belügen, ist unhöflich«, sagte Reik und setzte sich an den Kopf der Tafel. Als niemand anderes Anstalten machte, sich in der angespannten Situation zu setzen, seufzte er. »Ist es denn so schwer, ein Mindestmaß an Anstand aufzubringen?«, fragte er mit mildem Tadel in der Stimme. »Es wäre doch wirklich unangemessen, wenn ich erst diese vier feinen Wachen dort drüben bemühen müsste, nur damit ihr alle Platz nehmt.«

Holz knarzte und Stuhlbeine schrammten laut in der folgenden Stille, als alle Gäste sowie Palnah der Aufforderung Reiks nachkamen. »Zu meiner Linken, meine Liebe«, sagte Reik sanft, als seine Gattin sich rechts von ihm setzen wollte und damit auch neben Salman. »Wir wollen dich doch nicht wieder in Versuchung führen, oder?«

Die Frau zuckte zusammen, als hätte er sie angeschrien, und wechselte dann den Platz. Salman starrte auf sein Gedeck und Ahren sah die feisten Wangen des Mannes vor Angst beben. Was auch immer hier vor sich ging, der Grande fürchtete um sein Leben. Waren sie etwa aus dem einzigen Grund in diese Stadt gekommen, weil ein reicher Händler sich in die Frau eines anderen verguckt hatte? Ahrens Verunsicherung wuchs mit jedem Herzschlag. Und warum behaupteten Reik und Palnah, Salman sei Trimm, obwohl Falk sich sicher war, dass dies ein Irrtum sein musste? Der Waldläufer verstand die Welt nicht mehr.

Khara räusperte sich und steckte langsam und mit grazilen

Bewegungen ihre Kriegernadel wieder richtig herum ins Haar. Dann nahm sie ihre Maske ab und sah Reik herausfordernd in die Augen. »Es scheint, als wären wir Opfer eines … Streiches geworden«, sagte sie so gelassen, dass Ahren vermutete, sie weilte im Pelneng. »Dieser Mann dort sagte, man hätte sein Weib entführt und halte es hier gefangen. Ihr behauptet das Gegenteil.«

»Ah, Prinzessin Khara«, sagte Reik genüsslich und neigte vor ihr, in einer ungewöhnlich devoten Geste, sein Haupt. Der Mann sprang ständig zwischen einem jovial freundlichen Ton und übertriebener Höflichkeit hin und her wie ein vom Herbststurm getriebenes Blatt. »Euch liegt das Versteckspiel wohl nicht, ebenso wenig wie Eurer Mutter, die sich im Gegensatz zu Euch nie auf eine so unwürdige Farce eingelassen hätte, eine gefallene Meisterin zu spielen.« Kharas Augen verengten sich, doch sie blieb stumm. Da wandte sich Reik an Ahren und die anderen. »Warum tauschen wir nicht Zeichen des guten Willens aus?«, fragte er in die Runde. »Ihr legt eure lächerlichen Verkleidungen ab und ich sage euch, was dieser Wicht euch verschwiegen hat.« Als sich keiner rührte, tippte der Herrscher ungehalten mit einem Finger auf der Tischplatte herum, während sich sein silberner Mantel über dem schwarzen Leder wand, als würde ihn ein stetiger Luftzug bewegen. Reik neigte den Kopf zur Seite, als würde er auf etwas lauschen, dann wurde sein Tonfall eine Spur schärfer. »Ich gebe mir wirklich Mühe, euer Freund zu sein«, sagte er gepresst. »Bitte lasst mich nicht zu eurem Feind werden.«

Bei diesen Worten rührten sich die vier gepanzerten Wachen, und Ahren beschloss, mitzuspielen. Reik war entweder exzentrisch bis an die Grenzen des Wahnsinns und glaubte wirklich, er spiele den perfekten Gastgeber, oder er war bis in die Tiefe seiner Knochen verdorben und spielte nur ein perfides Spiel mit ihnen. Ahren unterdrückte ein Schaudern, als er bemerkte, dass ebenso gut beide Möglichkeiten zutreffen könnten, sollte der Mann am Kopf der Tafel tatsächlich wahnsinnig sein. Zögernd nahm er seine Maske ab und auch den Umhang. Danach zog er sogar die fadenscheinige Kleidung über seinen Kopf, die seit Tagen seine Bänderrüstung verbarg.

»Na bitte«, lobte ihn Reik, als hätte der Waldläufer ein schwieriges Kunststück vollbracht. »Fühlt Ihr Euch nicht direkt viel wohler,

Dreizehnter?« Die Frage hatte eine Eindringlichkeit, die Ahren überraschte, so als wäre Reik wirklich an der Antwort des Paladins interessiert.

»Es ist schön, sich selbst sein zu dürfen«, gab Ahren widerstrebend zu, während auch seine Freunde zögernd ihre Verkleidungen ablegten.

Reik schlug mit der flachen Hand auf den Tisch, dass das Geschirr nur so schepperte, woraufhin Palnah sowie Salman merklich zusammenzuckten. »Aha!«, rief Reik triumphierend. »Und genau das ist es, was unsere schöne Stadt so einzigartig macht. Jeder darf hier vollkommen er selbst sein, ohne sich verstellen zu müssen.«

»Und ohne Rücksicht auf irgendeine andere Person nehmen zu müssen«, sagte Jelninolan naserümpfend. »Was nützt persönliche Freiheit, die mit der Unfreiheit oder dem Tod anderer erkauft wird?«

Reik wog seinen Kopf in einer übertriebenen Geste hin und her, sodass sein Oberkörper mitschwankte. »Zugegeben«, sagte er beschwichtigend. »Einige Details unseres Zusammenlebens sind gewöhnungsbedürftig, aber für mich zählt der Grundgedanke.«

»Ihr hättet in den Sonnenebenen in die Politik gehen sollen«, knurrte Uldini. »Dort hätte Eure Wortakrobatik so manchen Gönner gefunden.«

»Bah«, machte Reik und unterstrich den Laut mit einer wegwerfenden Handbewegung. »Dort hätte ich mindestens einen Kaiser über mir gehabt. Hier hingegen bin ich niemandem als den Göttern Rechenschaft schuldig.«

»Und die sind bestimmt stolz auf dich«, grollte Trogadon.

Reik zuckte unbeeindruckt die Achseln. »Sie haben mich so geschaffen, wie ich bin«, sagte er. »Sollten sie enttäuscht sein, dann über ihr eigenes Werk.« Reik beugte sich vor und sein silberner Mantel warf Lichtspiele in den Raum, als er um den Herrscher herumwallte. »Außerdem – wer sagt, dass sie noch lange das Maß aller Dinge sein werden?«, raunte er mit einem verschlagenen Lächeln.

»Betet besser darum«, sagte Ahren und verschränkte die Arme vor der Brust. »Wenn die DREI unterliegen, werdet Ihr die längste Zeit ohne einen Herrscher gewesen sein.«

Reik legte den Kopf schief, sein Mantel bewegte sich noch einen Moment und lag dann still. »Es kommt darauf an, welchen Handel man im Vorfeld geschlossen hat«, sagte er mit einer leicht veränderten, dunkleren Stimme.

»Wenn Ihr glaubt, mit dem Widersacher handeln zu können –«, begann Uldini, aber Reik schlug erneut auf den Tisch, diesmal mit der Faust.

»Genug!«, donnerte er. »Wir haben ebenfalls einen Handel abgeschlossen und den will ich nun halten. Ihr verzichtet auf Eure unwürdige Scharade und ich werde nun im Gegenzug die Lügen dieses Wurms aufdecken, den Ihr als Salman kennt.«

Der Grande zuckte zusammen, sein Körper bebte wie Espenlaub. Was auch immer Reik zu erzählen hatte, der Händler fürchtete die Worte, als wären sie Dolche.

»Liebster …«, begann Palnah bittend, die Hände vor sich auf den Tisch gelegt, den Kopf gesenkt.

»Nein«, sagte Reik schneidend. »Du wirst schweigen und zuhören. Mein Großmut kennt Grenzen.« Dann richtete er seinen Blick auf Salman. »Vor einigen Monden kam ein Mann zu uns. Reich, mächtig und gewillt, das eine oder andere Geschäft zu tätigen, das andere vielleicht als anrüchig erachtet hätten. Gestohlene Fracht wurde von ihm zur Hälfte des Marktpreises aufgekauft, exotische … Gewürze verkauft, solche Dinge eben.«

Salman hatte aufgehört zu schlottern und wirkte nun wie ein Mann, der seinem Henker gegenüberstand.

»Sein Geschäftssinn war ausgezeichnet und seine Kontakte nach Kap Verstaad ausgesprochen nützlich, also lud ich ihn ein, mich im Blutroten Palast zu besuchen.« Seine Stimme wurde kälter. »Mich und meine Gemahlin.«

Ahren runzelte die Stirn und Falk seufzte leise. Der Paladin sah sich um und erkannte, dass jeder seiner Freunde ahnte, wohin diese Geschichte führen würde. Schließlich war es die älteste der Welt. »Können wir den offensichtlichen Teil überspringen?«, warf er ein und deutete dabei auf Palnah und Salman.

Reik wirkte ungehalten, nickte dann jedoch mit ruckartigen Bewegungen. »Die zwei kamen sich näher, und zwar in einer Geschwindigkeit, die mir den Atem raubte«, sagte er knapp. »Dieser Schuft brauchte nur einen Abend, um …«

Ahrens Fäuste ballten sich und er sah Salman prüfend an. Ein dicker Händler, der die schöne Frau eines Herrschers einer ganzen Stadt an nur einem Abend bezirzte? Das klang sehr nach …

»Natürlich ist sie seine Seelenverwandte, daher habe ich ihr verziehen«, sagte Reik gönnerhaft. »Und diesem Wurm habe ich auf ihren Wunsch hin sogar sein Leben geschenkt – nachdem ich ihm alles abnahm, was er bei sich trug.«

»Die Messerschwinger, die ihn durch das Grüne Meer jagten, als wir auf ihn trafen, sagten etwas anderes«, widersprach Khara kühl. »Wolltet Ihr nicht, dass wir alle ehrlich bleiben?«

»Na schön«, sagte Reik langgezogen. »Vielleicht habe ich mich ein paar Tage später zu einem kleinen Kopfgeld hinreißen lassen«, sagte er. »Aber nur, damit uns dieser Kerl auch ja fernbleibt.«

Ahren war versucht, dem Mann zu glauben, und das widerte ihn an. Reik gab sich gesellig, geradezu freundlich und weltoffen, aber hinter dieser Maske offenbarte sich ein Herz, dem jedwede Moral fremd zu sein schien, die nicht in sein eigenes Weltbild passte. Er verurteilte andere für Laster, die in dieser Stadt nicht mal ein Achselzucken auslösen würden, und ordnete andererseits Taten an, die die Gesetze jedes Reiches auf Jorath verletzten. »Wieso seid Ihr davon überzeugt, dass dies Trimm ist?«, fragte er, noch immer voller Zweifel, ob sie nicht gerade einem Berg voller Lügen aufsaßen, den Reik ihnen aus einem ihm unbekannten Grund vorsetzte. »Vielleicht war die Geschichte von der Seelenverwandtschaft ja nur eine bequeme Ausrede für die beiden.«

»Er hat sich ihr offenbart«, sagte Reik gelangweilt und wandte sich an seine Gemahlin. »Nicht wahr, meine Liebe?«

Palnah wand sich unbehaglich auf ihrem Stuhl, die Haare noch immer als Schutzwall vor ihrem Gesicht. »Ja«, brach es schließlich darunter hervor.

»Unmöglich«, sagte Falk und packte Salmans Kinn fest mit der rechten Hand. Dann sah er ihm tief in die Augen. »Nicht mal die Augenfarbe stimmt!«

Der Grande blieb stumm.

»Gerissen, nicht wahr?«, fragte Reik mit einem breiten Grinsen. »Es existiert eine Tinktur – sehr selten, und sehr unzuverlässig, will ich hinzufügen –, die die Augenfarbe einer Person verändern kann. Nur ein wenig, aber gerade genug, dass jemand Freund und Feind täuschen kann.«

»Aber die Haarfarbe, die Körpergröße, seine Stimme und Figur …«, stammelte Falk. »Nicht mal sein Geruch stimmt, sonst hätte eines unserer Vertrautentiere ihn erkannt.«

»Fett werden kann jeder«, antwortete Reik mit einem Achselzucken. »Was die anderen Aspekte seiner veränderten Erscheinung angeht, darüber hat er Palnah damals nichts verraten.« Er sah Salman direkt an. »Vielleicht willst du das jetzt nachholen?«, fragte er. »Der Gesundheit deiner Freunde zuliebe?« Wieder regten sich die Wachen am Eingang drohend.

Der Grande sah sich unsicher um. Weder Ahren noch die anderen schenkten ihm einen freundlichen Blick und schließlich seufzte der Händler bitterlich. »Es gibt eine Art Kreide, die man essen kann«, sagte er kleinlaut. »Davon verändert sich die Stimme. Und ich bin damals immer ohne Bart herumgelaufen.« Salman zuckte mit den Achseln. »Der hat einfach eine andere Farbe als meine Haare.« Bei den Worten rieb er sich über die Glatze. »Es gibt außerdem ein bestimmtes Gewürz, dass, wenn man es regelmäßig isst, den Körpergeruch verändert. Deswegen haben mich die Vertrautentiere nicht erkannt.«

»Und die Körpergröße?«, fragte Lanlion neugierig. »Wie hast du die verändert?«

»Langsam«, sagte Trimm und verzog das Gesicht. »Und schmerzhaft.« Er klopfte sich auf Schienbeine und Oberschenkel. »Ich hatte mir vor langer Zeit mal einen Knochen gebrochen und bemerkt, dass dieser länger geworden war, nachdem er zusammengewachsen war. Nicht viel, nur den Bruchteil einer Fingerbreite.« Er sah mit einem Ausdruck tiefer Beschämung auf die Tischplatte. »Ich merkte, dass ich diesen Effekt wiederholen konnte, wenn ich dafür sorgte, dass die Knochen auf eine bestimmte Art zusammenwuchsen.«

Jelninolan schauderte. »Das ist gefährlich«, sagte sie entsetzt. »Das hätte dich das Leben kosten können!«

Trimm zuckte mit den Achseln. »Für einen normalen Menschen vielleicht«, sagte er mit ausdrucksloser Stimme. »Aber nicht für mich. Nicht für …« Seine Stimme versiegte.

»Nicht für einen Paladin und seinen Segen, der ihn vor Infektionen schützt«, beendete Lanlion den Satz für ihn und rieb sich über die Augen. Ahren konnte nicht sagen, ob der Blutleere erschöpft oder enttäuscht war. »Ach, Trimm«, sagte er mitleidig. »Was hast du dir nur alles angetan, um vor der Welt davonzulaufen?«

Der dicke Paladin starrte noch immer auf seine Hände, doch plötzlich lag ein sturer Zug um seine Mundwinkel. »Ich bin schon lange nicht mehr Trimm«, sagte er und sah dann auf in Lanlions Augen. »Ich bin Salman.« Er holte tief Luft. «Ich bin mehr Salman, der Grande, als ich je Trimm, der Paladin, gewesen bin.«

»Und das alles, um dich vor deiner Aufgabe zu drücken?«, sagte Falk angewidert. »Der Vater des Berges hatte wenigstens hehre Motive, eine andere Persönlichkeit anzunehmen.«

Trimm blinzelte verwirrt. »Der Vater des Berges?«, fragte er irritiert.

»Darkan«, sagte Ahren. »Er hat bei den Zwergen Tausend Hallens seinen Frieden gefunden.«

»Du siehst also, deine Idee war nicht neu und in ihrer Umsetzung noch dazu erbärmlich«, sagte Uldini ungnädig. »Aber was sollten wir von dir auch erwarten?«

Trimm starrte wieder auf die Tischplatte, und Ahren sah Uldini stirnrunzelnd an. War das etwa die Art, wie Trimm zu seinen Zeiten als Paladin behandelt worden war? Mit einer Mischung aus ewigem Mitleid und kaum verhohlener Enttäuschung? Dann war es kein Wunder, dass der ängstliche Paladin in ein neues Leben geflohen war, für das er sogar vor Selbstverstümmelung nicht zurückgeschreckt hatte.

»Zumindest hat seine Verkleidung uns alle genarrt, und das über Wochen«, sagte Ahren.

Trimm sah zu ihm auf und der Waldläufer schenkte dem wiedergefundenen Paladin ein aufrichtiges Lächeln. Natürlich war er Trimm böse, dass er sie mit seinen Täuschungen in diese Lage manövriert hatte, er sah jedoch in dem dicken Mann vor ihm dieselbe Qual, die er auch bei den anderen Paladinen entdeckt hatte, die er im Laufe der Jahre aufgelesen hatte. Auch Trimm litt unter einem Fluch, dem Fluch beständiger, unbändiger Angst. Ahren grübelte einen Moment und korrigierte sich dann. Es war nicht die Angst, die Trimms Handeln bestimmte, sondern seine Mutlosigkeit. Denn ohne Mut war ein jeder seinen eigenen Ängsten schutzlos ausgeliefert.

Wenn Ahren Trimm zurück zu seiner Bestimmung führen wollte, musste er ihm als Erstes klarmachen, dass er nicht allein war. Denn nichts schürte Mutlosigkeit so sehr wie fehlender Rückhalt.

»So«, sagte Reik zufrieden. »Nachdem alle Geheimnisse gelüftet wurden, lasst uns essen.« Er griff zu Messer und Gabel und sah grinsend in die Runde. »Und danach machen wir uns Gedanken darüber, was ich mit einer Handvoll Paladine, zwei Alten, einer Prinzessin und dem da anfange.« Dabei deutete er nachlässig auf Trogadon. »Esst«, sagte er mit Nachdruck, als sich niemand bewegte. »Jetzt!«

Ahren tauschte angespannte Blicke mit seinen Freunden aus, während sie schweigend ihr Mahl verzehrten und Reik einen überschwänglichen Monolog über die Vorzüge der verschiedenen Speisen Joraths zum Besten gab. Entweder suhlte sich der Herrscher in der Nervosität seiner Gäste oder er nahm sie nicht einmal wahr. So oder so war Ahren bewusst, dass die Zeit des Hinhaltens bald um war. Er packte das Messer neben seinem Teller fester und sah, dass Khara, Lanlion, Falk, Hakanu und Trogadon ebenfalls subtil nach irgendeiner Form von Bewaffnung schielten. Uldini zupfte unauffällig an dem Beutel, in dem er *Flammenstern* aufbewahrte, und Jelninolan linste immer wieder zu ihrem Bündel, in dem *Mirilan* verborgen lag.

Gleich würden sie mit Reik über ihre Freilassung reden müssen, und Ahren hatte das vage Gefühl, dass es nicht bei guten Worten bleiben würde.

***

Schatten konnte den Sieg beinahe schmecken. Es fehlte so wenig und die Paladine würden sterben.

Er richtete all seine Willenskraft auf die Macht seiner Worte und bündelte sie in einem wilden Strom von Versprechungen, die sich tief in den Verstand des Herrschers von Gol-Konar bohrten.

***

»Wisst ihr,«, sagte Reik plötzlich mit vollem Mund in die Stille hinein, »ich habe nachgedacht. Gesetzt den Fall, ich ließe euch gehen, würden mir das die Herrscher dieser Welt wohl danken, indem sie unser kleines Paradies in Ruhe ließen?«

»Möglicherweise«, antwortete Uldini sofort. »Ich könnte da bestimmt etwas aushandeln.« Die Stimme des Alten nahm einen lebhaften Ton an, in den Uldini immer dann verfiel, wenn er handelte. »Ich könnte einen Waffenstillstand vorschla–«

»Nein«, fuhr ihm Reik mit einem Grinsen ins Wort. »Ein Waffenstillstand würde bedeuten, dass wir keine Piraten und keine Häscher mehr aussenden dürften.« Er breitete die Hände aus und sein Mantel wallte ihm um die Schultern. »Woher soll dann unser Wohlstand kommen? Oder unser Essen? Gol-Konar ist eine Geisel ihrer Umstände. Wir können nur überleben, indem wir von anderen nehmen.« Er deutete mit einem Augenzwinkern auf Uldini. »Und genau das werden wir tun«, sagte er listig. »Ihr zusammen seid das höchste Lösegeld wert, das je bezahlt wurde. Höher, als es sich ein jeder Schurke dieser Stadt jemals ausgemalt hat.« Die Augen Reiks glänzten. »Ich werde in die Geschichte Joraths als der Mann eingehen, der das Gold der halben Welt geraubt hat.«

»Und dann?«, fragte Khara kühl. »Dann sitzt Ihr auf einem Berg aus Reichtum und die anderen Reiche werden Euch wie eine Fliege zerquetschen, sobald wir frei sind.«

»Das musstest du ihm jetzt ja nicht unbedingt auf die Nase binden«, stöhnte Trogadon.

»Er weiß das längst«, sagte Ahren, der beobachtet hatte, dass das breite Grinsen Reiks keinen Deut aus dessen Gesicht gewichen war.

»Natürlich«, sagte er Mann gelassen. »Daher werde ich nicht nur Gold für Euch verlangen, oh nein! Ich werde Waffen, Rüstungen, Stahl und Holz fordern sowie ein paar wertvolle Geiseln aus gutem Hause.« Er sah zur Decke. »Ein paar Erben vielleicht?«, sinnierte er und zuckte dann die Achseln. »Auf jeden Fall werden hier ein paar Dutzend Menschen ein neues Zuhause finden, die den Herrschern dieser Welt so sehr am Herzen liegen, dass sie Gol-Konar für einige Jahrzehnte nicht angreifen werden.«

Ahren runzelte die Stirn. Er gab es nur ungern zu, aber falls Reik wirklich Ernst machte, könnte er mit diesem Plan tatsächlich durchkommen. Er hielt schließlich sprichwörtlich die Zukunft der Welt als

Geisel und konnte jeden Preis verlangen, den er sich nur wünschte. »Was, wenn wir zustimmen?«, fragte der Waldläufer, und nicht nur Hakanu keuchte entsetzt auf, auch Kharas und Trogadons Empörung war deutlich zu vernehmen,

»Was für eine entzückende Frage«, frohlockte Reik und lehnte sich in seinem Stuhl zurück. Sein Mantel bewegte sich durch die Gewichtsverlagerung und die Stimme des Herrschers wurde für einen Moment wieder dunkler, rauer. »Ihr überschätzt jedoch Euer Mitspracherecht. Ich lasse Euch zunächst für ein paar Monde einsperren und erst wenn der Rest Joraths vor Verzweiflung zu zerbrechen droht, stelle ich meine Forderungen. Welcher Aspekt dieses Unterfangens bedarf genau Eurer Zustimmung?«

Ahren sah den Herrscher Gol-Konars hilflos an und blieb ihm eine Antwort schuldig. Nun war es also so weit. Das Ende der Worte war gekommen und wich dem Anfang von etwas Dunklerem.

***

Schatten platzte vor Stolz. Reiks unbändige Freiheitsliebe und seine unstillbare Gier hatte den Einflüsterungen, mit denen Schatten den Herrscher überflutet hatte, bisher immer im Weg gestanden. Aber nun war es ihm endlich gelungen, sich einen Weg in die Gedanken des einfallsreichen Mannes zu bahnen.

Berge von Gold als Lösegeld, wisperte er. *Ruhm und Schutz für Gol-Konar.*

Er spürte, wie Reik nickte, und bereitete sich auf den nächsten Schritt vor. Jetzt, da er den Widerstand des Herrschers unterlaufen hatte, war der Tod der Paladine nur eine Frage der Zeit.

***

Ahren sah aus den Augenwinkeln, wie die Alarmbereitschaft seiner Freunde wuchs. Ein in Position geschobener Fuß hier, ein angespannter Rücken dort. Es bedurfte nur eines Zeichens oder einer Aktion von einem von ihnen und der Rest würde sich in den Kampf stürzen.

Drei, zählte der Paladin in Gedanken herunter und hob das Messer in seiner Hand einen Fingerbreit von der Tischplatte empor.

Reik nahm die rechte Hand Palnahs in seine linke. »Was denkt du, meine Liebe?«, fragte er die Frau, die ihr Gesicht noch immer unter ihren Haaren verbarg. »Werden sich unsere Gäste fügen?«

Zwei, dachte Ahren und spannte seine Beine an. Wenn es ihnen gelang, das Überraschungsmoment zu nutzen, konnten sie Reik und seine Wachen vielleicht ohne großen Tumult ausschalten und hatten eine kleine Chance, zu entkommen …

Eins …

»Sie greifen dich an«, sagte Palnah da in abwesendem Ton zu Ahrens Überraschung. »Und zwar genau jetzt.«

Reik riss die Augenbrauen empor und die vier Wachen brachten ihre Spieße in Stellung.

Fluchend sprang Ahren auf und ging auf einen der schwergepanzerten Schergen los, der seine lange Waffe geschickt und präzise einsetzte. Mit einem lauten Scheppern und einem anschließenden Kratzen glitt die Spitze über Ahrens Bänderrüstung, ohne einzudringen. Der Paladin machte sich die Überraschung des Kerls zunutze, indem er dessen Waffe seitlich an sich abgleiten ließ, einen Schritt vorwärts machte und sein Messer unter den Helm des Mannes rammte. Die Wache versteifte sich augenblicklich und fiel zu Boden.

Ahren wirbelte herum, den Hakenspieß des Toten in der Hand, und überblickte rasch die Situation. Falk, Trogadon, Lanlion und Khara überwältigten gerade die anderen vier Wachen, während Uldini und Jelninolan ihre Foki hervorgeholt hatten und je einen Zauber webten. Die wilde Hoffnung, dass ihr Plan gelang, wallte in Ahren auf, als Khara der Wache neben ihm mittels eines eleganten Manövers und eines abschließenden Armhebels die Waffe entriss. Falk setzte gleichzeitig seine dicke Rüstung als Waffe ein und warf sich brachial gegen den Schergen, der daraufhin erst gegen die Tür geschleudert wurde und dann nach einem Fausthieb Trogadons gegen den Helm der Wache zu Boden ging.

»Au«, machte der Schmied und rieb sich seine Hand. »Ich habe vergessen, wie hart Zwergenstahl sein kann. Normalerweise sind nur unsere Verbündeten damit ausgerüstet.«

Lanlion hatte sich um die vierte Wache gekümmert, indem er einen Nebelfetzen von seiner Hand in den Sehschlitz des Helmes seines

Gegners geblasen hatte. Der Bewaffnete schlug daraufhin wild mit dem Spieß in der Luft herum, als würde er eine Bedrohung sehen, die gar nicht da war. Lanlion trat hinter die derart abgelenkte Wache und beendete den Kampf mit einem gezielten Faustschlag in den Nacken.

Reik hatte sich in der gesamten Zeit kaum bewegt. Er war lediglich aufgestanden und hatte Palnah mit sich auf die Füße gezogen. Wenn der Mann Angst verspürte, dann zeigte er diese nicht. »Was sollen wir tun, meine Liebe?«, fragte er ruhig.

»Der Junge«, sagte seine Gemahlin in schlafwandlerischem Ton und deutete dabei auf den sich nähernden Hakanu. »Er ist wichtig. Wichtiger als wir ahnen.«

Der Lehrling reagierte auf die Worte, indem er einen Satz auf Reik zumachte, das Messer in seiner Faust stoßbereit erhoben. »Stirb, du Unhold«, rief er und sprang den Herrscher Gol-Konars an, bevor Ahren seinen Schützling zurückhalten konnte. Die Bewegung Hakanus war kraftvoll, geschmeidig und zielgenau. Das Messer deutete exakt auf Reiks Herz. Ahren hätte den Angriff nicht besser ausführen können. Und doch glitt der Herrscher im letzten Moment zur Seite, mit einer Geschmeidigkeit, die den Waldläufer aufkeuchen ließ. Es war, als sei der Mann regelrecht beiseitegestoßen worden, bevor dessen Mantel sich wie von selbst um den Angriffsarm Hakanus wickelte. Ehe der sich befreien konnte, glitt Reik hinter den Knaben, zog sein Schwert und drückte es ihm an den Hals.

»Die Waffen runter und auch euer Zauberwerkzeug«, schnarrte er. Seine Züge waren leicht verändert, ihnen fehlte nun das Leichte, Verspielte, das Reik bisher ausgemacht hatte. »Meine Palnah sagt, dieser Junge sei wichtig. Also wollen wir mal sehen, wie wichtig.« Dabei drückte er sein Schwert gegen den Hals des sich wehrenden Hakanu, der noch immer mit seinem Arm im verdrehten Umhang des Schurken feststeckte. Blut trat nahe der Pulsader des Lehrlings aus.

Mit einem furchtsamen Aufschrei warf Ahren seine Waffe von sich.

»Sehr schön«, sagte Reik und sah dann die anderen Gefährten an. »Und nun der Rest von euch, wenn ich bitten darf.« Wieder verstärkte er den Druck seiner Klinge und der Blutfluss nahm zu.

Spieße und Messer fielen klirrend zu Boden, dann steckten die Alten zu guter Letzt *Mirilan* und *Flammenstern* fort. Sie hatten verloren.

***

Culhen erwachte aus einem tiefen Dämmerschlaf und hob träge seine Augenlieder. Er orientiere sich mühsam und erkannte, dass er neben der sich windenden und in Ketten gelegten Muai auf dem Boden des weißen Gästeraumes lag. Benommen versuchte er aufzuspringen, doch nur ein reißender Schmerz in seinen Beinen und das Klirren von Ketten war der Lohn für seine Mühen.

Er sah sich weiter um und enddeckte Kamaluq, der in einem kleinen, mit einem Schloss versehenen Weidenkorb steckte und kläglich fiepte. Außerdem waren sechs Meuchler im Raum, die die drei Vertrautentiere skeptisch, aber wachsam beäugten, und die Culhen nun seinerseits düster musterte.

»Wieso sind sie alle schon wieder wach?«, fragte ein junger, hagerer Mann und kratzte sich unter seiner Kapuze am Kopf. »Bei der Menge Schlaftrunk, die sie in sich haben, sollten sie mindestens bis zum Morgengrauen durchträumen.«

Weil wir Vertrautentiere sind und Tiersegen tragen, du Tölpel, schrie Culhen den Mann in Gedanken an. Der Wolf hatte Schwierigkeiten, sich zu konzentrieren, denn eine starke Benommenheit machte ihm trotz des Tiersegens zu schaffen. Ein tiefes Knurren übermittelte den Kern seiner stummen Botschaft an die umstehenden Meuchler.

»Unheimlich«, sagte eine Frau im typisch weißen Kapuzenumhang des Fahlen Hauses. »Als hätte das Vieh dich verstanden.«

»Das ist ein Blutwolf«, sagte ein Dritter. »Man sagt, die sind schlauer als so mancher Mensch.«

Schlauer als du allemal, grollte Culhen und schnappte tollpatschig in dessen Richtung. *Und hör auf, mich mit einem flohverseuchten, widerlichen Blutwolf zu vergleichen!*

Die Tür öffnete sich und Sha-sha kam herein, begleitet von weiteren Meuchlern, die Karren vor sich herschoben. »Es ist so weit«, sagte das Mädchen, ohne auf Culhens und Muais unkoordinierte Drohgebärden zu reagieren. »Die Herrin will, dass die drei nun an Reik übergeben werden. Ladet sie auf.«

Culhens Wut schlug in Sorge um. Er, Muai und Kamaluq waren gefesselt und Ahren war mit den anderen nahezu schutzlos auf den

Schemenball gegangen. Offenkundig hatte die Herrin des Fahlen Hauses sie verraten.

Culhen konnte nur zu den Göttern beten, dass die Paladine sich besser schlugen als ihre Vertrautentiere.

***

»Wenigstens sind unsere Tiere noch da draußen«, sagte Khara tröstend. Die dicken Kerkerwände machten es Ahren schwer, die Worte seiner Liebsten richtig zu verstehen, aber das war ihr geringstes Problem.

Reik hatte nach ihrer Kapitulation umgehend zusätzliche Wachleute herbeigerufen und diesmal waren auch Messerschwinger dabei gewesen, die nur auf eine falsche Bewegung der Gefangenen gelauert hatten. Der Weg zum Kerker war überraschend kurz gewesen und schon bald hatten sich Ahren und die anderen in kleinen, drei Schritt durchmessenden Einzelzellen links und rechts des Ganges wiedergefunden, die mit ihren grob behauenen Steinwänden, den schweren Gittertüren und brackigen Pfützen auf dem unebenen Boden ausgesprochen ungastlich wirkten.

Reik hatte sie fröhlich pfeifend hierher begleitet, die ganze Zeit das Schwert an Hakanus Hals. »Hier drinnen würde ich nicht zaubern«, war sein gehässiger Rat gewesen. »Askadar hat ein paar Bannkreise an den Decken angebracht, die Magie erspüren. Er sagt, die Zellen stürzen einfach ein.« Er hatte gekichert, ein Laut, der durch den Hall des Kerkers noch wahnsinniger geklungen hatte. »Und bevor ich es vergesse: Da ihr mich habt töten wollen, werde ich aus Vergeltung nicht nur mit den Herrschern Joraths um den Preis für eure Leben verhandeln. Mal sehen, welche Belohnung mir die Obsidianfeste für eure Köpfe bietet.« Dann war er tänzelnd davongeschritten, ein schräg klingendes Lied pfeifend, bis sich schließlich Dunkelheit und Stille über den Kerker des Blutroten Palastes gelegt hatte, als mit den Wachen auch deren Fackeln verschwunden waren.

»Es tut mir leid, Meister«, erklang nun die verzagte Stimme Hakanus. »Ich habe uns alle in diese Lage gebracht.«

»Das haben wir schon ganz gut gemeinsam hinbekommen«, murrte Uldini, dessen kindliche Stimme in der feuchten Dunkelheit furchtbar fehl am Platz wirkte. »Auch wenn wir vortreffliche Unterstützung von einem gewissen Feigling unter uns hatten.«

»Lass Trimm in Ruhe«, befahl Ahren streng. »Und was dich angeht, Hakanu: Dein Angriff war tadellos. Reik hätte mich ebenso überrumpelt, wie er es bei dir getan hat.«

»Was war das für ein Manöver?«, fragte Khara gereizt. »Es sah beinahe so aus, als würde Reik von jemandem im rechten Moment zur Seite geschubst werden.«

»Nicht von jemandem«, sagte Jelninolan. »Eher von etwas. Ich denke, sein Umhang ist verzaubert.«

»Das würde erklären, wie er in dieser ruchlosen Stadt so lange überleben konnte«, sagte Falk. »Sein Verstand gepaart mit diesem verzauberten Umhang, der ihn vor Gefahren schützt ... Da hat ein Möchtegern-Thronräuber kaum eine Chance.«

»Du vergisst seine Frau«, sagte Trogadon. »Wie die unsere Absichten vorhergesehen hat. Das war unheimlich.«

»Und dann noch ihr Hinweis auf Hakanu«, warf Khara ein. »Woher wusste sie von ihm?«

»Sie ist eine Brajah«, erklärte Lanlion milde. »Eine weise Frau aus einem fahrenden Volk, das überall und nirgendwo zuhause ist. Es gibt nur noch wenige von ihnen und dementsprechend noch weniger Brajah.« Der Blutleere seufzte leise. »Man sagt, sie können durch jedwede Täuschung und Lüge dieser Welt hindurchsehen und die Intentionen und wahre Natur ihres Gegenübers klar erkennen.«

»Also, das klingt praktisch«, sagte Trogadon trocken. »Warum haben wir nicht selbst so eine dabei?«

»Erstens wachsen die nicht auf Bäumen«, fauchte Uldini. »Und zweitens haben ihre Kräfte klare Grenzen. Sie müssen ihre Magie langwierig vorbereiten und eine Seele finden, die ihnen bereitwillig von ihrer Lebenskraft schenkt. Das kommt selten genug vor.«

»Glaubt ihr, Reik liebt sie wirklich?«, fragte Trimm kläglich. »Wenn er ihr doch von seiner Kraft gibt, damit sie ihre Gabe entfalten kann.«

»Es ist wahrscheinlicher, dass er sie benutzt und ihr seine Kraft nur deshalb zur Verfügung stellt«, sagte Ahren tröstend. »Ich bin mir nicht einmal sicher, ob Reik irgendwen lieben kann. Nicht einmal sich selbst.«

»Meine arme Palnah«, jammerte Trimm, dessen gebrochenes Herz Ahren aus jeder Silbe heraushören konnte. »Noch immer gefangen an der Seite dieses … Monsters.«

»Warum?«, fragte Jelninolan voller Mitgefühl und ihre Stimme glitt durch den Kerker wie ein Samttuch, das Geborgenheit versprach. »Warum all diese Lügen? Um uns hierherzubringen und Palnah zu retten? Wir hätten dir auch geholfen, wenn du uns einfach die Wahrheit gesagt hättest.«

»Wirklich?«, erklang Trimms geflüsterte Antwort. In diesem einen gezischten Wort lag die Bitterkeit eines ganzen überlangen Lebens begraben, und Ahren zuckte regelrecht zusammen. »Mitten im Krieg gegen den Widersacher hättet ihr Trimm, dem Feigling, geholfen, seine Liebste zu befreien?«

»Natürlich«, sagte Ahren sofort, und ein ungläubiges Schnauben war die Antwort.

»Uldini und Falk hätten mich zur Not in Ketten an die Front geschleift und mit der Aussicht abgespeist, dass man mit Reik in Verhandlungen treten würde, um ihm Palnah abzukaufen«, sagte Trimm. Der Mangel an Vertrauen in Ahrens Freunde war derart groß, dass Ahren sich vor Mitleid innerlich krümmte. »Falls du dich erinnerst: Erst als ich behauptete zu wissen, wo ihr Trimm finden könntet, haben einige von euch zugestimmt, mir zu helfen – und selbst das nur widerwillig.«

»Und deswegen musstest du uns durch die halbe Stadt jagen?«, fragte Falk voller Wut. »Hättest du nicht einfach direkt sagen können, dass Reik Palnah entführt hat?«

»Das Risiko konnte ich nicht eingehen.« Ahren hörte das ängstliche Beben in der Stimme des dicken Paladins, das immer dann einsetzte, wenn es um Palnahs Sicherheit ging. »Ich musste euch langsam an die Wahrheit heranführen, um nicht zu riskieren, dass ihr euer Hilfsangebot zurückzieht. Erst mal musste ich euch in die Stadt locken, dann solltet ihr durch den Fleischmarkt erfahren, wo Palnah sich aufhält, ohne dass ihr erfahrt, wer genau sie ist.«

»Aber warum hast du uns ausgerechnet zum Fleischmarkt geführt?«, fragte Ahren verwirrt.

»Ich hasse diesen Ort abgrundtief und wusste, es wird dir ebenso gehen«, sagte Trimm und tiefe Zufriedenheit schwang bei diesen Worten in seiner Stimme mit. »Jeder sollte frei sein, sein Schicksal selbst zu bestimmen – ein Recht, das mir nie zuteilwurde.« Er schwieg einen Herzschlag lang, bevor er fortfuhr: »Auch ich habe von den Liedern der Barden gehört. Mir war klar, dass der Fleischmarkt eine Begegnung mit dem dreizehnten Paladin nicht überstehen würde. Und er passte gut in meine Geschichte vom übervorteilten Granden. Zwei Fliegen mit einer Klappe, wie man so schön sagt.«

»Und all deine Lügen waren gewürzt mit deinen Warnungen, um jeden Preis diskret zu sein, damit deine eigenen Unwahrheiten nicht zu Tage traten«, sagte Falk voller Verachtung. »Wir sollten einen vorsichtigen Schritt nach dem anderen tun, bis wir hier im Blutroten Palast die Wahrheit erfahren würden.«

»Und es für einen Rückzieher zu spät ist«, fauchte Uldini wie ein zorniger Geist ins Dunkel hinein. »Dein schöner Plan hat nur nicht so recht funktioniert, oder, Trimm? Die Welt ist komplexer, als du dir in deinen Tragträumen ausgemalt hast. Deine Lügen haben unseren Feinden geradewegs in die Hände gespielt.«

Der angesprochene Paladin antwortete nicht.

»Alles schön und gut«, sagte Trogadon. »Aber können wir diese Diskussion auf später verschieben, nachdem wir hier ausgebrochen sind und diesem irren Herrscher den Schädel eingeschlagen haben?«

»Diese Stadt macht dich ganz schön blutrünstig, merkst du das?«, warf Ahren ein.

»Gol-Konar macht mich eben reizbar«, gab Trogadon zurück. »Eingesperrt zu sein hingegen, bringt mein Blut zum Kochen.«

»Wie steht es um Magie?«, fragte Ahren in die Dunkelheit. »Glaubt ihr, Reik hat die Wahrheit über die Bannkreise in unseren Zellen gesagt? Oder könnt ihr vielleicht einen Zauber an ihnen vorbeimogeln?«

»Eventuell«, sagte Uldini in bissigem Ton. »Die Frage ist, wollen wir das riskieren?«

»Dafür befindet sich für meinen Geschmack zu viel Fels über unseren Köpfen«, sagte Khara nervös. »Vielleicht können wir uns zunächst einen Fluchtplan ausdenken, in dem keine Magie vorkommt?«

»Dann denken wir besser schnell«, sagte Ahren. »Sobald Reik öffentlich macht, dass er einen Haufen Paladinköpfe zum Verkauf anbietet, wird sich Askadar Reik gegenüber sicherlich als Hochfang zu erkennen geben, um als Erster ein Angebot abgeben zu können. Falls Reik nicht sowieso schon von dem Hochfang in seiner Mitte weiß.«

»Askadar ist ein Hochfang?«, kam plötzlich die verwirrte Frage Falks.

Ahren rollte die Augen in den Schädel und atmete einmal tief durch. Die Nacht war ohnehin schon schlimm genug, da konnte er seinen restlichen Freunden auch von ihrer düsteren Entdeckung berichten.

***

Schatten war auf dem Weg zum absoluten Triumph!

Nachdem er Reik vor diesem kleinen Naseweis mit dem Messer das Leben gerettet hatte, war der Widerstand des Herrschers merklich geschrumpft. Der Wunsch, zu überleben, brannte nun stärker im Geist des selbstverliebten Mannes als die Träume von Reichtum und Freiheit. Noch klammerte sich Reik an die Vorstellung eines großen Kopfgeldes, aber bereits jetzt war es ihm egal, ob es aus den Schatzkammern Joraths oder aus den Tiefen der Obsidianfeste kam.

Die lästige Frau mit dem Wahren Blick hatte er auf Reiks Befehl hin in ihren Gemächern einsperren lassen. Nun konnte auch Askadar Reik mit ausgewählten Lügen füttern, ohne dass der Herrscher Gol-Konars seine kleine Brajah nutzte, um die Worte des Hochfangs zu hinterfragen. Zwischen den beständigen Einflüsterungen Schattens und den vergifteten Ratschlägen Askadars hatte Reik keine Chance. Das sorgfältig errichtete Kartenhaus der Macht, das der Herrscher sich aufgebaut hatte, war nun gänzlich in Schattens Besitz.

Es war nur noch ein winziger Schritt, bis aus dem nützlichen Werkzeug ein willfähriger Diener werden würde, der die Paladine in ihren Zellen abschlachten ließ!

***

Ahren hatte in der Dunkelheit grübelnd vor sich hin gedöst. Weder ihm noch einem seiner Freunde war eine rettende Idee eingefallen, die nicht mit Magie zu tun gehabt hatte. Zu begrenzt waren ihre

Möglichkeiten, so ganz ohne ihre Ausrüstung. Ahrens bester Einfall war momentan, an Reik zu appellieren, dass dieser sie gehen ließ und Gol-Konar im Gegenzug als freie Stadt anerkannt wurde. Andererseits würde Ahren in dem Fall seine Prinzipien gegen seine Freiheit eintauschen, und er war sich nicht sicher, ob er zu diesem Opfer bereit war.

Während sich seine Gedanken im Kreis drehten, im Hinterkopf noch immer die schmale Hoffnung auf eine Rettung durch Culhen und die anderen Vertrautentiere, hörte er plötzlich die ferne Stimme Reiks, die durch die Luftschächte in den Zellen zu ihm hereinwehte. Anscheinend stand der Herrscher Gol-Konar wieder auf seinem Balkon in der großen Höhle.

»Meine verehrten Halsabschneider«, begann der Mann, dessen Stimme klang, als hätte Reik mehrere Nächte nicht geschlafen und stünde kurz vor einem Nervenzusammenbruch. »Ich habe großartige Neuigkeiten.«

»Das klingt nicht gut«, hörte Ahren Trogadons Stimme, und der Zwerg erntete Zischlaute, die ihm bedeuteten, still zu sein.

»Nur selten im Leben ergeben sich große Gelegenheiten, mittels derer man sein Los grundlegend zu ändern vermag«, fuhr Reik theatralisch fort. »Ihr wisst das besser als die meisten Bewohner Joraths, die in ihren unsichtbaren Fesseln ihre unbedeutenden Leben leben.«

Ahren ahnte, wohin die Worte des Schurken führen würden, und lief unruhig in seiner kleinen Zelle auf und ab.

»Auf dem Schemenball offenbarte sich mir eine solche Chance und wie ein wahrer Anführer ergriff ich sie. Zum Wohle unserer Stadt.«

Ahren wusste, was nun folgen würde, und konnte nichts weiter tun, als hier im Kerker zu hocken wie die Maus in der Falle.

»Paladine und Alte hatten sich gemeinsam verschworen, mir meine geliebte Frau zu rauben, doch sie scheiterten! Und so habe ich beschlossen, aus ihrem Unglück mein Glück zu machen, wie es nun mal in der Natur Gol-Konars liegt.«

Die Worte Reiks bekamen etwas Drängendes, Dunkles und klangen weniger wie die Stimme des Herrschers denn wie die eines fremden Wesens, das nun durch seinen Mund sprach.

»Ich habe die Leben der Paladine zum Verkauf feilgeboten und bereits die erste Offerte erhalten.«

Jetzt konnte Ahren das aufgeregte Raunen der versammelten Menge durch den Luftschacht seiner Zelle vernehmen.

»Ihr seht richtig, meine lieben Halsabschneider! Askadar, mein überaus geschätzter Hofmagier, hat sich als Gesandter der Obsidianfeste offenbart und mir eine Belohnung versprochen, die unser aller kühnsten Träume übersteigt. Gol-Konar wird eine freie Stadt sein! Unantastbar! Unabhängig! Ganz Jorath wird unser Beuteland sein, mit Dunkelwesen an unserer Seite, die unserem Willen gehorchen!«

Wieder setzte ein Raunen ein, und Ahren biss sich vor Wut auf die Lippen. Wie konnte Reik nur darauf hereinfallen, was Askadar ihm sagte! Niemals würde der Widersacher eine Stadt dulden, die nicht vollständig seinem Willen unterworfen war! Spätestens Palnah müsste ihn doch vor der Falle warnen, in die Reik hineinlief!

Indes fuhr der Herrscher mit seiner Ankündigung fort. »Als eine Geste des guten Willens und als Vorgeschmack auf die kommende Allianz, hat Askadar Dutzende Bannkragen bereitgestellt, die jeder erhalten wird, der sich meiner Vision eines starken, unabhängigen Gol-Konars anschließt. Dunkelwesen aus dem Grünen Meer werden sich an der Stadtgrenze einfinden und jeder, der es wünscht, kann eines davon als seinen persönlichen Diener in Besitz nehmen, indem er ihm einen Bannkragen anlegt.«

Jubel wurde laut, voller Blutgier und Machtgelüste.

»Wir werden eine Armee sein, die sich nimmt, was sie will! Wann sie es will! Und wo sie es will!«, kreischte Reik fast über den Jubel hinweg, der wie eine Symphonie der niedersten menschlichen Regungen über die Gefangenen anbrandete, die nur hilflos zuhören konnten, wie ihre Leben gegen eine angebliche Allianz getauscht wurden, die doch nichts weiter war als die freiwillige und absolute Unterwerfung einer ganzen Stadt unter die Kontrolle des Widersachers.

***

Schatten frohlockte.

Er war so tief in den Verstand Reiks vorgedrungen, dass seine Lügen gänzlich zu den Überzeugungen des Mannes wurden, der in diesem Augenblick die wertlosen Halsbänder Askadars an seine willfährigen

Handlanger austeilte. Wer einen der vermeintlichen Bannkragen in Händen hielt, rannte förmlich aus der Höhle, getrieben von der Gier, sich eines der mächtigeren Dunkelwesen zu sichern, bevor es ein anderer tat. Selbst die, in deren Augen Schatten Zweifel an diesem Handel las, traten vor und nahmen einen Kragen entgegen, aus Angst, gegenüber ihren Rivalen einen Vorteil zu verspielen.

Bis zum Morgengrauen würde Gol-Konar von angeblich zahmen Dunkelwesen überrannt sein und dann konnte ihn nichts mehr davon abhalten, die Paladine grausam niedermetzeln zu lassen!

***

»Wir müssen hier raus, und zwar jetzt!«, sagte Trogadon drängend, und Ahren hörte, wie der Zwerg an den Gittern seiner Zellentür rüttelte. »War ja klar. In dieser Stadt ist die Hälfte aller Gebäude baufällig, aber ausgerechnet diese Türen hier sind meisterhaft gefertigt«, fluchte er, als seine Bemühungen fruchtlos blieben. »Wenn ich nur meinen Rucksack hier hätte …«

»Magie ist unsere einzige Rettung«, sagte Lanlion. »Ich bin hier von absoluter Dunkelheit umgeben«, fuhr er nachdenklich fort. »Vielleicht kann ich die Bannkreise mit Magie voller Nacht und Schatten täuschen.«

»Tu nichts Unüberlegtes«, warnte Uldini ihn, als auch schon ein lautes Rumpeln in der Decke über ihnen einsetzte.

»Bei den Göttern!«, keuchte Jelninolan. »Stopp, Lanlion. Stopp!«

Das Mahlen von Stein auf Stein versiegte so plötzlich, wie es gekommen war.

»Dabei habe ich nur meine Kräfte gesammelt«, sagte Lanlion erschüttert. »Diese Bannkreise sind echt, so viel wissen wir jetzt. Und sie sind unbarmherzig.«

»Also keine Magie«, sagte Khara nachdenklich. »Wir müssen einen anderen Weg hier rausfinden.«

»Bestechung vielleicht?«, warf Trimm ein. »Wenn man an diesem Ort keine Gefallen von Wachen erkaufen kann, dann nirgends.«

»Wir haben kein Gold«, sagte Uldini. »Ahren hat alles ausgegeben, was wir dabeihatten. Der Rest liegt im Fahlen Haus.«

Eine bedrückende Stille setzte ein. Ahren zermarterte sich das Gehirn, als in der Ferne des Kerkers Geräusche einsetzten.

»Wollen wir hoffen, dass Reik sich nicht umentschieden hat und nur unsere Köpfe an die Obsidianfeste übergeben will«, sagte Uldini düster.

»Du weißt wirklich, wie man jemandem Mut macht«, zischte Falk.

»Auf den Boden legen und schlafend stellen«, raunte Khara. »Wenn das gelangweilte Wachen sind, lassen sie einen eher in Frieden, wenn man schläft. Außerdem erfährt man so mitunter Neuigkeiten, wenn sie tratschen.«

Ahren erinnerte sich an seine eigene Zeit als Gefangener. Noch war der Schock zu frisch, wieder hinter Gitter zu sein, aber schon bald würde die Verzweiflung einsetzen – und die war der ärgste Feind eines jeden Fluchtversuches.

Das Licht der Fackeln kam näher, und schnell rollte er sich auf dem Boden zusammen, die kühle Nässe ignorierend, die zwischen die Ritzen seiner Bänderrüstung kroch. Dann spürte er, wie eine vertraute Verbindung an seinem Geist zupfte, und beinahe hätte er jubiliert.

Culhen!, dachte er freudig. *Du kommst, um uns zu retten!*

Rate noch mal, kam die frustrierte, leicht benommene Antwort.

Ahren versenkte sich in die Sinne seines Freundes, nur um festzustellen, dass dieser in einem großen Karren lag, fest verschnürt wie ein Göttertagsgeschenk. Ahren sah verschwommen durch die Augen seines pelzigen Freundes, wie dieser durch jenen langen Korridor geschoben wurde, der in den Kerkerbereich des Palastes führte.

Wo bist du?, fragte der Wolf verdrießlich. *Ich kann mit deinen Augen nichts erkennen.*

In einer stockfinsteren Zelle, gab Ahren niedergeschlagen zu. *Wir sind in eine ausgeklügelte Falle getappt, nicht zuletzt dank unseres verschlagenen Freundes Trimm.*

Trimm?, fragte Culhen verwirrt. *Der ist hier?*

Das ist eine lange Geschichte, die noch immer einige Lücken aufweist, sagte Ahren. *Warum kann ich erst jetzt wieder mir dir reden?*

Die Meuchler haben uns mit einem Schlaftrunk betäubt, erwiderte Culhen, dessen Gedanken irgendwie … langsam klangen. *Ich bin zwar schon eine Weile wach, aber das Konzentrieren fällt mir noch immer schwer. Ich habe sogar versucht, mit den Meuchlern zu reden, als ob sie vernunftbegabte Wölfe wären und keine gewöhnlichen Menschen!*

Nicht ausfallend werden, sagte Ahren und musste schmunzeln. Culhen richtete ihn immer wieder auf, egal wie sehr er am Boden lag. *Nicht alle Menschen sind wie die Halunken in Gol-Konar, und das weißt du.*

Es fällt mir schwer, mich daran zu erinnern, murrte der Wolf. *Ah, jetzt sehe ich die Zellen. Schön habt ihr es hier.*

Ahren hielt seine Augen geschlossen und sah durch Culhen, was geschah. Sechs Meuchler des Fahlen Hauses, begleitet von ebenso vielen schwergepanzerten Wachen Reiks, schoben Culhen und Muai in zwei großen Karren durch den Korridor auf die Zellen zu, in denen die Gefährten saßen. Als Culhen seinen Kopf so weit wandte, wie es ihm möglich war, um Ahren einen Überblick zu verschaffen, sah dieser, dass hinter der Prozession noch einmal zehn Armbrustschützen herliefen, in deren Mitte Sha-sha und ein mittelalter Mann nebeneinander hergingen. Der Fremde trug Schmucknarben im Gesicht und plumpe Rangabzeichen auf den Schulterplatten seiner Rüstung. Die beiden waren in ein Gespräch vertieft, das Culhens eingeschränkte Sinne nicht richtig erfassen konnten. Ahren versenkte sich ganz in Culhens Geist und konzentrierte sich auf die Laute, um auszumachen, was gesprochen wurde.

»… hat Eure Herrin gut daran getan, Reik vom Kommen der Paladine zu unterrichten«, sagte der narbige Mann gerade. »Unter uns gesagt, ich hörte, dass er diesen Schemenball eigentlich nutzen wollte, um eine Allianz gegen das Fahle Haus zu schmieden.« Er deutete auf Culhen und Muai. »Diese Geschenke sind vielleicht Eure Lebensrettung.«

»Vielleicht«, sagte das Mädchen ohne ein Anzeichen der Beunruhigung. »Ich gehe, wohin die Herrin mich führt. Selbst in den Tod.«

Der Hauptmann runzelte die Stirn, und Ahren roch durch Culhens Nase dessen aufkeimende Angst. Anscheinend war Sha-sha ihm ebenso wenig geheuer wie dem Waldläufer. Sie passierten die Zellen, in denen Ahren und die anderen sich schlafend stellten, und der narbige Mann brummte.

»Arme Schweine«, sagte er kopfschüttelnd. »Gol-Konar verschlingt wirklich jeden, egal ob Paladin oder Alten.« Er zuckte die Achseln. »Ich hatte wirklich geglaubt, dass sie gegen die Obsidianfeste eine Chance hätten. Aber nun sichern sie uns Wohlstand und Freiheit.« Er lachte dreckig. »Wenn man den Ausgang des Krieges beeinflussen kann, ist es leicht, auf die richtige Seite zu setzen. Ich komme mir vor, wie bei einem gezinkten Würfelspiel.«

»Eure Weisheit ist unübertroffen, Hauptmann«, sagte Sha-sha, ohne eine Miene zu verziehen. Ahren wusste nicht, ob sie spottete oder ihm schmeichelte, und dem Stirnrunzeln des narbigen Mannes nach war auch er sich unsicher.

Das war bestimmt Spott, kommentierte Culhen die Aussage des Mädchens. *Ich glaube, dass sie überhaupt nicht schmeicheln kann.*

»Hier hinein mit ihnen«, sagte der Hauptmann und deutete auf zwei Zellen am Ende des Ganges.

»Am besten lassen wir sie in Ketten und auf den Karren«, sagte Sha-sha. »Dann könnt ihr sie besser transportieren, falls nötig.«

Culhen witterte eine gewisse Nervosität von der Meuchlerin ausgehen. Ahren stutzte. Ging hier mehr vor als ein gewöhnlicher Verrat?

»Gute Idee«, sagte der Hauptmann zufrieden und sah dabei zu, wie die beiden Karren in die Zellen bugsiert wurden.

Culhen füllte die Steinkammer auf seinem Karren praktisch zur Gänze aus und hätte sich selbst dann nicht rühren können, wenn er nicht in Ketten gelegt worden wäre.

Die Gittertüren fielen krachend ins Schloss, dann drehte der gesamte Trupp um und schritt zurück an den Zellen vorbei, in denen die Gefährten vermeintlich schliefen. Ahren lauschte nun wieder mit seinen menschlichen Ohren, seine Augen gerade so weit geöffnet, dass er die Schemen der Vorbeiziehenden erahnen konnte. Daher fiel ihm die kaum wahrnehmbare Bewegung auf, die Sha-sha vollführte, als sie an seiner Zelle vorbeikam. Etwas Winziges, Hartes traf seine Nase und kullerte zu Boden. Ahren riskierte einen Blick, bevor das Licht der Fackeln entschwand, und sah dort ein Steinchen, bemalt mit filigranen Zeichen in der Kaisersprache, die mit wenigen Strichen und Punkten eine Botschaft übermittelten: *Findet Erlösung im Wasser.*

Ahren wurde aus den Worten nicht so recht schlau. Sollten sie eine Hilfe sein? Und wenn ja, was für eine? Oder war dies nur der Spott der Herrin des Fahlen Hauses, die ihn neckte, weil er aufgrund ihrer List in einer Zelle festsaß?

Draußen hielt die Prozession an, bereits über ein Dutzend Schritt von den Zellen entfernt.

»Sagt mal«, hörte Ahren die Stimme des Hauptmannes. »Sollten es nicht drei Tiere sein, die Ihr uns übergeben wolltet?«

»Ach, der Fuchs«, sagte Sha-sha. »Der war so niedlich, den haben wir behalten. Er ist in etwa so groß wie eine Ente und vollkommen harmlos.«

»Verstehe«, sagte der Narbige nur, und der Trupp setzte sich wieder in Bewegung.

Ahren versuchte noch immer, sich einen Reim daraus zu machen, was die Worte Sha-shas und dieser seltsame Stein bedeuten sollten, als er ein leises Fiepen aus Muais Zelle vernahm, kaum dass sich das Licht und der Lärm der Wachen und Meuchler in der Ferne verloren.

»Kamaluq!«, flüsterte Hakanu freudig, und zum ersten Mal seit ihrer Gefangennahme schöpfte Ahren wieder Hoffnung.

20. Kapitel

Hierher, mein Kleiner«, hörte Ahren seinen Lehrling den kleinen Fuchs locken. »Hab keine Angst! Folge einfach meiner Stimme.«

Das Fiepen wurde lauter, drängender, und dann hörte Ahren erst ein leises Plumpsen und schließlich, wie sich der jaulende Fuchs träge vorwärtsbewegte, quälend langsam auf den lockend rufenden Hakanu zu.

»Nicht, dass ich mich nicht freue,«, sagte Falk, »aber wo kommt der kleine Kerl denn jetzt her?«

»Muai sagt, er hat die ganze Zeit bei ihr mit im Karren gelegen, unter dem Schutzmantel seiner Tarnung«, warf Khara ein. »Ich habe sie noch nie so besorgt um jemanden außer um Cochan und mich gesehen.«

Die Tigerin knurrte leise.

»Ach, sei ruhig«, meinte die Schwertmeisterin gereizt. »Niemand wird dich wegen dieser Aussage plötzlich für verweichlicht halten.«

Das Grollen Muais klang unversöhnlich.

»So ist es brav«, lobte Hakanu indessen seinen Fuchs. »Nur noch ein paar Schritt und du bist bei mir.«

»Warum mussten die Götter den Fuchs nur so ängstlich und seinen Paladin so mutig machen?«, murrte Uldini.

»Lass gut sein«, warf Jelninolan ein. »Wir alle fühlen uns momentan hilflos. Kein Grund, deine schlechte Laune an uns auszulassen.«

»Ich bin nicht hilflos«, beharrte Uldini. »Ich befinde mich jedoch noch in der Planungsphase.«

»Aha«, warf Trogadon ein. »Und wie weit bist du so damit?«

Der Erzmagus antwortete nicht.

»Ich frage mich, wie Kamaluq den Meuchlern, die den Karren geschoben haben, nicht auffallen konnte?«, sagte Lanlion nachdenklich. »Das leichte Flimmern hätte ihnen bei der langen Strecke doch auffallen müssen.«

»Kamaluq sagt, sie wussten von ihm«, sagte Hakanu verwundert. »Sie haben ihn sogar dort platziert und zusätzlich mit einer Decke verborgen.«

»Das ergibt doch keinen Sinn«, sagte Falk verwundert. »Wieso sollten sie den kleinen Kerl hier reinschmuggeln?«

»Damit er uns hilft, vielleicht?«, fragte Uldini bissig. »Obwohl mir die Unterstützung von Culhen oder Muai lieber gewesen wäre.«

Das hört man gerne, sagte Culhen. *Ich wäre auch lieber nicht wie ein Haufen Felle auf einem Karren verschnürt worden.*

»Und wie genau soll uns ein feiger Fuchs helfen, der nicht mal so lang ist wie mein Unterarm?«, maulte Trogadon.

In dem Moment wurde Kamaluq mit einem heftigen Lichtblitz wieder sichtbar. Ahrens Kopf explodierte in einem schmerzhaften Sternenmeer und ringsum stöhnten seine Gefährten auf.

»Also, *das* war schon mal nicht hilfreich«, beschwerte sich Falk. »Ich werde eine ganze Weile nichts mehr sehen können.«

»Weil du ja vorher so viel gesehen hast«, wies ihn Jelninolan zurecht. »Hört gefälligst auf, Kamaluq zu kritisieren. Ich bin sicher, er kann verstehen, was ihr sagt.«

»Schön wäre es«, quengelte Uldini.

»Es reicht!«, sagte Ahren streng. »Hakanu, hast du eine Idee, wie Kamaluq uns helfen kann?«

»Und ob, Meister«, sagte der Lehrling, und Ahren konnte dessen breites Grinsen heraushören. »Er hat nämlich etwas umgebunden bekommen. Von einem der farblosen Menschen.«

»Meint er damit die Meuchler?«, fragte Jelninolan.

»Ja«, antwortete Hakanu. »Er redet noch sehr umständlich und unbeholfen.«

»Genieße diese Phase«, sagte Ahren verschmitzt. »Dein Tier wird schneller groß, frech und eingebildet, als dir lieb ist.«

Das sagst du nur, weil ich hier angekettet bin und dich nicht beißen kann, schmollte Culhen.

»Kannst du ertasten, was das für ein Gegenstand ist?«, fragte Khara hoffnungsvoll. »Vielleicht ein Schlüssel?«

»Wie sollte das Fahle Haus an einen Schlüssel vom Verlies des Blutroten Palastes kommen?«, fragte Uldini bärbeißig.

»Weißt du was?«, konterte Khara kühl. »Solange du deinen Plan zu unserer Befreiung noch nicht fertig hast, sei doch einfach still.«

»Danke schön«, sagte Jelninolan inbrünstig.

Ahren rieb sich über die Augen und versuchte, sich zu konzentrieren. Ihre angespannte Lage ließ die üblichen Frotzeleien in ihrer Gruppe überkochen, und so fokussierte er sich ganz auf Hakanu. »Kannst du mir beschreiben, was Kamaluq da umhat?«, fragte er laut.

»Es ist auf jeden Fall hart und metallisch«, sagte Hakanu. »Oh, und es ist lang und spitz zulaufend, mit einer abgerundeten Spitze.«

»Dann ist es schon mal kein Dolch«, rätselte Falk.

»Oh! Oh!«, rief Trogadon plötzlich enthusiastisch. »Ich weiß, was das ist. Das stammt aus meinem Schmiederucksack. Hakanu, kannst du deinen Fuchs dazu bringen, zu mir zu kommen?«

»Ich kann es versuchen«, sagte der Lehrling zögernd. »Aber er ist sehr benommen. Die Meuchler haben ihn mit irgendetwas betäubt, das seinen Verstand vernebelt.«

»Was hat es denn mit diesem Ding um Kamaluqs Hals auf sich?«, fragte Khara neugierig.

»Damit bekomme ich jedes Schloss auf«, sagte Trogadon stolz. »Eigentlich bräuchte ich noch einen Hammer dafür, doch ich bin wütend genug, dass meine Fäuste reichen werden.«

»Das klingt nach einem Plan«, sagte Lanlion. »Es sei denn, Uldini hat mittlerweile eine bessere Idee, wie wir hier herauskommen?«

»Halt die Klappe«, murrte der Alte und verstummte wieder.

»Kamaluq, mein Bester«, begann Hakanu langsam und laut zu sprechen. »Geh zu Trogadon. Tro. Ga. Don.«

Ein fragendes Fiepen war die Antwort, das sich nicht von der Stelle bewegte.

»Na toll«, seufzte Falk.

»Versuche es noch einmal«, sagte Ahren. »Benutze Wörter, die dein Fuchs bereits gut kennt. Irgendwie beschreibt er uns ja, wenn er mit dir redet, oder nicht?«

»Ähm«, machte Hakanu seltsam schüchtern. »Na gut.« Einen Moment schwieg der Lehrling, als müsse er sich sammeln, dann redete er wieder zu dem Fuchs. »Hakanu! Geh zu dem kleinen, lauten Mann. Dem mit dem toten Tier im Gesicht. Dem, der immer so stinkt!«

Ringsum setzte amüsiertes Prusten ein und Jelninolan lachte sogar schallend, während Trogadon leise vor sich hin schimpfte.

Das Fiepen Kamaluqs hörte jedoch auf, um vom zarten Tapsen sich fortbewegender Pfoten abgelöst zu werden, die leise durch den Kerker hallten. Wenige Herzschläge später hörte Ahren das zufriedene Brummen Trogadons.

»Guter Fuchs«, sagte er versöhnlich. »Und das mit den Namen üben wir noch, in Ordnung, mein Kleiner?«

»Ist es das Werkzeug, das du brauchst?«, fragte Ahren erwartungsvoll.

»Und ob«, sagte der Zwerg triumphierend. »Gebt mir ein paar Dutzend Herzschläge und ich hole uns hier raus.«

Plötzlich ertönten Stimmen in der Ferne und ein schwacher Lichtschein erfüllte den Gang. »Ich schwöre dir, ich habe Gelächter gehört«, sagte eine dunkle Männerstimme.

»Du spinnst«, sagte eine weitere, jüngere Stimme. »Reik hat das Todesurteil für die Gefangenen verkündet und wir bringen ihnen gerade ihre Henkersmahlzeit. Denen ist ganz bestimmt nicht zum Lachen zumute.«

»Deswegen ja«, beharrte der erste. »Wer bricht denn bei solchen Aussichten in ein lautes Lachen aus?«

»Da kennt er uns aber schlecht«, warf Khara leise ein, und Ahren musste grinsen.

»Ich sage, wir sehen nach«, beharrte der Mann mit der tiefen Stimme. »Zumal ich sowieso ein Auge auf diese Schwertmeisterin geworfen habe. Hol die anderen.«

Ahren sog scharf die Luft ein. Dieses Gespräch hatte schneller eine dunkle Wendung genommen, als er erwartet hatte. »Khara«, flüsterte er angespannt.

»Sorge dich nicht«, sagte seine Liebste in einem harten Tonfall. »Ich mache das schon.«

»Bist du sicher?«, fragte Jelninolan nervös nach.

»Ich habe Übung mit solchen Situationen«, erinnerte die frühere Kampfsklavin sie. »Und da Trogadon uns gleich hier herausholt, muss ich wenigstens nicht zimperlich sein.« Viele Schritte und Stimmen, in denen eine widerliche Vorfreude lag, schallten den Gang hinunter, und

Khara zischte: »Der Rest von euch in die hinterste Ecke eurer Zellen. Je weniger sie von euch sehen, umso besser.«

»Da vorne ist die Hübsche eingesperrt«, sagte eine Stimme gierig. »Und zur Not gibt es da noch die Elfe.«

Ahren konnte Trogadons Zähneknirschen geradezu hören. Sechs Wachen versammelten sich unterdessen vor Kharas Zelle, kupferne Teller mit stinkendem Fleisch in den Händen.

»Essen fassen«, sagte der Sprecher mit der tiefen Stimme, untermalt von einem hässlichen Lachen. Die Teller wurden achtlos in die Zellen geworfen, sodass das Fleisch darauf auf dem nassen Steinboden landete. Dann hörte Ahren, wie Kharas Zelle aufgeschlossen wurde. »Nachdem wir uns so liebevoll um dich und deine Freunde gekümmert haben, könntest du dich ja auch liebevoll um uns kümmern, Schätzchen«, hörte Ahren den Mann lüstern raunen. Ahrens Fäuste waren ebenso fest geballt, wie seine Kiefermuskeln angespannt waren. Wenn er den Kerl zu fassen bekam …

Khara stieß einen wütenden Schrei aus, es folgte ein Gurgeln, dann ein Knirschen, und schließlich ein Knacken. Keines der Geräusche klang besonders angenehm, und im nächsten Moment sah Ahren die panisch zurückweichenden Wachen. Es waren nur noch fünf.

»Sie hat … ihre Nadel … sein Auge«, stammelte der mit der jüngeren Stimme.

»Wer möchte es noch versuchen?«, fragte Khara herausfordernd, während ihre Zellentür krachend ins Schloss geworfen wurde.

»Holt die Armbrüste«, sagte eine Wache um die fünfzig Winter. »Dafür wird sie bezahlen.«

»Ganz dumme Idee«, lachte Khara. »Ich bin eine Prinzessin, schon vergessen? Was denkst du, wird Reik tun, wenn ihr das Lösegeld für mich verliert, bloß weil ihr auf blöde Gedanken gekommen seid?«

Schweigen setzte ein. »Da ist noch die Elfe …«, begann eine der Wachen.

Ein Sirren ertönte, dann ein Aufschlag, beides Geräusche, die Ahren nicht zuordnen konnte, und er wünschte, er hätte aus seiner Zelle alles einsehen können. Ein ersterbendes Röcheln folgte, dann ertönte Falks gelassene Stimme.

»Ich wusste gar nicht, dass ein Kupferteller so tief eindringen kann.«

»Man muss ihn nur kräftig genug werfen«, antwortete Trogadon mit dunkler Genugtuung in der Stimme.

»Will noch jemand sein Glück versuchen?«, fragte Lanlion mit der Unglück verheißenden Stimme, die er als blutleerer Söldner perfektioniert hatte. »Es sind noch Teller übrig.«

»Verdammt, das ist es nicht wert«, sagte eine bisher unbekannte Stimme. »Sammelt die beiden ein und nichts wie raus hier. Wir fragen, wer von denen entbehrlich ist, und an dem können wir uns immer noch rächen.« Hastig zogen sich die vier übrig gebliebenen Wachen zurück, und Ahren sah erstaunt, dass einer der beiden mitgeschleiften Leichen ein Kupferteller aus dem Rücken ragte. Schließlich war der Korridor wieder still und dunkel.

»Hol uns schnell hier raus, Trogadon«, stieß Ahren heiser vor Zorn hervor. »Ich will diese verfluchte Stadt endlich brennen sehen.«

Der Schmied hatte nicht zu viel versprochen. Nachdem ein paar Dutzend Herzschläge vergangen waren, in denen man ihn nur leises Brummeln und Fluchen hörte, erklangen zwei laute, metallische Schläge und dann das Quietschen einer sich öffnenden Eisentür.

»Na also«, hörte Ahren die Stimme seines Freundes.

»Hoffen wir, dass die Wachen nicht zurückkehren«, flüsterte Lanlion. »Ich schlage vor, du lässt mich zuerst heraus. Außerhalb dieser Zelle sollte meine Magie noch die wenigste Aufmerksamkeit von sich in der Nähe befindlichen Magiern auf sich ziehen.«

»Gutes Argument«, antwortete Trogadon leise, und kurze Zeit darauf sprang nach einem einzigen Schlag eine weitere Tür auf. »Ich werde besser darin«, sagte der Schmied, doch Ahren hörte unterschwellig den Schmerz in der Stimme des Zwerges. »Aber langsam wünsche ich mir dann doch einen Hammer.«

»Tut mir leid, dass deine zarten Finger wehtun«, ätzte Uldini. »Wir anderen bleiben einfach so lange hier eingesperrt, bis es dir besser geht.«

»Ist ja gut, ist ja gut«, sagte Trogadon, und bald darauf öffnete sich die nächste Tür.

»Süße Freiheit«, seufzte Uldini erleichtert.

»Zufrieden?«, fragte Trogadon. »Dann mach dich nützlich und uns ein bisschen Licht.«

»Aber nur ein wenig«, sagte Uldini, und kurz darauf schwelte ein schummriges Feuer in *Flammensterns* Innerem auf.

»Reiks Arroganz kennt keine Grenzen«, sagte Falk. »Er hat euch sogar eure Foki gelassen?«

»In den Zellen nützten sie uns ja auch nichts«, antwortete Uldini. »Hier draußen hingegen …« Der Erzmagus sprach nicht weiter, stattdessen sprangen alle Türen der Zellen gleichzeitig auf.

»Angeber«, murrte Trogadon und steckte den kleinen, keilförmigen Gegenstand weg, mit dem er ihre Flucht vorangetrieben hatte. Ahren bemerkte, dass die rechte Faust des Zwerges blau angelaufen und geschwollen war.

»Du bist verletzt, mein Lieber«, sagte Jelninolan und zog *Mirilan* hervor.

»Es geht schon«, sagte Trogadon und drückte die Elfe kurz an sich. »Wir sollten unsere Flucht so lange wie möglich geheim halten. Also spare dir deine Magie.«

»Was ist mit Uldinis kleinem Öffnungs-Trick?«, fragte Falk, der die Tür am Ende des Korridors im Blick behielt. »Blieb der denn unbemerkt?«

Uldini schnaubte. »Eine magische Fingerübung, mehr nicht«, sagte er überheblich. »Wenn ich eines Tages einen derart mickrigen Funken Magie nicht mehr verbergen kann, sollte ich als Oberster der Alten abtreten.«

»Ist das jetzt Ausdruck seiner natürlichen Arroganz oder spricht da die Nachwirkung des Zaubers aus ihm?«, fragte Khara und gab Ahren einen hastigen Kuss. In ihren Händen hielt sie noch immer ihre Klingennadel, an der frisches Blut klebte.

Ahren umarmte sie sanft und stieg dann auf ihre Neckerei ein. »Ein bisschen von beidem, denke ich.« Er spürte, dass sie ganz leicht zitterte, und hielt sie so lange fest, bis sie ihm mit einem Nicken zu verstehen gab, dass es ihr besser ging.

Schön, dass ihr alle frei und munter seid, ätzte Culhen. *Aber es gibt einige von uns, die den Luxus, durch die Gänge lustzuwandeln, noch nicht genießen können.* Dabei wand sich der Wolf demonstrativ in seinen Ketten.

Lustzuwandeln? Ehrlich?, fragte Ahren amüsiert, während er seinen Freund auf dem Karren aus der Zelle zog.

Mach. Mich. Los. Die Stimmung des Tieres war auf einem derartigen Tiefpunkt, dass Ahren bittend auf die Schlösser der Ketten deutete, woraufhin Uldini sie mit einer Handbewegung aufspringen ließ.

Khara hatte unterdessen auch Muai aus ihrer Zelle geschoben, damit Uldini seine Magie wirken konnte, ohne die Bannkreise in der Decke auszulösen. Die Tigerin grollte leise und schüttelte umgehend ihre Fesseln ab, kaum dass Uldini sein magisches Können unter Beweis gestellt hatte. Dann rieb sie schnurrend ihren Kopf an Kharas Wange, die beruhigend auf die Tigerin einflüsterte. »Ich war doch nie wirklich in Gefahr, meine Schöne«, sagte sie leise, aber Ahren sah, dass sie noch immer ihre Nadel wie eine Waffe umklammert hielt.

Dann war Culhen bei ihm und drückte sich stolpernd an ihn, sodass das Gewicht des großen Tieres ihn an die raue, feuchte Wand des Ganges nagelte.

»Was soll denn das?«, fragte er durch all das weiße Fell in seinem Mund hindurch.

Entschuldige, antwortete Culhen und schwankte von ihm fort. *Mir sind in den Fesseln die Pfoten eingeschlafen.*

»Also sind alle frei und so weit unverletzt«, fasste Lanlion ihre Situation zusammen. »Und was tun wir jetzt?«

»Jelninolan und ich bringen uns aus der Stadt«, sagte Uldini und tippte dabei vielsagend auf *Flammenstern*. »Unsere Anwesenheit in Gol-Konar ist ja bereits bekannt. Wenn wir diesem Sündenpfuhl schnell genug den Rücken kehren, werden wir den hiesigen Magiern entkommen können.«

»Falls eure Magie entdeckt wird, müssen wir uns gewaltsam durch die ganze Stadt kämpfen«, gab Ahren zu bedenken.

»Dazu gehören auch die Dunkelwesen, die bereits einen der falschen Bannkragen tragen, plus die, die gerade ›gezähmt‹ werden«, fügte Lanlion hinzu.

»Und jene Magier, die es schaffen, sich uns in den Weg zu stellen«, warf Jelninolan in Richtung Uldini ein. »Das klingt nach zu viel Magie in zu kurzer Zeit, die wir wirken müssten. Ich möchte eine Entfesselung definitiv vermeiden und das solltest du auch.«

»Welche Alternative haben wir denn?«, fragte Khara in die Runde.

»Schleichen«, sagte Lanlion. »Wenn wir es aus dem Palast schaffen, kann ich uns vielleicht lange genug verbergen, damit wir entkommen können.«

»Die Frage bleibt: Wohin wollen wir?«, fügte Trogadon hinzu. »Reik wird uns bestimmt seine Häscher hinterherschicken, selbst wenn wir die Stadt hinter uns lassen. Dies wird ein tagelang andauernder Verfolgungskampf, ohne Waffen, ohne Essen und ohne Schlaf.«

»Findet Erlösung im Wasser«, sagte Ahren.

Alle starrten ihn irritiert an.

»Fühlt Ihr Euch nicht wohl, Meister?«, fragte Hakanu taktvoll.

»Was redest du da?«, fragte Khara neugierig.

Ahren ging in seine Zelle zurück und holte den kleinen, bemalten Stein hervor, den Sha-sha ihm gegen die Nase geworfen hatte. »Das hier ist eine Nachricht vom Fahlen Haus«, sagte er. »Ich schätze, sie stammt von Dahl-Rhi selbst.« Er sah seine Freunde reihum an. »Nachtsoldaten verbergen solche Nachrichten manchmal in Kiesstreifen, wie es sie häufig im Ewigen Reich gibt.«

»Könnte auch eine weitere Falle sein«, warf Trogadon ein. »Sie hat erst uns verraten, dann Reik. Vielleicht verrät sie uns erneut.«

»Götter, ich hasse diese Stadt«, wiederholte sich Falk und schlug seine Faust gegen die Wand.

Ahren massierte sich die Schläfen. »Mit dem Wasser könnte sie den Hafen meinen.«

»Oder einen der vielen Kanäle. Oder den Schwarzen Umhang«, warf Lanlion ein. »Gol-Konar besteht zur Hälfte aus Wasser.«

Ahren schüttelte den Kopf. »Nachtsoldaten schreiben ihre Informationen nie wortwörtlich nieder«, sagte er und drehte den Stein in seiner Hand. »Damit Außenstehende nichts mit der Nachricht anfangen können, sollten sie sie aus Versehen finden.«

»Und was sagt uns das jetzt?«, fragte Trogadon ungeduldig. »Ich will ja nicht drängeln, aber irgendwann wird eine Wache ihren Mut wiederfinden und ihren Kopf in diesen Gang stecken.«

Ahren konzentrierte sich auf den unregelmäßig geformten Stein. Irgendetwas sagte ihm, dass die Herrin des Fahlen Hauses das Meer mit dem Wasser gemeint hatte, doch was trieb ihn zu dieser Annahme?

Culhen schnüffelte in seine Richtung. *Salz*, sagte er. *Der Stein riecht nach Salz.*

Ahren stöhnte. »Deswegen hat sie ihn mir gegen die Nase geworfen. Der Hinweis ist der Geruch.« Er schnüffelte demonstrativ daran und probierte dann mit der Zungenspitze. »Er riecht nach Tang und schmeckt nach Salz. Wir sollen Richtung Meer fliehen.«

»So subtil war das jetzt aber auch nicht«, sagte Uldini mürrisch. »Von Nachtsoldaten hätte ich mehr erwartet.«

»Hoffentlich lassen die Nachwirkungen deines Zaubers bald nach«, sagte Trogadon gereizt. »Du bist wirklich unausstehlich.«

»Das sagt der Richtige«, erwiderte Uldini gehässig. »Kleiner Mann mit totem Tier im Gesicht.«

Sofort tapste Kamaluq zu dem Schmied hinüber und zog sich mit seinen Vorderpfoten fiepend an dessen Bein hoch.

Der Zwerg streichelte den Fuchs abwesend und wollte zu einer Replik ansetzen, als Falk die Hand hob und um Aufmerksamkeit bat.

»Wozu die Karren?«, fragte er.

Ahren blinzelte überrascht »Wie bitte?«

»Warum diese beiden Karren?«, fragte Falk nachdenklich. »Muai hätte mit ihrer jetzigen Größe ohne Probleme neben Culhen in einen Karren gepasst.«

Die Tigerin fauchte den alten Paladin gereizt an.

»Lass das«, sagte Khara streng und dann an Falk gewandt: »Woran denkst du?«

»Dass eine gewiefte Meuchlerin und vermeintliche Nachtsoldatin uns nicht nur mit einem bemalten Stein und einem Schmiedewerkzeug zurücklassen würde, wenn sie uns wirklich zur Flucht verhelfen wollte«, murmelte Falk. Er besah sich die beiden Karren und kratzte sich am Kopf.

»Vielleicht glaubt sie, uns reicht das?«, warf Hakanu ein. »Wahre Helden entkommen in den Geschichten mit weniger als dem, was wir jetzt haben.«

Uldini sah Ahren vorwurfsvoll an. »Mach, dass er aufhört zu reden«, grollte er gereizt.

»Sieht der eine Karren für euch nicht anders aus als der andere?«, fragte Falk nachdenklich.

»Was hast du nur mit diesem Karren?«, begann Trogadon, doch da hatte Falk sich bereits auf den Boden niedergelassen und kroch unter den, in dem Muai gelegen hatte.

»Ja, klar«, kommentierte Uldini Falks Vorhaben sarkastisch. »Jeden Moment könnte sich dieser Korridor mit Wachen füllen, aber kriech du nur auf dem Boden herum …«

»Der Boden bei diesem hier ist dicker«, sagte Falk und kam wieder unter dem Gefährt hervor. »Und zwar deutlich.«

Ahren sah Falk fragend an, denn der alte Mann schien sich sehr über diese Tatsache zu freuen. Jetzt klatschte auch Trogadon leise in die Hände.

»Die Gauklertruppe«, sagte er freudig.

»Im Ewigen Reich«, warf Jelninolan ein.

Falk nickte und zog an der Seitenverkleidung des Karrens. Knarrend löste sich ein Brett und das Blitzen von Metall und das Leder gefüllter Rucksäcke war plötzlich zu sehen. »Wir hatten unsere Ausrüstung bei der Suche nach Ahren und Khara im Boden unseres Karrens versteckt«, murmelte er.

»Nachtsoldaten verbergen ihre Nachrichten stets so, dass sie nur jene verstehen, die wissen, wonach sie suchen«, wiederholte Jelninolan Ahrens Worte.

»Das würde aber bedeuten, sie wusste von eurer Reise durch das Ewige Reich«, wandte Lanlion ein. »Wer ist diese Frau?«

»Keine Zeit fürs Rätselraten«, sagte Ahren und half Falk dabei, die Waffen aus dem Versteck zu ziehen und zu verteilen. Er schulterte *Fisiniell* und rückte den Köcher auf seinem Rücken zurecht. Wenigstens musste er sich nicht mehr überlegen, ob er unbemerkt seinen Bogen nutzen konnte oder nicht. Zuversicht legte sich wie ein warmer Glanz auf die Gesichter seiner Freunde, als sie alle wieder vollständig gerüstet waren.

»Ich würde sagen, unsere Chancen sind gerade deutlich gestiegen«, grinste Trogadon und wog seinen Hammer in den Händen. »Die Finger tun mir schon gar nicht mehr weh.«

»Auf zum Hafen«, sagte Falk, als sich auf einmal eine Stimme meldete, die bisher geschwiegen hatte.

»Was ist mit Palnah?«, fragte Trimm und alle sahen ihn an.

»Du wagst es –«, begann Uldini wütend, aber da stellte sich Hakanu bereits neben den feisten Paladin.

»Er hat recht, Meister«, sagte der Lehrling. »Wir müssen sie doch retten. Wir haben es schließlich versprochen.«

»Das hier ist keine Lagerfeuergeschichte, Junge«, knurrte Falk erbost. »Gewöhne dich lieber daran, dass Dinge nicht immer so ausgehen, wie man es sich wünscht.«

Ahren hob die Hand und trat neben Falk. »Ich mache das«, sagte er ernst und sah seinem ehemaligen Meister tief in die Augen. »Er ist mein Lehrling.«

Falk schürzte die Lippen und nickte. »Ist mir recht«, sagte er. »Rücke du ihm den Kopf zurecht.«

Ahren trat vor Hakanu und legte ihm beide Hände auf die Schultern. »Die Welt ist ein ungerechter Ort«, begann er und sah aus den Augenwinkeln, wie Uldini bekräftigend nickte. »Man kann nicht immer alles erreichen, was man sich vorgenommen hat.« Trimm stieß einen protestierenden Laut aus, während Hakanus Augen immer größer und ungläubiger wurden. Ahren drückte die Schultern seines Lehrlings und holte tief Luft. Was nun kam, würde unendlich schwer werden. »Daher sage ich dir« – Hakanu sah aus wie ein Häufchen Elend, so als würde Ahren mit einem großen, schweren Hammer jegliche Träume zertrümmern, die er je gehabt hatte – »natürlich halten wir unser Versprechen und retten Palnah!«

»Was?«, fragte Uldini.

»Nicht dein Ernst!«, stöhnte Falk.

»Meister!«, jubelte Hakanu.

»Das habe ich kommen sehen«, sagte Khara lächelnd.

»Danke, oh danke, danke«, stammelte Trimm ergriffen und es hätte nicht viel gefehlt und er wäre vor Ahren auf die Knie gegangen.

»Du bist einer von uns«, sagte der Waldläufer zu dem feisten Mann. »Bruder.«

»Du hast aber vorhin schon zugehört, als wir all die Gefahren aufgezählt haben, die da draußen auf uns lauern, oder?«, giftete Uldini ihn an. »Wenn wir jetzt erst den Palast auseinandernehmen müssen, um Palnah zu befreien, verspielen wir unseren Vorsprung. Die gesamte Stadt wird hinter uns her sein, um sich unser Kopfgeld zu sichern.

Waffen hin oder her, wir sind zu wenige, als dass alle von uns eine solche Schlacht überleben würden – allen voran eine nicht im Kampf ausgebildete Brajah.«

Ahren nickte. »Ich weiß«, sagte er ruhig. »Deswegen flüchten wir zum Hafen.«

»Also, jetzt verstehe ich gar nichts mehr«, sagte Trogadon und zog an seinem Bart. »Sagt mir einfach, in welche Richtung ich laufen und welche Schädel ich einschlagen soll, sobald ihr fertig seid. Mir wird das hier zu bunt.«

Ahren hob beschwichtigend die Hand, denn nun schien ihm jeder in der Runde widersprechen zu wollen. »Dahl-Rhi schrieb: *Die Erlösung liegt im Wasser.* Nicht *Die Hoffnung* oder *Die Flucht* oder *Das Entkommen.* Das Wort *Erlösung* hat für einen Nachtsoldaten eine viel tiefere Bedeutung. Es heißt, dass man ohne Scheu und Scham vor dem Antlitz der Ewigen Kaiserin stehen kann, weil man frei von Makeln ist und seine Aufgaben gegenüber dem Ewigen Reich erfüllt hat.«

»Soll das etwa heißen, dass Cochan hier ist?«, fragte Khara verwirrt.

»Also ich bin sicher, das hätten wir bemerkt«, sagte Uldini trocken. »Dann würde diese Stadt nämlich bereits brennen wie ein Freudenfeuer beim Frühlingsfest.«

Ahren zuckte die Achseln. »Ich weiß nicht, was wir im Hafen vorfinden werden«, gestand er. »Aber was auch immer es ist, es wird uns bei unserer Rettung Palnahs helfen. Sonst hätte Dahl-Rhi als ehemalige Nachtsoldatin nicht von Erlösung gesprochen.« Er sah Trimm und Hakanu bedauernd an. »Manchmal muss man erst vor einem Feind zurückweichen, um dann umso härter zurückschlagen zu können.«

»Dann auf zum Hafen«, sagte Uldini und schritt forsch den Gang entlang, nur um abrupt innezuhalten. »Äh«, machte er. »Am besten geht doch jemand anderes als Erster durch diese Tür.«

Falk hob Schwert und Schild. »Wird gemacht«, sagte er und stellte sich an die Spitze der Gruppe.

»Wir kommen doch zurück, oder?«, fragte Trimm Ahren mit flehendem Blick.

»Das verspreche ich dir«, gelobte Ahren feierlich.

Dann trat Falk die Tür ein und die Zeit zum Reden war vorerst vorbei.

Die vier Schergen im Wachraum waren schnell, und ohne großes Aufsehen zu erregen, getötet worden. Ahren und die anderen waren wie eine glühende Welle des Zorns über sie hergefallen, sodass das Überraschungsmoment ausgereicht hatte, um den Kampf innerhalb von wenigen Herzschlägen zu entscheiden.

Die Kavernen waren bis auf jene mit dem Palastrelief leer. Nach Ausgabe der Bannkragen waren alle Gäste verschwunden, um sich ihr eigenes Dunkelwesen einzufangen, und die Wachen Reiks hatten sich im Licht von Sturmlaternen vor dessen Privatdomizil versammelt. Die Fackeln in den übrigen Höhlen waren größtenteils erloschen, sodass Ahren und seine Freunde sich leise und verstohlen in den tiefen Schatten durch die Höhlen bewegten und sich ohne weiteres Blutvergießen dem Ausgang des Blutroten Palastes näherten. Dort hielten sie inne, denn der lange, gerade Korridor mit den versteckten Fallgittern und seinen zahlreichen Wachen sowie deren Dunkelwesen war ein Engpass, durch den sie sich nicht unbemerkt durchschleichen konnten.

»Schnell und blutig«, flüsterte Falk. »Anders kommen wir nicht hindurch.«

»Lanlion, den Nebel und die Totensicht, bitte«, sagte Ahren leise. »Falk, Hakanu und ich greifen stets zuerst mit unseren Fernkampfwaffen an, sobald die Wachen oder Dunkelwesen ob des Nebels misstrauisch werden. Danach kümmern sich Trogadon, Lanlion und Khara mit Culhen und Muai um die, die noch stehen.«

»Immer bekomme ich die Reste«, sagte der Zwerg mit einem schiefen Grinsen. »Darf ich nicht doch lieber meine Armbrust benutzen?« Dabei sah er Ahren mit einem übertriebenen Welpenblick an.

Der schüttelte den Kopf. »Die braucht zu lange zum Nachladen«, erwiderte er. »Die Wachen standen bei unserem Eintreffen im Palast recht dicht beieinander, also ist es wahrscheinlich, dass der nächste Wachposten vage mitbekommt, was dem hinteren widerfährt. Wir müssen hindurchstürmen, bevor sich ein Fallgitter schließt, oder die ganze Stadt wird sich vor dem Palast sammeln und auf uns warten, während wir uns mühselig einen Weg durch die Gitter bahnen.« Er deutete auf Falk, Hakanu und sich. »Es wird unsere Aufgabe sein, jeden, der den Auslösemechanismus der Fallgitter betätigen will, daran zu hindern.«

»Euch ist schon klar, dass wir aus einem Gebäude ausbrechen, in das wir später wieder hineinmüssen?«, fragte Trogadon, einen nachdenklichen Unterton in der Stimme.

Ahren ignorierte ihn. »Denkt daran: Nach Reiks Ansprache sind die größten Kopfgelder Joraths auf uns ausgesetzt. Jeder Schurke dieser Stadt, der uns sieht, wird wissen, dass er sein Leben lang ausgesorgt hat, wenn er nur einen von uns erwischt. Also müssen wir unbedingt zum Hafen gelangen, bevor die schiere Menge an Halsabschneidern, Mördern und Dieben uns einkesselt. Sobald wir den vor uns liegenden Tunnel betreten haben, ist Schnelligkeit das Gebot dieser Nacht.«

Alle nickten und Lanlion wirkte seine Zauber, die ihn merklich an Farbe verlieren ließen. Ahren warf ihm einen besorgten Blick zu, doch der Blutleere nickte beruhigend und trank einen Schluck vom Teich der Göttin.

»Los, los, los«, wisperte Ahren, und im Schutze des Nebels und ausgestattet mit der Sicht der Toten drangen die Gefährten in den Gang ein, der sie ihrem Ziel, den Hafen zu erreichen, ein wichtiges Stück näher bringen würde.

Nach wenigen Schritt erblickte Ahren drei Wachen mit zwei Nebelkatzen an ihrer Seite. Die Dunkelwesen spähten sprungbereit in ihre Richtung, die Ohren angelegt. Doch bevor ihr Fauchen die Wachen aufschrecken konnte, trafen sie zwei Pfeile und ein Speer und sie fielen zu Boden.

Ahren fluchte leise, als die Wachen zu ihnen herumwirbelten. »Falk, links, Hakanu die Mitte, ich rechts«, rief er laut, um die Zielverteilung festzulegen. Dann schoss er reflexartig einen Pfeil auf jene Wache ab, die gerade den Hebel für das Fallgitter ziehen wollte. Da diese ganz links gestanden hatte, traf Falks Schuss den Mann ebenfalls in die Brust.

»Ich dachte, *ich* kümmere mich um links«, beschwerte der alte Mann sich mit amüsiertem Unterton.

Ahren rollte die Augen und lief weiter. Zusammen mit seinen Freunden stürmte er an der zurückweichenden letzten Wache vorbei, die geradezu achtlos von Muai gegen die Wand geschleudert wurde. Die Tigerin hatte gelernt, ihre neue Größe zu ihrem Vorteil einzusetzen, und das Ergebnis war verheerend.

Als die nächsten Wachleute in Sicht kamen, schauten diese bereits mit ratlos zuckenden Achseln in Richtung der getarnten Gefährten. Ahren, Falk und Hakanu reagierten innerhalb von zwei Herzschlägen und ließen ihre Waffen sprechen. Die Pfeile der beiden Waldläufer trafen, Hakanus Speer jedoch, den er nach einer der Nebelkatzen geworfen hatte, ging ins Leere, als das Tier mit den Schatten an der Wand verschmolz, um mit seinem Rudelgenossen mitten in Lanlions Nebel aufzutauchen. Kharas Klingen wirbelten, Culhens Kiefer mahlten, und weiter ging ihr wilder Sprint.

Ahren sah Blut auf Culhens rechtem Vorderbein und Kharas Haare glänzten feucht von einer Risswunde an ihrem Hinterkopf, aber sie konnten es sich nicht leisten, anzuhalten, um die Wunden zu versorgen. Ahren unterdrückte seine aufkommenden Sorgen, indem er ins Pelneng glitt. Der nächste Wachposten rief bereits fragend in ihre Richtung nach seinen Kameraden, und Ahren war klar, dass mit jedem Scharmützel die Alarmbereitschaft der nachfolgenden Wachen steigen würde. Wieder ließen die Gefährten Pfeile und Speer fliegen und diesmal konnte Falk eine der Wachen nur eine Handbreit entfernt vom Hebel für das Fallgitter niederstrecken. Die begleitenden Schmerzeber fielen unter Hakanus Speer und Lanlions Zweihänder, aber anschließend hielt sich der Lehrling den linken Arm, eine Verletzung als Abschiedsgeschenk der noch im Tod wild um sich schlagenden Bestie mit den vier Hauern.

Grimmig erkannte Ahren, welch hohen Preis dieser Ansturm ihrer Gruppe abverlangte. Dann kamen zwei Wachen in Sicht, die bereits ihre Waffen gehoben hatten. Eine von ihnen stand unmittelbar am Hebel, der das Fallgitter betätigte. Zusätzlich standen zwei Tausendnadler da, die ihre Stacheln aufrichteten und den Tunnel in eine Todeszone verwandeln würden.

»Uldini, Gitter!«, brüllte Ahren. Dann zu Hakanu und Falk: »Tausendnadler zuerst.«

Fisiniell fällte das rechte Dunkelwesen, Falks Bogen und Hakanus Speer das linke. Die Wache zog den Hebel angsterfüllt herab und beide rotgerüsteten Menschen traten einen Schritt zurück, in der Erwartung, dass das Fallgitter den unbekannten Feind in der unheimlichen Nebelwolke aufhalten würde. Doch nichts dergleichen geschah.

Die Mienen der Wachen verwandelten sich von Unglauben in Entsetzen, als das Fallgitter ein Stück unter der Decke schweben blieb, und dann waren die Gefährten bereits heran und fuhren mit tödlichen Hieben zwischen sie.

»Ist das schwer«, ächzte Uldini, der seine Hand in Richtung des Fallgitters ausgestreckt hielt und es mit seinen Künsten zurück in die Decke schob, wo es hörbar einrastete. »Dieses Stück Zauberkunst wird Aufmerksamkeit erregt haben«, warnte er. »Wer unter den Magiern dieser Stadt noch wach ist, wird nun die ersten Zaubernetze auswerfen, und wer schlief, wird nun kerzengerade in seinem Bett sitzen.«

»Egal«, sagte Ahren. »Besser, als hier festzusitzen.«

»Ein Gitter noch«, keuchte Falk atemlos.

»Und dann durch die halbe Stadt«, sagte Khara verbissen.

Als die letzten Wachen in Sichtweite kamen, klopfte Ahren das Herz. Das Fallgitter war bereits gesenkt und sechs Armbrustschützen legten mit zitternden Händen auf sie an. »Vorsicht«, rief er, als die Wachen blind in den Nebel feuerten. Vier der Bolzen flogen harmlos vorbei, einer prallte gegen Falks erhobenen Schild, der letzte jedoch hielt direkt auf Trimms ungeschützte Gestalt zu. Ahren wollte eine Warnung ausstoßen, da glitt Lanlion mit der Schnelligkeit eines Blutleeren vor den feisten Paladin und fing den Bolzen ab. Das gehärtete Holz bohrte sich zwischen zwei Panzerplatten tief in Lanlions Schulter, der taumelte und beinahe seinen Zweihänder fallen ließ.

»Das hatte ich anders geplant«, stöhnte er.

»Ich … Warum?«, stammelte Trimm und Lanlion lächelte ihn schmerzverzerrt an.

»Du bist nicht mehr allein, verzagter Bruder«, sagte der Blutleere bedächtig. »Wir helfen dir bei deiner Bürde.«

Ahren, Falk und der stöhnende Lanlion schalteten die Wachen aus, bevor diese nachladen konnten, dann blieben die Gefährten ratlos vor den dicken, schmiedeeisernen Stäben stehen.

»Uldini?«, fragte Falk knapp.

»Nichts zu machen«, sagte der Alte kopfschüttelnd. »Diese Gitter werden von metallenen Haken im Boden verankert, wenn sie erst mal unten sind.« Er deutete auf die Tunnelwand. »Da kann ich uns eher ein Loch in die Wand neben dem Gitter sprengen.« Er runzelte die Stirn.

»Aber danach müsstet ihr mich tragen, denn *Flammenstern* wird mir ohne Sonnenlicht nicht dabei helfen können.«

»Das wird nicht nötig sein«, rief Trogadon, und Ahren sah, dass der Zwerg sehr weit zurückgefallen war. Jetzt, wo er darüber nachdachte, war der Schmied bei keinem der Scharmützel anwesend gewesen.

»Wo warst du?«, fragte Ahren ungehalten.

»Vorbereitungen treffen«, antwortete Trogadon kryptisch. »Keine Angst, Jelninolan hatte die ganze Zeit ein Auge auf mich.«

»Notgedrungen«, sagte die Elfe spröde. Anscheinend gefiel ihr nicht, was ihr Herzenszwerg im Schilde führte.

»Wir müssen weiter«, drängte Falk. »Bald werden die ersten Bewohner dieser Stadt hier eintreffen und ihre Messer wetzen. Wenn sie zwei und zwei zusammenzählen, wer sich da in der Nebelwolke verbirgt, werden sie Verstärkung rufen.«

Und von hinten höre ich auch Wachen näher kommen, meldete sich Culhen. *Sogar Reik ist schon zu hören.* Der Wolf machte eine Pause. *Er flucht wie ein Rohrspatz.*

»Mach uns den Weg frei, Uldini«, sagte Ahren, aber da trat Trogadon kopfschüttelnd vor.

»Wie gesagt, das wird nicht nötig sein.« Er schnallte seinen Rucksack von seinem breiten Rücken und sah das Leder beinahe liebevoll an. »Du hast mir gut gedient«, sagte er und strich mit den Fingern über das Behältnis. Dann griff er hinein und Ahren hörte Ton und Glas zerbrechen. Eine giftig gelbe Wolke quoll plötzlich aus dem Rucksack hervor und Trogadon rief: »Rüber zur rechten Wand! Augen zu und Ohren bedecken!« Dann warf er das schwere Lederbündel auf die linke Wand des Tunnels zu, wo es dicht neben dem Gitter zum Liegen kam. Ahren ahnte, was sein Freund getan hatte, und stellte sich vor den gaffenden Hakanu, die Hände auf seine Ohren gepresst und den Rücken dem qualmenden Rucksack zugewandt. Ein Donnern ertönte hinter Ahren und seine Ohren klingelten trotz der Warnung.

Nicht schon wieder, beschwerte sich Culhen, der ungehalten seinen Kopf schüttelte. *Wenn dieser Zwerg so weitermacht, bin ich irgendwann taub.*

Ahren drehte sich um und sah ein klaffendes Loch in der Tunnelwand, so groß, dass es beinahe wie ein zweiter Eingang wirkte. »Da passt ja ein Pferd durch«, sagte er verblüfft.

»Ich hatte die Idee nach meinem Missgeschick mit der Jauchegrube des Roten Flusses: Ein paar Reagenzien meines Schmiedehandwerks meiner Schmiedekunst geschickt vermischt, ergeben ein großes Loch im Stein«, sagte Trogadon. »Auch wenn ich meinen Rucksack sehr vermissen werde. Da waren alle Materialien drin, die ich für meine Arbeit brauche.«

»Das war hilfreich«, sagte Uldini knapp. »Und jetzt schnell weiter.«

Trogadon nickte und griff sich schnell eine jener Fackeln, die an den Wänden des Tunnels hingen und die Sprengung überstanden hatten. »Geht schon mal, ich komme sofort.«

»Noch mehr Überraschungen, mein Lieber?«, fragte Jelninolan den Zwerg.

»Sagen wir mal so«, grinste Trogadon und hielt die Fackel an eine ölig schimmernde Spur aus Flüssigkeit, die er auf seinem Weg durch den Korridor hinterlassen hatte. »Mein Rucksack war nicht mehr voll, als ich am Ende dieses Ganges ankam.« Dann ließ er die Fackel auf die Ölspur fallen und scheuchte Ahren und die andere durch das Loch im Fels. »Wir beeilen uns besser«, sagte er hastig, als sich das Feuer rasend schnell einen Weg zurück in den Tunnel fraß.

Ahren war noch nicht durch das Loch, als ein weiterer Knall hinter ihm ertönte, gefolgt von Schreien und zwei weiteren dumpf rumpelnden Sprengungen.

»Was hast du getan?«, fragte Khara, als ihnen eine Staubwolke aus dem Inneren des Eingangs entgegenwehte.

»Mir sind ein paar Ölvorräte der Wachposten in die Hände gefallen«, sagte der Schmied unschuldig. »Mit einem Pulver hier und einer entzündlichen Paste dort …« Er grinste breit. »Sagen wir einfach, ich habe dafür gesorgt, dass uns die Fallgitter keine Probleme mehr bereiten werden, wenn wir in den Palast zurückkehren, um Palnah zu befreien.«

Ein wutentbrannter Schrei erklang aus dem Tunnel hinter ihnen, der kaum mehr menschlich klang. »ASKADAR! Haltet sie auf! TÖTET SIE ALLE!«

»Das ist unser Zeichen, zu gehen«, sagte Lanlion spröde und deutete auf ein langes Boot, das in einem der nahen Kanäle vertäut lag. »Was sagt ihr?«, fragte der Blutleere trotz des Bolzens in seiner Schulter listig. »Ob irgendwer erwartet, dass wir unsere Flucht in so einem langsamen Kahn antreten?«

Ahren sah sich um und erkannte, dass sie für den Moment unbeobachtet waren. Noch hatten sich keine Halsabschneider blicken lassen. Zudem schirmte sie der Staub aus dem Tunnel, die Dunkelheit der Nacht und Lanlions Nebel sie vor neugierigen Blicken ab.

»Wagen wir es«, sagte Ahren, und keine zwanzig Herzschläge später glitten sie in einem sorgfältig gearbeiteten und mit kunstvollen Schnitzereien verzierten Boot durch die Kanäle gen Hafen, in einer dichten Nebelwolke verborgen, während über ihnen Gol-Konar zum Leben erwachte und dem Ruf des tobenden Reiks nach ihrem Blut folgte.

21. Kapitel

Das Wasser plätscherte verstohlen am hellen Holz ihres Bootes entlang, während der Mond sich im Westen groß und rund gen Horizont stahl. Ahren wagte nicht zu atmen, als er den wild umherschreienden Suchtrupps lauschte, seinen Bogen griffbereit auf seinen Beinen platziert.

Die Nachricht ihrer Flucht verbreitete sich wie ein Lauffeuer in der Stadt und jeder, der sich irgendwie auf den Beinen halten konnte, beteiligte sich an der Jagd. Lanlions Nebel verbarg sie bisher gut, aber Ahren bereiteten die Dunkelwesen Sorgen, die bei der Suche eingesetzt wurden. Schmerzeber, Tausendnadler, Nebelkatzen, sogar einige Blutwölfe und einen Finsterbären hatte der Waldläufer schon erblickt. Der Anblick der Dunkelwesen musste den Bewohnern Gol-Konars bereits so vertraut sein, dass sie entweder nicht bemerkten, dass einige der Kreaturen keine Bannkragen trugen, oder es war ihnen in ihrer Gier vollkommen egal, solange sie nicht angegriffen wurden.

»Sieh genau hin, Hakanu«, flüsterte Ahren bitter. »So stiehlt man eine ganze Stadt in nur einer Nacht.«

Der Lehrling wollte antworten, aber Falk legte einen Finger an seine Lippen, und so besann Ahren sich auf ein brütendes Schweigen. Er hätte gerne alle Einwohner Gol-Konars geschüttelt und ihnen ins Gesicht geschrien, dass sie aufwachen und sich umsehen sollten, was ihnen gerade widerfuhr. Das Wissen, dass er nicht zu ihnen durchdringen würde, verstärkte seine Rage nur noch. An diesem Ort hatten sich all jene versammelt, die glaubten, dass Regeln für sie keine Gültigkeit hatten und nur das eigene Wohlbefinden einen Stellenwert besaß. Daher waren sie blind für die Manipulation ihrer niedersten Begierden, die Askadar und Reik gegen sie einsetzten, um der Obsidianfeste eine ganze Stadt auf dem Silbertablett zu kredenzen.

»Lass mich einmal deine Wunde sehen«, sagte Jelninolan leise zu Lanlion, als gerade keine Schurken oder Dunkelwesen in der Nähe waren.

»Lieber nicht«, sagte der Blutleere und drehte seine verletzte Schulter fort. »Der Bolzen verhindert, dass ich ausblute. Wenn du ihn jetzt entfernst, verliere ich die Kraft, meine Zauber aufrechtzuerhalten, bevor du mich heilen kannst.«

Ahren sah, dass Lanlions Gesicht bereits aschgrau war, und sorgte sich um seinen Freund. Jelninolan betrachtete den Blutleeren jedoch für einen Moment und nickte dann mit ernster Miene.

»Na gut«, wisperte sie. »Aber kämpfen wirst du so nicht. Du könntest den Nerven in deinem Arm permanenten Schaden zufügen.« Dann wandte sie sich an Hakanu, der seinen linken Arm bereits in einer Schlinge trug.

»Er ist nur gebrochen. Ich kann meinen Speer noch immer mit rechts werfen«, sagte er tapfer und richtete sich dabei stolz auf seiner Sitzbank auf. »Spart Eure Kräfte lieber auf.«

»Na gut.«, sagte Jelninolan und ließ von ihm ab. »Dann muss ich nicht wegen einer geringfügigen Verletzung das Risiko eingehen, dass meine Magie entdeckt wird.«

Ahren musste verstohlen schmunzeln, als er den überraschten Ausdruck in Hakanus Augen sah. Anscheinend hatte der Lehrling damit gerechnet, trotz seiner heroischen und selbstlosen Absage geheilt zu werden, und wirkte nun ein wenig konsterniert. Kamaluq hatte sich auf dem Schoß des Lehrlings eingerollt und fiepte im Tiefschlaf kaum hörbar. Kurz erwog Ahren, seinen Kopf gegen den in der Mitte des Bootes kauernden Culhen zu lehnen, doch dann erscholl ein Signalhorn, das wie der gemarterte Schrei eines großen Wesens klang.

»Da drüben«, flüsterte Trimm, der mit angsterfüllten Augen hinter sich blickte.

Ahren drehte den Kopf und erkannte Askadar, der auf einem riesigen katzenartigen Wesen saß, das ihn mit weiten Sätzen von Dach zu Dach trug. Der Hochfang stieß dabei in ein Horn, das die Dunkelwesen der Stadt zu kommandieren schien, denn innerhalb kürzester Zeit sammelten sie sich um ihn.

»Es fehlt ein Boot am Palast«, rief er mit seiner dunklen Stimme, die durch einen Zauber verstärkt von den Wänden der Häuser abprallte, sodass es schien, als würden Dutzende oder gar Hunderte Askadars gleichzeitig sprechen und seine Anweisungen bis in jeden

Winkel Gol-Konars tragen. »Konzentriert euch auf die Kanäle. Achtet auf Nebel. Dort müssen sie sein.«

»Alles Gute endet mal«, sagte Falk seufzend und richtete seinen Schild. »Am besten, wir gehen an Land«, fügte er hinzu. »Wenn wir in diesem vollgepackten Boot erwischt werden, sind wir schnell Futter für die Halsnesseln.«

Ahren spähte ins Wasser und sah mithilfe der Totensicht, dass Dutzende der Wesen in den Tiefen des Kanals lauerten. Wer in diesen Kanal fiel, dem war nicht mehr zu helfen. »Ich gebe Falk recht«, sagte er beklommen. »Besser, wir versuchen unser Glück über die Dächer.« Er deutete dabei auf die Häuser des Hafenviertels, die dicht standen und robust genug aussahen, dass auch Culhen auf ihnen entlanglaufen könnte.

Jelninolan zog *Mirilan* aus ihrem Bündel und sah Uldini fragend an. »Auf den Dächern wären wir ein leicht zu erkennendes Ziel. Glaubst du, es ist an der Zeit, unsere Zurückhaltung abzulegen? Dann hätte ich eine Idee, die uns bis weit in das Hafenviertel bringen könnte.«

Uldini rieb sich über die Glatze. »Früher oder später wird uns ohnehin ein Zaubernetz aufspüren. Wenn du glaubst, dass dein Weg der bessere ist, dann nur zu.«

Die Elfe wirkte regelrecht erleichtert und stand im Boot auf. »Stütze mich, mein Lieber«, sagte sie zu Trogadon und der Zwerg legte seine breiten Pranken um ihre Hüften. »Und ihr anderen haltet euch gut fest. Dies wird ein wilder Ritt.«

»Was hast du vor?«, fragte Falk skeptisch, doch da hatte Jelninolan bereits die Sturmfiedel an ihre Schulter gelegt und blickte zum Himmel gen Osten. Ahren folgte ihrem Blick, als die ersten sanften, beinahe einschläfernden Töne von dem Instrument aufstiegen, und er erkannte, was die Elfe mit ihren Augen fixierte.

Der Schwarze Umhang, wunderte er sich. *Was hat sie nur vor?*

Was es auch ist, es wird mir nicht gefallen, unkte Culhen. *Nicht, solange ich wie ein plumper Stein in dieser Nussschale hocke.*

»Träume ich?«, hauchte Trimm und sah zwischen Jelninolan und dem Wasserfall hin und her.

»Willkommen in der Gegenwart einer Sturmweberin«, sagte Trogadon voller Stolz. Ahren war sich bisher nicht sicher gewesen, aber nun sah auch er, was Trimm als Erster erkannt hatte: Der Schwarze Umhang fiel in sich zusammen und versiegte! Eingelullt durch das schläfrige Lied Jelninolans tröpfelte der unterirdische Strom nur noch als Rinnsal aus dem Felsen hoch über der Stadt.

»Ich bin zwar beeindruckt«, sagte Falk irritiert, »aber wie soll uns das helfen?«

»Du vergisst das Gleichgewicht«, sagte Jelninolan mit einem verträumten Lächeln, glückselig ihrer eigenen Musik lauschend.

»Welches Gleichgewicht?«, fragte Hakanu.

»Da du aus dem Grünen Meer stammst, solltest du das eigentlich wissen«, ermahnte ihn Ahren angespannt, hängte sich Fisiniell um und schlang hastig ein Seil um Culhens Rücken, das er notdürftig an Ösen im Boot vertäute. »Die Natur verabscheut jedwedes Ungleichgewicht und dauerhaften Stillstand.« Ahren deutete auf das Loch im Fels. »Was zurückgehalten wird …«

Jelninolan seufzte und beendete ihr Spiel. »… muss wieder freigelassen werden«, sagte sie lächelnd. Dann brachen die angestauten Wassermassen aus dem Felsen hervor und schossen in weitem Bogen in die Stadt hinein, fluteten Gehsteige und schwappten von dort aus in die Kanäle. Ahren sah die brodelnden Wassermassen auf sie zurasen und der Anblick übertraf seine Befürchtungen bei Weitem.

»Festhalten!«, brüllte er. In diesem Moment war ihm egal, dass Dutzende Köpfe von Dunkelwesen und Häschern gleichermaßen nach dem Urheber des Schreis suchten.

Ahren klammerte sich fest, als die Flutwelle einer Naturgewalt gleich ihr Boot erfasste und es mit sich Richtung Ozean riss. Schon begann das Gefährt, sich querzulegen, und drohte zu kentern, aber da spielte Jelninolan eine neue, geradezu spritzige Melodie voller Lebensfreude, und Ahren hatte den Eindruck, als würde das Boot jetzt leichtfüßig zu den Tönen auf den Wellen tanzen.

»Achtung!«, rief Lanlion über das Brodeln und Tosen hinweg. »Mein Nebel löst sich auf! Wir sind einfach zu schnell!« Kaum war die Warnung des Blutleeren verklungen, als die dunklen Schwaden, die sie bisher verborgen hatten, aufrissen und den tief stehenden Mond enthüllten, der von Westen her in die Bucht Gol-Konars schien und die Wütenden Hauer vor der Küste wie turmhohe Wächter aus vergangener Zeit erscheinen ließ.

Erste Messer und Bolzen flogen Ahren und seinen Freunden um die Ohren, als Warnrufe laut wurden und unzählige Finger auf das auf der Flutwelle reitende Boot zeigten. Rechts von ihnen verschoss ein Tausendnadler sein tödliches Fell, und nur dank Culhen, der sich so weit zur linken Seite lehnte, dass die rechte Wand des Bootes weit aus dem Wasser ragte und alle dahinter Schutz vor den heranschießenden Stacheln fanden, wurde niemand schwer verletzt.

Au, beschwerte sich Culhen, der als Einziger einige der natürlichen Geschosse abbekommen hatte, die nun zwischen den Panzerplatten hervorragten. *Die ziehst du besser raus oder ich werde mich gleich nicht rühren können, weil sie die Beweglichkeit der Rüstung blockieren*, wies der Wolf Ahren an. Der Paladin beeilte sich, die Stacheln aus Culhens Fleisch zu entfernen, die wie Keile die Rüstung des Wolfes blockierten und ihn so faktisch lähmten.

»Achtung!«, rief Khara in dem Moment und deutete nach vorne, wo Ahren eine provisorische Blockade aus mehreren Booten sah, die einige Schurken dort miteinander vertäut hatten, um sie an der Durchfahrt zu hindern.

»Mit dieser Flutwelle haben sie wohl nicht gerechnet «, rief Falk über das tosende Wasser hinweg, als sich die grinsenden Halunken auf den Booten hastig in Sicherheit zu bringen suchten.

»Tut irgendwas oder unser Boot wird dort zerschellen!«, rief Trimm voller Panik.

Uldini hob *Flammenstern* und deutete auf die Blockade, aber da war es schon zu spät. Mit einem mahlenden Krachen rammte ihr Boot die anderen und begleitet vom ohrenbetäubenden Bersten splitternden Holzes brachen sämtliche Schiffe auseinander wie Nussschalen unter einem riesigen Hammer. Die herbeigerufene Flut brach über Ahren und den anderen herein und plötzlich stand die Welt des Paladins Kopf, als Trümmer, brodelndes Wasser und schreiende Gestalten – Freund wie Feind – in einem scheinbar wahllosen Chaos in seinem Blickfeld auftauchten und wieder verschwanden. Dann riss ihn der Strom endgültig unter Wasser und Ahren konnte nur noch erkennen, wie Uldini mit Trogadon und Culhen auf den nahen Steg geschleudert wurde, zweifelsohne getragen von der Magie des Alten.

Ein fremder Schemen tauchte neben Ahren im Wasser auf, der ebenso wie der Paladin gnadenlos von den Wassermassen mitgerissen wurde und sich für einen Moment an Ahrens Beinen festklammerte. Als der Waldläufer ein Messer in der Hand des Unbekannten sah, reagierte er mit einem beherzten Kniestoß ins Gesicht des Mannes, wodurch er sich genug Zeit verschaffte, *Sonne* zu ziehen und mit der Klinge zuzustechen. Die Gestalt krümmte sich und wurde von der Strömung von Ahren fortgerissen, aber dafür erblickte der Paladin mehrere Halsnesseln, die in den Fluten in seine Richtung getrieben wurden. Plötzlich war Falk neben ihm und dann schon wieder fort, mühsam mit dem Gewicht seiner Rüstung kämpfend.

Ahren schwamm, so gut es ging, gegen den Sog der Wassermassen an und schaffte es, einen kurzen Moment an der Wasseroberfläche Luft zu holen, bevor ihn der nächste Strudel tosenden Wassers wieder in die Tiefe riss. Brennende Tentakel legten sich um seinen Hals, und geistesgegenwärtig führte Ahren seine Klinge blind einmal um seinen Kopf herum und schnitt die faserigen Gliedmaßen ab, deren Nesseln bereits eine milde, lähmende Kühle in seinem Körper verbreiteten. Dankbar spürte Ahren, wie sein Göttersegen die Wirkung des Giftes merklich abmilderte und blickte sich unter Wasser nach seinen Freunden um, konnte jedoch niemanden sehen. Da fiel sein Auge auf einen abgebrochenen, im Kanalboden eingelassenen Balken, vermutlich das Überbleibsel eines alten, lange verfallenen Landungssteges. Ahren hielt mit kräftigen Schwimmzügen darauf zu und als er das Holz passierte, stellte er seine Füße darauf und katapultierte sich aus dem Wasser wie ein junger Lachs im Frühling. Er erkannte die steinerne Brüstung einer Brücke und griff danach, um sich an ihr festzuklammern wie ein Schiffbrüchiger an einem Stück Treibholz. Vor ihm standen drei Bewohner Gol-Konars auf der Brücke und glotzten auf ihn herab, unsicher, ob der tropfnasse Kerl in der komischen Rüstung vor ihnen ein Gesuchter oder einer der ihren war.

»Schaut mich nicht so blöd an«, maulte Ahren geistesgegenwärtig. »Zieht mich hoch! Die Paladine sind zwei Block weiter östlich an Land gegangen, bevor diese Hexe uns mit einer Flutwelle zu ersäufen versucht hat.«

Einen Herzschlag lang regten sich die Halsabschneider nicht, aber dann trat einer von ihnen lachend vorwärts und half Ahren auf die Brücke. »Da hast du aber Glück gehabt«, begann er, bevor seine Augen erst an Ahrens Rüstung hinabwanderten und dann an seiner Windklinge hängenblieben, die das Mondlicht auf nahezu übernatürliche Weise reflektierte. Der Paladin sah das Erkennen in den Augen seines Helfers aufblitzen und als der mit einem Alarmruf seine Waffe zog, setzte der Waldläufer sich in Bewegung, um die drei Schurken so schnell wie möglich auszuschalten. Ein tiefer Hieb nach dem ersten, eine Drehung, um dem zweiten auszuweichen, gefolgt von einem einhändig ausgeführten Rückhandschlag, der die Kraft der Drehung in sich aufnahm. Einen Fußfeger mit abschließendem Stich später war Ahren die einzige lebende Person auf der Brücke.

In der Ferne hörte er laute Rufe und sah Gestalten, die in seine Richtung zeigten, also gab er Fersengeld. Seine Gedanken waren bei seinen Freunden und er hoffte, dass sie es alle irgendwie aus dem Wasser geschafft hatten. Ihre wie seine einzige Überlebenschance war es, dass sie sich bis zum Hafen durchschlugen, wo dann hoffentlich die versprochene Hilfe auf sie warten würde.

Ein Bolzen traf ihn im Rücken und ließ ihn taumeln, doch die Bänderrüstung hielt dem Projektil stand.

Culhen!, rief Ahren in seinen Gedanken. *Wo seid ihr?* Er wich gierig grapschenden Händen aus, die aus dunklen Gassen nach ihm griffen, und hieb im Lauf einen Schurken nieder, der Ahren mit einem nagelbesetzten Knüppel aufhalten wollte.

Wir laufen auf einen großen Platz im Hafen zu, der wohl dem Abladen von Beutegut dient, sagte der Wolf und zeigte Ahren das Bild einer weitläufigenlichen Bucht von vielleicht fünfzig Schritt Länge, in der sich drei der Hauptkanäle der Stadt vereinten. Umrahmt wurde das Areal zur Landseite von den typischen zwei- bis dreistöckigen Steinhäusern des Hafens, die beinahe wie dicht um einem Kampfring gedrängte Zuschauer wirkten. Auf der ebenfalls um die fünfzig Schritt durchmessenden, mit Kopfsteinpflaster versehenen Fläche hatte man genug Raum, um zu kämpfen, ohne einem Hinterhalt ausgeliefert zu sein. *Uldini hat uns alle mit Magie aus dem Wasser gefischt, aber dich konnten wir nicht finden.*

Ich komme zu euch, sagte Ahren. *Haltet nach Anzeichen für jene mysteriöse Hilfe Ausschau, die uns im Hafen erwarten soll.* Kaum hatte er dies zu Ende gedacht, als sich eine bullige Gestalt gegen ihn warf und mit einem Grunzen zu Boden schleuderte. Ahren erkannte in seinem Angreifer einen Schmerzeber und versuchte sich abzurollen, ohne durch den Schwung des Sturzes im tosenden Kanal zu landen. Mühsam gelang es ihm, *Sonne* festzuhalten, bevor sie davon gewirbelt wurde, aber da war das Wesen bereits wieder über ihm und stieß mit seinen vier Hauern zu. Wie der Spielball einer wütenden Katze wurde Ahren umhergeschleudert und schaffte es aufgrund der Wildheit seines Angreifers nicht, einen einzigen Hieb vorzubereiten. Seine Rippen schmerzten und sein rechter Arm wurde durch einen Treffer gegen den Musikknochen gar taub, als plötzlich eine schlanke Gestalt von hinten auf den Rücken des Dunkelwesens sprang und eine dünne Nadel in das linke Ohr der Kreatur rammte und wieder herauszog. Der Eber versteifte sich augenblicklich und erschlaffte dann auf dem verblüfften Ahren, der das Wesen mit einem Tritt in den Kanal beförderte und seine Retterin anstarrte.

»Keine Zeit zum Gaffen«, sagte Dahl-Rhi und zog den überrumpelten Paladin auf die Füße. »Eure Freunde brauchen uns.« Dabei zeigte sie nach Osten auf die Dächer des Hafenviertels, wo Ahren die Gestalt Askadars auf seinem Reitwesen erkannte und einen flink huschenden Umriss, dessen silberner Mantel in den wenigen Momenten zu erkennen war, wo der Läufer die Richtung wechselte. Auch wenn die Bewegungen zu schnell und kraftvoll für einen Menschen waren, war Ahren sich sicher, dass er dort Reik erkannte, der rasend schnell zu ihnen aufholte, Horden von Schurken und Dunkelwesen im Schlepptau.

»Wieso helft Ihr uns?«, fragte Ahren atemlos, als er der vorauseilenden Meuchlerin hinterhersprintete.

»Das ist kompliziert«, sagte sie nur.

»Dann macht es einfach für mich«, verlangte Ahren, der ihr blindlings durch enge Gassen und dunkle Torbögen folgte. Hin und wieder sah er weiß gekleidete Gestalten, die dafür sorgten, dass sich keine Schurken den beiden Flüchtenden näherten, indem sie hier eine Ablenkung schufen oder dort hinterrücks ein Messer einsetzten.

»Also schön«, sagte Dahl-Rhi im Laufen. »Die kurze Version lautet: Ich will nicht, dass Gol-Konar an den Widersacher fällt. Ich bin lieber arm und frei als reich und eine Sklavin.«

»Das ist nicht die ganze Wahrheit«, beharrte Ahren. »Ihr habt uns schon geholfen, bevor Reik seine Allianz verkündet hat.«

»Ihr wisst auch nicht, wann man aufhören sollte, Fragen zu stellen, oder?«, beschwerte sich die Herrin des Fahlen Hauses und kürzte ihren Weg durch ein leerstehendes Gebäude ab, während sie geschickt ein Wurfmesser im Auge einer lauernden Nebelkatze versenkte.

»Das höre ich öfter«, gab Ahren zu. »Aber in einer Stadt, in der ich mehr Verrat und Lügen erlebt habe als sonst wo auf der Welt, erwarte ich eine ehrliche Antwort von Euch, wenn ich Euch trauen soll.«

Dahl-Rhi seufzte und deutete auf eine Häuserreihe vor ihnen. »Dahinter liegt der Platz, auf dem Eure Freunde warten«, sagte sie. »Bis wir dort sind, stehe ich gerne Rede und Antwort. Also, wo fange ich an?« Sie kniff sie die Lippen zusammen und überlegte angestrengt, bevor sie weiterlief. »Ich sollte mal eine Nachtsoldatin werden. Das Traumblatt wirkte nicht richtig bei mir. Man wollte mich daher töten. Ich wehrte mich.«

Ahren kam es vor, als müsse sich die Frau jedes Wort mühsam abringen, obwohl sie bereits so wenig wie möglich von ihrer Geschichte preisgab. »Ich floh nach Gol-Konar. Hier wollte man mich wieder töten. Ich wehrte mich. Dann machte ich ein Geschäft daraus.« Sie deutete nach Westen. »Ich errichtete mit dem, was ich gelernt hatte, das Fahle Haus. Dann erhielt ich eine Botschaft, von der Ewigen Kaiserin persönlich.« Sie huschte in eine Gasse zwischen den Häusern, und in der Entfernung konnte Ahren seine Freunde sehen, die scheinbar unbehelligt ihre Kräfte sammelten, während Dahl-Rhis Meuchler alle Zugänge zu dem weitläufigen gepflasterten Platz sicherten. »Ich sollte mein Leben und meine Freiheit behalten, hieß es darin. Sofern ich ›die Interessen des Ewigen Reiches in dieser Stadt angemessen vertrete, solange es meinen Motiven nicht im Wege steht‹, war, glaube ich, die offizielle Wortwahl.«

»Also seid Ihr eine Spionin«, sagte Ahren, und die Frau sah ihn kalt an.

»Ich bin eine Geschäftsfrau mit einer ausgesprochen speziellen Vereinbarung mit einer skrupellosen Herrscherin«, sagte sie. »Das ist etwas vollkommen anderes.«

Ahren!, rief Culhen in seinem Verstand, als der Wolf erkannte, dass sie nicht mehr fern waren. *Geht es dir gut?*

Den Umständen entsprechend, antwortete der Paladin. Dann wandte er sich an Dahl-Rhi. »Also nutzt ihr uns eigentlich nur aus, um Reik loszuwerden?«, fragte er.

»Natürlich«, sagte die Meuchlerin offen. »Nur dass er in diesem Spiel einen derart hohen Einsatz auf den Tisch gelegt hat, dass mir nichts anderes übrig bleibt, als Farbe zu bekennen.« Sie zuckte mit den Achseln. »Eigentlich hatte ich bei Eurem Euch vorauseilenden Ruf erwartet, dass Ihr Reik auf dem Schemenball tötet. Eure betäubten Tiere waren meine Rückversicherung, dass Ihr mich nicht hintergeht, und wurden dann mein Alternativplan.« Sie deutete auf den gemauerten Platz vor der halbmondförmigen Bucht, in die drei grob behauenen Kanäle mündeten. »Und nun sind wir hier, eine Handvoll Personen gegen eine ganze Stadt.« Sie seufzte leise. »Ein Teil von mir überlegt immer noch, ob ich Euch nicht als Köder für Reik zurücklasse, um aus der Stadt zu verschwinden, solange er mit Euch beschäftigt ist.«

Ahren sah die Frau mit bohrendem Blick an. »Wenn der Widersacher obsiegt, wird kein Loch tief genug sein, um sich darin verkriechen zu können.«

»Ich weiß.« Dahl-Rhi seufzte erneut. Dann deutete sie während des letzten Schrittes, der sie von Culhen und den anderen trennte, hinaus auf die See. »Mir bleibt nur zu hoffen, dass Ihr so fähig seid, wie es in den Bardenlieder heißt.«

Ahren folgte ihrem Blick und entdeckte ein Schiff in der Ferne verankert, dessen Konturen ihm sofort vertraut vorkamen. »Die *Königin der Wellen*«, hauchte er. Während er erst Khara und anschließend Culhen umarmte, durchströmte ihn eine tiefe Erleichterung. Ob der Kapitän wohl selbstständig nach ihnen gesucht hatte oder gar Yantilla und die Eiswölfe mit an Bord waren?

»Nur dass uns das Schiff dort draußen so viel hilft wie ein Fellmantel im Hochsommer«, sagte Falk. »Die *Königin der Wellen* hat viel zu viel Tiefgang, um hier anlegen zu können.«

Ahren starrte erst auf das ferne Schiff, dann auf die herannahenden Gestalten Askadars und Reiks, die die Massen der Schurken und Halunken dieser Stadt mit lauten Rufen in ihre Richtung lenkten. »Wollt ihr mir sagen, dass wir auf uns allein gestellt sind? Obwohl das Schiff keine Länge entfernt vor Anker liegt?«

»Frag ihn das«, sagte Trogadon und deutete auf Uldini. »Der murmelt schon eine ganze Weile etwas vor sich hin.«

»Uldini?«, fragte Ahren drängend, als Sha-sha auf den Platz gelaufen kam und Dahl-Rhi ein Zeichen gab.

»Gleich«, murrte der Alte und redete dann leise unverständliche Silben vor sich hin. »Das hier ist ein Experiment, für das ich eigentlich Sonnenschein bräuchte.«

»Mehr haben wir auch noch nicht aus ihm herausbekommen«, sagte Khara mit einem Achselzucken.

»Sha-sha hat mir zu verstehen gegeben, dass unsere Verteidigung in wenigen Augenblicken in sich zusammenbricht«, sagte Dahl-Rhi warnend. »Wir sind Leute, die aus dem Schatten heraus agieren, keine Krieger. Einen zufällig herannahenden Halunken aufzuhalten, ist eine Sache. Gegen eine ganze Horde von ihnen zu kämpfen, etwas anderes.« Die Meuchlerin drehte sich fort, doch Ahren hielt sie mit einer Berührung am Arm auf.

»Ihr wollt uns unserem Schicksal überlassen?«, fragte der Paladin ungläubig. »Jetzt?«

»Ein guter Meuchler weiß, wann er kämpft und wann er besser verschwindet«, sagte sie ungerührt. »Ich habe Euch geholfen, soweit es mir möglich war.« Dann deutete sie auf das ferne Schiff. »Und Ihr seid nicht allein, Dreizehnter. Ich bin sicher, Euch fällt schon etwas ein.«

»Dann nutzt wenigstens die Schatten, um jene aufzuhalten, die von hinten nachströmen«, sagte Khara gebieterisch. »Wenn die Nachhut ausgedünnt wird, kann das den Unterschied über Sieg oder Niederlage ausmachen.«

Dahl-Rhi sah Khara lange an, während ihre Meuchler bereits in den Gassen und auf den Dächern verschwanden, um der anrückenden Schar aus Schurken auszuweichen, die nun als einzelne Schatten im Mondlicht auftauchten. »Einverstanden, Hoheit«, sagte sie mit einer leichten Verbeugung. »Aus Respekt einer Meisterin vor einer anderen.«

Dann steckte sie die gewöhnliche Haarnadel, mit der sie den Schmerzeber getötet hatte, wieder in ihr Haar zurück und zog die Kapuze über den Kopf. »Hoffen wir, dass Euch die Götter heute Nacht hold sind«, sagte sie zu Ahren und verschwand in den Schatten einer Gasse, der sie trotz ihrer hellen Kleidung im Nu verschlang.

»Selbst die Verbündeten lassen in dieser Stadt zu wünschen übrig«, sagte Trogadon grollend. »Was jetzt? Hier wimmelt es gleich von Kämpfern. Sollen wir versuchen, mit dem Schiff da zur *Königin der Wellen* zu flüchten?« Er deutete auf einen kleinen Seelenverkäufer in der Ferne, welcher neben den großen Piratenschiffen im Hafen vertäut worden waren. »Den sollten wir trotz unserer geringen Anzahl steuern können.«

Falk schüttelte den Kopf. »Wir kennen den sicheren Weg zwischen den Wütenden Hauern hindurch nicht«, sagte er und wandte sich dann an Uldini. »Gib uns einen Grund, warum wir ausgerechnet hier warten und kämpfen sollen, oder wir verschanzen uns besser irgendwo anders.«

»Das Licht stimmt«, war alles, was Uldini hervorbrachte, bevor er weiter vor sich hin murmelte und damit begann, *Flammenstern* zwischen seinen Händen zu drehen.

Ahren sah stirnrunzelnd zu dem tief stehenden Mond hinüber, der beinahe mit dem Horizont verschmolz und direkt hinter der *Königin der Wellen* unterging. »Wieso ist das Licht hier besser als auf einem der Dächer? Hier sind wir angreifbar und ungeschützt.«

Der Erzmagus antwortete nicht und Ahren fluchte leise. »Also gut«, begann er. »Tun wir einfach so, als wüsste Uldini, was er tut.« Er deutete auf mehrere kleine, reparaturbedürftige Fischerboote, die mit dem Bug nach oben auf dem Kai lagen. »Bilden wir aus den Booten einen Halbkreis, hinter dem wir uns verschanzen. Das Wasser der Bucht nehmen wir als Rückendeckung.«

»Das ist eine Taktik auf Zeit«, sagte Lanlion bedächtig, während die Gefährten Ahrens Vorschlag in die Tat umsetzten. »Auf Dauer werden wir überrannt.«

Der Waldläufer zuckte mit den Achseln. »Wie gesagt, es liegt jetzt bei Uldini. Wir anderen erkaufen ihm so viele Herzschläge, wie er braucht.«

»Ich bin es so leid, für einen Magier den Kopf hinhalten zu müssen«, grantelte Trogadon. »Können die nicht einfach mal lernen, schneller zu zaubern?«

Jelninolan zog ihm schmunzelnd am Bart, dann wurden alle ernst, als die Worte Reiks über die gesamte Stadt schallten.

»PALADINE!«, fegte seine Stimme über sie hinweg, in der noch immer die Verheißung eines zivilisierten Gespräches mitschwang. »Ergebt euch und ich lasse euch am Leben … bis die Belohnung der Obsidianfeste eintrifft.« Seine Stimme schlug um in ein tiefes Raunen. »Kämpft und ihr werdet hier und heute sterben.« Noch während der Herrscher sprach, sprang er von Dach zu Dach näher und überwand dabei Distanzen von bis zu fünf Schritt mit nur einem Satz.

»Lasst uns einen Moment darüber nachdenken«, rief Ahren zurück und drehte sich dann seinen Freunden zu.

»Bist du verrückt?«, fragte Falk. »Als ob wir uns ergeben werden!«

»Uldini braucht Zeit«, sagte Ahren. »Wenn Reik so gerne den Klang seiner Stimme hört, geben wir ihm doch die Gelegenheit, sich noch ein bisschen mit uns zu unterhalten, bevor das Kämpfen beginnt.«

»Ihr habt hundert Herzschläge!«, rief Reik, der mittlerweile auf dem Dach des größten der Häuser angekommen war, welche den Platz umsäumten.

»Gar nicht mal dumm«, sagte Khara mit einem Augenzwinkern in Ahrens Richtung. »Ich weiß schon, warum ich dich habe den Bund mit mir eingehen lassen.«

»Zu viel haben wir nicht gewonnen«, sagte Trogadon und deutete auf die Bewohner Gol-Konars, die bewaffnet und kampfbereit durch die engen Gassen auf den Platz liefen und sich im Schatten der Häuser zu einzelnen Grüppchen versammelten, die Augen wütend funkelnd auf die Gefährten gerichtet.

Kopfgeldjäger mit Armbrüsten platzierten sich auf den Dächern, Messerschwinger taxierten die Wurflinien und teilten sich entsprechend auf. Dann sprang das Reitwesen Askadars, seinen dunklen Meister auf dem Rücken, mit einem scheinbar spielerischen Satz von einem der Dächer herunter und der Hochfang blies erneut in sein Horn. Dunkelwesen quollen zwischen den gierig dreinschauenden Menschen hindurch, und Ahren musste sich zusammenreißen, um angesichts der

Kampfkraft, die ihnen gegenüber stand, nicht zu verzagen. Er lehnte seinen Köcher an eines der umgekippten Boote, die ihnen Schutz bieten sollten, und nahm *Fisiniell* zur Hand. Falk reihte sich neben ihm auf, dann Hakanu mit seinem Speer und Trogadon mit seiner Armbrust.

»Du wirfst nur, wenn du dir sicher bist, dass du triffst«, instruierte Ahren seinen Lehrling. »Und keine Heldentaten im Nahkampf. Wenn das Getümmel beginnt, ziehst du dich mit deinem gebrochenen Arm zu Lanlion zurück.« Dabei deutete er auf den Blutleeren, der in der Nähe von Uldini stand und sich seine verletzte Schulter hielt.

Der Lehrling nickte und schaute dann zögernd zu Jelninolan, die jedoch nicht auf seine stumme Bitte nach Heilung einging. »Ich schütze alle, die nicht kämpfen können, mit einem Bannschild«, sagte sie. »Nach der Flutwelle ist meine Kraft begrenzt.«

Uldini schüttelte wild den Kopf. »Kein Schild«, stieß er hervor. »Brauche Platz.«

»Du willst mich doch auf den Arm nehmen!«, empörte sich Jelninolan mit den Händen in den Hüften. »Wie soll ich dann –?« Sie unterbrach sich selbst und packte Hakanu kurzentschlossen an seinem linken Arm. Der Junge zuckte schmerzerfüllt zusammen, dann summte die Elfe eine leise Melodie, und das Gesicht des Jungen hellte sich kurze Zeit später auf.

»Ich kann ihn wieder benutzen!«, strahlte er. »Danke, vielen Dank!«

»Nutze den Arm weise«, sagte die Elfe ungehalten. »Du wirst ihn brauchen.« Dann deutete sie auf die Dächer. »Ich halte uns so gut es geht die Bolzen und Wurfmesser vom Hals, aber lange halte ich das nicht durch. Lasst die Nahkämpfer nah herankommen, damit die Fernkämpfer durch ihre eigenen Leute beim Zielen behindert werden.«

»Und es wird besser und besser«, murmelte Falk. Dann stupste er mit seinem Fuß Trimm an, der bibbernd so dicht hinter einem der Boote kauerte, dass es beinahe aussah, als wolle er sich darunter verstecken.

»Wie wäre es, wenn du mitkämpfst?«, fragte der alte Paladin grimmig.

»Womit denn?«, gab Trimm ungläubig zurück. »Meine Rüstung ist nicht hier und sie passt mir auch nicht mehr. Meine beiden Dolche liegen ebenfalls in Kap Verstaad. Ich habe ja sogar Eken dort zurückgelassen, aus Angst, ihm könnte etwas geschehen. Vielen Dank, aber ich bleibe schön hinter einem dieser Boote liegen und stelle mich tot.«

»Eken?«, fragte Ahren knapp.

»Sein Vertrautentier. Der fetteste Kater, den du je gesehen hast. Trimm verwöhnt ihn, seit er ein Jungtier war.«

Hör gut hin, mischte Culhen sich ein. So *behandelt man seinen treuen Gefährten richtig.*

»Die Zeit ist um«, rief Reik zu ihnen herüber und stolzierte auf dem Dach herum, sein silbern bestickter Umhang fing das Mondlicht ein und ließ den Herrscher der Schurkenstadt wie eine überaus beeindruckende Erscheinung wirken. »Wollt Ihr Euch nun meiner Gnade ausliefern?« Wieder schlug seine Stimme um. »Oder wollt ihr endlich sterben, wie es gute Paladine tun sollten?«

»Kommt mir das nur so vor oder erleidet unser silberner Freund da drüben einen Zusammenbruch?«, fragte Trogadon in die Runde. Er legte den Kopf schief. »Vielleicht hätte ich seinen Palasteingang besser doch nicht in einen Trümmerhaufen verwandeln sollen.«

»Das ist kein Zusammenbruch«, sagte Jelninolan, die den Herrscher genauestens fixierte. »Das ist etwas viel Böseres.«

***

Schatten war es endgültig leid!

Reiks Selbstverliebtheit und seine Gier nach Gold und Anerkennung waren wie unüberwindliche Hürden, die ihn immer wieder zurückwarfen, sobald er versuchte, den Geist des Mannes vollends zu vereinnahmen. Er konnte spüren, dass der Kind-Magier irgendeinen Zauber vorbereitete, und trotzdem verschwendete Reik Zeit mit unnützen Reden!

Mit einer großen Kraftanstrengung ließ er Reiks Hand in Richtung Askadar zucken. Es war nur eine kleine Geste, aber die reichte vollkommen.

Während Reik noch irritiert auf seine Hand hinabsah, stieß Askadar bereits ins Horn und die versammelten Dunkelwesen stürzten sich auf die hinter umgekippten Booten kauernden Paladine und das übrige

Geschmeiß. Die Schurken folgten den Wesen auf dem Fuße, als Schatten durch den Mund Reiks rief: »Fünftausend Gold zusätzlich für jeden, der mir einen Kopf dieser Gefangenen bringt!«

***

»Schon wieder ein Kopfgeld!«, stöhnte Trogadon spielerisch und schoss seine Armbrust auf einen heranstürmenden Schmerzeber ab. »Das wievielte ist das jetzt?«

»Keine Zeit für Scherze«, sagte Falk. »Das wird hier sehr schnell sehr übel aussehen.«

»Ein Grund mehr, nicht seinen Humor zu verlieren«, brummte Trogadon und lud nach.

»Vorsicht!«, rief Ahren, als Bolzen und Messer zu Dutzenden auf sie zuflogen, aber Jelninolan spielte einen flinken, trällernden Akkord auf ihrer Sturmfiedel und eine plötzliche Bö, die über den Platz fegte, ließ die Projektile samt und sonders nach links abdriften, sodass sie harmlos an den Gefährten vorbeizischten. Ahren zielte indessen auf Askadar, doch der Mann verstand es trotz der Größe seines Reittieres gut, hinter der heranstürmenden Horde in Deckung zu bleiben.

»Mist, daneben«, sagte Falk, der auf den auf dem Dach herumstolzierenden und seine Schergen anfeuernden Reik gezielt hatte. »Er ist so verdammt flink.«

Ahren versuchte selbst sein Glück bei dem silbergewandeten Mann, aber dieser sprang mit einer Leichtigkeit zur Seite, die Ahren unheimlich war. Dann waren die Dunkelwesen beinahe heran und der Waldläufer leerte schnell den Großteil seines Köchers auf die geifernden Kreaturen.

Drei oder mehr Gegner fielen unter jedem Pfeil, den er verschoss, und auch die anderen Fernkämpfer hielten eine blutige Ernte unter den Angreifern, doch als die Diener des Widersachers die Boote erreichten, waren kaum Lücken in den Reihen der Bestien zu sehen.

Jelninolan wehrte noch immer Bolzen und Messer mit ihrer Magie ab und Ahren erkannte den Fehler in seinen Überlegungen: Den Schützen war egal, ob sie ihre eigenen Verbündeten trafen. Allein die Gier nach einem Glückstreffer, der sie reich machen würde, leitete sie.

Schon hörte er über das Knurren eines heranspringenden Rudelbeißers das Sirren eines geschickt geworfenen Messers und drehte sich zur Seite, sobald er die wirbelnde Klinge dank der Totensicht klar und deutlich erkennen konnte. Dabei wählte er seine Ausweichbewegung so, dass das Wesen ihm nachfolgte und direkt in die gekurvte Flugbahn der Waffe sprang. Das Messer drang in den Leib des Rudelbeißers ein, und als dieser zusammenzuckte, bereitete Ahren dem Wesen mit *Sonne,* ohne zu zögern, ein schnelles Ende. »Nutzt den Beschuss zu eurem Vorteil«, rief er.

»Leichter gesagt als getan«, schnaufte Trogadon, der neben ihm einen wuchtigen Hammerschlag nach dem anderen austeilte. Ein Wurfdolch hatte sich in seinem Kettenhemd verkantet. »Nicht jeder ist so flink auf den Beinen wie du, weißt du?«

»Das werden immer mehr«, sagte Khara, die ihre Kampfkünste auf dem engen Raum nicht so wirksam wie sonst einsetzen konnte. Dann ertönte wieder das Horn Askadars und die Dunkelwesen griffen noch wilder an als bisher.

»Uldini!«, brüllte Falk. »Jetzt wäre ein wirklich guter Zeitpunkt, mitzumachen!« Der Magus reagierte nicht und schien vom gesamten Kampf nichts mitzubekommen. Falk ließ sich fluchend zu ihm zurückfallen und drückte Lanlion seinen Schild in die Hand. »Hier«, rief er. »Mach dich nützlich und halte das vor euch, um Uldini und dir Deckung zu geben.« Dann sprang er zurück in die Verteidigungslinie.

Mistviecher, ertönte Culhens Stimme in Ahrens Kopf, als der Wolf sich im Kampf mit einem halben Dutzend Rudelbeißer die ersten Bissverletzungen am Bauch zuzog. Regelmäßig trafen Bolzen oder Messer das Tier, prallten jedoch an der Rüstung des Wolfes ab. *Wir sollten diesem Askadar einen Besuch abstatten, damit er aufhört, noch mehr Dunkelwesen herbeizurufen.*

Ahren hatte gerade alle Hände voll mit einem Schmerzeber zu tun, der seine Deckung unterlaufen wollte, und antwortete daher nicht. Es war ohnehin müßig, über ein Verlassen ihrer provisorischen Barrikade nachzudenken. Der Weg bis zu dem Hochfang war mit Gegnern gepflastert. Ein Blutwolf sprang vor dem Paladin auf eines der Boote, das unter dessen Gewicht einfach zusammenbrach. Ahren zuckte zurück, seine Waffe kampfbereit erhoben, als Hakanus Speer dicht über seine rechte Schulter flog und das Wesen im Maul traf. Es versuchte noch, die Waffe abzuschütteln, da war Trogadon bereits zur Stelle und sein Hammer fällte das Ungetüm mit einem wuchtigen Schlag. Ahren wollte eben erneut nach Uldini rufen, als hinter ihm plötzlich ein Licht erstrahlte, silbrig und hell.

»Na endlich«, rief Falk und schaute einen Herzschlag lang über seine Schulter. »Was soll das?«, stöhnte er dann und kämpfte weiter.

Ahren riskierte selbst einen Blick und runzelte die Stirn. *Flammenstern* schwebte über Uldinis schalenförmig angeordneten Händen und leuchtete wie ein kleiner Mond. Der echte Mond schien auf dieses Licht zu antworten, so als würden die beiden Lichtquellen ihre Strahlen hin und her schicken wie das Geflüster zweier Liebender. Das Wasser in der Bucht gleißte regelrecht im Schein dieses Austausches, in dessen Mittelpunkt die *Königin der Wellen* ruhte. »Das sieht zwar toll aus, aber ein wenig handfestere Hilfe hätte ich mir schon erhofft«, rief Ahren und wehrte sich gegen den ersten Schurken, der die Barrikade erreicht hatte. Er stieß den Mann einfach in Richtung des Maules eines feindlichen Blutwolfes, der reflexartig zubiss und damit sehr eindringlich unter Beweis stellte, dass die Bannkragen nur ein Schwindel waren.

»Nicht jede mächtige Magie ist von Zerstörung geprägt«, sagte Uldini abwesend, und dann sah Ahren mit einem Schulterblick, wie der Erzmagus einen Schritt ins Hafenbecken machte – und einfach auf dem Wasser stand.

»Ein Mondpfad«, rief Jelninolan erstaunt. »Der ist dir meisterlich gelungen, Uldini.«

»Er muss ja auch viele Leute tragen können«, sagte der Alte und deutete in Richtung *Königin der Wellen*, die wie gefangen im breiten gleißenden Pfad lag, den der Mond auf das Wasser malte. »Ich bin wie der Pfeiler einer Hängebrücke«, erklärte er hastig in die Runde. »Ich darf hier nicht weg.«

»Der Magier!«, rief Askadar da wild. »Tötet diesen verdammten kleinen Magier!«

Ahren sah, wie der Hochfang sich einen Weg zu ihnen bahnte und dabei die gefährlichsten Dunkelwesen um sich scharrte. Messerschwinger folgten ihm hinterdrein wie Aasgeier dem Raubtier. »Schützt Uldini!«, rief Ahren laut. »Und irgendwer muss der Besatzung der *Königin der Wellen* klarmachen, dass sie jetzt über Wasser laufen können.« Dann sah er Culhen bedeutungsvoll an, bevor er sich wieder dem Kampf widmete. Trotz des Blutvergießens spürte er die Skepsis seines Freundes und sah durch dessen Augen, wie er das strahlende Wasser misstrauisch beäugte.

Wäre das nicht eher was für Muai?, begann er zögernd.

Jetzt, Culhen!, befahl Ahren, und das Tier sprang auf das silbern glänzende Wasser und tänzelte unsicher drauf herum. *Fühlt sich komisch an. Irgendwie … warm.*

Das ist schön, mein Großer, sagte Ahren und durchbohrte gleichzeitig einen Mann, der ihn mit einem krummen Messer in der Hand hatte anspringen wollen. *Und jetzt LAUF!*

Culhen wetzte davon, so schnell er konnte, und Ahren erkannte durch dessen Augen nach einigen Dutzend Herzschlägen winzige Gestalten, die sich mit Seilen an der Reling des Schiffes herabließen.

Sie kommen!, rief der Wolf und kehrte um gen Festland. *Sie kommen zu uns!*

Ahren nickte voller Genugtuung, dann schlug er mit seiner Klinge ein Wurfmesser zur Seite, das auf Uldini gezielt worden war, und stellte sich vor die kleine Gestalt, die größtenteils hinter Falks Schild verborgen war. Lanlion, der den Schutz hielt, hatte trotz seiner Rüstung und dem Schild bereits zwei Messer in Oberarm und Hüfte stecken, ein beredtes Zeugnis für die Kunstfertigkeit, mit der die Messerschwinger ihre Waffen in weiten Kurven warfen.

»Alle vor Uldini!«, brüllte Ahren, als eine der Wurfwaffen den Magus im linken Bein traf und der stöhnend einknickte. »Wenn jetzt sein Zauber bricht, versinken unsere Verbündeten vollgerüstet in den Fluten!«

Alle wichen zurück, um den Alten abzuschirmen, während die Masse aus Schurken und Dunkelwesen erbarmungslos nachrückte. Mittlerweile war Askadar so nahe, dass Ahren erkennen konnte, dass der Hochfang auf einem übergroßen Nebelpanther saß, dem jegliches Fell fehlte. Stattdessen war die ledrig-rosafarbene Haut mit einer Vielzahl an Narben übersät, die Ahren schaudernd an Blutmagie denken ließen. Askadar schwang eine Peitsche, an deren dreischwänzigem Ende Krummdolche angebracht worden waren, und die Waffe wand sich in seiner Hand durch die Luft, als wäre sie eine lebende Schlange voll Bosheit und Zorn.

Falk und Ahren nickten sich zu und schnell schossen sie ihre letzten Pfeile auf den Magier, aber es glühten nur ein paar der Narben auf dem Nebelpanther auf und die Geschosse fielen harmlos zu Boden.

»Was man alles erreichen kann, wenn man die Macht meines Meisters zu nutzen versteht«, höhnte der Hochfang und kam noch näher. Er ließ seine Peitsche auf Ahren und die anderen niedertanzen, ungeachtet dessen, dass er bei seinen ersten Hieben Dunkelwesen und Schergen Reiks niedermähte, statt einen Gegner zu treffen. Die Krummdolche rissen grausame Wunden, woran Ahren sofort erkannte, dass die Waffe mit einem herzlosen Zauber belegt worden war.

»Weißt du«, keuchte Trogadon schwach grinsend. »Plötzlich bin ich froh, dass die meisten Magier, die für den Widersacher kämpfen, nicht zu Hochfängen werden. Stell dir vor, der Nekromant aus dem Grünen Meer hätte solche Spielzeuge besessen.«

Ahren verzog das Gesicht und wich einem blitzschnellen Peitschenschlag aus, bevor dieser seinen Hals treffen konnte. Laut Uldini waren Magier, die zum Hochfang wurden, extrem selten und fast immer unberechenbar. Dieser hier musste also in zweierlei Hinsicht etwas ganz Besonderes sein.

Geschickt schlug Askadar nacheinander nach jedem von ihnen, sodass sie ausweichen oder sich wegrollen mussten, um von seiner Waffe nicht zerfetzt zu werden. So schälte er Uldini nach und nach aus seiner Schutzschicht an Leibern, und nur die Standhaftigkeit Lanlions trennte den Hochfang von seinem Ziel, den Magus bei seinem Zauber zu stören.

Ahren wetzte daher auf den Diener des Widersachers zu und rannte dabei zwei Schurken und eine verblüffte Nebelkatze einfach über den Haufen. Khara tat es ihm auf der anderen Flanke des Hochfangs gleich, sodass sie den lachenden Mann in die Zange nehmen konnten. Der ließ seine Peitsche nach links und rechts tanzen und schuf damit ein freies Feld voller Leichen von Verbündeten. Ahren lächelte grimmig und schlug kurzerhand nach dem Nebelpanther, der seinerseits nach ihm schnappte. Gleichzeitig flogen wieder Bolzen und Messer heran, die Jelninolan mit kurzen, hektischen Melodien ablenkte. Ahren traf das Reittier des Hochfangs mit einem präzisen Hieb am Kiefer und wollte umgehend nachsetzen, als er ungläubig bemerkte, dass erst die seltsamen Narben auf der Haut des Wesens aufleuchteten und sich die Wunde danach umgehend wieder schloss!

Khara sprang fluchend zurück, als sie mit ihren Waffen dasselbe Ergebnis erzielte, und Ahren fragte sich, wie sie dem Hochfang so beikommen sollten.

Erst der Reiter, dann das Reittier, sagte er sich. *Wenn der Magier stirbt, dann hoffentlich auch seine Zauber.*

Da können wir helfen, warf Culhen ein und dann war der Wolf an Ahren vorbei und sprang den Nebelpanther an, die heranzischende Peitsche des Hochfangs ignorierend. Ahren spürte, wie die drei Krummdolche sich regelrecht um Culhens Panzerung herumwanden, aber der Wolf ließ nicht locker und verbiss sich in den Panther. Muai war ebenfalls zur Stelle und bearbeitete den Bauch des Wesens mit Maul und Klauen, sodass selbst die Magie Askadars Mühe hatte, den angerichteten Schaden wieder zu heilen.

Ahren und Khara versuchten sofort, die Gunst des Momentes zu nutzen und den Hochfang zu verletzen, als hinter ihnen Kriegsgebrüll einsetzte. Aus den Augenwinkeln sah Ahren, wie einzelne Schergen Reiks zurückwichen, und dann erblickte er schwer gepanzerte Männer und Frauen in Wappenröcken, auf denen ein Eiswolf prangte.

»Melden uns zum Dienst und bereit für die Schlacht, Dreizehnter«, brüllte Yantilla in seine Richtung, als sie mit ihren Soldaten und der Besatzung der *Königin der Wellen* die kleine Bucht stürmte.

Askadar schlug wild geifernd nach der Verstärkung und seine Peitsche ließ schnell mehr als einen Verbündeten Ahrens zu Boden gehen. Gleichzeitig stieß er in sein Horn und peitschte so die Dunkelwesen weiter an, die mehr und mehr in eine Raserei verfielen.

»Wir werden euch alle ins Meer treiben, ihr Ungeziefer«, giftete der Hochfang voller Galle in der Stimme. »Und zwar, ohne dass ein Mondpfad euch schützt.«

Ahren antwortete mit einer schnellen Attacke auf das Bein des Reiters. Ein klaffender Schnitt blieb dort zurück und der Paladin gönnte sich ein zufriedenes Grinsen, bis er merkte, wie die Wunde sich schloss. »Was …?«, fragte er entsetzt.

»Im Gegensatz zu euren Vertrautentieren muss dieses hier an meiner statt bluten«, sagte Askadar mit einem bösen Grinsen und hieb beinahe beiläufig einen Matrosen nieder, den weder sein Kettenhemd noch seinen Schild vor der Peitsche des Hochfangs rettete. »Wenn man nicht so zimperlich ist, kann man diese Tiere zu sehr nützlichen Sklaven machen.«

Ahren tauschte einen ratlosen Blick mit Khara aus, und gemeinsam drangen sie auf den Magier ein, während Culhen und Muai noch immer den Nebelpanther beschäftigten. Wunde um Wunde fügten sie dem lachenden Mann zu, der immer wieder nach den Eiswölfen und Matrosen schlug, die in seine Reichweite kamen, so als wolle er Ahren und Khara verspotten und sie quälen, indem er ihre Verbündeten vor ihren Augen tötete.

Mittlerweile war sämtliche Verstärkung in der Bucht eingetroffen, und Ahren war klar, dass jeder nun folgende Verlust nicht nur eine Tragödie war, sondern den Ausgang der Schlacht empfindlich beeinflussen konnte. Um ihn herum hielten Trogadon und die anderen die Stellung, aber wenn er und Khara den Hochfang nicht töten konnten, würde dieser nach und nach ihre Reihen ausdünnen, bis ein Sieg unmöglich wurde. Ahren traf den Magier schließlich am Bauch, aber der krümmte sich nur kurz und richtete sich dann unversehrt wieder auf. Verzweiflung überkam den Paladin und er fragte sich, was sie noch tun konnten, da Askadar sich grinsend mehr und mehr Uldini näherte, anscheinend darauf bedacht, ihnen den Fluchtweg über den Mondpfad abzuschneiden.

»Ich bin unbesiegbar!«, rief der Hochfang und ließ seine Peitsche über sich in der Luft kreisen. »Unterwerft euch, oder –«

Plötzlich brach hinter dem Mann die silbrig schimmernde Wasserlinie auf und der Mondpfad zersprang in Abertausende schillernde Splitter aus Licht, die vergingen wie die vage Erinnerung an einen Traum am Morgen.

Ahren gaffte wie ein Tölpel, als sich rasend schnell eine riesige Gestalt aus dem Wasser erhob, die höher und höher aufragte, als wolle sie den Wütenden Hauern in ihrer rauen Pracht den Rang abspenstig machen. Dann schoss der Kopf Fjolmungars herab und seine gewaltigen Kiefer legten sich mit einem grausigen Knirschen um den überrumpelten Hochfang.

»PALADINIM THEOS DURALAS!«, brüllte Aluna, die vom Nacken ihrer Riesenschlange sprang und ihren Dreizack tief im Schädel des überrumpelten Nebelpanthers versenkte. Fjolmungar schluckte Askadar währenddessen beinahe gleichgültig herunter, und als die Runen auf der Haut und das Feuer in den Augen des Nebelpanthers erloschen, war Ahren sich sicher, dass dessen Magie den Hochfang nicht mehr retten konnte.

»Ihr sagtet doch, ich sollte jede Verstärkung mitbringen, die ich finden kann«, rief Yantilla lachend, während in Ahrens Adern das Feuer ihres Schlachtrufes brannte.

Mit neuem Mut warf er sich in die Schlacht, Seite an Seite mit Aluna und seinen restlichen Freunden. Kharas Armband glomm wie im Licht eines neuen Morgens, und Ahren konnte regelrecht spüren, wie sie mit ihren Klingen über das Schlachtfeld fegte, so als wäre durch Alunas Schlachtruf ein Zauber belebt worden, der ihm sagte, wo Khara sich aufhielt und ob es ihr gutging.

Fjolmungar nutzte die drei Kanäle, die die Bucht unterteilten, um tief in die Reihen der Feinde vorzudringen und dort Tod und Vernichtung zu verbreiten. Das Schlachtenglück hatte sich mit dem Überraschungsangriff der unter dem gleißenden Mondpfad lauernden Aluna gewendet, und nun glaubte Ahren an einen Sieg.

Das war der Moment, in dem der Wutschrei Reiks über sie hinweg schallte, der Herrscher der Stadt mit übermenschlicher Geschwindigkeit vom Dach sprang und direkt auf sie zuhielt.

***

Mit einem wilden Knurren griff Schatten nach dem Verstand Reiks und drückte so fest zu, dass der Mann sich nicht länger wehren konnte.

Es lag vielleicht in der Natur eines Schattens, nur so mächtig wie sein Spender zu sein, aber wer sagte, dass man nicht mächtiger wurde, wenn man einfach mit ihm *verschmolz*?

***

Reik bewegte sich mit kurzen, anmutigen Sprüngen auf sie zu, sein Schwert zuckte hierhin und dorthin und hinterließ eine Spur von Toten. Fjolmungar versuchte den Mann auf dem Weg zum Kai zu verschlingen, aber Reik war einfach viel zu schnell für ihn.

Ahren fixierte den Herrscher Gol-Konars und verschoss seinen letzten Pfeil auf ihn, doch Reik zog mit einem Grinsen einen verdutzten Seemann vor sich, woraufhin dieser von Ahrens Geschoss durchbohrt wurde. Reik sah den Paladin beinahe entschuldigend an, zuckte mit den Achseln und hielt weiter auf sie zu.

Es bedurfte keiner Abstimmung zwischen den Gefährten: Kaum war Reik in Reichweite ihrer Waffen, bildeten sie einen Kreis um den aberwitzig schnellen Herrscher. Jeder, der noch kämpfen konnte, warf sich mit allem, was er hatte, auf den quecksilbrigen Mann, der überall und nirgendwo zu sein schien. Bald taumelte Falk mit einer Beinwunde rückwärts, dann erwischte es Trogadon am Fuß. Ahren selbst traf das vor Geschwindigkeit kaum sichtbare Schwert Reiks am rechten Unterarm, der umgehend taub wurde. Die Schläge des Mannes waren nicht nur schnell, sondern auch kraftvoll. Sein Umhang wirbelte dabei wie ein lebendiges Wesen um ihn herum, verhedderte sich in Waffen, behinderte die Sicht und brachte sogar ganze Gegner aus dem Gleichgewicht, indem er flüchtig Knöchel umwickelte oder im richtigen Moment an ausgestreckten Armen zog. Dabei schien das Kleidungsstück von keiner Waffe zerstört werden zu können.

Ahren spürte regelrecht, dass ein Kind des Widersachers hinter dieser eindrucksvollen Magie stecken musste, denn so viel Macht hatte kein gewöhnlicher Diener der Obsidianfeste und erst recht kein größenwahnsinniger Herrscher einer Stadt voller Diebe, Piraten und Mörder.

Die Bewegungen des Schwertfechters wurden immer schneller und verschwammen geradezu, während er jegliche Angriffe Ahrens, Hakanus und sogar Kharas abwehrte und ihnen mehr und mehr Verletzungen zufügte. Wenn das so weiter ging, würden sie verlieren!

Ahrens Blick kreuzte auf der Suche nach einer Lösung den Blick Reiks und da sah er es: den einen Ansatz, der ihnen helfen könnte.

Ahren senkte seine Waffe und fixierte Reik mit seinem Blick, während er seinen Freunden bedeutete, dass sie sich zurückhalten sollten.

»Der große Reik Silbermantel, ein Spielball des Widersachers«, höhnte Ahren und parierte mühsam den Schlag, der auf diese Spitze folgte und beinahe reflexhaft wirkte. »So viel zu der kleinen Ansprache über grenzenlose Freiheit«, spottete er. »Wie fühlt es sich an, der Schoßhund eines falschen Gottes zu sein?«

»Vater ist echt«, ertönte es mit dunkler Stimme aus dem hassverzerrten Mund des Herrschers. »Echter als die drei Schwächlinge, die nichts tun, als zu schlafen und die Schöpfung zu vergeuden, über die sie herrschen sollten.«

Der folgende Hieb gegen seine Brust war derart schnell, dass Ahren ihn nicht abwehren konnte, und er spürte, wie durch die Wucht eine Rippe brach. Trotzdem sah er weiter in die Augen Reiks und erkannte dort ein beginnendes Erstaunen.

»Du bist eine Marionette«, rief Ahren. »Nichts weiter. Eine Puppe, die Worte spricht, die nicht mal von ihr selbst stammen.«

»Lügner«, wütete Reik, dessen Stimme wieder ganz nach ihm klang. Sein Angriff war zwar immer noch meisterlich, aber nicht mehr unparierbar.

Ahren wusste, was zu tun war. »Wenn das so ist«, sagte er und steckte sein Schwert weg, »dann ergebe ich mich. Das Kopfgeld gehört dir.«

Khara und Falk schrien vor Schreck auf und der Rest seiner Freunde sah ihn ungläubig an. Selbst Reik starrte blinzelnd auf die fortgesteckte Waffe.

»Was ist los?«, fragte Ahren provozierend. »Nimm mich gefangen! Werde reich!«

Reiks Waffenhand zitterte, so als würde er heftig frieren. Ahren wusste es besser.

»Mich zu töten, wird deine Verhandlungsposition schwächen und dich eine Menge Gold kosten. Wie willst du den Preis für mein Leben in die Höhe treiben, wenn die Tat bereits vollbracht ist?«, fragte Ahren provokant lächelnd. »Das willst du doch nicht, oder? Der *echte* Reik würde sich eine solche Gelegenheit nicht entgehen lassen, mich einzusperren und wie ein Vieh auf dem Markt feilzubieten.«

Ein Knurren erhob sich aus der Brust des Schwertfechters und er schlug so schnell zu, dass Ahren nicht parieren konnte. Die Zeit schien für einen Moment still zu stehen, als so vieles auf einmal passierte, dass der Verstand des Paladins es nur nach und nach erfasste.

Zuerst war da der Schock darüber, dass er sich verkalkuliert hatte. Er hatte den wahren Reik hervorlocken wollen, denn den hätten sie besiegen können. Doch sein Wagnis hatte nicht funktioniert. Reiks Schwert zielte direkt auf seine Brust, präzise auf die Kluft zwischen zwei Panzerplatten. Ahrens Bewegungen fühlten sich träge an und er fragte sich, ob dies wohl das Ende war, herbeigerufen durch die eine wagemutige Idee zu viel. Dann war da ein Stoß in seinem Rücken, der ihn wegschleuderte wie ein zerbrochenes Spielzeug. Im Fallen sah Ahren Trimm, der nun dort stand, wo er sich eben noch aufgehalten hatte, und in dessen Brust Reiks Schwert eindrang. Dann blendete Ahren ein greller Blitz, der seine Sinne überwältigte und ihn verwirrt auf dem Boden aufprallen ließ.

»NEIN!«, schrie er auf, ohne sehen zu können, was geschah. Er hörte nur einen äußerst schweren Körper auf dem Boden aufkommen und verzweifelte Stimmen, die Trimms Namen riefen. Unter Tränen blinzelte Ahren gegen die hellen Flecken vor seinen Augen an und hörte dabei das aufgeregte Fiepsen Kamaluqs neben seinem Ohr. Endlich besann sich der Paladin eines Besseren und nutzte Culhens Augen statt der seinen. Das Bild, das sich im bot, entsprang seinen schlimmsten Albträumen.

Trimm lag am Boden, eine große Blutlache unter seinem Körper, die sich von dem Stich in seiner Brust rasend schnell ausbreitete. Neben ihm lag Reik mit einem verwunderten Gesichtsausdruck, einen Dolch im Herzen, den Trimm noch immer umklammert hielt. Unter Schock beobachtete Ahren, wie der Umhang Reiks sich von selbst wand, so als würde er tödliche Schmerzen erleiden. Er lag erst still, als alles Leben aus dem Herrscher Gol-Konars gewichen war.

Ahren sah zwei Rauchfetzen, die unter dem Umhang hervorquollen und davonwehten, einer gen Osten, der andere nach Süden. Plötzlich wirkten die Schatten unter dem Kleidungsstück weniger intensiv, und Ahren begriff, wo genau sich das Kind des Widersachers versteckt hatte. Sein Blick glitt wieder zu dem verblutenden Trimm, und wie mit einem Hammer in seinen Schädel getrieben, setzte erneut Angst, Trauer und Verzweiflung ein.

»Nicht schon wieder«, flüsterte er und rappelte sich blinzelnd auf. »Oh Götter, nicht schon wieder!«

Dann war Jelninolan da, zog die Phiole mit Heilwasser von ihrem Gürtel und schüttete diese in Trimms Wunde, um kurz darauf ihre Hände auf die Brust des verletzten Paladins zu legen und einen Zauber zu wirken.

Ahren wollte atmen, aber er konnte es nicht, solange er mehrere quälend langsam verstreichende Herzschläge lang der Elfe dabei zusah, wie sie Trimms Leben zu retten versuchte. Aus dem Augenwinkel bemerkte er Hakanus bebende Silhouette, die Ahren daran erinnerte, dass sie vor Kurzem schon einmal bei der Rettung eines Paladins versagt hatten.

Schließlich ließ Jelninolan ihre blutverschmierten Hände sinken, den Kopf erschöpft auf ihre Brust gelegt. Ahren zwang sich zu einem krampfhaften Atemzug, der gerade genug Luft in seine Lungen beförderte, um ein Wort zu hauchen.

»Bitte«, flehte er, und die Elfe sah ihn aus hohlen Augen an.

»Er wird leben«, murmelte sie, dann kippte sie zur Seite und fiel in einen tiefen Erschöpfungsschlaf.

Epilog

Dass ausgerechnet Trimm dich retten würde«, sagte Falk kopfschüttelnd. »Er muss sich unter den vielen Leichen versteckt haben und so Kamaluqs Lichtblitz entgangen sein.«

Sie saßen an eines der umgekippten Boote gelehnt da und blickten auf das Schlachtfeld, auf dem erst vor Kurzem die letzten Kämpfe geendet hatten. Ahren schätzte, dass ein Viertel der Bevölkerung Gol-Konars leblos auf dem Boden des großen Platzes lag. Der Rest hatte vermutlich die Lust auf jedweden Kampf verloren.

Trimm lag unweit auf einem Tuch, seine Brust zierte eine feuerrote Narbe, wo Jelninolan mit magischer Gewalt durchtrenntes Fleisch geschlossen und versiegelt hatte, ohne Finesse oder Rücksicht auf Konsequenzen.

»Ausgerechnet in einem Moment ohne Rüstung und anständige Waffe findet er seinen Mut«, fuhr Falk irritiert fort. Dann deutete er auf den toten Reik und den Dolch, der aus dessen Brust ragte. »Er konnte schon immer gut mit Messern umgehen, das muss man ihm lassen.«

»Eigentlich müsste ich tot sein«, murmelte Ahren. »Ich war mir so sicher, zu Reik durchdringen zu können …«

»Sei froh, dass Trimm deine hirnverbrannten Ideen noch nicht kennt und nicht auf deren Erfolg gebaut hat«, sagte Trogadon, der den Kopf der schlafenden Jelninolan auf seinen Schoß gebettet hatte. »Dadurch hat er reagiert, während wir anderen dir nur vertrauensvoll zugesehen haben.«

Ahren schwieg. Er wusste nicht, was er dazu hätte sagen sollen.

»Wir bekommen Gesellschaft«, sagte Khara, die, wie fast all ihre Gefährten, bis ins Mark erschüttert wirkte. Yantilla konnte nicht aufhören zu fluchen, während sie ständig Trimm und Ahren ansah, um sich zu versichern, dass beide Paladine noch lebten. Hakanu scharwenzelte um seinen Meister herum und hatte schon dreimal gefragt, ob Ahren auch wirklich unverletzt war, und Culhen schwieg so laut, dass es dem Waldläufer in den Ohren schmerzte. Sein Beinahe-Tod hatte seine Freunde schwerer erschüttert als ihn selbst.

Der arme Trimm, dachte Ahren. *Er ist derjenige, der dem Tod von der Schippe gesprungen ist, und alle achten nur auf mich.*

Weil wir dich lieben, sagte Culhen, bevor er sich daran erinnerte, dass er mit herzlosen Paladinen, die sich beinahe umbringen ließen, nicht sprach.

Ahren konzentrierte sich auf die Gestalt, die Khara angekündigt hatte, und konnte ein Seufzen nicht unterdrücken. Der Kampf war gerade erst vorbei und schon spazierte Dahl-Rhi auf sie zu, gefolgt von einem Dutzend ihrer Meuchler.

»Das ging ja schnell«, murmelte er und richtete sich am Boot auf.

»Ich gratuliere zu Eurem Sieg, Dreizehnter«, sagte die Herrin des Fahlen Hauses und deutete auf die überall verstreuten Leichen.

»Was wollt Ihr?«, fragte Ahren müde. Er war diese Stadt leid und wollte nur noch weg von Verrat, Selbstsucht und Gier.

»Na, den Blutroten Palast, selbstverständlich«, sagte die weißgewandete Frau, als würde sie Ahren um einen Apfel bitten. »Ihr seid die Eroberer Gol-Konars. Mit Eurer Unterstützung könnte ich die Macht für mich beanspruchen.«

»Und warum glaubt Ihr, würden wir Euch diese Stadt voller Schurken anvertrauen?«, fragte Falk gereizt. Der alte Paladin machte sich nicht einmal die Mühe, aufzustehen.

»Weil ich das kleinste Übel bin?«, fragte Dahl-Rhi lächelnd. »Oder weil ich Euch geholfen habe?« Ihr Lächeln schwand. »Oder weil ich Gol-Konar ein Minimum an Ordnung geben werde, so wie Reik es in seinen Anfangstagen geplant hat. Bevor der Sirenengesang des Goldes ihn blind werden ließ.«

»Warum schleifen wir diesen Ort nicht einfach?«, fragte Trogadon inbrünstig. »Dies wäre die Gelegenheit, Gol-Konar endgültig von der Karte zu tilgen.«

»Wenn das Euer Vorhaben ist, wartet eine weitere Schlacht auf Euch«, sagte Dahl-Rhi mit vor der Brust verschränkten Armen. »Die Bewohner sind nur eingeschüchtert. Sie werden sich nicht kampflos vertreiben lassen. Und es gibt durchaus einige unter ihnen, die es wert sind, dass man sie hier leben lässt.« Sie zwinkerte Ahren verschwörerisch zu. »Wir sind auf dem Weg durch die Stadt auf einen alten Piraten getroffen, die rußverschmierten Arme voller Plündergut aus dem Blutroten Palast. Er sagte, Ihr schuldet ihm noch drei Geschichten – was auch immer das bedeuten mag.«

»Gab es also doch einen verborgenen Hinterausgang in Kanthasars Unterschlupf«, brummte Trogadon zufrieden. »Ich wusste doch, dass kein Zwerg, der etwas auf sich hält, eine Höhle ohne einen versteckten Fluchtweg bauen würde.« Er küsste sanft die Stirn der schlafenden Jelninolan. »Sie wird sich freuen zu hören, dass der alte Seebär überlebt hat.«

Ahren kam die Nachricht von Kanthasars Sichtung wie ein Zeichen vor, dass selbst im dunklen Herzen Gol-Konars noch ein Funken Licht zuhause war. »Kein Blutvergießen mehr«, sagte er fest. »Wir werden die Stadt nicht dem Erdboden gleichmachen.«

»Gut«, erwiderte Dahl-Rhi nickend. »Zumal es auch vergeblich wäre. Es wird immer einen Ort wie Gol-Konar auf Jorath geben.« Sie sah Ahren tief in die Augen. »Für Leute wie mich. Leute, die nirgendwo sonst hinkönnen. Würdet Ihr die Stadt zerstören, würde sich irgendwo eine neue Zuflucht für Schurken und Gauner finden.«

»Also schön«, sagte Ahren müde. »Ihr habt gewonnen. Die Stadt gehört Euch.«

»Oh, danke schön, Dreizehnter«, sagte die Herrin Gol-Konars mit verspieltem Knicks und zufriedenem Lächeln.

»Ahren …«, begann Falk.

»Meister?«, fragte Hakanu verunsichert.

»Bist du sicher?«, hakte Khara nach.

Ahren unterbrach alle mit einer sanften Geste seiner Hand. »Unter einer Bedingung«, fuhr er fort.

Das Lächeln verschwand aus Dahl-Rhis Zügen. »Ich höre«, sagte sie angespannt.

»Keine Sklaven«, sagte Ahren bestimmt. »Kein Handel mit ihnen, keinerlei Duldung dieser Praxis. Alle Sklaven der Stadt werden freigelassen, bekommen ein großzügiges Handgeld und freies Geleit ins Grüne Meer oder Ewige Reich, je nach Wahl. Sollte jemals wieder ein Mensch durch Gol-Konar seine Freiheit verlieren, brenne ich diesen Ort höchstpersönlich nieder.«

Dahl-Rhi nickte nach einigen Augenblicken des Schweigens. »Damit kann ich leben«, sagte sie. Dann hob sie einen Finger und Sha-sha betrat den Platz, ihren rechten Arm um eine schmale Person gelegt, die bei dem Anblick des schlafenden Trimm sofort zu schluchzen anfing. »Wo wir gerade von Sklaven sprachen, ich nehme an, diese hier wollt ihr gern selbst mitnehmen und nicht mit einem Handgeld in die Welt hinausziehen lassen.«

Die Brajah rannte auf den dicken Paladin zu und betastete mit zitternden Fingern dessen Brust, um sich davon zu überzeugen, dass Trimm noch atmete und die klaffende Wunde verheilt war.

»Palnah war doch gar keine Sklavin. Das hat Trimm doch nur erfunden«, sagte Hakanu irritiert. »Sie war Reiks Gemahlin.«

»Es gibt mehr als eine Art, einen Menschen gefangen zu halten«, sagte Dahl-Rhi. »Es spricht für Euch, dass Ihr davon nichts wisst.«

Der Lehrling nickte mit nachdenklicher Miene.

»Mein Kompliment für das Sprengen der Tore«, sagte Dahl-Rhi kühl in Richtung Trogadon. »Es hat die Befreiung Palnahs deutlich erleichtert.« Sie kniff die Lippen missbilligend zusammen. »Auch wenn ich mir eine etwas weniger vollständige Zerstörung sämtlicher Abwehranlagen gewünscht hätte. Schließlich will ich selbst auf absehbare Zeit in den Blutroten Palast einziehen.«

Trogadon zuckte unbeeindruckt mit den Achseln, während er das Haar der schlafenden Jelninolan streichelte »Ich erledige meine Arbeit stets so gründlich wie möglich«, sagte er, und Ahren erkannte, wie sich ein Glitzern in die Augen seines Freundes stahl. »Und ohne dicke Fallgitter vor der Tür werdet Ihr sicher viel geneigter sein, Euch an Euer Wort zu halten, das Ihr dem Dreizehnten gegeben habt.«

Dahl-Rhi nickte spröde, sagte aber nichts weiter dazu.

»Wie ist der Zustand der *Königin der Wellen*?«, fragte Ahren ausgelaugt in Richtung Yantilla.

Die Kommandeurin nahm ihren Helm ab und legte ihn auf eines der Fischerboote. Ahren sah erst jetzt, wie erschöpft die Frau aussah. »Angeschlagen, aber seetauglich«, sagte sie. »Wir haben das Schiff fünfzig Längen südlich von hier gefunden. Gol-Konar hatte eine Seeblockade errichtet, doch wir haben sie mit Alunas und Fjolmungars Hilfe durchbrochen.« Sie verzog das Gesicht. »Der Kapitän ist tot, ebenso die halbe Mannschaft. Sie deutete mit einer Hand auf die Leichen ringsum, die hier und da die Rüstungen der Eiswölfe oder Farben der Seeleute trugen. »Der Preis in dieser Bucht war hoch.«

»Schafft alles, was wir für die Reise nach Süden brauchen, an Bord«, sagte Ahren daraufhin mit einem Seufzen. »Wir werden uns in Kap Verstaad darum kümmern, das Schiff zu reparieren und zu bewaffnen.« Er sah zu Aluna hinüber. »Das heißt, wenn wir Geleitschutz von euch bekommen.«

Die blonde Frau nickte gelassen, ihr Blick glitt immer wieder zu der Riesenschlange, die beständig tote Schurken vom Rand der Bucht aufpickte und verschlang, wenn seine Herrin nicht hinsah. Yantilla erteilte die passenden Befehle für ihre schnellstmögliche Abreise, und Ahren ließ sich müde am Boot zu Boden gleiten.

»Ich will einfach nur noch hier weg«, murmelte er leise.

Dahl-Rhi zog sich mit einer Verbeugung zurück, offenkundig zufrieden damit, die Unterhaltung zu beenden, nun da sie hatte, was sie wollte, und Ahren stöhnte leise.

»Nur noch ein Paladin«, sagte er erschöpft, während er beobachtete, wie Khara die aufgelöste Palnah tröstete, die langsam zu begreifen schien, dass ihre Knechtschaft an Reiks Seite zu Ende und ihr geliebter Trimm noch am Leben war.

»Ich bin froh, dass es Yollock ist, den wir als Letztes suchen«, sagte Falk mit dem Anflug eines Grinsens auf dem Gesicht.

»Warum genau?«, fragte Ahren nach.

»Weil der richtig gut auf sich aufpassen kann«, antwortete Falk und deutete auf den bleichen Trimm und den lauschenden Hakanu. »Und weil die Qualität der Paladine, die wir in letzter Zeit aufgelesen haben, wirklich zu wünschen übriglässt.«

Hakanu blickte nach Falks Scherz derart beleidigt drein, dass Ahren einfach nicht anders konnte, als lauthals und von ganzem Herzen loszulachen.

Nur ein vermisster Paladin ist übrig
und die Reise Ahrens nähert sich ihrem Ende.
Was werden er und seine Freunde
im ewigen Eis Joraths vorfinden?

Die Reihe wird fortgesetzt mit:

Die Ewigkeit des Eises: Der 13. Paladin Band XII

Wie immer gilt mein Dank meiner Lektorin Janina Klinck,
meiner Illustratorin Petra Rudolf und dem Team des
bene Bücher Verlages, die mich auf jedem Schritt von
Ahrens Reise mit Rat und Tat begleiten.

Sollte euch die Serie um Ahren und seine Freunde gefallen,
hinterlasst bitte eine kurze Rezension auf den Produktseiten
der jeweiligen Bände oder auf euren Lieblingsportalen.

Sam Feuerbach: Der Totengräbersohn

High Fantasy Mittelalter Reihe in 4 Bänden
erschienen als Ebook, Taschenbuch und Hörbuch

Buch 1 gewinnt in 2018 den Deutschen Phantastik Preis
in der Kategorie bestes deutschschsprachiges Hörbuch

In modernem Sprachgewand und mit viel Humor entlarvt die Reihe, dass sich seit dem finsteren Mittelalter bis zum heutigen Tag das Miteinander der Menschen kaum geändert hat. Es geht um Freundschaft, Ritterspiele, eine Prophezeiung, das Gute im Bösen und das Böse im Guten – und das alles in einer fantastischen Welt im Mittelalter ohne fremdartige Wesen, bis auf einen wortgewandten Dämon.

Einzeln oder im Schuber erhältlich

ISBN 978-3-947515-10-3 Schuber
ISBN 978-3-947515-00-4 Totengräbersohn Buch 1
ISBN 978-3-947515-01-1 Totengräbersohn Buch 2
ISBN 978-3-947515-02-8 Totengräbersohn Buch 3
ISBN 978-3-947515-03-5 Totengräbersohn Buch 4

Das geheimnisvolle Amulett

Das Dorf Haufen ist im Weltenreich gelegen. Dort lebt der 18-jährige Farin. Der Junge ist ein Außenseiter, denn als Sohn des Totengräbers wird er von den anderen Dorfbewohnern geächtet und verprügelt. Dennoch hat er keine andere Wahl, als den Beruf des Vaters zu übernehmen, der zunehmend dem Alkohol verfällt. Die Dinge ändern sich für Farin schlagartig, als die Dorfhexe stirbt und er die Giftmischerin für die Beerdigung vorbereitet. Denn die Hexe trägt ein geheimnisvolles Amulett um den Hals, und Farin kann nicht widerstehen, das Schmuckstück an sich zu nehmen ...

In der Burg von Ritter Emicho konzentriert er sich darauf, ein guter Knappe zu werden. Beim bedeutendsten Ritterturnier des Weltenreiches übernimmt er Verantwortung und darf deshalb seinen Herrn auf einen Eroberungszug ins Weltenreich begleiten. Mit von der Partie ist sein stets unberechenbares, geheimes Anhängsel.